到底谁是北京人

王培洁/著

知识产权出版社

图书在版编目（CIP）数据

到底谁是北京人/王培洁著. —北京：知识产权出版社，2020.8
ISBN 978-7-5130-6868-0

Ⅰ.①到… Ⅱ.①王… Ⅲ.①随笔—作品集—中国—当代 Ⅳ.①I267.1

中国版本图书馆 CIP 数据核字（2020）第 058669 号

内容提要

本书几十篇文字，皆作者生活和文化随笔，题涉人文、历史、戏曲、音乐以及游记和带有北京历史质感的相关纪事。文字中更有作者本人对于所涉内容的特别视角的解读。书中另有较厚重的文化评说文字。新时期以来，大量的年轻人涌入北京，他们自身的生存梦想和生活实际几乎全都遭遇过关于"北京人"和"外地人"这几个字的拷问。在这个拷问中，努力着又纠结着，成了他们当中不少人的心理雾霾。《到底谁是北京人》是书中的一个篇目，在提问中解惑，以此题作为本书封面，应能与这部分读者形成心理呼应。

责任编辑：蔡　虹　冯　彤	责任校对：谷　洋
封面设计：博华创意·张冀	责任印制：刘译文

到底谁是北京人

王培洁　著

出版发行：知识产权出版社有限责任公司	网　　址：http://www.ipph.cn
社　　址：北京市海淀区气象路 50 号院	邮　　编：100081
责编电话：010-82000860 转 8324	责编邮箱：caihong@cnipr.com
发行电话：010-82000860 转 8101/8102	发行传真：010-82000893/82005070/82000270
印　　刷：三河市国英印务有限公司	经　　销：各大网上书店、新华书店及相关专业书店
开　　本：850mm×1168mm　1/32	印　　张：16.375
版　　次：2020 年 8 月第 1 版	印　　次：2020 年 8 月第 1 次印刷
字　　数：405 千字	定　　价：59.00 元
ISBN 978-7-5130-6868-0	

出版权专有　侵权必究
如有印装质量问题，本社负责调换。

我这书里都写了什么

（代序言）

总能从人手里接过一本他本人写的书。

真有写得很好的书。不说这个,单说另外一种。这另外一种是怎样的一种呢,翻开一页看一段,再翻一页看两句,就有了一种感觉,于是就放在一边了,于是就不会再看。

好像谁都想着弄个书出来叫你瞧瞧。一是叫你瞧瞧他的书,一是叫你瞧瞧如今这文化世道。当然,后一个"叫你瞧瞧"不是他的用心,前一个"叫你瞧瞧"才是本意。说是文学作品,却恨不能把自己写过的宣传文稿、发言提纲甚或会议通知也盖罗进去。也有的呢,也是写了点儿东西,书也是出来了,却句句泔水、字字糟糠。这两种书,我真无话可说了。也许还有更多的叫人"无话可说",只是暂时尚未遭遇。

如今的文字文化生活,可供选择的阅读手段叫人缭乱。又岂止是叫人缭乱,甚至花样翻新之速一天等于二十年,旧法在它并不陈旧的时候就必须陈旧,被新法置换,缭乱都来不及缭乱。但不少人还是愿意实际意义地弄个书出来,算是有心。弄个看得见摸得着的书出来,摆在桌上插进书架,横竖都是个正经东西。拿来送人,俩手往前一端,给出个无成本的谦逊,收获个不值钱的赞言,美滋滋,当时过后,都是体面。所以就都想出个书,即便自己没那"三把神沙",花钱雇个"枪手",也要"倒反西岐"。说文化不值钱了,这话还真是要看怎么说。

1

一些人，出个书很容易。我不是那样"一些人"，所以出个书很难，每想每怵头，比"蜀道难"还难。但也许人家那"一些人"也有他们的难处，自己掖不予示，让人知道的只是"容易"俩字。月球背面我就看不见了。

其实我要说的是现正在整理的自己的这个书。上面几行文字，是说在整理自己书稿时候正面临的一种文字文化态势。凭着已经昏花了二十多年的眼睛，态势观察或有误判。即使没有误判，也是专挑了带减号的东西来说，就像上面声明的"真有写得很好的书。不说这个，单说另外一种"。其实我知道，清浊自有，自有自流，"另外一种"也有它另外一种存在的理由。胎生卵生湿生化生，众生各有来路。胎卵湿化是大纲大领，下属还多有门类，一出来就都是个人，不可能。

在作小说之外，常常遇事捉笔，有感即书。文字散散落落，这个书就是这么个散文随笔。

沥沥拉拉这些年，真是攒下不少东西。这些东西有些曾经见刊见报，更多的却是写完就案头一搁，快愉于那个写的过程，乐得一个文字的结果，为自己而作，没指望叫谁来看。写完的几页纸搁在那里，时日一久，不少的就没了去向。那里面有很好的文字，却只记得大约的题材，只记得模糊的题目。如今要出这个书，就想重新收敛那些没了去向的东西。准备"朝天阙"了，就打算"从头收拾旧山河"。但试了几回，却像与人述梦一样地零碎，无核心无要旨，文不得势，意不成形。这才知道，实感的归途原来是不返的永逝，这东西只有生灭，不可调动。文字记录感觉是无比珍贵的生活，当时产生，记录下来，就是有了，没有记录下来，事后再作找补，永远不是当时那种精真宏大与隽永，永远不是当时的东西，才知道人的回忆功能不是为这准备的。于是，为了出这个书，回忆失去的文字无一回圆满。"天阙"还是要朝，"旧山河"却不好收拾了，又于是，就不能罢休也罢休了。

可以言幸的是，自从使用了电脑，文字的东西基本没有丢逝过。电脑多能肯干又愚忠，这家伙真真是个好家伙。我是它的唯一主，它是我的不二奴。

我曾有篇文字，叫作《关于文字文化的话题二则》，已收进本书。其中说到有一种文化判定，将纪昀的《阅微草堂笔记》认作小说，曰笔记小说。总觉得那就是纪大烟袋晓岚者的生活见闻，看见听到写下来，作成了可读的文字，笔记耳，何谈小说。于是就在那篇东西里说把纪大烟袋这些文字叫作小说有些勉强。

接此话题，本书收入有一篇叫作《住友》的文字，记述的是我一次出差住店所遇。当时写了，写完了，就搁在一边。不久有某文化刊物朋友约稿，就想到有篇《住友》，所幸还未来得及"没了去向"，就拿出打量了一番，觉得有点味道，就连同另篇文字一并给了编辑部。约稿有了结果，那个另篇文字未被理会，《住友》发了出来。这里我要说的不是文稿发了出来，而是要说《住友》是我全心全意不掺假的散文随笔，却被放在了"小说"的版块中。通了电话，聊说，编辑部朋友说文字老辣，有琢磨头儿，好小说。到这儿得声明一句，借言彰己，余绝不敢窝此祸心，只是告诉读者我这个书里一些东西曾经的来龙去脉。编辑部朋友这样一说，我就又把《住友》检阅一回，发现文字中显易净见小说要素。刚才说了，《住友》是我全心全意不掺假的散文随笔，于是就想起了那种对《阅微草堂笔记》文字性格的考量，开始认可起关于"笔记小说"的品定。但是《关于文字文化的话题二则》的文字还是原样地保留在了这个书中。文字是思想的载体，是为叫人知道，不为名者讳不为尊者讳，当时我就是那样认定那样想。而《住友》的文字，或亦可在日后的小说集里改头换面再去塞进一回。这算是我的一个心理阴暗。

我的散文随笔，没有单纯啊啊呀呀地写过地多么绿天多么蓝，没有一丝不挂地感叹过从前如何艰难，往后如何壮观。我的这些文字,里面常常都有时空背景、有人物对话,有事情展转、有铺述留白。于是发现,在我的这个书里,一些随笔文字竟真就是小说模样,自己的文字自己知道,明明是生活记录,想工笔却偏得泼墨。这样的文字,除了上面说到的《住友》,早些年较典型的还有诸如《正宗的兰州拉面和正宗的北京烤鸭》《当年我在二道桥》《有人敲门》《但尤其是女孩》以及《夜宿南华禅寺记》,等等。后来的一些随笔的东西,小说模样更为显然,量也更大一些,诸如《庙里有个小女孩》《我的藏族干闺女》《山道间的一堆废话》《我的师父叫万如》以及《嘘,我偷了他的剐水》和《人嫌狗不待见》等等。还有不少,都较具代表性。

  散文是一种最可以让为文者拿来放肆的东西,怎么写怎么对。这是我的自产理论,为了自己用着得意与方便,为的是说我这个书里的文字选材上虽然未拘路数,却也都是为着讨卓而来的十八家诸侯,没有谁是错的。书中有种单纯的见景述景的文字,比如《雨中的圣母》,就是描写了一年轻母亲车斗中载了小女儿细雨中骑行的情景,涂的是轻幻的水彩。这类文字并无深意,却最能叫人忘掉发飙斗狠、远离图利钻营。但书中这类东西不多,应该是个遗憾。《清静路上的十字叉花》有点那种纯粹情景的用笔,也还是不如《雨中的圣母》来得安静与恬绵。

  书中不少的文字是在创作时觉着有了个感觉,就写开去,信马由缰。常常是写的同时漫入别境,不觉中就渐远了原来的主旨,也不管那些,就更往下写。写完一看,内容和题目已经完全两张皮,于是拿着内容找归宿,于是重设题目。这种情况多见于后来的文字,《我的普渡寺禅》《关于美人的几个闲话》以及《评书和我的听书》《说说我的学戏还有别的》和《另有一个横须贺》等等即属此类。

  散文随笔,最易上手的是游记,但写好并不容易。游记常常一瞧是日记,上哪儿,看见了什么,豆腐账,了无滋味。游记一应讲求语言,一应讲求心境。《前赤壁赋》可以读作游记,语言与心境齐美,应是游记文字尚品。《小石潭记》是游记,结构精缜致巧,语言轻紧玲珑,用心极为单纯,也是好东西。话外赘说一句,一些教材或读物有点糟糕,一定要把文字关联作者仕途,"居庙堂之高……处江湖之远"地牵附一下,就有点胡啄滥掫了。我对游记无大兴趣,主要是不会写,本书中也就难见此类文字。如果一定要说有,较早时候的《壶口瀑布观想》《西柏坡话题》和《杂写鸡鸣驿》以及后来的《曹妃甸挨着海》《这个雪》和《一个关于野鸭湖的童话》等等勉强可属这类东西。

书中收进两篇关于京剧的文字,只这两篇。但这并非意外所得。

十岁以前就开始听戏,就觉得京剧真是个好东西。舞台上的行当人物云出雾入,那些十分熟悉却又无比清远的身段与投落以及同样十分熟悉却又无比清远的语言和唱腔,足能叫人别开耳目地领受另有个世界竟是如此宏大,更感叹那个宏大中的另种排场与繁华。真不知道那是怎么回事。十五岁的时候又学过戏,是话剧,但有个课程是京剧的舞台基本功,山膀云手,劈叉窝腰,又跑圆场又迈方步,花架子功夫挺折腾人,却是快活,那时年轻,筋骨全听使唤,学得不亦乐乎。后来这些都不学了,个中缘由,非此处话题,就不赘言。倒是后来慢慢地明白了一个事情,那个"真不知道那是怎么回事"的东西原来叫作艺术。忽然有天读到一个关于京剧程派青衣话题的文字,那里面收纳了为量不小的梨园旧事,同时对程派大青衣艺术的形成作了历史断代和理论探讨。很有价值的一部文字。读完,就觉得似有所欠。不是说人家的文字不足,而是发觉自己心里有话,就想借着这个文字把自己觉得尚不解渴的东西继续往尽情处说。像一条被钓出水面的鱼,更加活蹦乱跳。这个比喻有不美的地方,鱼的活蹦乱跳实是一种为命挣扎,但此喻旨在视觉的活蹦乱跳和缘起的被钩住,于是此时的钩住就是唤醒,活蹦乱跳就是有话要说。有话自己跟自己说,就写。于是就有了《也说说关于京剧和京剧程派的话题》的文字。但这篇东西在收进本书时文字小有剪弃,因为剔除了对于那篇"鱼钩文字"作者的相关零碎,也就没有了"也说说"这种顺接结构的语言逻辑。遂书中此文题成《也说说京剧 也说说程派》。虽是又累用了一个"也说说",却是恭敬与仰视着读者,战战兢兢地说一句,我啰嗦,您别烦。

俩人观赏芭蕾舞。抻脖子看了半天,这个就说,他们怎么也不说话呀,那个说,一上来就跳,那么累,哪儿还顾得上说话。这实是一则怪调幽默。我想,这俩人或真就是对芭蕾一窍不通,也就不会有靠谱的对话。要不就是什么都明白着,你明白我也明白,明白到傻,话就乐意这么说。《从曹操的"井底之蛙"说说京剧唱词》也是京戏题材,题目属于正剧,甚至偏显学术,但文字使用跟这则幽默大同,也是属于一种怪调,是用一种玩世的表述去说个正经事情。正经的不一定就是要紧的,所以读者看不懂也不要紧,因为说的本来就不是要紧事。

《关于闰月与生日的注解》是我的另类文字,内涵并无深意。文字另类,一读就知道。说它内涵并无深意,只是说作者是在把远处的东西搬到眼前来看,让空间成为不存在,就像照相时候把进像筒往长里拽,远处的东西就在眼前了。把远处的东西拉近来看,一是要关注细节,一是为着玩味。我是为着一种玩味。这类文字,或叫人不喜理会,但也许或被偏爱,只在读者如何取向。书中另有《借阿姆斯特朗说话》和《真人霍金》等等也属这类文字。《不睁眼的关云长》和《骆秉章杀了石达开》是两篇历史题材的文字,这两篇东西不是写故事,历史故事不用我写。我是闲时无事写来消遣,却也是另类文字,也是为着一种玩味。《这才叫视死如归》和《你不哀伤谁哀伤》亦为同类文字。现世的也好,历史的也罢,不过是作者尽能,读者取需。

中国的传统文化,常被讹用滥解,这里主要说的是文字文化。曾听过一小教授的文化讲座,说孔子与老子对话后,赞叹老子思想的深不可匹,就说自己今后要"述而不作"了。小教授就觯释"述而不作",说孔子说自己以后就只用嘴说而不写作了。怎么听怎么别扭。中间休息时候,就和小教授探讨,就说她望字生意,把"述而不作"解说得似是而非了,就建议她回去查看经典,更嘱若求简捷,只需翻翻《说文解字》。小教授不大喜悦,我引经据典,她却也无法。而讲台不属于我,再有一百纰疵,她还是可以继续讲,我也没辙。于是我们俩谁也不舒坦。关于这方面的文化乱象,现在几乎到处都是,广播、电视、广告、出版物等等,只要乐意去抓,一抓就有,它就在那里等着,不跑,岂但不跑,而且日有新生。电视台曾有个关于佛教的节目,记不清逻辑情节了,只记得台上两套角色,主持人和嘉宾。中间有个问答,嘉宾中有踊跃者,扬手的同时起立呼曰"反依佛门"。这是冲着"皈依佛门"这四个字去的,全员无质疑者,更有主持人快乐回应曰"完全正确"。你看,一帮文化乞丐在那儿煞有介事地归置和传衍文化。真难受,这种东西一多,慢慢就与电视节目绝缘了。

广播电台文艺台有个戏曲节目,播放京戏《捉放曹》,听唱之前,主持人放声放胆介绍剧情,说曹操打了败仗,落荒跑到华容道,撞上关羽,知道跑不了了,就求情,关羽感恩念旧,就放过了曹操。你听,简直就是个还没出道的文化小偷。电台那边正好有个朋友,就聊说这事,恰又是个管文艺台的官儿,人家就挺当回事,一查节目档案,作实。结果事主饭碗砸了。按说砸人家饭碗是挺缺德的事,但我是聊天漫言,无举报心。可又一想,砸就砸了吧,那碗饭本来他也吃不好。无独有偶,一个写了不少东西的作家,有篇关于"鱼趣"的散文,文中说到家乡鱼多易捕,说烧红了锅再去抓鱼都来得及。于是借比《三国》典故,就说"真有关云长诛了文丑斩了颜良回来酒不会凉的气魄呢"。怎么说呢,文字的粗草先不去说他，就说那么个写了不少东西的作家，看来不怎么读书，对《三国》名典一塌糊涂，一知半解就敢张嘴，也就只能是在那儿张冠李戴地胡说。本文序言，不具教化功能，此类案件就不一一举说。书中收进的《从我的老师挂印封金再多说几句》等类文字，属于这方面的东西。文中也涉及了上面提到的关于"皈依佛门"的例题。这样的文字就是挑人毛病议人非，文字文化不饶人，我知道我挺不讨人待见。

《渴望有把小提琴》和《音乐一亩三分地》是两篇品评音乐的文字。说是音乐品评，其实是在展示自己对音乐的一窍不通。不怕人看见我的音乐无知，只是觉得要得罪一些做音乐懂音乐的人。好在《音乐一亩三分地》里净说自己的不是，更捎带脚地多多捧说了音乐人的天赋与深刻，大约还不至于惹祸。麻烦的是《渴望有把小提琴》，借着说小提琴却把钢琴说成了一堆待焚的糠柴，恐怕我就难有好下场了。

怎么就难有好下场了呢。我有个朋友，全家一系列包括姊妹亲属关联家族都十分地拿着音乐当命。人家又是舞台生活世家又拥有音乐学院高材生的继承人，这话先搁一边儿，就说人家里不点儿一个小孩儿，我管那小孩儿叫崽子。就说那崽孩，小学生，学校有个什么文化文娱事情，就是个要紧的角色。有回叫我看个录像，演出，穿着后面竖着撕了个大口子的浅色西式上衣，挺长，有点人小衣大的意思，站在一个小木台儿上指挥一簇同龄唱歌。那歌好像还有声部，合唱，不是齐唱。指挥合唱，多难，但人家崽孩能行。再说钢琴，学龄前的时候，那崽孩早就能把钢琴弹得跟说外国话似的。当然是说弹得好，弹得挺是那么回事。我不懂，但会看，用万事的共性去比量，所以就敢说像外国话，就敢说挺是那么回事。什么调呀什么曲的，人家也能白话。现在那崽孩是中学生了，应该是更不用说了。我这书出来后，会俗不可耐地送人家一本，人家一族三代，裙带襟连能有半个排，这样一家子人，可能会定性我为蓄意挑衅。这倒不要紧,只是,再去做客,大约就不管饭了。再比如,《渴望有把小提琴》里提到我有个朋友,人家是广播电台文艺部的首长,对音乐尤其在行,出了个专说音乐的书,送我一本。一看那书,就知道人家对音乐多有功德。我这书出来也送他一本,不算臭显摆。但人家看后肯定心犯嘀咕,噢,我送你那样一本书,你回馈给我这么个东西,数落钢琴像数落匹黑驴似的,诚心呀。人家要是盘算给个颜色瞧瞧,我的坏日子可就来了。万幸他现在退休了,要不,不点名地拿我做期节目,还不是人家说什么我都得听着。

文字想要面世,必经编辑一关。编辑关不是大道通关,而常常是叫你一隙仅得侧过。就是挡你一马,不能你想过就过。重说一句,这也契合过关的本能。此前我有个《刘绍棠年谱》的书稿,约五十万字,即遭此运。好像只有动了刀子才叫好大夫才叫好功夫,你的光彩无论如何也要刮些下来。他拿那刮下的东西也无用处,只是为腾得些空间,抹些他自己的颜色或为着些另外的需要而不告诉你,出来的东西早就七歪八扭地先天缺氧了。鲁迅曾感叹要和编辑部搞好关系,这样的话不知出于何种背景,单看这个话,多少有点无可奈何。其实,为编辑者的能量本功是发现和扶助好作品,能力本功是完成出版程序和必需的文字技术处理,并不是要你去教作者怎么说话。成熟的编辑会亲近作者文字环境,感受作者身心立场。文字表达与结构并非雷打不动,但需与作者沟通。而今却有小编辑放言曰某某大家的东西他也照样如何如何……就觉十分可怕。老舍的文字,有些地方真也是叫人不敢恭维,不知缘何如此。老舍曾有言"动我一字,男盗女娼",倒是可以逆思维地想象这话之前发生过什么。如此考量,老舍的那样叫人不敢恭维的文字也就顺解了。老舍的文叭,干净利落,仍是贵得不可搬动一字。鲁迅的无可奈何和老舍的终无可忍,说明文字作者与出版方的文字编辑有着自然的技术对仗立场。这真是个叫人难堪的事情。你说要见大官,秘书这里必须流畅。富贵门前,你说要见主人,门口有人一横手,你就得站住。这个话未必合适,作比而已。本书中有篇东西,叫《清静路上的十字叉花》,是个文字小品,写了一个女孩穿着轮滑鞋行走,没弄好摔了一跤,正好叫我看见。就这么个事。写完有家文化生活月刊要用。行,给你。于是一个女孩做我的责任编辑,和我联络。就特嘱那丫头不要改动我的表达,文字不合刊物主旨更或有惹事嫌疑,就干脆弃用,不可加减乘除动手术,弄得连骨头带肉似我非我。如有逻辑或知识的错误则另当别论,但也请告我一声。那女孩倒也有诚,后来就又和我联络,说题目中"叉花"叉错了,文中也有几处,应该是"插花"。又说里面有个话"左飘一下,右一下飘",不通,应该是"左飘一下,右飘一下"。那丫头挺客气,说王老师可能笔误。我知道我写了什么,没有笔误,文中那个女孩两度在我前面滑走,样子很是叫人心旷神怡,就描述那女孩的滑走姿态,说她"左飘一下,右一下飘"。

　　课堂与教科书训练出的文字可以成就出个四平八稳文理通顺的作文,而我的文字是野狐禅,不是那种训练结果。但我怎样向编辑女孩解说呢,许多东西,不解说,就有全部,解说了,就必生欠缺。到底还是解说了,坚持我的文字。我那责任编辑小丫头操新闻语言的剪刀裁剪散文语言未果,于是那篇东西就没了下文……我知道,编辑部都有字纸篓,编辑部也都卖废纸。

　　汇辑我的散文随笔,现在要出个书。全书应有个封面的题目,曾想就叫作"左飘一下右一下飘"。但后来改了主意,一是书出来后,那个编辑丫头有可能见到,别叫人家心里别扭,误解成王老师表面谦恭实善耿怀。更要紧的是几十万字的东西,应有个不飘的题目。

　　话到此处喜剧来了,出这个书,也还会有个责任编辑。但指望被理解和被尊重,当然是互相的。指望商商量量地,"十字叉花"不摔跟头,"左飘一下右一下飘"能行长远。

《刘绍棠四题》是某传记文学刊物的约稿,是篇纪念文字。虽是纪念文字,却没有单调又单纯地直击人文感怀,文字轻轻叩问了文字主角的心灵内存,同时偷笔指向了中国文化的个性。是篇十分正颜的东西。

正颜文字我也管他叫心血文字,是说写作时候笔端蘸用的不是水墨,是心血。这部分文字基本集中在本书"到底谁是北京人"一辑。《刘绍棠四题》本应也搁在这一栏下,但为了后面"应是铺花的墓地"一辑形式上的齐整,就转存了。虽属割爱,但并无忍痛。快乐取舍,总不能哪块地方都归你。这一辑里的篇目在本序言中大都已经说及,但这会儿想说的是《关于禅宗的题考与稗说》这篇正颜文字。

视听味触等等一切的感官刺激是一种永恒的诱惑。一死万事空,所以,怕死就成了一种永恒的心理现象。佛教是干嘛用的,就是要颠覆这个永恒,就是告诉你死是怎么回事,就是教你懂得生,就是教你不怕死。这在文中已有述说,此不赘言。言不赘言却又提及,只是想向读者表明,作者实是在挖掘一种除古汉语和现代汉语之外的第三种阅读生活。

北京有个地方叫八宝山,上海也有个同类去处,叫龙华。上海有个作家死了,火化当日我从北京赶奔到龙华与之作别。这个作家在上海挺有名,我与之交往不算深厚,但到她死时也有三十多年。不念厚度念长度,所以到龙华去最后看了一眼。文化和人,上海与北京都不一样,褒贬好恶暂搁一边,就说到龙华这么看了一眼,叫我回来产生了一篇文字,叫《奢侈和矫情一回》。已收进书中。

《奢侈和矫情一回》这个题目有个由来。北京有个作家,也是挺有名,此前也是完成大限,也就是死了。文化的朋友作文纪念,赞叹这位作家对生死的理解与探究,说在他之后"谈生是奢侈,谈死是矫情"。

　　无奈生死是个不绝的事情,也就成了个不绝的话题,也就还会有人去谈。有了文字契机,就想把上海和北京这俩作家搁一块去说说生死,虽然涉嫌奢侈与矫情,也只得《奢侈和矫情一回》。这篇文字很快见刊,但发表出来一看,题目被改成了《奢侈和矫情谈一回》。虽然意义不悖,文字却是四平八稳地犹显"课堂与教科书"了。想起了鲁迅的话,这还不能说不可原谅。我另有篇东西,写的是位金融学家,题目叫《银行家没有公式》。会阅读的人一看就知作者在说什么。但文字见刊,题目变成了《银行家并非天生》。是责任编辑对文字本身毫无感觉,根本未解我的题意。颠倒了我的本意,也不商量。之后文化场上每涉这篇文字,给出的都是被篡改后的题目,犹如蝇屎在唇,就觉那编辑十分可恶,大手术做不了,盲肠炎和小肠疝气也是不会下刀子。于是就万分地感念老舍,锻造了那样不可替代的匕首语言,凌锋见血直击此类文场糟糠。当然,《银行家没有公式》本书未予收入,只待专敛金融关系作品时候再说。此处提及,借题放言耳。《奢侈和矫情一回》不是纪念文字,是借题发挥说生死。里面没有宗教的盘诘,没有哲学的拗扭,是让视觉牵着感觉去思索。视觉牵着感觉,却始终盘诘着宗教又拗扭着哲学……关于此篇文字,可说和想说的东西甚多,但不能变成作者自己给自己作读后感,就不说了。文字收进,已经放在书里,弃者自弃,读者自读。

　　我这个书里的东西以千字文为主。此处所言千字文,是说文字篇幅较小,但如果在算术上较真,两三千字者居多,甚或有些四五千字。真是算术意义的千字左右东西的只是部分。

　　千字文实是对短小文字的非量化品定。俗词俗话,与三本小书的《千字文》无关。

　　特别感觉委屈读者的,是我这书里还收进了几篇文字近万和过万的东西。书中有《大数字的诱惑》一文,电脑统计27000字,如按版面计,就超过了三万。

我就职中国银行总部,当年,被一时流行的一种叫作献宝集团的团伙盯住。中国银行当时是我们唯一的外汇专业银行,盯住我实是盯住的这个,盯住外国钱。那些人就说手里掌握着好东西,或实物或票据单证,均具真实又悠久的历史质感,能从外国银行兑回天文数字的现钱,说要献给国家。献不白献,自己也需得些好处,得些刚才说的他们盯住的那个外国钱。当然,银行里别人也有被盯住的,但人家面对那些家伙的时候,都是用吐沫星子对付哈喇子,三言两语打发走,甚或贬损呲嘚一通,居高临下,自己落得个优势心理玩耍。而我另采一法,选择了个来头甚大甚秘的集团,有意显出一种贪婪,单刀赴会般地就跟了进去,成为了他们当中的一员。于是就在那个集团混迹了四十天。不知这是不是就叫卧底。我这不是受命,不是要捣毁和端掉什么,是我自己没事找事,只是想深入进去看看这样的集团到底是怎么回事,这里面的活动者都是些什么人。这些,我无法判断自己到底有没有弄得明白,但最后的结果是我的文字出来了。《大数字的诱惑》,两三万言记录的就是这个经过。文字先是在《中国金融报》刊出,后又在《北京法制报》连载了三十天。这篇东西叫作散文随笔有些沉重,不是说容量,而是说题材。文字形成过程也应是篇报告文学。而报告文学又是跨在小说和散文中间地位的文字,所以就收了进来。

另还收进两篇文字破万和近万的东西,一作《北京与〈辛丑条约〉》,一作《北京通话一九〇八》。

文化浏览中见到一张照片,就是清末北洋大臣李鸿章和夫亲王奕劻与欧美十三列强在《辛丑条约》签字后的那个案头合影。其实这个照片不少人都见过,我也不是第一回。然此番过目,照片上诸人目光叫人有话要说。于是就有了这篇文字。

二〇〇八这一年,天下发生了很多事情。这话涉嫌废话,哪一年天下都要发生很多事情。我说的是那一年天下很显热闹,这话又是涉废,因为天下还没有哪一年不曾热闹。《北京通话一九〇八》写于这个二〇〇八年。那么,我这是要说什么呢。

时间这东西到底是什么,到底是怎么回事,智慧大脑都在想把它弄清楚。有个书叫《时间简史》,史蒂芬·霍金写的,做的就是这个事。借用戏曲行当一个概念说话,霍金的本功是理论物理,在解释时间这个事上,霍金与宗教各居一端。而宗教,这里主指佛教,本功是解释生死,这方面的智慧文字就更茫若湮海。看过《时间简史》,像宗教的书一样难啃,一读数行不懂,再读几页还是不懂。也许百读能懂,但三读时候早就感到力不从心。力不从心,实是心智不足。知道智慧不及格,这是我的最大智慧。《北京通话一九〇八》是借着当时天下的那阵热闹,在霍金与宗教的中间地带为时间两字作了冷色注脚。

书中收入《到底谁是北京人》一文,版面计数也可是个万言书了。

一位有名作家,出身叶赫那拉氏,沾着满族皇亲。人生颠簸,就到了陕西,现在那边管着文学的事。有次回来北京,公交车上遇有年轻人与之说话,那年轻人对北京眼前的事情知道不少,听去京龄至少两年以上。就问作家说,听你说话,你在北京也不短了吧,什么时候来的呀。作家说,我们家从顺治那时候就在北京了。年轻人蒙了,没有听过的话,闹不懂"顺治那时候"是什么时候。年轻人一口一个你,两口一个你。作家在说这个话的时候,不知是笑颜还是绷着脸。于是就想,这个对话如果往前推衍三百年,被提问的朱姓皇族后来人可能会说,我们家从燕王那时候就在北京了。

生活就像上学校,净是愿意琢磨就有的是可供琢磨的事。现在上北京来了又住下的人,情况样式种种色色,这里暂不去说。只说北京这地方向来是辐辏之地,什么人都来,什么人都是来了就不想走，拼命就想当个北京人。曾经与一个外来女孩问说，面对生存中的百千艰难与纠结，却说就是要饭也不走。这是个挺有意思又有意义的话题，于是就有了《到底谁是北京人》。

北京人和北京文化是直击北京面貌的两大主题。

北京文化，精华指向是语言与行为。然而行为多遭忽略，语言又常被浅释与滥解。所以，眼下许多关乎北京或北京文化的文字，没有了宽广，深厚更不敢恭维。这里包括在媒体中不难捕捉到的伪文化的北京文化的叫卖。本书中收进一篇文字，叫《叫了王承恩》。那样多的涉笔北京文化的文字，这个话题未见触及。不敢说这篇文字讨论的就是北京文化的本貌，但却一定是北京语言文化的经典。关于关联着北京文化的文字，书中另外还收入了几篇，比如《北京的城墙与城门》《北京的一环路在哪儿》《东单西单东四西四》《中轴线的对称与不对称》等等，但都还没有触及北京文化的真深，都不是《叫了王承恩》那种品质。但最终还是收了进来，只因这几篇东西皆缘于我北京生活的积累与沉淀，没有搬运堆集别人的文字。比如，对北京的地面布局，大都闭着眼睛赞叹以中轴为基线的对称美，没什么人认真归置过这个对称。当然，循传统走惯性，就不吃力，不认真，就轻松。而实际上，北京中轴线两厢布局并不对称。《中轴线的对称与不对称》说的就是这个不对称的本貌。

书中收进近百篇文字，每篇文字都自有背景，就不一一例说了。

北京文化与北京人两者不可剥离。如今多有年轻的女孩男孩们掐着口袋里的北京户口，就把自己与北京人之间画了等号，那个户口可能是缘于娘胎里的继承，也可能是自己后天得来，但那只是户口，只是户籍管理上借用的提示符号，再无半点其他色彩。那种莫名其妙的"北京人"的优越感，却正是北京文化的贫寒丐幡。关于这方面的话题，会越说越厚重，不会有个完。《到底谁是北京人》说的只是北京人的人文结构与衍化。这个话题,可以是个鸿篇巨制,可以发动个很费钱的课题。而《到底谁是北京人》只是那个巨制与课题的目录。

《到底谁是北京人》之后,很想再作个比如《到底什么是北京文化》样的文字,但一直未成正果,一是未得契机,一是激情衰退人变懒。如今把《到底谁是北京人》用做本书的封面题目,是有一种文化指望,指望人不再懒,在热情膨胀血压升高时候再出个书,叫作《到底什么是北京文化》。

此是后话,后话后提。

目 录

我这书里都写了什么（代序言） / 1

到底谁是北京人

北京与《辛丑条约》 / 3
北京通话一九〇八 / 24
到底谁是北京人 / 34
也说说京剧 也说说程派 / 47
我的普渡寺禅 / 53
大数字的诱惑 / 58
关于禅宗的题考与稗说 / 104
那年的五月和十一月 / 124
我的考官是朱琳 / 133
我的师父叫万如 / 142

叫了王承恩

北京的城墙与城门 / 149
城墙和饭店和门 / 153
叫了王承恩 / 160

北京的一环路在哪儿 / 164
东单西单东四西四 / 167
西什库大街 / 171
中轴线的对称与不对称 / 175
关于牌楼和牌坊的话题 / 179
《皇城脚下》前言 / 183
旧京乞丐 / 188

奢侈和矫情一回

山道间的一堆废话 / 199
姑妄说之 / 204
奢侈和矫情一回 / 208
从我的老师挂印封金再多说几句 / 213
说说我的学戏还有别的 / 217
关于生肖的话题 / 223
替鸡说话 / 226
当年我在二道桥 / 229
关于谢幕的联想 / 231
雨中的圣母 / 234

我的藏族干闺女

买了两块枣糕 / 239
墙上趴了只壁虎 / 244
我的藏族干闺女 / 247
铁疙瘩砸炮儿 / 255
土木工程和我的读书 / 259

评书和我的听书 / 262
豆棚瓜架雨如丝 / 268
你不哀伤谁哀伤 / 279
我的文学的贫穷与丑陋 / 282
我说这个李永祯 / 284

电视这个狗东西

渴望有把小提琴 / 291
音乐一亩三分地 / 295
电视这个狗东西 / 299
关于文字文化的话题二则 / 303
关于美人的几个闲话 / 307
人嫌狗不待见 / 312
借阿姆斯特朗说话 / 318
真人霍金 / 321
清静路上的十字叉花 / 325
热情应学会止步 / 328

夜宿南华禅寺记

另有一个横须贺 / 333
这个雪 / 339
夜宿南华禅寺记 / 344
嘘，我偷了他的剐水 / 350
天津卫天津味 / 354
正宗的兰州拉面和正宗的北京烤鸭 / 360
曹妃甸挨着海 / 363

西柏坡话题 / 366
壶口瀑布观想 / 369
杂写鸡鸣驿 / 372

应是铺花的墓地

绍棠今年十四岁 / 379
寻访绍棠蝈笼斋 / 381
应是铺花的墓地 / 383
真善美哉，绍棠 / 386
刘绍棠四题 / 388
刘绍棠与《北京文学》 / 402
说不尽的刘绍棠 / 408
三月十二日 / 410
《刘绍棠年谱》前言 / 413
《刘绍棠年谱》后记 / 420

庙里有个小女孩

老谋子的外国奖 / 427
骆秉章杀了石达开 / 431
庙里有个小女孩 / 435
这才叫视死如归 / 439
有人敲门 / 443
一个关于野鸭湖的童话 / 446
长短一百年 / 451
《古井》和其他的这与那 / 454
续　貂 / 458

曰风曰马曰牛

樱花不是林黛玉 / 463
但尤其是女孩 / 467
曰风曰马曰牛 / 470
不睁眼的关云长 / 474
从曹操的"井底之蛙"说说京剧唱词 / 478
春游和与《兰亭集序》的相关 / 482
关于闰月与生日的注解 / 486
住　友 / 489
怎样的东西叫短篇 / 492

我书我命（代后记）／ 494

蔡虹与冯彤（最后记）／ 497

到底谁是北京人

北京与《辛丑条约》 / 3

北京通话一九〇八 / 24

到底谁是北京人 / 34

也说说京剧 也说说程派 / 47

我的普渡寺禅 / 53

大数字的诱惑 / 58

关于禅宗的题考与稗说 / 104

那年的五月和十一月 / 124

我的考官是朱琳 / 133

我的师父叫万如 / 142

北京与《辛丑条约》

甲乙丙丁戊己庚辛壬癸,子丑寅卯辰巳午未申酉戌亥。一个天干一个地支,干支组合,六十年完成一个轮回,这是中国历法的纪年。

旧历纪年是中国的文化,中国人熟悉这个东西。中国历史,尤其是中国近代史中,这种干支组合纪年的汉字读音和字形,常常会形成一种特殊指代和心理暗示,引着我们去认定一个特定的时间段落,认定在那个时间段落里有过的人事和世事。甲申、甲午、戊戌、庚子、辛丑、辛亥,等等,一读一阅,会让我们联想到李自成进北京,联想到当年与日本的海上作战,联想到清末的那次帝后党争,联想到义和团闹翻了北京城,联想到一个那样又赔钱又丢人的条约和联想到搞垮清朝政权的那次暴烈的行动。

关于一幅照片的解读

不知道在时间上离我们多远的先人可以被称作今天的他们同类的祖先,六百年可以吧。

作为一个古典的、祖先留给我们的地面构造物,我忽然发现,天安门是那样地漂亮,漂亮得让人心动,只剩下盯着看。

谁都有过他自己感受中的"漂亮"和"漂亮得让人心动,只剩下盯着看"的那种造物。我们尽可调动自己的经验去构想和比照,全不为过。"漂亮"是一种能让人获得快感的视觉存在,而"漂亮得让人心动,只剩下盯着看"则是漂亮和漂亮带给人的快感的极致。天安门的漂亮,就是我们经验感受中最极致的那种。

这是在说一幅照片,一幅天安门的照片。还是那个话,真是漂亮,漂亮得让人心动,只剩下盯着看。

照片中的天安门,未见国徽,未见悬像,未见宫灯,也未见万岁标语与红旗。我们熟悉和见惯的全无所见。城楼墙体外皮残损斑驳,下层的飞檐,西角显有塌垂。东西两侧的华表,不在金水桥之南,而是在此以北紧临天安门墙体的近处,看去显有摧残。

天安门衰微破败景象,如何能够漂亮又漂亮得让人心动,只剩下盯着看。

对于女人,粉脂与衣饰实在只是一种遮掩或添花,如果骨头不作脸,粉饰就只能是一个讲究的最原本意义上的包装,越是讲究就越显滑稽。而骨头漂亮能让人至终不减其色,所以,漂亮的女人其实是漂亮在骨头。天安门的残损与塌垂是需要维护修葺的警醒与提示,与漂亮不漂亮毫不相干。而漂亮,最终则是在于它的结构与间架。

天安门城楼有地面通行路径五处,也就是有门洞五间。照片中四门闭锁,显出图中黑域,中门洞开,可见一处白天。一处白天不是空白无物,一洋人立马执缰面西定格,头部恰在中门洞开的空白处。看得出,拍摄角度是精心选定。

公元一九〇〇年,夏天,北京有事,朝野闹出大动静。就是在这个夏天,有八个国家的联合军队进入北京,史家把这个联合军队叫作"八国联军"。八国联军的酋首是个叫阿尔弗雷德·瓦德西的德国军人,照片中这个立马者就是当年瓦德西。

景物是人物的附庸,虽然是在说天安门,瓦德西却是这个照片的主角。在照相术为人发明和使用之初,"天安门前留个影"还远远没有形成渴望与时尚,但瓦德西在北京的留影,背景选在了天安门。

照片的拍摄时间是一九〇〇年十二月二十七日。这个时候,在距瓦德西立马定格地点一箭之遥的使馆区的一个院子里,在那个院子的一个屋子里,一个叫作"和谈"的对话正在进行。概说起来,和谈没有更多内容,就是如何对中国政府和中国人作出政治的经济的和军事的文化的裁制,而为保证这个裁制的有效与有理,还要商定出一个专用法律,让中国政府和中国人不得有法外之想和法外所为。后来,这个专用法律产生了,叫作《辛丑条约》。

北京刚刚结束了一场夏日的骚动,刚愎自用的德国外交公使克林德在这个骚动中命丧中国士兵的枪口。威廉二世说了一句话,说要让中国人永远不敢小看德国,于是,瓦德西向威廉皇帝作出了保证,他说为了二世陛下的这个心事,他会用德意志的方式来教训北京。在被问到那是怎样一种方式时,这位德国军人在二世面前摇动了自己的拳头。他们驻北京大外交官的死难使得联军各国顺利地接受了这位德国军人。就像谁家死了人,邻居乡里多不会计较丧家礼仪的混乱与亏欠,甚至会容让他们的依丧卖丧和无理取闹,于是,德国陆军元帅阿尔弗雷德·瓦德西男爵八月初出任联军统帅,这年九月在天津登陆中国。

天津设下了联军总指挥部。作为联军酋首,瓦德西十月中旬进入北京。琉璃厂那地方不过瘾,没住两天就跑到中南海,在仪鸾殿里支起了一架行军床。

夫人玛丽的照片挂在墙上,不管上哪儿都带着,住下来就往墙上一挂。这时候瓦德西六十八岁。军人,胳膊大腿还能动弹,就要忘记自己的年龄,叫上哪儿上哪儿。于是,在那段日子里,中南海的仪鸾殿染足了这个满头白发的瓦德西的气息。

瓦德西的报复从北京辐射到直隶,战略要津和中国官僚衙署府第,德意志的旗帜在那里的制高处飘扬。口喊着的是搜捕,让人一目了然的是劫掠与屠杀,而"军事行动"和"执行命令"这些对军人来说最为光荣和最令人骄傲的解说,又最能让他们在豪夺与杀戮的时候最有理由最有面子和最可以不具人性。

西进中,瓦德西宿兵易水皇陵,算是完成了一回对清廷皇室先人的镇压。中国人崇宗敬祖的文化遭受了一次强侵。劫掠成了宿兵皇陵的过程与结果,这是一个必然,也许,这本来就有预谋。把死人踩在脚下是向活人的示威,这个时候,叶赫那拉氏的那个至高无上的慈禧老寡妇到了西安。而北京,而北京周边,联军组建了复仇的管理委员会和复仇的军事法庭。

天冷了的时候,北京开始消停下来,瓦德西把他的穿着臃肿的部队带到了天安门。那个时候,天安门前面虽然还没有如今这样一个坦阔广场,但也足够被用来宣武示胜。他要在这里,在中国人神圣的皇权至上标志的皇宫前面检阅他的人马。于是,瓦德西留下了这个历史的影像。

中国的京剧表演中有这样一种程式,几个人,常常是双数,就几个人,伴着大元帅或上将军,伴着帝胄或山大王,总之,上风上水,全是武功或势力的主角,拥着他们上台撑架子和排场威风。行当分科,这几个人叫龙套。龙套上台走一圈叫跑龙套。龙套没有台词,如果起哄般地"噢"一嗓子也算台词,那自古以来龙套的台词就这句,适用于任何戏码。会看戏的都明白,这时候的这几个人就是百十人,甚至可以是千军万马的虎狼师旅。

既要让人看到是千军万马的统帅,又不可让千军万马抢了统帅的镜头,两个士兵捉枪立于鞍前马后,在拍摄这个照片的时候,瓦德西乖巧地使用了龙套表现手法。但是,瓦德西不懂京剧,这话大约没有冤枉他。

照片中的瓦德西,停马执缰定格。相信在照片的对面,照片的这一面,千军万马在注视着他们的统帅,他们这个貌不惊人的统帅。士兵中一定有人从来没有见过他们的统帅,对他们,这是一个机会。现在对我们,也是。

从照片中的瓦德西身上我们没有看到日耳曼人常有的那种棱角夸张的口鼻眉眼的外廓和让人一看就懂的外在的凶悍或高大。也许,我们任何时候都无法看得完整和看得准确,对于我们来说,地球的另一侧仍然有着永远的疑问和永远的不理解。也许,是我们早被越来越强大的媒体中的影视作品引诱进入一个虚伪境界,让我们的感觉和视觉患上了一时不可治愈的对外部世界理解时的文学化和图谱化的癌症——我们中了信息的奸计。

同样是冤枉不了这个联军酋首。瓦德西一九〇一年六月初离开中国,在他执军力约束北京的九个月的日子里,从头至尾地没有看见他怎样排兵布阵和指挥若定地表现出军事素养和指挥才能。我们庆幸和骄傲于我们的清醒,我们的根据不是影视作品,而是史料。瓦德西进入北京的时候,一切顽强与疯狂的对抗都已经土崩瓦解。这就有点委屈了这位陆军元帅,因为那个时间段落里的北京没有提供出足资他展示才能的平台。应该相信瓦德西起码具备够用的军事才干,否则他凭什么统领了德国陆军。但我们无意于此赘笔,因为这与我们现在的话题并无关联。总之,在那段日子里,他不用熬心费力地秉烛蜗身解读地图,制订行动计划,也不用汇集各路将领来分析形势,研究作战方略。他只需去做一件事情,就是对那些已成失败者的无力的生命大投杀声,同时毫无风险忧患地挥动屠刀。大约他自己也清楚,这是弱智都能指挥打赢的作战。

德意志乡村的夏天永远地在诱惑着每一个知道它的人。当然也会诱惑着瓦德西公爵和他的玛丽夫人。瓦德西八月初被确定为联军统帅,休假,不是错事,不是羞事,甚至可以说是必要与光明。我们也许是猜度,也许不是,我们只是说,那个夏天,在北京正成为他们那些军人的血光天火的前线的时候,瓦德西将军没有在北京。

不是影视,所以,照片是冷静的。但仍可相信,狂奔暴走之后,马蹄铁的余温尚在,鞍前马后的那两个士兵的枪管还在向外飘缭着子弹射出后残存的火药味儿与未尽的硝烟。

相信瓦德西不会有什么闲暇与闲趣,把天安门当作背景,就像他特意宿兵西陵,是他很知道西陵是怎样一种去处一样,他是弄懂了天安门是怎样一种地方。

我们从教科书中知道的更多的与天安门相关联的各色历史事情,在瓦德西于此留影和阅兵的那一刻还没有发生。但瓦德西的这个照片已经成为了一个历史的目录与符号。

照片具备了文物的和历史的价值,这样的价值不偏向种族,不拒绝地域,不争辩正义与否,也不问是贼寇还是王侯。

照片还在着,在历史的案卷中静静地等待和接受着一次次的反省与评说。物是人非,照片中的瓦德西,还有那个代表着千军万马的龙套保镖,早已经灰飞烟灭,而漂亮的依然漂亮着,漂亮得让人心动,只剩下盯着看。

关于一九〇〇年夏天的话题

庚子年七月二十一,这天是西历一九〇〇年八月十五日,清晨,北京紫禁城,一队仪仗车辇出了神武门。队伍纵行,足两华里,虽尚静穆,但色彩队形均显凌乱。

那样一个慌了神儿的慈禧太后,那样一个无可奈何的光绪皇帝,那样一个倒霉到家的珍妃女孩,还有那样一堆真是不好说的太监祖宗和太监崽子们,他们给我们创造了那个时刻。一顿乱哄哄的闹人杀命之后,光绪皇帝被挟携着离开了北京。

千余人跻跻跄跄又仓仓惶惶。曾经御香缥缈,檀气氤氲的太后出宫景象已成昨世。

队伍绕经景山外街,出地安门,又向西直门。车马一路西行,清政府开始了十七个月的流亡执政。

慈禧出逃这个事情,早被认真的史家无数次地描述和解说,往后不知还要继续描述和解说多少回。而且,只要人类还有记忆,这个事情就会通过各种形式再现,因为那些也许有史证但也可以无史证的一个又一个的细节使离开那个时候越来越远的后来人觉得真是又热闹又好玩,于是就让一拨又一拨贪玩爱闹的戏爷戏子们你方唱罢我登场地过足了太后瘾和皇上瘾,过足了嫔妃瘾和太监瘾,过足了一瘾又一瘾。

午前,一行到达颐和园,帝后两宫入园,休憩坐定仁寿殿。王公大臣们呼啦啦进门就跪,给太后和皇上磕头问安。慈禧太后一个上午都没一句话,这会儿见了诚惶诚恐这一堆人,一路上脑袋里头的东西终于有了头绪,于是不由怒撞心头,声色俱厉地扔出一句——都是你们闹的。

"都是你们闹的",这是个怨言。一个历史之怨、世纪之怨,被亲历者记在了史料之中。

都是你们闹的。那么,"你们"都是怎样闹的,又闹了些什么呢。

怎样闹的,又闹了些什么,其实没怎么闹,也没闹什么。说得直接些和不那样深刻些,就是惹了洋人,打砸杀烧,惹翻了洋人。

洋人在北京有公使馆,就有自己的政府。人家要保卫自己的使馆,那是主权领地。人家要保卫自己的驻京使团,那是政府对外的生命标志。于是便联合起来,把他们在天津卫的驻军开进了北京。八月十四日,各国使馆在他们的使馆地界,在他们的使馆院子里迎接到了他们的"解放军"。对于驻在北京的各国公使以及他们家属和使馆各样司职的驻在人来说,八月十四日足资记忆与怀念。因为这天是他们的"解放日",是他们的旧社会与新社会的标界。

轰轰隆隆,八月十四日深夜,北京城东面有大炮作响。东面,通州府,北京人管它叫京门脸子,所以,炮响实实就在家门口,白天,联军也就是从这个地方进来的。洋人要来算账了,肯定要算政治账,肯定还有经济账,肯定还有别的什么账。挺枪架炮来算账,清廷这回又有了麻烦。三十六计有一计,最蔫最软最省事,于是连夜备车打包藏细软。走为上。

冲着洋人和一切看得见摸得着的洋事洋务,五十五天,义和团把北京城掀了个底朝天。义和团确实把北京闹得不含糊,但只说义和团把北京掀了个底朝天,有失历史的完整与全面。围攻外国使馆与教堂,说到底是得了朝廷的默许与纵容,义和团的根子是反对朝廷的,挖的是紫禁城的红墙脚,忽然地"扶清灭洋"起来,不是空穴来风。

慈禧太后前脚走,联军后脚兵临城下,兵临城中之城紫禁城。

天下不管多大事,常常就是几句话。四十年以前,一个叫作英吉利,一个叫作法兰西,人家说我要跟你做买卖。我们说,什么做买卖,回家等着去,老子想好了你再来。人家说那不行,等不及。于是俩人一商量,就一起打进了北京城。进了北京城,这个英吉利和法兰西,刀枪剑戟中也不是光占便宜不吃亏。便宜占了,亏也没少吃。便宜可以白占,吃了亏不能装哑巴,就一把火点了圆明园。于是,皇上把大印往腰里一别,带着朝廷大官们一溜烟儿地出了古北口,跑到了热河行宫。清廷逃亡执政有传统,四十年前就跑过。不过那时慈禧是跟着跑,这回却是又能做主又带头。

动不动就往北京打,洋人洋脑子,不呆不痴一样好使,因为只有打到北京才管用,打到北京才有甜头。这事其实不用大智慧。

"解放"了他们的使馆,解救了他们的侨民,是八国联军占领了北京城的标志。联军决意要用他们的手法玩赏北京,说这样可以用来调教它至尊至上得不知好歹的主人。这让我们重新记起了英吉利和法兰西的要给北京留下一个永远纪念的话,两天两夜的大火,那个话让万园之园的圆明园变成了一片无际的瓦砾和灰烬。

联军集合紫禁城前,他们知道这是神圣的中国宫闱,他们也知道圆明园曾经也同样地神圣。

枪口对着枪口,眼睛对着眼睛,一边是强攻,一边是顽守。在午门南广场,联军遭遇了顽强的抵抗,十几个洋兵小子在中匡宫廷卫队防线前面洒血丧命。但是,大炮的直接功用就是摧毁坚固进攻对象,紫禁城午门大门终在联军炮火的炸响声中崩溃。

身在野蛮的战争,手掌着宣武夺命的利器,不管将军或士兵,他们全都只是机器不是人,全都只具人形不是人。联军目标是制服北京,神圣宫城的大门被他们的炮火摧毁,他们将从这里冲进去,紫禁城的命运到了再遭圆明园式厄运的当口。

但是联军部队奔至午门跟前却忽然停下脚步。美国军人阿得纳·沙飞指挥着这个战事,他接着命令部队撤离了紫禁城洞开的大门。一九○○年夏天,这是一个未解之谜。我们看惯了这样的场面,一骑快马送来的一个消息,一声自远而近的"刀下留人"的疾呼,让一个注定的死局翻活,一个眼看没命的重要角色保住了项上人头,事情都是发生在让人难以置信的最后一刹那——为了好看,那是戏。但是,在紫禁城午门前命令下撤的那个时刻,不知沙飞将军突然地想到了什么,突然地觉悟了什么或是突然地受到了怎样的暗示。一切都像戏那样无缝,像戏那样丝悬。评书艺人到此可以挂出一句,沙飞将军到底为什么没有率兵杀进午门,且听下回分解。

但是没有下回分解。于是就有人试图破解这个不解之谜,又于是便有了种种的猜测。种种猜测的中心思想就是联军忽然地意识到了战争和野蛮行为的界限,立志要在北京建树文明榜样。例证就是对于美国军人的做法,联军的其他成员没有提出反对和异议。

但是,如果认可了这样的猜测,那么接下来我们不知如何才能说服自己。因为接下来就是联军各自有了势力圈定,内外东西南北城,他们瓜分了北京。

大运河,天津到通州这段叫作北运河。四十年前毁了圆明园的英法联军就是沿着北运河经通州进入北京。一九〇〇年夏天,多国部队向北京进军也是沿河而上。说过的话再说一回,通州是京门脸子,到通州就到了北京。这是一条走不错的路。通惠河三十里衔连通州和北京,是北运河的接转与延长。

驻在天津的外国军事首领调集了两万五千人,七月底开始沿着北运河两岸进军北京。一九〇〇年的那个时候,天津北京之间没有像样的路,有条铁路通行在津京之间,早让义和团掀翻了断。二百四十里地,两万五千人只有一步一步用脚量。联军的辎重行走在津京之间荒旷的原野上,浩浩荡荡,首尾不得相顾。日本人的大车,俄国人的骆驼,牵引拖拉的是中国人苦力。军火弹药行走水路,二百条中式帆船溯流而上,岸上埋头拉纤的也净是中国人。一路上,联军可以说没有遇到像样的阻击。灼日当空,他们遇到的麻烦是四十度的酷热、无饮用水、无边的沙地和无边的沼泽、一寸树荫也没有、人和牲畜的染病和中暑。联军自己都曾怀疑他们能否完整和有战斗力地到达北京。中国人在北京翻天,却不懂得于途中阻击和消灭来自天津的援手。在那个日子里,在那个途中,如果有一支有所准备的力量,那么沼泽地就会是联军进军的终点。一点儿没有侦查,一点儿没有部署,中国人让联军完成了他们持续半个月的死亡行军,八月十日以后直至十三日晚间,联军分别在通州和东便门遭遇抵抗,但一切的有利已经均成过去。东交民巷使馆区受困的避难者最终地迎来了他们的八月十四日。

暑期,各国公使常常挈妇将雏回到欧洲或上日本去度假,躲过北京难忍的湿热和晴天土雨天泥的最糟糕最难熬的季节。但是这回,这个夏天,他们连上香山和到北京郊外逛古庙都已经无暇幻想。他们只能躲在离岛般的使馆围墙内,一边感受着枪炮作响和屋舍墙垣的倒塌声,挣扎着等待着盘算着自己的命运,一边猜度着墙外面顽强又失控的无政府主义的中国人和充满敌意的无政府主义的政府。但在联军进了北京城,控制了这个中华帝都的时候,却一时不见有人出来对话,热热闹闹的无政府主义一夜间变成了冷冷清清的无政府。政府哪儿去了。

中国人的政府跑了,那咱们就把北京分了吧。于是,酷热中,北京变成了解暑西瓜。

英法德意日美俄,外加一个奥匈帝国,八国联军赢了清朝廷,赢了义和团,有资格捋胳膊挽袖子。磨刀霍霍,声声入耳,北京被放在了刀俎之间。

联军瓜分北京,天下岂有此理。联军瓜分北京,天下就有了此事。

天底下没有无因之果,联军瓜分了北京,理在中核。

关于一九〇〇年夏天的另一面的话题

一文一武,是两种社会存在。文和武在语言的教授与游戏中对立又对仗,但这两种东西的产生以至后来的使用却并非一影一形。

正义与正大是一种心理的力量,而且只是一种心理的力量。正义必胜,正大光明等等这类思想意识属于文的范畴,是武这种东西的辅助,是一种心理的鼓舞与暗示。有文识者必有武备,这是人类的造句,这个话说明了在校对文与武这两种东西的时候,人类更钟爱的是武而不是文。

武是为了生存。而文,只是在有了生存和生存好了以后的各种想入非非。

一比之下,文就显得十分地无能和不值钱。

从徒手空拳到石块棍棒,如果不动武,人这个地球物种早就让各种食肉禽兽大撕大嚼地消灭在元黄与洪荒时分。面对各种他类的坚牙利爪,人类在奔亡逃窜的同时,学会了动武。

没有研究过人类最初的生存状态史,出于本能与天性,他们也许一上手就会动武。动了武可以保护自己,动了武可能有吃有喝。大家都想活,都想活得好一些,于是就动武。人强人吃兽,兽强兽吃人,如果真是存在着道理与道德这种东西,那么这就是第一种的道理与道德。于是人类就从那个时候走了过来,动武的手段也长进了,又从棍棒石块到枪铜刀铁,又到硝药火炮,又到原子核子,又到中子电子,又到不知还会怎样。就物种而言,地球上那样多的生存者早就都不再是人类的对手。

还是为了想活,更是为了比别人活得好一些,于是人这个类,就自己对自己下手了。

中国人崇尚武功,于是就有一种理解,认为武功是中国人独有的玩意儿,其实,狭隘了,误解了。从根上说,武功这东西是整个人类起家和看家的本钱。

刀枪不入是中国武功的一种能巧境界。其实呢,皮肉之躯,没有刀枪不入。义和团刀枪不入,最后在正法的利刃底下,没有一个脑袋切不下来。刀枪不入,新编神话耳。

帝党幻想一纸文书在中国克隆三十年前的日本明治维新。后党不乐意新政,文不过人家,就动了武,于是一个变法图强的游戏,葬身于清廷后党的武力绞杀。戊戌年的变法精英们被公开处决的时候,驻在北京的外国使团官员们正聚合在日本公使馆里品饮中国茶。他们也是半个多世纪以来接二连三地用炮舰轰开了中国闭锁的大门,轰开以后没有止步,就涌了进来,也是在炮舰的强卫下让他们在北京有了可以如家里样待客喝茶的地方。北京城中东交民巷的使馆区,是他们武功效果的物证。他们很知道,中国有的是好茶他们根本还无福享用。他们实在是愿意中国推进变法,那样他们就能够更多地品饮到中国的好茶。所以,当菜市口的屠刀落下的时候,他们感到了他们还需要更强大的炮舰。

六君子菜市口崩魂溅血,北京城一片喊杀声,那声音酣畅淋漓得令人心悸,这是浑浑噩噩的老百姓的叫好方式。但驻在北京的洋人们听得出来,归根结蒂,这喊杀声是冲着他们去的。

德国人占了山东,在那里拆房占地,置产兴业,讲学布道,干预诉讼。曾因张显颠覆朝廷用心而遭查禁后转向地下的大刀会哥老会等等一些浸透了宗教色彩的民间社团在十九世纪将尽的这个时候又"春风吹又生"地冒出了头,不约而同地把攻击目标转向了洋人。他们"烧杀抢"中国教民,攻击外国教团,杀死洋人传教士,烧教堂,毁铁路。那时候,中国已经有了火柴这种东西,但那时火柴不叫火柴,叫"洋火",一个平民人家,只因家中被发见了"洋火",可怜满门人头落地。总之凡是挂上了洋腥洋相的全都没有好下场。他们有一门武功,他们说他们练的这门东西叫义和拳。他们一边攻击着洋人洋事和洋物,一边窥瞧着朝廷的脸色。那个叫毓贤的山东巡抚在官方文字中就管这样一门武功、这样一门武人和这样一门武事情叫作了义和团。义和拳拳民没人反对这个叫法,于是就"义和团"起来。朝廷的认可让这个秘密结社可以不用再偷偷摸摸,他们体体面面地走到前台,他们说他们可以帮着政府除匪平乱。朝廷正为京畿周边的各种不安宁犯着头疼,乐得民间忠勇如此孝顺。于是那些排外的和原先反朝廷的结社全都贴附过来。难怪义和团后来在北京围攻使馆烧毁教堂那样得手,那样毫无后顾之忧。此前慈禧太后接见了他们的代表,笑听他们满嘴的"扶清灭洋",相信了他们关于刀枪不入的神话。他们行为的背后是朝廷的壁上观。

后来八国联军也动了武,进了北京就要跟朝廷算账,慈禧吓得往外跑。一边跑一边琢磨,于是斥言"都是你们闹的"。这实在有点矫情不讲理。冷耳听去,这个话听像是在埋怨公卿相臣们不听话结果惹了祸。实际呢,这是一种犯罪后的心理调整,是一种嫁罪的心理历程和对被嫁罪者的远期暗示。因为,后来八国联军把慈禧太后列作了必须严惩法办的首恶,在看到这样一个名单的时候,老寡妇一边颤抖着一边落下了眼泪。所以,当初,说是流亡执政,对洋人而言,老寡妇却是畏罪潜逃。

义和团从山东脱胎,吹气球一样膨胀起来,蔓延到北京,一切的行为全是冲着洋人。揭帖是告示和标语口号那类东西,北京城墙头上可见义和团的这种揭帖,说"神助拳,义和团,只因鬼子闹中原。劝奉教,自信天,不敬神佛忘祖先。男无伦,女鲜节,鬼子不是人所生。挑铁道,把线砍,旋再毁坏大轮船……一概鬼子全杀尽,大清一统庆升平"。

揭帖气势不小,气头挺大,气象也新。北京城匝围四十里,这样的揭帖何止一处,北京的外国使馆、外国教会等等一切的洋务与洋相全都被覆盖在这个气势气头和气象中。黑云压城,这个词,不知洋人懂不懂。

四个洋人,两个被缚仰卧在地,两个被缚直立于桩。中国官员和兵勇在指挥着役人对直立者动以荆笞拳脚,对仰卧者往口中强灌粪浆。这是一幅宣传画,叫《齐团灌粪图》。可贵的是此图又有楹联一副为之点化和解说。这副楹联说——狗屁也称书恨耶稣臭名千古,猪精专吃湎赏鬼徒美味一餐。楹联平仄讲究,对仗工整,论艺术足以入流。矛头却与上面揭帖所指一致。

揭帖、图画、楹联,还有我们有理由有根据联想到的许许多多,有声有色。声声色色,横竖有点像六十又六年后的革命小将和红海洋。

两国交兵,不斩来使。一九〇〇年夏天,北京专斩来使。六月,十天之中,日本使馆书记官被清兵尸裂,德国公使饮弹街头。

德国公使死命在六月二十日,这是一个标志。史家习惯用一个事情来做历史时间段落的界定,义和团涌进北京城,五十五天的使馆围困和教堂攻伐就从这天起算了。而在这之前,正阳门城楼已经被烧毁,正阳门一带商号和民房也早是一片废墟。这些地方距使馆区咫尺之遥,如果用算术作地理描述而不用文学语言,那么正阳门距使馆区边界不过一百米。北京城到处是杀洋人的喊声,使馆区里一片恐慌,没被打死的中国教民和洋人传教士涌进了使馆区,外国使团一面与清廷作外交交涉,一面组织以弱对强的自卫抵抗。这时候,在各国公使对北京动不动武和如何动武的讨论过程中,驻扎天津的外国部队形成联军开始了向北京的进军。

英国使馆聚集了避难者九百余人,各国公使,他们的家属,还有他们的差役。义和团烧完几家外国使团驻地,就瞄准了英国使馆。英国使馆攻不进,干脆烧了翰林院。翰林院那是何等至精至妙的所在,何等光昌流丽的去处,烧了。义和团野蛮无道无法又无德,别这样说,不耐烦了的师哥师姐们本义并非烧毁翰林院,只是想让大火烧过墙,谁让你这翰林院跟英国使馆紧挨着。

一切的规矩、神圣与珍存全成粪土,一九○○年的夏天,义和团一时独领了京华风景。

联络被切断,使馆不知道在烧了南堂和东堂后,义和团的八门大炮又把北堂的西什库教堂轰成了"八十级"地震的现场。三千五百人在此避难,而保卫他们和教堂的只有四十条枪。水兵、教民,每天都有人在义和团弹火和弓弩的飞来中丧生。义和团把教堂围成了死地,八月初,教堂里面弹未尽粮却先绝。也许洋人并不如中国人那样地习惯于驴的肉,但在死亡和驴的肉之间,他们还是选择了后者。教堂用于驮运家什物品的几头毛驴最后成全了还没有来得及饿死的人,让他们活到了八月中旬的解放。

英国使馆的被困者最终等来了他们的"解放军"。等来了"解放军"的还有另一些人,他们默默地在使馆的一个角落里,看不见他们,一横一竖,十字架是他们的代表。

"解放军"来得挺晚,但对西什库的北堂来说又是最终来得及时,因为"解放军"到达的时候,教堂里面已经是弹尽粮绝,可怕的是驴也杀光了。

眼看他起鸿图,眼看他打砸烧,眼看他鸿图灭,眼看他圆寂了。五十五天,北京城早已经满目疮痍。当一个让人心旷神怡的秋天降落在北京的时候,义和团瓦解冰消。京城里面,轮到了洋人耀武。北京城,文化积淀多么肥沃与富饶的京畿圣土,他的无可奈何的子民们,路遇洋人皆需脱帽致礼。义和团师哥师姐们,兽散的兽散,正法的正法。洋枪洋炮制服了刀枪不入,北京城低下了曾经莫名其妙高昂的头。

关于另一幅照片的解读

不大一张桌案,周围拥攘着坐满了人。一侧是洋人,一侧是国人。洋人多国人少,除去无名的职员和役人,洋人十一国人二。英法德日美、俄意比荷西,还有一个奥地利。洋人是北京外国使团十一国特使,国人是清廷的和谈代表。浏览那段历史,这幅照片不难见到。

这是一幅纪念照,时间是公元一九○一年九月七日午前,地点是那个时候北京的西班牙使馆。这个时间,这个地点,桌案两侧刚刚历史性地完成了一件事情,签署了一个叫作《最后议定书》的文件。

再看这个照片,洋人们无一例外地没有笑容,又是无一例外地目光呆滞。难得的是,一个有准备的纪念照,他们却是十一个人十一个方向,眼神分散,各有关注,其意全在镜头之外。我们没有刻意地追寻照片的作者,但十一个主角洋人的十一个方向瞩目的捕捉,成了摄影者的神来之笔。史家或许不会以为这是什么重点,却能让爱摆弄文字的骚人们拾遗评点,瞎附会乱开掘地说出些能让人琢磨的话来。

穿戴,面廓,眼神,须髯。还是这幅照片,洋人对面是两个典型的中国老人,就是受了朝廷全权之命与十一国对话的总理外务部事务的庆亲王奕劻和北洋大臣李鸿章。他们是朝廷的代表,他们接受的旨意是和谈必须成功。清廷驻跸西安府,洋人在北京不依不饶。驻华公使死命北京,德国人最有理由高高要价,克林德的新寡遗孀更是呼天抢地地要让中国第一老寡妇为自己的当家人放血抵偿。

小心翼翼,别再惹急了洋人。严防死守,不能舍了老佛爷。照片中的中国官场老人,他们的神情暗示着他们什么都明白。他们知道,在与十一个方面的强国之间有个因果算式,就是和谈必须成功的条件是必须让步,于是,为了成功只有让步。算式继续演进,变成让步就是听从十一国的意志,让十一国各如所愿。所以,只要不伤慈禧老寡妇性命,看看洋人想干什么。赔钱,行,中国有的是人,有的是人也就有的是钱,赔。洋人还要在北京开设使馆区,还要在内地要紧的地方驻兵,让你开,让你驻,中国有的是资源,各种资源,够用。还有什么,都听你的。于是,算式导出了一个结果,一个道理,就是强者做主,谁强到最后谁做主。

中国的近代史让我们听惯了"不平等条约"这样几个字和这样的表述。而"不平等"三字却只是一种日后的画外音,在和谈的桌面上,没有人去说"不平等"。于是,条约就成了强者的另一种刀剑,成了强者对弱者的游戏。中国人打败了,就得唯人家之命而是从,就得让人家由着性子来。

条和法对任何人都是平等的,这个模棱得梦话一样的解说,又让我们险些中了什么奸计。被叫作条或法的这种东西,其实从来都只是强者的作品,版权属于强者。这种东西,从胎动的时候就不是合作,著作人就叫强者。

一顿有金属与火药加盟的血肉绞拼,打就出了照片中的这张刀尖枪口下的谈判桌。慈禧太后要千秋万代地以中华帝国为核心,要千秋万代地关起门来一个人说了算。洋人进来了,文武夹带,所向直指这两个"千秋万代"。于是老寡妇就幻想借助刀枪不入的义和团武功把洋人赶回老家去。但是在和谈与和约签订的日子里,北京城里的洋人比以往任何时候都要多,洋武功来得比任何时候都更威猛凶淫,更直接和更不客气。

义和团烧天掘地,一时的霹雳风火已成过去。联军剿杀义和团的史料让我们明白,宁错杀一千不错放一个,并不是后来什么人的首创与发明。那种防范"春风吹又生"的对于人的物理上的杀灭从来就是如此。那样至高无上的慈禧太后此时背负了沉重的罪债,害怕洋人连她一起收拾,就往外跑。光绪皇帝早就想着以洋为师,老寡妇料定洋人不会降罪皇上。与其让你得意,不若共尝我栽下的恶果子,于是跑的时候就拽上了光绪。

中国地方大,拼着命也够跑,就到了西安。北京的平民,他们没有条件出逃,更是没有老寡妇那样的负罪感,守家在地,他们想他们不用出逃。但是,北京的平民真是太天真了些。洋人主宰了北京,特许劫掠三日。老寡妇应该知道,北京的平民,他们承受了政府的承受。

慈悲与宽仁是人类在标榜自己时候的一种涂抹与贴挂,他们骨子里根本就没有这种东西。天造的这个阴残而又孽虐的物种实际上比我们已知的任何一类智能存在都最能快感于糟践同类,最能快感于把同类用作表演凶残和宣显兽性的道具,只要有机会。而屠城,就是这样的机会。三日屠城,联军把北京城变成了跪下的宰牲。我们用"屠城"去解说一九〇〇年夏天联军在攻陷北京那一刻的"特许劫掠三日",并不是说把他们指斥为屠城"方解我心头之恨"。中国的、世界的、人类历史上的屠城证例,从来都是一样做法,一样过程,不用设计、仿效与师传。屠城时候会发生什么,那个夏天,在北京全都发生了。用联军的立场反话正说一句,应该是未留遗憾。

《最后议定书》产生在辛丑年,又惯称《辛丑条约》。和谈与签约,沥沥拉拉持续几近一年。两位中国官场老人不情愿的让步在十一国各自利益交锋的进退之间不曾有过半点缓冲和可以图变的空隙。克林德和那个叫杉山彬的日本使馆书记官的死命事情专款写进了条约。把杉山彬大卸八块弃尸街头是清廷政府军群体作案,日本人无处搜查凶手,就帮着德国人抓住了打死克林德的那个叫恩海的中国军人。在和谈进行着,条约尚未签订的时候,那个叫恩海的中国兵就已经被砍了头。这一天是一九〇〇年的十二月三十一日,德国人监看了这个复仇的杀戮。在北京,新旧世纪的接转面对了人血与人命的祭典。

但是,对失败者的以杀戮为极致标志的报复并没有止于恩海的被砍头。在辛丑年,也就是在新世纪到来的最开始的日子里,头顶屈辱之冠的中国人付出了一种非算式导出的代价。朝廷军机大臣、翰林院大学士、吏部尚书、礼部尚书、刑部尚书,左都御史以及皇室宗亲显贵与相关的地方军政官僚,等等等等首祸诸至尽数捉拿归案,革职、流放、监禁、处决,用得着一个话,叫作都"没有好下场"。从庚子秋天开始的将近一年的时间里,屋内是中国老人对十一强的谈判,屋外是十一强与按照十一强意旨对失败者的清算和对替罪者的血洗。

于是,这座古老的都城终于踏实了下来。当初那个叫毓贤的山东巡抚被砍了头,也是洋人说了要他的脑袋。处决一九〇〇年夏天怂恿义和团"扶清灭洋"的上层要员虽作为铜铁立项明文写进条约,但在条约最后签署之前,这已经是一个先决的和谈条件,并且已经执行告毕。

为富不仁,无商不奸,我们听惯也说惯了这样的话。其实,那是我们太不认真,太过从众,太不政治了。政治恶于商卖,政治奸于商卖,不计成本不要脸,这才叫真政治。政治本来就有这一面。

仗不打了,和谈开始了。闲下来的洋兵们成了紫禁城最早的游客,他们当然不用购买门票,而且是空手进入满载而出。紫禁城内,那时候没有现在这样的"禁止"和"请勿"的提示,没有为保护古建而针对游客设置的拦绳与围栅。清廷一些官员和太监充当指引,成了紫禁城的第一代导游。

紫禁城研究的分科中,不知有没有旅游观光史的类别。如果记载,这项历史似应起于这个庚子与辛丑的时刻。

紫禁城是在朝官僚行政与左右斗角的要地,是皇室宗族作息与上下勾心的风口。不论多么诡谲暗渡,不论怎样显棍明刀,红墙黄瓦下,丹墀玉阶旁,曾经都是些要脸不要脸和要命不要命的中国人。但是在这年,全不一样了,洋人主宰了这片宫城。洋人主宰了这片宫城,这倒也让我们明白了一个事情,原来,听去看去那么神圣的并不神圣,听去看去那么不可侵犯的也不是不可侵犯。紫禁城自从土木落定,凡五百年间改朝换代,乾清宫"正大光明"匾下面的金銮宝座,只有明清两季二十三帝于此面南,但到我们正在说着的这个时候,却是让一些无名之辈的无聊洋人一屁股又一屁股嘻嘻哈哈地坐了个够。

这个时候,太后光绪政府还在西安。由于各种原因未及随銮西遁而留在京城的贝子贝勒、王公显贵,他们常被随意入府的主宰者呵出提去。你,还有你,统统过来,跟我走。于是喂马扫地,于是烧火挑水,于是除粪便,于是抬死人,叫干什么干什么,早已不知"高贵"与"尊严"这些象征人格加号的中国字如何写法。于是,北京有了和平与安宁。

西直门至东直门一线迤北地带,无论仕农商工,无论小院豪宅,全都挂起了太阳旗,这是北京城中让日本割去的一块地方。"大日本顺民"大书于旗面之上,中国话和日本话里不少汉字言语,指代常常不一,甚至寓意相反。但这几个字,中国人看得懂,日本人也明白,理解上没有歧义。日本人讲卫生,辖管区内,规定早晚洒水净街。既是"大日本顺民",就都遵章守纪,老老实实。

这样算来,中国人给日本人当亡国奴比我们常识认定的至少要往前三十年。

一九〇一年九月七日十一时三十分,北京。这个时间和这个空间,横竖交叉地锁定了《辛丑条约》这样一个人间孽物。

九月中旬,折腾够了的各国军队撤离北京。两个中国老人——庆亲王奕劻,在总理衙门改称外务部后担当了外务部长;整整两个月后的十一月七日,李鸿章在北京金鱼胡同贤良寺病逝。

条约签订,议和事成。驻跸西安的两宫十月初起驾回銮,在李鸿章病逝又整整两个月后的一九〇二年的一月七日,慈禧和光绪銮驾回到北京。这时虽是西历一九〇二年,但中国旧历还是岁在辛丑。下午两点,銮驾经走大清门,穿行天安门,又过端门并午门进入紫禁城。

回銮当晚,慈禧太后传戏谭鑫培。

谭老板是唱老生的,只是那晚不知唱的哪一出。

北京通话一九〇八[*]

我特别愿意知道从现在起一百年以后北京什么样子，一百年以后北京发生了什么事情，估计只能让那时候的人来告诉我。

我知道，你是生在北京，生活在北京；我也一样，也是生在北京，生活在北京。这种大信息大结构，我们都一样，一样都是生，都是生活，也一样都是北京。但是有一点我们不能相比，你生活的那个时候叫作一九〇八年，而我不是。就像我不能跟二一〇八年跟我说话的那个人相比一样。

生活在一九〇八年，那时候你想过些什么。当然，你想过很多很多。我知道，那时候你一定特别想知道一百年以后的北京。你不知道一百年以后那里是怎么一回事，不知道一百年以后那里是什么样子，会有些什么，会发生什么。

有一种大智慧的人，很久很久以前和很久很久以后的事情他都知道，他都能看得到，都能听得到，叫作前知五百年，后知五百年。一九〇八年的时候，这种人你也一定听说过。其实呢，没有这样的人，这是人编出来的，一九〇八年的时候就有人这样说，都到现在了，还有人在说，你没见过吧，到现在，一百年了，我也没有见过，一直没见过。但这种东西不坏，也不丑，这也是中国文化的一种或一部分，属于文学。中国的小说里有，二十四史里头没有。

---

[*] 此文写于 2008 年

这个话,那次和你说的时候,你好像和我争辩了几句,言来语去,记不得怎样开始又怎样结束的了,只记得整体的感觉,对我的说法,你认同一部分,又不认同一部分。后来我也挺当回事地琢磨过几回,觉出你也有道理。后知五百年难,前知五百年却是可以做到。对错我们各有一半吧。因为前五百年的事情有人会记载,会把它写成文章写成书,然后一代一代地流传,千年的文字会说话,一千年都不是问题,更不用说五百年了。况且还会有许多的实物留下来让后来的人去琢磨和认可。无意识的东西要比有意识且又自称万物之灵的人的寿命要长久得多。就拿紫禁城来说吧,五六百年了,它扛着容纳着那么厚重的历史信息,但曾经和紫禁城同在的那些有名的和无名的人不都是不断地生着消失着,又生着又消失着吗。现在也一样是在这样的进行中。想一想,你对。

怎么说着说着又说五百年去了,还说一百年。你那个年月叫一九〇八年,一百年以后你不知道,你不知道一百年有多久远又有多么不久远,你想感受一种时间的分量,于是你就从一九〇八年往前数,你就数,数了一百年,结果数到了一八〇八年。现在叫新中国,一八〇八年那时候叫清朝,你们叫大清国。年月呢,是清朝的嘉庆十三年,一个叫爱新觉罗·颙琰的人正在北京,坐在紫禁城里当皇帝,那以后的一百年里头,又有过道光咸丰同治光绪四代皇帝,一百年的光景,五代皇帝都过完了,你觉得时间这东西很轻很轻,一过就没,不禁过。可是这一百年里头,又有那么多的事情总是把人投进烹煮煎熬当中,让人在里面挣扎,做手工作坊的、种地的、吃粮当兵的,还有做买卖的和念书的,还有,做这做那的,都挣扎。普天之下莫非王土,按说皇上不用挣扎了吧,其实皇上也挣扎。我是从书里知道的,而你就在那个时候。所以,他那个挣扎劲儿你比我清楚。宫里宫外的事理不顺,弄不通,倒腾不过来。都挣扎,都难受。这样一来,一百年就又太重了。

你的那个一九〇八年，北京，冬天可能照样是冷，夏天照样是热。住在皇宫里头不怕，紫禁城里有取暖的工事，热气走地道，可以通到皇上他们那些人住的房子里。天热也不怕，他们有冰，紫禁城外匝不是有个护城河吗，我们叫它筒子河，估计你们也是叫它筒子河，我们现在说的话不少还是你们那时候传下来的。那河里冬天结冰，大块大块地抠出来，有一尺厚，大约一米见方。说一米你可能不懂，不是一个米粒那么大的见方，一米就是三尺，你也别疑惑我们现的米粒有一尺那么大，不是那个意思，你就知道一米见方就是三尺见方就行了。那么大的冰坨怎么抠啊，有人会抠，专门干这个，抠出来然后搁冰窖里头。紫禁城外面有个冰窖胡同，当初就是你们为皇上藏冰的地方，那么多冰坨码一块，抱团不化。怎么让我跟你说这个，你们那阵儿的事，你比我清楚啊。还说皇上也不怕过夏天吧，皇上他们夏天就用那窖里的冰，沥沥拉拉能用到立秋。再不呢，他们可以上承德，一九〇八年的时候，那地方叫热河，对吧，后来很长一段时间都叫热河。热河你们叫惯了，叫热河你一定觉得很亲切。那儿有他们专用的一个地方，凉快，叫避暑山庄，是他们的一个行宫。热河，要是懒得跑那么老远，就坐着轿子出城，出紫禁城，出北京城上颐和园。那儿离山近，又有水，也凉快。你们有个慈禧太后，她是不是动不动就上颐和园里待着，那儿比在紫禁城里头舒坦。那时候的皇上早就不叫颙琰了，早换了，叫载湉，年号叫光绪，大家就叫他光绪皇帝，有时候就直接叫他光绪，这你知道，都这样，用年号代人。明朝和你们那个清朝，大清国，都是用年号代人。不过年号要是换得勤就不好说了，中国的大哥大王朝——半截腰里插进一句，说大哥大你可能不懂，这是一个借用词，是说一种世情世务又鼎级拔尖又有影响力和号召力。你那时候北京开始有了电话电报，用作长距离的传送消息，这东西我们也一直在使用。但后来我们又有了一种东西，可以带在身上，随时随地和远处的人说话，一时特招人眼，我们叫它"大哥大"。大哥大这个词就是跟着大哥大那东西来去的。通信手段到我们这个时候发展特快,如果要跟你说些联通和移动通信、说些网络信息等等你可能更不懂了,有机会再慢慢跟你说。由于变化快,所以大哥大出现快,消失也快,大哥大这个词也就随生随去,已经没什么人用了。我这会儿觉得这个词用在这儿又有点意思又挺合适,也是姑用一回——话再回到原题,比如唐朝和宋朝,就是大哥大王朝,当几天皇上没事净换年号,一代皇帝换五六个七八个年号是常事,有的甚至换十五六个,没法用年号代人,三天两头地换,都不知谁是谁了。所以,说到唐朝宋朝的哪个皇帝,就爱这祖那宗地说他们的庙号,他们的第一代皇帝庙号都叫祖,往后的都是宗,祖宗祖宗嘛。皇上的名字不能说不能写。总之,一当了皇上,名字就没用了,当了皇上连"我"都没了,"我"不说"我",不知道为什么不能说,需要说"我"的时候,得说"朕"。想想,怪有意思。

怎么又说宋朝唐朝去了,还说你那个一九〇八年。你那个时候叫清朝,那时候你可能不知道清朝快要完了,我们后来看得清楚,就管你那个时候叫晚清。晚上的清朝、晚年的清朝,是拿一天时光的和一个人生命的过程去比一个朝代,比得好。我们管你们那时候叫晚清,你可能不知道。

光绪是道光皇帝的孙子,咸丰皇帝在道光儿子辈当中排行老四,是光绪的大爷,所以光绪应该管慈禧太后叫声四大妈。光绪的老娘又是慈禧太后的妹妹,所以慈禧太后又是光绪的大姨。大姨外加四大妈,这身份就是那无比的力量,让哪儿地震哪儿就得震。同治皇帝没有儿子,大姨四大妈就用这身份力量立起同治皇帝载淳的叔辈兄弟载湉,也就是立起了自己妹妹的儿子,让他当皇上。皇上弄上去了,慈禧太后就管着他。光绪特怕他这个大姨四大妈。

武则天不姓李,但敢把李唐天下拿过来,自己当皇上。慈禧太后没有自己当皇上，可能是没有想到或没有想，要不就是你们大清国的规矩太铁太大，自己不是爱新觉罗氏，到底是众目睽睽之下不敢乱了尺寸。但是她摄政。紫禁城后宫挨着乾清门西边有个小院，北屋叫养心殿，对吧。就在那个小院的北屋里靠东头那个地方，有什么事让皇上坐在前边，皇上身后挂个帘子，自己坐在帘子这边一起跟着掺和，叫垂帘听政。听政，话是这么说，实际是替皇上发表意见拿主意，什么都管，说话管用，独断朝纲，一点儿没输给武则天。皇上这玩意儿我是看出来了，拿得起来的大都只是开国的那位，越往后越是黄鼠狼下耗子，光绪是大清国的压轴皇帝，离末代只差一步。天下不是自己打来的，是预备好的位子让你坐，资格远不如慈禧太后大姨四大妈来的又深又厚又稳当，所以皇上当得特没劲，一点力量都没有。光绪得意和看重的许多人，都挺棒的，有见识，但是都犯一个毛病，就是心太软，在一八九八年的时候让慈禧太后给砍了脑袋。说到底，你们慈禧太后那个老太太真是没见识，她可能到死也不懂，她杀死的那些人实际都是变着法儿地要让你们那个大清国多活几年，甚至是想让黄色江山的大清国千秋万代香火不断。这老太太特浑又毒，把他们杀了。跟被杀死的那些人同一团队的还有另外一些人，老太太一时没逮着，就全给吓跑了，跑到南方。还有跑出国的，上日本了。光绪皇帝呢，让大姨四大妈给关起来了，圈在了西苑，我们现在管那地方叫中南海。一大片水，里边有个小岛，叫瀛台，有个小屋，叫涵元殿，就关在那儿。后来慈禧太后又跟人家外国人斗，那时候外国人早就有不小的见识了，斗来斗去没斗过人家，结果是又跟人家说好话，又送给人家好东西，没劲到家了。到一九〇八年的时候，你肯定知道，光绪还在西苑那儿关着，除了给大姨四大妈请安，不能乱说乱动。慈禧太后总爱往颐和园跑，不管上哪儿吧，光绪皇上也都必须跟着，自由活动一点儿没有。光绪皇帝这年身体特别不好，那肯定是心情给闹的。是个皇上，天底下应该他最厉害,却是什么东西也不让他插手,总让人管着,还关着,厉害不起来,多难受。还有,他特别喜欢一个女孩儿,叫珍妃,俩人特好,结果愣让大姨四大妈给弄死了。都八年了,一个抗战都结束了——对了,说抗战你可能又不懂了,抗战就是跟日本打仗。日本你一定知道,就是从你那个时候再往前数十三四年那工夫,开着船上中国海边跟你们大清国打仗的那个日本。那次够寒碜,也够惨的,大清国整个北洋水师都让人家给按到海里去了。打败了还有什么说的,就割地赔款,让人家得好处,其实人家要的就是这个。台湾就是从那时候起让人家白白占了五十年。后来又过了四十多年,还是这个日本,又来打仗,这回时间长,打了八年。这会儿咱们说一个抗战都结束了,也是借事打个比喻,是说时间不短了。回过头来接着说光绪。一介匹夫急了还能抄菜刀去跟仇家撂几句横话,光绪连菜刀都没处弄去,有地儿弄去肯定也不敢上大姨四大妈那儿去比划。皇上,自己喜欢的一个女孩儿都护不住,还说什么普天之下莫非王土,还说什么率土之滨莫非王臣。总之,一个人那么长时间总关着,又那么多糟心的事,不病等什么,就病了。

光绪病了,病得不轻,这是你们一九〇八年时候的大事。

一九〇八年,你当时不会知道,这年就是光绪末年。我是后来人,世事经过和结果都容易看得清楚。光绪是四岁多不到五岁时候当的皇帝,到这年三十八岁。皇上当了三十四年,有二十多年让人家管着,这中间还有十年关着。关着,虽然不是铁窗烈火,却比铁窗烈火还铁窗烈火。

好好的皇帝干嘛给关起来,谁敢关他。就关了,就有人敢。我是看书,你在当时,都知道是怎么回事,就不多说了。人家日本弄了个明治维新,跟西洋学习长本事的东西,学习好东西。维了二十几年的新,弹丸小岛就有精神跟你们泱泱大清国叫板,咱们刚才说过了,就是把你们那个北洋水师灭了的那回。写中国的海军史还真是躲不开你们大清国这段。光绪一看不行,赶紧着学日本,也要改革,也要开放,也想要横起来,结果没弄成,没横起来。到底怎么没弄成,怎么没横起来,说来挺麻烦,一直有人在钻故纸堆,想弄明白。有那么一帮人,专门乐意鼓捣过去的事,他们不叫鼓捣,叫研究,叫研究历史。包括你们一九〇八年那前后,对我们都是过去,他们都鼓捣,鼓捣来鼓捣去,过去的事常常是一句两句话说不清楚,有时候一万句也说不清楚。他们不怕说不清楚,说不清楚就老有的说,所以他们永远在说。不管他们了,说不清楚让他们慢慢说去,咱们说咱们的。

从光绪要强没要成算起八十年以后,北京又一回国门打开,到现在又过了三十年了。北京早就跟你们那时候不一样了,加上这三十年就更不一样了。对我来说,你是历史,对你来说,我是未来。种种的环境条件都不一样,所以,我们这回的国门开放,跟光绪那个维新变法不是一回事,不应该是一回事。我知道你们那个维新,你却是不知道我们这个改革。你的未来是我的现实,我的历史又是你的现实,两种现实可以比较但不能替代。我们这个年月你没有赶上,可是话说回来,过去就是应该赶不上未来。一百年以后,那是那个时候的现实,是我的未来,我赶不上。那时候跟现在管保也不一样,历史未来现实,这三个东西永远都不会一样,这话你得信。再过一百年,我又变成了历史了,你就更是历史了。多么遥远的未来总是离现实越来越近,而再近的历史离现实也会越来越远。这些话很少有人去说,所以听去有点绕人。

听去有点绕人,那就先放一边,回来还说一九〇八年光绪皇上。这个时候光绪病了,到年底就死了,你在那时候,你知道。

说到这儿你一定挺害怕,害怕得四下张望,看有没有谁在听我们说话,甚至要赶紧趴地上磕头了。这么大的礼可能你都不知道是冲着谁的,习惯性地吓坏了,先磕了再说。我知道,用"死"字去说皇上断气,我说了,你听见了,这不得了。为了不杀头就使劲磕头,你是请罪,请恕罪,也是为我请罪,请恕罪。你真好心,我应该谢你。可是我得告说你,我现在说皇上死了,说就说了,如果不怕有人说我犯神经,还可以喊出来,连着喊一百嗓子也不要紧,没有谁加罪给我。可你不一样,你是一九〇八年,你不能说皇上死了,你得说"驾崩",说"龙驭上宾",对吧。行,驾崩,龙驭上宾,你那么说,我这么说,说的都是一个事,我们各自都说习惯了,那就你说你的我说我的,互相明白就行了。

光绪就是这年深秋死的,十一月。公历一九〇八年,你们叫光绪三十四年。皇上生病都是大事,"龙驭上宾"就更是大事了,大就大在皇上这活儿谁来接着干。为这种事,中国历来都是前仆后继不怕死不怕活,就是正统继位也常常弄得人头落地狗头落地的。皇上不能断了档,又不能谁想当就当,乐意当皇上的多着呢,那不行。可是光绪没儿子,也许是还没有来得及,也许是别的什么原因,有人爱鼓捣这原因那结果的,让他们鼓捣去,咱们就只说光绪没儿子。光绪没儿子,金銮殿龙椅也不能空着,慈禧太后早就算计好了也预备好了,就赶紧把溥仪端出来抱进了紫禁城。这个时候,光绪这边正在西苑的孤岛上熬病。

溥仪是光绪大哥载沣的长子,按辈分应该管光绪叫个叔,溥仪有没有这样叫过,不知道,我想大约没有叫过,书里没找着,你可能也不知道。光绪当皇上时候不到五岁,可溥仪接着光绪当皇上的时候三岁还不到,光绪跟这个侄子可能面也没见过。也许溥仪管光绪叫过一声叔,光绪也见过他这个侄子,你什么都知道,只是不告诉我,不能告诉我。行,你难,不勉强。

这年深秋可就热闹了,先是光绪死了,大姨四大妈就把溥仪按在了金銮殿的龙椅上。慈禧太后不是爱新觉罗氏族,但在爱新觉罗家族中是溥仪的姨奶奶,所以,这么一按,老太太就由皇太后变成了太皇太后。后来的那些闹人闹世的历史也全都缘于老太太的这么一按了,就好像出租车每天拉载的第一个客人决定了当日一整天的行走路线。又走板了,说出租车你又要不懂了。出租车就是用汽车接人送人,完事给开车人钱,是一种经营方式,是我们现在的一种生活。一九〇八年的时候北京已经有了汽车,三辆大"笨司",对吧,我不知道,也是书里说的。说是袁世凯从德国买来的,给了慈禧老太后、庆亲王奕劻和醇亲王载沣也就是溥仪他老爸仨人一人一辆。那三辆汽车你应该见过。一百年了,那个牌子的汽车德国一直在生产,现在北京街上常见这个牌子的车,何止三辆,而且比一九〇八年你们那三辆更好看更受用,我们管它叫"奔驰",其实还是那个念法。只是奔驰用作出租车还很稀罕,如果这个牌子从现在起德国又继续生产一百年,可能那时候北京街上的出租车满都是它,不过那时候的事情我就不知道了。一百年呀,你想,只有等那时候也有个像现在我这样的好事之徒来与我作百年通话了。

咱们把话再拉回来。光绪是这年十一月十四号死的,第二天十五号,慈禧太后也急急忙忙地死了。一个在酉时,一个在未时,就是一个是傍晚五六点钟,一个是下午两三点,前后不到一天工夫。这不到一天的工夫里头,慈禧太后紧着忙活,她一边让已经抱进宫中在上书房读书的溥仪赶紧入承大统,一边把所有政事交给了溥仪他老爸载沣,让他监国摄政。做完这事没耽搁,就死了,可以说是跟侄皇帝一块儿死的。大姨四大妈干嘛非紧着要凑这个热闹,到现在一百年了,那些爱鼓捣过去事情的人噗噗噗地不管怎样口吐莲花,到底也还只是吐沫星子满天飞。你虽然是在那个时候,这种事情,也未必能说得明白,不问你了。不少说不明白的事越想说明白越是更加说不明白,那就干脆不说了。

皇上和太后死了,你说是大事。可是一九〇八年那时候,中国的外国的能称大事的事多着呢,你可能没有留意,或者根本想不到还应该去留意什么。到你们一九〇八年那个时候,有见识的中国人早就在关注外面的世界了,早就要把中国也改一改变一变了。人家大英吉利大德意志大法兰西和大阿美利坚，等等不少地方，就是因为改了改，变了变，国家弄得挺热闹。刚才说到日本了，日本也是这样。刚才也说了你们大清国宫廷里头挺热闹，但是人家的热闹跟你们大清国的热闹是两种东西。人家的热闹是热闹在鼓捣科学教育，热闹在置产兴业，热热闹闹地往前走。而紫禁城里的热闹，是热热闹闹地看着守着，是一种规矩套子，千年一贯制，百年一贯制，死气沉沉地让人喘不过气儿，至死一贯制……

我们二〇〇八年这个时候大事还多着呢，说不过来，有点儿累，就不一样一样地说了。我知道你想知道，想让我像刚才说别的什么事那样再多说些。但话太长了，比大哥大比抗战，比"龙驭上宾"比出租车，比什么话都不短。记着这个茬儿，找工夫再聊。总之你们大清国，外边的事情只是不得已的时候看一眼问一句，调回头来还是萧墙里边那点事。

这话你说你有点不爱听，你说我们的事是大事，你们那可也是大事。我想了一回，你也不错。我现在看着你们的事小，那是因为我在我的现在，不在你的当时。我现在的事情，我现在认为的大事情，搁上一百年让二一〇八年去看，一定也会说我是小事情。这样说来，当时的和眼前的事都容易是大事，过后都是小事情。你有你的道理，你有你的对。现在难就难在你那个时候的事情我能知道，可我这个时候的事情，我不说你就不知道。这又是开始那个话了，前知五百年易，因为有记载；后知五百年做不到，因为日子不能倒着过。香火点燃了调头倒着插，那不行，准就死灭了。这点，想想，挺残酷。

我特别愿意知道从现在起一百年以后北京什么样子，一百年以后北京发生了什么事情……不说了，我是你的好事之徒，我也等着我的。

到底谁是北京人

人类学家和地球生物学家认为,人已经有几十万年或几百万年的生存史。而在这之前则是"天地元黄宇宙洪荒"。古来中国私塾教学有《三字经》《百家姓》和《千字文》三个开蒙教材,俗称三本小书。《千字文》第一句就是"天地元黄宇宙洪荒"。这几个字,谁都能讲说两句,虽有出入,却不离大义。

人终于知道了自己是在一个叫作地球的地方。当然,地球也是人给起的名字。

地球是一个很大的去处,为了方便找到自己和方便叙述自己所在的方位和与这方位相关的许多事情,人就开始在地表上南北东西地虚设出了不少的线,给这线起个名,就管南北向的叫经线,东经西经;东西向的叫纬线,北纬南纬。于是,当然还是虚设的,地球表面上就有了许多的线的交点和这线围出的方块,人就开始拿这些交点和这些方块说话了。

大约北纬39度,东经114度的两线交点的这个地方有个都市,叫北京。于是在这个点上,就有了北京的千年地志、千年人事、千年风物、千年文化,就有了北京的古今往来,就有了我们口传和笔记的许许多多用"北京"两字冠领的历史储存与当今信息。

不用说,北京在最早的时候一定也曾"元黄"与"洪荒"。一切的繁荣与辉煌,一切的张扬与进步,都是一个接一个的后来的积累与接续。

一个叫安特生的瑞典人,1914年到1924年这段时间,在中国的北洋政府做了十年的农商部矿政司顾问。安特生懂得地质,又是个考古家和探险家。1918年春天,为了探寻早就期望的中国"龙骨",他跑到北京西南一个叫周口店的地方,在那里停滞了两天。在这两天时间里,他发现了一处含有动物化石的裂隙堆积。又过了几年,在1921年和1923年时候,安特生和奥地利、美国的古生物学家在周口店又接连发现古人类牙齿化石。

1926年秋天,在当时由北京地质研究会、自然历史学会和协和医院联合举行的瑞典皇太子来访的欢迎会上,还是这个瑞典人,用文字资料的形式,叙述了他在北京周口店发现古人类牙齿化石的事情。

安特生的发现一下子为人所关注。在1927年对周口店进行的大规模发掘中,又一颗古人类下恒臼齿破土而出。据信牙齿的主人曾生活在距今50万年前,怎样称呼这个遥远的又不知姓名的主人,又怎样称呼同样遥远和不知名的那样的一群人呢,就管他叫了"中国猿人北京种"。但是从那个时候直到这个时候,有多少人又有几回认真地去称呼过"中国猿人北京种",大家都管他叫"北京人"。甚至在人类考古的学术表述中,"北京人"也早就成了一种定称。

如果"北京人"他们真是生活在50万年前,那时候北京一定是还没有被叫作北京。北京这个地方还曾有过一些其他叫法,但是命名"北京人"的那年那月,这个地方正在叫着北京。

新科学手段推断,"北京人"生存与劳作的年代远远不是距今50万年,这个数字应该是300万。但这还是个未公开确认和发表的研究成果,所以我们不妨就认为它是50万。

50万年以前生活在这里的人没有称谓,他们不知道自己是"北京人",是后人给50万年前的人命了名。

猿人就是人,是人这个物种在地面上从有到无"成住坏空"的一个段落,尽管谁还都说不出"空"在何年何月。这样,"中国猿人北京种"就成了中国的北京人。我们同样也是说不出在这个"北京人"之前曾经有过怎样的北京人。于是这个和这样一群有幸被如此命名的早先人,就成了中国的第一个和第一批的北京人。

繁荣、辉煌、张扬、进步,人这个物种学创用了纪年,又学会了记事。

于是,从那以后,每一个年的轮回,都有足资我们嚼口和动笔的东西装进了那个被称为历史的编织袋与旅行包。

"一个幽灵,共产主义的幽灵在欧洲大陆徘徊",这是《共产党宣言》的开篇首句。

此话套用,纪元到了一九七八年,"一个幽灵,改革开放的幽灵在我们心里与身边徘徊"。于是,许多的事情结束了,许多的事情发生了。

从这个时候开始,北京在改变着面貌。

赵钱孙李,男女老少,被称为外地人的非北京人成千成万地涌了进来,北京膨胀了。他们涌了进来,不讲成分,不论贵贱,不分文化程度,也不在意社会教养。不知他们当中有多少人在跑来北京之前有过成熟的思量,有过理性的提问和比较。有,少,甚或可以相信没有。押宝赌注撞大运,是跟流涌进企图改变命运的人的通常心理。他们只理想,不盘算,或者来不及盘算,起码来不及仔细盘算。历史常常不允许慢条斯理,甚至拒绝智慧和冷静。总之,他们都把北京看成了必能发财和必有发展的一方福乡宝地。这让我们想起西方资本原始积累时候出现的黑人淘金热以及十九世纪末上世纪初大批穷困潦倒的中国人背井离乡跑到东南亚甚至更远地方去谋取生存的历史情景。二十世纪七八十年代,身在其中,身在当时,也许掂对不出这其中历史的质感与分量。那些涌进来的赵钱孙李和男女老少,他们不知道,他们实际已成为新一批的淘金者和漂洋过海人,只不过这个历史条件中的这些人选择了北京。

一年两年开始,十年二十年下来,北京这方寸之地到底聚集了和聚集过多少被称为"外地人"的非北京人。许多人,来过,又走了,因为北京并不"水草丰美、天腴地富",并不是一个想发财就能发财、想发展就有发展的福乡宝地。又有许多人,来了,头破血流就头破血流地熬了过来,置产兴业,又衍生了后代,因为北京到底还是"水草丰美、天腴地富",到底还是能够供给更多的发财与发展的机会,只是看你做什么和怎样做。

这些"头破血流就头破血流"地熬了过来的外地人,有些自然演化出了他们自己的部落。他们不叫部落,叫村,叫浙江村,叫新疆村……这些"村"不是行政管理的记号,而是一种非正规的口头的约定俗成。他们做买做卖,操着从遥远地方带来的土色乡音,不计较、也无力计较蔑视与轻贱的对待,顽强地生存着。一些人生存着,挣扎着……也有一些人生存着,挣扎着跻身于高智商人群聚集的阵地,一座又一座新款的摩天大楼,科技的、学术的、文化的、商务的,他们也常常是那里的重砣或主宰。

又买房子又买车,北京人有钱。从北京之外看北京,有了这样的结论。

在北京外城古旧的居民区里——需要说一句,是外城,不是城外。北京城前三门一线以南直至南二环路和东西二环南段以里这个范围被称作外城。旧京时皆为城里地域——清晨时刻,仍可以看见老胡同和老街巷的宅院门前或院里,那样的老妪或老翁,显有信心地扇动着手里的芭蕉扇。芭蕉扇又俗称蒲扇,是胡同中的北京人家家必有的夏季取凉用物,但他们不是揽风纳凉,而是把扇子扇向火炉的脐孔,朝刚刚点燃的炉中柴物送进新鲜空气。于是,青烟,有时候是黑烟便从扣置在炉体上端的拔火罐——小烟筒不叫小烟筒,叫拔火罐——中向上飘扬而出。胡同民居的这种景象,与半个世纪前此类北京旧观并无二致。他们是北京人,这样的北京人,这样生活着的北京人不是个别,而是普遍;不是很少,甚或很多。半张床单摊在路边,上面摆些鞋垫别针松紧带,常常就是这些人。又买房子又买车的北京人里没有他们。

他们没买房子没买车,他们是北京人吗,他们叫北京人吗。

北京城周围以至城围以内,在以时髦的洋音洋意和从故典中抠出来的略带北京遗存意味的单词简语冠名的新的市民生活区里,装饰考究甚或奢华的居所以及停满院中和地下的让人眼花缭乱的各色牌号的家用轿车,它们的主人,有多少曾是那种每日清晨一边揉着烟熏的眼睛,一边用芭蕉扇向煤球炉里输送新鲜空气的北京人呢,没有。他们多是在这20余年的时间里,从东北西北,从东南西南,从山东、从山西、从湖北、从四川、从甘肃、从内蒙古、从广东、从广西……甚至是从海外直接奔来北京的"外地人"。

北京人有钱,又买房子又买车。这些外地人,他们在北京,他们又买房子又买车,他们是北京人吗,他们叫北京人吗。

漂亮的轻音乐般的四合院,早被改造成了叫人晕头转向易进难出的露天地道。很多住民,时间的和空间的周口店距离他们太过遥远,他们不知道。但他们说得出,本家本姓几十年上百年就定居于此,世代未离寸地。升煤球炉子做饭取暖,铺地摊小卖度日谋生,他们的祖先在哪里。

公元1644年,这一年,北京翻了一个天。

陕西米脂出身的李自成在西安建立了政权,国号"大顺"。

"大顺"的建立是公元1644年之初,中国旧历记载是明崇祯十七年正月。

紧跟着,李自成带着他的农民军蜂入北京城,把崇祯皇帝逼得"叫了王承恩",跑到煤山上了吊。景山那时叫煤山。

北京这个地方是前朝京华,不能没有人管。北面的满族大清国早就在期待着一个机会入主中原。这时候明军总兵吴三桂打开了他镇守的山海关大门,把一十八万金戈铁马的大清国八旗子弟让进关内,进京后又率军东征的李自成被强悍的八旗兵马逼回紫禁城。骤雨不终朝,飙风不逾夕,农民军进京,飙风骤雨,来也急去也急,李自成武英殿匆匆称帝,翌日便退出北京,万般无奈地演了一回十七世纪的"走麦城"。景物事物人物,这是中国史书上十分精彩的一页,这个历史,一直有人在说,一直有人在写,几百年没有写完,也没有说够。

宏伟庞繁的甲申记事寥寥几笔带过,只是想说一句话,这一年,热热闹闹改朝换代,大清国又军又民,连人带马地开进了北京,大清朝代替了大明朝。李自成这一年三月十八日攻进北京,四月三十日退出,连来带去43天。八旗人马直至最后,在北京风光了270年。

说满族八旗子弟在北京风光了270年,是指以北京为帝都的大清国政权存续了267年。但公元1911年以后,在北京的清室后裔并没有像270年前他们的宗祖轰轰烈烈进京那样轰轰烈烈地退出北京。在约300年的时间里,在北京立命安身,蓄家建业,他们让北京染上了不可剥脱的满族文化色彩。

北京的语言,早就形成被叫作北京话的音色特征。东西南北,北京的四周是河北地界,河北人说话当然是河北特色。再由此向周边八方十六面辐射开去,山西山东河南、辽宁吉林内蒙古,距离北京越远,语音特征差距越显。就是与北京咫尺之遥的天津卫,语音也完全是另种特色。

但是,一个特例出现了。也许不是出现,而是从来就存在着,出现不过只是发现。也许又不是发现,早就为人所知,发现不过只是说出。在一个离开北京更远的地方,向北过了哈尔滨,过了齐齐哈尔,过了乌兰浩特,到了大兴安岭北端,到了海拉尔,到了满洲里,到了漠河,到了那里,到了那个地方,与当地人对话,可以听到不掺假的京韵京腔。如果不用看只用听,或会以为谈话的去处就是北京的哪条老街老胡同。于是,或许,就有了一个疑问,离开北京那么远的地方,京味儿何来。

远离北京的海拉尔、满洲里这些地方,曾是中国古老的女真族人的繁衍生息地,在这个地方听到的"北京话",实在应该是满族人语调语音的传袭。有清一季267年,满族文化无法抵抗强大的汉民族文化的浸染,满族文化同时也在另一种同样强大的行政力量的作用中,顽强地渗透和融进了北京文化,变成了北京文化的一部分,变成了这就是北京文化,甚至变成了这才是北京文化。现在可以听到的北京话的音色与音调,根源应在大北面。那么,会说北京话的北京人到底应是哪里人。

没有明朝时的声音资料,更没有朱明王朝的活人犹在于今。那时候的北京人怎样说话,可以去翻看文字留存,但真人真音却已永不可知。清季以后的近一百年来,在北京满民族中,旗丁贵族、遗老遗少,他们都在复习和延续着一种你中有我我中有你的满汉特色相渗相融的老北京文化,复习和延续着有清以来的各种行为方法与格式。从清朝走出来,走过来,他们生存着,生活着,他们让我们看见了清朝人的样子,听见了清朝人的声音。

北京的这种文化,在进京的满族人与北京之间,应该是谁供养了谁,是谁成全了谁。

尘封了的文化的最宽宏的载体是文字,现实的文化的载体不应只是文字,更应是现存的人。但是作为北京文化载体的这样的北京人群体,他们当中那样宏大的一部分却是360多年前逼走李自成,向北京大举军政移民的八旗后裔。这样的人,旗人,满族人,他们是北京人吗,他们叫北京人吗。

历史不逆行,不重走,不回头。后人感叹历史的一次性便常作假设。假设360多年前李自成的大顺国坐定北京,出朝施政、理国治民地又坐大北京,这样下来,大顺国可能一百年,可能二百年,可能三百年。那么,那个大清国跟北京也就毫不相干、无所瓜连,对于八旗和满人"他们是北京人吗,他们叫北京人吗"的提问也就变得毫无意义。而现在,这样的"毫无意义"就嫁向了假设成真的陕西米脂出身的李自成和他的陕西河南以及湖北的农民军及至后裔。他们在北京只待了几十天,连同他们衍生的后来人,怎样说他们是北京人,怎样叫他们北京人。

安徽凤阳出身的朱元璋坐定石头城,虎踞龙盘地当了皇帝,就给新朝起名叫明。紧跟着北上攻陷大都,灭了元朝,把大都改叫了北平府。大都也好,北平府也好,说的都是北京。

朱元璋打下了北京,又跑回南京垄断朝纲。北京当然不能扔,交给了四皇子燕王朱棣去打理。于是朱棣在洪武十三年进入北京。

朱棣出身应天府,现在叫南京。不是北京籍贯的朱棣把北京管了起来。后来朱元璋一死,朱棣不甘心晚一辈的朱允炆当皇上,就发难"清君侧",靖难扫碑,战争打了四年,把个侄皇上赶得抱头鼠窜,至今不知去向。

朱棣自己当了皇上,明史上有了"永乐"纪年。这一年朱棣把北平改叫了北京。

朱元璋跟元朝打了十好几年的仗,河北河南陕西山东、湖北湖南安徽江苏,黄河长江流域大片地域常年战事并天灾,早就赤地千里,经济凋残,又积骸成丘,居民鲜少。增户辟野是中原当时的当务之急,朱元璋集贤纳谏,于是就有了从洪武年间开始的半个多世纪之久有计划的政府行为的大移民。

山西洪洞有个"大槐树处"。小小去处,以有不寻常的移民史而为人所知。明初移民,这个地方是最大的移民供源地。

朱棣当了皇上,继续政府移民,晋南地方"大槐树处"的山西人仍被强行输送外省各处。

北京是朱棣的藩地,这地方有多好多重要,朱棣心里最有数。当了皇上,朱棣就筹备把统治中心搬到北京。于是就改城池造皇宫,开始按照京华规矩营造北京。为丰富和繁荣京畿,更从山西洪洞向北京大举迁动移民。从洪武到永乐,山西向北京移民总共十八回,其中八回在永乐年间。朱棣的八回山西移民,其中五回史料皆有向北京移民的明确记载。于是,在北京居民的结构中,山西人比例显增。现今北京门头沟有个爨底下村,在交通未开的当初,那里是从山西进入北京的必经地。据说全村全貌全是明清遗存,村民就是当初经由此处时留居于此的山西移民的后裔。

一代又一代,几百年的生存教化,山西移民可能不会去有意追寻本身的山西出身,可能不会去特别地强调早就淡远了的山西人的习惯与性情。他们早就让人看作了北京人,他们早就是了北京人。他们是北京人,但却实实在在地,他们就是与明初大移民时期迁入北京的山西人有着亲族的关联和血缘的承袭。这又要让我们问上一句,他们真是北京人吗,他们能叫北京人吗。

朱棣在位22载,紫禁城造了14年。皇宫造就,朱棣迁都。自此以后,明清两季500年,500年后又如今,紫禁城成了北京的绝对符号。

造了北京绝对符号的朱棣,他不是北京人,不叫北京人。

处宫闱统领万民,居北京呼号天下,先是明朝后又清,政府把它沉冗庞大的官场机构带了进来。皇上不是北京人,位高权重的文武官僚,翻遍他们的档案,也不见北京出身。都不是北京人,却盘踞在紫禁城中,辖制了同天海内。

当然,明清距离我们或许稍远了些。

上世纪三十年代的京派文人,胡适、林语堂、周作人、朱自清、俞平伯等等,还有不少,他们没有一个是北京土著,没有一个不是外来入京。后来的诸如老舍、启功、侯宝林等等北京的文化名家,都是入关满人后裔。

一个邓友梅,一个刘心武,两个当代作家,因他们的京味作品而为人所知。他们凭着什么写出那样的东西。土生土长,他们应该是地道的北京人。邓友梅揣着鼻《烟壶》满北京地《寻访画儿韩》，但是五十年代以前并没有在北京生活过，完整一个山东"小力笨"。刘心武好像是从打懂事起就住在北京《钟鼓楼》下，竟也是从四川过来的"外江"。

说及北京的文化，无法离开这样一些人。这样的京味文人，多得一时难说全。他们演绎的北京性情和北京故事，让他们一辈子和北京撕不开又拽不断，但怎么判定他们是北京人，怎样叫他们北京人。

一个《红楼梦》，里面全在说北京，古今小说中最叫有名。往低了说，《红楼梦》是北京文化的代表和脸面。《红楼梦》有地位，作者叫曹雪芹，也就跟着有了名。曹雪芹在北京有地有房又有人，最后又居于北京殁于北京，曹雪芹给北京争了脸，说曹雪芹不是北京人，情理难通，北京大哗，"红学"人也要大哗。但是，曹雪芹曾、祖、父三代受了朝廷宠遇，世袭江宁织造60余年，曹雪芹南京生人，长在南京。认真争辩一下，曹雪芹不是北京人，曹雪芹不叫北京人。

有个剧种称京剧，大家管它叫国粹，叫国粹却是北京标志。北京标志其实不是北京的东西，原是来自安徽和湖北。简单地说，徽班艺人把徽剧带到北京，融合了秦腔和昆曲，就叫了京剧。皮黄唱腔最终又是湖北的汉调。叶、谭、梅是京剧界的三大世家，家籍却是安徽、湖北和江苏，无一北京。叶、谭、梅三门传人，从清乃今，一代又一代，在北京梨园红满天，根子却全不在北京。他们是北京人吗，他们叫北京人吗，京腔京韵枉多情。

玉堂春、陈圆圆、赛金花、筱凤仙，在北京的红粉场上和烟柳巷中，这是几个出息了的青楼女子，把她们所在当时的北京都算是好好地折腾过一回，都是北京的啼笑明星，竟也无一不是初为落荒逃难求发展而万里千里上北京。

北京什么人全都没有了，北京变成了不知是什么人的北京。

找不出到底谁是北京人。

铁木真统一了蒙古草原，经过多少回的打杀与廷争，五十多年后这份功业传到了忽必烈。这个忽必烈不愿待在草原，遴工选匠造大都，把他的统治集团连人连马带进北京。蒙古草原上几十年攻掠伐戮，早有契丹、女真等族人定居在北京。这时候更有大量蒙古人进京，与契丹、女真和汉人混杂而居。元朝中期，蒙古族人更因天灾人祸而屡屡南下，进入京畿。契丹族没有了，女真族也没有了，但契丹人没有断后，女真人也没有绝种。没有断绝，人到哪里去了，他们融进了汉人和蒙古人之中，同声同气，衍衍生生。这些人的子子孙孙，现在就在北京，但他们是北京人吗，他们能叫北京人吗。

公元九世纪，回纥族部落西迁到新疆，与当地各族融合形成另一民族，叫维吾尔。元朝时候，维吾尔叫作畏吾儿，这一族人与蒙古人千丝万缕相关联，就多有来京为元廷奉仕，做元廷的属民。畏吾儿人到了北京，就聚居于大都西北隅，长久下来，便有了地名指代，叫作畏吾村。北京西北方面有个魏公村，按常例应是因某魏姓贤哲或显贵而得名，但却是年深日久叫白了的畏吾村。上世纪八十年代以来，新时期移民辐辏京华，各类各色，盘根错节。维吾尔人万里迢迢跑到北京，别处不去，一头就扎进魏公村，让魏公村在北京成了"新疆村"的别称。无论怎样猜想和求证，这都不是没头没脑和无缘无由。那么，元朝时候的畏吾村人和现今他们的传人，以及新时期以来已在这里二十余年安身立命，继又因在这种安身立命的传香续火中睁眼就已在北京的新的维吾尔族人，他们是北京人吗，他们叫北京人吗。

到底什么是北京人，到底谁是北京人。

全聚德是烤鸭的经典品牌，东来顺是羊肉火锅的知名字号，在饮食文化上，全都让"北京"这两个字出尽了风头挣足了脸。但是全聚德和东来顺的开山老板却都是当初上北京来谋生，现在叫来京务工的山东人。餐饮文化中没有北京菜系，北京风味就是山东风味。北京菜就是山东菜,绝非空穴来风。

何止是东来顺,何止是全聚德,像山西人在北京造就了票号文化一样,北京有八大"楼"饭庄,北京有八大"祥"商号,全是因为有了山东人。

朝阳区有个"北京繁星学校",学生多在七八岁。访问中问到父母情况,才知全是外省来京务工者的子女。这些女孩儿和男孩儿,操用的是北京的学生语,北京的儿童腔。父母来京闯天下,让他们早就习惯了北京,他们对家乡印象模糊,没有一个愿意回原籍。更有许多就是北京生人,长在北京。对家乡他们没有挂碍,原籍也早就毫无意义。一样地学算术,一样地念外语,一样地上体操,一样地做游戏。他们是哪儿的人,他们应该是上世纪八十年代流向北京的移民的支派和衍生。他们怎是北京人,他们怎叫北京人。

北京人没有找到,我们不知道上哪里去寻访,不知到底谁是北京人。

只好再回周口店,"北京人"原本就应在那里。

除了大叫大喊,没有通信;除了直立行走,没有交通手段。"北京人"那时候的北京人,钻木取火,进洞为家,没有迁徙的手段与需要。50万年前的"北京人"应该是最正宗最土著的北京人。我们找到了北京人,我们可以安慰自己了,尽管又回到了原始处。

但是,周口店"北京人"遗址的史证告诉我们,就是这样的一批"北京人",他们也不是土生土长。为了生存的需要,他们是从北京之外迁徙而来。

现在常年受到干旱侵害和日感沙化威胁的北京,50万年前却是水草丰美、地富天腴。"北京人"是从活不下去了的河北的一个什么地方投奔到了这个泽润之国。他们生生息息在这里,成千上万年地过下来,无意中成了"北京人"。

八十年代的新的迁徙者,他们不用"大槐树处"的行政驱使和号集,也不是烽烟战马、水火刀枪地挺进。他们当然也有行动,是更加铺天盖地的行动,是火车加汽车,是飞机并舟船,一夜间和转眼间就改变了他们在地球的经纬度,把他们定位在了北京。于是他们成了最近最大规模的最新一波的外来移民。

他们涌到北京,当然不是要上周口店"北京人"待过的那个地方去钻木取火和进洞为家,但心理与生理上却与"北京人"有着同样的渴求,那就是存活,那就是要更好一些地存活。这一点,50万年以前之彼和50万年以后之此并无本质区别。前者没有向后者传授,后者没有向前者请教。50万前的那一些人和50万年后的这一些人,他们没有过商说,没有过表决,却惊人相似地做了同一件事。

不知还需不需要50万年,让那时候的古人类学家和地球生物学家再把这样一种人,这样一批人再命名一回"北京人"。

也说说京剧　也说说程派

　　劳动人民文化宫有个劳动剧场,露天的。上世纪五十年代时候在那儿看过《三岔口》和《望江亭》,这是我对京剧的最早印象。两个戏,只记得一个是俩人在那儿摸黑儿地打,打了半天结果俩人是"革命同志",为了同一个革命目标打到一起来了。另一个是觉得台上人来来去去,都在那儿兜圈子斗心眼,变着方儿地要多给对方一点不好受。看《三岔口》,当时台上并不黑,可是看俩人在哪儿拳来脚去,就觉得那是黑更半夜。《望江亭》是文戏,上边咿咿呀呀地连扭带唱,我在下边不腻不烦不着急,踏踏实实。"月儿弯弯照楼台,楼高又怕摔下来。星星跟着月亮走,张二嫂送条大鱼来",这句白话台词儿觉得特好玩,就记住了,到今仍是当年所记。《三岔口》《望江亭》能验证我从小就是个会看戏的种。

　　六十年代初,有个爱京剧的同学。每天有点儿早点钱,烧饼油条不吃,钱搁手里攥着。八毛钱一张戏票,攒够了这个数,就去听戏。有一天听他唱"包龙图……",当唱到"上写着秦香莲三十二岁状告当朝驸马郎……"的时候,忽然感受到一种震动,其实,唱腔旋律的什么也不懂,只是惊讶世上怎么还会有这么好听的东西。于是放弃乘车,天天放学时候陪着他,从北新桥一直走到地安门义溜胡同。陪他行走,就为让他教唱那个"包龙图",很长一段时间都这样。义溜胡同东口是地安门大街,西口朝着后海,穿过去没几步人家就到家了,只能分手。义溜胡同很瘦,只能容得一人。人打对头，必需摩肩擦臂。很有味道的一条胡同，地安门商场扩建，把"义溜"吃了。很叫人难受。这个话不该在这儿说，跑题，但说了心里好受些。题外撒怨，算是文不讲理了。回头接着说"戏文"。

但是无论如何没有想到，京戏里头还有好听的东西，或者说还有更好的东西。程派我是怎样知道的，怎样接触到的，已经记不太清，不能像始知京剧和始爱京剧说得那样精准。一顿一渐都是悟，对于程派，我是"渐悟"。就渐渐发现，我爱京剧，对京剧竟十分无知。那么惜爱程派，却根本没有弄懂什么是程派。才开始为此前在与人聊说京剧聊说程派时候的知一唠十、以小知充大懂的真无知殊增汗颜。

文学大师刘绍棠先生有不少的关于京剧的文字。绍棠先生是个京剧迷，进又是个程迷，所以又几乎言京剧而必说程。先生说"程砚秋不具备唱旦角的天赋优势，却能扬长避短，独辟蹊径，自成一家……倒嗓变成了'鬼音'，面临绝境而柳暗花明……创造了一唱三叹、余音袅袅的程腔，反而一鸣惊人"。

绍棠先生说从一九四五年到一九五七年十二年中，京戏至少听过一百四十四场。就是说每月都往剧场跑。"梅尚程荀"之外，马连良谭富英杨宝森奚啸伯以及叶盛兰李少春裘盛戎张君秋等等的拿手好戏没有漏过。程派在四五十年代以前早已形成。一九五〇年春，绍棠先生在长安大戏院听过程砚秋的《锁麟囊》。程砚秋的戏票是旧币十五万元一张。十五万，现在说，就是十五块钱。绍棠先生当时是刚从《新民报》拿来十五万多一点稿费，报社和长安大戏院两家挨着，拿那十五万转脸就进了戏园子。刘先生说那回听完戏，虽然就剩下了返回二中学校的电车钱，但是特值，因为那以后不久程先生就谢别舞台了。

绍棠先生后来身体偏瘫，只能在家里听录音或广播节目，刘先生称之为"每日堂会"。他说戏迷实是重听，看不看两可。其实这也是刘先生无奈的戏言。因为刘先生在谈到"程派"这两个字的时候,曾经用心地评说过程派"变化无穷的水袖"和"婀娜多姿的圆场",说"程砚秋的水袖二百多种,在所有的旦角演员里,他跑圆场最漂亮……谁也跑不过他……程砚秋的水袖比梅兰芳的长,甩起来上下飞舞,非常好看"。说明刘先生实际是把程砚秋先生创造的舞台上可视的东西看作是程派不可缺离的部分。其实这也十分符合程砚秋先生自己对"程派"两字的解说。

程砚秋先生曾经设想将《白毛女》改成京剧。"后起三秀",这是绍棠先生对程派传人张火丁、迟小秋和李海燕的褒誉。一九九五年,张火丁访问了绍棠先生,先生说《白毛女》改成京剧,程派最对路,先生觉得"张火丁很年轻,天资好,悟性高……"有条件完成太老师的遗愿。但是此后未足两年,绍棠先生忽然辞世,这对于绍棠先生本身,对于京剧,对于京剧的程派,对于期待张火丁的《白毛女》,都让人感到了一种欲说无言的遗憾。有人在论及程派时,特意地说到了程派的受众群体和研究者队伍,这两厢,绍棠先生均可在中领军。

我也想作京剧研究,也想作程派研究。但作研究要有人格的准备,要有社会生活的准备,要有文史知识的准备,要有审美能力的准备,我都没有。凑凑热闹,我把自己归在受众一厢,是最简明的受众一厢。听戏,只是听戏,顶多是比戏台下临场叫好的受众多一点文人的赞歌。

其实,台下临场叫好,那也是赞歌,或者那更是赞歌,是更原始更不假思索的赞歌。不思索最无沉淀,最真实,且比文字更加简捷和醒人。这话得赶紧说,要不得罪人。临场叫好,看好像只是戏迷一乐,其实他们懂戏,那是他们贡献给台上人的盛宴。台上人没谁愿意拒绝这个盛宴,唱念作舞依旧唱念作舞,大叫好和大掌声绝无抗扰,甚至会让台上人唱念作舞更显完美更得精神。他们也要回报那个盛宴,回报那些设宴的行家。

我们说《锁麟囊》，"升座"那场戏中，薛湘灵横台行走，下面掌声吒起。如何去描述那几步，想了几回，张口结舌，原来那种语言还未及产生。天地造化，那几步美到了极致，让人不能不叫好。视觉玩耍的麻雀舞孔雀舞们恐羞与争。又有"团圆"一场，唱腔美得还是让我们深感言不赍用。我们只能说唱腔太美了。美声唱法、国声唱法们常在那儿争赢斗彩，还有什么意思，有这场戏在，就都歇了吧。"问一声老娘亲你来自何方……望官人休怪我做事慌张"两句唱罢，不叫好，谁绷得住。招不招，不招，按键一摁，这两句你别听了。管保，什么都招了。

　　那么多人在台底下，衣着束戴，各行其是，神情面色，各得其心。更不知道他们都是哪行哪作。他们没有商约，没有呼始，但到了该叫好的时候，谁也掉不下一拍半步，吒起吒收，那个齐。叫好，什么时候该叫，什么时候不该；叫了，又该多大响动和持续多长，他们没有约定，但临场把握都见得天赋。只叫人觉得，惜爱京剧，是代代香火。这几句是在说程派，那就再加一句，惜爱程派，他们有种。不管多倒霉都有人憋着唱，有人唱我就有人给你叫着好儿地听。为什么是"打不倒的《锁麟囊》"，因为都有种。《锁麟囊》打不倒，就是程派打不倒，就是京剧打不倒。

　　中国京剧院总部外面，临街原来总是立着几尊京剧脸谱模型，两人多高都不止。京剧院门口不搁这个搁什么，多好看，多体面。但明白京剧，懂得京剧是怎么回事的人，见后多有感到脸上发烧，因为京剧不是属于玩意儿类的东西。一段时间总路过那里，就总觉心在流血，就总想找京剧院管这事的大官说说。后来发现那些模型不见了，显出了规规矩矩干干净净的中国京剧院门脸，于是心里流血变成了眼中流泪。好像搬开了一堵心理阻碍，此泪非那泪。京剧就是规规矩矩，京剧就是干干净净。

　　地方上有种东西，娱乐性挺强，属于玩意儿。四个人在那儿连扭带唱，也是挺招人待见。那东西扭归扭，但唱出来的东西常常俗不可耐。"质量"俩字得分开来说。论量,能把人给淹了;论质,就得先恕个罪了,在海平面以下。现在传媒发达了,那东西竟也真就成了个玩意,成了精样地满世界上台开哼了。可怜的是那东西到现在"野鸡没名草鞋没号",我给标名贺号,四个人在那扭荡,就叫它"四人转"。京剧不是"四人转"。把京剧和"四人转"搁一块去说,有点不够恭重。有点像拿珠穆朗玛峰和吐鲁番一起比高,四人转不要比高,你先要上升到零海拔再说;有点像拿金碧辉煌的宫殿去比老墙底下一窟蚁穴,四人转你也不要比贵,根本不是一路胎料。京剧的高贵不是白来的高贵,是二百多年来京剧自己专拣着高贵的道儿一步步走成高贵了。

绍棠先生推崇程派的独辟蹊径,推崇程派的绝处求生;赞叹程派的一唱三叹,赞叹程派的一鸣惊人。京剧是个高贵的人间物种,程派是这个物种里的奇迹。曾倒嗓变音,曾面临绝境,曾多不如人,但是现在"程派"了。奇迹的发生不在条件的偶然,而在条件的苛刻。打狗要饭,又挑水扫地当和尚,朱元璋不管曾经怎样,当了皇上,你就得称臣呼万岁,没谁能乱得了这个尺寸。比说欠密,但大理通。

京剧是高贵的,成就它高贵的载体就是一台台的演出剧目,一代代的生旦净丑,一茬茬的理论死士和不绝种的戏迷受众。

虽然现在可听和可视的媒介种种样样,但这两年剧场也还是进过几回,就感到不必大患京剧"后继乏人"。剧场观众中年长者自然不少,但年轻人也绝不乏见。有一回在长安戏院,旁边是个年轻后生,听得高兴了,竟也跟着台上哼起来。当然,我制止了他。我想,他大约也是要表白一下,甭看年轻,听京戏,咱也是种。这算个有种的代表。有种的,多着呢。

从打有了京戏以来,种子就绵延未绝。

和者盖寡是高相和贵相造就的境界,既是阳春白雪,就不怕和者盖寡。京剧知道自己是阳春白雪,知道自己和者盖寡。但京剧还知道,寡,不是"寡人",京剧是大众的阳春白雪。言及阳春白雪就要拒开大众,这是对厚重语言简单的算术式拆解。珠穆朗玛峰,那么多人上去了,盖寡吗。有横言来袭,不就那几个人吗。是,就那几个人,但珠穆朗玛峰就要"那几个人",要的就是"那几个人",只要"那几个人"。那几个人就是珠穆朗玛峰的"众",很重的众。而京剧也是只需"那几个人",只欢迎"那几个人"。因为,就是"那几个人",足以让京剧根深叶茂刮大风。虽说朱元璋先彼后此地当了皇上,但京剧本来就是规矩干净的高贵种,什么理由一定要矬下来跟四人转们比肩。全民大炼钢,并非全民会冶金,全民大炒股来了,也并非全民懂金融。我们也不用全民大唱京剧,有一代一代的优秀传人,有一茬又一茬的明白受众,有那么多的"那几个人",这就够。京剧自有后来人。

不用全民大唱京剧,更不必招揽全世界来出洋相。京剧是中国人自己的东西。把外国人对京剧的叫法再翻回来,就变成了"北京歌剧",京剧没有这个别号曾用名,这却也无大要紧。但逮了机会就京剧集体舞,就京剧大合唱,又弄了些黑白黄绿什么色儿都有的外国人上台乱比画,扯上两嗓子,假戏迷和真外国人以为这就是京剧了。不知是哪个大官的主意,有点像院部门前戳脸谱,没拿京剧当经典。光明的排泄物叫阴影,轻浮无知附庸风雅,官宦意志必须逢迎,这是京剧的麻烦。治这麻烦,绍棠先生有狠招……

程派是个说不尽的话题。从打有了程派以来,几十年又不止几十年,一直有人在说,到现在也没有说够。

绍棠先生讲,京剧不但是文化,而且是文物,程派就更具有文物性。

不懂得文物保护,就不要急忙能把夏商青铜器打磨得锃亮,出土的古代竹简,也不要赶紧着往上刷层立邦漆。

劳动人民文化宫里头早先有个剧场,露天的,叫劳动剧场。还想上那儿去听戏,但劳动剧场现在没了。那块地方,经纬度还是那个经纬度,现在盖了房子,叫人才交流中心。

我的普渡寺禅

多尔衮带八旗军旅进了北京,就在北京你彼旗我此旗地分割驻防,北京就开始有了些中间带有"旗"字的地名,又延续至今。把皇上往紫禁城里一搁,多尔衮就趸摸自己的住处。在距紫禁城东华门没多远的地方有个葡萄园,是条胡同。北京的地名,大大小小都有个来路,叫葡萄园,想必早先应该是有个葡萄园的。葡萄园胡同里面有个庙,叫玛嘎喇庙,多尔衮就把玛嘎喇庙用作了自己的府邸。

玛嘎喇庙后来改叫普渡寺,没有去关注什么时候改的,在我知道这个庙的时候就叫普渡寺。倒是后来才知道,多尔衮入住的时候,普渡寺不叫普渡寺,叫玛嘎喇庙。

上世纪五十年代时候庙产易主,庙产的一个小院子外面挂起了个牌子——普渡寺小学。

就是这个时候,年轻的母亲带着我去考学。七岁,就是去考那个普渡寺小学。

考学俩字用在这儿有点大材小用。大材小用就大材小用吧。

考官就是学校当值当教的老师,挺年轻,现在想那年龄,都可以管她叫个女孩儿。她考我们,就是问问话。在那个庙产的院子里,登完记,那女老师就坐在那儿,跟前一个小课桌,入学的小丫头小小子们就挨个儿从桌前过,那考官老师就问话,问个你叫什么呀、几岁啦、住哪儿呀、爱念书不爱呀、会唱歌吗,顶多再问些什么这个刮风下雨呀,那个蓝天白云呀,等等等等,都是七岁小孩智力可及的测验。不就是上个小学吗,不痴傻呆茶就行,就近入学,没现在的种种麻烦。

轮到我,也是一样的问话。我从容淡定、胸有成竹、过关斩将、一路平蹚。那阵势,根本没往眼里放。母亲高兴,老师满意。考官老师又问一句,树叶什么色的呀。我毫不犹豫,黄的,我说。母亲拽起我就要走,走,不考了,树叶、黄的,这孩子。我不知惹下了什么祸事,就乖乖跟着母亲离开。说离开,其实还没有来得及移动半步,就听考官老师说,孩子没说错呀,秋天,树叶就是黄的呀。

后来我知道,不光是绿色树叶秋天变黄,树叶还有红色紫色,还有蓝色橙色。在植物学家那里,他们或许更知道树叶还有黑色和白色。当然,这话属于瞎猜,有点得理不让人。不让人有时候真是不无理由。当然,这里不是在说母亲,而是叫我想起一段成人与小孩的对话,那是一则意在批评某种教育的公益广告。问,弯弯的月亮像什么呀,童音答说弯弯的月亮像只香蕉。于是遭到纠正,成人厉言,错,正确答案应该是像只弯弯的小船。想象和比拟成了答案,而且唯一。当然,教材可以那样写,只是教材不应是受教者的奴役场。当时,或许母亲未必不认为树叶也可以是黄色的,但她知道那不是主流,拿非主流去面对考官,结果定然是不可收拾。但拽着我说走却未离半步,或许那是母亲的智慧。考官老师追加证言"孩子没有说错呀",于是我金榜题名。

又后来我知道了,富有想象和坚持个性,很能招灾惹祸。

上小学的时候,我肯定是属于不太听话的那类,而听话是很要紧的事情。小孩子,一定是率性又随意。当时并无觉悟,都是后来回忆过去,恍然大悟时候的自我评价。远离陈俗,鄙夷主流,于是,在学校,老师不喜欢;谋生了,领导不待见。不会努力不知上进,又于是,不得官,未发财,大半辈子就这么过来了。

五十年代的时候，北京有个孙敬修老师，很受小孩子们爱戴。孙敬修老师会讲故事，拿讲故事跟孩子们打交道。他总在电台的一个小孩节目里讲《西游记》，讲到猪八戒耍赖，就顺势倒口，猴儿哥呀，这个什么什么，猴儿哥呀，那个怎样怎样，憋着嗓子走八戒腔，小孩子们都听得津津有味。再就是讲《阿里巴巴和四十大盗》，小孩子们爱听孙敬修老师讲聪明的阿里巴巴如何戏耍盗贼，也是听得乐此不疲。于是孙敬修老师就和小孩子们混熟了，小孩子们都熟悉孙敬修老师的声音。

可能是小孩子们不再满足于只能听见孙老师的声音，或是大人们为迎合小孩心理，开发个新花样出来，就有了孙老师真人现场讲故事的周末故事会。那时候北京有个中苏友好文化馆，那地方就在紧挨着现在贵宾楼饭店西侧的那条街里，进口儿不远路西就是。那个院子于今还在，早就换了"欧美同学会"的牌子。院子里面有个礼堂，孙老师每个周末就在那儿和小孩子们见面，现场真人，他在台上，底下一片小孩儿。孙老师还是讲孙悟空猪八戒，还是讲阿里巴巴和四十大盗。多了一项内容，就是故事讲完后，灯一黑演电影，叫《少年鼓手》，小孩片儿，苏联的。两个故事轮番讲，一部电影反复看，小孩子们从未厌烦。

上中苏友好文化馆，听完故事看电影，成了那时候小学生们的美丽期盼，就等着星期六放学时刻。我们的级任老师是个男老师，现在想，当时也就三十多岁。跟平日放学不一样，周末放学，他站在门口，小孩子们在校门里面排好队往外走，经过他跟前时候，都扬脸伸手，接过一张粗简但十分诱人的小纸块儿，那就是当晚上中苏友好馆听孙敬修老师真人讲故事外加看电影的入场券。我也在那排队的小孩子当中，在我快乐地扬起手准备从老师手里接过那张入场券的时候，老师的手却扬得更高。他轮空放过了我，于是我手中空空如也。又于是就等下一个星期六，又于是又再等一个星期六，周六复周六，结果照旧。于是，星期六，我不再排队。我至今珍藏着那时候的记忆。

回家住你们狗窝去吧。这是拌嘴闹别扭时候,小对手对我的狠语恨言。他说得对,我家很穷。涎富蔑贫,这是一种顽劣惯性,不光小孩儿如此。不知当时小伙伴是不是更是在拿老师的颜色来定位自己的好恶,但愿只是看我家穷。树叶可以是黄的,绿的却是主流。如果凡事皆"树叶是黄的",那个女老师考官还会"孩子没说错呀"吗。不知道。得不到那个听孙敬修老师讲故事的入场券,可能是因我不太听话。后来我知道了,听话,是第一应该学会的好玩意儿。听话了,就有票了,也就不穷了。明白了,也早就晚了。

一辈子远离主流,也就一辈子不曾入流。当然,说一辈子,涉嫌语不严密,因为尚未盖棺。只是,剩下的日子,不知更需怎样入流。

普渡寺已经修整,山门标牌普渡寺,跟普渡寺小学已无关联。玛嘎喇庙自从改叫普渡寺,名字没有再改回去。庙门口曾有个类似门房收发室那样个小屋,里面常住着一个老道。大殿前面空地原是我们室外活动的地方,我们早操和上体育课的时候经过那个小屋,就能看见那个老道。老道挺有特点,一是快乐,一是特脏,也是早就没了去向。院子修葺得平整干净,经年累聚的居民和商铺早就他迁。大殿里面有个假文物,一个地道入口,横七竖八地装点起来,特显眼,说当年英宗朱祁镇就是从这里钻进去,突然出现在东华门,振臂一呼,又当了皇上,讲得煞有介事。其实不是,夺门复辟史事不假,地道也钻了,但不是这里,有点瞎编。那地道在哪儿我知道,不是说这个话的地方,就不说了。还说这个普渡寺,多尔衮住在这里的时候,不知他有没有打算过要千秋万代地住下去,有没有想到以后会有人把玛嘎喇庙叫了普渡寺。我想,他大约想过千秋万代,但未必会料到自己的府邸任由后人颠来倒去,当然也不会料想三百年后玛嘎喇庙成了普渡寺小学,更无法和没工夫去猜想玛嘎喇庙里后来会有些"树叶是黄的"以及"老师的手却扬得更高"的民间故事。

后来我误打误撞地写了小说,又后来,有人说我的小说总离不开庙,说读着读着庙就来了。别人提醒,自己一留神,也不免感叹。再后来,好像也明白了,普渡寺出身,那是我的禅境。刚一具备"小学生"这个社会符号,就贴了"普渡寺"的标签。非主流的"树叶是黄的"受到肯定与优待,"老师高手放我一马",叫我听故事期待每遭落空……我的启蒙开悟正反两个第一次,全都缘起在那个玛嘎喇庙,那个普渡寺。两种感觉并存,永远地记忆犹新,却真又是很久很久以前的事情了。

多尔衮住在玛嘎喇庙也没有六十年,但玛嘎喇庙落驻我心早超过一个甲子。

大数字的诱惑

写在最前面——并非多余的故事

忽一日,山东土著梁作友直接觐见山东省政府主席韩复榘,要把自家产业的二分之一捐献出来支持抗战。这半数的财富,数字之大使韩主席大喜过望,嘱要妥善招待梁先生,同时严密封闭消息。

可是,记者从来都是特有神通,事隔一天,济南各大报纸都打出一条特别新闻:梁财神到济,舍财四千万巨款捐献政府,救国高风感人。

韩复榘矢口否认报载新闻,而梁作友在省府中却是整日珍馐玉馔。韩主席是打算独咽此方膏脂。

忽然,南京来电,要韩主席着人护送"梁义士"赴京商是,委员长谕,电到即行。韩复榘不敢抗上但又馋心不死,特问梁作友打算留给山东多少钱。梁作友演出财主风度,即问即答:一千万。韩主席仍不小看一千万,当晚为梁作友设宴饯行。

在乘车前往南京途中,梁作友莫名其妙遭强人绑票,被关押在一个清道观中。道长知是梁财神,便竭力攀援,使了个调虎计支开了看守卒,把道观中暗道出口说与梁作友知。老道长明告梁作友,为图重修道观,为图晚年有靠。梁作友当然满口应许,随后便按道长指示逃得了性命。

事情到此并未完结。梁作友只身奔往南京,被侦缉队带到警察厅。问来问去,原是委员长请来的财神。于是,侍从室主任俞济时亲抵梁作友所在瞻园看望,特嘱好好招待。警察厅长对梁作友一日三宴,还端出自己的姨太太作陪。梁作友又宏口一开,说一定要拿出钱来给京师警察部队换装。在俞济时的督促下,梁作友被请到行政院,之后被请住进了南京中央饭店。所有费用自然全由政府开支。接下来的就是蜂拥而至的记者的文字采访和摄影围攻。一些学校、慈善团体多有前来访问。行政院担心资金会因如此招摇而外流,便为梁作友采取了挡驾措施。五天以后,梁作友受到行政院长宋子文的接见,拜谒了中山陵之后,应邀和宋子文合影留念。在返回中央饭店途中,梁作友又被戴笠指使的军统局劫持。戴笠屈尊就贱,亲往看望梁财神。于是,中统局这边又是召开紧急会议,又是派员朝军统局要人,一时间把个南京政府搞得剑拔弩张。官司打到蒋介石处,军统败诉,戴笠亲陪梁作友到汉口。三天后,蒋委员长拨冗三十分钟,接见了义士财神梁作友。

梁作友自打谒见韩复榘,口许捐资四千万,便开始受到贵宾待遇。之后上南京、下汉口,一流饭店、头等车厢,政府要员前呼后拥,及至总统接见,梁作友染尽了光彩,出尽了风头。真相大白天下时,原是梁作友骗局一场。

梁作友土打土闹,什么都玩腻了,便想上南京上海那样的地方享受一回花花世界的风流,便忽发奇想,这才演出了一场上世纪三十年代的欺世欺人的献款热闹剧。从强人僧侣到地方官僚到政府要员到最高统帅都被四千万这个数字骗了个结结实实。

大数字足以动人,不分时间和空间。

题解:数字是科学之母,这早已是哲人的论定,但有那么一部分同是临近二十一世纪的地球人,在对数字的理解和使用上,却裸露出一种原始的愚昧与无知。你接触了这种混沌与浑噩,你便想笑,于是你笑了。笑到了尽极,笑出了眼泪,于是那笑便变成了哭,哭得让你感到窒息,于是你便会低头太息,仰面太息。总之,全是太息。

笔者是银行职员,对数字有一种习惯的感受和科学的认定,尤其是对计数钱财的数字,更有一种职业的敏感。

有人申述说他有数以千亿计的财款,并向我展示他们认为足以证明那份财款的标志。人物的真实和数字的虚伪毫无技巧地剪接在一起,这个莫名其妙的蒙太奇,让我的感受与认定失去了平衡。为了弄清那到底是怎么回事,笔者下定决心混迹于一个献款集团,前后计约四十天,抓了些许头手材料。这些材料积屯在手已有不少时日,也是忽发奇想,便开始制作此文。

跟踪打入——笔者本想用这个词把自己同那个集团、同那四十天联系起来,但酌量了好几回,却选用了"混迹"一词。这个词也许会给笔者本人刷上一点灰黑色彩,但却避开了耸人听闻和赢取票房之嫌。

公元壹仟玖佰柒拾捌年末,邓小平出访美利坚合众国,为中美关系的正常化打通了路径。据说在此期间双方达成协议,解冻两国间冻结了三十年的资产。这个资产解冻的一切有关事情,早已通过中国银行办理完毕。这段生活,本已风平浪静,可是,我们随时都有我们的民间故事。于是,围绕着中美资产解冻的事情,便枝枝蔓蔓地在民间生出了许多的玄妙。

我体味到了一点江湖野性,我感到自己进了一个窝子

放下电话,我便离开办公室,搭上公共汽车,直奔北京西郊的一处繁华地。这里不是市中区,却集中着以万计数的住户居民,

同时集中着从上世纪五六十年代以来就已掌管财政、金融、城建以及经济统计和计划工作的国家紧要部门。

按照电话中的描述,我顺利地找到了那家不太引人注意的旅馆。

"王哥",一个三十多岁的尖下颔男人向我迎来。同时伸过了手,让人感到热情和亲切。

我们是有过一面之交的,两个月了。那时候他留着连鬓胡子,现在刮了,我差点儿没认出来。

"都等着你呢"。他说着,便返身引我前行,钻进了那个旅馆。

一看那个环境、气氛、设施和那些进进出出的住客就知道这是属于北京最低档的那类旅馆。

"没钱了,只好凑合着住这地方。"他大约是猜中了我的心思,便故作漫不经心地这样表白了一句。门里边一个服务员姑娘准是看出了我什么地方有点不顺眼,表现出一种多余的严格和常见的警惕,露出了打算对我进行盘查的意思。但我的引路者却及时又轻松地朝那姑娘说了句"我的人",于是那姑娘便一声未吭,于是我们便上了楼。

但是,一句"我的人",却多少让我体味到了一点江湖黑道的意思,当然是逆耳,可逆耳也得听。我感到我已经进了一个窝子。

他说曾国藩一九二七年在花旗银行存了六十四根金条。我把他问了个山穷水尽,他急了,说你就别问了,我说不好中国话

说"我的人"随后把我引进那个窝子的尖下颔男人名叫权重时。上面所说我们曾有过一面之交的事,是在这年夏天的时候。

有一天,办公室的门被轻轻推开,进来两个人,看上去有点蓬头垢面。前面这个人叫冯富贵,是青海省某部门驻北京的一个工

作人员,跟我办公室里一个姓吴的同事七拐八拐地能攀上个相识,曾到办公室来过两回,跟我也算是有过两面之交。姓吴的不在,我就自然而然地负责接待了这两位不速之客。

跟在冯富贵后面的那个人,黑绸衣,好像满脸都是胡子。他坐在我对面,我问有什么事情,他扭头看了冯富贵一眼,冯富贵说"没事,都是朋友"。

冯富贵这句话,我听着又耳熟又别扭,仿佛是文学作品中描写的走江湖跑码头的帮派人的那类惯用语。这种语言出现在办公室真有点煞我风景,但黑绸衣人却因此而解除了对我的警戒,开门见山地说要我给他帮个忙。于是我又问他有什么事情。

"曾国藩有笔存款。"他说。

我没有惊喜,也没有不理,只是感兴趣地看了他一眼。有笔存款又怎么样呢。

"这笔钱打算拿出来献给国家。"

献给国家?多少钱?

"不是现金,是八八六十四根金条。"

那行。金条在哪儿,我负责帮你兑换。

"在曾国藩的侄子手里。"

曾国藩的侄子?我盘算着曾国藩的侄子应该是怎么回事。

"曾国藩的侄子是国民党少将,现在退休了,在大陆。"

语言层次显得混乱。不管他,有黄金卖给银行就行。那你就什么时候拿来吧。

"拿不来。金条是有,现在美国花旗银行。"

这事可有点热闹,金条不是在曾少将手里吗。

"曾少将手里的是个盒子,王八形的,里边有五十二个证件,现在是要银行帮着确认一下这些证件,就可以朝花旗银行要回那六十四根金条。"

又是花旗银行,又是什么证件,闹不清他是怎么回事。银行得看到证件才能确认呀。没注意他从身上什么地方摸出个东西来。一层一层地打开包装,里面是张照片,就是常见的那种彩色扩印照片。照片上模模糊糊地有四样东西。一件像是写着许多字的纸,另外三个黑方块,绝难辨认其为何物。黑绸衣人指着照片告诉我,上面的三个黑物件是从曾少将手里五十二个证件中提出来的三件,全是火柴盒大小的金属制件,是专门带来北京让银行确认真假的。他说为了这三个实物证件,他已经把17000块钱押在曾少将处。

照片上的那页字纸,难辨文字内容,黑绸衣人便又拿出一张纸来,原是照片上字纸的真迹。他说这是曾少将本人为存在花旗银行的那六十四根金条事情的真伪以及那三个实物证件出具的书面说明。这是一张最普通的宽窄格信纸。上面有句话说曾国藩于1927年7月4日下午2点37分16秒把八八六十四根金条存入花旗银行,云云。并注解说当即花旗银行交给存主各种证件共五十二件,日后凭以取回黄金,证件需妥善保存,其中缺一即全部无效,所有证件装在一个龟形盒中,盒号为DC2774—83—62397。

我大感不解。努力想把曾国藩与1927年联系在一起,但终未成功。1927年上花旗银行去存金条的曾国藩是咱们常说的那个曾国藩吗。我问。

黑绸衣人说是。

这人现在还在吗。

"还在呢。"

于是,我开始怀疑自己的知识积累,反身搬出了上海辞书出版社那上中下三册的《辞海》。曾国藩这人还在不在,咱们查查书吧。

"不用查,前天电视里演《洪秀全》,他还出来了呢。"冯富贵赶紧帮腔。

还是有书为证的好。找到了曾国藩条,曾国藩三字后面有个括弧,里面有个算式 1811—1872。我能看得懂这个算式。你们看,曾国藩 1872 年就死了,他怎么能又在 1927 年跑到银行存金条呢。

"要不就是他侄子去存的。"

一下子又变成了他侄子。其实侄子之说也靠不住,他们并不感到尴尬。上银行去存款怎么还需要记录下那一天的几时几分又几秒。存款存物是个手续过程,几分几秒的时候存的,这怎么说。

"外国银行都这样。"

没上外国银行去存过金条,也许 1927 年那阵子就是这样,许多外国有的,我们中国并没有。外国人赛猪、赛拽飞机、赛搬石头、赛往泥坑里跳看谁溅起的泥浆大、赛抽自己的嘴巴子,在规定的时间里看谁抽得响抽得次数多,外国人闹怪可能是从来如此的。但是存款的时候,银行就会交给存主凭证,到时候用这凭证去认取不就行了。人家花旗银行发放的证件,人家不辨真假,非得要中国银行说了算。我说是真的,你就拿了去取金条,人家认你这个账吗。再说五十二个证件你拿出来三件,你说五十二件缺一件就全部无效了,八八六十四根金条就拿不出来了。你就押下 17000 块钱,曾少将我看也是老糊涂了,万一让你弄丢了一件怎么办。我一连串的说教与提问早让黑绸衣人吭哧瘪肚地说不出一句整话。他急了,说"你就别问了,我说不好中国话"。

真新鲜,你说不好中国话,那你是哪国人。

"我是朝鲜人。"他说他是朝鲜人。

这个满脸胡子的黑绸衣人就是权重时,其实他是朝鲜族人,中华民族大家庭中的一员。

权重时又拿出一张照片,一个免冠戎装的军人坐在那里,后面站着的就是土著权重时。

"这是我们老爷子。"他说。

不会是曾国藩吧。如果是那个侄子也还算有点意义。可军装的款式却不是国民党的。让我看这个没有用。你不是想让银行确认证件吗,照片上黑乎乎的谁能说准是什么东西,明天你把实物拿来。

"实物肯定有,那东西不敢带出来。"

说了半天,那真东西在什么地方。

"在银川。"

我想了一下自己经常翻看的那个地图册,北京到银川,十厘米长呢。十厘米,千里之遥。

我得看了真东西才能跟人家美国联系,回去拿真件来吧,拿来之后直接找我就行。

权重时其人,口才实在不敢恭维,说话毫无逻辑思维。为了弄懂他的一个意思,往往需要我把他乱七八糟的话收拾起来重新表述一遍,问他是不是这么回事,由他来反确认自己的意思。

这是我和权重时的第一面交。

他们尽管不是土匪,而我却感到自己有点杨子荣了

权重时这次见了我,本应该说说曾国藩,说说那六十四根金条,本应拿出那三个证件的实物让我鉴定,但他对这些只字不提,好像从来没有发生过有关事情。我暂时也未加多问,只顾跟着他进了那个旅馆。权重时讲了几句正在里面等着我的那些人的情况和与他们的关系。我习惯地应承着,只等见了那些人,再用我的脑子。这时,我感到仿佛是在进入"威虎山"。

权重时要求我上他这儿来,仍旧是为献款的事。他不再通过冯富贵。

于是我又进了"威虎厅"。

天王盖地虎,宝塔镇河妖。接下去便是一连串的攻心考察。这是杨子荣初到威虎厅时候的场景。而我们却没有这个场景,没有需要对质的黑话。

一座玲珑塔,面向青带背靠纱。杨子荣的这句黑话,是告诉座山雕说是一个道人引他上山的。权重时是我的引进人,这是保险的。他们是一门心思地要把自己手里的东西——怕是他们自己也说不清那是何种东西和那种东西的有无——变成现金,之后便揣着那现金挤向消费的市场,做一番像梁作友曾经所想过的物质风流的享受。他们要有钱做这个事情,首先需要银行,而银行对于他们,或许也是"威虎厅"。我是银行职员,他们需要我做他们的"玲珑塔"。我想,事情可能就这么简单。

这是个大约十五平方米的客房。令人讨嫌的烟气和生人气让我不得不自觉地重新调整呼吸。地上是果皮、烟蒂、废纸以及袜子和鞋。屋里早有四个人,我和权重时一进屋,他们就全都站了起来。我被他们让到一个显然是核心的主席位置坐了下来。

"这是我表哥,不是外人。"权重时指着我向屋里的所有人做介绍。

张口就来的瞎话让我有点坐不住,但我应该明白,这是他们的功课。我知道我是干嘛来的,于是我点点头,让他们感到为人表哥者的矜持。

"我表哥是银行的专家,专管献宝的事,已经办成好几笔了,钱都是从我表哥这儿拿走的。"

我干了什么事情我自己不知道,权重时却替我记得清楚,真是世纪末的新聊斋。为了得到真的,我必须把真的藏起来,拿出个假的当真的给人看。他们尽管不是土匪,我却感到自己有点杨子荣了,于是我便顺势接受了权重时为我编排的场面。

我忽然地感受了某种不安,也许就在下一分钟,这个空间里的一切人物和事物就会被剿灭和颠覆。如果发生了那种情况,我将如何清洗自己。贾鲁生混进丐帮,跟着他们天涯海角地去漂流。忽然有一天,丐帮被有关部门尽数收容,贾鲁生当然也在其中。眼看着就要像丐帮成员那样地有所遭受时,他从怀中掏出了护身之符——山东省作协会员证。虽经一番苦证的周折,最终还是得到了理解和认可。眼下我钻进这个窝子里,天时地利人和都不偏向我,后悔没有像贾鲁生那样把作协会员证揣在怀里。贾鲁生想得周全,有经验,在做黑道采访的时候,不忘带上那个可以消灾解难的小本子。

"我表哥不是一般人,刚从美国回来。"

权重时继续他的谎话。我的身份高,有光彩,他也就可以多些荣耀。中国民间有句俚语叫满嘴里跑舌头。活标本就在眼前。

权重时把我吹得光环加体,当然那是为增加他自己的分量,而我却担心戏刚开始就得收场。于是就顺势制止他说,算了算了,那都没用,还是说正经事吧。

这个姓李的说,宋美龄留在大陆一只宝盒,现在他手里,他要拿出来献给政府,支援国家建设

首先被指定跟我说正经事的是个四川人,权重时说他姓李。三十往外的年岁,都叫他小李子。小李子蔫头蔫脑,偶尔抬头笑一下,特憨。也是一车话讲不清一件事情,跟权重时同类。这也许就是他们闯江湖跑码头赖以求生的本领,大智若愚地办事,弄出结果来能吓你一跳。权重时过来凑在我耳边咬了一下,"小李子,有来头呢"。

大智若愚的小李子花了足足三十分钟工夫向我通报了一笔财产。这中间还夹杂着些权重时和另外一个姓宋的中年人的随机插话,这才使我弄清了他想要表示的一个事情。这个事情的内容还是得由我来整理复述。

话说有一宝匣,内分三层。何宝之有,且说这最上面一层,有三件宝物,为宝衣、眼镜和口罩。宝衣水浸不湿、火炼不化。眼镜和口罩也都占个宝字,戴上它可以在水中待七天七夜,唯一的附带条件就是得预备点干粮。再说最底下一层,平铺着六八四十八个精致小盒,全如火柴盒一般大小,共计是六八四十八件珍宝。剩下还有中间一层,有个十亿美元的花旗银行的存单和几十件存款凭证,再就是一张年轻女人的照片。这照片不是别人,乃是这宝盒的主人,本世纪中叶中国政治舞台上的第一夫人宋美龄。这一盒子宝物及存单原是宋美龄的陪嫁物。说到照片的时候,小李补充一句"特别好看,比宋庆龄漂亮多了"。这让人感到,小李确实是掌握此宝盒。

公元一九七九年初,寓居在大洋彼岸的宋美龄得知身为副总理实为中国最高决策人的邓小平到达美国,便要求单独会见。会见并无别事,只是朝邓小平要那只宝盒子。关于这个问题,笔者造文至此时,特意地翻阅了当时新华通讯社和《人民日报》关于邓小平访美情况的所有报道,均未见此迹,可见小李所言十分机密。

为了贡献出这只宝盒,大智若愚的小李子已经八进北京,现在这是第九次。最早来那次见过国务院总理。总理说有专门机构负责这事情,不要直接找国务院。

小李你见着总理啦。

"见着了。"权重时抢着替小李回答。

这显然是真事好事大事。在哪儿见的,我问。

权重时又咬了我耳朵,"王哥你就别问了,小李进中南海,走平地一样"。

看着小李子的外表、神态和衣着,忽然想起了一条古训——人不可貌相。接着说,于是小李就按照总理的指示又去找有关部门,这个部门叫"国务院外汇解冻办公室",简称外解办。我有所失职,干了十几年的外汇银行却不知道那么个"外解办"。那个办公室的负责人说让小李自己找银行去。小李子急了,宋美龄的宝盒子你国务院不管,我就登报拍卖了它。财大气就粗。这个小李子不但大智若愚,而且大富若贫。我注意了一下他的脚,布鞋,有一只已经让里面的脚趾顶透了个洞,大脚趾好像非要挤出来看看外面的世界。

宋美龄的宝盒子,活灵活现,我甚至都开始怀疑自己是否已经信其有了。这盒子是怎么到小李子手里的。

"老辈子人拣的,为这盒子打死了不少人。慢慢再说吧,这里边事多着呢。"

老辈子人拣的,旷古久远,可想而不可测。

这个姓徐的最后说出了个数字,之后就缄口不言,我断定,他对他所说的数字毫无认识和感受

小李子讲完了他的宝,权重时把他身边的一个人介绍给我。这人姓徐,手里也有货,这次和小李一块从四川出来,是到北京来摸摸门路。

"唉,老徐,把你那个事也说说,让我表哥给你拿拿主意。"

权重时从旁敦促姓徐的,徐某人低着头摆了摆手。弄不明他是什么意思。

"我表哥你都不信,昨天不是都说好了的。"权重时有点着急。半天,徐某人冒出一句:"让我看看工作证。"

我听出来了,实际上权重时手里什么都没有,他只是相信小李子有宝盒,也相信徐某人一定也有什么,于是便设法弄了个真银行的关系来给他们做精神保险。对于权重时来讲,我原来还有这种特殊价值,我应该帮助他实现这个价值。于是我拿出工作证,把它交给权重时,权重时接过去先看了半天又交给徐某人。

秦王坐章台见相如,相如奉璧奏秦王,秦王大喜,传以示美人

及左右，左右皆呼万岁。这是赵人蔺相如使秦献宝受到秦昭王轻蔑与调戏时的景况。徐某人接过工作证，把玩般地看得万分仔细，翻过来调过去足有五六个回合。之后工作证又在另外三人中传示。我自然地产生了一种蔺相如那样的受辱感。人到活该的时候就得活该，蔺相如可以持璧却立、倚柱、怒发上冲冠，终为赵国显出了国小不受辱的亮节。而我活该乐意钻进这窝子，活该我跟人家混迹只为想弄出一篇文字来。

我的工作证到底还是为我做出了贡献，当它又传回我的手里的时候，徐某人显得踏实了，他说出了他那份财产。

"英镑3000亿。"他说。

这个可以令人目瞪口呆的数字，徐某人在说出口的时候却是那样漫不经心。

你这3000亿是什么，现钞？我问。

"汇丰银行的债券，国民党留下的。3000亿，50万一张，不知道国家给不给换。"

吓死谁，汇丰银行发行这么多债券干嘛用，国民党哪弄来的钱买下这笔债券。3000亿，票面50万。能不能先拿出一张来我瞧瞧。我说。

徐某人又是低下头摆了摆手。权重时解释说，"他们都害怕了，在家里种地，挖出一坛子元宝，县里来人说拿去化验化验，然后给重赏，结果元宝都让县里给分了，一分钱没得着。他们是怕再受骗。现在他们想把事情摸准了以后，3000亿一下子全拿出来，不出手单张的，到时候国家给几百万奖金就行。货肯定是真货。"权重时最后还有一句话是"几百万也就是个零头，你几辈子也花不完"。

姑且不说作为银行筹资发行3000亿债券这种事实的可怀疑性，也不说汇丰银行发行的债券凭什么要中国银行来兑现，单说3000亿到底是怎样一个数字，而且还是英镑，看来他们就一窍不通。反正是往大里去说，就能让人信服，这是他们无知的心术。后来，我用其他一些事物的有关数字对 3000 亿这个数字做了参照与换算，解明了这个数字所代表的事物与实物存在为绝对乌有。现在不妨把我所做的这个对比与换算结果列下，为读者理解 3000 亿这个数字提供一个参考。

一、1991 年，发酵已久的海湾战争爆发，到战事平息时，有人估计的西方国家的战争费用开支总额约为 700 亿美元，这个数字按当时汇价约合英镑 450 亿，也只是 3000 亿的约七分之一。

二、日本的第一劝业银行是世界排名在前十位的大银行，从开始经营到现在，总资产积累到 666000 亿日元，约 3350 亿美元，按英镑说大约是 2000 亿，离 3000 亿也还有千亿之差。

三、老牌的英国汇丰银行，现有大约 643 亿美元的总资产，这是汇丰银行从 1860 年开始经营百余年后至今所积累的资产。643 亿美元，折成英镑也不能同 3000 亿相比。就是汇丰银行集团 1329 亿美元的总资产数额，也还是远未达到 3000 亿这个数字。

四、中国银行是中国的外汇专业银行，经营八十余年，形成了约 7000 亿元人民币的总资产，按现在汇价说，合英镑只有 800 亿，更不敢同 3000 亿元相提并论。

而徐某人手里却有英镑 3000 亿。

下面我想再把 3000 亿这个数字放在时间和空间这个概念中去做回数字的游戏，以期和我的读者来共同感受一下 3000 亿是怎么回事。

一、时间。

1 年 = 365 天 = 8760 小时 = 31536000 秒

如果 3000 亿是秒，那么

用 3000 亿去除以 31536000，则商数为 9512.9375。

此商数单位是年。就是说，3000 亿如果是秒的话，它的时间跨度即是 9513 年。也就是说，人类至今的文明史还远远没有走够3000亿秒。

二、空间。

我们若用厘米来计算3000亿,则3000亿厘米=30亿米=300万公里。那么300万公里在空间上是多大跨度呢,是地球到月球距离的大约八个来回。如果用米来计算,3000亿米,三亿公里,金星火星就不用说了,金木水火土这几个行星没有够不着的,可以自由行。

上面这六条趣味数字和数字换算游戏,都是我在后来做出来的。但当时徐某人和权重时他们50万票面额共计3000亿英镑的豪言壮语一出,立即就能让人想到的是60万张票子。60万张票子搁在一起该是多大的体积呢。说是放在一个盒子里,多大个盒子呢。

"就这么大一个盒子"。徐某人以手做刀前后左右地凭空切了两下,规定出好像一部大辞海那样大小的一个空间来。这样一个空间,要容纳60万张票子,读者可以根据自己的经验再做一回数字的游戏。

票子不给我看,不勉强。不是我要上这儿来,是你们请我来的。不是3000亿要献给国家吗,我回去查查文件,看这类财产的收兑和奖励是怎么规定的。

"3000亿是个零头,先拿小货来探探路。要是办好了,一个电报,全货就上来。"

全货在哪儿呢,答说在四川乐山。说3000亿却还只是个零头,我恨自己为什么又是小瞧了人家。那个与山平高的大佛屁股底下起码坐着上亿个亿。国之大幸。

他们朝我要名片,我说没有带在身上。是真没带在身上。

这个军官叫宋凤,他向我交代了"八二八"文件,却又

要我帮查这个文件的有无

大约90分钟以后,我离开了那个空气污浊的房间。权重时送我出来,身边还跟着个姓宋的。在一个半小时的交谈中,宋某人语言平稳,态度谦和,显得有教养有城府。衣着也最为体面,皮鞋、西服上衣,没扎领带,随意与规矩相互融合。

权重时称那人为"宋哥",走出门来。姓宋的说:"老王,行。有你我们就放心了。"

按照中国人的惯性感受,他这话有点居高临下,像是负责者或是核心人物的口吻。

其实,国家有规定的事情,没有我,你们也可以放心。我说。

权重时说,"我宋哥说总是有个内线才好。王哥你知道吗,我宋哥是兰空的"。

兰空,大约就是兰州军区空军的意思。姓宋的恰到好处地从怀里摸出个证件来展示在我眼前,是个军官证。空军大校、副师长飞行员。姓名挺是俏丽,叫宋凤,照片上却是个50来岁的汉子,和持证人是一致的。宋凤收了军官证,突然问我:"最近咱们这位老帅是怎么死的你知道吗。"

当时,一位老帅刚刚去世。报载是生病医治无效,宋凤这样问那肯定有新鲜的,人家是"兰空"的。

"急死的。"他语出惊人,"咱们这位帅爷跟国民党上层关系特深,知道国民党在大西南藏了不少东西。现在四川来献宝的不少,结果都是假的。他死,跟宋美龄的盒子也有关"。

自己都不一定是真的,就说别人是假。

真了不起,连这种秘闻你都知道。我恭维他。

"那当然。其实手里有货的这些人特别顽固,都可以说是很反动。他们不轻易把货拿出来,实际上是不相信政府。"

我在判定他们的爱国心。

那一屋子的人虽是一个团体,但显然权重时和宋凤是同伙,而小李和徐某人他们是另一伙。这一伙有关系、有场面,在前线奔走、游说和呼号。那一伙有财款,是实力盾牌,在后面,运筹帷幄。

"有个'八二八'文件你知道不"。宋凤问我。

怎么回事,你跟我说说。

于是宋凤和权重时俩人互相提醒和补充着向我交代了如下政策,规定了我的利益和义务。

关于民间献款的事,中央有专门的文件规定。开发海南,需要大量投资,省长刘剑锋朝中央要钱,中央说让他上民间去想办法。中央知道民间有大量的献款的事,牵扯到美国和国民党当局,就成立了一个"中国资产解冻外汇银行"。但献款的事情当中不少是假的,是骗局,于是就制定了一个"八二八"文件,其中规定了这类献财款事情的处理原则是公办不公开,有货办货,无货办人。军人不许参加此类事情。每一亿元的额度可允许两人参加入股分钱,每人可得十万元活动经费。这两个人每人可再物色十人协助,不过事成之后这二十人只有经济利益而不给政治待遇。参与献款的人员得到国家奖金以后,不准离婚、不准讨小老婆、不准放贷、不准经商,总共有 41 个不准。得了奖钱以后,国家还要发给财产来源证、旅游证、子女出国留学证,总共也有几十个证。总之是献款有功人员受国家一级优待和保护。

大熊猫。我心里在笑。

但是,连宋凤和权重时自己对他们所乐道的"八二八"文件也是疑疑惑惑。因为他们在向我天上地下地介绍了一顿以后,却又要求我帮助查查是否有那个文件和那个文件到底是怎么说的,同时还要我去查一查那个"中国资产解冻外汇银行"的有无。

查这些东西,手到擒来,没问题。我说。刚跟他们学会的我这就用上了。

见我答应合作,宋凤便进一步告诉我,说我可以另外再联系三十个合作人,同时我可以得到7000万元人民币活动经费。

7000万,我身不摇膀不动就到手7000万,连轴转地去活动也用不完这么多钱呀,而且事成之后我还会有笔国家颁给的数额更大的奖金。豁出去,干了。

渴望、贪婪,必须要让宋凤和权重时看到这样的我。

权重时说:"问王哥句话,如果我们拿出来的东西是真的,银行能不能马上兑现?"

你这叫怎么问话,银行生下来就是跟钱转磨的,只要验明无误,我带你去营业柜台。我说。

权重时这才跟我说:"我宋哥明天要跟小李他们俩上四川去取货,今天见了你,他们都放心了。到时候我们得上来四十多人,保镖就二十多,生活开支小不了,兑现得快点才行。"

没了信誉,那还叫银行。反正你就放心吧,我不想弄点钱花呀,包在我身上了。我说。

宋凤说:"我是军人,做事讲快,明天晚上就走。"

文件不是规定军人不许参加吗。我故意把宋凤往墙角逼。

还是权重时抢过话头:"我宋哥是利用军官假出来干的。统战部、公安部、人大常委会,都有我宋哥的人,我宋哥特殊。"宋凤接口说:"公安部叫我别干了,说没有成了的,老王你看着,别人干不成,我就干成它。"

到我离开"威虎山"的时候,早已是万家灯火。那些要紧的国家机关大楼的窗里,不少的还在亮着灯光。回头看一眼我离开的那个地方,窗孔里却也是透出了光亮。

都在做白天没有做完的事情。

给了他们一张盖了图章的名片,然后我对"威虎厅"

做了一次突然袭击

次日晨,我二度"进山",没有忘记怀里揣了我的护身符——作协会员证。

我只见到了宋凤和权重时,我的判断是正确的,他们是同一战壕。我给宋凤带来了一张名片。这是昨晚分手时候约定的,今晨送来。宋凤接过名片看了一眼,旋即翻转过来,背面我加盖了一个自己姓名的红色印章,这也是按他昨晚的要求做的,他说你不乐意盖章签个字也行。宋凤十分满意地把弄着那张名片说:"昨天你没给他们就算对了,他们肯定是拿了招摇撞骗去"。他是在说昨天那个小李和徐某人。

名片不是证件,只是为联络提供便利的道具,没有法律意味上的解释。昨天要是带着,也就给了小李和徐某人他们了。我心里也明白宋凤拿了这张名片要去做什么。"你们看,是中国银行派我来取宝的,快拿出来吧。"人家一看,这名片上还有个"大印",也就无可怀疑了。

专认大印,是中国人的传统文化。他们大约不知道,签字比盖章更接近事务的真实。

我说还没有来得及打听关于文件的事,宋凤表示理解,说改日可向权重时传达。他说当晚就走,一定要把宋美龄的宝盒和那3000亿英镑拿回来。

宋凤要去四川,不知是真是假。

让我看看车票,哪趟车,我去送你。我说。

宋凤说:"车票有人送到车站,车多了,看他给哪趟的,现拿票现走。"

他们有神通,我去送自然是多余的。宋凤跟我商定,他不在北京的这段时间,要我同权重时保持联系。其实,他这样关照同样也是多余,我怎么会放过这个姓权的。

当晚,我不约而至,对"威虎厅"来了个突然袭击。用这种技术作战,成功率极高。我是想对宋凤的行踪进行侦察,之后确定我的做法。但在我突然出现在"威虎厅"门口的时候,确实没有见到宋凤,只有权重时一人坐在床边剥食花生。

我来得突然,却未见权重时慌乱,他欠起身,友好地让座。我看了看满地的花生皮,老宋走了,我问。

"刚走。"他说。

刚走,你没去送他吗。

"不用送,北京站有我们的人,一个电话过去,什么都解决了。"

万一没票,走不成不误了事。

权重时此刻又神秘起来,周边并无别人,他却往过凑了凑小声说:"王哥不瞒你说,我们有特别证。"

特别证,没听说过,那是怎么回事。

"怎么回事,坐飞机都不用先买票,顶多先打个电话,要硬卧给硬卧,要软卧给软卧。"

他这话的后半截不知是连着飞机的还是在补充说明火车的事。也许飞机客票的规格现在又有了硬卧和软卧。少露怯,别问为好。我又看看桌面上一堆残剩的花生,你就吃这个呀。

"每天开支太大,他们货主也得我们养着。宋哥刚走,钱都留给我了也没多少,我得省着点花。"

老宋把钱都搁下,他上四川去花什么,你这边钱花完了,货还没上来,你还能在北京待得住吗。

"给西安打电报了,车次车厢都说好了,明天早晨一万块,还有烧鸡、肠儿都送到车站去。"

噢,是这样的。老宋这趟车明天早晨过西安。

"我们的组织相当严格呢",权重时显得正经和让人不容置疑,当然,也显得过于直露——难道也是大智若愚。我正琢磨着,权重时又说:"北京有朋友,花钱不愁。再说,真没钱花了,一个电报,十万八万就汇来了。"货币再贬值,再等到下辈子,我也不敢断定自己会有这种气派。

老宋什么时候回北京,我问。

"十天,24号准回来。"

我看出来了,你和宋凤你们是一拨儿的,我说,如果这事一旦是假的,四川那帮子人是来骗吃骗喝的怎么办,那你们损失可就太大了。

"他们花我们的钱也不是那么好花的,我们都写了血书了,血协议书,事不成他们得赔我们钱。"

这种协议书是什么协议书,双方只是这么写了,法律效力何在,没有中人,行吗。

"中人,有。我姐夫是银川法院的法官,部队转业的,他出面作中。宋哥他们把货弄来以后,他就上北京来配合你,上次实在是太没有时间了。"

上北京来配合你。反特影片里的反面人物,常有这类台词。一联想,就觉得有点慌。作协会员证揣在怀里,悄悄地摸了一下,在呢,到时候得让它出来替我说话。

权重时提到上次,这时候我恰又注意到墙上挂着一件黑绸衣,于是就想起了夏天时候的事情,就问他曾国藩存在花旗银行的那八八六十四根金条的事情后来怎么样了。

"那事眼看着就成了,中间让个后台硬的给插了一杠子。慢了一步,货让人家给取走了。"

事情这样就算交代了。还是追踪眼前的事情更现实些更能有个抓头。我这样想着,就说,宋美龄那个宝盒子这回可得盯紧点,别到时候又是竹篮子打水。

"宋美龄这个事知道的人不多。王哥你放心,小李不会轻易撒手。现在美国派了大批特务上大陆来找这个盒子。提着两箱子钱,5000万,就买那盒子里的一个小纸片。5000万是美金,王哥。人家小李子就是不动心。那几十个证件也是缺一个就都作废了,小李子不是傻蛋。"

宝盒子不是在大陆吗,不是在小李手里吗,证件不证件有何妨碍,可能是为了盒子里头那个10亿美元的存单,我猜想应该是这样的,这样才合乎逻辑。权重时说这个话的时候,不知他是否想到了关于存单的情节。

"不卖没关系,人家把两箱子美金放下就走了。说缺钱就从这里面拿,过两天再来商量。"

据悉小李家境十分贫寒,老婆是个哑巴,应算是个残疾。可小李死着心眼要把款子献给国家。那5000万美金在屋里顺墙根放了两个月硬是没动,美国特务没辙,拿走了。

小李的形象,光芒四射了。

权重时说,小李子还知道一个秘密墓地,那里边的东西挖出来能买下半个美国

权重时每天打电话来,有时候一天好几次。这正好省了我的许多气力。他在抓我,我更需要抓住他。于是,或是在那个"威虎厅",或是在市井的某个静处,我们每晚总有一面交谈。之后我便赶紧跑到远处的路灯底下,先简略地把脑中的记忆信号转录到本本上。

有一天,权重时忽然说:"王哥,小李这人你可别小瞧他"。

我是没敢小瞧小李,宋美龄的宝匣子在他手里。他大智若愚,大富若贫,见财不生邪念,只想帮助国家建设"四化",品格可以为人师范。

"这么跟你说,王哥。七七事变的时候,卢沟桥抗战总指挥叫李长江。李长江留下了三样东西。其中有个国民党的指挥旗,是

撕成两半的。一半现在小李手里,你猜那一半在哪儿。"

这你让我上哪猜去,你说吧。

权重时毫不神秘地说出了个人名,跟小李一个姓。我一听,吃惊不小。这边儿这个姓李的就是这么个吭哧瘪肚的小李,而那边儿那个姓李的,当时人家可是外国的一个大总理。

我觉着疑惑,就问说难道就是现正在北京访问的那个大总理。

"那还能有哪个,小李就是他弟弟,王哥这你还不知道吧。"

于是我想起了当初权重时的"小李子,有来头呢"那句话。

翻开我的本本,许多年前的那个晚上我在路灯底下记了这样几行字,现抄录如下:

权讲,国民党卢沟桥抗战将领李长江,四个老婆,大老婆生了李光耀,四老婆生子即小李。李长江留下三件东西,金凳金筷子和指挥旗。金筷子是专为见邓颖超用的,那筷子的拿法和动作都是当年就规定了的,都是暗号。指挥旗小李子和李光耀各藏其半,只为日后兄弟相认时用。权说这事他们已同新加坡国大使馆联系了。

(必要按语:上面这段文字草记于那一年10月19日天黑后北京西陲某路灯下。在这之前的10月15日,宋凤、小李和徐某人等离京去蜀。16日,新加坡总理李光耀携夫人及副总理一行访华到京)

没看出来,小李不但大智若愚、大富若贫,而且还大贵若贱,真是有失恭敬。我就说,这么说小李和李光耀是同父异母啦。

"不,是同父俩母"。权重时及时纠正了我的语错。我服了。

是异母也好,俩母也好,李长江留给小李的那些东西你都见过吗。

"亲眼见的。"

我要想看看呢。

"不早说,拿走了。小李要是知道李光耀来,肯定不会走的,直接就见了。"

这事实在遗憾,如果小李在北京认了这个在外国当总理的"同父俩母"的哥哥,难说对献宝的事情没好处。

"我得赶紧让小李回来,见李光耀,让他带着货上来。"

那能来得及吗,人家是总理访华,不能光等小李呀。

"李光耀在这要待九天呢"。

倒是不假,那位外国总理的访华日程为期九天,但我担心小李那边事没办妥就急急回京,到时候人家又不在北京了,不是两头扑空吗。

"李光耀哪儿也不去,就在北京,我们都和国务院取得联系了。"

(第二次必要按语:上面说了,这天是 10 月 19 日。报摘新华社 10 月 18 日电……李光耀和夫人坐车前往机场,他们由陪同团团长、航空航天部部长林宗棠陪同前去乌鲁木齐、喀什、敦煌、厦门、广州和深圳参观访问……)

君子与人为善,便不可去揭人家盖着的东西。于是我说,到小李要回来那天,你得给国务院打个电话,到时候人家不在北京就麻烦了,别让他离开。

"不用打电话,他们专门有人过来跟我们联系。"

这机会多好,宝盒子的事正好跟他们说说。我说。

"当然得说。小李不光是有宋美龄的盒子,他还有一个图呢。"

图?

"图!八国联军一个地下藏宝图在小李手里。就他一个人知道,在一个假坟墓里。里边的东西挖出来能买下半个美国。"

权重时说那个图上标明着宝物的位置、机关和取拿法。于是,我仿佛看到幽暗深长的墓道,蓝光闪灭,年代久远的沉重的墓门呻吟着历史的号子徐徐放开。伴着一种叫人发毛的声响,只见影动不见人。古波斯和古阿拉伯式的珠光宝气搅和着聊斋志异的氛围……权重时叫我重温了神秘又阴森的视觉恐怖片。

美国的领土和领海、山川湖泊、矿山森林、科技文化、银行企业,这中间浸润着美国人的智慧与劳动。航天飞机、登月成就、探测器、空间站、进出口贸易、工农业产值……挂一漏万,说不全。半个美国是多少钱。

"把这个坟墓挖出来,四个现代化就妥了。"权重时一片爱国赤子心。

我说,立下这个功劳,那可不是一般的。

"那当然。东西挖出来,直接见中央,国家都得把咱们当老爷供着。连货主带中间人都得保护起来。"

你们也保护起来?我问。

"都保护起来。"

我也是中间人,保护不保护。

"当然保护。"

怎么保护。

"发你一个安全证。"

谁发给我。

"这个我们有安排。"

我知道,我们这是在对梦话。

一个朋友对我说,你们写东西的跟他们黑道上的人没什么不同,你们有你们的文化,他们有他们的文化

权重时问我"八二八"文件查看结果。

"八二八"文件大约是他们的心理支柱。为了确定我的怀疑,我小做了一番调查。结果是,中美解冻资产的事情早已做完,"八

二八"文件以及那个"中美资产解冻外汇银行"全是火星上的事。

他们有他们的文化,假话不怕失真,大话不怕惊人,胡说八道血压也不爬高。

我有我的文化,但入乡了就得随俗,入了黑必须涂脸。那个献宝的文件,有。我说。

"有,真有?"权重时露出一种欣喜与贪婪。

不过不是"八二八",而是"八二七"文件。我说,"八二八"只是个补充说明,做法和精神都是"八二七"定的。胡说八道,跟他们学的。

"这消息太重要了,太重要了,我得赶快告诉宋哥。王哥你这是立了一大功呐。"

老胡,你给咱们威虎山立了一大功。杨子荣献了先遣图,座山雕喜出望外的时候也是如此语言。随后便加封杨子荣为威虎山老九,又擢升老九为滨绥图佳保安第五旅上校团副。

大凡黑道上头,祖师爷传的都是同一手活,权重时跟着就说:"王哥,我们聘你当银行方面的代表。"

还有什么好处吗,没好处,挂了这个头衔就是为卖命用的,我疯啦。

"事成以后,王哥你就当行长,少说也得弄个副行长干干。"

行长这差使你想干就干啊,跟你说,那可都是国务院任命的。

"好几千个亿,这么大的贡献还不能当行长。你就别管了王哥,到时候全凭我们一句话。"

行。我顺势说,这事以后我可指着你们了。先跟你再说两句眼前的,中美资产解冻的事大部分已由国家办完了,民间流散的只是少量的资财,现在到处都在献财献宝,假的比真的多,这事我看还是防着点好。

"小李这个事保险是真的。宋哥说要让你多知道我们的情况。你这一出现,小李他们特别放心,宋哥又带了你盖戳的名片,他们肯定能快点把货拿出来。到时候小李他们都得接到北京来住宾馆。王哥保证也跑不了你的。"

是呀,我知道跑不了,咱们一块诈骗,一场蹲班房,吃窝头就凉水。行长也吹了。

"不不,王哥,好了有你的,坏了我和宋哥兜着,我们讲义气。"

你们兜着,怎么兜,到时候能兜得住？我晚上连家都不回,跑出来干这个事。你我都是中间人,你那头连着的是货主,我这头是银行,你们是私人行走,我是国家干部。这事哪天弄出毛病来,你们一拍屁股没影了,我可得入十八层地狱。这话你可别当笑话听。

"王哥你放心,我宋哥那个人精着呢,要是没点把握,他能就这么着跟他们上四川？真要是出了事,我和宋哥上国务院去说去。"

权重时的话,掷地有声,不由你不信。行啊,反正到时候你们都没影了,倒霉的是我。

"没跟你说吗,小李是李长江的儿子,国民党336名军长以上干部有个合影就在小李手里。现在还有9个活着,其中3个是保护小李的,都是李长江的把兄弟,这些人都快死了,就惦记着把财宝献给国家。小李子要是不干,老辈子人也不答应啊。宝有的是,王哥你就把银行弄通了等好吧。"

你这么一说,我倒想起来了。我说,我有个亲戚,是国民党少将,他老婆去过四川,说是去找个什么盒子,结果只记得那个山那个方向,记不准埋在什么地方了,这几年每年都去四川两趟找那个盒子。

"太好了。说明找宝是真事。王哥你怎么不早说,那人准在小李的那张照片上,你去问问叫什么名字,部队番号,个人代号,问好了你告诉我,我有安排。"

我那么一提,权重时就这样呼应。你们有你们的文化,他们有他们的文化,这话在这儿有点像真理。

在等着宋凤从四川取宝返京的这段日子里,前面提到过的那个冯富贵又多次出现了。他和权重时互相保持着一个距离,同时窥探着对方。因为他们都向我打听过对方的情况。于是,在一次权重时与冯富贵合作的交易中,我有幸又进入了另外一个"威虎厅"。

这是一个用地下室改造的招待所,档次似乎比权重时的住处还要低下一格。在权重时和冯富贵的引领下,我走进了那个地下室。

潮气夹着些怪味。烟蒂在烟灰碟里积成了个小山及至烟蒂满地。三屉桌上一盏十五瓦的灯泡往四下里散漫着病态的光。满屋子的男人,胖瘦高矮不同,却都是一样让我难以琢磨。我刚进屋站定,一个小个子便悄然溜到我背后掩死了房门。这空间里,我是唯一的外人,神情迟滞的十来双眼睛看着我。这气氛只差一种令人心房紧缩的音响效果了。

权重时和冯富贵为了镇住众人,把我又是一番超级介绍。我习惯了他们的文化,我不卑不亢,运用自如了。

一个中年人用嘴向另外一个人指了一下说"拿出来"。于是一个大胖头者便朝我身旁的三屉桌凑了过来。他代表屋中所有的人在昏暗的小灯下向我露出了一笑。阴横的笑,少儿不宜。

笑毕。大胖头从一个早就预备好的、早就过了时髦的黑色人造革包中拽出个塑料口袋,又从这口袋里拿出一张古旧的外国钞票。

"嘻,这个,您看看。"大胖头把票子递了过来。

墨绿色彩,纸质挺实。正面印有 BANK OF ENGLAND 字样,应该被认为是英格兰银行发行的英镑钞票,但面值竟是二十万。中国人认惯了中国钱,外国票子准能冤人。大胖头又把台灯向我这厢推近了些。我从月票夹中取出个卡片式放大镜,还没有来得及把票面的细部多看几眼,众多人等便都围拢过来。

"这是什么,放大镜?"

放大镜。没想到他们注意到了这个。

"放大镜这么薄,这东西多方便,没见过呢。街上有卖的吗。"

我说,银行专用的,街上哪能随便卖。就想,你能用二十万的票面吓唬人,我这放大镜就是银行专用的。

跟黑道上的人没什么不同。我智商不是很低,已经学会了使用他们的文化。于是,一个极其简单的舶来品的放大镜又为我和我的银行职员身份增加了几分庄严与神秘。他们的文化惯性又反射给他们,使他们自己蒙受了一点欺诈,这不赖我。

"能换吗。"大胖头显然是想把手中这"二十万"换成中国钱。

难说,英镑的最大面额是五十镑。二十万镑,没见过,早年代也没有过。影片《百万英镑》,那是银行支票,两回事。能不能换得先鉴定真假。1933年的,这东西专用放大镜也解决不了问题,我得把票子带回银行去,我们有钞票鉴定机,得用那东西看,红外光谱扫描。

"肯定是真的,都传真过了。外国财团都确认了,要买没卖给他,我们国家建设'四化'也缺钱呀。"

又是传真,又是外国财团。外行听着管保觉着可信和热闹。他们大约根本没闹清传真是怎么回事,也不会知道财团的含义。反正都是时髦概念,堆到一块就行。所以,大胖头怕是他自己也不知道自己在说什么。

我说,你不是要把二十万英镑卖给中国银行吗,我得把票子拿走,不管你什么外国财团确认了,中国银行也得确认一次,这是手续。我们有我们的鉴定室,专门干这个事的。

"要是真的,能马上就换吗。"

只要银行还没下班就行,这是我们的正常业务。

"我们陪去两个人",那个会用嘴指人的中年人说。

陪去也没用。鉴定室有武装把守,连我也进不去,只能填个鉴定申请表,用电脑送进去在外面等结果。

"我们去两个人,换完钱直接就拿回来了。"他们有点着急。我说,你愿意陪俩人去就去吧,可是只能在大门外边等着。

于是就回银行了。他们跟着两个人。

回办公室,我把票子的正面和反面都做了复印。哪有什么鉴定,我是为自己留了资料。东西拿出来又还给他们。

我说,告诉你们俩吧,这张票子是假的,英格兰银行从来没发行过这东西,是画的。你看这伊丽莎白二世,人家是女皇,给画走了形,成了个外国胖丫头。二十万面额的票子能频繁流通吗。可你看这票子折损得多厉害。造假的时候没有考虑到流通频率和磨损科学。还有,你看我给你们俩变个戏法。我用指甲盖在票面上一刮,刮起的这白皮小卷知道是怎么回事吗,蜡。上面烫了层蜡,要不这纸能这么挺实。

"昨天晚上就有人把钱换回去了,当着我们的面分的,这个怎么就是假的。"

人家发财人家是真货,明天你也把真货拿来,当时就能让你们分钱。我们的鉴定机是全世界最先进的。我看哪,那个外国财团不是要买吗,趁他还没有我们这种鉴定机,他们买就赶紧卖给他。这笔财不得白不得,外国人坑咱们坑得也够可以的了,还他一回。

不怕他们俩不信我的话,此时内疚和自责全是无用的别名。杨子荣当了座山雕的值星官,喊了声"厅里掌灯厅外点明子,给三爷拜寿啦",他那时的文化是给小分队指点目标。

轻信和自欺欺人这是人的两大悲哀。唯一这个姓贾的女人说了几句实话,但也未能远离这两大悲哀她说她姓贾,在安徽省外贸局工作,现在生病在家吃劳保,便有空出来干找宝献宝的事。一到北京,就跟权重时他们挂上了钩。她到我办公室,是冯富贵引着来的。在混迹献款集团所遇的这许多人当中,唯有这个玛达姆贾的一段话让我感到入情入理。

"献宝这事我最早是八三年听说的,是个朋友说的大关金,跟着一块入股干,然后国家承兑了,能有一大笔奖金,上万块。入股多的到时候还能多分,听了怪让人害怕。那人把我叫到他家去,说大关金就锁在箱子里,要打开来让我看。我害怕,就赶紧按住箱子说我不看。我是想以后国家要追查时,我要说没看过,那是欺骗国家;我要说看过,对不起朋友的信任。所以干脆就不看。可是后来我发现人家老干部、老革命、军队里的团长师长都在找盒子、献财宝,还有高干子女也干。他们说了个挺厉害的大人物的名字,我一时想不起来了,就追过 12 个亿的白金盒子,我就觉得准是有这么回事呗。这么着,他们再找我的时候,我就心动了。"

说完这段话,玛达姆贾拿出了个落款为"LAZCO"的文件的影印件叫我看。内容是用汉字书写的,通篇的字迹仿佛是个车祸现场,书法实在令人不敢恭维。文件题目叫《承诺委托书》,现不妨将其内容忠实地抄录如下。

世界联合财团经中国政府批准,在中国大陆收购原国民党政府遗留的旧币大关金、小关金、美钞、英镑、马克、金盒、股票。为顺利开展此项事宜,特委托马吉如、刘纯仁二位先生全权承办

付款咨询号码

中国银行香港分行 01287800015067

中国政府批准收款号 8643007

注册号 12001,12002,12003,12004

保密号 01007 - 589 - 0 - 0044 - 15 - 17

中国银行 71405372

中国人民银行 0013257 - 00102 - 588718
签发生效
16 - 10 - 90

正文下面是个圆形图章,英文的,看不懂是什么内容。圆形图章上的文字读序是有规矩的,按规矩把这一圈英文字母拉直,则是 WUIƆN W∀H WING。

冯富贵指着落款 LAZCO 说:"这几个字是世界联合财团'。

我在国际金融部门十余年,我的视听器官几乎每天都在接触外国金融机构,对 LAZCO 却从无印象。文件中那几串读来让人起急的阿拉伯字码到底是什么含义,外国人习惯用图章办事吗。英文字母我认得二十六个,没想起 Ɔ 在什么位置。

世界联合财团总部在哪儿,马吉如、刘纯仁这两个人是干什么的,你认识吗,轻轻几个问题,玛达姆贾就只剩下苦笑了。我想知道,玛达姆贾你为这事花了多少钱了。

"不好意思说。"

那些英镑美钞股票和白金盒子什么的你都见过吗。

"没有,那回他们让我入股跟他们一块干,说以后可分一大笔钱,就说先让我看一个龟形的金盒子,是李宗仁留下的。说里面全是宝,还有上亿美元的存单。他们让我上一个地方去看,说多带点钱。多带点钱说了三遍。我就去了,那地方挺远,坐长途汽车去的,他们有人在那儿等我,问我带了多少钱来,我说五百。他们说盒子不能白看,得交钱。我问多少钱,他们就说五百,我就给了他们,没办法了。到了地方,我说让我看看盒子,看真了我好入股。他们又说盒子的主人是李宗仁的侄子,今天正好不在,看不成了。钱也不还给我,说反正是要看盒子的。后来,他们又找我,让我出钱入股,拿了这个文件上北京来找门路跟世界联合财团联系,卖李宗仁的那个盒子。老冯和小权他们说卖给国家好,还能支援"四化"建设,我这不是就找咱们的银行来了吗。"

原来你手里现在什么也没有,就这张纸。人家让你找外国财团,你却来找中国的银行,那人家能干吗。

"我想能干,老冯和小权他们说财团要的手续费太高,而且要是小关金、大美钞,他们还要把人软禁起来。卖给国家,我们还能得奖,还能上北京来住,老冯他们说的。"

玛达姆贾呀,听我一句劝吧。别干了,这是假的。你不是在吃劳保吗,回去干点养精神的事吧,这种事情没谱。五百块钱我看就算了,吃个亏长了个见识也就是了。

"可是这回上北京来,他们又朝我要了四千,才让我把这个承诺书带出来,说这是股份,办成了有我十九万。我现在是骑虎难下了。"

玛达姆贾说为这事已经搭进去五千多块了。临走的时候,她要求我帮助她查对一下承诺托书上的那些阿拉伯数码,之后开个证明让她带回去,这就算救了她一命,回去就再也不干这事了。

真想救她一命,可面对那些数码,恕我见死难救了。

我高低要看一眼那种宝盒,但条件难达一致,便终于未能看成。不知这是我的无能还是他们的失败

宋凤跟着大贵若贱的小李他们上四川乐山取宝,早已经超过了预定的返归时间。权重时不时向我解释说工作难做,又说货已拿到,在返京途中,后又说货主小李病倒在旅馆了。而于我,我就想看一眼那个谁都说有,谁都说亲眼见过的宝盒子。在等宋凤的这段时间里,权重时又给我引进了几笔献财款的买卖,其中就包括大胖头和玛达姆贾那两起。当然,还有别的,多着呢,不一而足。我留意到,几乎任何一笔惊人数字的财款,都同时伴有一只价值连城的宝匣。那里面当然是罕世珠宝、绝代珍玩以及以千万和万万计的在花旗、汇丰等信誉卓著的大银行的美元、英镑、马克

等硬通货存单。这些存单都附带着用来证明存单不是欺人之物的几十种证件,而且这些证件又都是全部齐全方可生效,不可缺一,否则就不能从银行取出那笔以千万和万万计的巨额财款。这些财款存入银行的时候,除记载了年月日,还记下了当日的时分秒,让现在的人感到那时候的人办事真是不一样。凡此种盒子,最早的主人都是当年军界政界和财界的社会名流,甚至还有明初的江南巨富沈万三。

高低我得看看这类盒子,看看到底是怎么一种东西,看看到底是怎么回事。

小权,跟你说,有新情况,关于宝盒子的事。有一天我对权重时说。

"什么情况",权重时有点迫不及待。

你先告诉我现在谁那儿有宝盒子,咱们就赶紧去,到那儿再说。

"冯富贵他们那儿现在就有,没跟你露过?"

走,看看去。我说。

权重时又陪我去了冯富贵他们那个据点。还是大胖头和会用嘴指人的那帮子人。

我开门见山,告诉你们一个重要消息。银行接到的要求兑换宝盒子的业务成千上万,可是验明是真货兑现了的至今只有最初的三个,现在送到银行的都是假的。国家马上就要发新文件,停兑一切宝盒。听说你们手里现有宝盒。是真货,就别怕银行鉴定,赶紧拿出来,明天就能拿到钱。

"盒子是有,没在这儿,在南口,是不是请银行的同志跟我们到那边去鉴定。"

叫我上南口,你们弄颠倒了吧。我本该是坐在银行里头等你上门的。权重时和冯富贵是我的兄弟和朋友,冲这个我才来关照你们别错过机会的。我是银行职员,拿国家工资吃饭,你无诚意,我何苦来,咱们再见吧。我扭身离走。

次日一早,一个电话从传达室打上来。

"王哥,冯富贵带着两个人,把盒子拿来了。"是权重时。

让冯富贵接电话。我说。

"老王,盒子送来了,就在楼底下。"是冯富贵。

你诓我。

"绝对是真的,货主亲自带着来的,就想见你。"

前面说了,中国人的两大悲哀,首先就是轻信。我是中国人,机灵了三千六百度,也没转出这个法界。我马上就能见到那种盒子了,我马上就可以见到曾国藩、宋美龄、李宗仁这些早先的名流们的遗财在他们那些名不见经传,但一心为国家建设着想,想以献宝的方式来补救前辈罪愆,替先辈赎罪于人民的后人手中呈示的奇异光彩了。我放下电话,便急急下楼来。

毛泽东纪念堂的东侧是东交民巷,半个多世纪及至一个多世纪以前,那是列强的神经阵地,是他们瓜分中国时候的政治大本营,租界、使馆区,华人当然是不得入内。西侧的长街叫西交民巷。当年是外国大亨和企业家们的金融乐土,满巷子全是外国银行的招牌。一个政治、一个金融,隔着正阳门脸前的棋盘街,既相闻又相往来。时间是自然的整容师,人民英雄纪念碑和毛泽东的纪念堂融化了棋盘街。半个世界以前的旧景观,大都已渡完了一个劫数。而位于西交民巷东口的是中国的一家外汇专业银行,仍在提醒着过来人记起这里原来是条银行街。

中国银行是管外国钱的,许多的中国人在银行与银行的边缘开始弄明了这点。于是,五大三粗的汉子,小巧规矩的姑娘,西装革履的有文化样者,衣履不整的庸呆样人,便口里说着,怀里揣着他们自己也不知道真假的宝盒、美金或英镑的存单以及旧关金旧股票奔毛泽东纪念堂西侧的中国银行而来。

出了银行大门,权重时和冯富贵正站在一辆老旧的TAXI旁。

他们是坐这车来的。

盒子呢,我问。

"这两位是货主。"权重时和冯富贵向我介绍身边的两个生人。

货主是谁我不管,我先看盒子。

"进楼里去看吧"。

这是银行,没有碍事的,就这儿看。

"不进楼,那就到车里去看。"货主指了指那辆寒酸的TAXI。

我没有迟疑,用行动表示赞同,拉开门就钻进车厢。两个陌生人,也就是盒子的主人,也跟着钻进车来,一个坐我左,一个坐我前,形成了九十度包围态势。坐定之后,眼观鼻鼻观口口观心,静默足有一百秒。别不说话,不是上车里来看吗,盒子呢。

于是,坐于我左者向右转了九十度,坐于我前者向后转了一百八。

"把工作证交给我,让你看盒子。"

要抵押,岂有此理。你们要献宝,要得赏钱,要发财,银行来替你经理,你倒调过头来朝银行要说法。我的证件就是外头站着那两个,看见没有,叫权重时、叫冯富贵,打我证件的主意,去找他们俩说去。我推开车门迈了出来。权重时和冯富贵便忙往上迎。问怎么样。

怎么样,什么怎么样,我先问你,你们的人是怎么回事,上银行来验盒子还得先扣我的证件,我还没查他是干什么的呢。

"老王你别生气,他们是让公安局给搞怕了,有的连人带货都给扣了。"

你别跟我说这个,你看见那块牌子没有,念"中国银行",不念"公安局"。你去跟他们说,我是干银行的,见钱眼开。你货是真的我就给你办;是假的就跟你说是假的,拿着东西,门开着你随便走。扣人扣货,那是公安局的买卖。他们俩这样,我只能认为他们什么也没有。正经的,他们的货,你们俩怕是也没见过吧。

"他们说有,王八形的。说好了的,到这儿拿出来。我再去跟他们俩说。"

去说吧,我可没工夫在这儿等,你们商量好了再找我,我不能光伺候你们这一份儿。

几分钟以后,权重时和冯富贵又把电话打上楼来,说货主走了,说要看盒子得到他们那边去。

宋凤要去的是我的名片——当然这东西就是专为送人才预备的;而这两个陌生人却是要把我的职业证件弄到手,他们把自己的智慧和技巧估计得过于深刻和高明了。

在那以前和在那以后,我始终没有见过什么盒子。凡是讲到有关盒子事情的人,都会向你展示一种神秘,这便构成了一种文化,一种他来云山雾罩信口开河,你来打开想象王国之门去容纳那盒子的奇光异彩的文化。某种盒子、某个盒子,在一个时候、在一个人手里或许真有过、存在过。但在"盒子"这两个字的意念中,现在早就没有了它最原始的属性。从语言上对它的舞弄,已经形成了一种新的巫术。人心不足蛇吞象,这个新的巫术,正在串联着传统的混沌与愚昧。

这盒子要是卖给国家能得好几亿,到时候每人分几十万没问题。不过现在大家得出钱入股,想办法把盒子弄到手。多入股以后多分钱。中国银行说有这盒子,找来就收。不信你看,他们把证件都押在这做担保了。

这就是他们的操作程序,我想,我不会猜错。

一百,五十也行。最后是人民币三千。开始朝我要钱了。他们也是转了三千六百度后,又回到了元点

权重时说他没钱了,却几次提出请我吃饭。无功不受禄,我

坚守着自己的阵地。警惕地走路,不能马失前蹄。哲人有言,没有无缘无故的爱,那也就没有无缘无故的请吃饭。

饭不吃,话可不能少说。你在这儿住了多少时间了,我说。

"从夏天来就没回去。现在没钱了,要不早搬宾馆去住了,这儿多受罪。"

上哪玩玩去,多闷得慌,现在可是北京的好季节。

"我这人就这样,到哪先干事。事没干好心搁不下。不是跟你吹王哥,事办成了我就雇个飞机玩去。"

我只知道民航公司有包机业务,这可能就是权重时说的"雇个飞机"。无知,有时碰巧了也可能是天才的一种摇篮。无知,就可以大胆地蔑视一切,大胆地设想一切。而我连雇个汽车甚至三轮车都要多盘算几回。

行,到时候我也跟你一块去坐飞机过过瘾。我说。

"那还有什么说的。"

宋凤回来的话,一定提前告诉我,咱俩一块去车站,连接人带接货。得,告辞。

我和权重时接触,交谈是个大目标,谈够了就告辞,告辞了就去找路灯赶紧做手记。

"王哥你怎么来的。"

坐车。

"骑车多方便。"

那倒是。我的车毛病大,不该响的地方都响,懒得骑。我说。

"赶明儿事办成了,买个摩托,自行车扔了它。"

对,事成了是得买个摩托,你有什么地方给我上牌子弄油去吗。

"也是一句话的事。不过那玩意儿跑得快,死得也快。买个汽车吧,花个十几万二十来万算什么。甭说汽车,买个私人飞机都成。"

没有飞机场怎么办。

"买直升的呀，好开。楼顶上就能落。"

他总是有话可说。原来这个世界最过剩的不是科学和真理，不是讽刺与幽默，而是不负责任的谎言。我可以当行长，可以得到七千万元的活动经费，可以分得数以万元计的奖金，可以得到财产保护证、旅行证、子女出国留学证，我还可以得到汽车、得到私人用直升飞机。我还可以得到许多许多，这一切都有赖于宋凤和小李子他们从四川把宝盒和巨款单证带到北京来兑现。我有那样光辉隆盛的享乐前景，我应该感谢权重时、宋凤这许多人。他们还将发给我聘书，聘我当银行方面的代表。他们有的是跟他们联系的货主，他们有的是财宝，我还有什么可以犹豫的，我该贡献了，我该付出了，这是万事之根，也是万事之首。

权重时按惯例打来电话，"王哥，我这两天有点不舒服，像是感冒了。"

这回却不是联络事情或报告宋凤的行踪。

那你得赶紧去看。附近有医院，抓紧时间去，初起好治，你可不能趴下。我说。

"附近哪有医院呀，连药铺都没有。王哥你得给我弄点药来，兄弟我求你了。"

那地方医院和药铺都是有的。讨点药，这是为大取大索放出的"气象卫星"。权重时是我的资料库和透气孔，人家求你了，去看看他。六包感冒冲剂揣在兜里，就又进了"威虎厅"。

权重时又是正在床边剥花生。我拿出药，他没客气，撕开一包就倒在嘴里，跟着又灌了几口水，完全是久旱逢甘霖的样子。感冒冲剂，随便吃，无毒副作用。我说，这药可是我花钱买的。但他并未对我为他花钱买药的事有所反应，这不正常。

"王哥你得多帮助我了。宋哥他们早该回来了也不回来。我天天打电报，没信儿。打电话问，说已经不在乐山了。"

我应该机灵点地理解权重时的话,我该给他预备点儿钱了。但是预备多少钱,他们才能把这次献宝的事情画个句号呢。

两天以后,权重时又打电话来要感冒冲剂,说效果挺好,这回希望多拿几包给他。我当晚兑现,这回是十包。我照例告之说这是我自己花钱买的,权重时仍不予理会。

"王哥你真够朋友,宋哥知道你晚上都在我这儿,他会特别高兴。"

宋凤不是联系不上吗。

"昨天晚上宋哥打电话来了,说货主在成都又病了,不是大病,过几天就能上来。王哥这回你可就是百万富翁了。"

你别咒我,我要是百万富翁,命也就到头了。

"这个你别担心,给你雇俩保镖,包在我和宋哥身上。"

我有了一种紧张感和紧迫感。当行长也好,雇保镖也好,我都应承着。我觉着话说到这儿就该有事了。

我的感觉准确无误。

这天,权重时打来电话,"昨天发电报,钱用光了,王哥你得给我弄一两百块钱"。

我一个月就这俩小银子,上哪儿给你弄一两百块钱去,诚心难我是不是。

"五十也行"。

瞧你挑这时候,我们是月中发钱,现在借都没处借去。你在北京不净是朋友吗,百十块钱不难吧。我说。

"哈哈,王哥,跟你开个玩笑。你在银行,拿百八十块钱麻烦你,不是诚心寒碜人吗。有大事情请王哥帮忙的日子还在后头呢。"

我没有那个财力,更没那份心思。但我料定,这个要钱的事仅仅是个开始。

几天以后的一个周五,有我电话。

"是王部长吗",这是权重时的声音,权重时的技巧。我认可了这个"部长"。下面他必有把戏。

"王部长这回得帮我个忙了,您给我预备三千块钱,我有急用。明天上午我就上银行去拿。王部长您一定得帮助我。"

电话随即挂断,我立即电话追踪到"威虎山",接电话人说权某人不在。我应该不论阴阳,二十四小时全天候、全时候地盯住他们,但我没能做到。我放下电话就赶奔北京西陲权重时的那个据点。

权重时果然不在。我决心死等,夜九时许,权重时风电而回。

"唉,王哥……"他大约不会想到我会在"威虎厅"门口等他。

什么王哥,能上不能下,王部长。我说。带出一种凌人盛气。

进了"威虎厅",满屋子永远是那种污浊气。

你下午的电话是从哪儿打的,我问。

"和平里。"

我是哪个部的部长。

"这不是为让别人听的嘛。"

你是不是也让我听过这个。权重时我跟你说,我是替国家办事的,你糊弄我可不行。

"王哥您想远了,都一个月了,你还不知道我是怎么个人,心里有的全往外倒。"

他们是怎么个人我应该知道了,他们不光是在用高利益和大数字去诱惑人,而且还会用贵人贵语去吓唬人和去规定人的思维。我把他们的言行解释通了,情绪就透出了平和。

权重时,知道我今天找你干嘛吗。

"钱凑齐啦,"他问,显出了欣喜与贪婪。

"王部长用钱,整数来整数去,还用得着凑。"我话中带出揶揄。

他脸上又露出双料的欣喜与贪婪。

可是你不是说过你在北京有的是朋友。还有,你不是一个电报,十万八万的就汇来了吗,怎么,他们现在都不管你啦。

"怎么不管,远水救不了近火,我急用啊。再说王哥,在北京你也是我的朋友啊。"

算权重时有了一次口才。行,要是这样,我来帮助你。明天中午你就上银行去拿钱,打着我的名字去营业柜台。不过你得实话告诉我,你拿这三千块钱干什么去,明天早上我跟出纳经理得有个交代。

权重时说不利落几句话,但也不傻瓜笨蛋。听了我的话,他心里也揣起了个明白,便收起了欣喜和贪婪说,"王哥你真够朋友,这是宋哥的意思,让我试试你,到底咱们还是一条心呀。明天我就打电话告诉宋哥"。

一切都明白了,以往的一切铺垫都有了应果。于是,一切的解语和评说便全都是多余的了。

贾鲁生离开丐帮的时候,曾和他们有过一个约定,希望来年的同一时刻在分手的天涯海角处再次相会。于是,他和他们之间曾经有过一声"再见"。可是我呢,我和他们最终也有分手,那却像个死寂的雪崩

我没有接受大数字的诱惑,也不可能接受那个诱惑。他们从我这里占去的便宜是十六包感冒冲剂。

我觉得我对不起我的读者,因为我一直没有能再见到宋凤。他到底有没有去四川取财款,这是个谜。宋美龄的宝盒以及他们提及的所有的宝盒,我也一直没有见到。他们或许根本就什么也没有,只是煞有介事地把那些东西描述出来,使企望事后分红的财迷们出钱参事,而得利后他们就设法甩开参事者,再去另辟蹊径。我的猜想未必准确,或者只是众多情况中的一种。中国银行

接到的这类献款案件,有的甚至是外交部有关部门批转来的。参与这种堂皇而又荒唐的献款活动的,也不乏在职在位的现役军人,他们有的能调动交通工具,动作起来更为便利。在北京那些壮观的和不那么壮观的大街上,排放着污染环境的废气,给民警增加交通指挥负荷以及不知什么时候会把过街的步行者吓出一个心惊肉跳的车辆,或许有的就是在做这个营生。

这里不妨再说个例子。有一天,一辆轿车停在中国银行楼前。一个军装人和两个便装人走出车来,进楼以后就奔了银行国际业务部的某办公室。军装人一脸骄横,自称是中老年促进会的干部,所携二人一为港客一为秘书。什么事情呢,说是受刘文辉后人委托,要把刘文辉在海外的两亿美元存款全部转存入中国银行东京分行。这刘家子孙说上辈子对不起人民,这辈子要用他们先人的遗产来支援国家建设。而且说这事先已同某行长谈过。于是,国际部通知东京分行,告说一周之内将有人存入两亿美元,希做好接待准备。十天之后,东京分行打来电话问"钱在哪儿呢"。

他们这些人,什么大说什么。北京西南有个叫沙窝的地方,更是聚集着一批职业性的献款家。在几乎同于大车店的旅社里,一堆人坐在大通铺上,一边手搓着脚,一边通报自己的买卖。哪个哪个总统或总统夫人有多少多少亿,打算贷给中国,想让他帮助在国内找个用款户。中国政府和中国那么多的金融机构,外国的富贵们一概不懂。有钱没处用,只好求助于北京的"沙窝帮"。"沙窝帮"跟我所接触到的权重时、宋凤、小李子、冯富贵以及徐某人和玛达姆贾们,可能有着许多的不同之处。但我算了几回,他们最终都没有跳出我在上面说的中国人两大悲哀的精神圈圈。

我预料过我混迹献款集团不会有我希望的明朗结果。这一是因为我毫无跟踪与卧底技巧,一是因为我跟踪卧底的对象他们本身就是什么也没有。

写作是业余,跟踪卧底亦非专门。到十一月下旬,我因银行公务,必须到远离北京的水乡南国。走前和权重时打了招呼,只一周时间,切切等我回来再做联系。权重时信誓旦旦,且预言,到时候宋哥肯定也回来了。

公务办完回北京。人没到家先打电话到那"威虎山"。结果权重时已不在原处。

他人哪去啦。我问电话那头。

"三天前就不住这儿了,他说搬总参去住了。"

权重时已不住原处,这是真的,搬总参去住了,这却是他想隐遁又不忘给自己罩上一层光彩的造语。我根本用不着再去找到"总参"。

从那时候起,我也没有再见到权重时,当然,也没有再接到他的电话。我所做的这趟活计,也就算有了个没有结果的结果。这个人和这一些人出现的时候,为着一种需要,隐没的时候也是如此。从权重时想从我处求索三千元未得到他不辞而去,这中间只相隔十一天。

贾鲁生跟随着丐帮从山东漂流到江苏,又到湖北,又返回山东。丐帮魁首"魔术师"早就看出了化名"五合板"的贾鲁生不是盲流。贾鲁生疏忽之间做了默认。"魔术师"非但没有对贾鲁生产生抵对情绪,反而向他道出了自己的心中苦楚。到离开丐帮的时候,这位姓贾的山东作家跟丐帮横把"魔术师"多少共处出了一些人间的情愫,让人感到了人间的情感折磨,酸甚于苦。而我混入的这个献宝集团,权重时、宋凤那些人,他们也曾向我讲述过他们的苦楚与难熬,但我无论如何产生不了像贾鲁生对"魔术师"他们那样的同情。我觉得,我很难一句话说清这是为什么。当我和这个献款集团互相淡出时,我心中只是一片白茫茫。

或许多余的结束语——他是个寓言,他是个谜时至今日,我梳理材料,创作此文。行文到此,本该可以结束了。但我还想再多写一笔,自打权重时不辞而去以后到次年,一切仿佛都已经淡出了,但到了夏天,某日,办公室门被有礼貌地推开,眼前出现一人。这人十分面熟,却一时难记起何时何地因何事见过。

忘记了曾有过的见面,似应算作是失礼的事,我一边让座,一边探问君从何来,想以此唤醒我的记忆信号。

"西安。"他说。

西安?

见我疑迟,来人便从衣袋里拿出个证件打开在我面前。军官证,是宋凤。

哎呀,换了夏装,一时没认出来。怎么样,你什么时候从四川回来的。那个宝盒子回来了吗。

"小李那家伙,跑啦。"宋凤说。

就是说,弄了个一场空。跑啦,他跑什么,怎么让他跑啦?

"住旅馆,不是在一个屋里,人就没影了。"

那你们损失就太大了。

宋凤摇头不语。接着他从小皮包里拿出几张票子说:"我这次来,是想请你看看这个,能不能给鉴定一下。"

我接过那东西一看,是几张十元的美钞。"这种票子你有多少。"

"多着呢",他说。

想开个户还是想换成中国钱,到柜台就办。真的假的,我们柜台上有能人,不用机器,点美钞,大拇指一捻五张,哪张是假的,一抻就出来。跟你说老宋,现在全世界每年生产的美元假钞有一亿,向市场流通的少说有几千万,假美钞天天有人在印。你这几张票子,哪儿都像,就是颜色深了点。留下这几张,让我们的专家给你看看。

"不不,先不急呢。我跟别人约了事,得赶紧去,哪天我再来。"

小李子怎么就跑了呢。宋美龄的盒子,还有那三千亿,这就算完啦,权重时呢。

宋凤一边囫囵地答着我的问话,一边往小皮包里塞那几张票子。有电话来,我得去接,他便在此时示意告辞,就走了。

前面我说过从那以后就一直没有见到宋凤,不想话说早了些。宋凤的突然再现,使我加写了这段文字。

宋凤说他哪天还要再来,但他一直没有来。

他还来做什么呢。他是个寓言,他是个谜。

关于禅宗的题考与稗说

宗教不是一项创造,而是一个发现。还原这个命题的真面目,应该是有一种超俗超速的智慧发现了一个规律,就给这个规律起名曰宗教。

说顺了嘴,就说人类创造了宗教。其实不是那么回事。

宗教有繁杂的分野,说明人的那种认识规律的智慧总在不断地运动。

只说宗教是人类的宗教,这话有点不太厚道。宗教实是万物的宗教。人在自己脚底下这块地上裂土分邦,造设了空间限度,而宗教没有边界。

都在说自然,什么叫自然,自然就是无意识。

地球上有了人这种东西,是无意识造就的奇迹,这个奇迹叫人对于自身都感到不可思议。就拼命解释也解说无果。但佛能叫人顺解万象,这又是有命众生的幸运。

要说的是佛教。

舶来的佛教

中国最早没有佛教,是人家先有了,我们后来才有。所以,佛教对于中国应该是文化和思想的输入。

儒教与道教是纯种的中国土物,却在解释世界和应用生活上与佛教形成衬证与呼应,于是,非土物的佛教就融化成了中国的佛教。

中国的佛教虽是舶来,但却早就与中国的传统文化并行。其实又岂止是并行,两者间的那种互为形容与互相含蓄,流畅又密致得容不下他风别水。

如果不是被外域捷足,如果不是文史传承中语言和文字选用时的取弃,佛教很可能就会早现中国。因为,虽说是"非土物的佛教就融化成了中国的佛教",但是中国儒道两教中的经典智慧早就自有成就,并非后受化于佛教。逆例说明,比如说火药,本是缘发于我,后来流播异邦。但是当初倘我未得此厢智慧的发动先机,难道今天世界武库中仍旧还只是刀枪剑戟不成。此问无需回答,该有的东西就是要有,滥觞者谁,并无功德可耀。

佛教进入中国,并不曾有个庆典仪轨类的形式,应该是一种渗进,是个时段过程,是一种思想在不觉中被允许、被认可和接受,继又被渲大和播送的过程。这在时间界限上是一种泅延,好像黑夜与白昼的接转,不是一刀可断出个边痕来。在这个过程中,佛教染透了中国色彩。注意,是染透,不是涂满。

言回正题。佛教进入中国的时间过程与方式,说法很多。不是专指现在,而是从来就说法多多。关于西周昭王与臣僚的答对,关于东汉明帝跟当朝太史公的问说,全都描述了佛教进入中国的粗细情节。但这些说法又很难给予"信言可靠"的评价,因为这中间常有文化辩争,更或有功利的发动,这就使事情的真实性受到拷问。《周书异记》的记载就更具神话故事的个性。倒是赵朴初有话,说佛教传入中国的具体时间和年代很难考定。大居士当然一语叫人心定。眼下手中的文字,居心本来就不在学术探究,更谢赵朴老此语叫人可以心安理得地远离精细考证。精细考证是专业专人的饭碗,笔者是拿文字作消遣,考证得再高妙,也不是人家对手,所以就拿赵朴老的这话作盾成遁,就"打不赢就跑"了。

虽是文字消遣,但也不可以一边吐着唾沫一边说,有话就好好说。就说佛教经典文字,笔者晚知晚学,读到的东西有限,有限得都不敢说读过。中国古典文字存留中没有直接的关于佛教经典的东西,凡有佛经皆为翻译拿来。而记载这些经典使用的原始文字都是印度文,说得精准些应该说是梵文。梵文是印度文的一个品种和支脉。

汉语也有品种也有支脉,古汉语就是汉语的一个品种或支脉。"之乎者也"那些文法句式现在早不用了,当初却是官方用文。梵文就是印度当初的官方语言,评人记事载物,靠定的就是梵文。梵文是印度文化的"古汉语"。

真懂古汉语的不多,欧美的古汉语专家常常叫人不敢恭维。真明白梵文的也是鲜有精华,印度之外,梵文的真知学者恐怕更是稀罕。现在可以通过汉语读到的佛教经典,既不是现代汉语,亦非古汉语。在那些文字里,我们读不到类似"谈谈我的想法"那样的眼下生活用语,也少有"之乎者也"样式的表达。然经典原著中此类寓意的文字绝不鲜见。其中之所以没有现代生活用语,是因为翻译者无法预知当时的语言会衍化成今天的样子。反过来说,就好像今天很难设想秦汉隋唐那时候日常口语是何种表现。那时候一定也会有众人商事的场合,主事人会不会最后有个"行了,别争了,我看这事就这么定了"之类的话,真不知道。官场文化一向独享记载手段与资源,也就拒绝了对民间日常生活的储存。更有那时候的所有的说话语音都已永不可求,空白也就只好空白了。幸好还有文字,千年的文字会说话,就是这个意思。话再回来,其中之所以又少见"之乎者也",是因为在这些经典中梵文原文所述事情的环境气氛均非现实中可闻可见,更有其中人物特质以及因这特质而产出的言辞方式和这言辞所承载的思想分量,也都是日常生活中不被注意和很难注意得到的存在。就是说,佛教经典展现给我们的是一种不同于日常见闻与智慧的非常态化的境界,它是在我们的见闻之外延伸我们的见闻,是在我们的智慧之上点拨我们的智慧。文字经典的意义也在于此。

由于这两个原因,我们在诵读佛教经典的时候,常常就会有种不常的感受。对此,我们只能认定现在读到的汉语的佛教经典是一种最好的最可取的翻译成品。这个认定源自唯一,因为除此之外再无别品,更是已经不可能再有。不可想象,眼下有谁再把佛教经典从原始的梵文重新译成现代汉语推到世前。同样也不可想象按照标准古汉语形态再把佛教经典"之乎者也"一回地拿出来教化众生。

中国古汉语文字胜美至极。然到底胜美何极,站在古汉语之外永难领受,借一箴言反用之,旁观者迷。走惯了净水泼街黄土垫道的坦途,看惯了霓裳六幺的江南水袖,忽然有一天,西出阳关,在"大漠孤烟直"的丝绸古道,一西域女孩儿正翘挑着好看的脚丫在那里反弹琵琶……你是路行者,你善鉴声色,这时候你会重新评价自己的视听——独立自审,孤傲孤芳,不阿谀、不献媚,不入俗途、不怕寂寞,这就是古汉语,这就是古汉语的性格。

佛教经典的翻译启发于先秦两汉,中经魏晋南北朝,盛于隋唐。通览佛经翻译的大过程,正是中国古汉语文字美学表现的巅峰时刻。但佛经翻译并未追求文字的美学体现。无追求,也就不存在那样的表现。"依义不依语"的佛教播送法则在佛经翻译过程中得到了真用。

汉译佛经中没有古汉语那种叫人赞叹的骈文美句,没有行韵流连的抑扬顿挫和这抑扬顿挫给出的乐感与节奏。不追求语言文字的视听快感,成了佛经翻译的操守。所以,汉译佛经并无文字表现上的艺术锋芒。文学作品是一种艺术性的文字表现,而佛经和佛教经典恰恰不是文学作品,就这一点,佛经翻译反得了一个广阔天地。译主只求把原文寓意圆满地装进译文,甚至没有去刻意回避文字的拗口之碍。同样理由,佛经中那些形式如诗的警言偈语,押韵事情更是完全忽略,末字又常是落在仄声,而且连续落仄,又常常一仄到底,与诗文创作包括诗文翻译的章法规则毫不相容。于是就叫人有了一种对于佛经文字独特的阅读心境。在捧起一部佛经开始浏览诵念的时候,我们的心理认定是"这就是佛经"。

汉译佛教经典中,"般若"一词不断出现。但汉语中并无这个词汇。汉语中无此用词却又在汉译文字中屡见,是当初的译主把这个词原封未动地搬进了译文。原封未动地搬进,但梵文中又没有这样两个汉字,是译主摘借了这两个汉字用作了梵文原文的注音。

至唐初,佛经翻译有"五不译随梵音"法。所谓不译随音,实即音译,直接用汉字标音入文。这样的成分在汉译佛经中首推佛名呼号与咒语,而"般若"是寓意深广的专用。那种"这就是佛经"诵经感,更直观与直接地源自这种大分量的音译。

当初的佛经译主审看原文,读到了发音为"bore"的梵文,却发现汉语中无法对应找出个简捷帖妥的词字,就选择楔入了"般若"这两个读音相近的汉字。说是读音相近,但在读音上或许一点未曾迁就,这两个汉字当时可能就是读作"bo"读作"re",只是语音发展变化至今,才读作了"般",才读作了"若"。如果用现代汉语汉字准确注音,这两个字很可能不是"般若"而是"播热"了。还是刚才的话,不可想象有谁去这样做。诵经,我们已经认识了"般若",认可了"般若",这个字形已经是一种特殊信息解说的窗口。"般若"就这样地种在了佛教经典中。于是"般"和"若"这两个互不相干的汉字拼合连体,在汉译佛教经典的文字中出尽了风头。

所以,汉译佛经里的"般若",从来"般若",从此以往,怕是还要"般若"下去。"般若"一词在汉语中没有传承与连带,不成意义,但在佛教经典中则是另番景象,如不注解说明,就是个不破的密码。"般若"没有翻译,理解就寄托于它的含义,而这含义的载量,可以是个大造句、可以是好几句话、可以是一段文字、可以是一篇文章、可以是一部书,甚或可以是大智慧永无尽限的阐释。

现代汉语、古汉语和汉译佛经是我们阅读生活的三个世界。这三个文字世界相互间并不排斥,形成融合与支持。

儒教与道教分别以入世和出世的行为与法理教化于世。佛教不排斥儒道两教,但它的行为与法理心在超世。谁跟谁也没商量,都是在往"世"上说话。忽然发现,说着说着,仨人常常就说到一块儿去了。

怎么说着说着,我这话也又回到了开头。

六祖与《六祖坛经》

般若多罗是达摩的顶头师父禅宗二十七祖,顺承接续,达摩应是第二十八祖。然话及达摩又常有言曰"达摩老祖",这是在说中国接受禅宗是以达摩为始,是说达摩是中国禅宗的老祖。

达摩老祖之后是中国禅宗二祖,法号慧可。按大排行,二祖慧可应是禅宗二十九祖。慧可之后,中经三祖僧粲四祖道信又五祖弘忍,大约七世纪中叶,释祖衣钵传至一个叫惠能的人,就是现在要说的禅宗六祖。

佛教文化中有部经典,叫《六祖坛经》,记载的是六祖一生的经历与说教。《六祖坛经》作者不是六祖,是六祖弟子的记事集成,仿佛孔圣人的弟子把老师的言行记录集成了《论语》。这部经典还有其他叫法,但通常就叫《六祖坛经》,或更简约就叫《坛经》。

《坛经》是唯一一部非翻译引进的佛经。

岭南是指中国南岭迤南地域,唐初是个行政区划,称岭南道,主要覆盖了现在两广外加海南的大片地方。高祖的时候,有个叫卢行瑫的监察御史因遭权陷被贬到了岭南。现在的广东广西，人文地理注释和经济文化积淀早已不可简单论说，而当时却可用"荒蛮之地"一言蔽之。卢行瑫就被流放在了广东这个荒蛮之地，在岭南新洲落户为民……接下来就是生存生活，娶妻生子。于是公元638年，六祖惠能生来。给人间撂下个六祖，三年以后，卢行瑫死于不测。

卢行瑫生卒为603年至640年，有生春秋三十七载。《坛经》里说卢行瑫遭贬是唐武德三年，换算公历是620年，就是说卢行瑫遭贬当时是十七岁。推理，入朝为官更应是在这之前。这个年龄上，卢行瑫是怎样进入的仕途，经文中没有交代。浏览了其他一些文字，也未见明朗。也许，当初《坛经》执笔人在这里加减计算有所偏误。或许，编纂者也曾有疑问，但认为这不很要紧，就只着眼正经而未作深究。实际上，卢行瑫几时跻身仕途对于《坛经》要义也真就是无伤大体。

另外还有一算，六祖生于638年，《坛经》说是唐贞观十二年，换成公元，恰当此秋。卢行瑫谪贬岭南十余年后于二十九岁上娶妻李氏，这时是公元632年。至惠能出生，李氏是六载怀胎。《坛经》也是这样记载。但七十多个月的胎孕，明显颠覆了"十月怀胎一朝分娩"的人类生产常规。于是就想起了传统中国文化中的文字表现，鼎高鼎尚杰出大德的功名成就受到后来者的珍视与膜拜，在口颂乃至用文字去做定型的时候，容易染上后来者颂家的心理亮色，常用的手法就是着眼主角的出生，做出神化的文学渲染。这类事情在中国古今文化中并不稀罕。六祖佛性超凡，出生也不应是通常规律。《坛经》记载，惠能出生之际，李氏先得祥梦，"庭前白花竞发，白鹤双飞，异香满室……"，于是"怀妊六年师乃生焉"。更有记载，惠能出生当时，家里"毫光腾空，香气芬馥"。毫光是怎样的光，手边的典籍包括"大百科"中均查无所见。但《地藏经》里有所描述，是说一次世尊说法时候，顶门上放出百千万亿大毫相光,接着就例说了二十毫相光和十二毫光。毫光关呼佛祖,可见毫光盈来是有佛祖护佑的见证。如此,六祖生来就浸润了佛的信息。《坛经》更有记载,惠能出生后的黎明时分,有二僧造访,说是专为给新生人取名而来,留下了"惠能"的名字,随即出屋,就没了去向。惠能这个名字就这样叫了一辈子,出家前后皆然。也就是说,六祖在家名惠能,剃度后俗名借用,就成了六祖的法号。《坛经》继又说惠能不食母乳,有神人"灌以甘露"……甚至记载六祖迁化当际"异香满室,白虹属地,林木变白,禽兽哀鸣"。《坛经》中这样的文字气氛,与中国古典文化文字作品乃至新兴文化表现甚为对仗,都是为说明非凡人生死去来就是非凡。不知是佛教经典借用了民间文化表现手法,还是民间文化把佛教文化中成熟的真实通过文字表现为俗所用。不过,基于六祖的史有其人,基于认可佛法能量加持表现的不可思议,可以相信就是后者,相信佛法所涉及的信息,在常人常态中就是那样难得闻见和解说,以致易被指说为神话。

  一个是六祖先父的身世,一个是六祖的生来,用了几行笔墨,都是《坛经》里的记载。但这些当然不是《坛经》主脉,主脉是六祖的经历和因这经历而宣示的禅宗思想。

  禅不是创造,而是一种未被警觉境界中的存在,发现了就有,反之就无。但发现需要智慧,这里说的不是绞尽脑汁后被认可的智慧,而是天分中的自在,根本不用去挖空心思。人生就是这种智慧的载体,谁都可能是这个载体,却又不可能人人都成为这个载体。但六祖是,六祖成为了这样的载体。

  禅善于说典讲故事,不主张条理说教。就是说禅主张用心,心可以到达法域的任一角落,而文字却做不到。千事万物,只要写出就有丢遗,就挂一漏万,甚至亲简疏衷。顺理就势,禅宗也就不主张立文字。

  六祖家境清宁,父亲早逝,更是贫寒,就没有进过学堂,也就不识字。六祖读得东禅寺廊壁上神秀大师"身是菩提树……"那个有名的偈子,是别人念给他听的。随即"菩提本无树……"那个经典法偈,作者是六祖,但不是六祖手录,是当时的在寺居士将六祖口念代书于壁。

后来,有个法号无尽藏的尼僧向六祖请教《涅槃经》,就拿着经书叫六祖看,指说自己不明白的地方。六祖就说,你别叫我看了,我不识字,你就念吧,我为你解说。又后来,有个叫法达的和尚向六祖请释《法华经》,说自己读过不知多少遍,总是解不开其中法理。六祖就说,我不识字,经文怎么说的,你念来,我为你解说。

《坛经》明确记载六祖不识字事情,有此三回四例。另还有一处是虚记,说神秀弟子常讥讽六祖"不识一字,有何所长"。这里多说一句,神秀到底不愧尚师,有一回听得弟子这样讲,就训教说,惠能有无师自通的智慧,佛法悟性在我之上,五祖传法与他,怎能是无缘无故的。大家当然就不敢多说了。其实众弟子自有盘算,当初如果没有惠能的"菩提本无树",那肯定是神秀的"身是菩提树"拔筹,神秀接了六祖门庭,自己们当然也显风光。所以就对惠能凭生嗔恚,就总想夺了惠能的六祖衣钵叫神秀"黄袍加身"。惠能还真是因此而几遭凶险,致或损命。

禅宗不立文字,不是说文字本身多余,也不能说文字对禅无用。六祖遇有和文字打交道的时候就要有所尴尬,就需要有识字者现场沟通,否则下文就无法接转。就像语言不通的两者交流,中间需要有个翻译。从在广州法性寺受戒始,至终六祖播法三十七年,这中间一定多多遭遇文字纠结。《坛经》显示,六祖直到终老也不识字,不能不说是个遗憾。

对于六祖识字事情,《坛经》未见明载,倒是有几个文字可供再说几句。神龙元年,武则天还政,中宗李显复唐国号,就打算把六祖请来京师宫中供养,万机之暇与六祖请教佛理。就遣内侍官薛简持诏书到韶州宝林寺也就是今天广东韶关南华寺去面证六祖。诏书当然是薛简宣读,皇上挺客气,说"愿师慈念,速赴上京"。但六祖辞谢,《坛经》记述说"师上表辞疾,愿终林麓"。这几个文字说的只是情节。上表,就是书面形式的发言,表章如何作成,就没了细节。其实,识字事情,未必学堂,后学亦可大得。此时六祖六十七岁,"上表辞疾"是不是叫人代笔,寺院旁僧或是薛简皆可为代做,经文没有说明。或许这个时候六祖已经不再需要。

关于六祖和《六祖坛经》,可写的东西很多,比如"贩柴闻经""五祖问答",比如"三更受法""渡江避祸",比如"怀止会藏""风幡之动",比如"叶落归根""飘香指宿",还有许多许多……这些都是《坛经》里的故事,主角全是六祖,其中一些早已是佛教经典和禅宗公案。但笔者绕开了这许多精华而另说别事,只因写那些东西用不着我。那些精华有的是人写过,又有的是人在写。

《坛经》的文字,始终都是故事。故事就成了播送《坛经》教义的载体。

《坛经》记录了六祖一生的经历与说教,却也只是一生大树之一叶。六祖存在,《坛经》扩容,六祖寂灭,唯余《坛经》。

记录不是好事情,它的代价是丢漏。

菩提达摩史有其人

佛教经典浩若湮海,这是物象地指成篇成册的文字书籍。关于人心感悟世界,中国的儒道两教也早就多有开释,书多得也是舍一生不得毕读,这里暂不去说。

就说禅宗。那么多思想的说教都载于文字经典,但禅宗却是不立文字。一个"悟"字说不尽人心的所有行住,就成了禅宗的真价值。

禅宗是一个叫菩提达摩的人带到中国的。为了文字的轻捷，菩提达摩，我们就简称之为达摩。

达摩是印度人，死在中国，佛教说法叫作圆寂。达摩圆寂后葬在了熊耳山。中国有好几处熊耳山，这里说的是河南省境内的熊耳山。那里有个佛教丛林叫空相寺，里面就有追记达摩事迹的达摩灵塔和达摩殿。

释祖授课，顺手撷花，有意示众，抿口不言。众弟子不解，唯迦叶笑出了声。拈花一笑，这是佛教史的早期公案，也成了禅宗延展的滥觞。此案中潜伏了种种妙解种种玄机，从那一刻起，演说衍绎者绵延未绝。但眼下文字作者却不敢多言，不敢多言不是不会说，而是觉得不说为好。因为，如果只作泛解，一定都是早被说过的话，把别人的东西拿来再嚼吐一回，更多一份口臭而已。再呢，玄机摆弄，就算偶然间聪明泛起，解说出个能叫人警醒的境界来，也就是吓唬一下众生。众生中倘有不懵懂的，冲我甩出些学院派的佛词儿，我哪是对手，那就活该轮上别人吓唬我了。总之，不管怎样，心理都不光明。道可道，非常道，于是，缄口扪心，对于"拈花"，只说一句，禅宗是佛教的主脉。

迦叶一笑后接过了释祖衣钵，成了禅宗的一传祖师。嗣后，释祖衣钵代传代替，数百年后传至二十八祖，就是现在要说的达摩。

达摩的顶头师父是禅宗二十七祖般若多罗。达摩接过衣钵就问自己应做些什么，般若多罗就叫达摩在自己死后上中国去播送禅宗。于是在师父圆寂之后，达摩便跋涉东行，历程三载到达中国。

中国历史上，一心向佛的皇帝倒是有过几位，但出了名的是梁武帝萧衍。不说他写经造寺，自戒渡人，就说他不打招呼自己跑到庙里，住下来就要当和尚，上朝时刻找不着当家的，臣工们就到庙里把他拽回来按在龙椅上……如此这般，凡若干回，就这个，就比后来的武则天来得自在,更比顺治爷来得大有声色。

达摩是大约公元520年来到中国,在广州登陆,恰当中国南北朝时候。南朝在位君主正是梁武帝萧衍,就派人把达摩接到帝都南京。梁武帝用了倾血本的精神精力打理佛教事情,就冲"南朝四百八十寺",就足资信心满满,认定功德无量,就与达摩问说,期待有个来自大师的彰扬。但达摩心在播法,不事夸人,一听,更觉得不是那么回事,也不客气,就说梁武帝"了无功德"。萧衍当然要问个明白,达摩就解说为什么梁武帝你没什么功德。梁武帝满不乐意,俩人就顶着牛地答问往来。达摩的释说梁武帝不能接受,于是话不投机。

这里有个潜情,达摩来中国,不该是蜀鄙僧那样"吾一瓶一钵足矣",想必是一行若干人等,随行中应有个会中国话的。达摩自己如会中国话则另当别论,想来不会。跟萧衍俩人问答,中间就该有个译员,近代史上叫通事,南北朝时候叫什么不知道,但总是该有这么个人,也许那时候就叫通事。当时对话,梁武帝这边或许预备了通事,但不管怎样情况,佛教的东西现场拿嘴翻来倒去,内容怕难严丝合缝。俩人话不投机,有没有通译人的失言漏嘴,没谁说过这个。我们现在看到的东西,俩人间的对话都是光昌流丽的言来语去。

只在南京待了二十天,实际就十九天,跟梁武帝不欢而散,达摩就走了。走了不是一走了之,还是播法,中国地方大了,就北行,就又有了达摩的"一苇渡江"和后来的"只履西归"。说是达摩到了长江边上,北行受阻,就扯了片苇叶扔在水里,踩在上面就过了江。

达摩踩着苇叶过了江,弟子侍从们怎么过的没谁说过。所能见到的有关"一苇渡江"的图画宣示,也都是达摩一个人站在一叶芦苇上潇洒漂行,旁无别者。问一句,这事真的假的呀,别疑惑,假的。都在这么说,都在这么说着玩儿。于是就想起了马克思,达摩没有留下照片,但画像不少,包括渡江形象,阔面高额重髯,一幅马克思景观。我们待见马克思,就不顾一切地往他身上扔好话。比如说他爱学习,就说他上大英博物馆阅览室固定了个座位,老去,脚下地面就磨出了个坑。想来准是写字看书时候脚底下不闲着,胡踢乱蹬,要不坑从何来。但马克思是那样的吗。座位都有人坐,别处咋就没有坑。其实哪儿也没有坑,根本没有坑,根本没有那回事。一苇渡江,就属于好话乱扔。大英博物馆不用说是石材地面,就算是木板的,看书脚下磨出坑,你试试。同样,不用说一片苇叶,就算是苇秆苇叶子合抱一捆,踩上渡江,你也试试。至于"只履西归",比大英博物馆磨坑还大英博物馆磨坑,也是人云亦云传闲话,就不去说它了。

达摩肯定过了江,又肯定不是踩片苇叶过去的。

达摩到了江北,实际上是到了当时中国北朝地界,政权管辖叫北魏,少林寺就在这边,达摩就到了少林寺。

达摩是跟梁武帝闹了别扭才来到少林寺。就想起多罗师父叫自己来中国播法时就嘱咐过,到中国以后不要待在南方,说那里的君主好大喜功,对佛理比较外道。现在想想,师嘱果然。于是就找了个山洞,天天冲里坐着不理人。干嘛呀,就琢磨这个事。

有法号神光的中国和尚一心拜谒大师,就一直跟着达摩,也就到了少林寺。提前说一句,这个神光就是后来中国禅宗的二祖慧可,不妨现在就叫他慧可,省事。

在少林寺,慧可天天服侍大师,期待达摩授法。但达摩洞中面壁,不问别事,慧可就天天在外面死候。一日天雪,慧可通宵候立,至明,积雪及膝。达摩受了感动,就问慧可有什么事,问说对答,却竟说未见慧可真心。情急之下,慧可抽刀砍断了自己一只胳膊举给达摩。达摩一看,就知道了这个和尚是真心求法。有一本书叫《景德传灯录》,里面就记载了这个事情。

慧可拜师求法,不知缘何要身怀利刃。就想起了"刺卓"。董卓瞥得曹操出刃,翻身喝问孟德何为。阿瞒奸狡,脑子灵便之极,于是行刺顿变献刀。曹操怀刃,就是为了行刺,慧可藏刀,莫不想好了就是要断臂的,而达摩定力深广,见到慧可出刀也不用惊惶。关于这个,书中全无解说。言及慧可出刀断臂,原文只有"潜取利刀自断左臂"八个字。

一只胳膊利刃斩断,动脉静脉肯定要争着往外流血,如不处置,后果就是血罄人亡,而且很快。但这段文字有情节没细节,叫人多费琢磨。《景德传灯录》成书北宋真宗年间,距达摩在少林寺面壁和慧可立雪断臂已过去一千五百年。作者是个僧人,不知当时是如何采集的文字资料。再有,还是那个话,断臂求法,他们之间语言亨通吗,言来语去的又都是"之乎者也"。本文要旨不在考证,就不多说了。总之,若干年后,说是九年,慧可受法,从达摩手中承接了释祖衣钵,成了中国佛教禅宗二祖。

时间地点与家境是人在出生之际的"三元色"。死去亦同,"三元色"为时间地点和原因。达摩有生在印度,暂不去说。然祖师终了中国,寂灭时间地点和原因就成了必要话题。

空相寺里有关达摩的信息,除达摩墓塔达摩殿,还有个达摩墓碑。梁武帝到底还是惦念大师,达摩寂灭以后,萧衍写了个题作"南朝菩萨达摩大师颂并序"的碑文。碑文记载,达摩寂灭是在梁武帝大同二年十二月五日,换作西历是公元536年。碑文落款是这年的十二月十五日。就是说,达摩寂灭十天,碑文乃成。

自达摩寂灭至宋元以后,梁武帝的这个达摩墓碑文沥沥拉拉数百年间有过多次刻存。一文数碑,也属鲜见。

按说,"石头记"是很可靠的,但达摩墓碑文却多遭质疑。当时南朝的人,当然也包括梁武帝,到现在活着的一个也没有了,北朝的人也都没有了,真就是死无对证。于是达摩到底何时寂灭,就越来越众说纷纭起来,成了一笔不明账。都想把这不明账弄个明白,我说你也说,就你说你的我说我的,不明账同时就又成了多头的乱账。许多事情,时光越是久远就越易成糊涂。其实,不用说历时经久,即便是刚刚发生的事情,比如眼前一起车祸或一顿打斗,让当时当场人描述起来,就能版本多出,甚至因果情节锋对。有句话,叫千年的文字会说话。这儿给接个话茬儿吧,千年的文字也会乱说话。

所说这么多东西,用心只在文字拾遗,不是文化考证。但这里也有个笔者的小心眼,就是用这些东西来支持本节文字的标题,叫人相信"菩提达摩史有其人"。

至于达摩寂灭地点和原因就更是说法纷纭,纷纭得难见本相。但我有我的办法,我的智慧我自己用,其实也不叫什么智慧,就是明知说不清和不好说的事就不去说。如此耳。

曾经的许多东西,人是真人,事是真事,但账是糊涂账。

俗话说得好——真人真事糊涂账。

其实,也没这么个俗话。我现编的。

生死与缘起

走是来的接续,死是生的转场,这是关于死的正道正理。不管乐意不乐意,大限一到,必须放下种种光彩与欲望。于是就怕,怕那个正道正理,叫作怕死。

认定身心享乐乃为大事,于是不知生不问死。及至死到临头,这才乱了手脚,方知生死才是大事情,但一切都已经来不及。佛教就是教人知生认死,是教人生得有所顾忌,顾忌到死后,让人活着的时候就为死做准备。

人的有命全过程都是在为死做准备,这个话谁都会说,也好理解,但这只是指不强调意识活动的规律过程与结果。而佛教说的是另种准备,是教人有意为死做出安排,叫人断得明白、舍得甘心、离得快乐,终是要让人无所挂碍,死得自在。

佛教教条背得烂熟,引经摘句如口吐莲花的课堂讲师,他们嘴比心强,未必认得生死真是大事情。倒是那些仰天扑地礼佛的凡小众生,或许与佛更为亲近。他们不会煽讲,甚至识不得几字,但对佛一点不敢糊弄。他们可以在远离闹市的深山里,也不怕在远离深山的闹市中。

《地藏经》《金刚经》《华严经》《无量寿经》《陀罗尼经》……佛教经典点数不尽。禅宗、密宗、天台宗、净土宗等等,说是几大宗派,其实何止。又,自打释祖问世,弘法宣经教化众生的高僧大德辈有人出……两千多年来这样关乎着佛教佛法的各种性状信息的积累与运动,好像有着繁冗的目标指向,其实呢,只是为着了却生死这一件事。

普陀山是观音菩萨道场,在那里曾记下一联,曰"千说千谈不离超生脱死,佛经佛法无非转悟开迷"。在有砖有瓦的佛教丛林与伽蓝去处,佛教题材楹联随处可见。实在说,这副楹联的文学与艺术价值均属平常,但却发现,与许多通过机巧的文字结构兜山绕水地教化人的楹联不同,上下这二十个字简捷地告诉了众生佛教到底是干嘛用的。对于礼佛者,这副联句直击人心。

用是学的标的,叫学以致用。就是说学什么都是有个用的期待。佛法可以教人了却生死,这是学佛的根本期待。所以,说到底,怕死才学佛。这话不好听,是不太好听,在生物人间里,真话常常不好听。

明白了生死才是大事情,那么学佛就是大事情。

知道了父母的结合竟是那样偶然,就庆幸那个偶然,如无父母的偶然,便无自身的有命。其实,这样的偶然并不值赞叹。所以不值赞叹,是因为造就了被我们自命为"人"的生命直接形式来因没有一桩不是偶然。我们是被偶然包围和左右着。

庆幸只能是获得了有形态生命结果者的庆幸,无结果者无法得有庆幸机会。有个多米诺骨牌效应,全链中一筹梗阻,绝无后果。这可以看作是佛教法界思考在声色世界的一种视觉诠释。这里可以有个提问，就是什么是后果，借佛说话，我们所能感知的一切都是后果。这样，无后果本身就成了一种后果，就是无后果也是梗阻的后果。于是明白了原因与结果竟然是一种东西，后果就是原因的后表现。如此衍说，现世中所有生命都是该来该有的必然生命。所说众生平等，其意即在于此。但佛讲众生，并非仅指胎生的人，而是覆盖了胎生卵生湿生化生的所有生命。佛反对杀生，此为原本发心。于是，与生同位，死就理应受到正视。

　　但凡有命，皆为必然。于是，我们又是被必然包围和左右着。我们的理解在偶然与必然的两攻中挣扎，难得解放，想必其中定有天机……这时就有自然科学大家将其一语道破，曰"越偶然越必然"。

　　我们不具备感知无声无色的天生器官，要感知无声无色，需要另种东西，这种东西叫智慧。我们的天然器官不含智慧份额，声色器官只能感知声色，对于无声无色却无能为力。所以，感知声色无需智慧，也不是智慧行为。而感知无声无色却必需智慧。人没有这个智慧，人的智慧的最高境界是乐意接受这种超然智慧。

　　说世上没有如果，这个话只是貌似肃正。而实际上，声色世界中每一人一事都是"如果……"之后的结果。研读史论，就常有这样的话，那个事情如果怎样或未怎样，那个历史就要改写……说这话的时候，说者所咀嚼的其实就是改写后的历史。事情在进行时刻，随时面临多项如果，但最终被选定的只有一项，所以，任何一种现实都是"如果"的结果。"二战"期间，德国有个团组谋刺希特勒，实施了，但失败了，参与将领均被处决。于是，我们说，如果此事成功，"二战"的历史就将改写。但是现已定型的"二战"过程与情节，实就是改写后的历史。解剖此话，行刺成功，希特勒毙命，也就没有了那以后希氏对世事时局的影响，一部那样的历史产生了。于是我们就读到了"刺希成功"的史实,就感叹说,幸亏成功,如果失败了,那些参与将领都会被处决,希特勒依旧希特勒,那"二战"的历史就要改写了。现在,不就是已经这样地改写了吗。

一个该着的事情,好像那个月球,站在我们这里永远看不到那东西的背面。还说那位科学大家,一语说穿了"该着月球"的背面——越偶然越必然。这个话暗示出了一种不可人控的法则的存在。这个法则通过了一种搅扰视听的手段,叫你听到看到的都是偶然,拿偶然迷惑着你,而他自己却实质地推动着一个必然,始终和永远地在捉弄着众生。谁聪明捉弄谁。人这个物种最会自作聪明,于是首先遭遇捉弄的就是人,他叫人陷入一个偶然感的判断中,让人本是错了却还自以为是。

有个小说讲了这样个事情,一个人即将出国深造,万事俱备只欠一走的时刻,日晚骑行中,车轮碾到一个别处滚落的茄子,于是摔倒,于是遭遇车祸,于是肢残……于是无可奈何地面对了命运的另种安排。这是故事的开始与终结。

碾了个茄子,如果只是这样个开始与终结,也就罢了。但作者不甘心,就用了海量的文字过滤了主人公在碾到茄子之前一次又一次又又一次的行为机遇。结果发现,那些事情,其中任何一个没有发生,或者任何一个事情发生时不是那样景况,比如早一分钟或再多耽搁会儿,就不会碾到那个茄子。因为,碾到那个茄子,必须是那个唯一的时空。

于是另有作家在评说这个文字的时候,就有了这样的话,说"一堵墙毫无倒坍的迹象,然而它偏偏倒坍了。一个行人却于此时正好路过这里,被砸在了下面。而比他多走了几步或少走了几步的人都没有受到任何损伤……"

笔者续貂。那个墙,坍就坍呗,偏偏压趴下一个张三。前面有人,后面也有,偏偏就叫那个张三在墙倒的时刻赶在了这里。

其实这个张三早一步晚一步都不会砸在墙下。出门的时候,媳妇在楼上喊他,叫他站下,说天凉,说把帽子给他送下来。他听见了,但头也不回地朝着后边摆摆手,脚下没有停步,好像就是要往坍墙处赶。喊他,如果站定了,等了媳妇下来,这样一耽搁,墙坍的时候,他还没有临近。就算这个没有发生,倒霉的张三路中又遇了熟人,停下脚说了阵子话。倒霉的张三,怎么就那么倒霉遇见了个叫他倒霉的熟人,又十分倒霉地说了阵子话,如果不是这样,他早就走过了那段坍墙。倘若那个熟人也是因为什么事情而未能出门,或更早些和更晚些离家,张三就不会与之相遇。为什么出门的钟点,正好是可与张三遇面的时刻。

还有呢,墙这东西最终都是要坍的,只是来早与来迟。但如果不是造墙的工匠为了报复顾主的苛虐,也不会在浆砂砖土上面偷工减料,让这面墙减了许多的阳寿而在正巧张三经过的档儿坍塌。如果墙主不曾苛虐工匠呢。

说不尽隐藏着的如果,偶然得能叫人疑惑那是一个早就精心设下的阴谋。

那样多的环环连续的偶然,仿佛都是为着一个结果。于是就有了这样的话,叫作该着,叫活该。该着与活该的解读,实是对于解不明的偶然的无可奈何的敬畏。

我们在对一个结果提出关于原因的提问时,因果关系并未得到完满解说,发现在一个原因浮起时,那个原因本身又面对着关于"为什么"的提问。那同时又是相关另一事情的结果。这样一次又一次地因果接龙,我们便走进了一个永无尽头的提问和解说的隧道。于是发现,我们永远找不到事情最初始的那个原因。我们不懂这到底是怎么回事了,这时候有一种智慧出来说话了,他告诉说,我们闹不懂找不着的那种最终的也是最始的东西实际上很是好懂,那种东西叫作"缘起"。

缘起是佛的语言,是大量智慧信息的综合。用好说易懂的话说,缘起就是关于原因的原因。那么,关于原因的原因最深最远始于何时,还是佛告诉你说,"无始"。

如此,那种"先有鸡先有蛋"以及"第一个人从哪儿来"的提问该有归宿了。

生死与缘起内涵并外延无比宏大,几行文字何能尽言。只说一句——

一个生死,成全了佛教所有题目;又一个缘起,终让禅宗不愿多言。

有个先生,很能引经据典以佛教人,知我乐于弄墨,就警瞿做文字不可轻易涉佛,于是游笔经年而佛不敢碰。但我终于还是做了些关于佛的文字,包括眼下完成的东西。因为后来我更发现,佛不拒人千里,也不强加于人,大度且慈祥,不在意你没说什么,也不在意你说了什么。对与不对好与不好全在你自己。而我又不存乱心,自信佛就更不会怪我。

所以,凿穿了那先生的铁壁敕言,就写了。

稗子杂生在稻田里,外观几同稻子,虽能冤人,但瞒不过资深老农。

矫情着说,稗子也可以吃,但有稻子,谁吃它。所以,收稻子时候,收获者可以不理会稗子,但同样的阳光水分和空气,稗子有命,生存不用挣扎。

本文命题,定位稗说。

那年的五月和十一月[*]

我有个朋友,轻易不敢问他什么。问他一个事情,你得有点耐心,每问一事,他会从十分外围十分遥远的地方一点一点地往你的主题上说。比如你要说这两天也没累着,腰老犯酸,怎么回事呀。这下行了,你得听他从人怎么打猴儿那儿变过来的开始说起,急死你。

我与北京作协,这是个宽宽松松的大题目,可说的话多着呢。作协会员,计百乃千。大家都是会员,就说入会这个事,一人一个样。就像人脸不重复,千人千面。

想说说怎么入的作协。比画了半天无处下笔,忽然想起我那位惯于从十分外围十分遥远的地方一点一点地往主题上说话的朋友,或许他真是有点什么道理。转了一圈,觉得那家伙真对。说我是怎么入作协的,还是得"打猴儿那儿"说起。

不能说是那个台湾女孩惹的祸

我的传统职业是作银行,中国银行国际部是我的职场。这么说是上个世纪的事情了,一九八一年,我从日本回来,一切都按部就班,按部就班地结束,按部就班地开始。

---

[*] 此篇文字为作协成立三十周年纪念征文

很快,忽然有一天,顶头上司召我说话,问我是不是在日本认识个台湾女孩,姓孙。是啊,我说,在东京,一起工作的。之后就说让我写个东西,说说和孙女孩认识的来龙去脉。于是写完一交,完全没把事当事,坦坦然然地不曾以为有什么不正常。

但是,没把事当事已经有事,不曾以为有什么不正常偏偏就是不正常了。实际上,这时候,一种我不会提防和无法抵抗的精神的与行政的桎梏,在我不该天真却天真了的日子里,在我的背后已经开始悄悄构造。我缺乏政治,没有政治,天生没有这份素养。于是我的另一命运开始了。

接二连三的谈话让我感到事情非同小可,心情开始沉重。

我回到北京以后不久,东京那边孙女孩就跑到中国大使馆请求帮助。请求帮助,帮助什么,就是要上北京来和我一起过日子。

放着地上的祸不惹,惹天上的。上世纪八十年代初叶之初,大事,捅天的大事。现在的几零后几零后们无法理解。

这个姓孙的女孩儿,父母早先在北京,住在东单。而她有生第一眼看见的却是台北,所以她说她不知道什么叫东单。父亲曾是国民党军界一个大角色,而说这个话的时候,孙女孩正和母亲寓居东京。

有一天,给我们做饭的日本厨师对我说,王,把孙带北京去吧。他说得很轻松,很让人觉得理所当然。当时我突然地政治了一下,对他说,你,不要乱讲。话是这样说,但我心里有数,藏不住,肯定蛛丝马迹了,或是比蛛丝马迹还蛛丝马迹了。

事情如果就此淡出,也就没有了后来的一切。可是偏偏就没有淡出,注定了就该有一切的后来。快离开东京的一天,孙女孩忽然对我说……你娶了我吧。

又香温又藏险,又藏险又香温,但取舍时候没有犹豫。那你得上北京去,我说。

我谈过恋爱,我爱情至上,这却是我第一回在这样事情上举说条件。但她也没有犹豫,我找大使馆,她说。

但没有想到,她一下子就去了大使馆,那么快。

顶头上司召我说话,就是中国驻东京的大使馆有了通报,就是使馆那边和我的上司有了沟通。当然,这个通报与沟通不是为着那个台湾女孩上北京来和我成家立业过日子的事情给出一路绿灯,而是恰恰相反。于是就在这个"恰恰相反"的操作中,我的阵脚乱了。其实,阵,是城府与心计,我哪儿有那个呀,我没有。我根本就没有"阵",何来阵脚。说阵脚乱了,是要让读到这段文字的人错觉出我当时多少还有点深刻的意思,是要在自己脸上挂出一点遮羞的油彩。

孙女孩是台湾的,孙女孩可能是特务,孙女孩以后可能是特务。现在就是以后,所以孙女孩是特务。我知道一点逻辑学,但弄不懂这属于哪派哪门。国际部主操外事,于是我一切的外事接触统遭死限。有情商没智商,我不是对手,我不可能是对手。活该我被打入了"冷宫"。

廖承志公把我救出"冷宫"

身在"冷宫",我仍被恐作不良,于是背后时刻有耳目。一是怕我自杀,这是受命者后来亲口告我;一是我的坐卧行止都及时到了顶头上司案头,否则当时上司不会追加规定打电话时候不准讲日本语。

我天生对数字毫无感觉,猪一样地拱,笨得叫人不屑。而对文字却是如鱼在水,天生亲和。于是,我不再理会背后的事情,开始了"冷宫"写作。

饭钱没有扣押,工资拿着,也吃着也喝着,两年时光无声而过。一下子就到了一九八三年。这一年,一个叫廖承志的救了我。

我上哪儿去认识廖承志,不认识。说不认识都是把彼此两个名字往一起贴,都有攀附自彰之嫌,都可耻之极。说这个话,只是在借个姓名说出一个历史背景和这个背景中的人人事事。廖承志是名人大号,但我说的是"廖承志时刻"。

一个是专心祸国殃民,一个是专心惜民恤国,谁也不服谁,国共两党解不开的仇疙瘩。这一年,蒋经国"政恭违和",廖承志社会关系跨联两党高层,于是趁机叙情说旧,公开致信蒋经国,要"历尽劫波兄弟在,相逢一笑泯恩仇"。泯恩仇不在泯恩,泯恩那是找茬接着掐,泯恩仇意在泯仇。诗说"泯恩仇"是为语言节奏。好几十年了,廖公一信要"一笑泯恩仇"。上边要泯恩仇,下边还孙女孩是特务,形式和逻辑都特显矛盾又滑稽。于是"孙女孩是特务"淡出了,于是不再怕我自杀,于是打电话也可以说日本话了。

我没有过自杀的冲动,时间本来就不够用,自杀了就更不可再得一寸光阴。

我也不用去使用日本语,两年冷宫,我用汉语写下了不少的文字,早就习惯了后者。

大凡恩仇事情怎能一笑了得。恩仇未能了得,而我已于中获益,廖公"泯恩仇"的公开信解了的我冷宫禁锢。但是这时,我早已"怡然……"于自我文字,早已"不知有汉……"了。

露面日本驻华使馆的天皇生日酒会,是我冷宫解禁后的第一回外事委派。后来看到一帧照片,是在日本使馆的院子里,西装革履又春风满面的一圈人中,却有一人衣着素简,面相呆滞。这个呆素之人就是我。我知道,从肤表到瓢子,我已经不再上流。

惦记着我的文学,我也不必再那样上流。

打牌下棋磕瓜子消受业余不被看坏,忘喝忘吃又忘睡地把业余用来爬格子却遭受指说。一个逻辑大枪"金鸡乱点头"拧进一杵,你不务正业,于是我又成了典型。若干回被上司召去说话,中心思想是,上级信任你,精力要放在工作上。其实,那是叫我卖命。内紧外松,限制使用,我知道。

两年的汉语文字,不是制作求赦文书与辩词,而是创作文学。

文学的写作是写作思维的至尚境界,文学的文字是一切文字成品中的至美生活,这个,是我在那种情况下发现的。

我的顶头却是他的乖乖下头

上世纪八十年代初的时候,北京有个邓瘸子。邓瘸子大号邓磊,单腿有疾,故邓瘸子,现在文友中仍或被提起。呼邓瘸子,并无恶蔑,反更觉心有念念。那时候,邓磊带着一帮人从一九八一年末到次年四月末办了个文学培训班。邓瘸子能量不小,先后请出了张锲、陈建功、刘绍棠、邓友梅、孟伟哉、周良沛、苏叔阳、王愿坚、汪曾祺、刘宾雁等等等等,还有,全是文坛重磅,给文学班授课。连报名带听课,五个月时间只二十块钱。听课这段时间,正是我的冷宫日子。

一九八三年第四期《青年文学》月刊有个叫《悠悠尔心》的短篇小说,是我最早发表的文学作品。后来《青年文学》又连续发我几篇文字。《天津日报》一位总编友人将我的文字带到天津,于是我的文字又多见在《天津文学》和《文艺周刊》。《文艺周刊》的始创人是文学大人孙犁,当时是邹明和李牧歌夫妇具体打理。周刊本身又与另一文学大人刘绍棠渊源甚深。这段经历也与我加入作协大相关联。

虽总被指说不务正业,却也难在正业中捉我大错,我是卖命的命,干起活来从来很卖命。又何况不务正业与"特务"无嫌。于是,指说依旧指说,不务正业还是不务正业,仿佛一架火车,响笛与驰走,互不碍事。

音乐家协会有个叫王鸿斌的,一段时间常到办公室来。本不是与我商事,来得勤了,聊聊说说地便也成了熟人。知我在写东西,他竟大感兴趣,索阅我刊出的文字,说你干嘛不加入作协呀,我说我不会。他说,作协就在我们对面……现在我知道了,就是西长安街七号院中的那个红砖墙的长楼。他说的"……对面"是说红楼三层西段一北一南互为对门的音协与作协的两处办公场。

一个星期一的下午,王鸿斌电话叫我到西交民巷农业银行招待所。当时中国银行总行就在西交民巷,很近,就去了。他给了我一份加入作协的申请表。填了吧,他说,我给你送。这一天是一九八七年五月二十五号。

表填好了,很容易。但"单位签字"一栏成了我的阻步高山。现在新人入会不知是否还有此辖制,但那时候,此栏不可留白。"不务正业"是我在中行和在国际部的公案,我上哪儿能请来这个签字。不务正业还想不务出个响动来,给你个样儿瞧,置之不理就是致命绝杀。我又一回领教了传统的"单位"两个字的厉害。

此前,海外回来一个大官,卢森堡中国银行总经理,姓李。李行长回来总行,辖管若干部门,包括我在的国际部。李行长周旋金融业场,闲暇却有两好,一是钓鱼,一是读书。不说钓鱼,单说读书,读书却又偏爱文学阅读。他常下到办公室来,说起外国文学,人文故事如把玩掌股。我对外国文学知之甚少,倒是常从他那里有所收受。于是,每有作品见了铅字又自觉不错时,便奉上一册显能。每被称好,我也便乐得讨个彩头,就常叫李行长看我的文字。他想知道我是怎样写作的,就说再天南地北上哪去的时候,叫我跟着他,要看我怎么就把见闻弄成了文字。一段时间以来,我就自感有所倚重。此刻偏念一闪,或许,李行长他能救我。

中国银行代理国库,李行长大事要事满桌满案。我入作协,事小且轻,又在他的桌案之外。我天生怕官,又多恐陷人于难,便常常是应做的没有去做。当做而未做,古人管这叫失策。于是,我决心不失策一回。

活该我的文学之命不该跳楼,李行长说,他们不签,我给你签。简直是太阳在说话。

于是,在李行长办公室,我的作协入会申请表"单位签字"一栏就有了"同意"两个字,落款三个字——李裕民。这一天是一九八七年五月二十八号,一个星期四。

入作协的申请得到单位高层支持,我的顶头上司竟未发一言。其实,前面说的那架火车仍在驰走,但"鸣笛"的事情仿佛就罢了罢了。他们是我的顶头,对李行长却是下头。

不忘绍棠师和老秘书长郑云鹭错爱

中经一个夏秋,就到了这年的十一月,到了作协讨论新会员的时候。此时我的入会申请早就在作协的相关案卷中。操刀执耳,当时作协秘书长是郑云鹭。

十一月十二号上午,作协电话告说北京作协不吸收中央部门的入会。大事不好,于是午前急急赶去作协拜谒郑云鹭秘书长。没有详记谈了什么,但应该就是怎么办的话题。她暗示想法盖个"北京分行"的公章。"单位盖章"和"介绍人"两处都还空白着,表当然拿了回来。别的先放一边,就去做盖章事情。中国银行总行的盖章没有遇到麻烦,意外的是北京分行竟也十分顺利。一个下午,时间紧,事情顺。想想,全因有"李裕民"三个字在那儿盯着。

入会,需有介绍人。我除了怕官,而且寡合,介绍人,让我上哪儿去找,据说还必须两个。犯了愁。

旧话再说,该做的没有做,叫失策。总失策就是低能,这是我在鞭策自己。于是,中南海西侧的那个三合院,我去了。光明胡同四十五号,绍棠师住在那里。绍棠师就是刘绍棠。大圈小圈里,他多被称绍棠老师,亲近些的多呼绍棠。一个老僧说过,对于崇德尚智宜单挂一师字作敬作称,于是,"绍棠师"的称谓遂于我渐成惯性。

我自报姓名，绍棠师说他知道。我且惊且惑。他说"你的作品都在我那边"。和绍棠师说话是在那个三合院的南屋，那个房间不大，好像满地满角落都是书报杂志。人站着说话，中间都没什么转身余地。北京的四合院中，这个方位的房间叫倒座，按规制也正是被用作待客的地方。绍棠师说"……我那边"可能是说院中另外房间或别处写东西的地方。他说总在《文艺周刊》见我文字。我这才觉悟，这才把绍棠师与《文艺周刊》与邹明李牧歌与我在《文艺周刊》上的文字等等联系起来。说到入作协话题。他说"能帮忙为什么不帮忙……我跟邹明三十六年的老朋友了"。又问我知他电话否，赐一张名片与我。在绍棠师家说话三十分钟，把我送出大门时绍棠师说"明天讨论，明天讨论"。

于是，我入作协的申请表就留在了绍棠师家里。一九八七年十一月十二号，那天是个星期四。

因为是"明天讨论"，所以次日，也就是十三号作协讨论新会员这天，一大早堵着门我就到了作协，离开的时候才八点十分。我跟郑秘书长说了昨天的事情，说今天绍棠师把表拿过来。郑秘书长说"看他怎么说吧"。

十四号下午，外出回到办公室时，被提醒说给作协回个电话。遂电话郑秘书长，心里没根地试问什么事情。"你想能是什么事"，她说。我说我怕凶多吉少。她说"……绍棠同志敲边鼓，马虎过去了……"一听我就明白了。后来郑秘书长告诉我，新会员讨论到我辈时，还真有人问到是总行还是分行。绍棠连说"是分行是分行"。不用说，绍棠开口，头版头条。郑秘书长心中有数，但也乐得成人好事。于是我"安检"通过。直到现在，北京作协的会员档案中，我还是中行北京分行。

头通鼓提刀辔马，二通鼓人欢马咤，唎啦啦打罢了三通鼓，人头落地，这是古城会关羽斩蔡阳。十二号、十三号、十四号，是我的三通鼓。比喻不很贴切，但先一再二后又三，紧紧凑凑地没耽搁,这点还算可作一比。

抄录日记一则:十一月二十五号(三)收见作协信函一封,内有会员登记表一张,另有文件两种。会员登记表已存作协。现将两种文件原文录下。

其一　王培洁同志:经我会秘书长扩大会议讨论通过,你已被批准为我会会员,特此向你祝贺。并希望你今后在繁荣首都的文学创作中继续努力作出贡献。定于11月28日下午2时召开新会员座谈会,请你准时参加,并持二张一寸(或二寸)近照办理入会手续。寄上会员登记表一张,填好后参加座谈会时一并带来。附给单位领导的信,请转交。

此致　敬礼

中国作协北京分会87年11月21日

其二　中国银行负责同志:经87年11月我会秘书长扩大会议讨论,批准你单位王培洁同志为我会会员。为繁荣首都的文学创作,今后,我们将通过组织一些有利于文学创作的活动(如参观、访问、学习、座谈等)来加强同会员的联系,提高会员的创作水平。这些活动希得到你单位的支持和帮助!

此致　敬礼

中国作家协会北京分会87年11月(印章)

再录日记一则:

十一月二十八号(六)下午两点到作协。2:30－3:40新会员座谈会。

从冷宫写作到文字见刊见报,从无知加入作协到如今23年会龄,一个必然,有着那样多的偶然的支持。说完了我是怎样入作协的,真要感谢我那位说事不怕"打猴儿那儿"说起的朋友,要不,不知怎么说话,哪儿有这几页文字。

文学的寂寞是一种被追求的寂寞,文学的上流不是昙花上流。

我仍旧在写东西。

我的考官是朱琳

从东单路口往西不远路北,原来有组建筑,门前是个小广场。建筑物的中央部位高高耸起,仿佛人脸的脑门到鼻尖的位置,白色墙面上竖直一串红色大字,曰中国青年艺术剧院。紧临剧院东侧,一座三层小楼,实际是剧院的一部分,我们叫它小黄楼。在那小黄楼里待了大约半年多光景,那一年,我十五岁。

北京当时有三大国有剧院,北京人民艺术剧院、中国青年艺术剧院和北京儿童剧院,世间简呼曰人艺、青艺和儿艺。那年,这三大剧院联合招生,全国报名者六千多。于是我报了名。我从小学的时候就有两个偏好,一是好画画儿,一是爱演戏。画儿画了不少,主要是临摹,照着现成的东西画,画《水浒传》人物,画《儿女英雄传》人物,不走样。画志愿军空军英雄张积慧击落美国王牌飞行员戴维斯。还画过毛主席像。六十多年了,举说这些,是因为这些可勉强叫作品的东西,现在都还在。说爱演戏,老演黄继光堵枪眼,借着家里一个五瓦的电灯泡,欣赏自己映在墙上的影子。父亲主张我上少年宫去学画画儿,据认为他觉得一幅画儿能卖不少钱。母亲却一门心思地想叫我上大学。我出生那阵子,我那祖父正在做些小生意。母亲说过,就在我出生当天,我那祖父放了生意回来,还没跨进屋就连呼咱们家出贵人了、咱们家出贵人了。他说他看见龙虎斗了,猫跟蛇厮架。这个家庭情结对母亲的选择和认定影响不小。总憋着让我上大学,不能说与这无关。

但是三大剧院一招生,我就去报了名。

三大剧院统一考试,录取后再行分配,我就被分在了青艺。

当时,考场就在现在北京人艺尽东头后院。

考试分四个阶段,初试复试三试和四试。

初试内容先有告知,考生要自行准备朗诵一首诗和一个寓言故事,另再自备一段小品。记不得具体哪一天了,初试开始。楼道里靠墙一溜长椅,考生小孩们就都坐在那儿等着挨个儿往屋里叫。一个出来一个再进。叫到了我,进了考场,就往那儿一站。对面是一溜桌子,考官不多,有四五人。居中者就是主考官,女的,看上去润泽和悦,就是有名的朱琳,那时人艺正在演出《蔡文姬》,朱琳担纲主角。朱琳发话了,她把上身稍稍前倾了一下,说"你朗诵一首诗吧"。这是原声原话,很母亲的音色,几十年在脑中没有走样。于是我就开始朗诵。那阵子流行一本书,叫《革命烈士诗抄》,都是上世纪四十年代被关押在白公馆渣滓洞那些遇难烈士的遗稿。书中有首诗叫《我的自白》,作者是陈然,就是后来文艺作品中成刚的原型。我自己琢磨了一套朗诵表演程式,于是进入角色,"任脚下响着沉重的铁镣,任你把皮鞭举的高高……"一直到"……高唱葬歌埋葬蒋家王朝",完毕。

这首诗十句,末句的"高唱葬歌"再版的时候修订作了"高唱凯歌"。但我朗诵的时候还是"高唱葬歌"。接下来就是朗诵寓言故事,我准备的是《狼和小羊》,是《伊索寓言》里的一则。是邻居一个叫张秋妍的姐姐帮我选定的,还教我如何表演。就是谁都知道的那个故事,说的是狼那家伙想吃小羊,千方百计找借口,但理由都不能成立,最后还是把小羊吃掉了。对话表演,狼和羊两个角色一人担当。其中有描述与论说,是主持人角色。一场朗诵下来,实际是完成了三种角色。

接下来叫我表演一段小品。小品是我自己编的,表现的是骤然的情绪变化。很简单,自己加入了少先队,很高兴地往回家跑,要把这个快乐赶紧告诉疼我的奶奶,结果发现奶奶死了……。我是瞎编的,低级编剧,就是要个陡峭的情绪落差。出了考场,有考生过来说了句"你行了",他那是冲着朗诵说的,因为他说声音好。他人吉言没有浪费,果然被通知复试。

继续豆腐账。复试还是老地方,考生已经明显见少。与初试不同,复试是考生被分组唤入,与我同时叫进考场的还另有一女一男,我们三人一组。主考官还是朱琳。诗歌和寓言朗诵都不用了,只做当场命题小品,一人一题。给那女孩和男孩是怎样的命题记不得了,也许当时就没有用心,只记得那男孩表演逗玩手中小鸟,表演得活灵活现,好像手中真是有个讨人惜怜的小生灵。

朱琳给我描述命题,说要考试了,夏天,在院子里看书,可总有蚊子不停地搅扰。之后就再无一字提醒与说明,接下来就是按题表演这段小品。完成。

三人各自的命题小品做完,考试并未结束。朱琳接续命题,此番是一段小品三人合作。于是安排角色,那男孩是我同学,而跟那女孩成了姐弟。弟弟被姐姐监督着在家里读书,而要我想办法把同学从家里弄出去一同玩耍。就这么个情节。

这里赘说一句,"小品"这种东西实是文艺教学中一种训练演员的课目,没有台词,只允许使用肢体动作和面部表情去完成要求表现的内容,语言基本禁用。现在动辄"小品"的那种东西,实际就是话剧,叫小话剧吧,表演难度远逊于本真本相的小品那种东西,两者根本不是一回事,连"亲戚街坊"都不能算。

肿瘤语言就不多说,还说我们的三人小品。因是合作,允许商量。我们小做切磋后即开始表演。三人配合,最终把同学弄出了屋,出口非门,乃窗也。小品完成,复试告结。

初试、复试结果都是亲自看榜。发榜处就是现在人艺剧场前小院北侧那地方。

我的名字正好被写在了榜眼的位置。我名上二榜,同时被告知了三试的地点与时间。

三试考生人数更显少,如果人气俩字这里可用借用一下,那就是人气又更不如复试火旺。

三试地点仍在那个后院,但改在了另一栋楼的二层。挺大一个房间,有点像舞蹈排演厅。考官席仍是一溜长桌,考官在位十余人,居中者乃刁光覃。人艺排演《蔡文姬》,朱琳担纲蔡文姬,曹操的角色就是刁光覃。后来知道两人台下乃为一家,夫妇唱随,都是当时人艺"擎天架海"的分量。

话回正题,三试中没任何啰嗦,就是做小品。刁光覃临场三次命题,我三次从命。二次小品做完,往考官席前站定,等待发话。就见刁光覃朝大厅侧旁窗下一指说,那儿有个篮子,把它拿过来。那篮子就是早先老妇上街买菜或乡间老汉清晨拾粪时挎在肘臂那种藤柳编扎物,就那么个篮子。我走过去,在一堆道具中提起那篮子,转身准备回归正位,看主考官如何喝令。但刚转过身,就听主考官说,这是一只火炉,热得烤人,又沉。我明白,这是告诉我,篮子不再是篮子了。于是我就搬动那又沉又烤人的"火炉"往考场正位挪移。未竟,就又听主考官说,这不是火炉,这是一盆汤,又满又烫又香。得到指令,赶紧变戏,就端了这盆"汤"前移。此时脚步已经到了主考官前,刁光覃忽然重声道,"这是一颗定时炸弹",原话,无一字出入。于是我赶紧把那"炸弹"撂在地上,一边紧张撤步,同时想着该怎么办。一部电影出现了,叫《羊城暗哨》,是个反特题材。影片最后,侦察员王练在客船上发现了定时炸弹,就大呼一声,不要乱动,时间快到了,大家走开。就小心接近炸弹,然后捧在手里奔向船舷,把炸弹抛进了大海。《羊城暗哨》救了我,这时这个大厅就是客船,窗口就是船舷,窗外就是大海……就这么干了。我做出了叫众人靠后的样子,小心上前围着"炸弹"盯视一遭,然后又小心捧起。初始,缓稳挪动;继后,快步疾行……毫不犹豫就奔了窗口。主考官一定是判断出了我的小心眼,就在我捧着"定时炸弹"临近窗口的时候,他叫了一声"停"。于是,炸弹未及投海,篮子还是篮子。当我转过身的时候,看见主考官刁光覃正合目在座椅上后仰了一下,很显解放与释然。现在想起来,他那时的动作与表情,翻译成现代汉语,大约就是"这孩子我收了"。

三试之后,已经胜者无多。接下来就是四试。四试考什么怎么考,事前一无所知。地点还是人艺那个后院。四试当日上午,参试考生被引进一个大厅,比三试的大厅小许多。我们这一拨大约十人,进了厅,角落里有架打开的钢琴,一位琴师正坐在钢琴前面。考试方式程序十分简单,就是琴师弹奏一支钢琴曲,叫大家听好记住。然后同曲重弹,要求大家脚下舞蹈,踩正琴曲节奏。我有点暗暗叫苦。在文艺文化的各门各类中,音乐与我算是冥阳两界,格格不入。在那后来我曾有过两篇文章,专写了些我对音乐的无知与抵触,甚至把钢琴这东西贬损得像个疯狂的流氓。当然,从当时来说,这段意思属于后话。

简短截说,四试就这一项内容,时间不长,只两遍小钢琴曲的工夫。结果是我四试也被通过。我的音乐功底我清楚,真不知道自己怎么就通过了。我设想了这样几种原因,一是我乱踩瞎蹦,侥幸没有蒙错。一是十个人一块儿跟着蹦,内中真就有个根本不会"吹竽"的,考官一时疏忽,我就捡了便宜。再就是我前三试结果的确挺招人待见,终判时四试项目仅为参考,也就未损大局。猜想,朱琳与刁光覃肯定是主导意见。不管怎么样吧,我最终接到录取通知,被派在了"中国青年艺术剧院"演员班。

我们住进了上面说的那个小黄楼。二层住了我们十八个人,现在我还能说出他们的姓名。其中包括两个导演和两个美工的学员。小拇指大小的横条徽章,一人一枚,铜质,刻有"中国青年艺术剧院"字样,与剧场门脸高处的字体相同。我们总在小黄楼外面花草地的细土上蹭掉小徽章上那层氧化铜,让徽章得见鲜亮,别在胸前享受一种鲜有的自豪。剧院院部在东单北面一个叫"北极阁"街里,好像原来是座王府那样个地方。小黄楼这边是演出剧场。剧场经理姓王,住在小黄楼一层,经理有个女儿,很漂亮,长我们几岁,很喜欢我们这些小妹小弟们,我们也很喜欢她。那段日子,我们天天晚上看戏,王经理给我们开白票,票面上印有表明位置的"排"和"号"的字样,王经理就在前头分别写了"楼上"和"楼梯",就变成了"楼上排""楼梯号",反正到时候找个不碍事的地方就能看戏。那时青艺正在演出《文成公主》,就天天看,那里面大段台词至今犹能熟诵。也参加了《文成公主》的演出,说参加演出,实是打杂。一是"跑龙套",大明宫里有站列的旗幡队,就叫我们扛着旗杆站列,没有台词,穿戴戏中服饰,但不着面妆,事先告诉我们,在台上拿旗角挡着脸,站那儿不动就行,应该叫"站龙套"。再就是在侧幕帮着做效果,就是适应剧情弄出各种响声,什么风声雨声马蹄声等等。那些造响的道具其实十分简单。比如马蹄声,就是地上铺块胶皮,然后用带着竹节自然隔层部分的竹筒段儿在胶皮上轻重缓急地叩响,就是所需的马蹄声,很逼真。后来在高中时候,我们那个班演出过折子话剧《智取威虎山》,杨子荣枪毙小炉匠需要有声枪响,就从食堂借来个盛馒头用的柳条簸箩,又找了条大竹片,大簸箩扣地上,一竹片拍下来就是一声枪响,就是在青艺那段日子学来的。那阵子,青艺这边演《文成公主》,人艺那边正在演《列宁与第二代》,也去观摩,晚上回到小黄楼,大家就分配角色,把刚看完的戏挑一段复演一回,玩儿。

除了技能课,比如字词发音发声等等,然后就是天天早上练功,就在青艺剧场顶层露台。两个老师,一个姓季,名字忘了;一个姓骆,女的,叫骆君颖。大约是从京剧院校或团体请来的,因为教的都是京剧舞台的基本功。窝腰劈叉,又天天耗腿耗马步,耗完就踢腿,正腿旁腿十字腿、骗腿盖腿扫堂腿,外加旋风脚,全教全学。到现在我会跑圆场,会拉云手开山膀,看去定有师传,敢说绝不难看。踢腿打飞脚又弄了十几年,怕耽误了这点基本功,后来参加了武术队,学了套初级长拳,也学了器械,一套初级刀和一级枪。这是后话,也是外题。

建国十一周年庆典,文艺大军中《文成公主》彩车后面有个舞蹈方阵,为了这个方阵,就叫上舞蹈学院学那种动作夸张的藏族舞。我们当中有个叫祝士彬的,很有舞蹈天分,排演厅里,人家老师只示范一遍,他就能不差样地模仿下来。这个祝士彬后来在刘晓庆和姜文的《芙蓉镇》里演了那个总惦记着"运动"的痞子王秋赦,在老版电视剧《三国演义》里出演了庞统一角。也演过电视剧《龙须沟》和《茶馆》等等。我一度曾想过写个《王秋赦后传》和《庞统之死》的东西,想设法请祝士彬来演。这是另外话题,就这两句,不多说了。总之,那一年的国庆典礼,在那个方阵里,大袍大袖又大甩大落地从劳动人民文化宫前面一直过了中山公园,跳了足有二里地。动作并不复杂,到现在依旧会跳。有时朋友面饭,我就说来个舞蹈请求大家欣赏,就问我什么音乐,我就说什么音乐我都能跳。他们就唱"黄土高坡",我那样跳,又改唱"泉水叮咚",我还是那样跳。于是就乐不可支地说我是乐盲。他们说对了他们不知道,我偷着乐。

三年自然灾害,这在历史上是很重的一笔。背景多多,不去评说。就说当时商店空空粮店空空,没有用的,没有吃的。我们这些学员,在下乡的时候下河摸过鱼。有个叫王煜女学员,会逮鱼,鱼摸上来乱挺乱翻不老实,它就搁手掌心里啪啪啪地力拍一顿,那鱼就晕了。不知她是属于心狠手重还是属于高科技运用,还教我。这是文字小插曲。就说那年由于经济艰难,许多部门就精简机构,就波及到了文艺团体,青艺未得幸免。我们这些文艺学徒工愿去愿留,先自己报个想法出来。母亲这边不死心,大约一直还惦记着"龙虎斗"那个茬儿,就主张咱不当演员了,还是上大学吧。我就回到了孔德中学。学业丢了半年多,但没有蹲班留级。我们的班主任老师叫康贵娴,教我们几何数学,大冬天每天早早就到教室为我补课。母亲一样的康老师,我不曾有过任何回报,我永远在欠着她的。这又是另外话题了。

说一句,我们这些人里,除了上面说到的祝士彬一直还在演戏,另有个冯福生和许正廷也还在从事演艺生涯。都有所成就,但都没有像现在这样,通过乱七八糟的媒体一顿饭或一夜的工夫就能混个脸熟。

美工的两个学员,一曰王正海,一个叫秦多。临别时王正海送了我一幅写意山水,至今犹存。画界有个年高的王正海,不敢肯定彼此为一人否。倒是在《雍正王朝》电视连续剧的演职员表中发现过"总美工秦多"的字样,料定此人无疑。

上世纪六十年代伊始的这段生活,早就想记录下来,但一直没有动笔,这一迟滞就是几十年。想记的东西缘何没有去记,就是我在另外文字里说过的,记录的代价是遗漏,这个代价太大。就想到了佛教,禅宗不立文字实在是高妙深远至极。切及身心所感的东西,别人不可能悟至每一毫细角落。文字有记载的功能,但同时避不开遗漏的天病。我害怕遗漏。就像母亲去世已近十年,总想作些文字纪念一下,但动笔之际心中难受自不必说,再就是害怕遗漏。母亲,你写得完吗,你能写全吗,于是就只暂将母亲供养在禅宗胜国。

总之,我在那个情况下离开了青艺。那段生活,留下的唯一可视的东西,就是分散时候在青艺剧场前的一张纪念照片。是当时的洪伟和陈莲玉两位管理老师陪着我们这些小孩儿,另还有当时的院长吴雪和导演于村。人艺、青艺和儿艺,都有以自己剧院挂名的剧场。现在,人艺和儿艺的剧场原址原貌都还在,唯作为我们那张照片背景的青艺剧场早被一片叫作"东方广场"的怪样房子吃掉了。

那段短暂文艺舞台生活已经远去了一个甲子。六十年就像一阵清风,和蔼温柔,但有往无还。刁光覃早已作古,朱琳也在前几年告别。院长吴雪后来做了文化部长,也是已成古人,于村导演也早就不被提起。至于照片中洪伟和陈莲玉老师,至于那个会摸鱼会治鱼的好看的王煜同学,更有教我们京剧舞台基本功的季老师骆老师,他们都在哪儿呢。

我这篇文字,零零散散写了那段日子的许多琐碎,却选用了"我的考官是朱琳"作为题目,一是心中很是纪念朱琳当时说"你朗诵一首诗吧"时候给出的母亲的亲切。再就是在文字技术上,譬如一部散文集,书内多有篇目,然可择其一题置于书皮封面提领全书,此是也。指望读着勿以此做矫情解。

对于纪念,物象仅为唤醒与辅助。存在的东西其实还真是不在物象。实在心,只在心。几时心不在了,一切方归湮灭。

我的师父叫万如

下山行走后回返。

拐过前面的小弯儿,就能看见那段红墙的拐角。半山间不大的一个小庙,在这儿已经住了一段时间。我的师父叫万如,是这个寺院的住持,当家的大和尚。

又往上盘了几步,就看见了红墙角。

山门外堆着挺大一摊破旧砖木。说不上是准备用作什么,就像有些家庭,东西没用了也舍不得扔,往不碍事的地方一放,搁那儿就不闻不问了,置而无用。或能一旦派得用场,有备无患。

破旧砖木七出八进参差不整。万如师父正攥着一只喷雾器对着那堆破旧砖木一凹处射击,横竖上下吃吃吃地不间断,扫射。

万如师父手里的喷雾器,就是平时居家用来杀蚊灭蟑的那种东西。

……很想和师父踏踏实实地说话,但不容易,他总是很忙。这么长时间,比较从容地说话只有过一回。那天下午,准备下山走动,从寮房出来往山门走,经过庭院时朝大殿看了一眼,竟发现光昌流丽一幅画图。一老僧人坐在一只半高的木凳上,背景是大雄宝殿的墙垛和门窗。年经日久,那背景很显质感。日光和蔼,斜射着,杏黄的僧衣,深灰的墙垛,门窗上铁红的老漆,老僧人像和蔼的日光一样和蔼地看着眼前。当然,不知他在看什么,但明白老僧自有老僧的关注。遗憾手里没有得意的家伙,拍下来,标个什么题目,比如"闲坐的师父"或"时空对话"之类,准能赚彩。

是万如师父闲坐在大殿的外廊下。

于是不再理会下山的事情,叫了一声万如师父,就笑着朝大殿走过去。迈了几层台阶,就到了师父跟前。万如师父今天没下山呀,我说。他没说话,也是一笑。旁边另有个小凳,他就欠身伸手拽了过来。听说,修行得好,或者有道行的人,没有闲着的时候。闲着,就是功课;闲着,或许就是在做功课。那我就和万如师父一起做回功课,我心里这样地滑稽着,就坐下来,进入了那幅画图。

每天凌晨,梆子一响,天还黑着我就爬起来,跟着住在僧一起念经。完事白天就干活,庙里有什么活干什么活儿。再就是在寮房里看点书写点儿东西,或下山行走。万如师父问我每天做些什么,我就把这些事情告诉他。于是就问说下山的话题。

他也是时常下山,甚至可以说天天下山。庙里和外面的关联,多需当家人出面料理。万如是当家的大和尚,也就很难总待在庙里。他说他下山很多时候是去和当地政府打交道,政府找他,就得应付。政府找他干嘛呢,就是朝他要钱。他说我哪有钱,庙里殿堂寮房倒倒歪歪的,早就想修,我还惦记朝他们要钱呐,急了我就给他们曝光。说这话时候,能看出万如师父的心理波澜。他说,急了我就给他们曝光,不知道他如何曝法,但紧跟着他就说了,他说了不下七八家电视台的名字,都是巨无霸的名台大台。他说这些电视台都有他的弟子,很多都是管事的。他说,急了就在电视台给他们曝光。我信。说完这话,他显得轻松了,叫人能感到他有胜算。

禅宗久远且又恢宏,是汉传佛教的主流。我于佛教,一知半解,彼此根本还是两张皮,但对禅宗最为用心。禅宗不立文字,但禅宗的教理玄机多能叫人在语言的清廉中听到撩心的精神动静。

看过一些书,也曾纠缠过高人,多多地总想问一个明白。所以,就总愿与人盘经论道禅宗话题。

但跟万如师父,大约谈不上是盘经论道。我说"盘经论道",其实是吓唬人。吓唬人,吓唬谁呀,谁看到这篇文字就吓唬谁。是叫人以为我会盘盘论论地有两下子,其实,自己的事情自己知道,自尊自崇自怜自爱,剥了皮儿,瓢子里面全是蒙人的材料,甭说两下子,一下子也没有。所以,我说盘经论道,就是上赶着去跟师父说话。

天王殿里面,一木柱上有张图画,冷眼看时,是幅佛塔的白描。再细着眼,塔形轮廓全是文字,乃一部经文。问过住在僧,说是一位居士书赠。而在柱上固定这张图画的却是早已锈蚀的四颗图钉。于是就说起这幅画,我说这应该是件艺术品,况且又是经文,这样钉着,淋尘暴土太可惜。万如师父问我该怎么办,我说您要放心的话,到时候我带走,回去做个画框,装裱了,再来时候带来。他说好说行说放心,说一会儿就叫人帮我摘了,让我先收起来。

我当然高兴,高兴自己圆满了一厢功德。

我们聊天,不设话题。于是就说到萧衍,就是南朝的那位梁武帝。达摩祖师涉险来华,这时候这个萧衍当皇帝已经近三十年。三十年不干别的,把精力和权力都用在修佛上,二十年写经造庙度僧无数。应该是功德丰满,就问达摩,说你看,我做了这么多事情,如何呀,功德不小吧。不想达摩却说,狗屁功德也无。之后继续问说,达摩就讲说他如何就狗屁功德也无。咱们这会儿就说到这儿。梁武帝与达摩的这个问答,是佛教禅门一桩公案。那天,和万如师父言来语去,问问说说地就把这段公案缕述了一遍。梁武帝于佛于法殿勤周到,唯功德念念不忘,结果遭达摩吐槽,指说"了无功德"。眼下呢,我这边刚起心动念要给人家做点事情,况且还没有做,就津津快乐于自己圆满了一厢功德。梁武帝那边狗屁功德也无，达摩要在跟前，我怕是驴屁也赶不上了。梁武帝死了一千五百年了，自修自省，对照检查，我们爷儿俩犯了同个毛病。

于是，我说，我进山来不是休闲避暑，是来向师父求问佛法的。但他说，你向我能求什么佛法，我就是小学文化，哪懂得什么佛法。不知他这是高深还是直言。我曾受南华寺嘱托，为《坛经》编写脚本，所以，一部《坛经》粗读细读地看过若干遍，对六祖的事情多少就知道了一点儿。于是就接着万如师父的话说，六祖还不识字呢。听我这样一讲，万如笑笑没有说话。《坛经》里面，六祖多有开示，明心见性，跟尊卑贵贱跟识字不识字没有关系。万如师父当然也明白，更当然比我明白得多。"下下人常有上上智"，这是《坛经》里面六祖的话。万如的笑里面或许也有享受褒奖的快乐，或许也有对弟子不是白痴和白吃的知足。

万如，这是师父出家后的名字，是法号。我是师父的弟子，也有法号，跟原来的社会用名没有关联。所以就总想知道师父在俗时候的名字。一种乐于探求别人秘密的准阴暗心理总在怂恿我去问问万如师父，却总未得适宜机会……

我走近了，万如师父喷雾器所向处有缕余烟飘逸出来，显然刚刚曾有火燎。

师父在做什么呀，我问。他头也没抬，眼睛和喷雾器都朝着尚有余烟荡出地方愤愤一句，害人虫，老窝在这儿，他说。

低头留意，凹进处的下面早就横竖了些垂死时挣扎着的马蜂们或它们的遗骸。于是想起昨天一年轻僧人半脸高肿，于是昈白了怎么回事。

火攻加扫射，万如师父是军事家，我说着，便把手伸向喷雾器。他没有反对。

接过师父手里的家伙，朝着漾烟处猛射。里面显然消停了，又横竖狂扫几轮,我住了手。

万如师父今天回来的早呢,我说。

跟他们没说几句话,没的说了,就回来了。他说着,愤然又上了情绪。

我知道师父说的"他们"是谁。这时候一只马蜂惊慌地从余烟飘绕中撞出,惊惶地冲到了眼前。师父举手朝飞临眼前的漏毙马蜂横竖扇了几下,看着那小畜生盘旋半周竟飞远了。害人虫,师父又愤愤一句。

我的师父叫万如。

叫了王承恩

北京的城墙与城门 / 149

城墙和饭店和门 / 153

叫了王承恩 / 160

北京的一环路在哪儿 / 164

东单西单东四西四 / 167

西什库大街 / 171

中轴线的对称与不对称 / 175

关于牌楼和牌坊的话题 / 179

《皇城脚下》前言 / 183

旧京乞丐 / 188

北京的城墙与城门

北京的城墙与城门,从这几个字表面看,其中的内容很简单。但是真要研究探讨,可以写出整套的系列专题。

现在的北京已经没有了城里城外的概念。"出城""进城"这类用语早就淡出了日常生活。因为城墙没有了,城门也不存在了。或许,我们还能在北京找到一点古时候城墙和城门的实物遗迹。但它们已经失去了原来的结构上的美感,它们的存在已经没有了原本的意义,只成了一种区别与代号。

北京的城墙和城门没有了,但仍有地面参照可以帮助我们寻访到它们的遗迹。二环路和东西横贯在二环路的前三门大街,这一环一直的两线就是老北京的城墙,原来北京城的城门就全部坐落在这两线之上。

旧北京城有内城和外城之分。分界线就是前三门大街。以北为内,以南是外。这条大街上的崇文门、前门和宣武门三门一线隔开的不是城里和城外,而是内城和外城。

北京的内城和外城是明初永乐皇帝朱棣迁都北京时在元朝都城的基础上做了改造,后又经多次增制完善而最终形成。

元大都的时候北京有十一座城门,南面有三门,中间的叫丽正门,东西分别是文明门和顺承门。北面城垣中间无门,东为安贞门,西是健德门。东城垣三门,自北而南分别是光熙门、崇仁门和齐化门。西侧也是三个门,同样依次下来是肃清门、和义门与平则门。

明朝改造北京城,上切下补,整个北京城重心重点南移,北面切下五华里,切掉了东西两侧的光熙门和肃清门。南面把元大都时东西长安街南侧一线的丽正门、文明门和顺承门移至今前三门一线。正德年间,北京城又大兴土木,城门楼外增建箭楼。同时城门大更名,南三门的丽正门、文明门和顺承门改称正阳门、崇文门和宣武门。东面的崇仁门和齐化门改叫东直门和朝阳门。西面的和义门与平则门改称西直门和阜成门。这样就形成了一直延续下来的内城九门。

明政府招商引民,使京城以南商工得到发展。到嘉靖年间,为城区管理和防范入侵保卫京城的需要,又扩建了南城,形成明朝都城上切后的下补。经一年施工围出南城,形成外城,开辟城门七座。

外城北墙与内城南墙共用,正阳、崇文、宣武三门为内外城沟通的渠道。所以外城北侧无城门可言。南端正门是永定门,与正阳门形成遥望之势。永定门东西两侧各有一门,分别叫作左安门和右安门。东西两侧各两门,东面的叫东便门和广渠门,西面的叫西便门和广安门。不过这东便门和西便门虽有东西之位,但门面却都朝北,它们分别是在东西宽出内城的那小段城垣上。当初,东便门、西便门只是设在外城东北和西北两处的出入便门,在规模和构造上都不如其他各门宏大与精美。

明朝在修建北京时,在里面又修出两重城。最里面是紫禁城,就是宫城。宫城四面开四门,南北东西分别为午门、玄武门、东华门和西华门。宫城外围是皇城。皇城东西南北四座门为东安门、西安门、承天门和地安门。这样,在外城修好之后,北京就形成了"内九外七皇城四"这样一种城墙与城门的构造格局。

清朝时候改承天门为天安门。为忌康熙皇帝玄烨名讳,改玄武门为神武门。其实在神武门外还有一门,在东西筒子河之间,叫北上门。即现在神武门外停车场位置。不过此门非城门。

　　北京的城门中，历史最久远，内涵最丰富的应该是内城九门。正阳门是北京内城的正中大门，与皇城的天安门、地安门以及紫禁城的午门和神武门同在一条直线上。北京的老百姓会省事，把北京看成是个坐北朝南的大院儿，谈话中就管正阳门叫了前门。

　　现在正阳门城楼和箭楼隔前三门大街而北南各自孤立。而当初的正阳门却是一组绝美的建筑群。城楼和箭楼之间是片开阔空场，形成个巨大的瓮城。瓮城四面各辟一门，北门开在正阳门城楼之下，面对大清门。南门开在箭楼城台底下，正对着护城河石桥和前门外大街，这是专供皇上出入的路径。常人出入行走两侧门。瓮城东西108米，南北85米，实为紧衔皇城南面的外小院儿。外小院儿崇构杰制，但早在上个世纪初就已被锄毁。

　　崇文门和宣武门在老北京人的口语中称作哈德门和顺治门。清朝时候，崇文门设有政府征税关卡，凡进京商贩均须经由此门，向官家缴纳税银，所以崇文门又有税门之称。此门人人可过，皇上有时也会到崇文门来闲走一回。

　　宣武门给老北京人的感觉不是很好，可能是菜市口刑场就在宣武门外的缘故。每有处决犯人时候，行刑队伍和囚车全部经宣武门出内城进入外城。直到上世纪二三十年代时，丧葬事情仍旧多经此门。但是宣武门另给老北京较深印象的是它的瓮城上每日中午有声炮响，市民作息则以此响核对时刻。

　　德胜门、安定门在北城垣。有人说德胜门是外征伐御的出兵之门，安定门则是战事了结后的回兵入处。去时指望得胜，回时乐得安定。其实，这种说法是望文生义。德胜门、安定门以北，原是元大都的一部分。明清两季，北门从来都是重要的防御重点。但德胜门之德胜，意为以德为本、以德为尚，与出战之事并无联系。地坛在安定门外，皇上每年都要经由此门到地坛祈祷丰年，安定本意在于望求丰裕，与战胜班师入城之事也不相及。所以，

151

安定门又叫生门,德胜门亦有修门之称。上述的牵强附会,实乃小书生的关门自造。

东垣二门,北面东直门,南面朝阳门。东直门在九门之中是最为贫相之门。平民百姓在这一带从事日常买卖,所以,东直门这个地方皇上从不涉足。朝阳门外护城河连着京东漕运,京杭大运河运来的粮食全都由此门进城,城墙内侧即为国家粮仓。每逢京师填仓之日,往来粮车络绎不绝。朝阳门瓮城门洞刻有一个谷穗标志,朝阳门又有粮门之称。

西直门和阜成门是西垣二门。西直门又称水门。皇宫用水皆取自京西玉泉山,给宫廷运水的水车每天早晨由西直门进城。城上刻有水纹标志。

皇宫冬天要取暖,用煤来自京西南之门头沟,运煤车出入之所是阜成门。而且其他煤车进城也只允许经由阜成门,阜成门瓮城洞壁雕有梅花一束,用的是煤字的谐音,标志阜成门为煤车出入之所。

上面说了那么多的门,但似还有几个门没有提到,那就是复兴门、建国门与和平门。

上世纪二三十年代,北京政治、经济以及其他许多方面的发展,让交通改造成为需要。于是,某些地段的城墙便被截断打穿,形成通路,北京就有了豁口这样的地方,有的甚至衍变成地名。复兴门、建国门、和平门实际就是这样的豁口,所以只是今有其名而史无其门。复兴门和建国门豁口是日伪时期所开。和平门豁口稍早一些,袁世凯的时候就开始筹划把新华门和琉璃厂贯通起来,打通南北新华街,但因政事而迟迟未动。直到一九二七年段祺瑞执政才毅然破土扒城,和平门豁口形成。

复兴门、建国门与和平门三个豁口不是一般的豁口,而是贯通和形成通衢大道的出入口。不愿意叫人感觉是把北京城墙弄了个"开膛破肚",安个好听的后缀,也就管它叫了"门"。

城墙和饭店和门[*]

说西方发明了一种冷冻术,把人封闭在一个极低温的条件下,使之"假死"。封闭到所需的那一天,开封解冻,生命会从封闭冷冻前开始延续。据说癌症病人乐受此术,他们愿意被封闭冷冻起来,等到人有办法制服癌细胞的时候再解冻出来治病,再接着往下活。还说此术已经临床,未知真假。

荒诞篇

就用一回上面说的这个冷冻术。

一个老北京睁开了眼睛。四十年前他接受了那个封闭冷冻术。那眼神里有种种疑惑,愣了一会儿,他说,我是谁。当然,四十年,我们设定他仍可正常使用语言。

于是你告诉他说,你是个老北京呀。

我这是在哪儿。

在北京呀。你又告诉他。

你看出他仍旧疑惑,便拽着他,说咱们出去走走。于是,他跟着你,沿北京旧城走马看花。看得出来,他正在搜索自己记忆中的东西。

---

[*] 此文写作于 1989 年

这是北京吗,他说。好像是你在冤他。那城墙呢,平了。怎么着,城门也平啦。前门楼子,德胜门箭楼子就光杆儿那么戳着,都是我死这几年你们干的?

为了改造交通,碍事,城墙就拆了。你说。

哪儿来的那么多楼。他不理会你,只顾自己提问。

都是这四十年新盖的呀。你又指着新生生的一片高屋说,这都是近十年新盖的饭店。

饭店,伺候洋人的东西干嘛弄这么多,有个北京饭店和六国饭店还不够哇。

于是你又告诉他,不够用了,这些饭店谁都能用,如果说伺候,洋人国人一样伺候。

不够用?六国饭店大着呢。他拽着你,要叫你亲眼看看。这回不是你拽着他了。

六国饭店早变了,拆得唯余一隅,挂了个牌子,叫"华风餐厅"。

六国饭店不是个大门大院吗,后边的城墙也变成马路啦?他又入五里雾中。

他不懂,你就解释。解释拆城墙,解释盖饭店。

他情绪稳定了些,一种无可奈何的稳定。你抓着机会给他往死里说在他虽生却死的四十年里发生的许许多多事情。他瞪着两眼,像是在竭力理清头绪。你再一次拽着他,说带他去看看那些新盖的饭店。

建国饭店,是跟美国合作经营的。门前一个挺精神的身着制服的后生问到,你们干什么。

进去看看。你们说。

衣履不整,恕不接待。制服后生说。

你和老北京俩人自顾一番,不知自己如何衣履不整。人家请君止步,这是人家门口。

但你们还是那不整的衣履,却侥幸混进了长城饭店。大堂里找了个好地方坐定,你刚要向老北京介绍这家饭店,却过来个好看的女后生,挺客气,问你们的需求。你们说就是进来看看。于是那好看的女后生就叫你们离开,还是挺客气,说这里是消费区座席,没有消费不能占用。你们又只好入乡随俗。

昆仑饭店前面,拦住你们的是个大元帅,就是脑袋上扎着个元帅大圈帽的侍卫生。他问你们上哪儿。进去看看,你们说。编个合理的理由也就行了,那不叫骗人。但你们太老实了些。

有护照吗。门限变成了国界。护照,你和老北京都没那东西。大元帅就说,里边不叫随便看。

你们只得却步。

既逝篇

有一帧照片,主题是解放军进入北京城,叫入城式。一辆铁甲车上跨着几个不名士卒,扬着手,两侧是夹道欢迎的北京市民。战车背景是老北京俗称前门楼子的灰蒙蒙的正阳门。

北京城未兵易主,这事发生在四十年前。

天津和上海都是动兵而果。天津响了一宿的炮,强弓硬弩。上海是拉锯巷战,利矛坚盾。都有个会师之类的纪念。而北京,足资一览的就是那个入城式。

入城式的拍摄地点以及铁甲车的方位,大约就在棋盘街。棋盘街早就没了踪迹,得说纪念堂了,地点和位置大约就是眼下纪念堂前后。

当然,照片是黑白的,镜头背北面南。摄影人肯定有名有姓。但此无所需,未做查检。

北京城是两叠城垣,叫内城外城,崇文门正阳门宣武门一线,以北曰内城,以南称外城。正阳门就是这内城外城的中央过道。

内城外城分别呈正方形和长方形,以上北下南的平面图看,内城坐落在外城之上,视觉上显得一个"凸"字外廓。

正阳门的改造,本世纪初就有记载。但包括箭楼在内的正阳门建筑有幸至今还能叫人瞻仰,想是沾了天安门的光。天安门是多么地无论如何不能动其一砖一瓦,就不用多说了,这正阳门正和天安门一样是广场扩建时候的古建重点。幸亏当年没有什么人说出个正阳门挡了天安门的视野之类的话来。

德胜门箭楼因那一带交通建设发展得迟些,有幸赶上了有关部门对保护北京古风事情的反思。一九七六年夏天唐山的地震波动北京,德胜门箭楼前檐酥散坠落,很快就给修复了。如今一应车马全是前后左右地绕楼而行。当年拆毁西直门,张溪若老先生曾伏地恸哭。如今若拆德胜门,想必不会再有人哭,然而没人哭也不拆了。

现在言称北京城,却早已城池不存,唯余城之概念耳。内城外城全城外沿周遭十三处城门,规划建设虽不平衡,却无一不是四通八达了。

于是,城里城外的界限渐渐模糊。城里城外这类用语被逐渐弃用,被城区郊区以至城乡结合部等等这类用语取代。而这类概念的使用又常跟经济文化上的事情相关联。原来北京城外圈的一些满身村野味道的地名,比如三里屯、二里沟、大北窑、亮马桥、牛王庙,比如三里河、车公庄、中关村、马甸、公主坟,等等这些屯沟窑桥庙、河庄村甸坟,地名虽还在用,却只是一种地理代号了。如果不用这些地名,而用北纬东经的坐标来标识这些地方,谁都得晕。所以,旧地名新光景慢慢地变过来,老北京并无不适,更不惊讶。到如今,怕是不会有人认为石家庄是中国北方的一个村庄,一个当了省会的村庄。

拾遗篇

北京的老城拆除以后,据说当时的市府对北京有个构想,即保持旧北京东南西北四城老风旧貌原样不动,凡有新式大型建设皆需在旧城以外。这样,在可以看得见的将来,北京将拥有两种风度,一个立体的现代的新北京环抱着一个平面的历史的老北京。这个构想,有着无论怎样解说都不过分的文化容量,却被一个以"文化"两字命名的革命摧毁。于是,北京城的一个巧妙构制永成遗憾。

建国门立交桥西南角处,有座孤独的灰色城堡。规模难弥宏伟,但却占有古韵遗风。那是一座古观象台,五百年了。离立交桥那位置不很贴近,才有幸未被铲除。于是,有位会察言观色的摄影家,在观象台上选好角度,把远处的北京国际饭店摄入镜头,照片前景是颇具历史质感造型的古铜色天象仪,俯瞰着远处那家饭店的白垣玉柱,两厢形成了强烈的视觉反差。照片大约就是这个新与旧、过去与如今范畴内的命题。摄影者一定很了解他的创作素材,知道他所摄取的远景对象是一家新兴的旅游饭店。

闭关锁国,国内国外,历史现今,均有训可鉴。这么多年了,既无内债又无外债的经济活动模式,早就叫人厌倦了,退一步讲,应该是听也听得厌倦了。既无内债又无外债曾经是足资自炫的最大金融体面和经济光荣,自己编了一条看着听着都很美的练绳,然后就往身上勒,快勒死了,不管是勒肚子还是勒脖子,总之是快勒死了,才明白原来这是活该自绞。现如今,外国招数和外国钱,也就是外国的科学技术和海外资金裹着一切的境外文明毫不留情地涌了进来。老北京已从北京街面景象感受到了外国招数和外国钱对北京的这种恶狠狠的毫不留情。靓壁高屋,叫他们渐渐淡忘掉了北京旧有的城墙和城门的壮观与辉煌。壮观,是说那砖那瓦就那样长久长久地立在那里,从来不事招摇;辉煌,是辉煌在它们本身的文化寄存。唯有不善忘者人,自制出各种纪念。一个古观象台加新饭店的照片,可以是歌颂或批判,但歌颂什么批判什么,百家争鸣,就有百种释文。饭店,或者有它们可以被叫作新生文化的文化含量,但总不如北京城五百年以城墙和城门为可视标志的文化来得深沉与厚重。北京国际饭店,五百年以后,倘还白白地立在那里,也许会有另种最终的文化积淀,但现在没有。所以,那幅照片中,它是远景。北京城,新的,到处是饭店。旧的,好像什么都没有了,一个古观象台就犹显值钱。但能觉得它值钱的,好像只有摄影师。

补漏篇

我是因公陪着一个大官上建国饭店。这是一家同美国合作的买卖。进门处有个侍卫生,也叫门童。就是旧京大宅门里看门的,俗话叫门房儿,职责是守护门户。这个门房儿拦住了我。

上哪儿。明知故问是盘疑的惯用语。

大官走在前面,觉出有事,就转回身来。我就说,没事,您进您的。那门房见我是大官的跟包,便也不再设难。进入大堂,大官对我说,你没换衣裳。我这才留意,满堂朱紫贵人,西服革履,唯己一身蓝涤卡,就是那种样式和材料都十分"普罗"的涤纶卡其布着装。我总跟大官饭店出入,行头几乎从不特意打理,我习惯,大官也不计较。这回踢了绊马索,就多少有点不是滋味。

饭店门前受阻,回来就把事情说与同事,原本期待共同抨击,却是受到轻松一讽曰,你当那是北京城门呢。

我一愣,进而忽感新鲜,北京的城门竟在这里和新潮的饭店背靠背地联络了一回,其心理震撼力度超过了上面说的那个观象台照片的视觉冲击。

又想起报载过的一则消息。一个不良青年在京伦饭店服务台冒取了某房间的钥匙。之后这个房间的住客丢失了某某种类的贵重物件和某某数目的日本钱。当然,破获了。当然,我也断定那不良人着装绝不是如我辈那样"普罗"。假的要当真的做,他一定清楚,西服革履是他的通行证。同条消息恰也是如此报道。于是我感到自己像是被淋了一回,从头到脚地痛淋。满身满脸都是晶莹的亮水,泼水节,只痛快,不狼狈。

都是发生在这四十年中。

我愿意再去阅读那幅粗生生的入城式照片。四十年前,在铁甲战车上扬手回应北京市民欢呼的不知名的士兵,现在也许就在我们中间,就在我们现在这个既陈旧又新鲜,既开放着又常常开放得不知所措的古城中。猜想,他们有时会裹在熙熙攘攘的人众里,在正阳门下反复踱行,低着头,期待能寻见当年入城时刻装甲战车履带留下的印记。他们有时候也会徘徊在那些浮光跃金的大饭店的墙与门的外面,尽量地把眼中光景跟四十年前的入城式关联在一起。他们会默默地,更也许是孤独地逐年纪念那个入城式,一年又一年地累加,一直加到记忆的终结。

忽然又想起被你拽着去浏览饭店的那个老北京。一而再,再而三地受阻。他暴怒起来,你不是说洋人国人一样伺候吗,这么多墙,这么多门,北京的饭店太多了,你说说,哪儿还有北京的样子。你劝止,他更加怒不可遏,叫把他送回到四十年前去。我要回去,他大喊。

历史只能回忆,不能回去。叫他回去,你无能为力。你忽然想,如果不为治癌,封闭冷冻术不要也罢。

叫了王承恩

北京有句民间用语,叫"叫了王承恩"。

大约那些真老的老北京都知道这句话,都用过这句话。

王承恩是个人名儿,是明朝末年司礼监的秉笔太监,是明朝末代皇帝崇祯身边的太监要员。

什么叫"叫了王承恩"。

公元一六四四年,明崇祯十七年,年初,李自成率四十万农民军逼近北京,直指崇祯治下大明王朝的京畿之地。眼看着农民军一路上攻城克府,洪水猛兽般势不可当,京城内皇亲国戚、大小官僚知道末日将至,一些人便终日醉生梦死,作临死前乐。另也有人在收拾金银细软,做大难前的遁走准备。而同时,北京城内到处传说农民军不杀人不抢掠,不爱财不奸淫,买卖公平,看重文人。所以,北京居民说,农民军来的时候,我就敞开大门迎闯王。一些失意落魄的下层文人也贴传单,欢呼"此处不留爷,自有留爷处"。

三月十六日,农民军攻占明陵,继而突破居庸关,突然兵临城下,包包子样地围住了北京。

李自成包围北京城,攻城之前曾传书要明政府投降,但遭拒绝。

三月十七日农民军开始攻城,扫清了城外明军驻防。十九日农民军猛攻广安门、西直门、阜成门和德胜门。城外北京居民不顾刀兵之险,填沟补路,帮助农民军。广安门首先被攻克,农民军占领了外城即如今前门以南的城区。内城守军不肯卖命,在城上卧而不战,甚至向城外农民军挥手示意回避,农民军躲开后方才朝空地开炮乱轰。督战监军号令失灵,束手无策。

这时候的皇城之内,明朝君臣也早乱作一团。崇祯皇帝甚至哭出了声。

紫禁城后宫早也是一片国破家亡景象。国破家亡,崇祯下决心要处理后事,他到寝宫见到周皇后,说李自成就在紫禁城外面,看来明朝的江山真是大势已去了,你身为国母,活着还有什么意思,你死了吧。周皇后说,我跟了你十八年,你没有听过我一句话,如今国破身死,也算是死得其所吧。说完恸哭不已。

朱由检十二岁封王,十七岁即皇帝位,就是崇祯。周皇后是崇祯做信王时被选作王妃。信王当了皇上,王妃就成了皇后。周皇后生活简朴,当了皇后以后,自行消减宫中开支用度,扫地洗衣全都自己动手,她也劝说崇祯不可奢华过度。在宫外狼烟四起时也曾建议崇祯把朝廷迁出北京。皇上没有听她的,这才有被赐死时的"你没有听过我一句话"的最终怨言。

周皇后拉过太子和儿子,泣嘱之后,让人把他们护送出宫。自己止住悲恸走进内室,关门闭户。一会儿,宫女出来报告说,周皇后已经奉旨归天。随后崇祯又手握利剑,刺死亲生女儿昭仁公主和宫女多人。

晚上,崇祯准备让一些太监和大臣陪着他趁夜化装逃出北京。但农民军早把北京城围得连只鸟也飞不出去了。

崇祯爬上万岁山,也就是今天景山公园的最高处,看到四处全是因刀兵而起的烟火,那么大的一个崇祯皇上,一屁股就瘫坐在了地上。

崇祯一夜没睡,天刚亮就跑到太和殿亲自撞响景阳钟,想早早把自己的臣僚集来一商大事。但钟声空响许久,竟不见一人踪影。原来一夜中官僚们跑的跑降的降,整个紫禁城内空空荡荡,没有了昔日官臣来往、山呼万岁的景象。崇祯真就成了孤家寡人。又撞了几下大钟仍无动静,崇祯又跑到乾清宫,仍旧是空无一人。这时忽然想起了自己身边有个太监王承恩,这个王承恩应该在吧,于是环顾四周,大喊,王承恩,王承恩……

王承恩忠君用命,他也是一夜未睡,守候在乾清宫,随时听候皇上呼唤。这时听到喊声,王承恩大约是回了声"奴才在呢",就跑到崇祯跟前。看见王承恩,崇祯感慨不已,想不到最后守在自己身边的竟是个太监。

崇祯说,不该走的都走了,你却没走。王承恩没有说话,崇祯又说,我们真是逃也不行了吗,王承恩还是没有说话。崇祯说,上万岁山吧,看看围城情况。崇祯开始挪动脚步,王承恩发现皇上忽然步履蹒跚起来,赶紧过来扶助,顺着崇祯的脚步一点一点地穿过御花园,出了紫禁城,到了万岁山脚下。

崇祯本还是想在万岁山登高观望,但此时咫尺之遥的紫禁城方向喊声震天,李自成已经杀进了皇宫。崇祯见大势已去,仰天长叹说,吾民苦矣。当时崇祯身着白衣,遂咬破手指在衣襟上血书一列文字:"朕凉德藐躬,上干天咎,致逼京师,皆诸臣误朕。朕无面目见祖宗,自去冠冕,以发覆面,任贼分裂,无伤百姓一人。"之后解下身上束带,赤足披发自尽了结。

见崇祯已死,一番哭拜之后,王承恩则另择一处吊死在崇祯一旁。

明朝时候,景山里面曾密植槐树,十步一株。崇祯和王承恩吊死的地方在今景山公园东墙里侧山麓。旧处犹在。

崇祯皇帝吊死在景山是中国历史的重要事件,是明王朝结束的标志。

太监王承恩是和崇祯同时吊死在景山的。如今在明十三陵崇祯的思陵近处,另有一处墓地,有碑,曰"王承恩墓"。关于思陵和王承恩墓另有话题,此不赘述。现只说在国破城陷的万危之际,身为一国之君的崇祯也只能扯开嗓子喊喊身边万幸没有离开的太监。

明之后三百年中,王承恩陪着崇祯吊死殉国,成了北京百姓中的经典故事。"叫了王承恩",也成了北京百姓口头语言中最为生动的那种典型。

说完了这个故事,大约可以明白了,"叫了王承恩",是说人在一个无助的万难境遇中,回天无力,无处求援呼助的景况。这种对人在困境中的描述,在口语中多少有点调侃意味。比如说,"让他逞强,别管他,到时候就让他叫了王承恩"。又如,"说你你不听,怎么样,这回叫了王承恩了吧","完了完了,这回可真是叫了王承恩了"等等。就是这种用例。

这个话,到上世纪五十年代还有人在用。上面说了,这个话很是生动,其实,生动同时更有活泼。但由于这个话不像成语那样有节奏感,且又未见纳入官制文典,所以今天很难再有所闻了。笔者倒是想过,再有好事者编纂某类文典时,不妨收进"叫了王承恩"。不把生活中是否常用在用作为考虑原则。就像各种版本的成语词典,其中大部分的词条都很偏僻,不为熟悉与常用,倒是可以作为读史的索引。

"叫了王承恩"这个话淡出生活,足资遗憾。

北京的一环路在哪儿

元大都时候的北京城,北面有个健德门和安贞门,大约就是现在北三环线上。又有西之北的肃清门和东之北的光熙门。明朝修建北京城,这几处的城垣城门便废掉了,北城垣南移至现在北二环一线,同时建造德胜门和安定门。南面又废除顺承门、丽正门和文明门,新造宣武门、正阳门和崇文门,把南城墙从长安街一线向南挪了三华里,到了现今前三门一线。除了拆废的肃清门和光熙门,东西两侧城垣各有两处城门未动,但东侧的崇仁门、齐化门改称东直门、朝阳门,西侧和义门与平则门改叫西直门和阜成门。变十一门为九门。同时筑墙挖渠,把正阳门以南大片地域也圈进城区。在这片新圈区域中,又东开广渠门,西辟广安门,极南造永定门,又在永定门东西分置左安门和右安门两处南门。于是,元大都整体南移,北京城的范围扩大了。

北京城的城池不同于通常的城围轮廓。元大都南移后的城苑基本呈正方形,正阳门以南新辟出来的城苑呈东西长方形。两块城苑并不连片,中间以前三门一线城墙相隔,以北称内城,以南叫外城。内城和外城的出入通道就是正阳门、崇文门和宣武门。在说到内城外城的时候,时有文字上表述为城内和城外,想必是对北京城的理解尚未精熟。内城和外城是北京城特有的城池结构,两者加在一起才是个完整的北京城。外城不是城外。当然这是题外之话,只望能引起做文字者人的注意。

现在北京外围一圈又一圈地修造了环城道路。而作为环路交通构造,最早修成的是二环路。二环路实是拆掉北京城墙而修成,所以,二环路走向就是北京内城加外城的旧城轮廓。

对于北京的交通,我们早就习惯了"二环路""三环路"等等的表述。但是,在述说与顺序相关的事情时,应该有一种数字起始的生活常理。二环三环,如今早又四环五环六环了。但是,回过头来说,"二"并不是数字顺序的自然始数,按此常理,北京应该有个"一环路"才对。但在述说与道路交通相关的话题时,可以说我们听不到"一环"这个用词。那么,没有"一环路"吗。有,"一环"又在哪里呢。

北京的紫禁城并不是皇城,紫禁城我们管它叫宫城。皇城是紫禁城外围的一层城垣。紫禁城有四个门,南门午门,北门玄武门。清初为避康熙皇帝玄烨名讳改叫神武门。然后是东侧东华门,西侧西华门。而皇城四门南面正门是天安门,北面的叫地安门,东西两面分别是东安门和西安门。紫禁城宫墙宫门还在,而皇城四门只剩下天安门了。至于皇城城墙,我们现在也只能看到东长安街上从贵宾楼饭店到劳动人民文化宫这一段有限的残留。

上世纪六十年代,北京有趟公交叫"四路环行",起止点在北京西四一个叫平安里的地方。路线是从平安里向东行走地安门西大街,经北海后门到地安门十字路口向北到鼓楼,东拐进入鼓楼东大街,继续东行,经顺天府衙门,过交道口至北新桥改向南行,一直到东单。之后从东单进入长安街西行到西单,再由西单向北直行回到平安里。这是内环,外环路线顺次反之。

上面这不足二百的文字,描述就是北京的一环路。弄明白了北京的皇城,知道了北京的皇城,我们也就找到了这个一环路。从地图上可以一目了然,这个"一环路"大致就是北京皇城的外围轨迹。我们不是后设了这么个一环路,我们是找到了那个实在真有的一环路。

北京的一环路就在北京内城里面。

命名"二环",应该说这里面有专家学者的心血与智慧,他们把这个"一环"的地理位置和心理存在清醒地留了下来。

一环路存在着,只是未作地像标识。

一环路在口述里或已不再需要,但一环路实实在在地在我们的生活中。

东单西单东四西四

东单、西单、东四、西四,这是北京的四处地名。这四处地名不是街名,也不是胡同名,而是特定指代某一地域。东和西都好理解,就是方向方位的意思。那么"单"和"四"是在说什么呢。

我们先来看一看老北京的街市。

早先,在北京的街头,到处可以看到一种建筑物,就是牌楼。

牌楼这东西孤立存在好像没有什么意义,它不是建筑物的主体,它是要对主体建筑物形成提示和点缀,形成对主体建筑物的引领与烘托。北京的牌楼常常是在街口上、宫院内、寺庙前以及皇家陵寝或桥头。

牌楼是站立的平面建筑。建筑本身都是立体的,牌楼作为建筑,何为"站立的平面"。

土木建筑,比如房间,高度多少,左右多宽,然后是进深多大,就是进门后能够向前迈多远。有了这几个尺寸,这就是个三维的立体概念。而牌楼这种建筑,只有宽和高两个参数,有宽高,没进深。站在屋门前,向前跨一步就进入了房间。而如果站在牌楼底下向前跨一步,迈进的同时就是迈出。因为牌楼的进深只是它建筑材料本身,比如立柱的直径、柱基的尺寸,实际的空间进深等于零。

这样一说,大约就可以明白了,牌楼就是个没有门扇只有门楣和门框的门。可是这种门又别于真正意义的门,这种门常常是并肩一联三个或五个,都是单数。三个的,是三间四柱;五个的,是五间六柱。但不管三个或五个,都有主位和次位,中间的高阔,两侧的略欠。

有书上说牌楼又叫牌坊。这个话似乎有点欠妥当,牌坊和牌楼有相似的地方,但牌楼和牌坊终不相同。

牌楼和牌坊的区别不在于建造手段和材料,而在于形式和用途。在形式上,牌楼有个顶。所谓有个顶,就是横眉上端有个盖,是屋顶样的构造,有瓦垄,有溜水沟,同时也有前后檐。不过前后檐间亦无距离可言,一脚迈进即迈出,一步可跨前后檐。而牌坊上端没有顶,比牌楼更具平面感。横楣没有遮盖,立柱直指上空。牌楼的功用是点化和装饰,强化视觉感受,提醒对主体建筑物的注意。而牌坊更直接的功用是纪念荣耀、表彰品行、述说成就与功德。所以,旧北京街上所见的那种标题性的建筑是牌楼而不是牌坊。

北京城内路口桥头的牌楼,随着交通的发展而被陆续拆除。早些时候,东西长安街、东西交民巷、阜成门内大街、景山前街、文津街、北海大桥这些地方都有牌楼存在。牌楼拆除了,除了少数传袭下来的地名中还可以感到旧时牌楼存在的痕迹外,大多连名带影都已进入历史资料中。

东单、西单、东四、西四,这几处就是老北京传袭下来和牌楼相关的地名,其中实实在在地就含着"牌楼"两个字。

现在被叫作东单和西单的地方早先各有一座牌楼,都是四柱三间。东单这边的位于现在东单路口以北,面南背北,东西跨街而立,车马人等从楼下往来。西单那边的在现在的西单路口以北,形式构造与东单的相同。旧北京时候,东单西单不如现在有这样多光华耀眼的高阔大楼。所以,在不宽的街市和几乎平面的城市建设结构中,牌楼就特别显眼了。牌楼本身也就成了所在地域的地物指代标志。"单"就是单独、单一的意思。由于这两个地方都有这样一个单牌楼,这便成了这两处的地域代词,加上方位方向指代,便有了东单牌楼和西单牌楼的叫法。如果没有特定的补充说明,那么东单牌楼、西单牌楼就不全是专指牌楼本身,而是指牌楼所在的那片地方。生活语言长期使用后,在不被误解的前提下常常发生简约。于是东单牌楼、西单牌楼逐渐变成了东单和西单,"牌楼"两字被省掉了。

弄明白了东单和西单,东四和西四就不再难懂。"单"是数字的概念,"四"就更是数字。就是说,东四和西四那地方是分别各有四座牌楼。

那么这四座牌楼都在什么地方,都是怎样列置的呢。

从东单牌楼一直向北约四华里,即有个四通八达的路口。东至朝阳门,西通北海紫禁城,北面可达雍和宫。在这个路口上,老北京时候有四座牌楼,分别处在东西南北四个路口,也是四柱三间。四座牌楼高大壮观,仿佛四屏门防,守定四方街口。站在这里。四座牌楼可以一目了然。"东四牌楼"就成了这一带地理方位的代称。

北京城西侧也有这样四座牌楼,方位式样与东面的互为对称。位置在西单往北与阜成门内大街交接处。列置构造与东四的相同,形成西四牌楼。简约了的口语中,同样是省掉了"牌楼"两个字,这便有了"东四"和"西四"。

但在以往的北京口语中还有"单牌楼"和"四牌楼"的语汇。这种用法中虽没有确切指定出方位,但在具体对话中也不会发生误会。比如在崇文门、东单一带雇个三轮车,人家问您去哪儿,这边答说上四牌楼。这位说,行,您上车吧。到了目的地,一看是东四牌楼,保证是雇主的要求,不会错。因为雇车——现在叫打车——的那地方距西四牌楼远而离东四牌楼近。如果雇主在东单这边要去西四牌楼,就一定要把"西"字带出来。光说四牌楼,光说单牌楼,所指方位必为近处。说的含蓄,但听得明白。这是使用上的习惯,这时的车主和雇主保证都是守家在地的北京人。

至此,对东单西单东四西四可以不再为难了。

再赘说几句。在北京城里还有个将牌楼两字叫进地名里的地方,那就是前门大街北端紧靠前门箭楼这一带。这一带地方早先被叫作"五牌楼"。但五牌楼不能比照四牌楼和单牌楼那样去理解。五牌楼不是五座牌楼,而是东西横跨街心的一联六柱五间的单个牌楼。五牌楼拆了以后,五牌楼的叫法也跟着消退了,代之以"前门"二字。不过现在五牌楼又在大致原来的地方重新建了起来。北京人的生活其实并不再需要这个牌楼。不管出于什么用心,都是多此一举。

西什库大街

北京有个地方叫西什库。顾名思义,库就是库房,是存放东西的地方。

西什库是皇家存放东西的地方,它的位置在皇城西北角,在紫禁城西侧又北的西安门以里。叫它西什库,是说它是西面的十个库房。这十个库房是甲字库、乙字库、丙字库、丁字库、戊字库。甲乙丙丁戊并无实际意义,只是区别和管理序号,好像现在说ABCDE或一二三四五。此外还另有五个库,分别叫承运库、广盈库、广惠库、广积库和赃罚库。

十个库房,储物大致如下偏重。

甲字库储放银朱、黄丹、紫草、硼砂、明矾、水银以及茜草、藤黄和白芨等物。是药材或染料。

乙字库储放奏本用纸。

丙字库储放本色丝棉、荒丝、棉花绒。

丁字库储放桐油、生漆、麻、牛皮、麂皮、鱼胶以及铜和锡等。

戊字库储放盔甲刀弓等军器以及废铁等物。

承运库储放黄白生绢。

广盈库储放平罗熟绢,各色杭纱和棉布。

广惠库储放钱贯钞锭,掌管造储巾帕。

广积库储放烟硝硫黄等火药用物。

赃罚库储管抄家或其他罚没物资。

除了军器、药材、钱钞以外,十库所存多为缝剪和其他日用工艺原材料。当然,赃罚库所存之物,库内再另行分类。

西什库原为明室内务府所管,明末权宦魏忠贤最早就是由掌理甲字库太监而发迹。可见西什库在明朝时候是朝廷组织结构中挺重要的一部分。

但是清室入主紫禁城后三十多年无人过问西什库,致使十库破坏,尘封厚积。乾隆年间有过一回清库造册,但此后直至清亡也未被重视和利用。实际上是整个有清一季二百八十年,西什库就是被荒废着,库中所藏也无人理睬。

清室如此冷淡西什库,当然不无原因。一是从上面记述可以看到,对于生活、工用以及多方所需,十库所存,包罗并不广泛,无法形成有需则供。再就是皇室所需物品,一部分储于宫内,再就是专藏于皇城内外专属处所。从诸如灯笼库、缎库、瓷器库、皮库、宫衣库、广平库、公用库以及帘子库和内务府供应库等等这些地名就可以找出清皇对于西什库并不十分看重的理由。

西什库的西侧和北侧其实就是皇城的城墙。东侧一条街巷因地物而得名,叫西什库街。后来又叫西什库大街。

西什库大街南北走向。南北两端进口后各有一段向东向西的转折,都是最多几十步的距离。南口与西安门大街相接,北口那边就是地安门大街的厂桥地段。整个这条街的长度就是北海公园南门至北门的距离。

西什库大街叫大街,但这里曾经并不行车走马。可能就是因为西什库闭锁不开的缘故,致使西什库大街长时期以来都是个十分别致的去处。

西什库大街原是一条不宽不窄的平坦土路,宫墙和十库苑墙在东西两侧,两墙平直,道路自然正直。途中每隔一段距离便有一处拱顶过道。这也许是最早时候十库中各库的分界标记。路两边明沟泄水,沟旁便是参天大树。

西什库大街,墙高树茂。夏天时候,树冠彼此相续,蔽日遮天,清凉僻静,不觉酷热。如果不是连绵的蝉鸣,恐怕不会注意自己是在何季节。在这个季节里,整条街总是有一种好闻的植被的气息。偶也能嗅到花香,但不知香来何处。

树多枝盛,禽鸟们成了这里的主人。仰首鸟巢如云,树冠中间,星罗棋布。倦鸟归林,宿鸟初惊,起落之间,常常数以万计。秋冬之际,这里落叶积蓄,厚足尺余,蹚在脚下,哗哗带响。在西边天上的橘黄色渐退、寒云正起、林中乍暗的那一刻,远处会传来几声清亮又沉着的鹤唳。接着就可以在树冠的缝隙处出现一行抿翅待落的大鸟,这是外出的灰鹤回来了。日落之前,归鸟一批又一批。西什库大街,这是树世界,树是鸟家乡。冬天,枯林积雪,这里也另是一片清僻。

有老北京人在回忆这个西什库大街时,会流露出一种对往日情怀的追恋与惜爱。西什库大街是清僻的,但不是死寂与无聊,有人从这里行走。西什库大街又是喧闹的,但不是商摊或浴场,有鸟在这里栖息。

但是,我们说西什库大街,必须还要说到一个去处,就是西什库教堂。

西什库教堂在西什库大街南口,坐北朝南。就是在街口以里将向东拐的正北面。

北京有四大天主教堂,三处分别在南城宣武门、东城灯市口和西城西直门内。分别俗称南堂东堂和西堂。还有一处在中南海里面,被称为北堂。这个北堂就是西什库教堂的前身。有一回康熙皇上患了疟疾,得耶稣会传教士一药即愈,康熙一高兴,就在中南海中海西岸的蚕池口批了一地方给耶稣教会,说这块地方归你用了。耶稣教会就在那儿盖了个天主教堂。到乾隆时候,因禁教事起,教堂基本废置。道光年间就给拆了。后来根据《北京条约》条款,又把早年康熙皇帝的赐地还给了教会,教堂又在原地重新盖了起来。光绪年间,西太后说教堂临近中海,在教堂上即可窥视皇城宫苑,这不行。于是跟法国公使一商量,就把北堂迁出了中南海。迁出后往哪盖呢,就又把西什库所占地盘的大部划出用作了教堂建设。这样,北堂就迁到了西什库,原中南海内北堂的家什用具随后也搬迁到了西什库教堂。堂舍富贵华美、金碧辉煌自不必说。西什库教堂成了北京规模最大的天主教堂。

一九〇〇年,义和团扶清灭洋,洋人的教堂自然成了攻击的重点。从这年的六月十五日到八月十六日,义和团围困围攻西什库教堂六十天,在激烈的围困进退中,义和团用大炮轰,又挖地道设地雷,先后摧毁了大堂尖顶和教堂钟楼,仁慈堂也遭毁难。

当年义和团一役,西什库教堂坏损严重。战事结束,法国人对教堂损坏部分又一一复元。一九〇一年七月十四日,西什库教堂修复竣工。

如今的西什库大街,商卖和居户挤满两侧。新的扩建改造工程把南北两端的东西两向的拐入拐出拉成了直线。西什库大街已经不再那样清僻和宁静,十库也早就没有了昔日景象。唯一还能寻见些原来模样的,只剩下了这个西什库教堂。

中轴线的对称与不对称

老北京城的制高点是景山公园的万春亭。万春亭现在虽然不再是北京城的最高处,但登上万春亭,仍可把北京城一览无余。最可贵的是万春亭的位置正处在我们习惯说的北京城的中轴线上。在这个中轴线上,万春亭地位依然最尚。

所谓的"北京城中轴线"实是个虚设的几何概念,一条划定的中轴线并不存在。但登上万春亭四下回望,会明显感到南北一线方向与其他各方向不大相同。这个南北一线的地面建筑形成了一个走向,使人有一个看见了"线"的视觉。

从万春亭面南而望,是一片规模宏大又庄重的金灿灿的宫殿建筑群,这就是紫禁城。在万春亭上可以看到景山以南的建筑群的线感是由紫禁城的神武门、内朝中路的乾清宫、乾清门、外朝的保和殿、中和殿和太和殿连贯。再往前就难看到了。但可以用心去眺望,太和殿再南是太和门、午门五凤楼、端门、天安门。中轴线最南端是外城的永定门。遗憾的是永定门不是路远位低看不见,而是早已拆除不复存在了。

从万春亭面北而望是地安门内大街,然后是鼓楼和钟楼。地安门是皇城的北门,可惜也是已经不复存在了。

北京的街巷大多是正南正北。当然,说正南正北也包括了正东正西的含意。在外省市逢人问路,常被告知如何左转右拐。而在北京问路,北京人不说左右,而是告诉你向南向北或路东路西。

北京人方向感很强。比如,旧北京时三轮车夫蹬着车由北向南到路口要往右拐时,如发现正好有人在道上,他不是大喊让开,而是提高点音量小呼一声说"西去——",意思是说我要拐弯,留神别碰了您。前面的那位听了,马上就会知道后面有车要右转,自己正在碍事,随即避开,准确无误。在方位表述上,北京人只说东西南北,不说左右前后。方方正正的棋盘样的平面北京叫北京人有了这样的指路说话习惯。北京也有不是正南正北的街巷。但是大凡这样的地方,在地名中的汉字本身就预先表现出来,告诉你这条街不是正南正北的,比如烟袋斜街、高梁桥斜街、李铁拐斜街以及白米斜街、樱桃斜街等等。方方正正的街巷布局与中轴线组成了四平八稳的北京行政结构。

北京城修造之初,设计思想就是以中国传统的对称理念为布局原则,这个原则在作为宫城的紫禁城的构造中完美到了极致。对称常会给人一种不可侵犯的永恒感和稳重感,能充分体现出皇权的庄严。但是明朝修建北京城是在元大都基础上的增制和改造,而不是把一切全推倒重来。所以中轴线结构思想在一定程度上对元大都的旧都城旧宫城有所妥协,这就形成了在局部上中轴线表现较为完美,而在宏观上,对称的意义有时就会使人感到较为宽泛。

北京外城有个天坛,是处很重要很有名的建筑群。但天坛却不在中轴线上,而是处于中轴线外的东面一侧。尽管西侧有个先农坛,但并没有形成文化内涵意义上的对称。那么,地坛在哪里呢,在北城的安定门外,也是不在中轴线上,却形成了与天坛的南北呼应之势,是南北对称的结构。北京另有日坛月坛各一处,分别在内九城的朝阳门和阜成门之外,位居北京城的东西两厢。天地日月四坛形成南北东西的对称,从这点看,看似与天坛对称的先农坛又成了个孤坛,无称可对。

再来看,北京城有两块水域,一是在紫禁城以西又北,即南海、中海和北海，总称叫作太液池。而紫禁城以东却没有一块水域与太液池相对称。但如果不受这种纯几何学对称理念的束缚，就会在北京城的内城西北方位发现另一块水域，这就是北京城内的什刹海。什刹海由前海、后海和西海三部分组成。什刹海和太液池首尾相通，它们的分界是地安门西大街。地安门西大街一线原先不是大街，是皇城北面城垣的所在。所以，太液池和什刹海虽然互相通连，对于皇城来说却是一里一外。所以，南海、中海和北海被叫作内三海，而把前海、后海和西海称为外三海。两块水域都在中轴线的偏西偏北一侧，却有着内外意义上的对称。

北京皇城在内城之内，其中又包含着宫城。皇城东西南北四个门，分别叫东安门、西安门、天安门和地安门。天安门和地安门在南北中轴一条线上，但东安门西安门的连线却不能与中轴线交成直角，说明东安门和西安门并非对称在中轴线的两侧，它们不是在正东正西一直线上。东安门在宫城的东华门以东，两门位置直相对照，近在咫尺。但在皇城西侧的相应位置却无法找到西安门，相应位置正好是太液池的中南海所在。太液池是元大都的遗留，原是大都皇城的核心部分。明朝修造紫禁城，西宫城紧靠太液池，但并未填海造门，而是把西安门开在了皇城的最西北角处，即现在的西什库大街南口以西，与紫禁城的西华门相去甚远，几乎到了西四牌楼。这样看来，北京城的内九城、皇城和紫禁城并非互相对称居中，而是皇城在北京内城南侧偏西，紫禁城在皇城中居南又偏东。所以，北京城的中轴线并非绝对中轴线，它并没有东西两厢平划北京城而是居中偏东。所以，东单西单、东四西四，东直门西直门，朝阳门，阜成门乃至东长安街西长安街的中轴对称更真实的乃是一种概念上的对称。

对称的美感应该是在人的视觉所及范围之内。在天安门至正阳门一线上，天安门广场被理解成东西两块。在传统的左祖右社的对称礼制文化思想规范支配下，北京城建筑时的设计者在天安门的东西两侧分别设置了太庙和社稷坛,就是现在的劳动人民文化宫和中山公园。天安门广场扩建改造,当时的设计者照样是遵照了左祖右社的传统礼制文化思想规范,把历史博物馆置于东,人民大会堂置于西,形成了与太庙和社稷坛传统文化结构的统一。这样,天安门、金水桥、国旗杆、纪念碑、纪念堂以及正阳门的城楼和箭楼,正南正北,多点一线,形成了真正几何意义上的中轴线。这种几何意义的中轴线只与紫禁城的中轴线形成贯通。

关于牌楼和牌坊的话题

说北京新立起了一座牌坊。

我的一位朋友几乎每天都要从安定门内外经过两回,他清楚。他告诉我说,那牌坊就在地坛西门外头,撺掇我去看看,还说,你不写写,棒着呢。

北京原来有的是牌坊,后来拆了。拆的多,留的少。

牌坊加上它们和相关文化不过就那点儿意思,谁都知道的,没什么东西好写,不过我倒是想去看看。于是我就去了,专程瞻仰。

到那儿一看,是牌楼,不是牌坊。不是牌坊就对了,因为地坛西门这地方原来就是牌楼。

关于牌楼和牌坊各自到底是怎样一种东西,我有篇题曰《东单西单东四西四》的文字,在那里说过一回,此处需要,就抄录一用。

牌楼和牌坊的区别不在于建造手段和材料,而在于形式和用途。在形式上,牌楼有个顶。所谓有个顶,就是横眉上端有个盖,是屋顶样的构造,有瓦垄,有溜水沟,同时也有前后檐。不过前后檐间亦无距离可言,一脚迈进即迈出,一步可跨前后檐。而牌坊上端没有顶,比牌楼更具平面感。横楣没有遮盖,立柱直指上空。牌楼的功用是点化和装饰,强化视觉感受,提醒对主体建筑物的注意。而牌坊更直接的功用是纪念荣耀、表彰品行、述说成就与功德。所以,旧北京街上所见的那种标题性的建筑是牌楼而不是牌坊。

地坛西门这处牌楼三间四柱,看去还算中国古风。牌楼西面顶额上有"地坛"二字,东面的顶额上是"广厚街"。没有考证是一承古迹,还是瞎弄。

牌楼底下有个五尺来高的石碑,碑文瞅着是让谁给拓过,底面黑墨墨的一片,字的阴痕在上面横七竖八,像是散乱了些白骨。碑文写得刻得令人实在不敢恭维,庆幸这石碑跟牌楼不是一体。

写的刻的十分地不入流,但好在都是中国字。上面的字告诉我,原来这个地方是有座牌楼的,公元壹仟玖佰伍拾叁年给拆了,掐指一算,是中华人民共和国拆除。又说是公元壹仟玖佰玖拾年复原旧制,又一掐指,中华人民共和国制造。

从现在往前数若干年,北京的牌楼仰首皆是,叫个牌楼城不算过分。我接触过日本人,他们有的问我说,你们北京的地名有些闹不清楚是怎么回事,东单西单东四西四的是什么意思。他们是商人,虽住在北京,却不是研究北京文化的。他们不知道东单西单什么的是什么意思。

北京早先用作代步和运物的工具多是马车杠轿三轮胶皮排子车毛驴骆驼之类,对交通的通畅度要求并不苛刻,各走自己的,磕不着碰不着,相安无事。后来有了"当当"车,对交通也无损伤。"当当"车那东西虽然个大且长,但它的道儿都是让铁轨给规定了的,越了轨,就地就得翻车。所以,它能顺有轨走马路当间儿,遇有牌楼的地方,不论是三间还是几间,一律从正间底下通过,互相都不曾碍事,所以街心的牌楼一直都是那么立着。但是后来车多了,拐弯抹角也没有了"轨"管着,道儿就觉着不够用了。西四东四西单东单是商贾交汇的辐辏之地,就更显得不够用。于是,为了给车腾道儿,那里的总共十座牌楼,大约是在拆地坛牌楼的日子里也一并给清除了。

北京的牌楼所剩不多了。拆掉的,多因它碍事。

中山公园门里头立着个牌坊,四柱三间,蓝瓦庑殿的顶子,汉白玉的身子。北京是伴着牌坊都有一段文化。当初闹义和团的时候,北京打死了个叫克林德的洋人。那个克林德是那个时候德国驻在北京的公使,给打死了,算是给政府捅了娄子。人家德国人当然不干了,跟清廷理论。结果在东单北面克林德被打死的总布胡同口上给立了个牌坊。中国历有烈女牌坊,好容易决心立了"烈士"牌坊,却是为着个洋死鬼。后来德国人打了败仗,法国人就要拆这牌坊。洋人在北京一通折腾,最后把牌坊挪进了社稷坛,也就是如今的中山公园。后来有个叫郭沫若的人手书了"保卫和平"四个字,放在了正间的楣坊上,烈士牌坊变成了保卫和平牌坊。

凿死铆儿一回,中山公园里的这个牌坊不能叫牌坊,专门又去看过,实是牌楼。

牌楼和牌坊的内涵功用国人不会糊涂。按说,给克林德立个意在招表纪念的地面标识,应该采取牌坊设计方宜,不知缘何却做出个牌楼样式。也许当时国人——清廷和设计者——就是憋着心地拿牌楼当贞烈牌坊糊弄洋人。我这是瞎猜。缘何可以如此瞎猜,因为从史料上看,清廷在克林德坊上的表彰文字明显地避重就轻,一句自戳自贱的话也没有,就很像是在糊弄洋鬼子。还就真给糊弄了。

幸亏打死了克林德,幸亏在总布胡同那儿给这个洋死鬼立了个牌楼,幸亏有人出主意搬了个不碍事的地方,幸亏那个叫郭沫若的又写了那四个字,要不——保卫和平牌楼——中山公园就少了这一景。可见,许多的牌楼并不是必须拆弃的,换个不碍事的地方摆出来,名称和寓意扎人心眼的,改个叫法重写个楣额弄上去,古为今用,他为我用,旧牌楼就会让人有个新理解。如果当时想到这一层,地坛西门那个本无碍交通的牌楼也不会弄得现在又重新再造一回。

牌楼和牌坊,加上它们的文化,不过就是那点意思,谁都知道的,实在是没东西可写了。正握笔指点着格子踌躇中,门户叮咚唱响。来访就是我那位几乎每天都要从安定门内外经过两回的朋友。进了门见我案头纸笔凌乱就问了声,又写什么呢。

没写完呢,写你那个牌坊,我说。

我那个牌坊?他嘻嘻一笑,靠过来往案头一俯,把我的未成稿一目十行地翻了一回。

有新鲜的你怎么不往里写呀。他说。

我正感江郎才尽,就问他有什么新鲜的。

地坛新立的那个牌坊——他还是说牌坊——是中外合作,你不知道吧,用日本的机器做的。

这不新鲜,文化技术交流呗。我说。

不新鲜?这牌坊有绝的。他说。

我要充实文字内容,便听他说,看着是土木结构,里头裹着的可是钢筋,整个的混凝土浇灌,旧牌坊哪有这种瓤子。

一个牌坊,不值。我说

不值?没个烂。能抗八级地震,信不信。

新建筑技术讲究整体钢架整体浇灌,尤其是日本,抗震技术全球第一。北京的牌楼建造使用了先进的结构技术,这应该是旧文化的新内容,于是我又想了一会儿,就回答我那朋友,信,我说。

前面说了,北京的古牌楼牌坊并没有拆绝,比如在国子监,二三百米的成贤街里就跨着四座。在雍和宫、十三陵这样一些地方,在不招眼不惹事的角落还真是能见着几个。

为了组织空间和点缀景观,国人就又想起了老祖宗的好玩意儿。自从重又接近了牌楼牌坊的文化,俩眼就开始寻摸,竟发现了金鱼胡同里新盖的王府饭店前面,也是平地立起了一座新牌楼。

我熟悉金鱼胡同的旧貌,王府饭店这牌楼绝非复元旧制,全是中华人民共和国设计制造。后人不逊于前人,牌楼照样是崇构杰制,三间四柱,典型的中国古风。只是不知道是不是用钢筋混凝土做的瓤子。

《皇城脚下》前言[*]

历史上,北京曾是五朝京师。但对北京地理人文形成结构影响最深刻的是明清两朝。

作为古老北京的风韵,我们今天能够看得见,能够摸得到的,最多的还是明清两朝的遗存。

尽管许多地理人文的物象存在由于政治的变迁和经济发展的需要而发生形变甚至湮灭。但北京城的整体结构与规范仍可捉摸到某些明清延续。

我们都熟悉天安门广场。它的东侧是历史博物馆,西侧是人民大会堂。方位为什么要这样安排,而不是相反。表面看上去,哪个在东哪个在西并无大碍,如果当初建造之时把人民大会堂放在东侧,西侧是历史博物馆,这样似乎亦无不可。有人说,人民大会堂当然要放在西侧,因为中南海在西侧。其意不说自明。

其实全是错误。历史博物馆和人民大会堂分置东西,是中国传统文化内涵的规定,并非设计者的随意之笔。

中国古代文化中,地物造设严格尊崇面朝后市、左祖右社的传统礼制。天安门是明清之际北京皇城的正门。以面南出门定左右,左即东,设太庙;右即西,置社稷坛。太庙是祭告祖先之地,社稷坛是礼敬国家之所,规规矩矩的左祖右社。

---

[*] 此文字为本书作者所著《皇城脚下》散文集的前言

历史博物馆和人民大会堂的东西占位就是袭循了这个"左祖右社"的礼制。历史博物馆保存的是祖先的文化典范与文物精神。人民大会堂是关乎生息发展，图存求富等重要的国事活动的场地。左祖右社，与太庙和社稷坛的方位意义形成一致。足见当初扩建天安门广场、修造历史博物馆和人民大会堂的设计者们，不是简单地破坏之后再建设，而是在建设发展的同时做了漂亮的文化继承。

这只是一例，却是一个足资今天和今后永远借鉴的典范。历史博物馆和人大会堂设计建设吸足了历史的营养成分，不管是在地理方位还是文化质量上，我们都能从历史博物馆和人民大会堂神领明清旧京的文化精彩。

虽说是明成祖朱棣修造了北京城，但明清北京也是元大都的继承和发展。元大都当时在全世界都是最值得炫耀的都市。无论城市建筑，还是行政布局，都有科学与艺术的光辉体现。它当时的那种宏伟、富贵与华美至今仍为西方称颂。

元大都坐北朝南，呈正方形。城池的南墙在今天东西长安街的南侧一线，北墙在今德胜门外小关。东西两侧南半段与后来的明清城墙大体相吻，周长 57 华里。东西南北辟有城门十一座。正中央南门叫丽正门，在今天安门偏南。那时候还没有天安门。南之左为文明门，在今东单；南之右为顺承门，在今西单。北之东为安贞门，今安外小关；北之西为健德门，今德外小关。正东为崇仁门，今东直门；东之北为光熙门，今和平里东侧。东之南为齐化门，今朝阳门。正西门为和义门，即今西直门。西之北是肃清门，今北师大西面；西之南是平则门，即今阜成门。四周城墙城门是北面两座，南东西各为三座，元大都总共十一门。

元朝的皇宫在大都偏西，即今北海、中南海一带。皇城北面是个可以集蓄北京西北诸泉之水的地方，即现在的积水潭，也就是什刹海的西海。这里曾是元大都繁华的商业区。

洪武元年八月,明军攻破大都,明政府把元大都改称北平府。明政府原也想把京师定在北平,但北方连年征战,经济凋败,地阔人稀,就只得另作选择,定南京为帝都。燕王朱棣即位以后,改年号永乐,改北平府为顺天府,后又改叫北京。即开始做迁都准备。

一三六八年明军攻陷元大都,朱棣即位是一四〇一年,这中间已经过了三十多年。最后把帝都迁到北京是一四二一年,是朱棣当了十九年皇上以后。这十九年中,朱棣一面加强中央集权,巩固自己的统治,一边筹划着迁都。迁都北京,永乐皇帝做了充分的准备和下了极大的决心。

北京城从一四〇六年也就是永乐四年开始修造,历时十四年于一四二〇年基本完成。次年明成祖朱棣便将政府迁至北京,成了紫禁城里第一个登上金銮殿宝座的皇帝。

明朝修建后的北京,把元大都整体南移。废掉了北面的健德门和安贞门以及西之北的肃清门和东之北的光熙门。南城墙从长安街南侧一线又南移约三华里到了今天前三门大街一线。废顺承、丽正、文明三门,建造正阳门、崇文门和宣武门。北面辟德胜门和安定门。东西两侧的崇仁门、齐化门、和义门与平则门分别改叫东直门、朝阳门、西直门和阜成门。变十一门为九门。同时筑墙挖渠,把正阳门以南大片地域也圈进城区。极南造永定门,并造左安门、右安门两处南门,东西建广渠门和广安门。北京城的城域范围扩大了。

但是北京城的城池可能不同于其他任何一座城的轮廓形态。元大都南移后的城苑基本呈正方形,正阳门以南新辟出来的垣苑呈长方形。两块城苑并不相通,中间以前三门一线城墙相隔,以北称内城,以南是外城。内城和外城的出入通道就是正阳门、崇文门和宣武门。有些书籍和资料中,在说到内城外城的时候,文字上常被表现为城内和城外。想必是对北京城的理解尚未成熟到位所致,实不应该。因为固定的文字足以误人。内城和外城是北京城特有的城池结构，两者加在一起才是个完整的北京城。外城不是城外。当然这是题外话，只希望能引起做文字人的注意。

现在北京外围在一层又一层地修造环城道路。而作为环路交通构造，最早修成的是二环路。二环路是拆掉北京城墙而修成，所以二环路就是北京内外城旧城轮廓。外层的三环、四环、五环和六环，都是这个基础轮廓。

但是，既然是基础，为什么不叫一环。北京有没有一环路，又在哪里呢？

北京实在是有个一环路，就在北京内城以里。20世纪60年代，北京有趟公交路线叫"四路环行"，起止点在北京西四一个叫平安里的地方。行车路线是从平安里向东走地安门西大街，到地安门时向北到鼓楼，东拐进入鼓楼东大街，行经交道口东大街至北新桥右拐南行，一直到东单。之后从东单走东西长安街到西单，再由西单向北直行回到平安里。这是内环线，外环路线顺次反之。这条路线就是北京的一环路。从地图上可以一目了然，这个一环几乎就是紧贴皇城行走的路线。

紫禁城是宫城，不是皇城，皇城是紫禁城外围的一层城垣。紫禁城有四个门，南门午门，北门玄武门，清时为避康熙皇帝玄烨名讳，将玄武门改称神武门。然后是东侧东华门，西侧西华门。而皇城四门南面正门是天安门，北面的叫地安门，东西两面分别是东安门和西安门。紫禁城宫墙宫门还在，而皇城四门只剩下天安门了。至于皇城城墙，我们现在也只能看到东长安街上从贵宾楼饭店到府右街一线的南段残留。这段残留竟成为了长安街上的一个独特景观。

天安门广场可以同时容进几十万人。但作为皇城的正门，天安门前面原来并无广场。正阳门即前门是北京内城的正南门，从正阳门进入内城，首先是个有三通门洞的城门，叫大清门，明朝时候叫大明门。大清门位置大约就是现在纪念碑到纪念堂之间。

大清门实际是皇城的外道门。进入大清门,两侧是空闲之地,空闲地外侧即是南北走向的宫外墙。宫外墙之外,东面是户部街,西面是刑部街,这两条街上集中了皇室大多的行政衙门。顺中间道路向北可直抵天安门金水桥。但金水桥前并不是今天的东西通达大道,而是左右各有一道门,形式形态与大清门相仿。东面的叫东长安门,西面的叫西长安门。位置大约是现在劳动人民文化宫和中山公园前面。如果说天安门前原来有广场,那就是这块仿佛一个"T"字形的宽缓空地。这是当年明清臣工上朝的必经之所,叫"千步廊"。

穿过天安门向北,才算正式进入皇城。中经端门,通过中间御道便可到达紫禁城的正南门午门。

本篇前言,对北京的内城和外城、皇城和宫城做了总体描述。为的是在书中谈到有关内容时,许多话有个前因交代,不必一一从头说起。但其中的具体内容与书中描述或有重复,那就是前言和里面都有所需要。

这本书包括近六十篇文章。有写人,有记事,有典故传说,有风物描述。宫廷的,民间的,都有所触及。这本书的名字叫《皇城脚下》,所以书中人事物典四大门类的内容都注意到在地理位置上不能距离皇城太远,或是其中内容在内涵上要与皇城紧相关联。

《皇城脚下》不是学术著作。虽然对所涉及的人事物典不做特意考证,但我们的文字力求细致准确,有案可稽。

《皇城脚下》是个休闲读物。虽然我们目标在于轻松地去享受文化,但也不去追求对人事物典的主观臆造和戏说。

所以,《皇城脚下》是个严肃的休闲读物。

旧京乞丐

旧京乞丐（一）

旧京皇城脚下有一群人常不被注意，却又常常都能碰到，就是乞丐。乞丐是书面文词，口语中多把他们称作要饭的。"要饭的"这三个字说出了这样一群人的生存和行为的面目，就是要口饭吃活下去。

但要饭的这个群体，他们生存和行为的方式也不是一成不变。一种事情时间长了，人数多了，容易形成行当。要饭的也是一样，他们也早就形成了行当。

清政府入主北京后即发布剃头令。士农工商各界人等皆需依清制剃头留发。所谓剃头留发就是头顶前发剃净，后发梳于脑后成辫。

清军入关，武力主宰中原。原属明朝官民，前半顶的头发剃与不剃就成了降清与拒降的标志。但即使这样，有三种人不剃头也可以不被问罪。一是妇女，一是出家人，再就是乞丐，就是这种要饭的。

满人妇女也是蓄发裙戴。所以，汉人妇女装束也就仍承明制，上衫下裙，凤发缠足，男降女不降。出家人中，道人玄规就是不剪剃，装束无从要求。而僧人六根清净，不用谁去发令，头发早就剃光。剩下的就是乞丐了。

有的资料说他们可以不剃头是由于衣食全是乞讨得来,没钱剃头换衣裳。这个说法不能说错,但是无钱修饰更衣的大有人在,不光是要饭的。要饭的所以可以不剃头实在是因为他们只图生存下来,谁给饭吃都可以,不论明清,所以他们对政治权力毫无直接危害。各朝各代装束都各具特点,但从乞丐的装束很难判断朝代。要饭的是不是穷透了的一个阶层,暂且不说,但无疑是社会成分中地位极为低下的一族。

旧北京中,要饭的遍布大街小巷。北京人常爱把一些严的和重的话茬儿说得很轻巧,所以也常把要饭的叫作打闲的或称叫花子。

旧京要饭的分为有帮有伙有组织的和无帮无伙自由单干的两种。这个群体同样是成分结构较为复杂

在自由单干要饭的人里,有的并不仅仅是为了果腹,而是把要饭当作一种生意。他们并不饥饿,所以虽说是要饭,但他们对吃的并不感兴趣,他们要的是钱。他们要来的钱也不是只为买点吃的,他们还要住店、要听戏、要雇车等等全靠要来的钱来支持。他们混迹在皇城脚下,多是远近乡间百姓,或是本来就好吃懒做,或是专利用农闲时节结伴进京乞财。所以他们乞讨方式多是说瞎话,装可怜。家乡遭灾,家遇横祸,债主逼债,无钱回家等等是他们的保留节目。再就是称病呻吟,或展示身体残伤,也是他们的惯技。过去是这样,他们的传人到今天也还在北京街头不变样地一遍又一遍地演练着这套祖传把戏。无君子不养业障,总有心慈面软和不知内理的人,所以这样的叫花子就绝不了种。

旧京要饭的人中,有的专以恶讨为计。即以加伤加害自己身体而博取他人注意与怜悯。其中有一种做法叫"擂砖",乞讨者本人也就被称作"擂砖的"。这种人有的是跪于路旁,有的是行走到一处跪在人家住户门前,赤裸上体,手持一块方砖,一下重似一下地朝自己的胸脯上拍打,把胸脯拍得嘭嘭作响。边打边呼求慈悲

善好之人救救他这个没好日子过的。这种人打自己不是练气功，而是真实着力地拍打，胸脯常被拍打得青红黑紫。围观人越多，他拍打和呼求就越重越卖力。虽是一种自伤自害，但也有苦肉表现的含意在内。在施舍的人里，有的是心动于他的皮肉之苦，也有的认为这只是一种乞讨方式，皮肉之苦不必看重。但不论怎样，"擂砖的"拍打自己一番之后，皮肉之苦绝不白受，总有收入。这同只是说些"可怜可怜吧"的话那样的乞讨者相比，总会更有回报。这种要饭的里面没有老弱，尽管有残者，但身体情况不至于特别糟糕。其中有失明的盲人，北京人管他们叫"叫街瞎子"。

还有一种要饭的，多为妇女，她们采取的方法是赖讨。对赖讨行乞的妇人，一般多不愿惹不敢惹，所以这种讨法也是只要出手就有所获。这些女人早把自爱和脸面失得一干二净。路街之上若讨钱不得，她们会追着施主死皮赖脸地要，锲而不舍，直到讨得施舍为止。如果看看最终也不会讨得，便在施主——实际是未施主——后面破口大骂，任怎样难听的都骂得出口。被骂的尽管毫无过失，也不愿承忍那种无端的污言秽语。讲究体面的人，往往是再遇这样情况时就及时舍点钱财了事。但有经验的都明白，及时舍财不是说一要就给，更不能出手大方。因为如果这种赖讨的妇女不是一人，见有容易松手和出手大方的，就会起着哄地一窝蜂上来挡住施主去路。

这种赖讨的女人还有个招数，就是在讨施不得的时候，追上去在人家面前用手中讨饭的家伙或别的什么东西把自己的脸部击伤刺破，弄得血赤呼啦地朝人家要钱。实际是从赖讨转化成讹讨，她们往往十拿九稳。路人也都明白是怎么回事，没有谁会拿被讹的人去送官。被讹的人也明白，给点钱就可以转危为安。这样的女人什么都不怕，不怕见官，不怕入监，不怕挨打，不怕丢脸，是切不开剁不断的滚刀肉。北京有句俗话，光脚的不怕穿鞋的。

其实，旧京皇城脚下真正意义上的那种要饭的都是些穷困潦倒的良善平民。他们真正是为着要口饭吃而无奈地放弃了一切的尊严。他们必须要把自己的年龄辈分放在一边而大叔大婶老爷太太地去高称人家。他们破衣烂衫,蓬头垢面,挂着打狗棍,挨门挨户地说好话,悲悲切切地请人家可怜可怜,行行好给点吃的。很直接和坦白,就是要口吃的。手心朝上地捧着讨食的钵盂,踏踏实实地等候施舍。旧北京时候的老爷太太们其实很少有毒如蛇蝎狠如狼的,遇有要饭的上门,一般都有施舍。一旦得了施舍,他们便称谢不止。但也会有要不出来吃喝的时候,遇到这种终无所得的情况,要饭的也无怨无恨,只是一声不响地转身离去,再到下一家,很显本分。这时在他们脸上多能找到人生中的那种自羞与自卑。

这种要饭的以孤寡老人和无助的伤残病弱者居多,生存状态一般都比较危难和悲惨。他们穷困潦倒早成定局,绝无好转的预期,成为至死的乞丐。另有一些要饭的甚至在万般饥饿的状态下会把乞食激进一步形成抢食,在街市中他们会冷不防地夺过人家手中食物,只稍跑开几步就停下来,往食物上迅快地大喷其唾,然后两只手同时动作,把食物往嘴里塞。遇到不甘心被抢的,会追上前来将其打翻在地,施以拳脚。抢食者倒在地上一边蜷着身体,忍受着拳打脚踢,一边仍旧是把食物大把大把地使劲往嘴里填,实实地令人哀怜。

还有一种要饭的,沿街乞讨是因为家里有一时之灾或一时之难。家中的临时不幸或困境一经过去和缓解,也就不再行乞。

旧京乞丐(二)

旧京皇城脚下,乞丐是个特殊群体。这个群体大致分为两部分人,一是只为要口饭吃填饱肚子活下去,这群人里尽管也是各色各样,但都是各不相干,属于求生族。另外有类乞丐,他们聚合在一起,有组织有管理有分工有规矩,虽然本质上也是求生,但是属于职业族。

北京人管乞丐叫叫花子,叫要饭的。有时也简称为花子。不管他们有组织还是无组织,在旧京称唤中没有区别。

有组织的这族要饭的乞丐实就是丐帮。许多民间的行帮都要给自己寻个偶像敬着供着,成为这个行当的祖师爷。丐帮也崇奉一个偶像,他们的祖师爷是朱元璋。

朱元璋是明朝的开国皇帝。但当皇上之前曾经走投无路,要不也不会又当和尚又造反。有一回身遭困厄,眼看就不行了,让两个要饭的花子给救了。朱元璋当了皇上以后,不忘救命之恩,就把两个花子找了来,要给他们委官授职。两个花子说,我们不要做官,我们要饭要惯了,不会管人,也不愿意让人管,顶多是有狗仗着人势冲我们汪汪两嗓子,也没有什么伤害,还是让我们去要饭吧。朱元璋看俩人真是不想入朝,就给了他们一人一根木棒。木棒一尺多长,外面缠着布,分别垂有黄穗和蓝穗,告诉他们说这东西叫"杆",并指定黄为首蓝为副。说持此杆可以无阻无碍讨遍天下。自此,两个乞丐奉旨要饭,讨遍天下,积财甚厚。后来,两个乞丐各有后传相承,渐成七个门派。

当然,这是一种传说,是属于乞丐文化中的一种。但丐帮中真是就有七个门派。而"杆"也真就是一种象征或图腾,好像国王手中的权杖,有着形象上的威严。

有资格持杆的被尊为杆头,就是丐头、花子头,就是这个丐帮的领袖。

花子头不亲自上街乞讨,他的生存靠花子们的进贡,生活上比花子成员们很显优裕。

花子头权力极大,受各路花子崇奉。外地花子进京行乞,明白的都要行拜杆礼。就是找一门派入伙,表示愿意守规矩尽义务,接受保护,之后就可以放心行乞。

花子头没毛病,大家捧着,有毛病也没谁提出撤换。活到老做到老,终身制。花子头死了,丐帮再按自己的规矩推出新的。新花子头是资格深、有威望的年龄在上者,能服众。交接杆子也有仪式,新花子头一旦接过"杆"即为丐帮里的新领袖。

　　旧京市面上店铺开张或哪家办喜事,花子们会如期而至来凑热闹,其实根本没谁通知他们。他们一帮一伙地堵在人家门口唱太平歌词,唱数来宝念喜歌,反正都是吉祥段子。这是最容易讨有所得的时候。有时候讨得了喜钱也不走,吉祥话一遍一遍地接着唱,弄得人心烦,就有点碍事了。这时候,喜家事主常常是通过"地面儿"即类似现在的片警把这群乞丐的杆头找来。杆头一来,事情自然解决。当然,杆头来一趟不能白来,也挣钱,类似现在的出场费。有经验的喜家事主常会事先通融杆头,避免这种聚讨。而那些开张营业的大铺户,每年的阴历年、五月节和八月节三节时都要想着给丐帮的杆头送份节礼,维持着一种联络,有事情需要杆头出面的时候,在人情上可以说得过去,就像如今的公关。对一些另有要求的铺户,比如银号、当铺等,丐帮杆头会把一些复制的杆子挂在店铺前面显眼的地方,乞丐们都懂规矩,见杆不扰。当然,小店小出,大店大出,店主要花钱到位。这种钱包括前面说的"三节"的钱,杆头均不独吞,皆与帮人分享。

　　丐帮花子们聚集的地方叫"厂",好像是丐帮的总部。按着传说去讲,也是朱元璋给立的规矩。说是朱元璋让花子救过,甚至说他本身也当过花子。当了皇上以后,对乞丐洪恩普降,允许花子遇镇设甲,逢城设厂。就是花子可以有自己的组织和领班人物,不算造反。

　　花子要饭讨钱,各有自用的响器,就是可以弄出声响的道具。响器是门派的标志。最早时候响器的作用只是提醒人家,要饭的来了。后来这响器成了花子要饭叫唱时的伴奏器具。这些响器有的是两只黄沙碗,有的是两块破瓦片或破碗碴儿,有的是两片牛肩胛骨,也有的是一根小棍棒外加一只瓷碟或两块竹板外加一片尺长寸宽的锯齿形竹片。总之都是极简单的可以击打或刮蹭触碰出声的东西。

这些响器最为人所熟悉的是那种五小两大的七块板的两手竹板。它现在已演进成曲艺舞台上快板书的伴器。但旧京乞丐行乞时用这种响器伴唱的是数来宝而不是快板书。

唱数来宝是个很吃功夫的事情。数来宝在要求押韵的基础上,还必须把韵押在汉语语音中阴阳上去四调上,否则就没了特点和味道。数来宝不要求一韵到底,几句就可以换韵,甚至上下句,一组一韵。在内容上,下句接上句要有逻辑关联,要有语言机巧,要幽默,要辛辣,要发坏,要出人意料,总之要出彩。数来宝的语言本身都是大白话,无论什么人,一听就懂。乞丐本身谈不上什么文化造诣,全凭生活经验和脑子灵活。比如在要饭时,有讨厌的小孩骂句臭要饭的。这要饭的张口就来——你说我是臭要饭,你是臭要饭的蛋,你这个小孩儿不学好儿哇,看我掏你小家雀儿哇。说着就假装要往小男孩的裤裆里伸手。小男孩儿们赶紧就跑开了。既还口骂人,又不是不依不饶地跟人家小孩儿过不去,骂完人又逗人。把小孩儿吓跑了,自己也没有失去什么。最终表现出的是一无所有那种人的浪漫和对伤害自己的小孩子的不计较。

数来宝唱出来很好听。这类乞丐没有首先出口伤人的。要饭的骂人,那肯定是受了刺激和欺负。进了一家铺院,可能什么都还没有看见,但是他会唱道——打竹板我进了门,屋里坐着个大善人。大善人他心眼好,后院都是大元宝。本铺主人如果还想往下听,就随他去唱。如果不耐烦了,拿出点钱给他,说走吧走吧,这时他可能随口唱——今天走我明天来,您明天还得发大财。这就是对主人家表示感谢了。比如唱了半天没人搭理,眼看就是要不出钱来了,那他也得走,一边唱着一边走。但这时候,唱词就变了味了——我赶紧跑赶紧躲,这家一会儿就着火,又喊爹来又叫妈,东屋倒了西屋塌。谁都知道,不给钱走时准没好话。所以一般好赖都给点儿。只要有钱,不管多少,花子都不说坏话。

这种乞丐由于有组织,有人过问,精神上的东西有条件比那种纯是为要口饭吃活下去的更多一些,他们有力量来顾及自己的人格和尊严。他们崇信汉朝时候一个叫范丹的人,据说这个范丹很穷,穷得叮当响,也不向富人躬身或投笑。花子们都拿他当榜样,养成自己行当的行为规范。虽说是乞讨,但不为钱而卑。接受人家施舍时绝不用手直接领受,而是用手中的响器承接,或宁愿俯拾也不手心朝上。早先北京西单有个石虎胡同,丐帮曾经每年于此公祭范丹。

每年农历正月十五元宵灯节这天也是花子们的节日。这天,京城的花子们在丐头的率领下列队上街,倾巢而出。队前有花子响鞭开道,后边有人举着"回避""肃静""纠察""弹压"和"灯政司"的灯牌,完全是衙府出巡的仪仗。花子们乱糟糟地跟着,人手一只竹筒,装着几个铜钱,使劲地摇动,让里面的铜钱撞出响声,不分清浊,哗啦啦地成片连响。丐头脸上涂脂抹粉,坐在一个四根大杆架起的破椅子上,八人抬起,前呼后拥,专往人多的地方钻。店铺家主看见丐帮过来,把早早预备好的铜钱扔过去,唯恐花子进门。花子们把抢到手的铜子儿放进竹筒。这实际也是花子们敛财的机会。差不多等竹桶里装满铜子儿,摇晃不出声响事才算完。

丐帮可以说没有文化,但他们的存在方式和生存过程本身已构成一种旧京文化。

一言难尽。

奢侈和矫情一回

山道间的一堆废话　/　199

姑妄说之　/　204

奢侈和矫情一回　/　208

从我的老师挂印封金再多说几句　/　213

说说我的学戏还有别的　/　217

关于生肖的话题　/　223

替鸡说话　/　226

当年我在二道桥　/　229

关于谢幕的联想　/　231

雨中的圣母　/　234

山道间的一堆废话

北京西山。和 G 朋友循着山道闲走,傍晚了,回行住处。道虽有坡,但极缓长,行走并不艰难,G 朋友却捡了根顺溜的树条搁手里拄着。

我说,这道儿,还用拄这东西呀。

我这 G 朋友,是种肥胖身材,平地可以平蹚,但稍有圳坎,对他就是高山。有回一同行走,有个约一尺多高石台儿挡在前面,我紧赶两步,到跟前就蹿了上去。就听他在后边紧着倒了两句,说完了完了。还得我转身往上拽他。此刻我说他平地拄棍儿,他一定听得出来,我这话里有刺儿。

他假装没听出来我的揶揄,说,有野猪,你不知道哇。

新闻里说傍晚西山有野猪的那阵子,正和这 G 朋友在西山,就住在鹫峰脚下。净说新闻时有编造而不可信,但这条宁可信其实。这会儿 G 朋友这么一说,我不觉脚步一顿,还回头看了一眼。见我如此,G 朋友很显得意,说,害怕了吧。

我也听出了他那话音里的味道,却也假装不懂他的奚落,就说,是害怕了,你手握重兵,野猪来了,你上。他说,碰不见算它便宜,碰见了,我就拿这扎它。他挺了一下手里那根破棍,还凭空做了两个朝前杵的动作说,先扎它右眼,趁它还没缓过神来,再扎它左眼。俩眼都瞎了,它还能怎么着啊。

我说,行,野猪天下第二,你天下第一。那你呢,他说。我说我第三呀。

道边,十几只乌鸦在一丛树边飞上飞下。见我们过来,也不惊恐也不回避,还是上上下下地飞,偶或还叫两声。

我这位 G 朋友净是些转圈儿不着不靠的话,这会儿又把野猪忘了,就拿下巴朝那些又黑又丑的大鸟一指说,看着挺忙,你说它们忙什么呢。

忙什么,忙着过日子呗,我说。

他又说,它们还在那乱叫。我说不是乱叫,是它们在说话。

哇哇呀呀的,也不是说什么呢,他说。G 朋友这是自言自语,不是问话。但我给了他一个应答,我说它们说咱俩呢,说看那俩人儿,怎么也不回家吃饭,都这时候了还在外面,也不是忙什么呢。

互相说呀,他说。我说,可不是吗,你说人家,不许人家说你呀。

接着还是说乌鸦,他说那你说咱们城里也有乌鸦,这儿也有,它们知道不知道城里也有它们。我说,说不准,也许是在城里待腻了,上这来新鲜两天,新鲜完了就还回去。

跟人一样啊,他说。我说,它不跟人一样还跟什么一样呀。

我也转圈儿不着不靠了,于是俩人一个比一个不着调,都是些没谱又没用的废话,对人类社会发展毫无积极意义。

一群麻雀挡住了去路。

那群小精灵有二三十只,都在那儿不停地往地上啄。好像是在找矿,其实不是,找矿那活儿它们不会。用嘴往地上啄,是地上有吃的。夏天,太阳起得早又走得慢,天还大亮着,已是晚餐时刻。它们态势汹涌,自己的晚餐自己看得见,它们一定是在大口喝酒大块儿吃肉。

说它们挡住了去路,是捧着它们说话,是恭维,是客气,也是惜爱。山道中没旁人,就我们俩,我们停下脚来,是不去搅扰它们,是为让它们吃个踏实。

麻雀是挺弱势又挺胆小的东西。它们会飞,但羽翅拘促,飞不出长距离，扑腾不远就得落歇。它们能做地面移动，但不会像其他禽鸟那样，比如像乌鸦那样左右左一二一地往前迈步，它们不会，它们只会两腿并着往前蹦，蹦不了几步就累了，也是必须歇下来。现在狭路相逢，让着人家一点，不吃什么亏。

一个小精灵抬头朝我们停下的这边望了一眼，显出了胆小中的机警，它可能是进餐同时兼职放哨。但这时候，我做了个不该做的事，冲着那个机警又胆小的东西，我说话了，说出了声。我说，你们不是四害了，不用怕，慢慢吃吧，没人伤害你们。其实，我这是跟麻雀们逗着玩。但这话还没有说完，那群小精灵忽地腾起，万分地整齐划一，好像一支训练有素的军团，方才还漫山遍野，呼哨一声，眨眼间隐去得干干净净。麻雀们刹那间消逝在近处的繁林茂叶中，丢下了一片我们看不见的狼藉的杯盘。

刚才，乌鸦不怕我们，没有怕我们，插科打诨地拿人家开涮了半天。也许，乌鸦，我们没有断子绝孙地伤害过它们。但麻雀，我们曾挖空心思地想过要断了人家的后。

话说上世纪五十年代末，我们正跟一拨旁生较劲，这拨旁生总共四族，苍蝇蚊子老鼠麻雀，管它们叫"四害"，就是四类坏东西，麻雀在中。苍蝇蚊子老鼠先不说它，就说麻雀。麻雀之害，害在吃粮食，势众，吃得多，说他们是糟蹋粮食。粮食是人种的，于是就恼怒就憎恨，就打定主意消灭它们。师出有名，先把它跟苍蝇蚊子老鼠搁在一块儿定为四害，掉过头来再下手。

麻雀们还记得，那天清晨一觉起来，打食逛景刚一出巢，就被喧天震地的响动惊得懵头转向，闹不懂发生了什么，于是张皇失措地飞跃。飞越不远，早就累了，见有树梢，见有屋顶，见有它们很熟悉的可歇的去处，就想落下。到处是人，他们手里是叫麻雀们振聋发聩的锣鼓。没有那么多的锣鼓，于是岂止是锣鼓，钻锅铜盆，铁皮门板，外加鞭炮与呼哨，凡是能弄出响动的东西，全被动员起来，鼓噪，而且永无停息。加上竿幡挑动，人声呐喊，胆小的麻雀们就永远处在飞动之中。麻雀,不会长飞,不会高翔,我们没有去保护它们,倒是利用了他们的弱势完成了对于他们的杀戮。它们惊恐万状,在不敢落歇又气力竭尽的飞行中从空而坠,摔厥毙死,数以百计千计万计的小精灵成了我们的战利,没有血流成河,但死尸真就像山一样了。有案可稽,时在一九五八年四月十九日至二十一日,中间跨着个星期天。这三天成了麻雀类发展史上最黑暗的日子。

其实,只要不去理会那些人造的响动,落在树间,落在屋顶,只管踏踏实实地待在那里,人也没什么新鲜的。但没有谁去这样指点它们。

后来,"四害"族类有了加减,臭虫顶替了麻雀,算是给麻雀平了反。原来被赶尽诛绝,现在又是益鸟,活儿都是人干的,而麻雀还是那样的麻雀。

其实,何止是麻雀,被定作四害的旁生中,至今人家照样人丁兴旺,没有一样被灭绝,正在与人共存,更何止是共存,人还不得不给它们提供它们高兴的生存资料。或许,它们比人来得还早;或许,等人都没了,它们都还在。人呢,昨天消灭那个,今天又保护这个。都是不知乾坤为何物。

赶活儿不赶饭,人家用餐呢,你给人家吓跑了。G朋友责怪我。我说,我好心办坏事了。

走过了那个"餐厅地段",我转身朝那群麻雀精灵隐身的半空说,我们走了,回来吃吧。

空山不见鸟,没有回应。麻雀的胆小,但愿不是大难后的新添症。

转过弯又走了一段,眼前有个下行岔道。G朋友说,从这儿下去拐俩弯就是贝家花园。我就说下去看看。看出他有点怵头那走几步就看不见前途的道儿,他找辙说下去了还得再上来,太麻烦了。我说,下去就是为了上来。说着我就往下走。他也没强行反对,只说你去吧,我这儿等你。

山真是个藏兵隐事的好地方。千军万马可能就在附近,可你就是找不着。这工夫,下行没几步,回头早就不见了 G 朋友。其实就在咫尺,因为一直听得见他在喊,叫我快上来。

晚了,快上来吧,他说。又听他喊,有野猪——

下行大约二十分钟,到了贝家花园。这里就是三十年代法国医生贝熙业的私人宅邸,早就废了荒芜了。没有人,"直入宫门一路蒿"。庭院内外走走看看,叫人能想起《桃花扇》里那曲"哀江南"来,情景很是相似。想在这地方多待会儿,G 朋友就又在坡上喊,叫我快上去,还是拿野猪吓唬我。有野猪,他喊。他老喊有野猪,听得出来他有所担心。不是担心我,好像是担心真要是碰上了那野畜生时候自己的下场。我虽对野猪出没也是心有不安,但总是像相信好事轮不到我头上那样,相信坏事也难叫我摊上。他又叫我快上去,说有野猪。于是对歌一样对他回喊一句,记住,先扎它右眼,趁它还没缓过神来,再扎它左眼。他刚刚的话。

我又从原路上来的时候,G 朋友还立在原处,还拄着那根破树杈。

我们接着往回走,回鹫峰山下的那个住处。还是能看见乌鸦,还是能看见麻雀。就说了些乌鸦与麻雀的话题。还是没有一句能推动人类历史。

一拐弯,是两条铁轨,顺着铁轨走,往前就是鹫峰脚下。快到家了,心理也显得踏实了,我说的是他。

G 朋友忽然问我,欸,我问你,刚才,要是真碰见野猪了,你怎么办。

那还怎么办呀,跑呗,我说。

他说野猪快着呢,拼命你也跑不过它。

我忽然想起个笑话,对话结构和内容毫无出入,于是就说,我根本不用拼命,能跑过你就行。

姑妄说之

闺女驾车,拉着我上灵岳寺。

大年初四,正是阴历年节期间,参佛拜庙,想必到处人多,就选择了不张扬的灵岳寺。

灵岳寺在门头沟,虽也是北京的归属,但离我住的地方也是足百公里。

为了一个臭美的事情,骑车出行,什么事情就不说了,总之是心里快乐着,就没有留意"地穿甲",拐弯,加速,脚下一使劲,呱唧一下撂翻在地,摔得瘫卧在床,成了临时残疾。闺女是挺老远从山西跑来看我,关照伺候我俩礼拜。伤势大缓,我就说上灵岳寺。闺女有意不叫我去,我说去给佛爷磕个头。闺女见我执意,也就随顺众生了。

闺女用心护理,人虽能站立移动,但特立独行还是艰难,上灵岳寺,只能叫闺女开车。想必这对闺女也是乐事,在北京的车水马龙中拉着老爸跑,闺女早想这样,天摔老爸,是为造个机会给闺女。

灵岳寺在门头沟斋堂镇北面的山里,于是穿过斋堂镇就往山里驱行。有路牌指示,中午,没费事就到了。

原以为灵岳寺多少也该有些人,但实际上可以说是没人。寺前一个小广场,空空荡荡,只一辆小车停在邻近庙门的东侧,车旁正有几个先来的游客,也只是这几个人。闺女也就照着样子把车在庙门近处东侧停下,然后绕过来,小心又艰难地把我从车里扶出。

先来的几个游客准备离去的样子,闺女边扶我缓行,边与眼前这几个人说话,询问寺院里面的情景。他们说里面就几间破屋,没什么可看。然后这几个人就离开了。他们走了,他们一走就剩下我和闺女俩人。

没什么可看也要看,倒不是说"既然来了……"等等等等,不是那话。你一边剔着牙从美食王国里出来,问你怎么样,你说没什么可吃的,一听这个,我也转身离开,没那事。你打着饱嗝,我这还饿着呢。调侃,这两句话不算正文。

寺门关掩着,不知为何关掩着。那几个游客刚刚出来,随手带门,不合情理。里面也许有人管理,却又十分地不像。

寺门前台阶五层,闺女扶着我鸭步拾级。迈上最后一阶,就要抬手时候,却见庙门自行缓缓打开。我停下脚步,闺女也不由站住,互相对看一眼,没有说话。互看一眼没有说话,实是交流了一则信息,是说了句"怎么回事呀",是"咦"了一声,是感到不可思议。虽则是不可思议,我却把这读作了"欢迎请进"。想必闺女也是这样读的。否则,敢进吗。

天清风静,寂寥无声。登阶,迈入,里面真是空无一人,芜芜旷远,满眼衰微破败。难怪那几个人说"就几间破屋,没什么可看"。

闺女扶着我,到了里层套院,正面就是大雄宝殿。

大雄宝殿是供奉释迦牟尼的地方,是庙宇寺院中最要紧最灵动的去处。但眼前的大雄宝殿,台阶仄歪,窗棂破坏,殿门也早不翼而飞,整体透着一种旷远苍凉的质感,完全不见大雄宝殿的光彩与庄严。进到里面,地面被尘土封盖,显见已多有年月。天顶与柁柱间垂荡着日精月华后养成的俗被错叫作蛛网的塔灰。环视,上下残剥废损,四壁徒然,佛像佛具佛饰等等等等大殿中该有的东西,也都如殿门一样不知身在何处。

发愿是来拜佛,于是就和闺女商量,就在这个大雄宝殿里,冲着佛像通常坐在的位置躬拜再三,谢佛开门请我们进来。

灵岳寺是个很小的寺院,两进院落,我这里拖着半条残腿,进入又转出,也没有太费工夫。出来的时候,那扇山门仍是开启着,仍在候着我们,于是就迈了出来。始终未见一人。

出来寺门,靠西面,右手一侧有块看板,上面有字,显示着灵岳寺为文物保护单位。看板不是木板,是常见的那种半堵垛壁,砖灰结构,显见一种正式与权威。

这时,山门内外更无别人。

忽觉有所动静,才注意到,寺院西北方位另有屋舍,仿佛山里人家。盼顾间,五十岁上下一山民已经渐近来到跟前。于是就与搭话,问说灵岳寺事情,于是就知道了灵岳寺正在准备修复中。

我们来的路,到寺前并非尽头,眼看着路径经过小广场继续向东伸展。于是就问山民此路终极何处。就说往前有个村子,叫王家山,就到头了。又问,说全村人当年被日本人灭杀尽绝,今只一老羊倌在住。问远近,说四里地。四里地就是两公里,于是就跟闺女商量到尽头去看王家山。于是转身,准备离开。

然此时,不可思议事情再度发生,就在我和闺女商量妥当准备离开的当口,寺院大门有了响动,仿佛听见了我们的商量结果,于是自行关合。我们向东侧停车的地方移步,行经寺门正位,停步转身,朝着山门躬身礼拜,这时山门竟又带着响声慢慢打开。见此,我朝着山门说了句话,说"我们不进去了",我话出口,门扇即止,不再张开。至此,不可思议事三生。

灵岳寺无人值守,山门三回自行开合,只为我口说心想。就和闺女问说,想,灵岳寺所遇,与人复说,不知几人能信。

去看了王家山事情不是本文话题,不去说它,接着还说后来关于灵岳寺事情。

后来,与一大学老师说及灵岳寺所遇。这位老师很显平静,说佛像不只是未见佛像,但佛依旧在。那么老远跑去拜谒,又是在伤病中,所经事情均为诚心结果。更嘱我在灵岳寺修复时候应做些捐供。说佛的加持和因果体现常常叫人感觉不可思议。我想,说不可思议实是认可了存在的合理与真实,只是遗憾人的感官有欠,智慧不及。

后来又与人说及此番所遇,这位老师是唯一的信赞者。

又后来,与一同学无题闲话,就又说到了灵岳寺所遇事情。听我说完,他说,哪天我也去……我这同学,不信地不信天,我总是期待他能信点什么,但数十年中他一贯是万分执着地万物不信。但此次,他说他也要去灵岳寺,犹能叫我大悦。但我还是悦之过早,因为他紧接着又说,我七进七出,看他给我开不开。我一下子无言答对。这位同学是不信者中的大咖。

那以后,灵岳寺所遇事情又与别人说过,听者将信将疑者多。疑,是自己不会解释;信,不是信事,而是信我,是相信我不会瞎说。于是有人就以疑代释,说"风刮的吧"。

说实话,当时,丝毫未见风动。但又想,或许,金风有动,人未能知,那么我就应该相信是"风刮的吧"。但这风也真是会刮,刮的那样顺情又有知,它是受了谁的指使呢。

我给我这篇文字题作"姑妄说之"。有人会知道这四个字是从何处化缘得来。

奢侈和矫情一回

史铁生死了。程乃珊死了。

不应该说死了,应该说逝世。说去世、说离世、说辞世。总之,应该说什么什么世……就是不应该说死。不说什么什么世,说死,不受听。受听,那就说"往生",可说往生又不是为听着舒服,这么一嚼,倒是明白了"死"和"什么什么世"是一回事。死怎么就不能说,秦始皇死了、唐太宗死了、西太后死了、袁大总统死了……死的多了,不说,那死字省着给谁用呀。所以,就得说死,往死里说。不费劲又雅俗共赏。

史铁生死了,2010年最后一天。程乃珊死了,2013年4月22日。

史铁生死活都在北京,程乃珊死活都在上海。俩作家,各有声望。

高铁,早早地去,迟迟地回,参加了程乃珊的葬礼。

龙华殡仪馆在上海是个挺好的地方。这话可能有人听着别扭。不别扭,干净利落,静谧空灵,不宣号不俗浮不咄咄逼人。不像北京的殡仪馆,你方哭罢我登场你没哭完我也哭那样夸张,那样扭扭曲曲地给你一个乱哄哄的新世界。

程乃珊的吊唁地方叫"银河厅"。上上下下看了一遭,整个殡仪馆这个厅尤为宽亮,也就容易往排场里拾掇。视察花圈挽带,翻翻哀宾的签到簿,哀荣虽不殊胜,却也充分和够用。

程乃珊祖父程慕灏,是老中国银行的常务董事,香港中国银行集团总经理。程乃珊是孙辈,虽然没有作金融,祖辈的荣耀没有衰减,属于风头出尽的那一族。这不是坏话。在上海,在上海的文化圈,程乃珊有一号。

银河厅正面的主题横幅"沉痛悼念程乃珊女士",那几个字是仿儿体。书法中没有"仿儿体",是我在这儿随机用笔,都能读懂。那一行字,率性稚气且又活泼,看去有些"六一"。品式格局也不是那种叫人心沉的"黑质而白章",倒像一幅装裱成型的长卷字画。随后的乐曲呢,也不是北京的那种哀乐,呕呕恶恶地逼人垂头。大约是安魂曲,轻缓,甚或有些抒情,头能抬得起来。乃珊是个快乐的人,快乐得叫人觉得她永远得罪不了谁,谁也无法叫她不高兴。如此的主题和旋律,也许是一种生死呼应。

或者本来就该这样,天经地义。天经地义地活着,天经地义地死,那多好。

但也许不是这样。在北京在上海和另外的一些地方,都和乃珊有过交谈。聊说文化,大多也只限于上海的旧滩头、北京的皇城根,不记得有过别样。或者,别样的东西本来有可能有,只是没有来得及。活着的时候,不知她有没有真正地想过死,在把风头出到极端地有声有色的时候,她有没有想过顶峰一定到来,然后顶峰在脚下,然后顶峰在身后。更或有没有想过顶峰之后是什么做什么和怎么样。

史铁生活得很简单,出生、玩耍、上学、离京插队。再就是生病、回京、街道作坊干活挣饭、停薪留职、瘫横在床。27岁开始卧病,至死33年,宽宽绰绰一代人的时间跨度,就那么躺着。

临床的东西,专业性特强,不懂什么叫透析,但却知道做透析是个叫人很难熬很难熬的事情。透析在治病的同时也在掠夺人体内的营养,一点一点地蒸发着你的生命。没听说过有谁在透析治疗后就活蹦乱跳起来的。所以,难熬是难熬,而最难熬的是最终不会给你希望。这样的透析,这么多年要每周进行两回。所以,史铁生说他是种在床上的,他说他的职业是生病,别的都是业余。只这么看,这很是文字的机巧,很是无奈的表言。但是横竖看了铁生留给我们的许多文字,横竖审查了铁生意识别处的东西,就会发现另外一种景象,那些文字背后的依托,原来那样地海阔天空和那样地广大如来。才明白,"铁生之后,谈生是奢侈,谈死是矫情"这个话的简朴与宽容,一点儿也不奢侈,一点儿也不矫情。

史铁生死得很简单。活着的时候就嘱告医生一定不要在意自己死后的躯壳,所有的生理器官,有谁能用得上尽管拿去。又再嘱亲友,自己死后不发讣告,不要灵堂不要花圈不要什么仪式……医生和亲友全都遵嘱从事。只是活着文友们熬不过一个生死情结,借了北京东边一块叫作"七九八"的艺术天地,圆满了一次追思会。史铁生如果始料有及,怕是也要劝阻。按照铁生对生死境界的理解,他更需留嘱的应是死后至少七天火化,然此嘱未立。焚化距死别仅仅五十几个小时,这一定有悖铁生诚诚示世的生死宿怀。想来,或许这也是遵铁生遗嘱行事,只为着捐献器官的及时可用与鲜活。于是,在生死交接的那一刻,铁生一定有了一种担当。但担当了什么,只有当时的铁生他自己知道。关于这个题目,没有听过友人的述说,也没有见过直击此题的文字。俗家有俗家的说法,佛理有佛理的昭示。容待后死者破解。

我们习惯了戏剧舞台,坐在下面当看客。台上,嬉笑怒骂,搅乱了一段人生给你看,于是你就扬着脑袋在那被搅乱了的人生中寻找自己,于是就跟着台上一块儿肝肠颠倒。忽然有一天冒出了个"演戏的是疯子看戏的是傻子"的话来,把台上台下两重人尽数扒了个精光。谁在说这个话,一看,是个看惯了戏又看透了戏的外星种。

一场戏演完了,台上时候的那些事,比如说是恩仇,遂成忘记。甚或那恩仇根本就是无需记忆的东西。仇家,戏后可能齐肩揽臂地找个地方狂嚼滥饮。恩主,也许照样乌眼鸡般地恨不得你吃了我我吃了你。再其实呢,台下人也不再是台下人,人家不疯了,你还傻什么,就溃散,就离走。台上台下,没了真假。而戏在进行时候的那些布景与道具,那些真像却伪存的山水,那些真在却实属弄虚作假的种种物件,戏局结束之际,会在最短的时间里被清除,其中仍可用的,改头换面甚或原封不动就可用于他哥。不行的,就修理。再不行,就废弃。这是戏台的规矩。就这规矩。

我一直把程乃珊的灵柩送上灵车,又一直目送那台灵车拐弯后消失。我知道那灵车去了什么地方。

原门道原路径返归二十分钟前原处,经过那间"银河厅"。

银河厅,工友数人正在拆解布景和搬移道具,动作之娴熟之迅捷,叫人裂目。鲜花落地,献花与受花的两界人均已各归所向;台架横陈,"沉痛悼念程乃珊女士"的标幅也早被扯成了一团废物。二十分钟前的"充分与够用"顿成败坏,真真一场戏局完后的舞台处理。谁知道容易冰消,眼看他起朱楼,眼看他宴宾客,眼看他楼塌了……苏才子在感叹"那乌衣巷不姓王"的时候是说他"将五十年兴亡看饱"。而银河厅,从最后的体面到体面的土崩瓦解仅仅二十分钟,算来在乃珊的灵车未动时刻,银河厅里的哀荣景观已经开始五马分尸。满场的此物与那物,适用别场的,比如支举标幅的构架,被收拾留在别场使用。无法收拾的,比如溃敦涂地的小菊花,被无意地踢来蹉去,成为最后的垃圾。这个时候,就连尸体的运走火化,也变成了无用道具的处理程序。

如果我们真是十分需要死后的哀荣,那么史铁生的这一份这一种来得更光昌更豪华,掂着更压手,看着更耀眼,存着更显贵。如果我们并不需要这个劳什子,那么哀荣这东西就只是一种在戏局演出时为使布景与道具能有序组合而精心归置的心理沙盘。其实虚伪,其实浮躁,其实不值钱。

哀荣实际上与死人无关，倒真是活人手里的东西，也就是说那也是活人手里的道具。道具又道具，道具何其多。别疑心，不重复。哀荣是总道具，是道具监牢的典狱长，是安排道具的道具。

程乃珊没有留下足以叫人矫情一回的文字。上海的弄堂、上海的房子、上海的丽人、上海的先生，上海的如这如那，还有很多很多……小小的上海滩成了她文字的集中营，她把自己几乎所有文字尤其是后来的文字全都囚在了那个滩头。程乃珊是纯粹的上海人，语言是有方向的，她爱上海，爱得很全情很自由也很滋味，热热闹闹地直销。

史铁生的文字，越来越指向意识中最荒凉却最奢侈的那个部落，于是就生出了一只另类的眼。于是就看见了死是个无论怎样迎接怎样耽搁也不会早来和错过的事情。就看见了太阳随时都是夕阳也是旭日，不动地方就完成了它自己，没落和升起原是同一回事。史铁生是不掺假的北京人，语言是有能量的，不唯北京而是活，看得见他在埋头开矿。

史铁生死了，2010年最后一天。这一天是许多人的生日，许多许多。包括他自己。

程乃珊死了，2013年4月22日。这一天也是许多人的生日，也是许多许多。也是包括她自己。

从我的老师挂印封金再多说几句

为了不辱那个披戴古风色彩的展览的规格和充分标识展览的文化分量,我的一位在文化业界挺有些名气的老师被展览的组织者请去做了那个活动的文化顾问。

大凡展览都要在展示内容的开始处置一前言。好像一本书,前言搁在书首位置,用来提示读者。展览的前言是参观者的宏观向导。

请您看看这个前言。组织者呈出了拟就的前言文稿。

我的那位老师未准看得上那个顾问名分,倒是对文化的事情十分用心。

这个字弄错了。他指着稿中的"皇後"两个字,"後"字不对了,他说。并写出了"皇后"两个字,说应该这样。

这是繁体字,这个前言通篇都是用繁体字的,组织者说。

我那老师就琢磨,给组织者从头上堂简化字来源课吗。或者跟他说"後"的简化是借用了现成的皇后的"后"。又一想,那干嘛呀,都是文化人。可到底还是得跟他说清楚,于是就说皇后的"后"就是这个"后",从来没有"後"过,也就从没有过简化,也就还原不到"後"字上,俩字互不相干。

噢,是这样啊。组织者像是学了一着。

但是,前言展板出来了,往上一贴一挂,"皇後"依旧"皇後"。

撼山易,撼"他们"难。我那位老师见大势已去,只好"挂印封金"。

这是我那位老师聊天时聊出的一起文化遭遇。

一个挺招人看的电视剧,清朝的故事,清朝的人。剧中相关地方出现汉字,当然要用繁体字表现。于是,剧中人信函大写镜头中,全是繁体字,其中扎眼地出现了"隻要……"如何如何。创作人员不知道,"只"字作为唯一选择意义使用时,没有繁体。借道还原,同是"皇後"的毛病。

一个很有点文化影响的部门出版了一本《论语》。孔夫子他们的东西,通篇也就繁体字起来。但是他们对简化字与繁体字间的去来关系可以说是知也无知,于是书中出现了"子贡曰:诗雲……"如何如何。于是,问题又来了。古汉语中做动词"说"字解的"云"字,从来没有"雲"过。而雲彩的雲字在简化时借用了古汉语中的作说字解的"云"。所以,诗云是"诗中说……"的意思,而"诗雲"只能解作诗的云彩,就不是个话了。出书的人不知道许多的简化字对正体字只是"单行道",违规逆行,便要砸了繁体字的文字戏法。

眼下有种仿古时尚,就说造四合院吧。仿古,大门门心得弄副门联呀,于是就发现一联,也是端出了繁体字,曰"芝蘭君子性,鬆柏古人心"。此联不知是传承还是新作,联中"鬆柏"二字,恰与"芝蘭"对仗,想必是"松柏"之意。但是"鬆""松"也是没有繁简去来的关系,二者并无相干,"鬆柏"两字并肩一站,就成了松弛松散的柏树。与"雲""云"的关系一样,"鬆""松"的繁简去来也是单行道。眼下呢,净是用繁体字昭示文化传承的东西,以为简体字之于正体汉字,仅仅少写几笔拉倒。好像只要是同音字,再加上有笔画笔形的相似与加减,就是繁简的互通。

我们是靠汉字来记载和传承文化的,但我们没有汉字教育。或者说教育什么时候成了这个样子。

文化是人类精神财富运动的结果,它的过程是沉着与酿造,传衍与更新是沉着与酿造的形式,它绝不是显示与穿凿。不敢说现在的许多文化空间里是些无文化者在搬弄文化是非,但至少可以说不少的是靠着一点机遇占了那个空间去吓唬人,而横竖看不出有什么文化的灵光和底气。

有一个以有问有答为表现形式的电视节目。那次,在问题提出以后,屏面上打出正确答案"皈依佛门"。而这时,那个十万火急地按下抢答键铃的后生,一边往上欠身,一边迫不及待好像一万年前早就准备好了似地抢说了一句"反依佛门"。"皈"到底是什么意思,到底应怎样读,主持人怕也只是不及格。因为一女一男两位主持面对"反依佛门"的怪闹,依然满脸堆着十分廉价的微笑地呼到"完全正确",继又处理生瓜滥菜样地呼唤"加分儿"。

真不知道怎么就"完全正确"了。我倒是敢说,这早已不能用有无灵光和底气去做注解,简直就是一堆无家可归的精神乞丐朝着正经文化撒野。好像一衣履肃整人,行路中见有不知羞臊为何物者,不顾人来人往,蹲下就拉屎撒尿起来。去教化他吗,不用,躲远些就行了。

对于坏赖事情,我们用惯了"极少数"和"极个别"这类判定语。但我所描述的绝非极少数和极个别,只要听只要看,就能听得到,就能看得见。所以,虽说是躲远些就行,但到底有躲闪不及的时候,就弄你一身脏东西。躲得不利落,多少给你溅上点儿。再说个很叫人无奈的实例,有次外出住店,店家推出早点经营项目,就立出招牌,用繁体字写出"早點"两字,却在"點"的下面点了八个点儿。就与询问,回答说,"黑"字底下还四个点呢……我倒成了无知。你说是不是"躲得不利落,多少给你溅上点儿"。

那时,我那位老师向我苦笑了一回。不知他后来有没有又被顾问过,更不知有没有再度地挂印封金。或许也有过"躲得不利落,多少给你溅上点儿"。

古旧东西值钱起来,新造的铜器,就说它是商周出土,那不行,视觉通不过。于是哪儿下流就往那儿一扔,沤着,到需要蒙人的时候就提捞出来,把新出粪尿坑说成是新出土。新时期就这样造就了一种新的铜臭文化。

我这几行文字,怕是要得罪一方唬牌文化人。不过,与中国文化同声同气,还想不得罪人,好事不能全自己占着。所以,活该得罪谁就得罪了吧。

说说我的学戏还有别的

老爹是个裁缝。光荣的时候叫过工人阶级,倒霉的时候被称过小业主。

耍手艺挣钱吃饭。不管家里什么样,广告牌就愣往大街上挂。是往高处挂,不是旮旯里一戳。胡贴滥挂,那时候没人管。

做衣裳得给人家量尺寸,身长袖长,袖口肩宽,腰围胸廓,领口领窝,又底摆下裉横裆立裆的等等一把软尺量下来,中间不带停顿打奔儿,量着也不是死盯看半天,比划一下瞄一眼就得。量完拿个铅笔头往舌尖上舔一下,拽个纸头就把那些数据一气儿写下来,没个错。哪儿没记准再量一回,那算栽。这种活计需用烙铁,不像现在,有电熨斗,更有气雾熨斗。两块烙铁轮班地在炉子上烧,用的时候就拿起来,什么时候需要烙铁多烫,不一样,就拿手指头嘴里抿下吐沫,朝烙铁面儿上一拍,就已心中有数,或正合适,或需再烧或需在凉水里激一下。烫熨有时需要气润,就含了水用嘴喷,喷出的全是气雾,无一粒水珠,也算一绝。找老爷子的人多,接人家活,就摆谱拿糖,其实是小技人的臭毛病,他不觉着。有个没有证实的话,他说"红都"请过他,他说他不去。那轿子抬你你都不上,那你还想干嘛呀,没说。后来我琢磨,大约是怕受制,一个月发回钱,月薪,等不了。

老娘嫁给我老爹有点冤。怎么就冤呢,老爹除了做衣裳,别的一出没有。也别说,有一出,打人,别人不敢打,打我,我小,打不过他,这话就先不在这儿说。接说老娘,而我老娘应归在文化人里边。有回有同学上家来,走时出门有点惊讶地跟我说,真没想到你妈抱着本书,在看《斯巴达克思》。其实老娘何止是看《斯巴达克思》,这么说吧,最早知道"武则天"这仨字,我还是从老娘嘴里听来的。老娘识得些文墨,尽管学历俩字根本谈不上,但会写诗,韵脚行文,比兴叙事,好像有过专门教养,其实没有。有时也画两笔,但不是画家那样地大铺大张,是拿了钢笔铅笔地走线条。她特别喜欢恬淡的田园氛围,因为总听她解说"渔樵耕读",她也画,就把打渔的砍柴的种地的和读书的四厢人物景象搁进一个画面。画得有多精到,没多精到,但笔线很显从容,心境全在里边。想必她也是只求于此。也总听她背诵马致远的"古道西风瘦马""小桥流水人家"。也是惜爱一种细腻古朴与自然。老娘要是上了大学什么的,别的不敢说,敢说管保是个必定入流的文化人。

还想说说老娘会唱戏这个话,唱戏,说的是京戏。说老娘会唱戏,这话有点离谱,说得本分些,应该是总会听到她在唱戏。常听她唱"儿大哥"怎么样,又"儿二哥"怎么样了,后来知道,是《四郎探母》里的那段老旦。也常听她唱《武家坡》,薛平贵"这锭银三两三"那两句她总唱。薛平贵是老生,她也唱,唱着玩儿,跟会唱应该是两回事。我在另外文字中说过自己挺小时候在劳动剧场看过京戏《三岔口》和《望江亭》。六七岁外出听戏,记不得是怎样去的了,想想,应该是母亲带我去的。

赶话转笔,就又说到唱戏了。

一直跟京剧有掰不开的缘分,就不多说了。就说忽然有一天我参加了一个可以唱戏又有人教唱的集体。不是票房,票房是可以出大家的地方,不少京剧名角都是票房出身。就是现在,唱起来时,票房跟专业都能有一拼,甚至都能让人颠倒了判断。所以,我那地方不是票房。我们学戏的那些人,也就没有蹦出个大家名角来惊世骇俗。在那里我学老生。我且浅且轻,但教我的老师却都是根深叶茂。

　　我以为自己是会唱戏的，但一学起来才知道原来不会。第一天刚到那地方的时候，正有人在唱，听去真挺好。就想，我也行。因为自己净在家里唱，唱黑头唱须生。给闺女唱过，闺女就夸我，我就以为自己真会唱。能哼唱的段子不少，花脸能唱《探阴山》，能唱《铡美案》，铜锤。老生就更多了，《搜孤救孤》《打渔杀家》《甘露寺》《空城计》《淮河营》《珠帘寨》等等，还有，都是张嘴就能来，当然，是说戏中的某段戏文。甚至李少春那个"大雪飘"也能顺下来，所以，不怵。我是新生，老师就想知道一下我的底细，就叫我唱段听听。我说行，自信满满，我说唱个《探阴山》，乐队起动，却也不管人家怎么弹拉和敲打，好像刚从地上捡了个嘴，拿起来就唱。万没想到，一开口就遭一闷棍，调门低，低得京戏里这个调门根本没活路。再张嘴，又一闷棍，无调无腔，从调门到行腔满砸。灰溜溜地下不来台，第一天就闹了个很没面子。这才知道自己京剧不是不会唱，而是一点儿不会唱，根本不会唱。原来说会唱，都是关起门来当皇上，自己哄着自己玩。闺女说老爸唱得好，那还不是白给老爸一个高兴。白给，哪儿还有原则。

　　后来就确定下来学老生。学老生，我先后有过两位老师，王砚良和扈文琮。

　　王砚良老师是梨园世家，老生唱得好。老旦名家王玉敏先生乃其先父。一家子都在梨园占有一席。砚良师当时正在忙活梨园相关的文史资料，那阵子主要是在抢救整理音像，完善出版。所作所为，当属功德无量。做无量功德的事情偷不得懒，就全国各处地沟通联络，上门求帮也络绎不绝。然他没有误过大家功课。砚良师很拿学员当回事，能追着学员教。说的是有一回正在对一学员说戏，那人可能忽觉口渴，丢下老师，转脸就奔了窗台处的水壶。但砚良师正说着的话却没有中断，冲着那人的背影，一边解说着戏路，就跟了过去。这事我印象极深。做学员的那主实在也是太缺教养。按礼,跟人学戏,那都应该是磕头拜师外加上供的事情。比如上私塾,没力量孝敬先生,家里晾制的腊肉你也得给老师拎两条过去。"束脩"这词不就这么来的吗。其实,学什么也好,循礼做人第一。那主糟糠者人,就不多说他了。还有一回,正是散场时刻,大家穿戴整备欲离,管事人唤住砚良师叫他给我演说某段相关戏文。尽管是管事人执意,但在与砚良师之间,我就纯属给人额外无理添麻烦。然砚良师停步、扭项、笑诺、乐为。此事也是印象极深。后来熟了深了,随砚良师到过几处票房,砚良师当然要唱,才知道世家子弟不白给。也跟砚良师做过京剧音像资料的采集制作,餐饮作歇随机随遇,根本就不是享受的事。还约定过一起离京赴远的攻略,才知道砚良师身心载荷有多重。

事有轻重缓急。抢救梨园音像文化事情来得重且急。轻重只是一种体量,缓急却在眼前。遗憾的是砚良师未得分身法术,就只得弃缓从急了。

豆腐账翻篇儿。扈文琮老师接续教唱老生。砚良师离开的时候,扈老师已经在班,教唱花脸。砚良师一走,老生的事也归了扈老师。跟砚良师的教法不一样,砚良师是广种薄收,常换新唱段。扈老师是步步为营,一个个炸碉堡。就跟扈老师学"洪三段",就是《洪洋洞》中三段经典戏文。开始是头段的"为国家"。学戏没有教科书,跟着老师唱。这段戏文总共四十个字,四句,加上乐队过门才两分钟,却学了一年方能张嘴。旧时学戏,是一出出地学。其实就唱而言则是一句句地学,更是一字字地学。跟扈老师学老生就是一字字地学,学的另面就是教,就是老师一字字地教。教的真教,学的真学。扈老师自己唱,一板一眼地教授,直至吐气发声示范,对着镜子找口型。

对于戏,扈老师属于看即懂学就成的那种,学有大明,做有大能。扈老师很天才,不光是说他能唱生净,甚能唱旦,对场面也能放下拿起。更是说他气满音高，一条钢嗓子，亢亮得不能用专业与否去评说，更跟勤奋俩字没关系。听扈老师的戏文，如说是享受，那是你没听过，你要是听过，一定会埋怨是谁造了"享受"这个话，叫人有了敷衍了事的借口辞。"享受"不够用，"享受"不是用在这儿。扈老师的戏文听后什么感觉，会听的，你自己听了自己说。

与扈老师聊天，就说到年轻时候考剧团考戏校，未能登榜，原因在家庭。就想起我一同学，数理化总在领跑方阵，智商绝对富裕，应是北大清华的材料，却也是因家长缘由被拒外于高校大门。想想，我们自己都是五零后四零后，拿一种实用的现实价值做准星去瞄我们的爷娘，那不斜眼儿等什么。

但是，扈老师没闲着，京城又梨园均有名有号。

"为国家"学了一年，唱了一年。最后扈老师为我做录音，唱完后竟贺呼一"好"，算是给了个及格。

觉得有了个六十分，一跳高就想往前蹿。就说还唱"洪三段"，觉得第三段听着唱着两过瘾，就想奔第三段的"自那日"。扈老师说，这段快三眼你唱不了，就叫我唱慢三眼，跟着杨宝森的"叹杨家"走。于是，杨宝森的录音天天不下三十遍，连听起过一百天。又于是，旁边有人扶一把，磕磕绊绊地勉强可以跟弦儿了。

胜出了的武林人，骄傲于自报师从何门。我也期待哪天有人问起跟谁学的老生的时候，能有个可以报出师门的骄傲。

乐队里面四位老师，司鼓刘盈，月琴王砚凯，京胡和二胡，一曰夏伯芳一曰芦铁梁。面对乐队，更容易荒腔走板，乐队老师都能唱，也唱得好，都曾为我检错纠偏。歇饮聊天，就知道乐队"不是好惹的"，没个金刚钻兜里揣着，能说不管你来唱什么，是活就敢接过来。都是天分极高的老师。我说乐队"不是好惹的"，实是在说，我辈倘若在票房，张嘴一看不是那路子，乐队会停了手里的家伙给出一句，回家练好了再来。想想，那该会是怎样的尴尬。

我本有此风险,但乐队老师没有一回不容忍。

听戏真是好事情,唱戏真是好事情。听是憋着给人叫好,唱能把别人的叫好收进来,都过瘾。然听戏唱戏,我的天分只在听,也就只有给别人叫好的份儿。扈老师降我一"好",此为首案,真谢扈老师。但我也清楚,那个"好"的分量只是应对着了我的潮底子。都是"好",站点不一样,份儿就不一样。此山一百单八磴,都叫作磴,低处的在脚下,高处的抬头看不见。那个"好"是扈老师说我或许还有可救药。我明白。指着拿这个"好"去化缘,饿死你不算冤。

光说唱戏天分的事情,回头看时,我那老爹其实也是有天分。别的事情不会做,当裁缝却心手归一。左手直尺右手画粉,右手跟着左手走,直线连缀不见走异接茬,曲线出来一笔成型定位。着了划粉线的坯料,观时竟若工艺品。线划好,抄起剪子就开裁,布料不管多金贵,没有一回犯踌躇,不会有差。赔工赔料赔钱,一辈子没有过。

前面说老娘嫁了老爹有点冤,其实幸亏老娘有点儿冤。要不,我上哪儿去说这话,又上哪儿去学唱戏。唱戏如果真快乐,还是老娘冤了好。

爷娘有我,我有师。带我来的爷娘,教我戏的老师,一切都阿弥陀佛了。

关于生肖的话题

有的人有话没处说,也有的是有话懒得说。也有的是没话找话说,更是逮着个话题就没结没完,爱听不爱听,反正我在说。

岁尾年初,生肖就是话题。人早把生肖说顺了嘴。逢羊年就是三阳开泰,遇马年就唱马到功成。到鸡年就说大吉大利,引经据典地评品鸡之五德。上回赶上是个龙年,千言万语就直奔了脸蛋,高唱龙的传人,龙秧龙种、龙凤呈祥、龙腾虎跃、龙盘虎踞、龙马精神等等等等,不一而足,有的没的愣往一块搁。书画上印的是龙,街头高屋大厦的立柱上也都盘缠了龙形,张牙舞爪,经久仍存,够得上"勾以写龙,凿以写龙,屋室雕纹以写龙"了。

日前读报,见一篇闲话猴子的千字文,忽然觉悟,不是无事说猴,是到了说猴的时候了。

阴历阳历相错二三十天,基本并行。生肖是跟着阴历走的,可常有的是过了元旦就变戏。我琢磨这路人不是明白人,不究细理,老跟"大概齐"一块儿过日子,要不就是怕误了说话的时辰。日本人也有肖年这种文化,但他们是拿阳历说事。他们有元旦,没春节,春节是阴历的元旦,他们没有阴历,也就没有春节,就很拿元旦当回事。也许是学我们学得挑挑拣拣,也许那就是人家自己的东西。所以,日本人没有像我们,到两年交替时刻就喋喋不休。

人的生辰各从肖一相,祖先们造就的。横竖觉着有厌,就从来没有改革过,一代一代地传,就变成了一路中国文化。肖属这东西本是他的挂靠者身外存在,以旁生,也就是他类活物的指代为己所属,又叫属相。属相常能为人主事,比如男婚女嫁的时候,这类文化就出来给人拴对儿,拴生死冤家,于是,猪猴不到头,白马犯金牛,金鸡怕玉犬,蛇鼠泪交流,等等,还有呢。后来,又说这是迷信,是瞎说。说如今是金鸡爱玉犬,猪猴住高楼,蛇鼠日子好,牛马不犯愁。不知怎么个逻辑,那个是迷信,这个就科学,就不是瞎说。其实,要不就是没转过弯儿来,要不就是诚心搅浑水,还是胡说八道满天飞。

国人喜好吉祥,讲究专门把话往好处说。其实外国人一样喜好吉祥,不过国人更习惯在意形式。于是,胡说八道地说好话便自古流行,不走嘴,至今不衰。为讨吉祥,鼠年的时候,就不说贼眉鼠眼,不说鼠目寸光,连鼠疫横行的劣迹和耗子掘墙啃物搅人不安的恶习也闭口藏舌。甚至还专编个什么"小老鼠上灯台,偷油吃,下不来"的童谣来哄孩子,叫人觉得耗子这玩意儿真是可爱。但如果老鼠一旦白日过街,还是人人喊打。到说狗的时刻呢,那就尽情地说狗跟人的合作,说狗对人的顺从与功勋,而狼心狗肺、狗眼看人低、狗改不了吃屎、狗嘴里吐不出象牙和狗肚子里装不下二两香油等等这些狗话就先收藏起来。狗东西的玩意儿又尤其地多,一概不说。狗年嘛,是不是。

眼下又届猴年,又是到处说猴。套用个话,真是勾以写猴,凿以写猴,屋室雕纹以写猴。俗不可耐,这会儿我也是在说猴,也属俗不可耐。不耐烦了的老北京人说,贫不贫呢。我说贫不贫得瞧说什么,说老祖宗的事就不嫌贫。都是猴的传人,猴就是老祖宗,说得柔和一点,人跟猴同派同源。"龙的传人"这个话是闭眼瞎说。一边说着龙是瞎编的,根本没有这么个物种,一边又说我们是这种不存在的东西的后代后代的后后代,那还不是瞎说呀。猴的传人,有人证物证。人证,达尔文《物种起源》的生物进化论到今没人说那是伪证吧。物证,您费点工夫,上北京西南周口店一看就叫你震撼。北京猿人,猿猴与人共祖同宗。人是猴变的,这话靠谱。我们国人是龙的传人,怎么说呢,那是认错了祖宗。

由于认错了祖宗,人便有对龙的敬畏又多有对猴的亵渎,造出许多对猴的不恭敬来,又是骑骆驼,又是吃麻花,又是朝三暮四,又是屁股着火,又是山中无老虎,又是井底捞月亮……多着呐,竟是拿猴开心。有种玩儿猴的人把猴子训练得挺灵通,说他的猴会穿衣顶冠地装人玩儿。猴说了,我本来就是你祖宗,如今你人五人六了,我倒成了装人玩儿,不肖子孙耶。老祖宗的遗形就成了不肖子孙的图财道具。

跟人打断骨头连着筋的猴族,千姿百态地装人不是人,只供人耍,便是价值。而子虚乌有的龙却成了人的体面。怎么回事呀。

猴年既过,还是满嘴的猴,不耐烦了的新北京人又说话了,累不累呀。

说真话,累,早就累了。难怪有人有话懒得说。

替鸡说话

人不认识自己,就说自己是万物之灵。老祖宗比我们明白,从那个不知道的时候开始,他们就把天地间人之外的别的造物跟自己关联在了一起。太阴加太阳,外加一个金木水火土,不管后人乐意不乐意,愣把人跟无情的自然物往一块绑。又造了个天干地支十二轮档,也是不问有谁高兴不高兴,结结实实地就把人和有情旁生往一块儿拴。让人有命伊始,便归一畜类。每年正月初一一到,就进入新一肖年,一直肖到除夕夜尽。

蛇鼠龙鸡狗兔,牛马虎羊猪猴,这十二肖,不说别的,就说说鸡。

鸡这东西从什么时候开始有的,不知道,大约是比人早。有了第一个鸡的时候,人肯定还没有影儿。人不如其他造物们消停,好无事生非,看见鸡从蛋里往外钻,就老问先有的鸡还是先有的蛋。以为探到了一个生物学上的哥德巴赫猜想,其实跟自命万物之灵一样,都是没活明白。蛋和鸡先有的谁,其实是个挺无聊的话题。佛笑人,难说鸡就不笑人。人你就这么个物种,智能有限,抖不出什么大机灵,就逮谁跟谁较劲。

自然界中的万千属物,人有许多厌恶的、害怕的、惜爱的和敬畏的,但是鸡,哪类都不属。十二肖中最让人愿意攀附的是龙。现在,不管谁都能和龙挂上一票,胆大,敢挂,美着呢。可从前,龙却是大皇帝小皇帝们的专揽,撒泼打滚地说他是龙变的,他就是龙,要不就跺着脚地管龙叫爸爸,自己跟自己套干亲,不知道自己在什么辈儿上了。龙可能真是特棒特好特招人待见,可是,说真的,龙有吗,想的,编的。但是鸡有,对于人,怎么说鸡都比龙强。鸡为人造就了宽宏的福祉,鸡对得起人。

人愿意给别物加冠称谓贴附代号。鸡在最早也是无名无字无代号,上千年上万年地相处下来,人发现了鸡真是个好东西,对人真是不曾有过一件坏事情。于是就商量着起个名来称呼它。吉祥如意,吉庆有余,吉星高照,吉人天相,大吉大利,良辰吉日,好词儿里头挑好字儿,就管这种好东西叫了吉。借音造字,以鸡作吉,一代一代地也就有了鸡。

鸡对人没有干过坏事。拉点屎,拉屎,谁不拉屎。死物们也拉屎,只是不管它叫屎。所以,人就思量着如何才对得起鸡。

上千年上万年地相处下来,人归置出了鸡的大操大德。顶花冠红,这是礼。醒夜司晨,谓之信。得食唤友,呼作仁。爪趾撑张,堪称勇。振胸翘首,即为节。人对鸡打心里往外地感念,把对优好事情的追爱又在鸡的身上找到了比附,于是,礼信仁勇节就成了鸡之五德。

忽然有一天,冒出一个禽流感,人翻脸不认鸡,开始对鸡大兴杀戮。鸡们来不及嗔怪,只问了一句,怎么说不吉我们就不吉啦。于是咕咕咯咯地大叫,想和人有个商量。人当中有手无缚鸡之力者,而鸡呢,自从盘古开天地,全种全类地全都爪无缚人之力。人强人吃兽,兽强兽吃人。人到此时,作而不闻,于是盘头索腿,快刀利刃,鸡世界里出现了一个血时刻。人不顾一切,完成了一回自救,鸡无可奈何,实现了一回仗义。

义!于是,鸡于今日,有了六德。说六德是为好听,实际呢,鸡,该你倒霉。

狗年说狗,猪年说猪。那多是在拿游戏的文字做文字的游戏,实也并无不可,只要说得机巧,只要有的说。现在说鸡却不是在鸡的肖年,不管机巧不机巧,我们也是有的说。

鸡从蛋里出,人问是先有鸡还是先有蛋。

鸡说,人是胎生的,你第一个人从哪儿来。

人越来越不知道自己是怎么回事,但是越来越能往脸上贴金。什么都往露脸地方说,于是,干脆,人就万物之灵了。

人是万物之灵,听起来是慧言,实是昏话。

有个叫达尔文的,人类,洋人,大胡子,会钻研活物,包括人。据说他特行,把人问鸡和鸡问人的事情早就说清楚了,到现在还都信他。可人是万物之灵这个话,大胡子高低就是不说。

当年我在二道桥

那地方叫二道桥,是乌鲁木齐热闹的地方。

新疆当地管那地方叫二道桥,我却没有看见桥,但想必是曾经有过桥才因地物而得名。就像北京有条街叫作王府井,但现在那里并不见井。而当初,某年某月某日前,那里确是真有过王府人家用的水井。

友人率我去二道桥。一大溜的坐地买卖是这厢的新鲜风景。我们一路浏览交易,烤羊肉串又是这风景中的风景。

友人嘱我在一烤羊肉串的摊档前坐定。我因与羊肉不对胃口,便说一句羊肉串不好吃。不想引得摊里侧有人应话,舒疆的羊肉串不好吃还有什么好吃——典型的新疆特味的普通话。摊老板是个维吾尔族汉子。

羊肉串烤得十分漂亮,红白相济、颗粒丰泽、长足尺余。友人将一大札举到我面前,让我一定要尝个地道的。我抽一支小尝后竟胃口大开,才知道大嚼烤羊肉串者并非附庸风雅,真是有味道上的好感觉。于是,友人两次共从摊老板处索二十余支。我也就真尝足了一回地道的。

高兴了话就多,临嚼完了最后一支,我又向摊里侧送去一句,老板,我没带钱怎么办。但话出口又忽感不安。刚才你说人家东西不好,却吃了个饱,人家没计较。吃完一抹嘴你又说没钱,搅人家的买卖,这不是成心捣乱吗,能饶了你?况且,来新疆之前净被提醒说到了新疆得留神,那儿的人特野,又凶。我由不安又小有害怕起来。正胡乱猜疑,摊档里侧又传过来那个新疆特味的普通话,没带钱你自管走好了。再看那个维吾尔族汉子,一边干着手里的活,抬头冲我平和安静地送来一笑,跟来前别人嘱咐的全不一样。

　　北京的摊贩虽不可一概而论,但在称盘称砣称杆子上头做手脚却实在是他们的真本事。他们能在你眼皮底下让低头的称杆子趋衡甚或高扬,实际呢,却是真真地欠缺斤两。在这个羊肉串摊位坐定前浏览交易的时候,曾见有内地客购买当地特产葡萄干。商主是个维吾尔族妇女,她把葡萄干满满地装了一称盘,使称杆子不得不把设定在衡星位置上的称砣高高挑起。这种情况下,削减称盘中的被称物是理所当然的程序与动作,可那维吾尔族妇女一只手提着称毫,另只手却把高扬的称杆按到平衡状态,之后忙示与买主说,你看,平了。

　　我说我没有带钱,人家说你吃了尽管走。这与压平称杆子以示分量准确应属同一沙龙。我的不安和小有害怕本来就是多余的,友人更进释辞,北京来的朋友,爱开玩笑。彼一笑此一言,完成了一次维汉交流。

　　我所述事,距今已有多年,从那以后,没有再到过新疆。新疆的羊肉串不好吃还有什么好吃——不知那个维族汉子当时是否意识到他已是在为自己的经营做广告宣传。按平高扬的称杆子以示公正——也不知那个维族妇女是否明白她那实际上已是一种促销手段。

　　我无意沾取不义之利,但在我的精神田园里,有一大块快乐地属于那种古朴的无备与憨直。

　　我一定还要再去二道桥。我惦记着,不知那里现在怎么样了,事,还有人。

关于谢幕的联想

挺小的时候,在劳动剧场看过一回戏,两个古装的人连摸带打地折腾了好大一阵子后又笑脸相和。戏演完,大幕闭后,紧接着就又拉开。包括刚才打架的那两个人在内,几个人冲着台底下鼓掌鞠躬,接受观众的欢呼与爱戴。现在想起来,那出戏该是京戏《三岔口》。而戏演完后台上与台下的那种沟通,行话和俗语都叫谢幕。

谢幕时候的台上人,我想应该不再是角色而是演员本身了。所以,被称作谢幕的那种形式的沟通,应该是演员同观众的交流而不应再是角色对观众的关系。那个时候,扮演任堂惠和刘利华的演员,虽不再像在戏中那样紧张地绷着脸,可照样还是扎着戏装。我想他们起码应该把脑袋上的东西摘下来,露出个分头或平头之类的生活中人的发式,因为观众想与之亲近的是演员而不是角色。后来,戏看得多了,京戏也看,话剧也看。每戏演完都有谢幕这一程序,演员们依旧是用那个传统的形式与观众交流,不曾露出分头或平头。

旧的感受疲惫了,新感受又自然生出。大凡戏剧中,常爱有个什么坏人和好人的角色。演坏人的演员也谢幕,也朝观众鼓掌鞠躬,但在观众一再欢呼和表示爱戴、需要演员再三谢幕的时候,无论多么重要的"坏人"都不会跟"好人"一样地一再出现。

样板戏的时候,有人说,演英雄要有英雄的思想。我不信这个,对这个课题曾和人家争得天昏地暗。我说,按此理演绎开去,演坏人就应该具备坏人的素质。那么,袁世海演完鸠山就应该逮捕法办。他太坏了,光是杀害好人李玉和和李奶奶这条就够枪毙。这不是诚心添乱吗。

中国老百姓爱看戏,对角色与演员的关系,他们有个话俗理不俗的表述,说×××是○○○装的。一琢磨,你不服不行。我试解此语,想那个装字应该是衣装、表套的意思。科学解释应该是○○○假借了×××的服装。假装一词大约就是这个意思。假就是借的意思,假装就是借衣裳。所以,既然是假装,我想那就只应该是在台上,戏一结束,再装就属多余。台下观众欢呼和表示爱戴是冲着演员,而不是为了角色。

后来,看了一出以"九一三"事件为题材的话剧,其中角色装得十分地精彩、十分地像。戏演完后,照例是谢幕。装毛泽东、周恩来等角色的演员严整地站成一排。"毛泽东"仍用大家在戏里头熟悉了的动作向台下挥手。接着,从侧幕里走出一队人物,为首的是"林彪",然后是"叶群""黄永胜"……这一队人,低垂着头,作被俘者和在押犯的情态从台前通过,仿佛是在接受"毛泽东"和台下人驱逐和押送。这也是谢幕,其实,装了林彪的那个演员和装了毛泽东的那个人不都是在同一台戏里装来着吗。戏散了观众还不离开,是希望看到演员面目。演毛泽东的不是毛泽东,演林彪的也不是林彪,何苦戏演完了还要装。装林彪的演员理应和装毛泽东者并肩谢幕——毛泽东是我李四装的,装林彪的是我张三。我们装完了,装成功了,谢谢观众的鼓励——摘掉头套之类的东西,作真相来答谢观众。可是,想要看的看不见,看够了的不看不行,心里便不十分快活。

忽然有一天,人说社会是个大舞台,生活本身就是戏,而生活中的每个人就是这舞台上的角色——哪方的哲人,淘炼出这句话来教人至死装角色而永不做露出分头或平头的谢幕。此话一顿小呃之后,发觉腹中早已倒灌了一口凉气,清净了五脏六腑。

　　谢幕也是装的继续。哲人的哲语,应该是大戏本里的台词吧。于是,我便不再为壮烈者动真情,也不再为悲哀者真落泪了。

　　舞台戏当然还要看,京戏、话剧,也有点儿舞剧、歌剧。至于《三岔口》,后来又看过,谢幕的事,依旧依旧。

雨中的圣母

我们这个城市,有一项发明与革新,就是在自行车的右侧安上个挂斗,外观像是个三轮摩托,但挂斗的那部分却是可以封闭的,能够遮风挡雨。仿佛歼击机的单人座舱。

大人要上班,学龄前者也有去处,或叫托儿所,或叫幼儿园。两头大事都不能误。于是这种半自制的挂斗三轮于市井中就多有所见。这是年轻的母亲和父亲们的专利。

前面那辆挂斗三轮,骑行者是个年轻的母亲。正是交通早潮,她显得很谨慎。

年轻的母亲双腿在车身两侧周而复始地踩动。她左手握住车把,右手却伸在挂斗的前面,凭空里不停地翻动着掌背和掌心,变着花样地曲动着五指。我想,那座舱该不是空的。母亲的变幻的手,大约足够舱里的小坐客快活一路。他不会寂寞了,母亲的手影就是他五彩缤纷的世界。

我骑着自行车跟在挂斗三轮后面。一幅"母子亲爱图",有情之景,名副其实的情景。

我学着年轻母亲的样子,也把手朝后面伸去,也不停地翻动掌背和掌心,也变着花样地曲动着五指。但没多大工夫,手腕和肘臂就开始不舒服,就感到累了。

然而年轻的母亲照旧在重复着她的动作,一直没有间停。

雨,不知是什么时候来的,虽不很大,却也淅淅沥沥地像个雨。没带雨具的骑车人显然走得快了,在那辆挂斗三轮的前后左右闪转穿插。

又过了一段路程,我不得不停下来,当我穿好雨衣又抬头看时,不见了那辆挂斗三轮。我骑上车往前赶,终于又看见了那幅"母子亲爱图"。年轻的母亲一切如旧,仿佛她不是在雨中。

为了不误早晨要做的事,我必须加快速度了。在就要赶过那个挂斗车时,我不由侧脸望去一眼,被雨水浸透的头发,板板地贴在年轻母亲的鬓角和前额。年轻母亲的右手仍旧伸在挂斗前面,在变换手形的时候,间或在那座舱上一抹,抹去正面玻璃上那挂让人眼花缭乱的水帘。在她用手一抹之后的两秒钟里,我看清了,挂斗里头一个小女孩儿正扬着两手,用只有幼儿才有的那种可爱的笨拙、快乐和毫无节奏地朝着前窗扑打,呼应着母亲。

年轻母亲转过脸来,趁着在挂斗玻璃上的又一抹,朝着里面露出一个笑,那是在呼应着女儿。我又朝为人母亲者的脸上望去,雨水,亮晶晶的,正顺着她湿淋淋的鬓角流向两腮。

我必须朝前赶我的时间,在转变方向准备继续前行的时候,我不自主地又回望了一眼。那辆挂斗三轮已经隐没在早班的车流和仲春的烟雨中。

我的藏族干闺女

买了两块枣糕　/　239

墙上趴了只壁虎　/　244

我的藏族干闺女　/　247

铁疙瘩砸炮儿　/　255

土木工程和我的读书　/　259

评书和我的听书　/　262

豆棚瓜架雨如丝　/　268

你不哀伤谁哀伤　/　279

我的文学的贫穷与丑陋　/　282

我说这个李永祯　/　284

买了两块枣糕

　　人不少,四个窗口都打开着。买东西人多要排队,三大纪律八项注意,于是就规规矩矩排队。
　　送闺女上车,离进站还有会儿,就想给丫头带上点吃的。马路对面一家糕点铺,是这个城市里悠久又响亮的一个大字号的网点,什么都有,就问丫头想吃什么。枣糕,丫头说。对,是枣糕,丫头打小儿就爱吃。好,枣糕,老爸知道,我说。丫头嘱咐,就两块儿就行。理解,闺女说的是算术的两块儿,是一加一等于二。于是就嘱咐丫头带好孩子。老爸去去就来,我说。
　　然而没能"去去就来"。
　　排着队,着急,心里就埋怨排在我前边的人,你们又不是火车赶点送闺女,干嘛跟我这儿争抢时空凑热闹。想一回,又笑自己不讲理,也就消停了。
　　售货员女孩又专心又手快,买东西的也都按部就班,队伍好歹慢慢前移。
　　零钱搁手里攥着。我准备好了,就想着,等排到窗口,我就赶紧说要两块儿枣糕,之后那售货员女孩就会麻利地把东西称好,一边说出价钱,又同样麻利地将那两块儿枣糕装进他们专用的那种白纸袋儿,再用她那几个好看的小白洋葱样的手指把白纸袋的飘口一掖,就是纸袋上半截空装的部分,左右又前后地往里又扣,折封。而这中间,我早已把钱预备好,零钱。这家字号有个规矩,窗口不得收进百元面钞,所有的网点皆然。有遇百元,售货员就会朝柜台窗外小呼一声"换钱",之后就另有店员过来,手里掐着大把零钞,把百元整钞兑出。我心里有数,两块枣糕,四五块钱足矣,元角分,就早有准备。只等里边那售货员小丫头她把东西递出来,我就把钱放在她手边的小盘子里,说一句"正好"。她呢,看一眼,点点头,也许还笑一下,再也许还有一声谢谢。虽然越想越觉奢侈,但这是我的心理彩排。别看我这么说,啰哩啰嗦挺花工夫,而实际过程顶多一分钟,或者,三十秒就够用……

给我装俩匣子,一个声音说。说这话的是紧排在我前面的一位买主。这声音有点扎耳,于是赶紧收回了我的花样畅想。

装匣子是糕点铺一种购销形式,就是买主购买量大,品种要求也多,又是追求一种体面和方便,就要求"装匣子",就是用卖家专备的纸盒按买主要求现场装满。

盒子比常见的鞋盒大一些,装满,选择品种,然后小心码置……忽然想,"俩匣子"的数量,这意味着我前面还有五个人六个人……还有八个人十个人,还有……反正不是一个人。我一下子感到没有足够的时间了。

于是跟我前边这位要装"俩匣子"的买主商量。劳您驾,让我一下可以吗,赶火车,就两块枣糕,我说。我很恭敬很小心,很觉得一万年以前就对不起人家。

前面这人扭过头来瞄我一眼。对瞄,挺有滋有味一中年妇女。我也排了半天了,她说。语态横竖拧着劲,叫你哪儿也过不去。有滋有味,就"有滋有味"吧。要不,管她叫什么呀。

柜台售货窗口里面,正对面墙上一盘挂钟,白表盘,黑字码,时针分针也是黑的。光看这两个指针,黑且静,好像从来不动,永远不动,于是就有一种时间凝固感,就觉得可以诸事不用着急。但那秒针却不饶人,细且长,本来就显眼,且是红色,看一眼,扎得慌。不饶人是说它什么也不干,只管走,打冲锋一样,好像百米赛要去撞那个横线。时间就这样全让它给走短了、走少了、走得不够用了。眼看着就又让它给走没了。

于是再次陈情,再次自显卑微地请"有滋有味"关照。劳您驾,我……我说。但言出至此,我停住了。

"有滋有味"说她也排了半天了。其实,这不是要点,要点是她先我一步,就形成了对我的优势。有势就有力,就有裁决别人的主动,你就只能跟他商量。商量不通就只能由他。"有滋有味"应该是个无势侍人、得势用绝的主儿。没皮没脸呀你,不是谁在说我,是我自己说自己。能罢休就罢休,不能罢休也罢休。于是罢休。"有滋有味"没说话,看也没看我一眼。

"有滋有味"不好伺候,品种选好又多有要求调换,频频"翻供"。糕点的酥皮稍有不整或碰损,也必须换选重装。这是故意冲着我的吧,小心眼儿了,算我犯病。

满满两盒终于装好,满意了。俩匣子,二百零六毛四,售货员女孩一边归置那"俩匣子"一边念出钱款。"有滋有味"拿出大票三张,三百元递了进去。六毛有吗,里面女孩问。显然,四分抹舍。你找吧,"有滋有味"说。这时我赶紧随出一句,您就把那两百给她吧,六毛,我这儿有,来。还是小心眼,不为别的,只为我的时间已到极限。

我又错了,"有滋有味"再度扭头瞄我一眼,嘴上无言,话在眼里,我读得出。再度对瞄,还是"有滋有味"一中年妇女。我一败涂地了。

换钱,售货员女孩提高了一点儿音调。谢天谢地,换钱又找钱,也就用了四十秒。这会儿,我变成了个时间上的"葛朗台"。

九十九块四,找您钱。售货员说,同时把东西也捧了出来。"有滋有味",伸手接过"俩匣子",抱在胸前,同时把找回的钱摁在匣子上面,撤步拧身……也是在同时,我冲窗口说了一句,两块枣糕,丫头快一点,时间不够了。售货员女孩答应着拈起一纸口袋转过身去。我眼睛盯着里面的枣糕,又几乎也是同时,余光视野中"有滋有味"身手处好像有什么东西一闪,随即飘坠。不由低头视察,一张五十元面钞已落在脚边。

诶,您停一下,我冲着刚转过身去的"有滋有味"说。声音指向鲜明,她站下,扭过半面脸,于是第三次对瞄。干嘛呀你,你不是买上了吗,她横来一句,大不耐烦。没有理会她的大不耐烦,我指指她的手,又指指地面。她扫了一眼手指摁处的票子,低头,五十元,她看见了,也明白了。没有说话,转身迈两步过来,打算拾起那五十元钱。俩匣子抱在怀里,她犹豫一下,很显为难,最终决心一试,搂着"俩匣子",演杂技样地一哈腰,眼瞅着"俩匣子"就要滑向地面。事要歪有人管,于是伸手扶停,救了那"俩匣子"。顺手又拾起那五十元钱,搁在"有滋有味"手里。

枣糕好啦,四块三,窗口里面说。就这么会儿工夫,售货员女孩做完了一套程序。让"有滋有味"搅的,没能看见女孩在白纸袋飘口上的"葱指芭蕾"。我递进钱款,拿了枣糕,转身快步。闺女等着进站,还带着孩子。

同志……刚迈出店铺,听到这样一个声音。同志,这年月谁还用这个词呀,挺新鲜。

声音是有目标的,觉得出来,眼下这声"同志"是冲着我的。我站住,呼同志的是个中年妇女。

有事吗,我问。她迟疑了一下,刚才,刚才……她说。

刚才怎么啦,我又问。我不应该那样,我也是有点儿着急的事,那我也完全可以先让您……我,我不应该那样……对不起,她说。

听不懂您在说什么呀,有什么需要我帮助吗,我说。不是,她说,我是说,您就买两块枣糕哇。

是呀,就买两块枣糕,有什么毛病吗。我心里这样想着,看了一眼手里的东西。看自己手里的东西,才注意到这中年妇女怀里挺显眼地抱着"俩匣子"。于是指指她的"俩匣子",不好拿吧,这个需要帮助,是吗,我问。她看着我,摇了摇头。

没什么需要帮助,我得赶紧着,有急事呢。我说。

捧着两块枣糕,我加快了脚步。离进站口越来越近,看见闺女拽着孩子冲我扬着手,总算没有耽误。什么都忘了,情绪一缓,又什么都想起来了,刚才唤我"同志"的那中年妇女肯定是有什么需要帮助,见我事急就没开口,支支吾吾地到底没说,对不住人家。以后呢,再有谁问帮求助,一定不能草草应对人家。一想到以后要把事情往尽美处做,就觉得生活真是个"有滋有味"的东西。

墙上趴了只壁虎

一个女孩儿管我叫舅舅。舅舅舅舅,老这么叫,撒着欢儿地叫。有时候还"傻舅舅"。傻舅舅——电话那头,也是撒着欢儿地。

舅舅……一天,很晚了,她打电话来。舅舅……她说。听她那边的声音不像以往,怯怯的,有点颤,好像在紧张中。她是一个人住着,我自然心中一紧。于是赶紧问怎么啦,她说她加班晚,刚回来,想吃点东西歇会儿,然后洗了就休息。结果……结果……舅舅,我害怕。她又说她害怕。别怕,别着急,慢慢说,我鼓励她。

结果她说了,她说她看见厨房的墙上趴着一只壁虎。

咻嘘——本来紧绷着,一下子让我又变成了个泄气的皮球。

有壁虎怎么啦,我说。她说她不敢睡。

我说,它趴着它的你睡你的,谁也惹不着谁呀。她说怕一会儿睡着了那东西钻耳朵……

没听说过,我说。壁虎躲人,它趴在那是在等饭,壁虎吃蚊子知道吗,看见蚊子,"当"就一口,百发百中,它吃蚊子你不是还能睡得安稳吗。人家是好人,吃饱了就走,去找个地方歇着,哪有工夫钻你耳朵。

还是说害怕。

丫头怕蜻蜓吗,我又问她。蜻蜓不怕,她说。但听得出她迟疑着不知我要说什么。

不怕蜻蜓,那就行,跟你说丫头,壁虎是学名儿,小名儿叫"歇力虎子"。蜻蜓小名儿叫"老流力",俩人儿一家子,同宗同性,都吃蚊子。一个叫"流力",爱飞,吃外头的蚊子,一边飞着追着吃。壁虎呢,它叫"歇力",趴墙上歇着以逸待劳,吃蚊子负责专吃屋里的。壁虎其实就是没长翅膀的蜻蜓,都躲人。蜻蜓盘着飞,你过去,它不是一下子躲得远远的,壁虎也是。

我这是歪批,能把人家昆虫学家气死。但她听了却十分快乐。这就行。

她说刚给一个小姐妹打了电话,说了这壁虎的事。小姐妹智勇双全,说马上再叫上几个人一块到住处来帮她。这么晚,又穿街走巷又夜深人静又瞎火黑灯,她说就没让他们过来,说我自己再想想办法。你能有什么办法,小姐妹义无反顾,说,不行,起码我还能再找三四个人,我们过去,帮你弄。小姐妹一腔热血,两肋插刀。她就说,真的你们不用过来,我有办法了。就说我给我舅舅打个电话,他一定有办法。她的办法是让舅舅想办法。于是就"怯怯的,有点颤"地给舅舅打了电话。

说完"老流力"和"歇力虎子"的性情,她情绪好像平缓了,就说再上厨房去看一眼。之后就说看了,说壁虎还在那趴着。我就说那是等着开饭呢。她说那壁虎还歪头看了她一眼,就吓得她赶紧离开了,说这一宿看来甭想睡了。我说,它看你一眼那是它想跟你说话,你就去跟它说说话吧。她就说舅舅你也吓唬我。

我说不是吓唬你,去跟它说说话,然后就能睡个踏实觉了。能吗,她问,就问我说什么。于是我就教她怎么说,教她说什么。

照我说的做,一宿就平安无事,我说。她问能管用吗,我说灵着呢。她答应着,就挂了电话。

第二天一早丫头就有电话过来,呼"傻舅舅",听去轻松又快乐,说刚到厨房看过,壁虎已经不见了。

昨晚睡得好吗,我问。睡得特好,她说。我就问她昨晚是不是和壁虎说完话才睡的。说是。说昨晚撂了电话,就上厨房了,但不敢进,就挺远地站在厨房外面,说按舅舅教的,双手合十,看着它,说当时头皮发炸,就闭目垂头。口念阿弥陀佛,管它叫壁虎菩萨。

真叫啦,我插问。真叫了,她说。又问她,是真怀了敬畏心,是真把那小东西认定菩萨了。也说是。说她昨晚就是按着舅舅教的去做的。我就听她描述。她说管壁虎叫壁虎菩萨,说壁虎菩萨,我原来不了解你的习性,有冤枉和冒犯的地方还请原谅。我工作一天,特累了,想好好睡上一宿,我们谁都不给谁搅乱好吗。我家没有吃的了,你到别人家去找吃的吧……她说她就这么说的,说之后就心里特踏实地睡了一宿。早上一看,壁虎走了。

当然啦,你叫它菩萨,又说要供养它,它能不高兴吗,谁不愿意往好处听往好处走哇。我可没教你往外撵人家呀。又得罪它了呀,我说。没撵呀,她说。

你让它上别处去找吃的,还不是撵呀。菩萨没工作,没有哪个单位给他发工资。吃呀喝呀,都靠我们供养。你应该说,壁虎菩萨,蚊子吃光了也别慌,天一亮我就出去化缘,专来供养至尊至圣的壁虎活菩萨。这么说多模范。它一高兴,还能给你搅乱吗,只会是吃蚊子叫你好睡。

她犹犹豫豫地问,我得罪它了,它晚上是不是还得来呀。听去还是忧心。

心想它来它就来,想它不来就不来,我说。

我惹祸了,她说,我不是存心撵它。就忘了昨晚我说的关于"歇力虎子"和"老流力"性情谨小,见人就躲的话,就又说害怕。

心不存疑,何惧之有,我心不动,祸从何生,我说。她忽然喊起来,什么什么,舅舅您把刚才那话再说一遍。

不说了,好话就一遍,我说。

于是,电话那头又是撒着欢儿地一声,傻舅舅——不许这样——

我的藏族干闺女

照片不会说话。照片不会说话我会说话,冲着照片来一句——这破丫头。

这是媒体上一幅演艺新闻照片,上面是三个女孩。仨女孩都显得快乐与焕发。

说一声"这破丫头",不是冲着姐儿仨,而只是在说照片中间的这个,这女孩儿叫那哈思曼。

说了"这破丫头",仿佛给照片加了个题目。自己看不见自己,照照镜子,管保,一嘴角儿都是乐。

到现在也没有弄懂藏民族的姓名是如何编排和使用的。那哈思曼是个女孩儿,藏族女孩。名字是四个字,汉字写作"那哈思曼",叫也就这么叫。

那年的春节晚会,有个演唱的节目,歌手是个集体,叫"雪莲组合",实是三个藏族女孩,三姐妹都叫什么什么思曼,日翁思曼、可儿思曼、那哈思曼。那哈思曼是三姐妹中的姐姐。

这之前有家公司发现了这姐儿仨,就跟这姐妹三人签了个演艺合同。于是姐儿仨就多有机会露面。三姐妹可能不知道,她们一时没少给公司赚钱。

公司是东家,拿伙计赚钱,却也不是什么孽事。要说的不是这个,是别的。有一回到这家公司去,大家聚饭,桌上就有三姐妹。饭间,有人没深没浅地要听三姐妹唱歌。那公司的老板,有名有姓,虽然天上地下有许多听起来叮当乱响的人脉资源,但骨子里却也还是个不知深浅的主儿,就指着姐妹三人说,来来,唱一个唱一个。姐儿仨年小,就站起来,轮番地一人唱了一歌,很敬业地唱,引吭,藏民族的那种节奏与旋律。三姐妹唱着,满桌的"酒囊饭袋"并没有停下手中箸和眼前杯,来,吃这个,干了、干了。三姐妹歌毕,满桌玩兽就叫好,那"好儿"叫得十分游戏十分便宜,甚至有点流氓。"好,好好",中间裹叫着"来,喝、喝,吃菜吃菜"。于是,一种莫名的冲动攻心,就想掴翻了那一桌的汤汤肉肉。当然,那时刻里,掀翻那片酒宴,名不正行不顺,涉嫌搅扰公共秩序。那时就想,要是我的女儿,当时就会拽起三姐妹——闺女,咱们走。

可能,就我一人在那儿翻江倒海。

春节晚会上露了脸,且出了彩,一时容易被注意,就有人琢磨着给这三姐妹拍部纪录片。纪录片也要有脚本,叫我写。正经事,我说行。采集素材,就先选定三姐妹家乡。于是,一个导演,一个摄像,我管文字,那哈思曼是我们的引导,四个人,我们就形成了一个工作组。

四个人中,就那哈思曼这个女孩儿,我们不用"那哈",就管她叫思曼,简捷且亲昵。

思曼家在一个叫汗牛乡的地方,是在阿坝与甘孜两藏区交界的阿坝一侧。汗牛是小金县的辖属,地理上却离近丹巴。

聊天,是旅途的功课。乘火车,晚上无事可做,就聊天。天上地下,信口无题,特别快乐。就说到经济学话题,就说到价值与价格。我说,有价值的东西不一定有价格,东西生产出来的时候叫产品,产品有价值没价格。产品标了钱数,钱数就是价格,产品就变成了商品,往那儿一摆,为的是卖。思曼这孩子挺活泼,汉语说得挺好,也就跟我们一块儿说,说东,她就跟东,说西,她就随西。

不好跟不好随的,她就听。摄像姓周,就叫他小周。接着就又聊说小周手边的那套设备,看着掂着都觉死沉死沉。小周山东人,大个儿,人大力不亏,就说,这套设备,要不是小周这块头儿,就得另雇个人扛着。就听思曼对小周说,你这么大个儿,有力气,到我们家,你就给我们家干活吧。小周说,叫我在你们家干活,行,你给我多少钱呀。没想到思曼紧跟一句,不给钱,你有价值没价格。精彩的立竿见影学以致用,严丝合缝,石破天惊,喜剧突出,笑声哆然。忽然觉得思曼这孩子不光活泼,更是聪明。于是,裹着未尽的笑声,我说,思曼,给我当学生吧。思曼转脸冲我一句"王老师",一笑,挺快乐的样子。这丫头。

　　思曼跟我说过她自己觉得挺有意思的秘事。刚到北京的时候,曾经好长好长时间地俯在过街天桥上看汽车。问她好长好长时间是多长,她说记不得了,好几个钟头吧,反正,那天一天只吃了一个面包外加一支雪糕。问她干嘛那么爱看汽车,她说不是爱看,是奇怪为什么汽车永远也过不完。住家的山下有条路,也过车,好几天才有一辆。有时候见一辆车过去了,就在那儿等,等那车回来,但没有一回等到过,很是失望。她说她到北京,车那么多,就趴在过街天桥护栏上看,是想看汽车什么时候过完。但同样也是失望,那车没有过完的时候。看不见过完的时候,现在也早就不看了。

　　在卧龙自然保护区停了两晚。有个四姑娘山就是在这儿,停而未歇,我们进了四姑娘山,视察双桥沟,藏区的天光地水,挺"桃源"的一个去处。

　　思曼就给我们讲说四姑娘山的来龙去脉,听完,我续接了思曼的故事,顺话说话,就给她另起了个名字,叫"五姑娘"。思曼十分快活,任凭我叫,应得及时又应得响。慢点,五姑娘,我说。思曼就回过头来,哎,王老师,等着您呐。五姑娘,快点呀,我转身招呼一句,思曼就赶紧小跑几步,哎,来啦。那天说要和王老师照相,于是就又有了和五姑娘在四姑娘山的合影。刚才说了,一行中还有别人,见此,也学我呼唤,然十呼又百唤,思曼毫无反应,只调皮地冲着我笑。并未商说与约定,思曼与王老师十分地默契。"五姑娘"成了我的专享,那天,尤其快活。

住在思曼家,思曼家在半山腰。

我们全听思曼和思曼家里安排。那是一组房子,有院子,有一层二层,但很粗简。

思曼自己有个住屋,在二层,叫我住。

小丫头的地方,按汉族说法,应该叫闺房。

思曼这个闺房,却绝不是我们对闺房两字的传统文化认知的那种气氛,就是一间可以歇息的木屋,说是一个储物间也不为过分,细节粗简得无法再粗简。墙壁横横竖竖贴满废旧报纸和类似废弃的宣传册页的东西,算是对房间内壁的装掩,花花绿绿但暗淡陈旧。一张挂着蚊帐的大床占了大约房间的一半。再就是一张不十分结实的木桌,上方垂着一个未冠灯伞的灯泡。拽绳开关,灯绳很随意地斜拉着拴在睡觉处的枕边,完全是我五十年代初住在旧京老胡同时的窘困景况。在北京的时候,思曼曾说过想家的话题,她说她想家,但已经回不去了,流露出一种人生的感伤。这会儿想起五姑娘的这个话,心理的滋味不知怎样描述。夜晚,思曼伴着父亲嘉旺又送来一条棉被。我说我不冷,你们拿去吧。老嘉旺说,会冷的,盖吧。这几个人里,最我岁长,我知道,思曼和老嘉旺他们是把最优越的享受让给了我。那一夜,我没有睡好。

到思曼家去,当时并没有设定日程,但思曼肯定是期望我们在她家住上一段时间,或许,她跟家里也是这样说的。所以,经过丹巴县城的时候,思曼买了一大袋子的蔬菜,那个袋子,足足一个小麻袋那么大,装满戳直了,齐腰。还有肉蛋之类。但那回,一定很是让思曼失望。导演随意性挺强,是个容易患得患失、习惯净为自己着想的主儿,住了两天不太高兴就说走,于是就只好走。

知道我们要走,头天晚上,老嘉旺夫妇俩和族人好几十口都来做送行礼。他们也不说明天你们要走了,我们来送你们,也没有平安呀顺风呀这些汉人用惯了的吉祥话。民族不同,习俗有异。头天晚上,思曼家族,男女老幼二十几口,大家坐在一起唱歌,一直唱到很晚,全是藏族风光的歌调。声乐我完全不懂,但听时能知好知赖,只觉得他们人人都是歌手,很是享受。于是感叹经纬度物种文化的天地造就,什么土里头长什么,难怪会出来思曼姐儿仨的"雪莲组合"。

北京的KTV唱歌房,那地方是不能去的,倒不是说去了就有辱风骚有伤风化,只是说那地方满场的混腔滥调,散足了一种无知和这无知造就的无畏。垂死的嘶喊,野蛮地侵略着当场的任一角落。那地方,想自杀又怕动刀子,您就去,管保听死你。

那晚,和思曼家族唱歌到很晚。他们也叫我们唱。我才发觉,我们这几个汉族兄弟,竟是我这个对音乐一窍不通的还能喊两嗓子和还敢喊两嗓子。唱歌没把握,就献了回京剧,就是《三家店》里秦琼那段"将身儿来至在大街口"的戏文。那段戏文挺适合那个场合,但思曼一族人肯定不知我唱的什么,他们也许会想,汉族的歌是这么个唱法呀。不管怎么想吧,但愿不是我对北京KTV的那种感觉。

走的那天凌晨,思曼全家起来给我们做早餐。我们也就同时起来了。天在下雪。

早餐是包包子。包包子,他们不会,他们是专为我们。做包子的家什没有,比如擀面杖,他们就揪下一疙瘩面在面板上用手掌一下一下地摁,摁扁,厚厚的,像张小饼。然后就把馅料攮进去。见景,我示范给他们,用瓷碗的外弧面代替擀面杖。做出的包子看着像些包子了。

包子没来得及再多示范几个,思曼的父亲老嘉旺就把我叫到一旁,特别神情肃正地跟我商说一事。他说昨晚家族开了一个会。"开了一个会"这几个字是他的原话,他说思曼在北京没有亲人近人,拜托我多多照顾。他说得很简捷,说这两天家族里人听也听了,看也看了,一致意见,将思曼托付与我。"一致意见"这几个字也是老嘉旺的原话。一路上我们过来,思曼挺能招人心疼,我没有犹豫,就应承了。我说,我没有女儿,思曼就是我女儿。听了这话,老嘉旺伸手抓住了我的胳膊,挺紧地抓了一下,继又紧紧滞抓了一会儿,同时连说就是就是。然后显出了很安心的样子。

把思曼托付给我,还是家族一致意见,可能是由于来的几个人里属我岁长,更可能是有的人看上去就让人放心,就觉得可靠,就可付重托。人到一定岁月,比如四十岁以后,应对自己的品相负责。与人为善、见贤思齐,可以学做,但装不来。两层因素,后者为重,我自信后者。

走的时候雪还在下。老嘉旺说下了山雪就没了。下了山雪就没有了,我这才又醒悟到,时令还是那个时令,北京海拔四十米,这里却是海拔三千好几百米的地方。

来的时候我们是四个人,回程减一。思曼要关照母亲看病事情,就暂留家里。但早上思曼和三五族人一起送我们。

虽说仍是手提肩背地负担着器材和行李,下山总归应该省力。但是有雪就不一样了,下山,路是有的,自然形成的路。下雪,路就没有了。眼睛和脚底下全都紧张和小心着。我的两件行李分别被思曼和她的族人提在手里。

空着手,但仍行走艰难。思曼一手提着我的行李,另一只手让我拉着她。我说不要紧,我自己走。我应该自己走,但思曼很显固执,伸过来的手直升飞机悬停样地在那里等,我只得拉住她的手。下势强于上势,拉住她的手实际是相互抵力。我多了一个支点,思曼却是在克服着一种双份的势能。

思曼在我前边,向下迈出一步一回头,同时侧转身一只脚向后伸来,紧扎在我脚前半步远的地方。王老师你慢点,顶着我的脚,滑不倒的,我保证,她说。

王老师——她叫得很流畅。把姓氏挂在前面叫声老师,这是眼下社会交往中普遍的通用敬称和招呼用语,使用时几乎可以不分男女少长,不问平贵卑尊。不知这是谁的发明,走俏又时尚,所以,在北京,"师傅"这个遍地蝗虫遍地水样的称呼和提醒用语,也早让"老师"取代了。或许思曼根本不知道北京曾经有过"师傅",但她会使用"老师"。

王老师我背你吧,她又说。思曼得寸进尺,她不是玩笑。

小丫头,压垮了你,我笑笑。

我能背动,你们平地走惯了,我们总是背着东西在山上,不会摔的,我保证,她又说。

早上老嘉旺和我说话的时候,旁边没有别人。他说的昨天晚上他们开的那个会不知思曼当时有没有在场。把女儿托付给我,思曼是当事人,按常理她应该知道。藏族和藏族的人有他们特殊和神秘的地方,但欢喜与忧患,感激与嫉怨,以及参与与回避,争取与谦让等等这样的常情常理应是相通的。我想,思曼应该是参加了老嘉旺说得昨晚的那个会,应该知道那个会的过程和决定。甚至,她也知道了今天早上老嘉旺和我商说的结果,而她也是乐于这样的结果。

我们是一行四人,一样地下山,一样地负重,思曼只在关照着我。从常理一看便知,因为这里面我最年长。而我更愿意是因为思曼知道从今天早上,她就开始是我的女儿了。

思曼是了我的女儿,同理,更应该受到我的关照,更应该是"丫头,我背你吧"。

那不行,我说。我也挺坚决。思曼没有坚持,但我感到她更加了小心。王老师,慢点,顶住我的脚。踏雪有痕,下山行三十分钟,思曼几乎每挪一步都有这样一句。

下了山,思曼就回了。

后来,料理好了母亲看病的事,思曼就再返北京。来过几回电话,于是就知道丫头还是身心全在演艺。再后来,电话中说说问问中总见匆匆,就知道姐儿仨越来越忙得不可开交起来。再再后来,就总想着重返阿坝,到思曼家里去看看老嘉旺,去和老嘉旺说点什么。

忽然有一天,那个摄像的小周打电话来,很快乐,又急忙忙。他说他新拍了个电视剧,叫《知青》,说还在里面串了挺要紧个角色,当晚开播,嘱王老师一定要看。于是我就问他关于五姑娘思曼。他说也是很长没有联系了,说姐儿仨好像比他还忙。

姐儿仨也没有理由不忙。相信思曼没有再趴在过街天桥上去看汽车,早就明白了,也早就没有原来那样的空闲了。又想,可能,思曼,姐儿仨,也早就学会了怎样去应对诸如"来,唱一个"那样的不知尊重人为何物的挑衅了。

于是我又觉得应该去趟阿坝,立刻就去,去和老嘉旺说点什么。说点什么呢,不知道,总之,就是想说点什么。

但想着立刻就去,却一直没有去。又过了很久,还是没有去,我不是忙,也不是懒。

也不是忙,也不是懒。是什么呢。

照片是一种定格的生活记号,可视,然后,可视的背后是联想加猜度。思曼在上面笑着,笑的时候却一定是在另外地忙着。

整个世界都在忙,没有一个停歇的时刻,忙起来了就要不停地忙。忙有忙的效果,地球如果不忙着转,就不知道会掉到什么地方,但那一定是它不愿意去的地方。

铁疙瘩砸炮儿

永远也不知道他姓甚名谁了。

我自己都这样年纪了,想想,那个人,应该是早就没有了。

上世纪五十年代中期时候,我正是十岁上下的光景,那时候,那人好像是六十多岁。其实小孩的眼睛是没谱的,容易把人看老,也许是五十多岁,说不太准。就说他是五六十岁吧。

五十年代五六十岁一个老头,没名没姓的,说他干嘛。说说吧,十岁一个小孩,对不起人家五六十岁一个老汉。偷了人家老汉的东西。

那人,就叫他老汉吧。那老汉当时经营着一片买卖,在我住的那个胡同口上摆了个小摊儿。大约六七十厘米高的两个窄长凳架着几条铺板,经营的东西就摆在上面。现在也有这样的小摊,地摊更常见些,实实在在小本经营,摆在学校周边,只为赚小孩儿的钱。那时候也是一样,小孩儿是他们的主顾,而且定是回头客。现在的小孩儿通常有多少零花钱没有做过调查,但那时候,几毛钱就挺"富农"了。而我,当时手里常常一分钱也没有,"贫雇农"。偶尔什么因缘有几分钱收入,就算是暴发户一回了。

年代久远,记不准说不全那时候的那种小摊经营什么东西,慢慢盘点,就是些女孩用的红头绳小花卡小镜子猴皮筋,就是些男孩喜欢的玻璃球橡皮泥洋画儿绷弓子。当时,那人,那个老汉的小摊不外也是这些东西。

这类小摊还常有这样一种东西,杂志大小一张纸上,四四方方横平竖直地交结成一个个小方格,小方格大约大拇指甲大小,横十竖十,就是方格一百。小方格内并无别物,只居中凸起一包囊,里面聚敛的是火药,是把一种硝灰跟硫黄粉掺合在一起的东西,挺简单的火药。买到手里,小方格一个个撕下来,当然,不撕下来整张纸也行,随意。之后用坚实物件——比如铁锤,比如下面垫着硬石——迅猛敲击那个凸起的包囊,于是就能听到清脆嘹亮的炸响。这种东西叫"砸炮儿"。有种玩具手枪,也可以装进这种砸炮儿,放在弹簧击点上,扳机一扣,也是一个炸响。总之就是听响求乐,能看见一缕青烟,还能嗅得浅浅一点儿硝黄味儿,特"战场",特受男孩欢迎。

有一天,发现老汉摊上有了一种新东西,是玩砸炮儿用的一种新兴道具,是个代替了"比如铁锤比如下面垫着硬石"和假手枪类的物件。那东西是个铁坨子,拇指大小,外观像只橄榄。橄榄状的铁坨子实是上下两部分,中间是个横断面,断面对扣,平整匀合。铁坨子的外表面儿,纵向周遭有一沟痕,上面松紧适度地细细箍着一圈铁丝,于是,铁坨子上下两部分合二为一。把那种叫砸炮儿的东西撕取一片下来,填入铁坨子两部分的结合面中,然后高高抛起。铁坨子一端细铁丝上随便拴上个布条线绳之类,铁坨子下落,保证体态顺直。玩意儿谈不上高级,却也有点儿科技含量。铁坨子落地之时,由于落地冲击,砸炮儿便在上下两段铁坨子间崩响,也是"色声味"俱佳。身边同学,有的小男孩买了这东西,玩得如火如荼。那铁坨子,不记得叫什么,或许就是个没名没姓的物件。现在只能这样叫它铁坨子。当时,特想拥有那样一个铁坨子。但是,要购买才能拥有,而买那铁坨子需要五分钱。

一商量说上景山公园,就感觉无比快乐。于是就想着要是能带上那么一个"铁疙瘩砸炮儿",全世界不会有什么事情比这更美。

没有那五分钱,但却特别渴望那铁坨子。

于是,那天,站在那个小摊旁,盛着一二十个那种铁坨子的小盒就在眼前。老汉在另一端料理他那小生意。这边,他那小盒里的铁坨子已经少了一个。一点儿也不神奇,我已把一只铁坨子攥在掌中。时间大约一九五五年或一九五六年的某一天,地点,北京紫禁城东华门外一箭之遥一个叫作葡萄园的胡同的口里,对面是个煤铺,记得特清楚。一个甲子过去,知此事者唯我,有读此文至此者,天下第二。

犹豫,害怕,快乐,庆幸,有过吗。当时的感觉早就忘了。记得清楚的是在景山公园的山梁上,一溜的砖石坡道与台阶,一边朝着万春亭奔跑,一边把那个夹着砸炮儿的铁坨子高高地扑向天空,那铁坨子拽着一缕飘飘抖抖的碎布条顺直下落。小孩,不说别的小孩,就说我,没有什么宏图志向远大理想,只图小伙伴能在一块儿疯,快乐就是一切。铁坨子加速度落下地面,接下来就是期待中的"色声味",全都期待到了。

还有另一件事。已说不准就是在玩"铁疙瘩砸炮儿"那回,或者还是后来,也是在景山公园,玩耍中于山间失足滚落。由上而下,不是砖石坡道与台阶,而是植被满山的另一面山坡。灌木杂树没有叫我一滚到底,但野猪林样的植被也没有放我一马,当不由自主滚落的身体又不由自主地停下来的时候,两臂已裸出血痕。小伙伴赶来身边,无奈又无助地看着我,这才感到脸上疼痛,轻轻一抚,也见了血。

两臂可以遮掩,脸却无法隐藏。既然必须露脸,回家也就必须有个合理交代,这是我当时的精神担当。只记得不敢说跟小伙伴们偷偷跑去了景山,却已记不得编了怎样的瞎话。这么多年了,忽然发觉产生了一种疑惑,避开人家的视线占有了人家的财物,与我失足滚坡又挂彩,这两个事情,中间就真地存在着什么关联?

女儿有时爱跟我耍一点小聪明，或是绕着弯说个什么话，或是躲闪着做个什么事。其实，那点小尾巴早就露出来了，唯余不与扯拽耳。但有时候也会给她揭锅起底，女儿就会说，原来您什么都知道哇，不许您这样。把原本抖搂出来，为的是享受女儿的撒娇。

说这几句话干嘛，离题了。没离题。女儿的那点小心眼的狐狸尾巴早叫我逮住了，但那不是大欺大恶，我就索性俩眼都闭起来，叫她机灵个圆满得意个够。但是居于这个心理立场的，天下独我无别乎。在我把那个铁坨子攥进手里的时候，那个小摊的主人，那个老汉真就是因为只顾一头生意，而根本没有在意我不买东西也不说话地已经多时踯躅在小摊的这一端？没有被拽小尾巴，没有被起底揭锅，那时候我没想法，现在，我疑惑了。

看见了，不讲，知道了，不说，是一种境界，一种小心着的用心。

永远也不知道他姓甚名谁了，那小摊的主人，那老汉。

土木工程和我的读书

土木工程是历史的物证。

许多的正在兴起,许多的正在消灭。消灭是兴起的准备。兴起了环城的路,消灭了元明清的老墙。兴起了一个高贵的饭店,消灭了一片轻音乐般美妙的四合院。

王府井大街中段路东的音像门市部忽地"墙倾楫摧"起来,正在拆。那是现在同时被拆除的王府井新华书店的地理前身。消灭只在一旦,记忆却能与人长远,那是我读书的地方。

那时候读书,饥渴感不知从何而来,放了学就去那里。那家新华书店,几十年前就开架经营。到那里,抓起本书就读,买书没有钱,白吃人家的精神食粮。唐诗宋词,汉文元曲,全是在那里接受的启蒙,那时候的书店静得能让人感到神圣。书店上板——也就是下班的时候,营业员轻轻地提醒一句,学生,明天再来吧。于是就明天再来。

东安市场又消灭了,是自形成以来的第二次大拆大造。市场的西北门,里侧是家中国书店。我说的是更早的时候,进门两侧靠墙一溜的板子,码着海一样的书。露天,头顶上只是个刚能盖过书摊的遮雨棚。下雨的时候,捧着书把身子努力地向里探,顾头不顾腚地把后腰和两腿让棚上的滴水随便地淋。只要不是风雨大作,书摊就不收市。我是在那个地方发现的曹操和曹植。读他们的诗,好像又掌握了一个世界,感到自己不再平凡。那时候的感觉至今还能抓得回来。读曹氏父子,我却不知道已经开始摸到了建安文学。后来又读《牡丹亭》,读《桃花扇》,读《窦娥冤》……书都是旧的,旧书有旧书的广阔与神秘。

北京城原来几姓杂居的四合院中的厕所,一门一坑,且无男女之别,只是厕门里侧有插杆或挂钩,进门后反身闩定,便可自成一统。家中有位穷兵黩武的父亲,读书对他是大逆,院中的厕所便成了我的读书处。长时间地占着茅坑不拉屎,便引发了院中叔婶爷娘们向我那个独夫老爹兴师问罪。

公共厕所,那时叫官茅房,意为政府开办的专供拉屎撒尿的地方。被从四合院赶出以后,官茅房又成了我的读书场。因为那里有灯且安静。空气中的混杂成分没有去考虑,找个离灯近的地方安蹲下来,能喘气就行。从时间分配来评判,似乎只有腿知道。过完了读书瘾,两腿就不再是自己的。它受不了那长时间的委曲,便用疼痛、酸麻和僵板等生理的苦难和不听使唤来对我的读书进行报复。而我这时必须屈服,一手抓看书,一手抓住便坑的围板框,帮着腿艰难地立起。那个官茅房,我在那儿读了那么多的书,《包公案》《水浒传》《三国演义》《杨家将》《封神榜》《西游记》《说唐》《说岳》《平妖传》以及当时的新流行小说《敌后武工队》《红岩》和《烈火金刚》等等都是在那时装进了脑袋。甚至《四游记》《老残游记》等一些较为偏门的文学作品也陪我一起蹲过官茅房。很多人知道《西游记》却不知道《四游记》,我却知道《四游记》,而且读过。官茅房功不可没。

读书的鼎盛过去以后,就没再有过高潮。现在书也在读,但选择性极强,而选择又是以实用为诱导。读书多为是写书时的佐证和参考,无饥无渴,意义早就不同了。

我的感觉曾是那样美好。新华书店、东安市场,还有四合院厕所和大街上的官茅房,那是我早年的"四味书屋"。

我的四味书屋,也是我的读书的物证。如今,那个新华书店拆了,那个东安市场也拆了,也早搬离了那个四合院,不知已成何种模样,后来知道也是给拆了。

忽一日上街,路过多年以前的熟悉地,竟发现那间官茅房依然存在。门脸虽做了美容,经纬度却绝没有错位。我没有需要,便没有进。当然更不再会为读书而进。

办公室、图书馆,各种规模与特色的书店,还有我可以独立自主的家……可以读书的地方有的是了。但我那"四味书屋"碑铭在心,将与我老终。

评书和我的听书

老北京的茶馆从来就不是专用来喝茶解渴的地方。喝茶不解渴,解渴的是在那地方听个戏文、听个大鼓、听个相声、听个评书。

听了一辈子的书。不说一辈子,说一个甲子吧,听了一个甲子的书。

鼓楼和钟楼在北京的北城。两楼相距约箭遥,中间是块空地。当初这片空地就多有茶馆。不到两岁的时候我就在那地方文化休闲,听评书。

听评书,不到两岁,路还没走利落,能听什么评书。其实不是我听,母亲抱着我,是她听。我生下来肯定是个累赘,没人看着没地方搁,扔又不能扔。母亲要听书,没辙,就抱着我一块儿听。

我这听评书的本事应该是从零岁时候开始的。听评书还要本事,还零岁,冤人。别较真儿,真需要本事,还真就是零岁。不到两岁能听懂什么,听不懂也在那儿听,不眨眼地盯着说书人,比长凳上的那些呷着茶的大人们还专注,闹渴闹饿闹撒尿,没那事。什么时候说书人言出"且听下回分解",然后站起身来,我这边才一扭脑瓜,算是分散了精神。这还不叫本事呀。我哪能记得这些,都是后来母亲告诉我的。天生来的,母亲说。母亲说我是天生来的,怎么叫"天生来的"呢。我想,母亲大约不是专等我快两岁的时候才把我抱去听书。没有听母亲说过"胎教"这个词,但我想,我的听书一定有胎教功底。你说是不是零岁。

母亲娘家在北城宝钞胡同,老宅于今尚在。宝钞胡同里头有个地方叫豆腐池,也是条胡同,是个套在宝钞胡同里边的巷子。豆腐池东口接着宝钞胡同,西口就是钟楼北边。当年母亲抱着我去听书,空间距离并不纠结。母亲年轻时候听了多少书、听了哪些书不太好说,好说的是总能听她笑谈齐国远,齐国远是《隋唐演义》里的人物,说起齐国远临敌舞动空锤吓唬人最后自己出丑的时候,母亲快乐得会咯咯咯地笑出声来。《薛刚反唐》里的人物关系她能说得一丝不乱。也常能背诵出包公审案时候的常用语言,并拿来呲嗒我们。杨家将里头,从杨继业佘赛花到孟良焦赞直至烧火丫头杨排风,那么多人物那么多事,也是瞒不住她。

后来知道了,诸如《隋唐演义》《三侠五义》《包公案》《施公案》《杨家将演义》等等传统评书,还有许多许多,母亲全都反反复复地听过。传统评书有一些惯用的套路语言,母亲常把它借来用在生活中。我自己后来听书听得多了,才发觉,母亲那些新奇有力或幽默灵光的语言原来都有出处。

学戏是跟着师父一出一出一句一句地亦步亦趋。评书中常有"这段书"叫什么什么、"这套书"怎样怎样的惯语。学书大约和学戏一样,没有教材,也是跟着师父一套一套一段一段地学,着不得急。瞎猜。

说书这门行当自古就有。明朝时候有个柳敬亭,家在江苏,十几岁就跟人学说书,也是从师父那儿一套一套一段一段地学。学得最好的是《隋唐演义》与《水浒传》,这两套书也说得最为拿手。

评书这东西虽有表演,但主流是用来听的,新词叫听觉艺术。柳敬亭说书在南方也是说出了彩。明朝人说话什么样,没听过,录音技术何时发明,我们这里不做研究。所以,说柳敬亭说书有多好,只能描述,通过描述去遐想和瞎想。遐想瞎想就不是听觉的理解,时已至此事已至此,毫无办法了。现在说柳敬亭说书说得好,好到什么程度,就外围地辅言几句。明末有个左良玉,是个领兵打仗的主儿,后来把柳敬亭请去做了幕客,不干别的,就在军中说书,应算是部队文工团曲艺队的差事。拿手的《隋唐演义》《水浒传》又适合军旅情结,所以,柳敬亭在左良玉军中不必出生入死,也照样吃香的喝辣的。

柳敬亭都没能留下音像资料,再往前朝更不可指望,所以,柳敬亭以前就不说了。

有个连阔如,上世纪三四十年代的时候,在北京说书说出了彩。到五十年代的时候也一直在说。评书表演不是讲故事,评书有评书表演的要求。要求很多,最叫人熟悉的就是口技。传统评书常用的口技是表现战马奔跑和仰首嘶鸣,但必须是评书中的口技,才能叫人听得过瘾,如果真要是炉火纯青的口技表演,叫人听得难分真假,却又是一种失败。所以,评书中的口技又不是口技,是一种专用的铺叙语言。连阔如的书,口技好,听着过瘾。

五十年代,听连阔如的书,从我来讲,就是听收音机。那时候收音机小名儿叫话匣子,就听话匣子。话匣子不像现在收音机那样精巧,挺大一个家伙屋里找个地方摆着,算是时髦物件。有一回,母亲带着我们回娘家,就是北城宝钞胡同那个家。已记不清怎样的来龙去脉,大约就是母亲带着我们去看姥姥。晚饭后叫我带着弟弟出去玩。我把弟弟背在后脊梁上,在门口耽搁着就是不离开。大舅就呲嗒我,我那时候是不是挺叫人讨厌,不知道,反正是大舅叫我赶紧离远点,别在门口乱晃。当时话匣子里头连阔如正在说书,说的什么忘了。母亲知我,就说我是在听说书呢。在别的文字里我说过我有个穷兵黩武的父亲,其实我还有个穷兵黩武的大舅。大舅一听,噢,是这样啊,抬手关了话匣子。功高莫过救主,计狠当属绝粮。大舅计狠,断了我的"粮草",我只好背着弟弟离开。这个事情我虽不是耿耿于怀,却也总是记忆犹新。

单田芳、田连元、刘兰芳、袁阔成,说是眼下评书演说的"四大家"。

眼下还有个连丽如,是个女宝贝儿,但未在被褒誉的"四大"之中。这个连丽如实是世家出身,先父就是前面刚说到的连阔如。连丽如是子承父业,成本大套,传统评书会的不少。中国的传统评书,情节铺张时设置机智幽默,人物对话中糅入插科打诨,都是评书表现手段。连丽如的书能裹进这样佐料。说句跑题的话,这种抖包袱插段子的趣味佐料后来从评书中脱胎出来,单独形成了一种挣钱的买卖,叫相声。从这点说,评书是相声的发源。连丽如书场一开,有评书的架子,像是机关枪上了顶膛子儿。连丽如的书听过,后来就不听了,逢有连丽如说书,赶紧就转场换台。听着不舒服。不光是喊得厉害,要害是该吐出的字吐不出来,吐不出来又不咽,就在喉咙口那儿一挂,挂又挂不牢,不牢又不落地,于是囫囫囵囵地往外扔,就显得气口不足。后来再听先辈连阔如的书,一留神,也是有此偏瑕,也就知道了"不是一家人不进一家门"。

上述"四大家"中,刘兰芳也是位女儿家。女流说书是很稀罕的事。

刘兰芳说书,发声相当专业,听得出来,真是训练有素。但是爱喊,不是声高,是喊,书书有喊,喊就成了特色。可能是为绕开性别弱势,还是没绕开。

田连元的书不听也罢,但愿这不被解成坏话。田连元的书,语言结构零碎松散,且演说时候拖泥带水,语音的抑扬顿挫一点儿也不讲究,平得叫人起急。他说不出个叮当闪烁,你也就听不出个精气神来。就算是听故事,也叫人听得乏困。袁阔成也是世家出身,但书说得一般,平平叙事,也是语言结构节奏上有欠功夫。袁阔成的书,感觉介于评书与讲故事之间,难见精彩,水平没有超过田连元。袁阔成说《三国演义》,无用零碎太多。《三国演义》这部书,本身就语言粗简,全部书都是只顾情节不管细节,袁阔成说这套书时候就添加了自己理解的人物心理活动和事情细节,但添加得未见功夫,语言重复拖沓,长时间里情节毫无进展,就有点儿啰嗦得叫人心烦。同理,也就听得不多,也就干脆不听了。

说书要是个艺术大鼎,眼下能扛鼎者唯单田芳。

单田芳说书,语言结构天衣无缝,节奏调动炉火纯青。铺陈故事,语境能让人快感多多,通俗简白评价,就是过瘾。人物对话,干净利落,还不只干净利落,表演对话,一张嘴能头字押尾字;插科倒口,立体声引人入境。单田芳的书,叫人提神,听的时候能看得见,活灵活现,让你听了能看见,看见时,已身在其中。这不是学的,这是天生与自造。就像京剧,大家都是程门弟子,《锁麟囊》是程派的看家戏,但唱《锁麟囊》,至今没谁能唱过新艳秋。有人总在步尘新艳秋,但一听,只是歪歪扭扭地在那儿邯郸学步,临摹难成正果。而新艳秋只是程门私淑,并没有从程门有所直接领受。她那一口奶油推玉样的圆腔根本也不是专门跟谁学的。

对于传统评书,单田芳亦述亦作,不弃传统,复有造设。一些崇构杰制的大套书,单田芳亲自动心动笔。《乱世枭雄》不是传统评书,单田芳十年磨一剑,做成后演出,成了他的经典。这套书变成了一种经典结合。结合,不是传统与当下的结合,而是传统与单田芳的结合。拴扣处从无"且听下回分解"之类的陈俗。一段书告节,只利用告节处的一词一语或半句话,调动语言的结构与节奏,用结构节奏的修养,扣子即使落正在平平的情节,也是拴得声情得法。好像新艳秋奶油推玉的圆腔,同样不是专门学来的。

从貌相到嗓音,单田芳好像专为评书而生来。传统评书,那些人物和事情一点也不生疏,听单田芳说书,就是听他语言的结构与节奏。单田芳,天生的说评书的嗓子,天生的说评书的好貌相。评书是用来听的东西,单田芳说书,不是沟坎前骡子绷缰,而是坦途中大马驾辕。

评书四大家里面,单田芳居首。有人说应把田连元搁头里,断定这主儿不是个听书的种儿。

单田芳是真正在说书,单田芳是真正的说书人。说单田芳是国宝级人物,这话不用说,说了就大有亏欠,一准说不到家。

如果没有单田芳,说书的有一个算一个,大家都是说书的。

不幸有了单田芳,说书的有一个算一个,谁都不是说书的。

有篇古文,讲的是一个善口技人,表演时设一藩帐,听者皆于帐外。口技人自坐其中,外不得见。帐内,远闻巷中犬吠,屋中鼠行窸窣。成人对语,崽孩啼哭。鼻齅咳嗽闹乳斥儿,生活里一切该有响动,咸备齐出。忽然大火,百千呼号。汲水泼潦,屋倾棚摧。火场时刻一切当有响动亦咸备齐出。帐外听客,无不惊惶变色,甚直身股战,几欲逃席。忽闻醒木一击,所有声响隐遁归零。藩帐撤时,卧牛之地,一人一桌一椅一扶尺耳。

也看过单田芳的表演,听得见大珠小珠,嘈嘈切切,银瓶乍破,铁骑突出。却也是一人一桌一椅一扶尺耳。

你只把单田芳往光亮里说,难道就没灰淡的。我没那么深刻,别拿哲学的东西绕得我。灰淡的,有啊,就是不想说。光亮的这我还挺多没说呢。光亮的太光亮了,能把灰淡的照没了。

别怪我也拿哲学的东西绕得你一回。

豆棚瓜架雨如丝

就愿意寻幽探秘问究竟,所以,高考填报,第一志愿北大考古系,惦记着给历史重新断代,惦记着刨坟掘墓看古人。也总想当律师,于是第二志愿就报了政法学院,惦记着抱着法条经典跟人死磕。

结果是经贸大学录取了我,不由自主学了外贸。当时外交部长叫陈毅,为适应国际政治与经济关系急需,要造一批专做对日事情的人出来,这帮坯胎子人一部分搁在外交学院,一部分就搁在了经贸大学,当时叫外贸学院。于是我有幸为国家重点栽培。于是学政治学经济学马克思,于是学日本语学价格谈判学做买做卖。又被发往广交会参与实务,没闲着,挺拿我们当回事。还叫我们学第二外语,就选择了英语。忽然全国大造反,"于是就反抗就斗争就干社会主义",于是英语没学成,于是往后就什么也没有学成。我成了"文革"前最后的高考生,倒数第二批举人。后面还有个倒数第一批,惨不忍说,比我更是学无所成。

于是就毕业了。不学无术就毕了业,滑稽加正经,欺史又真实。一离校就到了国防科委。学的外贸和外语,没来由上了那地方。国防科委,国防科学技术委员会,不难听。

那地方不是我想去,是彼时江湖乱道,谁都要在当届毕业生里抓一把。那年,可以抓,也抓得着,所以国防科委就朝我们下笊篱。那年我人二十三岁,大约是看我情况简明,于是进圈入围,我就没跑了。其实他们是瞎费心思,我的各方面事情我知道,根本不是他们的那种认同。这倒也罢,要紧的是我心有阻碍。科委自然是拿科学说事的地方,也无厌怨也无爱,科学于我不值钱。实话实说,对"科委"俩字毫无情愫,更有"国防"俩字在前头,就越是不愿往上凑。于是,国防科委虽是我有生头回拿工资的地方,却终生不存感念。接着就把我们一帮人弄到部队,就是那个没打过败仗的三十八军。三十八军驻军河北,拱卫京畿,当时政委王猛,军长李铁军。在部队待了十九个月,科委就把我们接了回来,公共汽车样的大车把我们从河北拉回北京。三十八军是部队番号,国防科委也是部队编制,我们这一回来,说不清是叫复原还是叫转业。许多年以后,为此竟生麻烦,这是别题,也是后话,就不在这儿说了。

从部队回原单位,就到了航天部。航天部是后来叫航天部,当时不叫航天部。七机部有个一天到晚没事就拿人造卫星当饭吃的研究院,就是航天部的前身,就在那儿。火箭怎样送飞船入轨,怎么围着地球转,飞船登月怎么登,没有人管着,又是怎么回来的,等等等等,粗节细节我门儿清,现在也能给外行讲两课。说我有能又敬业,没那回事。这不怪我,因为除了这个没别的。灶王爷天天守锅台,早也熏来晚也熏,心不变黑脸也黑。

美国有个航空和宇宙航行局,叫纳萨,好像我们的航天部。纳萨是英文缩写NASA的读音汉字。汉意也有缩读,叫航宇局。我们总把NASA缩读作宇航局,其实应该叫航宇局。叫宇航局是顺着口说,就把美国的航宇局给顺没了,有点没规矩欠责任。

日本也有个纳萨,也有个航天部,但不叫纳萨,不叫航天部,叫宇宙开发事业团。我呢,知道一点儿日本的事,笨嗑吃啦地会说几句日本话,就在航天部做了情报员,明里暗里专搞人家日本的东西。于是,来来往往,就跟日本宇宙开发事业团打了十年的交道。这中间,有过光荣与体面,也大大地有过窘迫与难堪。体面光荣无人知道,难堪窘迫也只自行吞忍。太细的东西就不说了,难受。

跟科技跟国防这几个字就是不投缘,于是,就想走。然我那时,言走何易。

东辞伙一笔抹,伙辞东一笔清,这是老话老规矩。旧时候,东家跟伙计谁也别想赖着谁,谁都各有自由,只需履行一下那个老话老规矩。现如今是新时候,员工老板可以互不维续,老板不待见员工,你给我走;员工不夹老板,明儿我就不来。可我那时候,不新不旧,单位俩字是永恒的婆婆战车,只许我不拴你,不许你不受缚,绑在上面,死而后矣。于是,顶头上司换了好几茬,问君能有几多愁,我的请调总是恰似一江春水向东流。

忽然机会降临,决然报考研究生。盯着北大的海事法,盯着社会科学院。

盯着海事法,还是惦记抱着法条经典跟人死磕,更或会去对磕洋人,一想这,就快乐。盯着社科院,是考世界历史研究所汪向荣的研究生,方向是中日往来史,正名曰中日交通史。初衷未灭,还是惦记着寻幽探秘问究竟,刨坟掘墓看死人,一想这,就亢奋。鱼与熊掌不可得兼,于是报考汪向荣的研究生。

面向全国,只取一人,汪向荣是中日文化的知名人,遍地下套,不算过分。当时全国或北京共有多少人报考了汪向荣的研究生不知道,也许当时知道过,现在早忘了。总之主意一定,就天天跑北京图书馆,那地方在中南海北墙外的文津街。北京图书馆现在叫国家图书馆,地方也换了,在白石桥那边,跟紫竹院一衣带水,终究是个好去处。又天天跑社科院历史所,这个研究所位在王府大街北端东厂胡同,经典精致一爿中华宅院,晚清留下的王府,后是民国黎元洪总统的宅邸。败家子们只爱钱,现在全给拆没了。我是在这两个地方攻读的日本史和中日关系史,井上靖的书看了个烂熟,从遣唐使到田中奏折,从幕府政治到明治维新,等等等等,有文即阅,无史不读。一通文化暴走,学知饥渴大解。

接下来就是考试。通史加专业,文化又政治,几轮笔试,淘汰复淘汰,考场人气一场不如一场。有心能见效果,无意自学成才。最后面试只剩两人,我,另外一个姓徐的。

面试过程很简洁,就是和汪向荣对话。所谓对话,就是回答他的提问。汪连设数问,余与之问说流畅,无隙去来。遂更被不断提问,感觉汪问永无止日。忽余答问出误,汪即不失时机,霍厉风行,又更显夸张地训余曰知之为知之,不知为不知。我人有感遭受冤辱,遂生小怨,对曰,余为答问,有误乃常,非以不知而充竿也。

我是航天部人,徐某人本身坐地就是社科院世界历史研究所,个中厉害我全然未觉,只一味自信满满,只一味认定那徐某人不是对手。然最后结果,我人落北,徐某人晋身汪向荣的研究生。徐某人者,即现在社科院世界史所的徐建新。事情常常怕回头,现在再想,当时只以为是小怨铸造了大憾,实却是汪先生蓄意挠我一茬儿。在他凿设的问题无底洞中,仄身绊脚,我已在劫,一定是难逃结果。缘何如此,昨已昭然,现更无需明讲。如今汪先生已作古经年,好好歹歹,带砺山河,再大的事情早就变得渺小了。

我被请去参与筹组"中日关系史学会",不知是否与此次研究生考试有关。和我联络沟通的是一位曰杨正光的老先生。上世纪八十年代初的一个夏日,学会在社科院成立。末代王爷溥杰坐在台上,一口的京韵京腔,恭贺学会成立。杨正光于我曰师曰长,是学会秘书长首任,我成了学会的元老会员。到作这篇文字时候,学会已经三十余年,秘书长数度更迭,杨先生也早成古人。

对外贸易,最后环节是银行结算。我们的进出口结算银行叫中国银行。但中国银行在国内无闻无见,只是对外结算时候一厢名义。国内长时间只有一家挂牌银行,叫中国人民银行,结构末端也是中国人民银行某某储蓄所。对外作贸易结算的中国银行实是中国人民银行下属部门,叫国外局。

七十年代后半,人民银行国外局对外挂牌,中国银行亮相。

雄赳赳气昂昂,中国银行成了有名有姓的外汇专业银行。同时获得上准,六十年代后期流散到不相适宜部门的相关专业的毕业生,中国银行可作寻访召用,涉事单位应与支持。上面如何交涉我当然无从知道,我知道的是,航天部提宜我人,考试审查再来一回,我就进了中国银行。所以,在中国银行,周围论及我人,乃航天部出身。

进入中国银行,供职总行国际部。就在早年大陆银行那个地方,四楼里设我一椅一桌。我成了中国银行挂牌后的早期公职。

就像航天部把我们送到部队,入行伊始,中国银行就把我等一行人送到广东,在一个叫清远的地方,作了一个冬天的金融恶补。银行外贸并非一体,但磕磕碰碰沾边儿。从学用讲,已较作航天情报大为靠谱。中国银行,业务门类林林总总,资金信贷、信托财会,又营业又清算,等等。但在中国银行,我没有做过其中任何一业,没有经手过一单账款。更不是窗口概念,中国钱外国钱,两手也没有触过分毫。

外贸的收场,是银行登台。我的值守不是外贸的收场,从银行讲,倒是外贸的先遣。外贸结算,需有双边银行互为代理。日本的金融企业,没有一家不愿与中国银行互为关系银行。一堆和尚一碗粥,他上门,你选择,不用死磕。广东恶补回后不久,即被发往东京,还是未离日本。调查日本银行业界的各种信息,与之往来和建立条法形式的合作关系,叫通汇关系。以此服务决策机构,是我的银行工作主题。于是在外交外贸关联中高跷行走,社会诸流中的上流,又是上流中的末流,有闪失无建树,有戒训无功勋。

到中国银行不久,一天公干回返办公室,楼口处遇一熟脸,是原来航天部的旧人。随即问说,奇怪他来中行总部干什么,彼吭哧瘪肚未名所以。又是过了些时日,与银行一大官说话中,知道了航天部有人来过银行追送了我的黑材料。于是此前遇航天部旧人事情便有了照对。于是就知道了,那黑材料中,我人从政治到生活,从能力到业绩,总之从各方面到各方面,我乃破烂不堪人。才知道航天部我那个顶头上司十分渴望将我开走,但又不甘心我的如愿以偿,于是,且看我在你背后抹一把。时机选择在生米成粥,中国银行已无反悔条件的情况下。从想到做,一分无赖,九分流氓。一段时间过来,银行大官这才渐生感叹,感叹我辈原来不是破烂不堪人,感叹航天部人竟使"脑后刀"。

谁人对我使背刀,航天部那人我知道。后来我在一篇获了奖的小说里顺笔写到过一个奸损阴毒的太监,太监也有姓有名字,就把他那仨字不动样搬了过来,快乐一笔,聊表寸心。另有隐蔽心思,就是惦记着那人拿这小说跟我发难,之后法庭见面,计划与战三百合,也算圆我一个死磕梦。然小说发表,他静悄悄,继又获奖,彼仍无动静。我自以为投了金钩香饵,人家却自在优游。忽然醒悟,那本就是个不问圣贤不读经典的东西,活该我白费了一锦囊妙计。后来有了消息,那东西出差深圳,在酒店里让人拿攮子捅了个透心凉。刑事勘定,仇杀。杀太监也需承担法责,比另当别论,就说他这东西,定是因果不爽,该死谁也挡不住。由此,彼我一段公案天作了结。只是遗憾,至死他也不知道在我这里当了太监。

有人提了处类干部,一时位出我右,当即颐指气使。我人不与买账,惊天动地声色一场。恰逢大官出访日本,将我带到东京。遂东京说话,言及国际部诸人诸事,大官做主,回国后干活换个部门。于是那次访日归来,工作方向就转入学术金融调研。见我善搬文字,就叫作了《国际金融》总编辑。

鼓捣文字,跟全国中国银行系统进出往来广泛联络,是我的得意时刻。但好景不长,总编辑当了六年,被赶下台。原因很简单,就是鞋壳廊里揉不得沙子,说的是文字。拿数字糊弄我易,用文字糊弄我难。就得罪了挺多的本部同僚。

不过这话需从两说,中国银行系统机构中,当时二十九个省区市,几乎全有往来。申请高级职称,硬杠条件是须有相关文字有见刊见报,就是说要有文章公开发表,于是系统中多有只为此事而投稿《国际金融》者,甚或携稿远道跑来总行请行方便。凡遇此事,皆与通融。有文字和内容确为等外品者,就与说需作改动,说那您看着改吧。行,改后再拿你看。却说,不看了,您怎么改都行,只要那仨字不改就行,"那仨字"就是作者姓名,于是常常形成代为重写。系统上下,不乐者无。有不乐者,只在编辑部内部,一种对文字的强势要求,大约让同仁们不堪忍受,于是上访人事部。想来状言不会说工作要求苛刻,那不是坏话,好话往坏里说肯定另有技巧,怎样技巧,背后的事情我不知道。况且,有名人大家说过,人人都如维吾尔族小姑娘,头顶的辫子,一抓一大把,我辈亦然。估计大家不用全部,端出一半就够用,就够陷我大鳄加大恶。于是政变成功,我被发配到别处作外汇市场。

转了一圈回来干活,对象还是日本。媒体约稿约事不断。

话说《人民日报》有个金融栏目,汇市分析预测,每天用我一稿。天天提供,日入五十金,月积千元。忽然,新来一顶头上司,据说是九分裙带十分背景。遂另使一人做日本事情。安插亲信,本也常事,况做日本事情又无专由一人垄断的规矩,更况我辈好为人师,加一同仁,权作子徒,亦为乐事。然问题却随即升级,我必须放下日本事情转而面向俄罗斯。剥夺又塞纳,明火执仗。瞎指挥是表象,实则是别有用心。就想,总不该是我那"日入五十金"惹的祸。于是抗争。

说是抗争,实是有抗无争。有抗无争是我的理事习惯。有抗,是为世间应该还有一正道;无争,是不在意利益的转移与流失。于是,俄罗斯我不与闻问,而对于日本仍诸事在做。《人民日报》仍每天用我一稿。我仍旧是"日入五十金"。于是,与这顶头上司进入冷战。

忽一天与我约谈。有一同事被指持不同政见,羁押有日有月,继又解放回来。上下左右皆见惶恐,避瘟疫样地躲闪,更拒与言。谅皆在掂量自家的锦绣前程。我人不问前程,更不知锦绣,于是与之快乐问说,岂止问说,更兼吃茶,岂知吃茶,更兼请饭。我自觉坦坦,却不知已成大祸。如此重大事情不与报告,顶头上司者因此责我。更举说某某24小时前已经举报,只在等我自首。我辈愚迟,无渐无顿,不知觉悟,更不知顶头上司此时所言自首究为何物。不猜上意,也就不中上意。就说,共和国公民之间饮茶说话,不知坏的是哪条规矩。顶头上司语塞。那么大的来路,那么阴险凶恶,肯定一路平山静水,不料竟遭如此抵触,彼我遂更结大怨。

至于举报我的那个某某人者本就百无一能之辈,卑行险言乃其饭碗,知他悯他谅他随他。

于是冷战持续。好像我人不死别人无安,顶头上司就天天找我麻烦,更发动行政关联上人对余实施围剿,口号是"把他搞定"。大风起兮云彩厚,光棍刘邦不好斗,我心说,你搞定个球。一无所有,不怕失去,一无所求,无需媚人。怕失去和媚权贵并非一定全都丑恶下作,只是不可因此而如上述某某人者"卑行险言"地陷了他人。所以,倘冷战持续,我赢,没有悬念。

很明显,顶头人占尽一切热战而胜算的优势。如此,我自知定有输日。终于有一天又与我约话,事后我都甚感惊异,隔一桌台相向而坐,一百八十分钟,也就是整整三个钟头,如灾险故事中的人狼对视,彼我竟无一言。冷战,他落花流水。最后他有了动作,拿出一纸文字推在我眼前,阅览,是带有档案编号的中国银行总行文件,大意是剥夺我的一切工作。热战,我流水落花。中国银行历史上有过点名道姓专门为我而发的文件,我辈幸甚。阅罢,同样动作将文件推还。他继又把那纸文件再推过来,同时,他终于出声,叫我上眼,说叫我要看仔细些,最下面还有一行文字。或许阅读有漏,其实并无漏读,早就看到了,最末一行文字大意是今始断我工资。功高莫过救主,计狠当属绝粮,这是当时中行人事部门所助为。我将文件再度推回,同时简回之曰知道了,遂起身转离。也许,他有着另种期待,期待我会怎样又怎样,但那个小品他没有看到。生旦净末丑,在我起立转身时,不知背后他是怎样脸谱。

颜面掉色,威风扫地。顶头人他一定没有领教过来自下属的如此对待,于是失态,于是癫疯,于是瞅准了一个我不在场的机会,命人将我的办公桌抬出办公室扔在了楼道。时在二〇〇一年十一月,地点就是三十年代的那个大陆银行四楼。或许他仍在期待着一个小品,期待着我会怎样又怎样……他妄想。

办公室未瞄一眼,我转身回家。

失态与癫疯之后,他傻了。据说,得知我当即转身回家,他俩眼直直地张了一下嘴,接着就是卧床两天没有上班。领导病了有人去看,还是什么都没说。这戏。

我是这样离开工作场的,这成了我从业经历中永远的精彩,定格,就这一版。当然,这中间和这之后还有精彩得如稀材工艺品样妙腻的细节,但本篇文字图的就是粗犷大块豆腐账。所记皆应轻简而宏观。想说细节,再另设专题。

不上班了,就歇着。曾经因故作小说,所以歇着不白歇,于是就写着,就作我的小说。

除了写小说,给人编过书刊,做过电视专题,为别家银行讲过外汇买卖,给电影学院讲过电影欣赏,还有,等等等等做这些事情是可以挣钱的,但很是不在这上面多用心思,所以也就挣钱变奉献。有个女孩见我这种情况,就说,现在做事谁不谈钱,王叔,他们欺负您,再有事,我替您去跟他们谈。小女孩替我打抱不平,后来给我拿了公司一份通用合同样本,教我。我跟她说,丫头知道王叔大学里学什么的吗。什么呀。外贸,价格谈判。唉呦,您呐。我知道,不用别人说,我自己说,白学。

曾经给人讲过课,是在一设计部门教授日本语,历经半年,攒了学生好几百。钱不是主角,不是配角,龙套也不是,总之没有钱的事。结业时送我钢笔一支,不算酬劳,叫纪念物品。

航天部做情报员,其间国防工业出版社为我出过三部译著,一曰《卫星通信工程》,一曰《卫星导航》,一曰《喷镀技术》,都是从人家日本宇宙开发事业团弄来的东西。最终定稿,都有专家坐镇,一丝不苟二丝不苟。那时候,天下少有电视,有则只曰黑白。彩色电视方兴,叫五彩电视。作为创作报酬,在一个小会议室里让看了三十分钟的彩色电视。译作者姓名不叫张三李四,叫"写作小组",叫"翻译小组"。

《北京晚报》一则文化广告,说有个电视剧要播出,赞说内容,介绍剧情,最后明言是改编自我的同名小说。拍完了,要播出了,我都不知道。还是我偶然发现。那个报纸我一直保存着,不是惦记着要跟谁过不去,是为怀念那个没有知识产权保护的日子。

我的一个获奖小说,一个文化部门想搬上屏幕,就签约,五万块钱买了我的改编权。为示公正与诚意,就先付了两万,另给了我一个尚余三万未付的欠条。多好的事呀,有个中间人,钱没焐热,立马给人家送去一万。加一句,人家没有要求,是我自己犯贱。之后呢,那个文化部门请了个编剧,也是当时真写了不少历史题材电视剧的强手,我的小说是清末至民国的故事,正好能撞到他的枪口。还得说一句,多好的事呀。却不知什么原因,他们双方不太顺畅,已经着手动笔了,却又停了下来。之后那个文化部门跟我说了项目停滞作罢的结果。事情本来就可以了结了。人家什么都没说,我却赶紧地把那三万欠条还给了人家。我得到的回报是一通的千恩万谢。想想,我要是通过一种程序去讨那三万,不说结果如何,起码他们挺麻烦。这个事,我现在手里的东西,只有那位编剧拟就的人物关系表和准备跟我讨论的二一集的分集故事大纲。说这个和留了些东西在手,也不是想找谁算账,是为怀念那段知识产权保护的崽孩刚刚落生的日子。

事情真是明白真是简朴真是干净。叫人觉得许多的事情还是从前的好。

提前五年退休,快乐为所欲为,成就了我生的黄金时刻。

于是,继续我心行我事,给人家做传记,帮人家做影视,编书写文章做枪手,诸事照做。说到钱,多就多少就少,有就有没就没。真明白和假糊涂是一回事,没有盘算,少有纠结,乐得一个心无挂碍。

假钞不慎收进,大多都是希望囫囫囵囵再用出去。此话非无来由。曾有佛教的贤学之士主催我辈自由出行,意在循走六祖惠能足迹。一路上每逢用钱时刻,他的一个百元纸钞总遭拒收。人家不言假钞,只请更换。此贤学者实知假钞,始终在寻机脱手,然终不得愿。及至那日从五祖寺拜谒出来,鬼使神差地与问他那百元假钞事情,竟告说搁进功德箱了。遂叫我暗自诧异。我佛不指人非,不动声色地容纳了弟子的假钞。而供养佛法僧本是佛弟子的德行与功课,却叫假钞校验了一回我们的真假。后来与一位写戏的朋友说及这个生活小品,竟被编进了他的剧情。程咬金三板斧外挂捎带脚,这几行字不算跑题。我人,也是不慎收入假钞,大额,说得大气磅礴些,叫付之一炬,说得生活小场景,叫烧了。烧,叫闺女看着,算个心理见证。

有天晚上,闺女电话聊说。就与告白天与人谈事情。说到涉钱情节,闺女算我定然不得便宜,便小心问说,三言五语听罢,呵呵笑个没完。

我知道我傻,但我不知道谁不傻。

闺女当然知我,自然没有嗔怨。闺女管我叫舅舅,只是快乐提醒说,舅舅,以后可别跟人说咱是中国银行退休的了。

自从惦记着刨坟掘墓,自从惦记着跟人死磕,快一辈子了,我除了有自己的一点想法,就是两手空空。

你不哀伤谁哀伤

有个 R 某人总向我感叹,说自己死了以后就什么也管不了了,是别人想怎么办就怎么办,想给你埋哪儿就埋哪儿,完全不能自己选择。

曾经多次与之闲话,他总是说自己死了以后就什么也管不了了,总是这个话,说连选个"坑儿"的事情也不能做主了。这次还是这样说,还是惦记着自己那点骨头渣子的事。

于是,就又聊起来。

其实,你一死,你曾经耿耿念念的那些事一下子就变得跟你全没关系,何止是选个你中意不中意的"坑儿",又何止是埋与不埋。就是照你活着时候说的去做,那也和你没关系,那是别人需要那样。甭说别的,就说北京西山那么多的王爷坟,死主当初无一不是有头有脸的活人。葬身的地方当时又哪个不是有尺寸的去处。大以前曾有段日子住在西山,住处就临近一个七王坟。我一是喜欢佛教丛林,一是偏爱荒郊野冢,就总往七王坟跑。那时七王坟早已经七零八落,称得上"鸽翎蝠粪满堂抛,枯枝败叶当阶罩",垣废碑残,无人祭扫。早就"牧儿打碎龙碑帽",更早就无人值守,不知那"守陵阿监几时逃"。可现在呢,七王坟修葺了,完善了,更是有人值守了,守着一个售票处。说来,其实死人不值钱,只在活人如何需要。

从撒尿和泥的时候就在一起,对 R 某人如观掌纹。彼人一辈子就想当官,一辈子就愿意当官。结果当上了,七品,叫芝麻官。芝麻,小烧饼外面那层小玩意,烙烧饼的时候,那东西鼓捣不好会弄得哪儿都是。一辈子就当了那么个小玩意,看得出来,他很不甘心。然能力有限,智力平平。大动作没见过,小动作又显低能,于是一辈子终就止于"芝麻"。但芝麻官也是官,尽管只是小风光,却也能管点事,也能做点主,也算好日子。可无奈活到眼下,芝麻官也不让当了,小风光不再,大限却是看得见了。他一定是知道一切全都过去,就恨起好日子留不住来,就恨不能死后还做个主,就恨不能死后还能管个什么。

　　伍子胥灾去势来,回楚国找平王寻仇问恨,到了一看,平王早死了,也早埋了。于是刨坟掘墓,把平王拽出了码在地上,抡圆了胳膊,大鞭子把那个臭肉壳抽了个稀巴烂,据说是"鞭尸三百"。其实,伍子胥那样做一点也改变不了平王杀了他全家的那笔账,杀你全家的那位主犯早就走了。你拽出来的"这一堆肉",是那位主犯的载体,是曾经的容器。但算账不是为了改账,是伍子胥需要那样做。平王死的时候,一定是大埋大葬,这是一种收拾。平王的念头当然是隐身地下,高贵千秋。但外边有个伍子胥,你隐得了吗。结果,挫骨扬灰。伍子胥鞭尸,这是二次收拾。别嫌啰嗦,再跟您说个人,西太后您不陌生。就是什么事情都断纲作主,折腾中国折腾了五十年的那个老太太。那老太太活着的时候谁敢惹。也死了,埋在一个叫东陵的地方。结果跟楚平王一样,也是叫后人刨坟掘墓,死尸给拽了出来。楚平王也就是"鞭尸三百"挫骨扬灰,而西太后死尸更遭奇耻大辱。

　　所以,一次也好,二次也好,都是后人收拾前人。

　　后人收拾前人,收拾什么。恐怕,平王和伍子胥都有行为错位。这个话,浅了没意思,深了不知谁能信,就不说了。

　　有人平淡生死,就嘱咐把他那把骨头渣子撒到什么大地呀,什么大山呀或者什么大海呀。其实也是撒癔症。你这是在干预别人,您都走了,那壳子早跟您没什么关系了。一桶水干了,这个桶再用来盛水,或改去装粪,完全不关原来桶中的水什么事。水有水的去处,您走了就行了。干了没了,蒸发了走了的是你,那个桶不是你,少操心为贵。您住店,天明了要上别处,临走,您嘱咐人家,那个房间不能动,又提议应如何摧毁或如何改造装修。记着,没人听你的。你得弄懂你是谁,那房子不是你,走了的才是你。

R某人从来不明白我在说什么。所以,左一回算尽机关,右一回锦囊妙计,有浪费了的,有辜负了的。浪费了,辜负了,他也后悔过,也心疼过。如今,他还是不知我在说什么,怀念过去之所有,无奈今后之不得。

我跟他说,还是那句话,后人收拾前人,古来如此,今去如此,天无二法。别人做事你别捣乱,那把骨头渣子真真和你没关系。

他很显哀伤。我赶紧换了话路开导他,都是"朝霞满天"的废话。然心里却说,一辈子不知为谁做了嫁衣裳,你不哀伤谁哀伤。

"满天朝霞",废话不值钱。值钱的是我心里的这句话,您不识货,拉倒吧。

我的文学的贫穷与丑陋[*]

  我的小说零零散散地出来以后,很快就被它的作者冷落起来。那些文字,题目底下挂着自己的名字,满足了一个一时的快乐与自得。及至今天要出这个集子,才把他们归置在一起挑选一番,这才捡回那些手稿变成铅字之初产生的兴趣和热情,于是就对这些作品作了一番稍为用心的检阅。

  在完成这番归置和检阅的时候,产生一种感受。这种感受似曾相识,却又绝对是初遇。我反复地揣度了好几回,也没有能用一个话概括出那是怎样一种感受。只觉得我生活中的任何一次自惭自愧、自懊与自怜的经验都不能对这种感受进行完善准确的比说与标明。智者和哲人能及时地或早早地觉悟,发现自己的卑小与愚痴。而我呢,偶做了几个文字,却长时间地在一种伪富有和伪充实的自满中自埋。如今必须重读这些文字的时候,忽然发现了自己在文学上的贫穷与丑陋。这种贫穷,距小康尚有十万八千里;这种丑陋,迫得我垂头掩面不敢对人。于是,我就想借着出集子的这个机会,对这些文字做些大修大补,指望着把那些贫穷与丑陋多少能遮减去些,让它们变得漂亮些,让它们显得富贵些。

  回头审看,我的文学的步伐是清晰的,但过程却缓顿得像个蚕虫,那就是我留下的轨迹。我要大修大补,是要淡化和消灭它

---

[*] 此文是本书作者为自己的小说集《悟觉寺雨话》所作的后记

吗。我忽然地感到心慌意乱,甚至感到在那慌乱的心意底下蠕动着一个新的难堪。

贫穷与丑陋属于我,却也叫我发现了在创作那些文字时候自己的真诚与坦白。当我准备为那些贫穷与丑陋进行切贴手术的时候,我心疼得倒流了一腔的泪。我还在创作,但似乎那种无雕琢的情感已经不再那么激烈。大修大补,在涂抹贫穷与丑陋的同时,坦白与真诚倒成了不敢见人的东西。这是个性的杀灭,激情变成了木乃伊,留下的将是一个失真的面具。我还能再写出那种虽则贫穷与丑陋但却像未遭污染的山水那样自在和自然的作品吗。

我手软了,指尖的笔当啷一声滑落到桌面。

听说,出个小说集,必定要经过一番艰难。作者自己许许多多的事情要做,许许多多的关口要过。许许多多的事情要做,能让人熬干了精气神;许许多多的关口要过,能让人过得满脸羞涩。所以,出集子的事情,一直不敢妄动。

当初,我的小说沥沥拉拉能够发表,多亏了我文学道上的友人与前辈,如今我的小说集的面世仍旧是仰仗了益友鼎力和良师的错爱。于是,为了这部集子,在痛述了上述感受之后,又觉出了我在文学之外事情上的单纯与无为。

作后记,我没有经验。一位文学友人告诉我说,后记,想写什么就写什么,怎么写都行。想起这话,我便这样做了,用个自觉发现了的真我,说出些实话来。就用这个真诚来鸣谢我的益友良师。

单纯,一定走向成熟,我祈祷成熟切莫演成世故。

无为,可以变得有能,我诅咒有能异化出的权奸。

我说这个李永祯[*]

为了出《护城庙》这本书,李永祯费了不少周折。现在出书有不费周折的,但他属于需要费周折的那一族。

《护城庙》预产期总是往后拖,他肯定着急。我也替他感到煎熬,但帮不了他。

忽然有天夜里,他打电话来说《护城庙》要出了。他兴奋我却兴奋不起来,因为总是"狼来了",我想,狼没来。但这次他语音语调非常确定,而且说出版社把封面都做出来了,不日即可看样。他还叙述了确定这部书稿过程中的一些细节,使我渐渐地也跟着他一起兴奋起来。这回,狼真来了,我为他长出了一口气。

兴奋之余,他要我给他的《护城庙》写个序言,这让我感到十分不安。虽无法约,但一般说,给人作序,应是名人名仕的专利。论功夫、论年龄、论作品的分量和创作资历,李永祯全都在我之上,让我给他作序,这不是弄颠倒了。

折我的阳寿了,我说。但他宁愿折我阳寿,还是坚持希望我写,说多少年来我最了解他。我实在是愿意在阳间多活些时日,而他全不顾我的死活。于是我们最后折中达成妥协,我来写篇相关的文字用在书上,但不能是序。

在一次文学沙龙上,李永祯他把自己的名字写上黑板,又写

---

[*] 此篇文字是本书作者应李永祯之请为其《护城庙》一书所作的后记

了"西单宏庙八号"几个字,等于给了大家一人一张大名片,希望能和大家往来。那是个挺冷的冬天,我们借了人家中学校一间教室。晚上了,没有暖气,煤火炉也早就熄了。他披着个绝对不时髦的破旧大衣,毫无管束的头发全方位地从帽子周边挤出来向上翘起,像个愿意文明的野人。而脸上的色泽让中医观察管保是营养不良。他写完自己的姓名和住址,向大家介绍了他即将出版的一部叫作《金狮镇》的长篇小说,赢得了满教室的鼓掌喝彩。我们谁都不敢上台去把自己摆出来,他敢。这是他的特性,容易往前看,对左右似乎总是不大注意。他比我们都大些,辈在兄长。我们都向往文学,而他在我们前面有了成绩,他骄傲,我们敬慕。于是我去拜访了他。算来这已是十八年前的事了。

　　李永祯没有读过更多的书,我说的是学历。不用说什么硕士博士或是什么"前"什么"后",就是有个大学本科或专科的学历,他也会在许多方面更加出类拔萃。

　　他虽然没有那些值得向人炫耀的学历符号,却把书写了出来,而且是接二连三。为什么叫接二连三,因为在《金狮镇》和《护城庙》之间至少还有一个《烧饼巷》。你的学历证明无法摆在人家的书橱里,而李永祯的书就可以做到。所以,炫耀学历不如炫耀作品来得大度和大方。从这点说,李永祯他是赢家。作家的摇篮并不是大学中文系,这是作家的旁观者对"作家"二字的破译。总听说天才在于勤奋,这话其实不科学。科学的说法是天才在于发掘和继承。从 DNA 生物理论去说,李永祯的生理要素中从来就有善于摆弄文字的遗传基因,开发出来了又开发得好,就成了作家。

　　作家不是熟练工种,光靠勤奋就是熬油,熬干了你那匹两八钱也是白搭。作家不是学出来的,也不是熬出来的。所以,给作家做个要素成分评估,天分重于勤奋。

　　有人管自己的创作叫码字。如果这个戏人又戏己的谐侃可以被认可,那么李永祯所需要的那些字,好像在肚子里从来就码好了。

李永祯有极强的语言表达能力,对北京来讲他又是土生土长,这两点就成全了他。他不大用华丽的语言去装饰他要表达的内容,但内容常有很生动的画面感。他对语言并非不做推敲,读不出研磨过的痕迹,使用的是一种无技巧的技巧。每个人都有自己独特的生活经历和对这种经历的解释,但并不是每个人都能无障碍地把这些东西表达出来,而李永祯行,语言是工具,小说是形式。

他说话挺能牵动人。有时候说着说着话就不经意地一掌上一掌下地扣和起来,为他的语言伴奏。只要注意,就能听出他随口而出的四六句。我知道,他对北京的传统曲艺颇有体验。他写的一些带韵脚的东西,读来完全是长短句的规矩,属于词和曲的范畴。他没有研习过古代汉语,没有专门受过古典文学的感染,语言节奏却几乎挑不出毛病。这让我多少有点惊异,不知道他怎么灵通这个。找不出别的原因,就只能用"天分"二字去解释。那些学了半辈子诗又写了半辈子诗号称会写诗却对语言节奏毫无感觉的人,得活谗死。

叙述一个事情,他习惯打比方,用那件事来说这件事,用远处的说眼前的。这是他对生活积累的运用和表现。当然,条件是生活积累,没有生活积累,比喻不可能张手即来。他能调动所有他需要的语言来淋漓尽致地表达他所要表达的东西。文明的、撒野的,一起都烩在他的语言大锅里。

他说话心无遮拦口无遮拦,不保守、不防人。说到高兴时,常常是突然地把声调提高八度,并用大手势来强化他的表达内容,紧跟着就是咯咯咯地笑出声来,仍旧是不保守、不防人。听众的反应永远不会影响他的说话情绪。和他对话,常变成是听他演讲,少有你插言机会。而我知道的东西不多又语话迟,就使他更得时空。

　　他极不修边幅。十八年前他上台在黑板上写下自己姓名和住址时的形象，我以为是随机的和暂时的，原来他一贯和永远都是这样。有一回他沉甸甸地抱着一大包东西，走到天安门广场时觉得乏累，想抽棵烟歇会再走。刚往道边一坐，就上来俩巡警。盘问来龙去脉之后让他打开怀里那包东西，一看是那种五百字规格的大稿纸，是作家的必备物。再查看身份证，这才化干戈为玉帛。其实，李永祯是个地道的北京人，大大的良民。这事是他告诉我的，我听完之后，上来了点书生意气，盘查，凭什么，这是侵犯人权。但他并未被我的意气所激动，而是显得格外平和。嘻，"两会"期间，特殊情况嘛，他说。后来我一想，也是不怪人家注意他。你那样"鞋儿破帽儿破"，怀里的大包如果是 TNT 之类的东西，弄不好能暴出个大案要案来，那国家的会还怎么开。

　　被我认定是侵犯人权的事情，却被他轻松地做了解说。这又让我发现了他的善良和温和。单从表面上可能什么也看不出来，但他骨子里真是很善良很温和。在早些时候，李永祯一家在北京西山一处煤矿谋生。听说他在写书，人多笑而谈之。矿上也有心存积怨者，便愤愤评点，他要是能写书，把我眼睛抠出来当泡儿踩。一家人经济拮据，精神上也就处在守势。《金狮镇》出书以后，夫人胡氏非要回矿上看看那些发了狠的人是如何把抠出的眼睛踩出响来。李永祯说，眼睛抠出来不就瞎了吗，不如留着让他看咱的书。当然，胡氏也不是真要去抠人家眼睛，这是乐的。李永祯说留着眼睛送他本书瞧，这也是乐的。李永祯说我最了解他，这话不错。但更了解他的是夫人胡氏。从李永祯开始写书那时候起，她就相信准能有去抠人家眼珠子那一天。书出了，两口子都乐。胡氏爱憎分明，李氏善良温和。性格互补，合二而一。

　　有人写文章，管他叫"疯子作家"。这不是坏话，是属打是亲骂是爱的那类用语。作家好说，疯子呢，大抵就是因为他不讲究的穿戴、不加管束的头发、不甚光泽的面色和他不论何时何地而只要有人就会永无休止地进行演讲的个性。

　　京味作家,含义比较普遍,对李永祯来说,似乎还不大够用。再加上"疯子作家"四个字,他的创作个性就表现得比较完整了。他当然也知道"疯子作家"不是坏话,改了不如留着好。况且他还收藏着爱新觉罗·溥杰先生的墨宝"疯子作家李永祯"条幅。退一万步说,这是亲王御札,王爷定的案,不惊动皇上,谁敢改。

　　李永祯在西山当过矿工,在报社当过记者。为生计而四处奔波,又多年沉浮在商海。创作有天才,生存无后盾,现在重现文坛,仍然是一纸一笔一桌椅。但我无意去做"李永祯苦难展"。为了《护城庙》的这篇文字,说到底还是要落脚到他的创作上。

电视这个狗东西

渴望有把小提琴 / 291

音乐一亩三分地 / 295

电视这个狗东西 / 299

关于文字文化的话题二则 / 303

关于美人的几个闲话 / 307

人嫌狗不待见 / 312

借阿姆斯特朗说话 / 318

真人霍金 / 321

清静路上的十字叉花 / 325

热情应学会止步 / 328

渴望有把小提琴

北京电台文艺部一位首脑送我一本书,叫《经典音乐故事》,收进了一百多篇作品。说的都是西洋人鼓捣音乐的事情。说这是他多年作电台音乐栏目的文字汇集。

此前也多有文字的友人出了书送我。书拿到手,总是或浏览或细读,然后给作者打个电话,对作品作些评说,从不叫送书人感觉赠书一去"泥牛入海"。

评说人家的书,好话坏话都有,但是逮着好地方就铆足了劲地说。

《经典音乐故事》拿到手,粗读细读,依旧是没有冷落。但是好几年了,总是没有跟作者打个电话对作品说上几句。不是没留神怠慢了朋友,而是感到他书里说的都是音乐那个国度里的"高精尖",又是门德尔松贝多芬、又是施特劳斯莫扎特,又是帕格尼尼瓦格纳、又是德沃夏克德彪西,还有什么 D 大调 a 小调,协奏曲狂想曲交响曲奏鸣曲,等等等等。这些,都是他目录中的信息,我一窍不通,两窍还是不通。想如从前那样地打电话说两句,觉得什么也说不出来,不会说,特怵头。于是,不会说也就不说了。

如果真需要有一个真不懂音乐的人去做什么,去应付个什么,那非我莫属。我对音乐最高的领会境界就是可以听听好听的声乐和好听的器乐。我有过一篇专说自己对音乐无知又无能的文字,无情披露自己不识简谱。从旁观之,识简谱像是个简单至极的事。不叫繁谱,不叫深谱,叫简谱,明摆着是拉拢音乐众生的常用道具。识简谱,看谁都是无师自通,可我就是不识,教也不行,始终是个乐谱的睁眼瞎。我的另外文字中已经说过这个话题,此不赘言。自己今生对音乐将一无所得,一事无成,这我早就悟了。

不懂音乐,但不拒绝乐声,更不拒绝赏心悦耳的乐声。这不矛盾,就像文盲,不识字,但不妨碍他去听人讲故事,更或乐于接受动人的故事。一个理儿,不算矫情。

在西洋乐器中,称霸的好像是钢琴。我这是瞎猜,没根据。说有根据也有,就是冲着它里边的构造挺麻烦,而且个儿大,沉,搬着费劲。买一个,也挺贵。黑色宣示高贵,也不知谁说的,反正有人这样说过,钢琴通体黑色,和高贵俩字沾边儿。钢琴这东西制造也是讲究,生产流程中必须有调琴师。修理的时候调琴师也必不可缺。就好像一部文字的东西出版问世,之前的工作过程中需有个责任编辑之类。拿编辑去比说调琴师,有可能比低,涉嫌轻贬调琴师,那就以后确认了再说。这么多要素加在一起,就觉得在西洋乐器的各路诸侯中,钢琴就是项羽了。

听人弹过钢琴,声音极其难听。想必那弹手是个不入流的主儿,就暗暗埋怨过人家,好东西叫你弄得不是东西了。后来又听过有人弹弄那黑大沉的家伙,一心想往美妙处去欣赏,照样还是难听。就琢磨那弹手,怎么又是个没正形的下脚料。再后来,有过一种新鲜玩意,拿钢琴给京剧伴奏。京胡月琴小锣小鼓等等全都不用,给京剧伴奏不用京剧的文武场,用钢琴,叫钢琴伴唱。就是人家在那边唱,他在这边"使绊儿"。那玩意也听过。京剧自然是好东西,叫钢琴那么一"绊",都不知谁是谁了,弄了个杂种出来。这话不是说京剧,是在说钢琴,那东西发出的声儿怎么就没有一回好听过。给京剧伴唱的那阵子是段特邪乎的日子,钢琴往台上一架,弹手肯定是选了登峰造极主儿,不是假冒伪劣,不能是下脚料,不敢说人家不入流。但到底明白了,钢琴这东西就是不会发出好声音。

论文字,论语言的表达,论语言的拆迁与安置,我人敢擢台,自信对手无多。有不自量力的上来,三拳两脚,准叫他稀里哗啦。但论音乐,甭说摆擂,人家谁的擂台我都得远远躲着,不敢登。不是那方江湖的侠客剑客,光会拉个云手山膀、三脚猫的功夫,那还不是净等着挨揍。我不傻。

西洋乐器中有一种东西叫小提琴,造型漂亮,精致小巧,也不沉。这种东西谁都见过,不作繁琐描述。摆弄的时候搁在肩膀头上,左边,歪着脑袋再用半个下巴押着。用肩膀扛着又顶着下巴不是因为那东西重,刚说了,不沉,为的是和谐人体结构,完成一种人与器的互不排异的好感。摆弄的时候,侧眼偏视琴身,右手的离弓在琴身的裸弦上划走,乐声由出。摆弄不应叫摆弄,应叫拉琴,拉小提琴。拉小提琴,也是谁都知道,都见过,这里也不多用笔墨。这几行文字里,又是"搁在肩膀",又是"歪着脑袋",又是"顶着下巴",又是"侧眼偏视",文字本意和字形难见美妙。但当那个小提琴的操手这样做了的时候,你无意识中会有一种奇异的发现,真音乐原来还是可以看的。

钢琴的声音之所以永远地难听,是它那叮叮咣咣的声音永远像是在给谁下战表,永远是一种对外宣战的动静。钢琴不会别的,就会这个,天生来的。而钢琴弹手那套动作里,常常是两手缓缓高扬,歇住,往下耷拉着的十指突然集体砸向琴体,在键盘上一通暴走,吓人一跳。这串动作传统又经典。真奇怪这怎么也可以叫作乐声。想过一百零一遍,也不懂那些好妈好爹们干嘛非把自己的娇儿嫩女摁在钢琴上,叫他们自己再把钢琴摁出声来领受酷刑样的收拾;也不懂有人怎么就甘心拿出一辈子的工夫去伺候那黑大沉的家伙,而且,居然还能被捧作一种什么"家"。

钢琴鼓捣起来至今还是跟人拼命的架势,闹起来依旧是战场动静。白居易先知,料到千余年后会有钢琴,早早撂下一句话,说那东西"呕哑嘲哳难为听"。说个真心期待,就想立个法,"视听环境捍卫法",生效当日,先把钢琴斩立决。

一场交响乐,各样弦管围着钢琴拼命造响,钢琴在中拼命挣扎,谁也不服谁,谁也不让谁。

小提琴也是西洋乐器,也是属于那样一种系列,但不较劲,不跟钢琴争高下。一娘生九种,种种个别。小提琴不张扬不嫉妒,踏踏实实地过自己的日子,做自己的事。

渴望有把小提琴。年代久远了,这是很年轻时候的事情。

当年,练习用小提琴一把定价二十四块钱。贫极不怕人笑,没处去弄那个钱。这个数目那时候是一家人十五天的温饱。况且,当学生,不挣钱。买琴难于上青天,所以,至今没有小提琴。

小提琴现在肯定已经不再是二十四块钱。不知售价,但要购买大约不再势比登天。

不是登天之难,却也没有买。早年没有买,是因条件不可及;如今没有买,缘于心理重,音痴乐盲,只怕辜负了一样好东西。

北京电台文艺部的那位首脑朋友,不知他们是否还在做音乐栏目,我的音乐故事大约能为他们节目添彩一回。或者,想问问他有没有打算编个国人版本的《经典音乐故事》,上面说的那些西洋的一系列都撂一边儿,我这"渴望有把小提琴"的前前后后,或可做成文字搁进去。

渴望有把小提琴,是我全部的个人音乐行为史中最为尚美的心理单元。

小提琴不与谁争锋作战,小提琴是西洋乐器丛林中的禅。

音乐一亩三分地

不到十岁的时候学过音乐。所谓学过音乐其实就是小学时候有个音乐课。

音乐学院那种高等学府里音乐课是怎样上的不知道。小学,小孩儿,上音乐课就是老师教唱歌,应该是属于声乐。器乐也有,不是叫我们学用,是老师的教学道具。一直以为那叫钢琴,后来有见识了,知道了那叫风琴,跟钢琴不是一种东西。

要说的是音乐文化课。所谓音乐文化课,实也就是老师教我们识简谱。歌儿怎么唱,唱成什么样子都靠这个简谱,所以我们也管那东西叫歌谱,有词有谱的那张纸管它叫歌篇儿。

阿拉伯数字的"1、2、3、4、5、6、7"不难念,但在音乐这一亩三分地里,就不念"1、2、3、4、5、6、7",念作"兜来迷发搜拉希",是拉长了音地唱着念,而且七个音的调门要递次走高。唱念一遍,掉回头把开始那个"1"再唱着"兜"一回,但这回的"兜"比刚唱过的那个"兜",也就是那个"1",调门更要高出一大截儿,得抻脖子扬头。写在纸上,是在阿拉伯数字"1"的顶上加个圆点儿,有些像英文字母中第九位那个字母的小写。后来有过诚恳无知又滑稽的自我提问,最后那个高音"兜"为什么不可以顺理顺势就那么阿拉伯地写作"8"。至今这个自我提问也未得解。未得解也就不求解了,还是那句话,人家那一亩三分地里的事人家自己做主,你只能跟着来。就好比又乖巧又好看特讨人待见一个小姑娘,不叫什么花呀草呀云呀月呀,偏给取个名叫"二秃子",别人也就只能那么跟着叫。"二秃子"就是那个又乖巧又好看特讨人待见的小姑娘。这个比方乍听好像不那么现实,但仔细地反正推衍,特现实。

后来又长见识,知道了有种叫五线谱的东西,也是跟音乐有关,歌儿怎么唱也是靠它,更知道了乐器怎么出响儿也必须看着那东西弄,不能瞎来,瞎来了,叮叮当当的就不是个东西。见过五线谱那东西,画在纸上,横着几条直线,上面高低不齐地挂着些带尾巴的黑点点,像一群蛤蟆骨朵。那是叫人去念去唱的音乐符号,那些"蛤蟆骨朵"符号挺有讲究,不是人人都会念会唱。横线看得清,五条,大约就因这个才叫五线谱。这么多年了,半个多世纪了,对五线谱的认知就这么个深度,就这么停在这个深度上,不曾有过一点长进。

这种五线谱跟前面说的那个"兜来迷发搜拉希"同等功用。五线谱是本谱,是繁谱,所以"1、2、3、4、5、6、7"才被叫作简谱。好像汉字中繁体和简体,繁体字阳春白雪,简体字下里巴人,而使用功效并无长短。瞎猜滥比,或许人家简谱和五线谱各有来龙去脉,根本不是我说的那样,不存在什么接转承合的关系。音乐人看到这几行文字怕是要么觉得不值一理,嗤我一鼻;要么叱我一言曰,胡说八道。不争辩,那一定就是我错了。

我自己知道自己,对音乐从来一窍不通。古今一直有个话叫通晓音律,是专门贴给那些有音乐天赋的才子佳人们的标签。我却从来不知何谓音律,更不知通晓音律是怎样一种状态。所以,话及音乐事情,音乐人对我嗤鼻又叱言,我不觉委屈。说"一定是我错了"是找台阶,自己心疼自己。其实,对于音乐,我甚至没资格在对与错中选择落点。家丑自曝,小学时候音乐课白上,我人至今不识简谱。于是感叹音乐人只用"1、2、3、4、5、6、7"这七个数字,就能让人唱出颠颠倒倒的无极世界,就能叫满台铜铁竹木的板管丝弦闹出乾坤无量的响动。不用说无法闹懂它们是怎么回事,就是周围那么多的日常人,同样也是叫我疑惑。好像天下无人不识谱,不管是谁,随便拿到一纸曲谱,都能把那个"1、2、3、4、5、6、7"唱得平顺流滑,都能即阅即诵,随口成歌。没有问过他们这伎俩是天生成就还是后来用功。既然人人都识谱,那识谱就无需称天才。既然音乐重天才,那唱歌只就是唱歌,而不是音乐,所以,识谱不用天才。此话越说越悲哀,悲哀在我连识谱也不会,就是连音乐人家那一亩三分地的国边儿也没能沾上。

无能生坏心,于是嫉妒周围识谱人。

嫉妒不跟人说,揣着个小心眼儿奋发图强。后来发了个狠,偏要做回出彩的,是借了个由头要为大家谱个曲。那时是在部队,看着我那自信心,看着我那机灵劲儿,没人疑惑,重任委托与我。于是我就"1、2、3、4、5、6、7"外加连勾带画地满满一纸。然后试唱,对着我那乐谱,大家无论如何唱不出调,更难言好调儿,结果让人笑了个够。自此终知我非此材料也。

中国的汉字,平时常用的是两千多。不管是历史的广大宏深,还是眼下的林林总总。这两千多的汉字,可以记录任何我们要记录的事情,表达任何我们想表达的人情。有这样一个"两千",就不用发愁我们要记录的事情和要表达的人情没有相应的文字来作运载。"两千",他们就在字典里面静候,足资选用。

音乐,也有它本身可供选用的支持符号,同样也是可以记录任何我们要记录的事情,表达任何我们想表达的人情。因为不是文字的表现,那种记录和表达的境界就虚涵了一种不可言说的高妙。此处或被问疑,刚说文字可以"记录任何"和"表达任何",缘何此处却又对音乐境界的高妙"不可言说",大逻辑抵触也。不抵触,不可言说一是在说音乐境界的高妙,一是在说高妙的音乐总在播送着千样的情致,万种的精神。人各有自己的生活,于是那种境界高妙的音乐能带着你往前走,走到你还没有去过的地方,回到你曾经留恋的日子;能让你看见未来的色彩,再入你记忆的一厢光景。同类境界,文字也可以营造,但文字表意的外延只靠你用自己的生活去碰撞,仿佛工笔的美术作品,外延斩截且清晰。

而音乐在关注你的生活的时候,给你的是泼墨的外延,在看不见的地方也不尽绝。你的生活在它那个不尽绝外延中接受挑动和扶抚。于是你只需享受,于是你不必奔波。

同样是完成这些对于生活情景的构设与再造,做文字,可供调遣的应用符号足两千多,更不用说《康熙字典》载进汉字四万七千个,《中华大字典》的汉字更收入了四万八千多。而做音乐,可供调遣组合的应用符号只是"1、2、3、4、5、6、7"。始终不知道,音乐人是怎样把这个"1、2、3、4、5、6、7"用作了七位魔方,从古至今地推动出那样多不曾重复的金彩波澜。当然,从古至今,我们同样也是通过文字做过和正在做着宏大与细微的观澜。但做文字,支持的单元因素是两千,而做音乐,只是在"1、2、3、4、5、6、7"中周旋。百思不解,说明我就是个音乐盲人。对"1、2、3、4、5、6、7",音乐人必有着他们特殊的感觉,他们会摆弄那个魔方,那是他们的特异功能。音乐盲人不具备,不知道,不会懂。好像对于天生的生理无目人,不能指望他能理解什么是黑暗什么是明朗,什么是色彩什么是光。

我们周围有着另外一个世界,一个需特异功能去把握的世界,这就是音乐世界。善使文字,是天才,而会做音乐,才是真真大天才,是一种更深刻和更高觉的天才。

我这样说,是智慧盲人相信光的存在,并用自己另外的感官积累对光那种东西进行盲人的解说。但是,这样的解说永远不会到位。因为音乐,那是一种不可替代的感知。就是当钟子期回应出"巍巍乎太山荡荡乎江水"的时候,那也不是俞伯牙心意的全景,更不可能覆盖那个心意全景的每一角落。只是,好在,那是两个明眼人关于色彩关于光的对语。

人间最深厚的文化、最具品质的精神蕴藏不在别处,就在于音乐。

音乐不是一亩三分地。但不懂音乐的人会这样说。

电视这个狗东西

没有考证电视是什么时候进来中国的,但我知道有电视这东西是在上世纪五十年代。那时候住在胡同里,附近有个房管所,忘了是怎么知道的那个院子里有这东西,晚上演节目,跟演电影儿似的,就惦记着去看,就去了。门口有人把着,我们是小孩儿,高低就是不让进。现在一想也是,人本来就是个爱显示优越的东西,人跟动物,要显示比动物优越。人跟人,就要显示我比你优越。护着一个优越不让你碰,馋你外加馋死你,你馋他享受,享受你的馋。再说,就像蟑螂好歹也是条性命,房管所大小也算个衙门。不让进,该。

看不成不甘心,不甘心又没办法,于是悻悻一句,电视这个狗东西。物各有主,骂物,潜意识多是在恨人。不是心爱又心疼吗,就往你心窝子上戳。小孩儿,得罪不了谁。这是几十年前了。

电视这个狗东西是一个工程,现在更是一套成熟完备的系统工程。硬终端是信号接收器,小名叫电视机;软终端是屏幕音像,爱称叫电视节目。如今在说到"电视"俩字的时候,常常是忽略这个系统中的所有其他成分,只留下了"电视机"和"电视节目"两厢内容。说"新买了个电视",说"回家看电视"。说出来都是"电视"俩字,内容指向全不一样。不一样也不要紧,这个时代的你我明白这个时代的话,就行了。

调过头来再接着说前面的话。话说又过了二十年,电视开始多起来,百户住家中能找出一二十台。不是统计,也不是考证,只说大约状态。这时候的电视,每天稍晚时候,最后一个节目结束,屏幕上就出现"再见"两个字,静悄悄地停在那里。没有几个频道,一台"再见",别台大致如此。嘎嘎嘎,把频道旋钮三百六十度地来回拧动回好几遭,都是"再见",于是就睡觉。

现在的电视,"再见"早成了文物。各种品质的节目夜以继日,二十四小时你歇他不歇。他不歇不是他不歇,他不歇是拽着你不歇。于是一个不歇,多多不歇,于是就耗灯熬油地瞪着眼睛看那些影儿。天亮了,太阳新鲜出庐,你只能昏昏沉沉,打着瞌睡去上班,跟人说话时候咧大嘴哈欠连天。想想昨夜电视都演了什么,早已烟云散尽。就像李逵下山,看见鸟戏桃红,也想赞叹,就要念念日前军师哥哥的两句诗,吭哧瘪肚半天,结果呢,哎呀呀,俺想不起来了哇,拉倒。一样,这时就恨自己如那李逵,昨晚电视没过半宿就已全无意义。为了白天的精神与体面,于是就指天跺地暗自发誓,今晚早睡,电视一定不看。但晚上到来,一切照旧,明日来时,又一切如昨。

电视能把人吸引在它跟前叫人不动,能叫人囫囵咽饭,叫人不接电话,在外办事能叫人草草收场,掐着时间,呵哧带喘地往家奔。甚至是叫人干脆不吃饭,干脆摘断电话,干脆有事也不出门。当然,电视机做不到这些,是电视节目。好像一处农贸市场,如果光是那么一个空场,谁上那儿去干嘛。里边有摊贩,只要有摊贩,哪怕市场如车祸现场样地叫人看着难受,哪怕货品是臭鱼烂虾,是虫米霉面,人气照样升腾。

从来就不是电视迷,后来更不是,以致现在更拒电视千里之外。现在的电视节目,臃臃肿肿又滥滥馊馊,那些东西是怎么出来的,我十分清楚。用伪知识伪科学伪文化伪诚信……总之竟用些伪物件来填鸭样地喂你,你不挣扎,你食伪而肥,就真把一身的囊膪当成了健美肌。

我说我不看电视。不看电视你干嘛呀,总被这样审问,并且还常常把那个"干"字说得很响很重。看来人是想干点什么,或是应该干点什么的,幸亏有"电视这个狗东西",要不吃饱了没事就只能哼哼了。我说我待着,宁愿待着,何况我不可能阿呆一样地待着。不看电视,许多的事情你不知道哇。倒也有这么一说。但是,许多事情,不知道更好,我说。况且,小事不用知道,大事想不知道也不可能。

标准间两个人,不怕他打呼噜,不怕他咬牙放屁吧唧嘴,不怕他把房间卫生间弄得一塌糊涂两塌糊涂,就怕他看电视。一进屋,首席动作就是"吧嗒"一声先把电视机打开,其实不是要看什么,手欠。电视机打开了,之后就聊天,就归置东西,就刷牙洗脸,就拉屎撒尿,就出出入入不消停。他只要在,电视机永远是工作状态。手欠就是心欠,很晚,应该休息,但你的状态你的暗示被无视到零。看电视不违法不犯忌,除了不考虑别人这一条挺可恶,别的没什么错处,于是就强忍强耐强让自己入睡,给他个全天候大自由。直至夜深又深夜,电视机里面还在叮当闪烁,就又恨起电视,恨它为什么就这样世界末日般地往死里作。受刑样地不得入睡,到底定力不足,就不由偷看一眼,他却早已哈喇子流星,睡得嘴歪歪又脸歪歪了,于是大败心大懊恼。我没有多高修养,于是就爬起来,"亢哧"一下把电源来个连根拔,虽然没流哈喇子,自感觉也是脸歪歪又嘴歪歪了,气的。天亮时候,听不见对昨晚事情的倒叙,更不曾听到过一回道歉。于是一个上午就盼着午休,一个下午就又唯恐晚上的再来。也有时候他并非同屋,只是来通知一事,但进房间后伸手就奔电视机,也是"吧嗒"一下打开,说两句话,转身即离。有点欺负人。

电视的横滥养坏了人性,叫人忘记了时空、颠倒了身份、忽略了道德、轻蔑了人权,叫人习惯了无礼与霸道。对看电视的天经地义和不可侵犯感,叫作电视病。说是电视病,但眼下尚无此病说,谅此说日后必有,指望临床医学走快些。

谁也不知道我说的那个"他"是谁。贩夫走卒、富贵精英、三教九流有视无类,任何一人都可以是电视受众。所以,"他"是任何一个你我。

电视台总在玩弄收视率,小数点后面拐弯又拐弯,仿佛一个新圆周率,数字精细得让你真不知那是怎么回事。闹不懂那数字是怎么出来的,更不知前面说的这个"你我"在不在他那统计数据中。直到有一天,有电视台大腕爆料出"伪收视率"后才恍然大悟。他们把那收视率拿来干什么,我们只能猜,瞎猜的东西我们暂且不说。或许不是瞎猜,而是已被说中,说中了也可以暂且不说,那不是我们此时的文字,需待另设题目。说我们眼前的话,收视率既然那么需要,既然假的就是真的,那就可以像吐唾沫一样,谁需要,扬脸吐他一口就行,假模假式精细得"拐弯",实际也是吐一口,只是吐得精细些,吐得越假越如真。如果又有大需要又良心未泯地要弄出个真的来,怎么办……一位作家说得好,弄个疯女人脱光了在过街天桥上乱蹦,何愁没有收视率。

"新闻联播"和"天气预报"不用显摆收视率。二十四小时,这俩节目之外,多看一眼都情同吸毒,都是快快乐乐当俘虏,都是用自己的性命供养别人。

说"电视这个狗东西",昨天也说今也说。当时是想看看不着,连馋带怨地撒过火。现在呢,是想远离却又管不住自己。拿着电视宝贝儿,或许也在骂,骂他电视这个狗东西。但是,"痛并快乐着",此话借来套用,你你我我"骂并欣赏着"。

各有一账。人没出息是人没出息,说一句"电视这个狗东西",不算不公平。

哪天闲得哼哼了,再拿手机开一刀。瞧着的。

关于文字文化的话题二则

中国的平话和章回小说

纪昀的《阅微草堂笔记》,有人管它叫小说。其实,叫小说有点勉强。书里尽是作者听说来的别人所遇所见的神疑事情,多具佛道景观,小说要素欠备。作者自己也没把那认作小说,书名《阅微草堂笔记》,多明白。于是又说这是部笔记小说。小说就小说吧,谁也不是头版头条,所以就你说你的我说我的。这里说纪昀的《阅微草堂笔记》,纪昀是谁呀,耳生。不说纪昀,说纪晓岚,大约知道的就多了,手里端着个大烟袋,老惦记跟乾隆爷逗闷子的那位,就他。

这段文字不是要说纪晓岚,也不是要说他的"笔记",而是要说小说。说小说,拿他开头。中国近代小说实是源于中国的早期平话,也叫评话。平话,就是讲故事,有点像今天的评书。评书里面有人有事,盘根错节,天上地下,纵横映带,纪大烟袋的笔记没法比。评书有个特点,就是到点儿拴扣儿,要紧的地方嘎噔一下不说了,老调子是"……且听下回分解"。他是逗你玩儿,这边的罪得你来受,好像大热天里嗓子眼儿正冒火,一大杯清凉饮料给你端过来,仰脖一大口,怎么没了,不是没了,是只供你一口。一口,不解渴。当然不解渴,想解渴,行,你就得跟着他转悠,乖乖地等他"下回分解"。他"下回分解",你下回还得往外数银子。

中国传统小说都会拴扣儿。这种传统东西叫作章回小说。所以,中国平话是中国章回小说的正版前身。平话变版成小说有一难,难在章回有定数。八十回、一百回,多是一百二十回,回数正满,故事恰结,不是调遣情节的高手不敢碰"章回"。当代的章回小说甚罕,《烈火金刚》可作经典。现在不听书不看书有了文化支持,电视连续剧上来了,后声夺人。说连续剧后声夺人,是说今天的连续剧并不是什么新鲜东西,是从人家评书和章回小说那儿学来的。学呢,又没学到家,电视剧比评书比章回小说好办得多,手里拿着剪刀瞪眼看着表,到了时间,管他是哪儿,咔嚓就一剪子,这就一集,再咔嚓一剪子,又一集。没人逼他们,也不是编导们懒,而是他们笨。让表演时间和演绎内容汇落在一个档口,他们没有那本事,那些造连续剧的,不少的我都直接知道他们,都不行。不是由于直接知道他们,而是看他们那些产品就一目了然。评书和章回小说只是没有活动画面,画面全凭受者用自己的生活经验去构造,这种构造,乘除加减,外延无穷。而连续剧在眼前,你不用调动自己的生活积累,编导们早把那个画面塞给了你。先是后声夺人,后又先入为主,再丰富的想象力你收着,就这个,你只要盯着看就行了。所以,电视连续剧是懒人的文化宠物。说这个话并不期望得罪人,懒人应该有所骄傲,因为世界最后就属于懒人,好像一天的色彩不论多么绚丽或多么不绚丽,最后全都属于落日。懒人不会被嫉妒,反倒偶尔能让人羡慕一下。你说说。

真是,不是在说中国早期平话吗,不是在说中国的章回小说吗,离题说人家懒人干嘛。不得罪他还不得罪别人呀,那是一个强大系列呢。行,那就不说了,什么都不说了。

别老说人高鹗的坏话

有个叫作"红学"的学术分科,专门研究《红楼梦》这部书。

其实学术中没有这个分科,完全是占山为王,坐地分赃。就像都在开口闭口地称"韩语",语言学分科里没有韩语,朝鲜语是规范的语系分科,韩国使用的语言叫朝鲜语,哪儿有什么韩语,没有。美国用"美语",加拿大用"加语",刚果人说"刚语",车臣共和国的语言叫"车语",不可笑啊。"红学"实也是水泊梁山式的东西,太老了,牙已经掉光了,"红学"也就红学了,没人去计较了。只是,《三国演义》《水浒传》和《西游记》们,可让人说话的地方也多着呢,干嘛不"三学"、不"水学"也不"西学"呢。不懂。

《红楼梦》没写完,作者曹雪芹就死了。过了差不多三十年,这个书才面世。《红楼梦》一百二十回,曹雪芹就写到八十回,后四十回哪儿来的,是有人给续齐了。续写《红楼梦》这人叫高鹗。"红学"开始只是研究书中内容本身,到后来,擦边带抹的什么都来。于是,关于高鹗的话题就越来越大。

对于高鹗,黑白两大说词。一说我们今天有个完整《红楼梦》,多亏高鹗,于是多谢高鹗。一说后四十回文采不及,风格走样,人物命运也不是曹雪芹的初设,高鹗把曹雪芹的好东西给糟践了,这个高鹗,没你多好。

文采不差,风格一统,后四十回又应该什么样。《红楼梦》是小说,所以,你是"红学",你就应该懂得小说创作。不说文采和风格,就说"人物命运也不是曹雪芹的初设",这个话就是小说创作你不懂。

精细分工,综合生产,垄断经销,论股分红,"红学"就变成了一种营生。叫"红学"太单薄,应叫"红学托拉斯"。我说个坏,你就说个好,我说个真不错,你再说个太糟糕。于是,端起碗来相对一笑,大家就都有了饭吃。曹雪芹不知道,《红楼梦》养活了那么多人。高鹗不知道,他的"后四十回"也是养胖了一大族。可叹高鹗,生在那时续红楼,死后于今被阴炒。续了《红楼梦》的就是高鹗,结果谁劳作了谁遭恶。既然善言恶口都一样吃饭,都吃一样饭,干嘛不少说人家高鹗些坏话。

　　日本有部古典小说,叫《源氏物语》,影响和地位可以类比《红楼梦》,用句俗不可耐的套话说,就是《红楼梦》是中国的《源氏物语》,《源氏物语》是日本的《红楼梦》。中国也有一帮琢磨《源氏物语》的,就像日本也有一帮人琢磨《红楼梦》。日本的不去管他,就说中国。一些挂着《源氏物语》专家,还是那种老到家了的老专家面具的"源学家",却是原著根本没读过,《源氏物语》那么多人名和地名,从来不知谁是谁。好像趴在地图上寻找"阎锡山",上上下下没找着,就说此山太小不足画。人名地名没闹懂,就在那儿吐沫星子满天飞,又发文又讲座,欺世盗名。干嘛那样啊,当然得那样,中国食堂外国饭,混进门来就能吃。

　　你也在说《红楼梦》,那个书你读过吗。真把我给问住了,实话实说,《红楼梦》原著还真没读过。不过,别笑我,不是有小人书吗……

关于美人的几个闲话

柳叶眉杏核眼,樱桃小口一点点……杨柳细腰赛笔管……这是中国传统平话中对美人的描述。不管哪套书哪位女流出场,只要说她好看,就这套词。这套词叫美人赞。听书听到这儿,没有理解障碍,他那样说,你不用多想,接着往下听他的故事。

美人赞不能琢磨,一琢磨就不是正经东西。有相声段子精改美人赞,把俩杏核往俩柳树叶底下一搁,说这就是美人的眼睛。又说樱桃小口张不开,只能吃面条,炸酱面,一根根捅嘴里然后使劲嘬,酱还全糊在外边。相声听到这儿觉得好玩儿,就笑出声来。

听者会听,不会说说书的说得不对,也不会说说相声的太矫情。所以,美人赞,说书的照旧那样说,说相声的照旧拿美人赞开涮,各自相安无事。

古代和现代不少画家的仕女图,美人们都不难看。但都一个模样,又都是一样地没有笑模样,都是不会笑的美人。所以,美人赞就好像是这样一幅画儿,不是丹青笔墨,是说出来的仕女图。而仕女图,就是画出来的美人赞。

西施、王嫱、貂蝉、杨玉环,在文字描述上早就约定俗成,定格为中国古代四大美人。这几个美人都在属于自己的那个当时分别叫吴王夫差、叫汉元帝、叫汉相董卓、叫明皇玄宗都好好地颠三倒四了一回。

四大美人,谁也没见过。所以,四大美人看在眼里时到底怎么个美法,都不知道,真不知道,永不知道。现在影视商业发达,净有些乖乖翘翘的小戏子们穿了古时候人家那样的衣裳,红红绿绿地骚来扭去,让人相信四大美人就她们那样。胡扯呢。

读到过冷静的文字,也是四大美人话题,是专拣了别样的文字去说,一点也不从流。说西施爱穿加长的裙子,上河边去洗衣裳,裙子也总是在脚面上拖落着,干嘛呀,天生一双白薯脚,怕人看见,藏着点儿。王嫱,也就是常说的那个王昭君,其实是个残疾,天生没有肩膀。大溜肩,衣裳穿不成型,就拼命加楦,垫肩能有马鞍子那么厚。貂蝉呢,腮帮子那地方,左右两个扇风耳,特大,劈里扑棱的,想切下不要了又下不了那狠心,与其没耳朵还不如扇风耳。为了不恶心人,耳垂底下就挂了超重的耳坠,横扇的耳朵片子多少能矫得顺正些。杨玉环就不多说她了,有事没事总在华清池里泡着,不是偏爱洗澡,是涮她的臭胳肢窝,在水里多抻些工夫,为的是别叫狐臊太呛人。

其实,对于人,更对于美人,这样的陋点都能叫人缺乏些人前信心。就说脚,这物件对女人实是一汪视觉的审美性器官。西施,脚丫子往外一伸,两块白薯,就这一条,何美之有。西施知丑,就用长裙来掩蔽。现在的女性,不管什么脚丫子都敢往外拿,毫不在意。想必一定也是少有人前信心,却也无可奈何。于是我们就有幸常见些如枯草炭条、如滥柴荒冢、如鸡爪鸭蹼、如熊掌豕牙,更有如一摊车祸现场、如一堆厨余垃圾那样丑极和恐怖得叫人不敢描述的女人的脚。害眼外加倒胃口,就觉得这世界怎么糟糕得如此不可收拾了。倒是西施的白薯脚告诉我们,这世界原来在公元前就已经糟糕得不可收拾。当然,美人的陋点也同样没有影像资料更难有嗅觉资料传下来,也都是文字描述。把这样的未成主导的文字复述出来,只在佐证对关于美人的赞美文字的质疑价值。

照相术撕碎了关于美人的讹说和谎言。

因为有了照相术，佳人名妓赛金花让人知道了她真颜原来如此，不是原来如此"我见犹怜"，而是原来如此地距"我见犹怜"相去甚远。但瓦德西还是把赛金花弄到中南海，晚上并了两张行军床，这倒不是因为赛女美不虚名，而是来自江南的这个丫头在京城里搅出了动静。冲着这个动静，就不用管她美得虚不虚名。就像强悍的山贼，不问美丑，一定要把个名富名贵人家的女眷弄来做回压寨夫人，为的就是一种滋味。就像谁家里挂了幅毫无品相，不算个什么东西的字画，但那是名仕手迹，好不好我也挂，挂得就另有说法。瓦德西也是，我是谁呀，我来了，专门冲着高明大贵，你这里不管什么我都要占着。不是有个赛金花吗，你不就是那个赛金花吗，所以，你赶紧给我过来，乖着点儿。那才叫真有意思。

照相术的引进，叫我们知道了紫禁城里的宫娥彩女并非一律美不胜收，更多的竟是那样地猪不吃狗不啃。包括皇上院里屋中的那个妃这个妃，美妃非美，乃为常态。但话不书绝，紫禁城里有过一个珍妃有过一个婉容，没有辜负过照相术，但也不知道看不见的脚丫子品相如何，闻不到的胳肢窝有没有异味。以往的更多的美人信息无影像资料可供审问，因此，何止是五百年的紫禁城，我们有理由对更远时光中更多的有名有号的美人给出疑问。如有影像流传下来，那么，一定何止是白薯脚溜肩膀，何止是扇风耳和臭胳肢窝，影像打败文字将是揭底的好戏。言及臭胳肢窝，我们说，影像不对气味负责，嗅觉的留此存照，将来技术也做不到。但"环肥……"的肥环，恨不能一辈子就待在水里，皮肉泡得疱浮肿赘，管保白朴朴的一身囊膪，哪还会有海市蜃楼样的美人露浴图。

我们认可了上述关于四大美人残点的记述，倒是忽然惋惜起毛延寿来。对王嫱，其实他不用刻意暗着手笔，只需自然主义地去描绘她的大溜肩，就既能排解嗔怨，或许也不至于终惹杀身。

但这个话不是评史,只是对史人史事的传说于今于此放一滥言。古代四大美人,那么大毛病,怎么就能轮上她们一二三四。其实,真美人肯定有着,存在着,就在那些小胡同中,就在那些大杂院里,脚丫子养眼,不溜肩不扇风耳,也不臭胳肢窝。她们没有被留名认可,只是因为没能跟帝王将相类族搅在一起。

遥远的美人已经无法浏览,但相信美人自有后来人。想知道真美人到底有多美,于是就关注过一回选美大赛。

不用问,参赛的都是起码的美人,好像足球的世界杯赛,先是一轮轮地往下刷,最后剩下一堆好家伙,好家伙里头拔出好家伙。选美大赛也是一轮轮地过筛子,美家伙里头拔出美家伙,最后胜出的必是美中之美。于是期待着那个结果。

结果出来了,姓名前面是冠军俩字。于是赶紧上眼,但那个结果,真是叫人不知这世上到底发生了什么。选美冠军,首先给出的应该是视觉特供,但横竖视察,怎么就不如北京小胡同或大杂院里随便走出的一个女孩。于是怀疑评审要员们拿错了手牌,于是怀疑自己的眼睛出了问题。纠结不解,就小心请教,生怕被认作外行。但到底还是外行了一回,一问这才知道,原来这美人是用尺子量出来的,是用磅秤称出来的,是用色标比对出来的,跟视觉审美全无关系。才知道人家评委真真地一丝不苟二丝不苟三丝还是不苟,才知道欣赏这东西不许用自己的眼睛,不许依赖正常的审美修养。你参赛了,身高、分量、表色,都是阿拉伯数字在那儿说话。光有标准身高不行,必须跟体重配套;光跟体重配套了还不够,你身上那么多地方都应有尺寸管着,腰匝胸围,肩宽臀厚,膝盖在什么位置上分割小腿大腿,臂肘距腋窝距手腕又有多远,都有秘密指标。就是双眉两眼间的距离,脖子的粗细长短,嘴唇厚度,嘴角宽窄,不能光是看上去很美,差了尺寸你也不是冠军。皮肤,包括齿泽唇色,黄白黑红都没关系,只要你尺寸和分量的组合正好能叫你的肤色唇齿亮度与预设的色标对号……

无尽无穷的算术的排列组合之后……冠军终于诞生了,尽管此前度量衡了一万遍,却忽略了黑眼球白眼球的占比与位置。看那位冠军,我当然是在说眼睛,小不可耐又圆不可耐的两粒黑豆豆,360度不着不靠地死贴在两块白板上,活脱脱两帖小膏药。不知道选美本来就是这样,还是评委们像说相声的开涮美人赞一样诚心拿"美人"俩字闹着玩儿。

　那话还想再说一遍,真是叫人不知这世上到底发生了什么。

　审美的视觉文化受制于算术的加减,胜出的美人成了钳工车间的肉件儿。别嫌难听,出来的东西跟随便一个泰国人妖相差十万九千里,超过孙猴儿一大跟头。

人嫌狗不待见

"嘎奔儿"应是个象声词,一根棍儿折了,嘎奔儿一声。衍进了,是说事情来得突然,过程利落,不拖泥带水。引申了,说人死得干脆,就说"嘎奔儿"死了。但语气中了无敬意。后来再犯懒,人死不说死了,就说"嘎奔儿"了,别无废话。然此时非但了无敬意,内涵更多的已是咒念与恨言。

那么多人坐一块儿说话,他冷丁就能冲人来一句,诶,哪天你要是一下子"嘎奔儿"喽……然后就怎样怎样。不是打比方,而是举例说,因为我就曾有遭受。遭受了,不知如何指说,也就没有大以为然。

人嫌狗不待见。直到有一天,一位文化名人于广众中对说人"嘎奔儿"的这主儿如此总结,才发现了自己原来的麻木。

被总结的这主儿是个写戏的。再进说一步,是个除了写戏别的什么好像就不大行的主儿。

咱不许嫉妒,不许见人家好就自己跟自己生气。实话实说,这主儿戏写得挺好。怎么叫好,我当然知好知赖,但这不算数儿。算数儿的是人家的戏也拍过也演过也闪过。也拍过是说阵容强大地有过影视制作,大演员大导演横七竖八地一通乱拱,时髦话叫华丽登场;也演过是说作品毫不含糊地播出过,闹闹哄哄地霸占过中央电视台的黄金时段,时髦话叫震撼揭锅;也闪过不是说一闪而过,而是说光昌流丽、叮当闪烁地获过奖,也有时髦用语,忘了怎么说了。

老舍有"一沟一馆",沟指《龙须沟》,馆是说《茶馆》,俩戏。"一沟一馆"特别地让老舍在上世纪五十年代时候春风明月。到后来虽然不春风明月了,但还是明月春风。挺长一段时间特别时兴造改名著,内容加减,题材移植。名家的东西不好碰,手里什么都没有,就别老惦记着"倒反西岐"。俩手一把没倒利落,把人家的古瓷摔在地上,七离八碴满地碎片,原来的东西没有了,造改出来的也是四不像六不像四六不像。老舍的东西不敢碰更不好碰。这主儿不明白,不明白就容易胆儿大,抬手就冲"一沟一馆"下家伙,把《龙须沟》和《茶馆》抻面条样地拽成了电视剧,都好几十集。可结果你瞧,还得说这主儿手里有"三把神沙"。得奖得的就是这"一沟一馆"。

说这么热闹,这主儿哪位呀。有名有姓,但不能说,怕您不信。不是怕您不信人家,是怕您不信我。就凭你,能认识他。这话没脏字儿,可挺损的,真给我这么一句,我招谁惹谁了。

有名有姓不能说,不能说也得有个名姓。要不下面的文字怎么做,不能总是"这主儿""那主儿"的。张王李赵遍地刘,徐陈孙马大路杨,就定他姓杨。姓杨,挺俗,再给他起个挺俗的名字,建国建军志强国强,就叫他国强,俗不可耐的名字前面挂个俗不可耐的姓,这主儿,就管他叫杨国强。

就杨国强了。跟这个杨国强认识十几年,除了写,真没见他会干过什么。原来当工人,毛纺厂,那活儿他可能不会干,于是就不上班,给人家画报社写"豆腐块儿"。卤煮火烧麦香鸡,各好一口,也算是挣饭的买卖。工厂说,再不上班就开除。没用,结果除名。他占便宜就占在他老婆不闹不折腾,就拿自己那点儿工钱兜着他,平和静顺地让他写。东西还真出来了,就拿着写成的玩意儿吆喝着卖,商品经济这叫买方市场。吆喝着卖的东西就得便宜,甚至容忍赊账,让人家先用东西后给钱。《龙须沟》《茶馆》一得奖,乾坤颠倒。不用兜售,总有人上赶着敲门。杨老师给我们写个这个吧,杨老师给我们写个那个吧。商品经济这叫卖方市场,必须预付货款。于是就杨老师这钱您先拿着,于是只比印钞机差一步,笔头子成了点钞机。就算一年写一部戏,够好几个工薪上一辈子的班,老婆撒娇显依赖,管他叫挣钱机器。没地方去说理的事,您就别生气。他老婆不是天生的宽仁就是揣有袖内神机,算定我们国强早晚能出息。

总给我打电话,一听,杨国强,我这儿还没开口,那边就说了,欸,考你一个。老考我,考什么考,后来明白了,是写戏碰上了不知道,遇见了没把握。有了麻烦,请教不说请教,说考考你。又是没地儿说理去,法院不管这闲事。有回突然考我,从日本开来的火车到中国停哪个站。一问,正在写末代王爷,溥杰在中国和日本之间往复去来,总该有个启程与落脚,难住了。此事早记录在案。每回考我,我这儿都有账,包括问词问字儿。一笔一笔,加起东西不少了,他自己都说足够出本书。

考考我,这还算明火执仗,行为堪称大丈夫。难防的是总遭他偷。偷也行,您暗渡陈仓,呼呼哨哨一亮底,也算是玄机大盗。他不是,小捎小顺。聊天说话,包括打电话,我不留神他在意。我说话中的那么多的好东西,都被拼版剪接在他的戏文中。他说他写的东西能让剧组那些人笑喷了饭。其实,一些叫人能喷的神笔少不了从我处的偷来改造。等到戏拍了,播映了,发行了,拿钱了,一看,没我什么事,就心不平衡。有凭有证,文化侵权,联合国都敲打这事,法院准管。可到今一次没有起诉过。他准保总在一边偷着乐,以为我傻,却不知道他占便宜就占在我没工夫上。

老坐我的车。我说教你开车吧,他说他不学,说有车坐干嘛非得会开车。我系上安全带,他说我上辈子没干好事,就说他坐车我开车还得捆着我。我说算你说得对,上辈子你是给我牵驴的,我骑驴你牵着,给我牵驴你老觉得吃亏,盯我一眼就发暗愿,说下辈子,瞧着的。现在下辈子了,让你瞧见了,开车牵驴是一回事,阴错阳差,就这么调过来了。

坐我车上,还总是考我。忽然问我,说什么叫"科摸","科摸"什么意思呀。不记得他什么时候考住过我,顶多形成探讨。可这回真"科"了我一个"摸"不着头脑。我在琢磨着,车就继续前行,他忽然朝前一指说,你看,科摸。抬头留意,绿底白字,一大块路识标牌上,赫然"××40km"。顿悟,他念的是后边的那俩圈儿文。汉语拼音?行,国强,有你的。论计算机,我比他强,这是我说,让他说,定是我不如他。其实都是不懂不会又需要,就一边打架一边练拳,抱着个计算机愣怔。写作过了换笔一关,汉语拼音自学成才,成了工具的工具。但我到底另有强项,除了汉语拼音还认得英国字儿,当然也是自学成才。28个英国字儿我能认下26个,还有俩找不着,等找着了再认不着急。而这"科摸"正在我会认的26个字儿里面,能认又能解,他服了一回……完事我说这段儿你可别忘了,想着写在戏里头。后来每每聊说国强问"科摸",没谁不笑出哈喇子。

挺长时间没见面,想一块说话,于是就打电话来说中午聚饭。行,我说。他选地方他勾人,双料的理由他出银子。他出银子我不计较,他也乐得我不计较。吃完聊够的时候,他老婆打来电话,问在哪儿。说在跟我一块吃饭。他老婆当然也是有名有姓。实名制太夸张,也就不说了。不实名制也得有个呼号,不能总是"他老婆",干脆就让她姓石,石头的石,干嘛不姓山水偏姓石,此处话中有个"实名制",百家姓中有石姓,借音用字,临场现抓,没理由。就叫她小石。小石电话,说天冷了,给他买了个帽子,叫试试。于是大家就约了个近处的街口。一见面小石就冲我来一句,大哥您请国强吃饭也不叫着我,这事您做得可不对呀。我一听,赶紧揽过话尾,点头认错,真是的,不对了,下次一定改正。于是皆大欢喜,于是就试帽子,于是又简说两句,于是就分手,于是就回家。一切情平理顺,波澜不惊。下午四点多,杨国强突然打电话来,也不考我,也不"科摸",劈头一句,欸,今天中午吃饭是我请你呀。

他把"我"和"你"两个字放慢了,咬着牙说得凿凿切切。我说是呀,是你请我呀。他说,那小石说那话的时候你干嘛不解释呀。我知道他在说什么,就又赶紧揽话,真是的,该解释,下次一定。我这样一说,他踏实了。其实,我口不对心,嘴上那样讲,心里却在说,下次我还不解释,占着便宜,我才不解释呢。中午一点多吃完饭到下午四点多才觉悟……这段小品,总跟人说起。写戏,他杨国强不管多有能,智慧晚我仨钟头。

说这么多,也没见杨国强怎么就人嫌狗不待见了。甚至,这人挺有意思,更甚至,让人觉得挺可爱。是,光看这些,确实有点窦娥冤。

有个文化人死了,就题聊天。死的那位他知道,我更多一点熟悉。问说生死年龄,就说与他听。低头掐指再抬头,比你年轻啊,他冒出这么一句。一百以内的加减法,这话也无大忌也无错。比我小一岁,我说。也是一百以内加减法。紧跟着他来一句,你看,人家比你年轻人家都死了。你看,还我看。谁都说不出来谁都不会说的话,他杨国强独家绝版。这怎么还能叫挺有意思挺可爱,怎么还"确实有点窦娥冤"。其实,他也不想想,你也是比我年轻呀,不也……下边的话我就不说了。

我是天生不会与人顶碴子迎峰地拼舌斗嘴,这就让他占了便宜。想起了马克思与恩格斯,哥儿俩挺好。马克思是哪儿都少不了他,但恩格斯就不会跟人针尖麦芒,枪来就躲,不使盾不接招,就显得总比马克思慢半拍。总是马克思先发现点儿什么,发现了就赶紧告诉恩格斯,欬,老恩,你看那事真逗。扔下一句话就不管了。他怎么就"真逗"了,恩格斯就自己跟自己较劲,鼓捣来鼓捣去,鼓捣出来的东西准比马克思那个"真逗"值钱,就赶紧告诉马克思,欬,老马,你知道那事干嘛"真逗"吗,于是就说个原原本本一五一十。倒不是说恩格斯心迟,而是说慢能产生深刻与绝妙。恩格斯深刻了绝妙了就赶紧告诉马克思,然后哥儿俩就摽着劲儿地指导无产阶级去把"旧世界打个落花流水"。而我却不愿意去告诉杨国强,因为受了坏话,之后深刻了绝妙了,去跟他对话,定无善言。就甭指望他能说出个正经的来,就更不会跟我一块指导无产阶级去做"最后的斗争"。

碰上我这样一个言生言死如添水加饭的主儿也是他的便宜,要是本文开头的那位知名文人,当时就脸一摆,嘴一横,刀枪不入,他也为难,哪儿还有什么马克思恩格斯。

名人明智,"人嫌狗不待见"是经典的发现、经典的抨说。"人家比你年轻人家都死了"又是"人嫌狗不待见"的经典亮相。一个是又不犯法,又不获罪,满嘴滥道,我就这样;一个是哪管地点,哪管场合,一针见血,你也没辙。俩都绝活。

受那知名文人点拨,一缕杨国强的有史以来,"人嫌狗不待见"的东西实在太多,早就抵消了那个"有意思"和"挺可爱"。文以载道,"人嫌狗不待见",慢慢再写。我不发愁,故事只能积蓄,肯定不会断档;他没个改,素材现抓就有,总在新鲜出炉。

俗人俗名俗姓,备不住,今后真有一个写戏的,不幸就叫杨国强。您别对号入座,那一号不是您。先说下两句给那位预备着,您打官司,告我个名誉侵害。行,这案子挺好玩儿,法院会管。可一旦问您,您是修理过《龙须沟》呀,还是改造过《茶馆》呀……傻了吧。法官说您"关公战秦琼",您没个赢。

说来,杨国强他也是个拿言生言死如添水加饭的主儿。但这个话题不能牵进你我。跟他交流这个话题得有准备,他准会说肯定你比我先死。干嘛我先死,我才不先死呢。我比你年轻呀。这时候他会把"人家比你年轻人家都死了"白茫茫地忘个干净。

其实,我跟他较那劲干嘛。先死,而且"嘎奔儿",是先世修来的福报。非但不受阳罪,而且不用难过了。难过是一件很难过很难过的事。他要是哪天"嘎奔儿"了,我会很难过很难过。当然,要有条件,得是他"嘎"在我前头。相反的话,是他会很难过很难过。我相信。

借阿姆斯特朗说话

阿姆斯特朗死了。海葬。

海是地球的重要成分,在地球表面面积的对比上,海对于陆占有算术意义上的广大优势。所以,海具备绝对的地球意义。

地球是人给自己赖以落脚的这个落脚点起的名字。人原来只知道地,站在那儿,横竖都找不着边儿,没边儿。满地都是土,所以,地者,土也。后来弄懂了一个事,明白了脚下这个去处的秘密。怎么弄明白的呢,就是又使劲又犯傻地直着朝前走,走着走着,就走到了迈第一步的那地方。转一圈又能到原处,地的边儿竟就在脚底下,所以就不"地"而"地球"了。这个话换个立场,要去问鱼虾,鱼虾们会说他们在的地方叫水球。他们从在世伊始,周边就是水,只是水。他们自然不知有土,所以世界乃"水也"。人在这时候抖了一回机灵,造了一个"池"字,算是认可了水中活物的生存场所。后来又发现了更大的水的单位,就管它叫了"海"。"每"是什么意思,就是一个不少、一点不剩、无处不在、无所不包的意思,跟"水"这么一凑合,就"海"了。据说从老远老远的地方看地球,唯见好看的蓝,那蓝想必绝非是土,该是水的特色。"水球"不错,到底鱼们虾们说得对。

不能再往下说了。怕是有人要说我拿老祖宗的智慧不当好东西,翻来覆去地上演文字杂技。

回来还说阿姆斯特朗。

上世纪六十年代初,美国人说要在本年代中把人送上月球。中国人说美国人胡说八道。说那个话的和说这个话的,在两国一开口,分别都是头版头条。结果美国人做到了,就在那个年代快要结束的时候,美国把一个地球人送上了月球。这个登上月球的,就是我们正在说着的美国人阿姆斯特朗。

活着的时候,阿姆斯特朗是美国海军航空兵飞行员。海葬,是他自己的要求。

人死了愿意受水一泡和愿意让土一埋,我们可能觉得有点不一样。但让地球说,都一回事。阿姆斯特朗海葬了,美国人说,海葬是美国海军军人的最高荣膺。说呗,谁都能说。如果还是让地球去说,死了,去也,无意识的一壳,高低无从说起,何来最高。

说阿姆斯特朗还不是要说阿姆斯特朗。是要说美国的一个遥远的放言。

借着阿姆斯特朗的死,借着曾经的登月,美国人说一百年内要把人送出太阳系。

一百这个数字,说小有小,说大有大。我们现说其大。美国总统四年一换,就假设眼下世情诸事按部就班,不会生出些让人不得已的人间末日。那么,百年以后,加减乘除,是自今为始的第二十五个总统。不用说,那位总统还尚未投胎。那个将被送出太阳系的"阿姆斯特朗",其父其母甚至其父其母之其父其母现在也都还不知身在何乡。

说他遥远的放言,一是说时间,一是说空间。

人是个极为傻笨愚痴的地球物种,不懂得顺天从地,耽拿着小聪明去挑战大智慧。小聪明,就是人类想的和鼓捣的一切。这个大智慧,就是除人"想的和鼓捣的"之外的所有"无意识"存在。

太阳系是一个无法想象的世界,人的所有对太阳系的想象都是缘于人居身地球的所见。"无法想象"是人把想象用到了极致的想象。外界只呈给我们一个目录,看着这个打不开的目录——

甚至这个目录并不是目录本身,而只是人的一种枉解下的定义——最终叹曰"无法",明示了人对自身智慧极限和低限的认可与无奈,是人在上蹿下跳之后感到再也蹿不上也跳不动了以后无助的颤声。没有谁能援手人类。明白这个也算是一种聪明。

一百年以后,美国人如果真是把人送出了太阳系,那时候的美国人或许会再有一个"一千年以后把人送出银河系"的放言。想象不出那时候我们会产生怎样的理解。

阿姆斯特朗上了月球,在上面踩了几脚,捡几块石头揣兜儿里就回来了。最近死了,死了入海。前面说了,入海入土一回事,没离开地球。但是现在,美国人说了,把人送出太阳系,到时候那个被送出去的人将永远不能返回地球。

不恐怖,或者说不用担心,回不来也有人去。什么时候什么事情,都会有人甘愿捐躯。只是,那么没谱,那么老远,干嘛呀你。

不干嘛。美国人说了,探索未知世界,寻找新的人类生存空间。

说得叮当,听得闪烁。美国人有美国人的厉害,但有点事他没转过磨来。

其实,人就是地球的物件,而且只是地球的物件。如果真能到新的生存空间,断言一定是非人的生活。

探索未知世界。能知道的东西就知道,更多的不知道的东西其实根本不用去知道。

你不是别的,你只是人。

真人霍金

外国人叫霍金的不稀罕,这个名字就像中国人名中的建国、建军、志刚、志远,又什么国强、国庆,等等等等。把它们再缀在张王李赵遍地刘的后面,你认识你不认识或你知道你不知道的那个具体的人就有了。

外国人的姓和名谁前谁后怎么个放法听说跟中国人的习惯是颠倒的,又说有时候也一致,闹不大懂。外国有个史蒂芬·霍金,史蒂芬这仨字在外国人名中也不乏见。史蒂芬·霍金,名字中间那个小圆点儿,是名和姓的界限。但哪个是名哪个是姓,真不知道。不知道的事情其实常常不用去知道,所以就不管它了。反正,史蒂芬·霍金就是准备要说的那个具体的外国人。省点事,就叫他霍金。

霍金这人不得了,不得了在他闪动大脑的时候,用的是光速。人类的进步实在不是靠四肢发达。跑得再快你追不上耗子更追不上猫,跳水跳得再好你那叫扎猛子,不如一个蛤蟆骨朵一头虾。所以,别自个儿那儿臭美。

早年间也是有个外国人,满脸的皱纹和胡子,叫爱因斯坦。暂时也不用去管"爱因斯坦"这四个字在全名中位于点儿前点儿后,反正有这么个人。这人研究各种物理,天体物理中有个关于时空关系的"相对论",就是这个爱因斯坦弄出来的。这个论,明白的一听就懂,觉得是那么回事;不明白的,就老想着怎么去弄明白。总之,都叫好。真是,人家那满脸的皱纹和胡子也不知怎么长的。现在要说的这个霍金,差不多就相当于那个爱因斯坦。研究的东西比爱因斯坦的宽。是得宽点儿,爱因斯坦死了五十多年了,道儿不能越走越窄。

霍金近有两言袭人。一是宣布放弃一项研究,一是提醒人类要小心外星人。

他宣布放弃的那项研究,叫不上题目,不是生活中常用的土豆鸡蛋那类名词,听一遍没记住。好像也属于天体物理范畴,但又和相对论无关。我不懂,相信真懂的也不会多。他说他放弃,理由是人类的智力永远不会理解那厢东西。认识到人类智慧的有限和智慧的人类赖以自信和自彰的科学的无能,这实是人类智慧中的大智慧。具备这种智慧并将这种智慧的终点或叫终极创作表达出来、表现出来,告诉大家,这样的人就叫哲人。哲人也是多出门类,霍金是天人合一的哲人。

说人和人都一样,瞎说,才不一样呢。说人和人都是一样的,那个嘴最多也就是个嘴,好东西搁进去,赖东西呲出来,出入口儿一个,根本没和脑子链接。

霍金说话,一定是受到他大脑的指使。其实霍金的大脑又在受什么指使,他自己知道,知道但他不说。人的智慧的行走速度一旦超过语言的跟进能力,或者说语言一时还来不及跟进,许多的东西就无法表达,那些被感到的东西只能在哲人的脑子里。用现行的语言说不出来,说了我们也不懂。"只能意会不能言传",是这个时候最为机智也是最为无奈的唯一用言,意思是说不出来就不说了。或者,也许,他更明白,他自己也还没有弄懂到底是一种怎样的东西在指使他的大脑。我们可能理解不到他的更深几层的智慧。这样说好像一个逻辑的绕口令。不是绕口令。文字的绕口令,那是贫人的一种唇舌游戏。而在这种逻辑中纠绕,却是哲人的功课。这种不避诡辩之嫌的思辨,实际上越思越辨就越接近自然,越接近就越糊涂,但是只要这个思辨能够持续,糊涂到顶儿就会有一个"忽然明白"。佛教中管这叫顿悟。

把身外事情弄明白了,明白之后不无动于衷,于是我们看到了一种非悲非愤非绝境的生命载体的主动了结,说白了就是自杀。这是一种明白到了极致的人的快乐选择,于是,个体生命的了结就变成了一种至美至尚的经典,受到膜拜和遂行。这也是一种哲人表现,这也是天人合一的哲人。这样的哲人叫作醒哲,王国维就是这样的醒哲。五十之年只欠一死,不知有几个人能参透这位国学大师冷峻寓言。跑题一句,回笔还来说霍金。

在这种情势中霍金选择的是放弃。一明白就罢休,弃其心保其身,这种哲人叫明哲。

明哲霍金的另一袭人之言是要提防外星人。他说外星人存在着,而且他们耗尽了自己的资源,正乘着飞船游弋太空,搜索着别处可以用来支持他们生存的空间。他提醒地球人不要和外星人联络,不要主动接触他们。你不知道外星人的能为,不知道他会怎样收拾你。外星人进来,席卷了地球资源,束手无策地看着他们扬长而去,可能都算我们的好结果。有人对这段描述作了这样注解,说就像我们挖个地基,不会去考虑蚂蚁的利益。蚂蚁世界的种种关联与结构,在人类圈域都有精准的类比,蚂蚁的世界是个非凡的世界。但人类的挖掘机,一爪子下去,你蚂蚁世界再非凡,也都只能结束。不用说挖掘机,就是一铁锹下去,也是灭顶之灾。这个注解精彩又精深,精彩在谁都能读懂和复述,精深在说出了人类自恶的一切造极的野蛮与无道,自诩的一切登峰的神圣与经典,最终都将毫无意义。

一种条件衍就一种存在,包括人在内的一切的存在——如果这个存在真就是个存在的话——都是唯一的,绝对排他。所以,我们可以不认可关于外星人的一些说法和判断。因为,人是地球条件的东西,同样唯一,同样排他。所以,没有外星人。外国人想出个伊卡露丝,中国人想出个女娲,都没有。现在中国人外国人俩人又一块想,想出个外星人来,就有吗。

体力够用智力差远。什么都不懂,跟霍金对话,准能把他愁死。所以单单面对霍金,可以不去拒远他的"外星人"。他能这样说,应该是有他智力在支持,而那个智力,或许我们没有。抱着个破相机,没事天天晚上抬头等着UFO,抓住个亮点儿就以为自己成了哥伦布,扯着嗓子来回撒疯。霍金不干这事。霍金一定有他尚未讲出的许多许多。什么时候讲,也许他在等着我们有一个能懂的时候,到时候点说两句,也许最后什么也不讲。

演说家有时候挺讨厌。其实,什么都明白的人,常常是说话少,甚至是不说话。

霍金好像不是我们人,顶多更像是假人。改改题目,怎么改,非人霍金?假人霍金?生命逻辑又难顺通。史蒂芬·霍金,很平常的一个名字,该得病也得病,很地球人的一个人。想了想,不改了,还是"真人霍金"好。

清静路上的十字叉花

这个路没有什么躁闹的商业,也不是什么交通要冲,所以过车很少。车少有车少的故事。有个大学在这路上,男孩女孩们乐得街面车少,就常见他们脚底下穿着轮鞋在路上滑走。自行车的巡航时速一般是十公里,他们穿着轮鞋,时速大约能达十五。你骑着车,他们总能从后面上来超过你,超也不狠,超也不蛮,悠哉游哉在你前面。叫你觉得,自己也曾经年轻,怎么就没有想过可以这样;叫你觉得,现在和自己的那个古时候真是不一样了。

路面平展又宽敞,难得的是清静。没有去过外国,说外国的街上就清静,大约就是这样。

我骑着车,她到了我的前面。一个女孩,左飘一下、右一下飘地超过了我。女孩,更是超也不蛮,超也不狠。路面车少,没有安全上的担心和视觉干扰,于是就看着她在我前面悠哉游哉,手里提着个什么,不离我的视野。当然,我是在说她脚下绑着轮鞋。轮鞋,是我那样叫,那东西应该叫旱冰鞋。所以她的动作就好像是在冰面上,两只脚左一摆一收,右一收再摆,一撇一捺地,仿佛一边在地上写着"人"字一边往前滑走。那动作优美又高傲,好看得真让人闹不清那是怎么回事。

一撇一捺,两只脚本来谁也不碍着谁。那女孩收回的右脚没有接着写出下个"一捺",而是忽然迈过左脚,落向左脚的外侧。这个动作在冰上运动中常能见到,叫"十字叉花"。

不要以为说上个"十字叉花"就当我是评赏冰上运动的行家，不是。那个动作也许根本不叫什么十字叉花。十字叉花，是我这会儿临时瞎编的，不造个词出来，一些话说着就要费劲了。但是那女孩没有让我欣赏到一个完整的"十字叉花"，右脚刚刚落在左脚外侧，或许根本还没有来得及落下，吧唧一声，环倾玉覆，人已经义无反顾地砸在地上。刚刚的优美和高傲在还未及眨眼的时候已经变成了过去。优美，原来那么脆弱，那么不堪一摔。高傲，也是那么容不得一点点的过失。

我支好自行车，俯下身来。需要我帮你做什么吗，我说。

她坐在地上，两手伏在膝盖处，脸上显出些痛苦。见我问，她抬手指了一下，您把鞋帮我捡回来吧。

东西南北中，两只休闲鞋伤兵一样没有了方向地散落着，这是刚才她手中提拎的东西。我把鞋捡过来，放在她身边。她右腿膝盖处，裤上有个串儿洞。这儿是刚摔破的吗，我问。她点点头，看了我一眼，一张学生脸。

冰上运动，冰刀在冰面上顺刃滑走，阻力很小，于是就有了一种冰面速度。需要停驻或小角度改变方向的时候，冰刀需在顺刃方向十字横切，制造适用的阻力，形成借助，完成动作。冰是可以切削的，在顺刃的惯性被强制中断的过程中，冰面会蹦出一扇冰屑的飞花。在一种技巧动力的作用下，冰和金属的冰刃这两样材料商商量量的，才能冰花飞好，人也不倒。

那女孩摔地的位置离上面说的那个大学不远，约有三箭之遥。就问她是不是这学校的学生，说是。这是个理工类的大学，不知她攻读什么专业，或者，也许，在自己的那个专业里她还有没有来得及接触材料学和运动力学。旱冰鞋的胶皮轱辘和沥青路面，两种材料，一对冤家。胶皮轱辘没有锋刃，沥青路面也不可切削，你给出的动力很难让人家那两种材料有个商量。俩人商量不好，就得有谁付出代价。摔你，不算不客气。

还不如在学校门口摔呢，她说。说这话的时候她脸上稍见赧色。摔在学校门口,可以少些难为情。这是在告诉我,她摔得很是不由自主,又是在暗示我,让我不要笑话她。我没有笑话她,但她这话把我惹乐了。我说,丫头,无意识的东西不能选择,你注定要在这里摔。她露出了些许笑意,痛苦感好像轻缓了些。

从来没有摔过,太丢人了,她又说。我说,谁都会摔,不丢人,年轻,就更不丢人。女孩儿,就更更不丢人。

谢谢大叔,她说着,一笑,好像一下子轻松了八百年。

痛苦感又显见轻缓,她试着要站起来。我扶她。行吗,我问。我指指身边的自行车,不行我来驮你,回学校。还行,没事,她说。

她站起来了,我收拾好那双鞋,递给她。

把鞋换了吧,我说。她摇摇头,挺坚决。我朝她脚下指指,这种轱辘鞋是用作体育运动的,可不是交通工具呢。见我这样说,她更坚决起来,就是交通工具,我滑着它上过北辰呢。

她说北辰。北辰一定是个挺远的地方,她滑着这轱辘鞋上过那个挺远的北辰,于是这轱辘鞋就是交通工具了。女孩没有错误,没办法,于是我竟认可了她的说法,认可这轱辘鞋就是交通工具了。

她重又把那双休闲鞋提在手里,两脚交替着上上下下活动几下,又抬脸一笑,她已经没有痛苦了。她晃动一下身子,左脚在地上小小划出"一撇"。

小心,别往地球上撞,你哪儿撞得过它呀。在她又刚划完"一捺"的时候,冲着她身后,我把声音提高了一成。

这时,她竟在滑动中转过身,退滑了几步。知道,谢谢大叔。又谢一回。她也把声音提高了一成。

雨泥晴土,早先这儿就是个小破道,是个斜街。有个不小的宾馆在这边。造那个宾馆的时候,小破道改造过一回。前几年为着脸面上的事情,又折腾了一番,于是两侧干净好看了许多。说得亲昵些,有点人模狗样了。

前面,左飘一下、右一下飘,她去远了。后面,路面还在平展着和宽敞着,仍然很是清静。

热情应学会止步

　　手里提着密码箱,肩上再挂个不大的背包。国内出差,这就是我的全部辎重。比每天上班下班的手提肩背并不麻烦许多,所以从不行李托运,从不求助小红帽。抬脚就是走,站定就是歇。

　　或一或二或若干,来接你的人早等在那里。隔着机场的出口,互相都早早地看见了,就全都高高地扬起手。落定加踏实,于是感到不是出去,而是回来了。

　　你长途劳顿——几十分钟一百分钟的空旅,实在并无大劳大顿可言——他们要做的第一件事就是接过你的东西。而我,手里提的肩上挂的都很简单。我说不用,很轻的。其实,轻不轻并不要紧,要紧的是我不愿意离手我的私物。但是,那不行。你再三地说不用,他们就再四地用出更大的力气,一定要从你的手上和肩上拿下你的携带。你终于争夺不过,你终于挣扎不过,你终于不好意思再用争夺与挣扎去抵抗热情,于是你终于放弃了阵地。于是你的携带终被拿下,于是你肩上轻了,手里空了。

　　密码箱里,经常是些相关的文件和资料,是文具盒笔记本,是照相机剃须刀以及简单的细软和或许可用作小礼品的小物件。背包里呢,是机票是现金,是各种证件,还有圆珠笔卫生纸以及眼镜和零食,都是些供随机取用之物。这些随身随手的东西被别人拿在手里,一时间就全都不再能受我支配。空着两手,没着没落。于是尴尴尬尬地跟着人家往前走。心里生出一种无自主的被俘感,就很觉不是滋味。

于是就串联起曾经的同感。

那次被请吃饭,主人盛情,一开席就把一只硕大的鸡腿塞到我跟前,特嘱曰这个好,来吃这个,是一种居高临下的友好。暂不去说鸡肉是不是好东西,但不食鸡肉的用食习惯让我深感为难。那鸡腿一定被认作是最贵美的东西。餐桌上把最好的东西让给客人,这是我们民族的文化惯性。但什么算是最好,主人做主,不容商量。无师自通,都会。

为了能够在席散之前尝到我相中的美味,我必须及时地消灭眼底下那只鸡腿。

大鸡腿已经占满了手边那只小碟。于是一边眼扫着满桌的丰盛,一边大口地吞咽那只鸡腿。这是为了礼貌,却更是为了腾出个再放新菜的空间。但是在眼看就要啃完我实在是不愿啃的那只硕大的鸡大腿,窃喜马上就可以按照自己的喜好随心所欲的时候,又是一只同样硕大的鸡腿杵到鼻子底下。这儿还有一个,吃,都吃了。主人仍旧是居高临下的友好。于是一边遵命,心里却是朝主人瞪了一眼。于是腹中再无富裕空间。白的绿的红的黄的,冲着满满这样一桌子的好饭菜,我忽然明白了什么叫目瞪口呆。

对于生存来说,珍的和贵的远远不如合适的。很多很多的人都不是很懂。

吃罢喝罢又聊罢,主人送出门来。顺理成章应是道谢,之后余情未尽地说再见。借机可以忘掉因鸡腿而耽误的一顿好口福。

可是许多的话还没有来得及讲,主人一抬手,一个 TAXI 被招到跟前。打车走吧,主人仍旧居高临下地一拉车门,像塞给你大鸡腿时一样不由分说地把你塞进汽车。同时替你做主,向司机说出去向。这时候,我忽然地感觉不出我正在是谁,我为什么要坐 TAXI,你要我坐,为什么不把车资预付给司机。你相中了的商品,却一定要我来购用。真想呐喊,但有理被无理包裹得严严实实。其实那回,我实在是想省点钱,自己朝前行走一程,然后搭乘公交车。

退转和罢休是一种修养。热情应该学会止步。

我的手提与肩挂被超值热情所捉拿,眼看着我的很轻巧的两件东西又在张三或李四或某某间交手传提。到我需要身份证、需要些现金和需要一个眼镜或一支笔的时候,我的东西却又不知在谁手里。东西的去向,常又在张三李四又某某之间接力转说转问,不知所在。

一个肩包,一个密码箱,全都是我的自私,明显地那不是重荷,我自带自理。但热情势强,对美丽的自私形成了押解。

自己贴身的东西实在是愿意自己掌握。况且,那密码箱和挎包里或许还有我不愿在别人手中传移的秘密。比如一个很喜欢的女孩的照片或是她写来的我想得空时再多读两遍的信。

夜宿南华禅寺记

另有一个横须贺 / 333

这个雪 / 339

夜宿南华禅寺记 / 344

嘘,我偷了他的剐水 / 350

天津卫天津味 / 354

正宗的兰州拉面和正宗的北京烤鸭 / 360

曹妃甸挨着海 / 363

西柏坡话题 / 366

壶口瀑布观想 / 369

杂写鸡鸣驿 / 372

另有一个横须贺

日本有个地方叫横须贺,是个临海的小地方。那年,日本人打了败仗,横须贺被占管,成了美国在亚洲驻扎海军的军港。横须贺为人瞩目,大要因即缘于此。

我写过一个小说,叫《绿的伞蓝的伞白的伞》,里面的故事就发生在横须贺。时光背景是美国屯军横须贺半个世纪以后。小说里面有三个年轻人,一个日本女孩儿,叫信子,另俩男孩儿,一个美国人,叫克里斯,一个中国人,叫祖义。

祖义钻研日本应用美术,勤工俭学跑到东京。但他的日本老师住在横须贺,所以就不时往来于东京与横须贺之间。

美国人在横须贺建了座教堂,克里斯来自美国本土,讲经布道,是教堂的神职。同时每周两次在教堂教授英语,授课对象是当地民众,教堂公益行为,不拒绝任何人。

教堂在军港临海的街上,离教堂不远是一家不大的超市,日本人开的。超市着眼生活便利,和教堂一样,没有军政色彩,休闲购物也不拘肤色。美国海军驻在官兵,黑人白人与当地住民共在这个超市出入,相安无事。叫信子的日本女孩就是这家超市的收款员。

信子跟父母就住在军港对面的半山上。小说里有这样一段文字。

站在自己的家门口,教堂就好像是在脚下了。美国人什么时候盖的这个教堂,信子不知道。父亲曾一边描绘着他的和服设计图样一边告诉信子,说他自己还是挺小的时候,从家门口往前看,能够一眼就看见海,现在不行了。父亲不是在说自己眼力不行了,父亲眼睛很好,画图的时候,极细微的地方也不会出错,他是说海让教堂和别的很多原本不是海边的东西给挡住了。所以信子想,这教堂差不多与父亲同龄。

教堂和信子的家隔着半面山坡和一条马路。坡缓且长,要慢慢地走。坡上有石级,没有石级的地方就是石板。石级和石板可能也是从父亲小的时候就有,信子没有问过父亲,她猜想可能是这样。这地方水气大,雨又多,阴天的时候,石板的坡道就会很滑,就更要慢慢地走。信子记得小时候曾滑过一跤,父亲就埋怨她干嘛要走得那样快。母亲就赶紧扶住她,用手在她腿上上下下地抚,问哪里摔疼了没有。父亲和母亲做的不一样。但信子知道,父亲那样,母亲这样,都是爱她。

坡下就是马路。路不宽,但也是很长。信子熟悉这条路。原来上学的时候她总是要沿着这条路往前走,一直走到学校。但从学校再往前,信子就没有再走过。所以,不知道这个路最后是通到什么地方。

故事就从祖义为赶乘回返东京的末班公交,上超市稀里哗啦狼狈购物开始了,就从信子惴惴不安惦记赶快下班,好去教堂听讲英文开始了,就从克里斯讲英文讲得心不在焉开始了。

前面的那样文字,另又有一段小说引文,陈列了一大堆信息,不冤你,都是我闭眼说的。

闭着眼就能说出它的左右上下,我一定会被认为对横须贺很知道,很熟悉。但是,错了。横须贺那地方,我根本没有去过。对根本没谱的东西写得那样入情又精细,叫读者跟着去看去想去感受,有点对不起读者。

为了写这个小说,专门去查看了日本的地图。结果所有期待全都落空,那上面除了一个小圆圈表示出横须贺的地理位置,别的什么也没有。这不怪地图,不怪地图的绘制者,怪我所期待的完全是地图功能之外的东西。

但是,小说还是写出来了。先叫一个熟人看了。这人娶了个日本媳妇,住在日本本州一个县。他看了以后,说真是好看,很认可里面的故事。但对小说中说到的横须贺信息未置评说。我就问他,问他在日本住着,要到横须贺去方便不方便,他说方便。我知道,在日本,首先最叫人感到方便的就是交通。我就拜托他在时间上也方便的时候拍一些横须贺的环境景观照片来叫我看看。他问我干嘛用,我说我的故事发生在横须贺,但我写的横须贺不知是不是横须贺,因为那地方我没有到过。他有点诧异,就说,你,横须贺你没有去过,那这小说……我笑笑,只复述那个拜托,多照几张吧,我说,环境景观,全面点,叫我看看。他答应了。

他答应了,我却没有实实指望。第一,他忙,忙着谋生。第二,这位熟人,从来不拿约定当回事,从来不懂得考虑别人,不懂得助人和与人方便为何物。结果我对了。那以后不时能忽然地接到他的电话,说在北京,要求面话。都是希望我能帮他做个什么,好像我们从没有约定过关于横须贺的什么事情,回回果然。所以,这路的,只是熟人,不是朋友。大家在一起的时候,也许会有这是某某朋友这样的话,但嘴上是,心里仍然不是,永远不是。

日本有个影视俳优,就是演员,叫小林利江,因一项工作事情认识,继与之有所往来。她总说要看我的书,嘱我出了书就要赶紧叫她看。小林住在东京,到横须贺不是特远。曾经想过叫小林帮我。但书信中话题种种,从未提起叫她帮拍横须贺环景照片事情。人家说要看你的书,书还没给人看,就叫人家做这做那,事情不该这个样子。所以最终只是心动而无行动。

小说一直在手里放着,关于横须贺事情也就成了我的心理纠结。

有个文学刊物的负责人向我约稿,问有没有现成的东西,什么都行。我说我有个小说你看一眼吧,就把这篇东西拿给了他。东西拿给了他,并未期待采用,只是不愿对朋友的要求说不,是拿这篇东西作个敷衍。谁知过段时间,忽然和我联络,说很喜欢那篇东西,已经发稿。我也没有太过在意,发就发了吧。但想必他也是不知横须贺,我怎么说都对。就像有个相声段子,跟人显摆外国话,问人家懂不懂外国话,人家说不懂,说那就好办了。这里的话也是那种意思,横须贺,那个军港那个教堂那个超市那个路,那个那,那个这,等等等等,他都不知道,我当然也就好办了,说了就对。

但是,纠结未解,横须贺一直在心理搅局。

终于有一天,我跑到了横须贺,一个人,在关西落地。离开大阪,绕过东京又名古屋,经歇大津落脚千叶,横须贺就步步近了上来。

这天,先是地图查索,又一路打问着,寻访横须贺。

轨道交通,有个地方叫田浦,距横须贺一站之遥。于是路经田浦,弃车出站。期待着田浦应有个顺通横须贺的路径,然后步行到那里。

但是,那个路径没有找到。

一条离海不远的路,田浦车站在路的中段。出站往前是横须贺方向,于是上行。过了一个涵洞,净是住家样的房屋,好像是个生活区。调头回走,路经车站继续下行,感觉方向不对,遂见有街市,更不是往横须贺的路。

田浦是横须贺的外围,是日本自卫队的军事属地。沿路行走,海的一侧或有围挡隔着,或就是军用机关的院落与房屋,海就在跟前,但看不见。另一侧则全是自卫队的军政机关。

街面上没什么人。没有人,但不一定没有眼睛。在自卫队医院,在整齐排置着军需物资的院落,在可以窥见学员训练情景的自卫队军校,等等这些地方,虽未见"禁止拍照"之类的文字警示,手中摄录设备也未敢轻举。一个外国人,在人家的涉军地带,挺显眼地端着个光学仪器,又挺夸张地走走停停,停停照照,出来个人,问一句,你地什么地干活,这就是麻烦。惊动了驻日使馆。最终虽不一定是弄出个什么国际麻烦,但国内给你挂了号,后脊梁上给你摁个黑点,要紧的时候就拿这黑点说事,你自己却什么也看不见,什么也不知道。我已经有过一回此类冤狱,心有余悸。于是,看见电线杆子让晚灯照出个趴在地上的黑杠杠,到跟前也是高抬腿,跨大步地往过迈。影子也能绊倒人,小心为妙。所以,在田浦,只是行走与观察。

通往横须贺的路径没有找到,遂取保险之法,回返车站乘车,再前一站就是横须贺。

横须贺一出站就是军港,临岸十分整洁,赏心悦目。这片空间叫"佩里公园",叫"三笠公园",实是开放式的街头休闲场地,俩公园都有个历史的来龙去脉,不去说它。一侧是街市,一侧是海,俩公园是海与街市的中间地带。朝海那边看去,大大小小的许多舰船停在那里,这里就是横须贺,海面上就是美国海军舰船。一切全无遮挡。

有精巧如工艺品样的西式快餐屋。中午,就在里面简食当饭,与服务的日本小丫头老丫头问说,就确认了水上那些高楼样的船舶就是美国的军舰,也就不再疑惑此处就是横须贺。

一面天空海阔,美国的舰船停在那里,很显清静。另一侧是横须贺的街市,有人行走,有车往来。就打算去寻访我小说中造设的那个日本人开的超市和美国人盖的教堂。于是就往前走。

忽然看见一则广告,挺大的看板挺大的字,更有幡旗高高招引。看明白了,是说购票乘船可观光兜游军港。趋近,广告文字留神阅读,已是当日末班发船时刻。事有轻重缓急,就毅然购票,有幸赶上了末班出船。

港湾中,高大舰船列停不断,也有潜艇样的东西半浸半露地卧在水面,对军事装备设施全然懵懂,终不知彼为何物。兜行中,船上的扩音装置对军港本身和对美国海军驻扎信息全程解说。

驶经驻停舰船,有美军官兵朝观光船摇手示善,游览船上亦多有呼应。水面上有日本自卫队船只行驶,说是港湾巡逻,说是为美舰输送军需。日本一边无奈着美国海军的驻屯,同时把观览驻屯演化成了赚钱的买卖。大约五十分钟,观览船兜行返回出驶点。对我,钱没少花,对我,也当然值得。这回,我的光学仪器没有闲着。

横须贺是个临海的湾口,西面是街市,海在东面,能看见有山的地方是北南两面。也许,我小说中描写的信子的家在港湾的北面或南面。想去看看那木屋,看看那段上上下下的石级和那个一下雨就有些湿滑曾让信子摔过一跤的石板路,也许可以从街市里向北向南绕行过去。

港湾兜行游览的临时插入,挤占了我去寻访超市与教堂的时间。上了岸,急忙就往街里跋步,却惦记起不要错过了回返千叶的末班城铁。我那小说中,祖义总是急急慌慌赶乘末班公交,我这里刚刚赶罢了末班的观览船,又要忧患末班城铁,余与祖义皆为国人,可能,国人皆同,皆同在总在担心"末班"。于是,超市和教堂终未得寻访。我想,或许,街里有个超市,也有个教堂,但不是小说中那样的光景;或许,没有那么个超市,也没有那么个教堂。那个超市和教堂也许是在港湾北面或南面山下临海的那个地方,信子、克里斯和祖义,他们都在那里。

忽然想到我那文学刊物负责人的朋友。推定他对横须贺景观环境全不知道,只凭我说。我说他信,错也是对。但是,却又忽然觉得他或许什么都明白,正好对横须贺很是懂得,很是知道,只是不去计较。故事可取,环境景观或有出入,早已无关宏旨。可以有那样个信子那样个克里斯那样个祖义,缘何不能有那样一个横须贺。

于是,就有了两个横须贺。一个是地球上,北纬35度18分,东经139度40分那个地方,距东京一百公里的那个横须贺。

还有个横须贺在另一个地方,有那样的超市,那样的教堂,那样的海。有那样的木屋,那样的因潮湿多雨而稍显润滑的石板的弯道。还有个信子早已走惯了却不知最终通往何处的路。

这个雪

早晨,外面一片白,昨夜好雪。马马虎虎洗漱一番,就出了屋,有点儿急。

出屋干什么,不知道,没有想。有点急原来却是没什么事,更却是什么事也没有,行走,只是行走。

没有人。前面没有人,两旁没有人。后面,只是我的脚印,也是没有人。雪还在飘,就撑了伞。白的雪,黑的伞,再加上我。

在这儿住了这段日子,出出入入所见到的人不如在京城时候出屋三五分钟所见人多。恰又是雪天,自然就更罕有人迹。

深山小镇,这地方叫佛子岭。这名字挺能叫人感觉偏远和旷古,于是就相信这是个在什么地图上都找不到的地方。虽则如此,这地方早先却是挺有名。皖西与湖北交界的大别山腹地有个水库,就是用佛子岭仨字儿命名的,当然是因地得名,佛子岭水库就在佛子岭。

淮河支流中有个淠河,东源头就在佛子岭这儿,上游一截,修了个大坝,水流一憋,于是河变湖,就出了个佛子岭水库。水库是不是那么憋出来的,水利的事情,完全不懂,但按常理想道理,应该是这样。理虽如此,做却不易。佛子岭这儿修大坝,弄水库,是上世纪五十年代的事,而且还是五十年代初。说是自行设计开发,实际是有苏维埃社会主义共和国联盟在那儿帮忙,派了专家过来一块弄。苏维埃社会主义共和国联盟,说得省事一点就叫苏联。苏联开始是列宁弄的,后来有个叫斯大林的管着。那时候苏联特厉害,就他敢跟美帝国主义叫板。当时我们刚落生,小,就管苏联叫老大哥。也是那个时候,有那么一首歌,说"苏联是老大哥,嘿,咱们是小弟弟,老大哥跟咱们是一家,永远不分离……"中间还"嘿"那么一下,显出一种依赖满足与得意的快感。老大哥心疼小弟弟,就多多援手。苏联帮着做了不少事情。北京有个北京展览馆,差不多就是和佛子岭水库同时盖起来的,就是苏联帮的忙。北京展览馆现在叫北京展览馆,当初大大方方地就叫苏联展览馆。北京展览馆一看就不是国货,挺张扬,高高耸耸一个大尖上面挑着个五角星,整个建筑各个部位好像都要朝天上钻。佛子岭这儿,水库大坝门外面有几处房子,一看也不是国货。建筑结构一主多副,像是一组。都有个尖儿,也是明显地朝天上钻,应该就是苏联专家帮着弄的。窗花雕饰、墙体石阶也是十分地俄罗斯。盖我们家那样的,老大哥说了算。于是,连北京展览馆带佛子岭水库大坝前面的这组房子就都是他们家那样的。北京那个叫北京展览馆,佛子岭水库这边这个当初叫什么不知道,现在门外墙上挂着个牌子,中国字儿,认得,一念,知道是水库电站的几个衙署。想来当初修水库不是一天两天,得有个能遮风避雨说话商量事的地方,老大哥讲究,又不怕花你的钱,就盖了这个房子。房子盖得不马虎,顶风冒雪又冒什么的一个甲子,就留到了现在。就像北京展览馆,大尖儿远远看去筷子头儿似的,上头挑着个大五星儿,大五星儿据说沉着呢,好几吨。老大哥的玩意儿有两下子,就那么挑着,也是六十多年了。

佛子岭这边不提苏联专家帮忙,提也是让你很难注意地含糊一句。有粉儿就往脸上抹,有寒碜就搁屁股后边不叫人瞧,这就显得小气。往脸抹的那东西你觉得是粉儿那可能不是粉儿,让人家帮忙干点活儿,连皮儿带瓢儿也没什么丢人。再说,当初盖这个水库的,连国人带苏联人都哪儿去了,你跟他们没有关系,说有关系也成,他们盖的房子现在你们在里面,用得着"物是人非"这个话。他们没有在一旁看着你说你,他们早就没了,早就烧了,怕是连灰都不知在哪儿,人都"非"了,真飞了。甭说人的骨头人的肉,那个苏联在哪儿呢,不也是没了。天图地图都找不着。也找得着,按着骨灰不骨灰的说法,苏联在档案库里。那么活蹦乱跳,那么天不怕地不怕,现在也只在档案库,就那几张纸,就那几张纸上的那几幅画、那几个字儿。那就是苏联,苏联的骨灰。

中国有很多名人大家,古时候的,无如今的,无以计数。数不过来,就不费劲去数了,就单说五十年代。干嘛单说五十年代,不是在说佛子岭水库吗,单说五十年代容易跟这个水库往一块儿说。有个刘伯承,有个朱德,大人物。原来都是管打仗的事,都是军队里的大官。五十年代,当然也还是大人物,借用套话,叫开国元勋。他们俩先后都上佛子岭来过,来看这个水库,瞧瞧走走,视察;问问说说,指示。

苏联的建筑也不都是传统的俄罗斯尖顶杵天,也有平顶,有一种俄罗斯新式房子就是平顶。当然,这会儿说新式也是说六十年前的新式,那阵儿挺时兴,砖木结构,两层,两端楼梯,一面开廊。房间并不奢华,规规矩矩,门窗格式整齐划一,仿佛列队一二三四刚报完数等着训话的士兵。说得再视觉一点儿,就像是一种开了膛的两层筒子楼。佛子岭这边就有这么一溜房子,新式老大哥式,猜想当初大约是供工程专家那些人起居用的。这溜房子有个延伸,延伸部分外观结构未变,两层各自都是个较大空间。一层的现在是个大众吃饭的地方,叫食堂。当初应该也是吃饭的地方。二层的像个会议室。老大哥爱唱歌跳舞,吃完饭想唱那个"黑夜花园里四处静悄悄"了,想喊咻咔嚓地跳那个什么"喀秋莎"了,没别的地方,就在这儿。这溜房子到现在还是原样立在那里。据说不让动,文物了。又据说还是什么"教育基地"。想来,老大哥的东西,一个甲子了,文物又"基地"一下也不过分。

二层中间位置,有一门三窗,就是一明两暗。门总锁着,门楣上钉着个牌子,写着"朱德委员长刘伯承元帅下榻处"。下榻,就是住下了,于是知道当年两大人物来佛子岭的时候当天没有走,就住在这里,就是这个半敞开式的筒子楼,就是这个房子,就这个窗子这个门。忽然觉得,这溜房子又文物又基地,大约不是为着一个甲子和老大哥,或者,起码不仅仅是。

刘伯承朱德他们也是早就没有了,骨灰一个在北京一家殡仪馆的一个房间里搁着,一个七零八落分散在好几处。真说不好骨灰到底是怎样一种东西,不知那其中到底有着怎样的能量。能够看见的只是任凭摆布,封装在一个盒儿里,说搁哪儿就搁哪,说怎么搁就怎么搁。哪天说不搁了吧,那就不搁了,说埋也埋得,说扔也就扔了,毫无神圣可言。这种事不新鲜。

"朱德委员长刘伯承元帅下榻处"的牌子不知什么时候挂上去的,陈旧裂损又包尘,显得比房子本身更文物。于是就想,他们下榻的那年那月那日,这里一定风光无限,又无限风光。可这会儿呢,回首不见来时路,一个甲子过去,今天早就不是了昨天,昨天也只能就是昨天了。其实,一个甲子的工夫,要是诚心说他不长,他也就不长。还说那年那月那日,那年那月那日的所有风光,如果说比档案库里那几张纸、比那几张纸上的那几幅画和那几个字多点什么的话,那就是眼前这个长宽不足五十厘米的仿佛拿手一胡噜,崩翘的漆皮就会嘎巴嘎巴落满地的黢黑的木板条。这才几天呀。

这溜房子的一端有一块大匾,挂在一立柱上,有"佛子岭宾馆"几个字,行书,落款人叫郭沫若。这个郭沫若也是那时候的名人,属于文化名人,手迹足迹到处不少。"佛子岭宾馆"落款是"五四年秋",才子墨宝应该是一九五四年秋天留下的。其实说起来郭沫若现在也还是名人,说他是那时候的名人,是说那时候他还活着,掐指,六十多岁。这又过了六十年,一百二十多岁,冥寿,早就死了。对他,说好说歹都有,但好说歹说也都没了。

佛子岭水库一九五二年一月动工,完工是在一九五四年。现在宾馆的这溜房子应该是在水库完工之际正式当作宾馆归置起来,想必当时少不得玄关修整、环境规划地"增其旧制"一番,就有了这个庭园式的宾馆,就有了郭沫若的题匾。于是在那个春和景明又政通人和的五十年代,迁客骚人多汇于此,也更叫当时那些居庙堂之高和处江湖之远的忧民忧君的范仲淹们成就了这个深山沟里的"钓鱼台"。

不知什么时候身上也惹了些雪花。于是觉得伞有些重了,就把手里的伞向旁一倾,眼前转瞬即逝地滑下一挂无声的雪帘。黑的伞,但曾经一定是白的伞,"天地一笼统……"。

回头,是自己刚落的足迹。出来时候的脚印早叫雪封,刚才我是怎么走的来着,找不着,无痕迹。想发现,无发现处,无处发现。只留下记忆。

可是,记忆又是什么呢。

这个雪。

夜宿南华禅寺记

车上我们四个人，除司机外，还有一个银行的大官，一个大学的教授，再就是我。

我们要去的地方是个庙，叫南华禅寺。

南华禅寺就是南华寺，这地方是六祖惠能的道场。六祖圆寂以后未入土未火化，一千三百多年了，真身一直就供奉在南华寺。我们去拜谒六祖。

南华禅寺在韶关。从深圳到韶关三百公里，天黑前要赶到。

车开得特快，有点风驰电掣的意思。一路上大家聊天，说话，一人一个路数。大官总在说中国历史，精细准确，独到且自信，让人觉得历朝历代他好像就是从那时候过来的。教授就讲《坛经》。《坛经》是六祖的"论语"，也叫《六祖坛经》。一路上他就死磕佛理佛教不撒嘴，把这部经典讲得出神入化。后来我知道，是大官特意搬他出来共作此行的。司机年轻，精神精力都富裕，开车嘴不闲着，插话，插大官的话，插教授的话。大官说历史，他就急赤白脸地反对战争与杀人。教授讲六祖，他就顺着说话，话题也是不离超生脱死，重点落到绿化环保和生态平衡。历史我不熟悉，佛教又一知半解，我当然也说话，但不是大官和教授那样有源有本的成篇大套，所以小司机插我话难。四个人说话，我是学习多多领受多多。有句话，叫三人行必有我师，借来套用，四人坐车，三人皆我师也。

一路说着话,路就显短,南方的太阳又懒,到南华寺的时候,虽已见暮霞,但天还在亮着。

知客僧叫惟印,和我们的教授有旧,吃住安排也就十分简化了。用过斋饭,惟印就先带我们去看藏经阁,那里面有六祖用过的衣钵和锡杖,还有些南华寺特有的珍藏,都是佛教文物。南华寺很大,说很大太小器,不是很大,应该说是很大很大。

往藏经阁方向走,说着走着,大官从身上摸出一沓钞票,钱,说不准是多少,百元面,挺有分量的一摞,就要交给惟印。供养佛法僧,大官是有备而来。惟印并未认真打量那"挺有分量的一摞",正好路经一功德箱,就朝那小箱子一指说,搁那里就行了。于是那"挺有分量的一摞"就世无所知地塞进了那无人在意的小箱子。听了看了,想到永州八记——水犹清冽,全石以为底……惟印一指一说间,有点像《小石潭记》里的那一潭清凉水。

回到客堂说话,茶饮间我们各获一部《六祖坛经》,线装。惟印又给我们安排了寮房。天还没有黑透,我们便自由活动样地在寺里散漫行走。南华寺不是很大很大,说很大很大还是小器,不是很大很大,应该说是很大很大很大。

回到寮房,我们今晚就住宿这里。四张木板平铺,顶着墙一溜排开,仿佛部队的营房。前面说了,我们这四个人里有个大官,从惯常说,住处该是单间甚或套间。但此时此地,四张铺,一样的铺板一样的宽窄一样的铺盖。刘罗锅把乾隆皇上拽去一块洗澡,无需衣饰,更没有龙榻,阶级与身份在品尝与视听上一时全都无色无味了。冤亲平等、众生一致本是无原则的东西,但对佛兑话,这却是始终的原则。

我领教过广东的夏天和夏天时候郊野里的日子,蚊帐阻得蚊子,虫子们却能钻进帐来。虫子们品相怪异,色彩斑斓。大者,有如大拇指胖瘦,色彩,又有红色,竟有白色,那些东西们在你身边和枕上行走和歇息时候,真有点弄不懂南方是怎么回事了。遂叫人整夜不得一眠。太阳没落,这才让我记起那份恐怖。南华寺就坐落在岭南大山中,但我们的寮房,铺位上竟连蚊帐也不见有,再留意时,竟是蚊虫也无,这才觉出寮房中竟意外地清爽。

晚上九点,寺内有钟声响起,不急不惰,飘渺悠扬。不是说晨钟暮鼓吗,说不上缘何要晚上鸣钟,但知是寺内熄灯就寝的信号,于是就准备入寺随僧。教授明理,说这是提醒寺内僧人的,客人可以不受约束。于是继续说话。

盘经论道,大家说话横天来雨,无遮无拦。小司机但得机会就把话头直引到生态平衡与环保,这个话题在他大约早就融化在了血液中,这个话头再往深说,就能拐向死亡与杀人,正得他的胃口,于是还是急赤白脸地痛斥武器与战争。小司机是大官的司机,但敢指说大官,你那个不对。大官也让着他,顶多抱怨一句,你看,他敢说我不对。

大官大智若愚,常常出语精辟,叫人一愣抑或一笑。又常不怕捉地卖个破绽出来,让人不感聊说疲累。开卷有益,与大官交流,开口有益。对于佛门说教,大官主张功在应用,对其精髓领会了,认可了,拿来一试受益了,就行了,不必往里钻。

教授是属于往里钻的,对于佛教解说深广,需要时候,哪部哪卷,开口就能引经据典。教授挺年轻,不知他是什么时候鼓捣成了这些。在寮房里说话过程中,他两三次出去又再返回,问他,说是去找某某和尚了,这寺里的和尚仿佛他都熟悉。熄灯睡觉了找谁呢,应该是有头脸的和尚。仕途中得识上官,商场中攀联精英,都是挺乐的事情。寺院中亲近可以不理会作息时间的和尚,他一定也是挺乐。但与仕途和商场的那种人事沟通,可能又是另一回事。没有问,就这样猜。

我懂的少,不懂的多,只能少说多听。亲近佛教,入来寺院,自然应存大意识,但小意识却是为感觉那个丛林气氛,参佛拜祖也只为采纳些相关东西,不怕肤浅不拒皮毛,写在我的小说里,好歹能拿去吓唬人。所以,与三人相比,我便自觉卑小与暗淡。

睡觉的时候已经很晚。要不是约定了明晨看撞钟上早课,睡觉大约就免了。

那一夜,我没有睡觉。好像只有我一人未睡。先是睡不着,后是不可睡。死摽佛教经典不放的教授和主张栽花种树融剑为犁的小司机,俩人交替作鼾,你来我往零间隙,仿佛事先商量好。大官体胖,不动不躁,睡得安稳又成熟,嫉妒他真一定是得了佛的加持。于是那鼾声就变成了专为伺候我的。睡不着,这是近因。远因呢,就是晚间在客堂说话,惟印和尚叫一小沙弥为我们演习潮汕特色的功夫茶,人家在那儿有板有眼地操作,我们就盅姿盅地连饮。再加上睡前龙门阵至少三百分钟,躺下了,心还在动,歇了壳子没歇瓤子,该着睡不着。但大家茶都同样地饮了,龙门阵又都同样地摆了,偏我不得入睡。不怪佛,他老人家也要挑个好加持的才去加持不是。

辗转反侧之间,远远地传来梆子声响,一节四声,一声三拍,从远而近,又由近渐远。近时就在耳边,远去恍如隔世。一种深山古寺的静谧与神圣,叫人油生敬畏。

梆子声渐远,遂逝。少顷,有钟声响起。梆子声与钟声都是警醒信号,大约前者为叫醒,后者叫起身。钟声未断,大家翻身,捻灯一看,三点四十五分。这个时刻,叫作凌晨,说是半夜也不为过。小司机鼾声依然,说好了他不做早课,今晨没他什么事情。大官和教授和我,我们紧急集合样地穿上衣裳,两脚蹬着鞋,一边提着一边往外跑,唯恐错过了到钟楼看撞钟。而这钟声一停下来,就是早课开始了。

从寮房出来,穿过昨傍晚惟印和尚接待我们的那个厅堂,就是大雄宝殿。大雄宝殿是供奉释祖的地方,早课就在这里。

大殿前面,两侧是钟楼和鼓楼。此时院内并不明亮,钟楼上的灯光就更醒目,钟声就是从那里传出来的。这时候,淅淅沥沥,天正小雨,地上有浅浅的积水。沿着回廊走到鼓楼底下,抬头朝对面看望钟楼,钟楼上的窗户打开着,能看见那个大钟前边,两根绳吊置着撞钟的横木。窗窄,撞钟人看不见。但声音会出来,伴着钟声,撞钟人在唱经。能感到,那声音十分地干净,十分地无牵无挂。在唱到适当节奏时,那两根垂绳左右走动一下,即飘出一程钟响。钟响和唱经的声音互为接引和托衬,十分地老道和成熟。撞钟人必是个虔诚又严谨的和尚。

钟声持续,院子里开始陆续有人。有僧也有俗,只是走动,默默地,没一点声音。看得出,都各自奔着自己的事情,就像我们也是静静地,来看和尚撞钟。

钟还在响着,撞钟人还是用一种别样的音色和韵调唱诵了佛经或偈语,一下一下地撞着,不懈怠不敷衍。我忽然想,撞钟,多么漂亮和正经的寺院生活,寺院生活中多么不可少的成分。把当一天和尚撞一天钟的事情不当回事,甚或劣比和戏言,这不光是对僧人的有欠公允,更是对生活本身的一种失明。但是真僧人又不会把世人说他们怎么样放在心上。所以,自古以来,说话的照样说话,撞钟的照样撞钟。

撞钟又唱经,持续了二十五分钟。钟停之际,对面鼓声又起,节奏并不急促,声音也不如钟声那样宏大。鼓声从来都是用在需要振奋精神的时刻,但这时的鼓声并不咄咄逼人,轻缓且又亲切,大约只是提醒抓紧些时间。大殿周围,许多的交通巷口和门道,每处都有僧人涌出,全都披着袈裟,半垂着头,朝着大殿快步地行走。好像上班族临近正点前几分钟的样子。

比起钟声,鼓声时间并不长,只五分钟。钟鼓声毕,我们也开始往大雄宝殿挪动。

众僧分立在大殿两侧,计约百余。释祖坐像正面靠敞门处,俗家弟子十几名。从门外一脚跨入,就站进了俗家弟子中间。教授从背后拽了我一把,小声告说,这是一家族要做法事。左右一看,十余人中,男女老幼咸齐。心想,错了,于是移动脚步站入僧众一侧,教授也站在了我身后。回头之际,不见了大官,猜想大官言行,总是叫人多感意外。只待事后听他解说,那时一定精彩。

四点二十分,早课开始。一长僧站在释祖坐像一侧,在磬上缓击一槌,开始领经。众僧和起。

僧众诵经,听觉上并非自始至终全都一致,中间有数次变声变韵。一时还没有弄清,一百余众是得到了怎样的暗示而同时转腔变调的。我知道有佛教音乐,但不懂那到底是什么。不过,听大殿里的诵经,我认定那是一种音乐,包括撞钟僧人的咏唱。能让人感到那里边有一种关于生和死的奥妙。那不是民乐,更不是西乐,不是笙管笛箫,更不是震天动地的交响。能感到,那音乐里有一种警示。

几段经文诵毕,众僧开始走动。不是离走,是围着释祖坐像在大殿里巡回,一边走,口中经文依旧,叫走经。我们走在众僧的最后,做法事的那一家族就在我们的后面。走动着,我不由回头瞄了一眼,却发现和大官一样,不知什么时候教授也没了踪影。三人我们,两人也我们,三剩一难称我们,于是,我,就我,俗之先僧之尾,夹在前僧后俗之间,上完了一程早课。

早课大约进行了九十分钟,毕。僧众收拾法器,做法事的家庭一族也离开大殿。

大殿里外,还是不见大官和教授。这时候大约六点钟,清晨。僧僧俗俗开始往斋堂行走。

二十五分钟盯着看撞钟,耽误了早晨该做的事。准备吃早饭,就想应回寮房洗个脸。于是就回了寮房,就是我们四个人住用的那间寮房。

寮房中,四个宽宽大大的平铺,顶着墙一溜排开,仿佛部队的营房。四个铺位,只有一处空着,其余三铺,三条大汉,醉一样地卧着,鼾正雷,睡正香。

顿悟,四人当中,我道行最浅。

嘘，我偷了他的剐水

偷了人家东西。

我偷人东西的地方叫安徽，安徽不是安徽是安徽的六安，六安不是六安是六安的霍山，霍山不是霍山是霍山的佛子岭。安徽是省，六安是市，霍山是县，佛子岭是镇。就这么个上下。就是说，我偷人东西的地方叫佛子岭，是个镇。还没完呢，说佛子岭镇，佛子岭镇也不小呢，你偷的是商铺哇、是民宅呀，佛子岭有个水库挺有名，还是偷了佛子岭水库啊。都不是。有个迎驾酒业集团公司，总部就在佛子岭。我偷人东西的地方是这个集团下列的一个去处，叫"迎驾山庄"，就那儿。

有点事，就来了佛子岭，就住在他这个山庄。一人一屋。

眼下有些饭店，零碎全都不再提供，卫生间梳漱修剔的预备已经"绿色"到零。咿哩哇啦地吹着环保的喇叭，骨子里却是商家的犯奸。又有不少大地方的大酒店也准备这样做，也是环保的喇叭。少矫情，喇叭不管你怎么吹，都有加减乘除在里边。

迎驾山庄是旅游饭店式管理，该有的提供全都有，走的还是传统。

但房间里的东西你也不能由着性子来，桌椅被褥、电视冰箱、水壶毛巾、墙饰灯具还有浴池便桶等等等等，你用行，用坏了，好说。可损坏了，你赔。你要拿走，提醒你不能拿。你偏要拿，有保安。保安也管不了你，一个电话，110带着响儿就来了，不信治不了你。所以,住店有住店的规矩。

茶水台的下层有个电壶,旁边是茶杯和茶叶。这是叫住客自己烧水泡茶用的,不要钱。先前饭店都有送开水的程序,空暖瓶晚上放在门外,早晨开门,外面的暖瓶就换了,一掂,灌满了开水。住客自己电壶烧水,这是跟人家外国接轨接的。外国人喝中国茶,中国人也喝外国茶,外国茶不叫外国茶,叫咖啡。想必霍山佛子岭会有外国人来,或者佛子岭这地方也挺会"接轨",于是袋茶旁边也预备了袋咖啡。对咖啡不太懂,对茶却敢说两句。迎驾山庄的袋茶大约没有糊弄事,十二大名茶,霍山黄芽排前四,有时还前三,你想。咖啡跟茶叶挨着放,咖茶一家,所以,都不要钱。所以,就都一通猛喝。天天儿。

茶水台上层简洁利落,就戳着两瓶水。有叫矿泉水的,有叫纯净水的,超市里有的是,就那种东西。这东西是要钱的,我知道。山庄有个小小卖场,小卖部,有同样的瓶水,问价,三块,不便宜。有电壶烧水,不花那钱。所以茶水台上层的瓶水没有再多看一眼。

住在山庄,出来进去地就认识了一个人,挺胖,也挺精神,爱说话。于是就聊天,就知道了他叫杨国强。赵钱孙李蒋沈韩杨,姓杨的有的是。建国、国强,这类名字也多了,就没理会。却竟是那个写戏的杨国强,说正钉在这儿写东西。都好鼓捣中国字儿,于是就更多地往一块儿凑。关于我们住的这个山庄,更多的东西是他告诉我的。霍山佛子岭是迎驾酒业集团和迎驾酒的祖母地,酒好。"驾"字不用考得太远,就考到是专指皇上的形寿之身,"迎驾"的初始意思就是迎接皇上的到来。国语中常有迎接大驾,大驾光临之类的话,慢慢地早与皇上全无关系。那是恭维与抬说,属于尊敬和拍马屁用语,所以,给你喝迎驾酒,万不用害怕自己就是了皇上。杨国强又跟我聊说霍山佛子岭这边的水,说是大别山里有泉,以此为原料这里生产着一种饮用水,叫"刷水",特好。我发现,杨国强剧本写得好,但对科研和生产科学不大入流。就会说好,对硬水软水、酸性碱性,又什么 QS 标准 pH 值,说不出个完整的内行话来。但这却叫我注意起这里的水。房间里烧水的电壶是常用物件,壶底竟不见碱垢,甚至碱茸也寻些不得。也就注意到了房间茶水台戳着瓶水瓶身的商标上的"剐水"两个字,跟杨国强说的一样。

造酒与用水的关联容易为人多说,但却少有人关注造酒环境的气场。我对酒和对咖啡一样地不懂。但想,酒好,应该是得益于造酒那地方的水和空气。好像茅台,就靠那个山沟里的水和那点气儿养着,只有在那里造出来的,才是根本的茅台。迎驾酒应该也是这样。很想听杨国强说说这里的空气,他还是说不出来,还是就会说好。这里的空气好,养人,他说。为求实证,就在山道角亭处展示了连续登攀石级的潇洒与矫健,说你看看你看看,原来可不是这样,想也不敢想。我没理由不信他的话,他冤我干嘛呀。他忽然说这里负氧离子特多。冒出这个话,我有点吃惊。负氧离子,多深的科学呀。

跟杨国强认识,又一起聊说几天,觉得这人有点不一般,他可能不是对科研与生产科学什么也不知道,唯不言耳。事情不说出来永远是完整的,只要说出定有欠缺。说出来的永远只是事情的一部分,不是成心拿一角当全貌地蒙人,而是语言常显无力和不够用,古来如此。所以,有时候说不如不说。文字是语言的载体,所以,写就是说,是另一种说。如此,欠缺又强于零,总比什么都没有来得好,也是古来如此。所以,写写说说又说说写写,如何是好,掂待着用。他是写戏的,明白。

佛子岭,大别山麓,让一条河环着,酒是衍生的,我认可了这里的空气和水。

事办完该走了,早起收拾东西。一边想着佛子岭的水和空气,想着佛子岭的迎驾酒,一边看看茶水台上层的两瓶"剐水"。

路途上一定有需,就把那"剐水"揣进了背囊。

　　杨国强早起送我。几天下来,有了点感情,关心我路中的饥餐渴饮,问我背囊中预备了水没有。问得我有些警觉,赶紧食指抵住嘴边——嘘,我偷了他的剐水。他一笑,说那不叫偷。一想,也是,小丢点人,大不算盗,拢共才六块钱的东西。

　　所料不爽,果然途中思饮。于是囊中掏出那瓶水,一仰头,咕咚咚就下落半截。痛快,歪头一抹嘴,顺眼手里的"剐水",瓶颈上竟见一项圈,项圈印制精良,上面赫然两个字——赠品。

　　这事闹的。

天津卫天津味

陈长捷奉命死守天津卫,解放军不得已采取了强攻之策。

母亲抱着不到半岁的妹妹钻了地洞。所谓地洞,只是在地面上挖了半截坑,上面棚了顶。人进去,只能蹲在里面。祖父搂着我在八仙桌底下卧了一宿。那屋子小极了,一床被子打湿了铺开来,连窗带门挡得严严实实。据说这样子弹就飞不进来。

枪声炮声不响了是个天亮了时候。出门一看,依稀记得,街上全是兵。那时,我三岁多。

我生在北京,却从那时候起跟天津有了难解的缘分。

我在天津住的那个地方叫西窑洼。这地名,年轻点的天津卫怕是未必知道。这地方挨着金钢桥,离北站不远,现在新名字叫天纬路了。

天津人有天津人的绝活儿。北京不少的街巷名,都叫得单调,一巷二巷三巷,头条二条三条等等,有多少排多少。而天津,不知道谁想的绝招,连甲乙丙丁都不用,把千字文搬了出来。天地元黄、宇宙洪荒、日月盈仄、陈宿列章……全世界再长的街也不会有一千个岔。于是就有了天纬路、地纬路、元纬路、黄纬路……而且,一个"纬"字,把那条路的走向说了出来。

人生睁开眼睛,对我来说,最早有记忆的就是天津。那样一条胡同,记得是叫盐汛胡同,土的,全是土。两侧住户,墙也是土的。雨天,仿佛全世界都是泥。胡同口对面,是个寺院,叫大悲院。后来知道,这寺院是天津城里的一方名胜。

我住过的那个院子也是土的,只有在大门门槛那个地方横着一条方石。

连接前后院的是个难看的土拐角。这角我记得仔细。用得着"想当初"这话。那年,突然耳朵里面疼得厉害。不懂得云说,便靠在那个难看的土墙角上,捂着耳朵,跺着脚地哭。院里有个姓乔的老太太,看见了便说这孩子耳朵里准是有东西。于是便在耳廓处滴了两滴香油,竟诱出个活生生的硬壳虫子来,是只跟头虫。那种虫子,仰壳按在地上,"奔儿"一声打个挺儿,带着响儿地能蹦起二尺高。小孩子爱捉弄它们,抓一个翻按在地上,先问一声"麦子长多高",慢待,然后松开手看它蹦,蹦了就乐。那种虫子本来是黑亮亮的。乔奶奶弄出那虫子来,黑的早就变成红土般颜色,也早没力气蹦了。四十年前的乔奶奶早已做古,没有她想得周到做得绝巧,怕是我早该加入聋哑人协会了。

启蒙教化在天津,书却是在北京念的。上了中学以后,自以为能跑点远道了,便于每年暑假期间往天津跑。

在盐汛胡同那破旧的院子破旧的屋子里,住着个倔头倔脑的老头,那是我的祖父。我们多次请他移居北京,可他认定天津是块宝地,就是不挪窝儿,在天津做买卖破烂旧物的营生。天津话叫"喝毛蓝"。闹不清这三个字怎么个写法,念起来大约是地道的天津话。赚了几百块钱以后,就往北京跑一趟,给孙子们花个干净,然后跑回天津再去"喝"。天津有这样个倔祖父,我便常去天津。

那时候,我走出最远的地方就是天津。听说天津离海很近,借着暑假看祖父的工夫,便去看海。海在哪儿不知道,反正不会远的,想着,就沿着水瞎走。于是,终于看到了高高的铁灰色的金属架子,远远地,认定那就是轮船,周围的水便是海了。还写信告诉同学说看见了海,把他们馋得要死。后来知道了,原来那铁架子不过是紧挨着天津东站的早先被天津人称作东浮桥后来又称作解放桥的桥,那块水域也不过是天津人早已司空见惯的海河。可笑之极。

忽然有一天,我涉足文坛了。又忽然有一天,我有了那么多的天津的文坛友人。祖父早就像乔奶奶一样成了古人,后来我去天津,全是为着这些友人。

我去天津,没时没晌,不论冬夏春秋,全凭心血来潮。天津的文学朋友没有慢待过我。结婚那年,被这些朋友请了去,市作协、《天津文学》、市电视台的许多朋友,着实地热闹了一回。

那次到天津,和妻子在一座挺壮观的立交桥下面留了影。听说天津有座备受赞誉的蝴蝶造型的立交桥,不知是不是给我们当背景的那座。不敢妄说是,怕再造出个"看见了海"的笑话来。

知道天津变了。但这些年去天津,已不再是那种假期清闲时探望怪祖父的情趣,而是去也匆匆、来也匆匆。许多人情风物,都无暇顾得见闻。天津把阴历年是真当事的,超过北京不知多少倍。大年初一,不论少长男女,都是要穿上板生生的新衣裳,喜形于色,大人小孩都是小孩。"打灯笼玩呀,哄小孩呀,鲤鱼拐子大花篮呀,抬到他们家,过新年呀……"小孩子晚上提着纸灯笼,成群结队地满院子满胡同地串,热烘烘地搅出个"闹"字来。好几十个年没有在天津过年了,不知天津人是不是还那样地穿衣裳,小孩子们是不是还那样地唱。

人告诉我说,天津东站翻盖完了,广场如何壮观,建筑如何恢宏,设备如何完善,服务如何一流。每去天津,我都是在北站下车,一是便利,二是为旧景重温,总是走出一段后,便回看那车站的风貌。六岁以前,常跟着大孩子到这地方来看火车。现实的与记忆中的北站,格局似无大变化。看北站能联想起"打灯笼玩呀"那个年岁时住在天津的日子。

那年年初,去天津看望友人却是有意地在东站下了车,为的是去领略那个传说中的壮观恢宏完善与一流。

走出车站,我到达的是一块陌生地。脏乱丑陋的旧车站已不复存在,新生的东站给天津增添了十倍的风采与精神。据说这精神和风采惊动了全亚洲。

折转回来,仰望着车站的制高点,我进入了中央大厅。阔绰绰一大屋顶,不由让人扬起头来。一幅光昌流丽宏工杰制的油画,八方十六面地铺满了整个天顶。

"妈妈这是什么画呀",身边忽有个童音。寻声看去,花开般的一个小女孩,一手牵着个少妇,另一只手正指向天顶。

"这是精卫填海呀。"

做母亲者的回答,仿佛是在描述一个理想和表露一种自豪。我忽然想起,我已经走出车站却又转入这个大厅里来,不就是为瞻仰这个虽已有过百闻却始终尚未能一见的"精卫填海"吗。

我如愿以偿了。

天津的绘画艺术力量与成就不可小视。我欣赏过许多的以人物为题材的美术作品,却感到"精卫填海"尤其地照人心眼,我好像正在淡忘蒙娜丽莎那个永恒的微笑,而增添了对精卫精灵永恒的追索和永恒的坚毅的记忆。于是我顺着扶梯上上下下又下下上上不知反复了多少次,专看精卫精灵那张迷人的脸。

我离开了那大屋顶。进的时候,感受王国是个空白,离开时却长出了个我要再来瞻仰三千次的愿望。三千次,连孙子的份都有了。

"哎呀,真大呀。"普通话里夹着抹不掉的甜丝丝的天津味。四个女孩儿把几只旅行箱堆拢在一起,在广场中转着身地往四下里观看,"走的时候嘛样,看不出来了"。赞叹之后便是笑。

"走,去看精卫填海。"说着,四个女孩儿抓起行李,带着风地朝中央大厅奔去。

我十分欣赏她们的情趣。精卫填海,我感到,到这车站的人,似乎都要去看它。他们看它,欢呼它。在《山海经》里,精卫填海的故事不过三言两语,而艺术家把那样几个文字变成形象,又把它高奉在东站那个天一般的屋顶的时候,天津人对它的说明和理解,怕早该不知是多少个洋洋万言了。

广场更加壮观,建筑也更加恢宏了。

不远处是座高高的铁灰色的金属梁架。那就是东浮桥,据说是法兰西的作品,曾显示过天津法国地的傲慢。在想当初活捉了陈长捷,几路大军在那里会师以后,天津人理所当然地占有了它。东浮桥便成了解放桥,它早就养成了天津的性格,如今骑海河与新东站相闻相望,又构成了天津卫的一方名胜。

解放桥,我不会再搞错。我想起"看见了海"的笑话来。我又想起了北站,天津仍有旧的东西留给我们。在那里,还可以从不高的墙帽上面看到通过车站的火车的车顶,还是可以从玄关向并不深远的月台处看到那停驶的绿色车身。也许现在仍有些好奇的儿童跟着同样好奇的大孩子跑到北站扒在车站外面向站里窥看,重演着我四十年前的儿童见识戏。

遥远了,我感叹时间在冲淡我的记忆。大军攻克天津城时的枪炮声,那土巷子土院子土屋子以及乔奶奶为我弄出钻进耳朵眼里的跟头虫的事情,都成了越来越遥远的过去。我那一代偏人的祖父,也变成了永远的遗憾,他舍不得天津,只知道这是家,却绝不会像天津人今天这样地回答出第二个第三个、第五个第十个以致无数个为什么。我多么希望许多的东西都不要改,北站不要改、西窑洼不要改、土巷子不要改、土院子土屋子也不要改。旧貌能使我永远有一个可以随时重温那些正在飘逝的往日情趣的激发物。然而,精卫精灵那个永恒的追索和永恒的坚毅,却又让人感到传承与置换是一个话题中永难相容的东西。因为,一个在眼中,一个在心里。

四哥,有三十多年没在家过了吧。

快四十个年啦。

今年得在家好好过一个。

对,好好过一个。

路人的耳语,被我听到。一对四十往外往里的兄弟和我擦肩而过。我是半个北京人,半个天津人。他们呢,四十年前,或许也曾在旧历年三十的晚上用小木棍儿挑着个纸灯笼,在成群结伙的小孩子当中满院子满胡同地乱串。"对,好好过一个。"我相信了,天津人还会是那样地穿衣裳,小子们还是那样地唱。那是一种根深蒂固的天津的文化。

我突然热情涌动,到天津去过个年吧。再看精卫填海,再品味一回那个不改的天津的文化。

打灯笼玩呀……——用天津话语调唱出来——达等搂湾儿呀……——那味儿,唱一遍,能醉你三天。

真想钻到那里面去,不出来。

正宗的兰州拉面和
正宗的北京烤鸭

他说请我吃兰州拉面。

他一定是想了不少可以表示地主之谊的接待方式,最后选定请我吃兰州拉面。拉面是兰州的风味。

兰州的飞机场离市区很远,车行要两个钟头。到了以后请你吃兰州拉面,他说。我这个朋友叫阿C,土生土长的兰州人。

汽车接近市区的时候,路两边开始有了专营拉面的小铺子。那简单并不招摇的广告词写在铺面的玻璃上,写在店面的横额上,或在门口坚一块牌子,写着拉面价表,一目了然。

不知从哪一天起,北京的街市上忽然到处都扯起一块挺有特色的专营兰州拉面的幌子,上面几乎绝无二样地写着"正宗兰州牛肉拉面"。我对牛肉以及面食并无十分热情,于是跟牛肉拉面也就一直相安无事。

有一回走在街上忽感腹中空空,才发觉都快过了吃饭的时间。抬头一看,一家拉面馆。那面馆简陋得可以说已经无以复加,好像只是在一堵墙上开了个方洞。天热,有似帘非帘的东西在那方洞处从上到下地低垂着,这便是门。门外的便道上有两张圆桌,居然有五六个人坐在也是简陋得无以复加的小凳上围定那圆桌,一人搂着一个硕大的海碗凶狠又满腔热情地吃,正是兰州拉面。

饥不择食,有时候也饥不择场,于是就往里走。闷热无比,里面的环境和卫生更是不敢恭维。我挺无可奈何北京人这种不怕脏的胡同饮食文化。

大锅、大面板,白案师傅表演杂技样地调教手中的面团,唯此最能让人赏心悦目。那团白面在那师傅手中三拉两拽不但居然形成长长的面条,好像要多长就会有多长,且一根也不曾断落。我前面食客三五个,师傅我要粗点儿,于是便粗点儿;师傅我要细点儿,于是就细点儿;你要圆条于是就圆,你要扁条于是就扁。那团面听师傅的话,师傅听你的话,所以你能随心所欲。

大锅水总是开着,面条扔下去,水便落开,但转眼间水又沸起来。掌勺的便把面条捞到碗里,浇上汤水,再横三竖四地抓些调料扔在里面,一锅一碗,一人一锅,要什么样的就给你什么样的,无二话。

多来点辣子,我说。那掌勺的也不说话,但我把面端到手里的时候,上面的辣子已经明显地比别人的多。《秋菊打官司》那个电影里,踢了秋菊丈夫一脚丫子的那个村长,刚一露面时正蹲在墙角里低头吃面,观众中有一种轻坦的笑,那是在笑他手里的那个大得出奇的大海碗,在酸辣的主题里,那个大海碗多少让人感到了一点幽默。我端到手里的也是那样一个大海碗,幽默了一下过后,美的是那碗面,香得好像必须靠在墙上,吃时才不至于香一个跟头。

离开那家面馆的时候有意地回看了一眼,有个招牌,上面写着"正宗兰州牛肉拉面",我便记住了那几个字。后来接连好几回,在同样的正宗兰州牛肉拉面的幌子的招引下,进出几家面馆。都是同样地简陋和同样地不把环境卫生当回事,但我并不计较,只追求捧着大海碗低头大喝大嚼正宗兰州牛肉拉面的那种快感。

傍晚的时候,汽车跨过黄河,在市区驰走。路两边拉面馆也多了起来,土生土长的阿C请我吃土人土做的兰州拉面我当然乐意。但是我忽然有个发现,拉面馆虽是渐多起来,却始终没有看到一家招牌上写有"正宗"二字。我想寻正宗的兰州拉面,正宗的却不知在何处。

我终于熬耐不住,兰州的拉面大概不如北京的,我说。

那才怪呢,阿C朋友大骇。

真的呢,我说。北京的兰州拉面家家都是正宗,蓝布白字大幌子扯在上面,正宗兰州牛肉拉面,明明白白地写给你看。可是你们兰州没一家是正宗的。牛肉拉面谁不知道,可是"正宗"俩字,还没见哪家敢写。

阿C不说话,改骇作笑。他那样笑,我就知道他是明白了我在说什么。

过了一个街角,车子慢了下来,阿C指着路边一处华灯初照的店铺招牌说,看得见上面的字吗。我偏了一下脑袋,那么大的字怎会看不见,看见了,不是"正宗北京烤鸭"吗。听我这样说了,他也不再答话,坐在儿那假装严肃。他不说话,我就自言自语,北京的烤鸭店没有一家敢自冠"正宗"俩字,原来正根是在兰州呢。

他知道我看懂了那几个字,严肃了半天,贵人语话迟地来了一句,正宗的北京烤鸭,你们北京有吗。说完扭头冲我一笑,显得挺顽皮。

曹妃甸挨着海

鹿鼠狐兔,熊虎狼豕,山里打猎的欺软也不怕硬,他们有办法归置那些畜类。山里没有这些畜类,也不要紧,没这有那,野果山珍,药草贵木,多不顺手也能采了来。活呗,这叫靠山吃山。

鱼虾蚌蟹,芦藻莲菱,水边人家一年到头的愁乐故事全都挂在这上面,这上面是他们生存的根据,这叫靠水吃水。

河湖港荡都叫水,都能为人所靠。海呢,是更大单位的水,更宏大更富饶,对人的供养也就更慷慨更充足。言水是水,言海是海。靠海吃海就是靠水吃水。

有个地方叫曹妃甸,这个地方挨着海。挨着海怎么办,有论在前,靠海吃海。

但是曹妃甸靠海不吃海,曹妃甸靠海吃铁。

钢铁构造,往上看,难见顶,往前看,得走一阵子,一个码头横在曹妃甸海边。码头是小是大,没有比较就不好说。但用生后常见的人造地物去比照,那个码头真是很见雄伟。

码头,自然海边不应有这东西。这东西曹妃甸的海边原本也是没有,但是,现在就有了,人造的。于是有点不知道人是怎么回事了,于是就伸出手来,低头翻看。手掌手指,里面有零散的小骨头做内应。外层皮肉,弱不禁扎,遭受了利锐之物,能叫主人咧嘴。出了点血,惜皮爱命的主儿,赶紧就得伸出舌头唾洗伤口,还得慌忙问一句,你们谁有创可贴。同物同种,把手伸出来都没什么新鲜,谁都难免咧嘴和讨索一个创可贴。就是这么个东西,就在海边造出个这么大的钢铁物件来。又低头翻看好几回,看也白看,手掌手指,哪样也不是金刚钻。碳水化合物,烧完了管保一撮黑渣子。人加人的手,麻烦又多了一层,赞着它又怜着它,到底那是怎么回事,终归还是没弄清。

反正也是弄不清,弄不清就不弄了。人的手就人的手,码头就这个码头了。

关于钢厂,学过的东西早就忘了,几十年过来,只剩了高炉炼铁、平炉转炉炼钢这点学龄前的冶金学问。炼铁出钢,钢厂就这么一件正经事。北京老大老大老老大大的一个老大钢厂从燕山脚下远来落户曹妃甸,原来出钢还出钢。钢厂出钢先吃铁,铁在矿石矿砂里,矿石矿砂是从挺远挺远的海的那边拿船运到这里。曹妃甸码头是卸载码头,码头的隅角边缝,让矿的浮粉到处铺敷了一层红。矿石矿砂卸载,就地填入高炉,不用陆路辗转,省力省钱,为的是多出点儿钢。

曾经有个一〇七〇万吨的产钢计划,说是要"十五年赶上那个老英国"。这个话已经过去了五十多年,老英国估计早就赶上了。

家里有个钢的勺,写字有个点了钢的自来水笔,菜刀的口上用了钢就能老不卷刃,手表要买上海牌的,那是钢的壳儿。还能说上几样十几样,不说了,这就是钢的用处。有点儿钢就够了,一〇七〇万吨,要那么多钢干什么。忽然知道了走火车的道儿叫钢轨,轮船上上下下的叫钢板,工业机械要紧的地方必须用钢。飞机原来以为跟家里的蒸锅一样是用铝做的,其实用的还是钢。也是还能说上几样十几样,也是不说了。用钢的地方挺多的,所以必须一〇七〇。

钢刀钢盔钢管枪,军械坦克排击炮,又有鱼雷航母核潜艇,又有卫星火箭原子弹。仍旧也是还能说出几样十几样,仍旧也是不说了。用钢的地方多得让人想不到,哪天把实底告诉你,听后你一定会说"还真是"。说什么钢勺钢笔尖儿,菜刀手表壳儿,现在想想都脸红。一〇七〇万吨钢码齐了能有多大一堆,没码过。现在这个"堆"应该更壮观,只是不知是多少。早年有个斯大林,说世界上你打我来我打你,战争就是拼钢铁。钢是国家机密,斯某人一语道破。到底谁有多少钢,有谁说出个数字来,最好你也不要信。要产出一〇七〇万吨钢,喊了是因为没有,有了反倒藏着不说了,这手谁都会,全世界通用。

工业园区宣展大厅,一边是曹妃甸现势规模的沙盘,一边是一幅从飞机上俯瞰的照片。

沙盘光昌流丽,被瞩目被喝彩,那幅航拍照片竟几无人上眼。照片是一片原生海岸景观,被放大成一幅宽银幕的样子,占满了一面墙。说这是曹妃甸海沙岛,说这就是曹妃甸。看到这幅照片的时候,不是在别处,就在曹妃甸。但是照片上的海沙岛,身边脚下却怎么也找寻不见。

宣展大厅弄了个古装仕女的塑像,关联着一个曹妃甸的"凄美的爱情故事"。如果那个故事就是那样,一点也不觉凄美。凄美的东西,里面应有自然人性的颠覆与无奈,应该有自然人性的挂碍与纪念。没有,什么也没有,不如乡野山村演绎一个土包小子柴火妞儿。如果一定要说"凄美"两个字,倒是身边脚下怎么也无法寻见照片中的那个"海沙岛"让人感到更彻骨。

钢铁的码头撑载着造就了它的碳水化合物的人,让这些碳水化合物的人嘻嘻哈哈地欣赏着自己的钢铁的作品。

世上本来没有人,是谁造了人,现在还是谜。人间本来没有钢,是人造了钢,这个不用争。

世上本来人很痴,人说自己最聪明。钢于世间本无用,人能给钢派用场。

曹妃甸挨着海,反正得挨着点什么,挨着海就挨着海吧。

西柏坡话题

傅作义将军看了一回西柏坡,慨然叹曰,想不到打败国民党一百五十多万军队的战争指挥的首脑部竟是这样几间泥屋草舍。

风水先生一开口就是神话,说西柏坡是块灵通宝地,辐凑辐射,毛泽东占全了"天地人"三才,用得着《滕王阁序》里头的一句话,物华天宝,人杰地灵。

隔了一千多年,中国人又踩着洋人的脚印,闹起了祖传国货易经热。不知道爱琢磨《易经》的人有没有留神那些机妙里讲的世间万物在天成像在地成形的话。西柏坡在地一座,这是形,天上也有此象。所以,《滕王阁序》里头又有星分翼轸的话。天文地理贯顺了此间的内涵,这叫作上下气通。这一通,毛泽东又占了"精气神"三宝。不知道傅作义将军慨叹之后是否又多想过一层,毛泽东赢了蒋介石,共产党打败国民党,西柏坡攻克了千年不化、虎踞龙盘的石头城,原本是一种天经地义,并不关陋室或圣堂多少事。

人琢磨事情的角度不一样,那就决定于他的学识经验以及那种平时不显用时就有的灵气。于是许多人就都想去一看西柏坡。

不是将军,不是闹易经热的先生,我也有幸去看了一回西柏坡。从北京这儿说,那地方不能算近。但有路,没有铁路的地方就有了公路,我们并不作难。从延安那地方往西柏坡去就更贪得一个远字。不知道毛泽东那厢人马当年是怎么挪过去的。肯定比我们坐着车往西柏坡去要难。

大轿车在公路上一跑,拉上我们几十人去接受革命传统教育。长途乘车,本来是必须要忍受那种特定时间和空间里的枯燥单调的旅行节奏的。但同车者众且熟,便肆意地戏谑调侃。因是去接受革命传统教育,便用不着像端着残裂的粗瓷碗吃忆苦饭那般做出脸色的沉重。

车走着仿佛在爬坡,到了平路时候,周边便出现了一片水。河北这块地方,不能说没有水,但分布不均。一路都是平野或秃丘,兀地有了一片水域,不能不让人想起风水先生真真不是吃干饭的。那水远处的蓝,近处的绿。大家都把脸眼转向窗外,呀呀地赞叹。我也在看,却是想看到印象中那片静悄悄的白色的屋舍。

共产党和国民党当年曾在东北打过一仗,差不多消灭了蒋介石的五十万人马,有一部电影就专门写了这段事情。那里面有个镜头,是从高处俯瞰的远景。四面山丘,中间一洼平地上卧着一个村落,顺着凹谷的走势集合着一片白色屋舍。画外音解说这就是西柏坡。东北战场的一切的大观与恢宏,一切的惨烈与悲壮都紧紧地联系着这个少女般安静的村庄,毛泽东和他的中央委员会就在这山村中运筹决胜着千里之外。

但是近处的绿,远处的蓝。我眼前仍是那片水域。我觉得我熟悉它的那个彩色和轮廓,那个村庄呢,白色的。

我终于发现了我熟悉的那个色彩,那个轮廓,白色的,顺着凹谷的走势。不过不是在天地自然间而是在名曰西柏坡纪念馆的厅房之中。一尊硕大的方角玻璃罩,扣定了一座西柏坡村形地貌的沙盘,我心中的那白色的少女般安静的村落就停息在这沙盘之中。我问讲解员丫头,怎么在外面没有看见西柏坡,她说没了。她遥指窗外的那一片水域说,西柏坡就在这山坡底下,现在那地方变成水库了。又指了指沙盘中的白色屋舍说,这就是西柏坡的原样。我顿悟,电影中的那个西柏坡的长写镜头,原来就是取自玻璃罩中的这个白色的微缩模型景观。我又问当初党中央的办公地呢,七届二中全会的会址,还有毛泽东他们的驻地。她又朝那模型山包的后面一指,让我看那一片规模显然比西柏坡小得多的房舍说,在这儿,修水库时候挪到这儿来了,照原样复制的。

当然,我们又去看了西柏坡党中央办公地的复制品。讲解员丫头如实讲述说复制品地址比当年实际地点后移了五百米,地势升高了四十七米。尽管讲解中说人物的住处,会议地场所都是按原来格局和尺寸设计再造,甚至有的窗棂都是原封不动移过来的。但毕竟已是仿制物象。说七届二中全会曾在此召开,毛泽东在此住过十个月,周恩来在那个院子里起居办公,实际都是一种幻影的制造了。讲解忽略了一个根本事情,复制品的庭院屋舍,不论多么可以以假乱真,对地球来讲,已经绝不再是原来的经纬度了。提高了四十七米,在三维空间上,也已经改变了位置。

这还能叫作是原来的历史吗。将军的慨叹、风水先生的神话以及《易经》中影射到的天球与地球,都因西柏坡党中央旧址的仿造和经纬度交点的人为改变而变得混沌了。

混沌到了极处便是清明。我兀地想起了长城,口碑中无不在说是秦始皇修了万里长城,指着八达岭,指着慕田峪,说它们有两千多年历史。如果不那么浮躁,如果踏踏实实,我们就会知道,现在所见的长城,不过只是明王朝的产品。指着一个五百年的地表造物,就说它是我们两千多年的文明,铁嘴钢牙。既然长城永远是我们的文明,西柏坡三个字也就能让共产党永远光荣。经纬度的交叉改变了位置,这也是历史,这就是历史。它不欣赏将军的慨叹,也不理会风水先生和阴阳专家的鼓摇。历史原来是多维的,不会简单地固定在一个平面坐标。

壶口瀑布观想

近处是干涸的黄河床底,远处是陕西地界那边的山。说是壶口到了。

我是来看壶口瀑布的。瀑布在哪儿,我问。陪同的人朝前一抬手,在那儿。

我领略过瀑布的景观,宏大雄伟未必全都如此,有声有色却应是理所当然。但我顺指听去望去,静静的,远处是陕西地界那边的山,近处是干涸的黄河床底,瀑布在哪儿,还是不得要领。壶口难道真就如壶之口,需俯而视之。

仄着身子蹬下河床的滩坡,我们朝陕西那边走。一马平川的黄河床底,让人感到了一种天地元黄样的旷古与苍凉。

一个挎着相机的人跟在我的左右,他说他那相机是一次成像,照了当时就可以出影当时就可以拿走,希望我在瀑布前留个影。他这样一说,我确认了我们的确是在往瀑布那里行走。

照一张吧,好不容易来的,他说。我知道,在那个条件下,我是外地人。要钱吗,我问。我是在开玩笑,当然他也知道,他没有回答,只冲我笑笑。笑虽是赚钱的一个埋伏,但他笑得很憨,让人感到不用提防。他说柯受良驾车从山西往陕西那边跳,就在这儿。我说不是从瀑布上边跳过去的吗,他说是。我借机又问瀑布在哪儿。他也是朝前一抬手,说就到了。

嗯?就到了?就在我还没有来得及想一想他的"就到了"这

三个字表述的是怎样一种空间距离的时候,一个巨大的鸣响忽然间轰轰隆隆地不知从何而来。我断定这就是壶口瀑布了。到现在我也没有能在我的经验中找出一种声音能去比说壶口瀑布的那种鸣响。我忽然地朝前奔跑起来,早把那个当地人打算和我做个留影生意的事情抛到了地球那边。

瀑布的帘面在我的脚下,这是一个奇特的地貌景观。我第一眼看见壶口瀑布,原来黄河之水是卷地而来入地而去。据说这只有在黄河的枯水季节里才能看到。

这地方叫龙王辿,位在山西省吉县境内,黄河水沿着西侧的山岩奔流到此,数百米宽的水面骤然收归一束,疯狂地倾入近四十米落差的天然石槽,然后顺着黄河故道义无反顾地朝大海奔。

手脚并用着在水边的岩石上攀援而下,挪到槽底时,飘射的水尘已经染湿了半面衣裳。黄河床底移到了头顶上面,铺在河床底面卷地而来的黄河水景大观已不复存在。靠在石槽岩壁朝上望去,叠嶂西驰,晴空开裂,黄河水象无边无沿的外星猛兽从开裂的天口处长吼着灭顶般地扑天而来,然后又毫不犹豫地摔碎在槽底和岩头,崩散出万篓黄玉。跳珠倒溅,千涛吞岸,惊湍直下,涧谷生雷。青的是岩,白的是雾,黄的是水,蓝的是天。无上无下无左无右无前无后唯余远古和未来,一时间人几乎被压缩成了零,人变得渺小了,变得谦虚了。不知起于何时也不知将终于何日的壶口声色与动相化出了一个千古真唱——黄河之水天上来。

柯受良跳跃壶口瀑布的驱车跑道已经拆除,仅留着起点处顺河坡向床底探出十余米,大约是为着纪念。铁管扣结式的脚手架,上面横铺着长条木板,属于最简单的那种台式构造。

四四方方挺大一块面积的水泥平地贴附在河床。自然界的造物全都是圆弧外缘,见方见角应是人为。我知道这是柯受良跳壶口前的那几个钟头里供男女们唱歌跳舞用的。

顺着来路往回走,不知什么时候,那个身挎相机的当地人又跟在了左右。

报纸说五十一米,实际有记者量过只有三十四米,他说。我知道,他是在说柯受良的跳跃空间。柯受良驾车到底跳跃了多远,这和我全无关系。不过我想,有人习惯通过文字去做宣讲,另外有人却偏会用数字去粉碎文字。

没有在瀑布那儿照一张吗,当地人问。我拍拍腰间的相机,动作代替了语言。我忽然发觉不知什么时候已经远离了瀑布,人造的驱车跑道,残剩的十余米毫无生命地僵立在眼前。苏轼在唱颂自然界里不可思议的天造与地设时,曾感叹人间之须臾,教后人在怅念以往英雄时也会说出一句"而今安在哉"。

钢铁和木板造就的跑道的有意残留,经不住自然界的无意攻伐,很快就会腐朽。天造地设的飞水与顽岩却会在无意中长久坚持。

我知道,那边,壶口瀑布,水还在着,岩石还在着,造着它们自己的性状与声色。即使是在河水涨满的季节,或许表面看不见,但相信它性状依旧声色依旧。只是潜在着,只是不出头。

杂写鸡鸣驿

一九〇〇年八月十五日,慈禧无奈率宫西行。四天后到了一个叫鸡鸣驿的地方,在那里住了一宿。有篇《庚子—辛丑随銮纪实》的文字,写下了当时慈禧西行的相关事情,其中有"二十五日宿鸡鸣驿"的记述。句中二十五日是指这年农历的七月此日,是为公历八月十九日。

顾名思义,鸡鸣驿是个驿站。这地方在河北怀来辖内。

鸡鸣驿是个城围构造,临着一座曝裸的石山,叫鸡鸣山,鸡鸣驿就因山而名。鸡鸣驿面向鸡鸣山城门的横檐处,隐约有"鸡鸣山驿"四个字,可见鸡鸣驿的正名大号应该是鸡鸣山驿。鸡鸣驿是经年累月后简约了的称谓。如今,"鸡鸣驿"的叫法已经俗成。

鸡鸣山四不依八不靠,兀凸自立与鸡鸣驿相望。当地人说,抵临山脚扣其岩可闻鸡鸣之声。这才注意到,鸡鸣两字只说了鸡鸣而未言鸡。不怪鸡鸣山并无鸡形与鸡态。

话题远了。回笔还说鸡鸣驿。

据信,鸡鸣驿是全国最大的驿站。不知这是说历史的情况,还是指现有的遗存。驿站外有城垣,内有街巷与宅院。驿站里外,孟贺李赵四大姓,应多为古来驻驿官员役职的后裔,祖祖辈辈守定了这弹丸之地的僻壤偏乡。

城池堡寨是中国古代用作防御和管理的四种营集构造形式。这四种造物各自设有四门三门两门和一门,以为制别。鸡鸣驿有城门与城楼,但却只有西东两处。所以严格说来,鸡鸣驿是堡而不是城。管它叫城,是泛而说之。

古时候,驿站的功能主要是传递关防、接待信使,为此类执事公人提供食宿和相关用度。从历史看下来,驿站既是行政机构,也是军用设施。从前朝到近代一直顶续接连。

中国最早在战国时候就有了驿站,叫邮驿,专门用作接转公文传递。汉朝的驿站叫传舍,为传送文书的驿夫提供食宿和更换马匹。这种传舍常是在交通大道沿途每三十华里置设一处。唐朝时候又因地就势置设了水路驿站,叫作水驿。驿长一人,是驿站最高行政官员。到了宋朝,驿站密度加紧,由每三十华里一设渐成二十甚或十华里间隔,叫邮铺。此前的驿夫皆由当地百姓充任,宋朝时候则全是在役军卒。军急时候还增设急递铺,专门传递紧急信息,这应该是最早的特快专递。元朝的驿站称作站赤,这种站赤网结深长,甚至融贯过欧亚洲际间的信息交通。

明朝驿站的功用更具多样,也更完备。除递信储物与供给外,要紧处还担负燃举狼烟的命赋。在规模建制上除延续历来的水驿设置外,明代驿站又设置了马递和递运所。但到晚清时候,邮局和电报等等通信手段渐由西入,驿站功用急趋衰减及至终被取代。年深日久,驿站本身多遭人毁或被风水侵蚀。幸留至今的便成了史迹与文物。

鸡鸣驿为明朝置设。燕王朱棣举役扫碑清君侧,从北京打到南京,把个崽子皇帝朱允文赶得不知去向,就自己登基,年号永乐。继后,朱棣就筹划迁都,要把统治中心挪到自己原来的藩地,就开始营造北京。

鸡鸣驿一四二〇年完成,与紫禁城同庚,至今已经六百年。推算,大约在十九世纪中后期,鸡鸣驿逐渐退出运作,至今也有一百好几十年。

"横白玉八根柱倒,堕红泥半堵墙高"。百余年过去,鸡鸣驿城垣早已不见当年体统。两处城楼好像大震后的危存。外层墙面虽见苍旧模样,但整体规模可见,而内侧青条城砖早就拆毁殆尽,据说是被里侧居民就地取材营造了自家生存。城上面本可行人走马,如今却是万分小心也不敢向前奢求一步。西门外南侧城垣,飞来峰样地斜挂着排球场大小一片坍墙。当地一个后生说,从他小时候,这大片坍墙就这样斜挂着。看那后生二十六七岁,他小时候,应该是上世纪八十年代初。驿站西东两门的外面都有县府的文物遗址保护标识,设置时间是一九八二年,正好是"他小时候"。让人感叹的是,自然界的属物常常会在瞬间就改变了性状,而有时候却又能在大危大悬中不知何止地长久支持。"他小时候"就斜挂着的巨幅墙面如今依旧斜挂着。文物保护标识早已土染尘封,很快也就文物了。

鸡鸣驿城垣之内,贯连着西东两门是条挺宽的土路,阡陌交通则在北南两侧。城圈内屋舍还算密集,但街巷中却人气稀罕,仿佛从早到晚从今到明,永远是都市中清晨四五点钟光景。临街虽有用诸如瓷砖和塑钢等当下建材修葺的屋面,但明清以至民国时候特点的家居和商事用房仍不难见,只是堂苑裸裂,露骨通天。"碎琉璃瓦片多,烂翡翠窗棂少",也许仍是"他小时候"那番气象。

街中北侧有一院落,衰落中尚见齐整。门前的石鼓与高槛,门垛的磨砖对缝与雕花等等遗存,明示了这里曾是一处体面的住所,猜想应是鸡鸣驿一代又一代驿长的宅邸或是当年此方的贵富门庭。宅院门外紧邻是条并不很宽的长巷,巷口挂块小黑板,不知是谁用让人不敢恭维的书法写着巷子里面便是口碑中慈禧曾委屈过一宿的"一夜行宫"。

巷子最里面是处荒芜了的庭院,无人居住,断壁残垣,有点"直入宫门一路蒿"。京城里几乎所有的四合院全因人口膨胀而变成了百转千回的露天地道,而这里的民居竟会因闲置而败坏。

巷子中腰一小院,就是巷口小黑板上那四个字指示的地方,就是当年慈禧驻跸处。进院,被引至西厢房,院主人指着屋中南侧土炕说当年慈禧就睡在这上面。屋中窄小而昏暗,毫无惊人之处。在这"一夜行宫"的院子里,这个厢房就该是一夜寝殿了。这个话并非调戏。从精华神圣的紫禁城到天地元黄的鸡鸣驿,从储秀宫御榻的香罗锦帐到平屋土炕的贱布粗棉,曾经颐指气使过一万次,这会儿或许才弄懂了一点自己到底曾经拥有了什么。于是,那么大的一个太后便不再有一句横话。

虽然已百余年过去,但相信这炕就是那炕。因为炕是用土做的,土不会变腐,土是最可信的真实。这世上最后的东西就是土,更也会是金石玉钻的归宿。

这个"一夜行宫"连同那个衰败的小院应该都是临街那个府邸模样宅邸的后面部分,几重院落原为一姓。败落的不知何时败落,也不知从哪天起一姓变成了多家。

忽然听说,某某人要投钱重整这个古驿站。于是,我看见了一个鲜新崭亮的鸡鸣驿城垣。水泥抹平的,也许是方砖铺敷的路道,石灰勾缝的砖墙。不伦不类,摆几尊黑铁炮;无名无解,插一溜黄龙旗。而驿域外面,一夫当关的检票口万军难入;无钱止步的方便所固若金汤。小孩子百折不挠追逐着向你塞售粗滥的纪念品;老人家一声不响巴望着等人丢弃无用的空水瓶。

手头的残砖,或曾哪位古人抱在怀里,因疲累遂被当成歇凉的坐靠;脚下的土路,定有当年汗马驰入驿站,因情急而蹬起过蔽日的烟尘。六百年的鸡鸣驿坍塌得不见了体统,而那个不见的体统中却珍涵着唯美的遗存。

维纳斯不新装手臂何谈完美,兵马俑需重着釉彩方显光辉。我们的经验实在是已经不少。投钱,不知历史的鸡鸣驿会被现代商情导演成怎样的滑稽;重整,真怕稀贵的古遗存又因无知开发穿凿出太多的伤痛。

"村郭萧条,城对着夕阳道"。西下的日头让鸡鸣驿释放出了一种野败的灿烂与辉煌。残军废垒,瘦马空壕,这当然是一种苍凉,却又是古人留给我们的可以同他们沟通的信息。这路我在走,他也走过;这墙他抚过,我正在抚。

看了一回鸡鸣驿,作了一回和古人的对话。鸡鸣驿一声不响地生存着。

六百年的鸡鸣驿,西门外见男丁四五牵车运物正赶活计,街巷中有女人两三负子将刍在望落霞。鸡鸣驿历史性状犹存,鸡鸣驿覆盖了你的所有想象。

应是铺花的墓地

绍棠今年十四岁 / 379

寻访绍棠蝈笼斋 / 381

应是铺花的墓地 / 383

真善美哉,绍棠 / 386

刘绍棠四题 / 388

刘绍棠与《北京文学》 / 402

说不尽的刘绍棠 / 408

三月十二日 / 410

《刘绍棠年谱》前言 / 413

《刘绍棠年谱》后记 / 420

绍棠今年十四岁

和两位文字的朋友相约着去看望了绍棠老师。

他房门的外侧悬着块纸板,大三十二开,上面满满当当地贴着个字条。在我的印象中,自打他患了半边手脚不听使唤的病以来,住处换了好几回,新居门上就总有个条子,那些条子内容不论如何复杂,中心思想始终都是一个,就是每天下午四点半以后才能会客。说这是为配合医嘱不得已而为之。于是我每回去访,或在我先或于我后地总是有人。大家尊重绍棠,也不造医生的反,便在同一时间集中到同一空间。年复一年,条子雷打不动,下午四点半以后会客就成了明文规定。

绍棠夫人曾老师把我们让进客厅,绍棠自己挂着个手杖小心地往外挪,我们连忙打着恭敬迎了上去。哦,你们来啦,好,好,坐坐,他说。绍棠师总是笑呵呵地迎人。他的客人有预约造访的,也有不速之客,他都没有厌感。

我们扶着绍棠师走出他写字的房间,曾老师端出了他的"太师椅"。

绍棠老师,今天是您的除夕,我们特来看看您。绍棠小怔了一下,继而恍然大悟,哦哦,坐,坐。一边笑着,叫我们坐。

当初造历法的人,为了配合好时间的阴错阳差,把月球地球和太阳的运行规律同历法计算结果一致起来,便规定了太阳历的二月份只有二十八天。而每四年闰计一日就搁在二月份,变二十八作二十九。人的生辰在年中任何一天都年年有日可记,唯独二月二十九日生人者,四年才重生一回。绍棠的生辰恰就在这个二月二十九日。

绍棠老师,祝您生日快乐挺难得的,四年才有一回。我们这样说着就坐下来。

绍棠仰起脸,听我们这样说,他显得挺快活。呵呵呵地笑着,说他们问我今年多大岁数,我就说我十四岁。说着就又呵呵呵地笑起来。

绍棠师记性好,又健谈。说起新闻旧事来滔滔不绝,碰上个四年才有一回的"圣诞节",就又增长了谈话的兴奋。我说,绍棠师,您这个身体状况,现在可是有名了。他又是笑,说手脚不听话了,才知道那么多人都是得了中风。他说出了一长串文化名人,或轻或重,都是让中风给折腾苦了。他说,我是左中右都占齐了,当左派,也当过右派,如今中风又占了个中字。呵呵呵,他还是笑。

绍棠挪换一回住屋,就立一回志,立志住处保密,但保密效果总是落空。立志大不过访问者的神通,二月二十九日是他的大年初一,我们在他的年三十造访。一是国人过年,比起初一更看重除夕,再就是万一"初一"凑热闹人多,更或贵者望者多呢。为躲他们远点儿,就先来了。

你说告辞,绍棠从没有"再坐会儿""急什么"这类套语。原来他手脚还是听话时候,住在府右街那个三合院,我们去访,说走,不问尊卑少长,他都一直把你送出院门,看着你离开。这回我们去访,他正住在被他称作"红顶子楼"的那个作协宿舍楼。我们说走,他还是就从"太师椅"上站了起来。但到房间门口的十几步路对他已是长途跋涉。我们说不要他动,他就说坐得久了也得活动活动。于是挂杖前驱,把我们送到房间门口。

这天是二月二十八日,这年是一九九二年,绍棠五十六岁。

寻访绍棠蝈笼斋

忽然有一天,当然,说不清是哪一天了,在绍棠师的作品中发现了"蝈笼斋"。

读绍棠师的书,尤其是近十几年来的东西,文字最后总有个落款,标注的是文稿完成的时间和空间。时间自然是年月,一回一个样,难见山重水复。而空间却几乎是经年不变的"蝈笼斋",一直雷打不动。

上世纪八十年代初受教于绍棠师始,期间先生数易其居。最早是光明胡同三合院,后又阜成门外北营房、灵境胡同西黄城根,今又和平门红顶子楼。有点君子居无求安。

虽则居无求安,但无论是三合院或北营房,也无论是西黄城根或红顶子楼,绍棠师还是背负一个蝈笼斋。蝈笼斋成了先生许多作品的出生地。

在汉语形成过程中,斋这个字吸足了中国特有的书香墨色,造就了如今的完美与完善。天南地北,斋处甚多,此斋那斋,都是有进深有尺寸的三维空间。文化人便喜欢把自己的居用之所以斋字挂脚命名。在绍棠师的作品中发现了"蝈笼斋",我便按着那种常识惯性留意起先生的书屋来,企图找到那个挂着写有"蝈笼斋"三字匾额的三维空间。但是,标有成稿空间为蝈笼斋的作品不断产出,而蝈笼斋却始终是"未见庐山"。

绍棠师的蝈笼斋到底在哪里,我把答案寄托于先生的书,也寄托于别人写的有关先生的文字,在那里面用心地找。

又是忽然有一天,蝈笼斋终于找到了。原来,蝈笼斋不是物象,而是逻辑,不是长宽高的三维,而是精气神的三宝。

蝈笼斋可以有匾额,蝈笼斋无需有匾额。除了回到儒林村,除了守在运河滩,先生作品的出身全在蝈笼斋。蝈笼斋是先生一方心理净土,蝈笼斋意在蝈笼不在斋,空气进得来,阳光进得来,水分进得来,一切的音响信息进得来,先生便安身立命于其中。

臣本布衣,躬耕于南阳……不求闻达于诸侯。于是不叫大鹏展翅斋,不叫鸿鹄致远斋,而是只叫蝈笼斋。这和先生的"文化人中的田夫野老"的自命属于同一思维山脉,和先生的"一个彻头彻尾彻里彻外的农家子弟和文坛老农……一个终生不入仕途的完整职业文人"的自我素描相互映衬。

此番批解,不知是否合先生意。好在我心中有数,先生有点偏向我,只要没给他添大麻烦捣大乱,都能过得去,我也就有恃无恐了。

蝈笼斋是绍棠师做人与作文的图腾。

应是铺花的墓地

　　隋炀帝杨广,我们记住了他两个事情,一是杀父弑君、荒淫暴虐,一是修凿了大运河。前者早已湮灭,只有到史籍文字里去寻找,而大运河却是实实在在地存留了下来。

　　大运河南北流通两千五百里,上下绵延一千三百年。隋炀帝怎么也不会想到,到二十世纪中后期,中国因运河而有大造,这就是一辈子不离开运河,一辈子就写运河边父老乡亲的文坛硕宿刘绍棠。

　　绍棠发誓,要永远守定大运河。一千三百年的大运河,也许还能再流一千三百年。但是,天地吝啬,天地无情,给予绍棠的只有六十零一年。一九九七年三月十二日,天地吝啬又无情到了极点,绍棠离开了大运河。

　　大运河集汇多支水系,发轫于通州城北,绕经城东后,顺势南下,两千五百里直取余杭。京东沃地,九河下梢,通州到天津这段运河叫作北运河,儒林村是北运河东岸一小村,就是绍棠的生身地。

　　两千五百里,一千三百年,大运河造就了刘绍棠。刘绍棠文化成就属于人类,魂骨仍归运河。通州城北,运河端头,曾有绍棠卧牛一方黄土。为修公路,绍棠魂骨又被迁回儒林村,在运河边上一块庄稼地旁入土为安。据绍棠夫人曾彩美老师讲,这里原也是刘家田亩。这样,绍棠回乡回村又回了家。

乡土文学,是另一种的波澜壮阔。绍棠叱咤文坛五十载,身后居处浅显,塚小碑低。有学者著文,冠绍棠与"大运河之子",以此为赞为喻、为誉为彰。绍棠墓碑亦藉此为记。

但虽有碑题,却是藏于土面之下,需拂开杂草,刨去两寸土面,"大运河之子刘绍棠"方才显现。绍棠遗族在塚旁栽种的四株小柏,早已是一荣三枯。还是听曾老师讲,碑题不得出露土面,是受有关条例规制管限。如此,让听者只能是多些噫吁嚱。

柏株之中一荣者,原是长在绍棠在北京西城光明胡同的三合院。那是不知何方何时飘来一松柏籽,于院中落土,自愿发生,自由成长,一直陪绍棠在三合院中。如今移栽至绍棠塚旁,余皆枯败,唯此独荣。曾有生物科研成果报告,说植物们实际也有意识也有知。一直以为那是戏言或奇谈,现在看来,或真如此。

绍棠幼年持笔,少年写作,一十三岁发表作品,在新中国的开国礼炮声中走上文坛。绍棠在运河两岸生身养命,有生一个花甲零一载。文学创作生涯五十年,中有三十多年住在生身之地儒林村,形成了绍棠特殊的文化积藏。五十年代逢灾,六十年代受难,全都是回到大运河父老乡亲中被除消避。淳朴温厚的乡亲们视绍棠为珠玉,生活与劳动,不让他受些许委屈和艰难。于是引得当时有时尚之人指斥此为"丧失立场"。丧失立场,这个话不可小视,在那个年月,这是口舌刀剑,足以将人掐监。儒林村有史三百年,村人做工扛活,多不识字,儒林不儒,名实不副。三百年成就绍棠大儒,让先宗祖现乡亲和后子孙得有显不尽的光彩。你说"丧失立场",乡亲们不管那许多,回你一句,放屁,说我们多少年才出一个刘绍棠,打个佛龛这就把他供起来。

乡亲们好话成山,坏话也决不贫缺,但他们知道什么时候怎样用。绍棠魂在地灵在天,乡情如此,当慰当安。

通州已不再是最早和后来的通州,通州正在成为北京的新城区。与绍棠土塚一堤之隔,是个旅游度假村,楼是现代的楼,字号却是叫作"运河人家"。运河人家楼后是个村庐样的庭院,可见豆棚瓜架,蒲柳人家。横看竖看,度假村都是绍棠文字中造就的运河文化特征特点的借用与延伸。

南北两千五百里,上下一千三百年,千百风光造化,方出绍棠。大运河流走不歇,绍棠去而不离。听说,绍棠土塚将成为度假村"运河文化"表现的一个要点。如此,始觉安慰。只望能早一天更早一天地看到绍棠在家乡的一方黄土不再是孤远的土塚,而是铺花的墓地。

绍棠在处,应是铺花的墓地。

真善美哉，绍棠

三月十二日，像许许多多的往日一样，一整天，平淡又平常。我不知道，这个时候，绍棠师去世的事情已经发生了。

晚上，一个文字的朋友打电话来告说先生去世了。我一下子有点懵。因为我相信我们这些绍棠的生徒不会拿这个话来开玩笑。手边是绍棠师日前签赐的《我是刘绍棠》一书。一个那样的电话，一本这样的书，耳闻目睹，脑袋里顿时一片空白。当然，接下来不免是四下打电话考证这条消息。尽管感到这消息不会是假，但仍希望不真。可是，我的这个心理惯性受到了无情阻遏，三月十二日这天，终于变得不再平淡也不再平常了。空间在这个时间上打出了一个结，结束了一路勤奋、一门智慧和一代才华。绍棠师永远地离开了我们。

先生一生唯真，他把自己的弱点和生活中亏情欠理事情毫不躲避地通过作品表示人前。他说他的生活是一本毛边书，自己就像个维吾尔族小姑娘，小辫子一抓一大把。绍棠师的书房里没有摆设过盆景，没有见过鱼缸。他说他喜欢自然，讨厌雕饰。他说"隆鼻隆乳割双眼皮等美容术纯属造假。假的就是假的，伪装应该剥去"。绍棠师做文做人一张脸，说"坐在轮椅上也要做个有脊梁的人"。

先生一生唯善，他不用敌意对人。一九五七年先生被划作右派。当时整过先生的左派人在"文革"中成了更大的右派。这个时候,无论是"冷眼"还是"热心",先生都有条件去做,但他是站在历史高处去品味现实,他说他幸灾乐祸不起来。先生从小崇尚"人之初性本善",他从没有我不好也让你不好甚至让你更不好的阴暗心理。他自己重病缠身,却"希望天下人都不得病,希望天下病人到我为止"。

先生一生唯美,这也是唯真与唯善的造就。先生小说的品位反射着作者的品格。先生人生中遭受过巨大损害与摧残,但是在他的作品中,横竖找不出专为惊世与骇俗的动笔与用心。一辈子就写我的家乡父老,一辈子就写我的运河滩,这是绍棠师的创作轨迹。先生作品,对其珍爱的人物与生活不忍使其污,甚至为书中人物命名时,在选用词汇甚至汉字造型上都要美不惊人死不休。美是先生的内在,先生是个美文学家。

我们都曾为绍棠师的健康担心。先生"半壁违和"以来,我们更是提醒他留心身体事情。尽管他口头上也说自己是"老弱病残,四类俱全",但在行动中并不认这个账。他除了遵医嘱控制会客和修正了奢酒顽习以外,其余似乎一切如旧。"活一天赚一天,赚一天就干一天"成了先生的晚年创作宣言。于是他做出了一个庞大的创作与整理旧作的计划,给自己列出了一个沉重的时间表。同时,先生以轮椅代步,不疲地参与社会活动。作为政协委员、人大代表和作协副主席,一落笔,写的还是百姓故事,一开口,甘心总为民生呼号。

受教于先生一十六载,我们只想从我们的角度去解说先生——绍棠是我们大恩大益的师长。他悄悄地走了,突然地给我们留下了一个永不复动的定格。

挡不住的"风流总被雨打风吹去",绍棠走了,永不回还。幸亏人类生有泪腺,能让我们恸哭——

悲哉壮哉绍棠,真善美哉绍棠。

刘绍棠四题

孤阴不生,孤阳不长。天下世事,反而成全,真善美是因假恶丑的存在而存在。于是这里就有了一个话题,在刘绍棠那里,有足够理由可以被认定的那些假恶丑的东西哪里去了。

刘绍棠边界性格

文字运用的最高境界是文学创作。

刘绍棠的作品,他的小说,他的散文随笔,是典型的文学创作,属于文字运用的最高境界。但是刘绍棠也有不属文学创作的文字运用。他曾有过一篇叫作《我对当前文艺问题的一些浅见》的东西,属于论说,属于文化探讨讲道理的文字,直截表明立场和态度,白纸黑字。

惹事的就是这篇非最高境界的白纸黑字,于是横祸来天。十年之后,刘绍棠自悟那"不是犯了错,而是犯了忌"。这应该也是个高境界的自悟,指出天不时地不利人不和,逆径行走,走到最后就是逆境,当然不得好果子。对与错的事实,常常在于别人的需要,最无道德最无赖,也最真实最理所当然。我们认可刘绍棠的认识,但我们又从中读出了属于刘绍棠性格的东西,那就是自负和自负情结支持着的坦白与担当。

刘绍棠自负性格终生未改,逢灾受难,二十二年经磨历劫后,自负还是自负。其实改不了,改,就成了自愿糟践自己。其实也不用改,只需留神在"不天不地不人"时候不要犯忌。

刘绍棠自负文学天赋,自负自己就是为当作家而生来。

上世纪八十年代初,刘绍棠政治解放刚刚两年。北京有个"青年文学创作讲习班",是年轻人的一个文学沙龙。刘绍棠被请去与文学青年见面。见面是讲课形式,大礼堂,台下黑压压座无虚席。刘绍棠于台上临案而谈,话题当然不离文学创作。但他并没有向那些爱好文学的女孩男孩们教授为文之法,也没有向他们指点当作家的成功之路,却是告诫说作家不是听课听出来的,直言写作这个活儿首先需要的是天分。看着作家光彩就想当作家,没有那个天分就不要白费力气。冷水泼头,但不是不给出路,遂进而又说,如果你在化学上有天分,那你就去研究化学,干嘛一定要当那个肯定当不成的作家。

在这个话里,刘绍棠引入的与文学对仗的事物是"化学",而不是诸如音乐、舞蹈、戏曲、绘画等等性相相靠的可比信息。其他诸如游泳打球、武术围棋等等生活中常说常道的类项也可以用比,但都没有,不知缘何刘绍棠单单挑出"化学"来较劲。后来知道了,刘绍棠有个总记于心的往事。五十年代初,刘绍棠在北大攻学中国古代汉语。校方重点培养,就打算叫他上苏联留学。五十年代初,留学苏联,比现今上美国深造更能动人,因为,被安排留学必是被认可的学中翘楚,同时更显一种政治待遇。但是,留苏,是让他去学化学。刘绍棠说"一听是到列宁格勒学化工,便吓得我三魂出了窍",于是谢拒。谢拒无效,就又写信转弯投诉到团中央,遂得到支持。团中央说要把刘绍棠培养成专业作家,这场官司才算了结。

这个事情前后两阕,叫我们产生两种思考。一是刘绍棠对自己从文意识的定力和从文能力的自负。从文,不拒刀火,只顾向前。做别的,比如化学,便"三魂出了窍",畏避恐迟。

险些留学苏联,这事是在一九五四年。二十八年后和文学青年座谈,好话得机遇,当时乃发生,自己的典故自己用,谜底原来在这里。所以叫"险些留学苏联",是天赋作家万幸没有断送在数理化路上。自己险些误入那个歧途,出于责任担当,所以才警醒那些没有文学天赋但或许具备别种天赋比如数理化天赋的才子佳人们不要痴傻呆苶地只做作家梦。歧途误入,撞得头破血流,无益无用无果,不值。

刘绍棠一九九四年有过一篇叫作《传奇的现实》的短文,就说了险些留学苏联这个事情,用来纪念四十年前的那次遇险。四十年,三分之二个甲子,刘绍棠可能不只是总记在心,甚或可称耿耿于怀。耿耿于怀不是说嗔怨,刘绍棠的嗔怨不在这里,耿耿于怀只是说阻碍自己施展天赋的事情他不会忘记,刘绍棠太珍重自己的天赋,太容不得这个天赋遭受阻碍和伤害。

但是,刘绍棠自负的天赋到底还是遭受了阻碍和伤害。

没有上苏联去学化学,如愿以偿。刘绍棠或许因此获得了一个美丽的暗示,言者无畏,行者无罪,坦诚,提笔能写,张嘴就说,结果不坏。这个事情对刘绍棠性格作了一次正面怂恿,这是我们的又一个思考。

在拒绝苏联留学事情三年之后,刘绍棠接续和重复了他的"惟文学创作为我所乐"的高妙感觉,做出了上述那篇惹事的文字。他一定没有去想此番那番早就不可同日而语。那番不顺情不听话,是没有碰了谁的文化萧墙,没有捅了谁的脆敏神经。没有形成他害,自己也就无所承担。而此番就是此番。或许他并没有刻意地拿拒绝留苏的过程和结果当作经验去兑付现实,但实际上那个美丽的暗示已经对他形成教唆。于是他照样坦白,照样在期待一个好结果,照样指望在那个可以期待的好结果中得到把文学做得更漂亮更光彩的享受。

刘绍棠当时全部的社会阅历只有二十一年,尚未"而立",更远"不惑"。况且,人活百岁,照样多有难解的疑惑。更有面对乖蹇的现实,中国传统经典文化的解说功力常会丧失得一干二净,四十而不惑,也早都变成了人人口中无用的唠言。所以,天该原谅刘绍棠。

性格就是做人,那样多的对刘绍棠的评论都忽略了一个可以被称作"刘绍棠性格"的现象。刘绍棠性格,前面说了,此不重复,跟无怨无悔毫无关联。

十四岁顶戴"神童"冠盖,才大心高,本可就势而造,却叫一顶"右派"的铁帽子镇压了"神童"。自此,一切预期的轨迹全都变道,一切的光鲜结果全都衍成了一个漫长的"日食"。在躲不开这个话题的时候,刘绍棠只作内求,在自己身上找出一百个"该当"的理由,这样做,只为排开一个复杂。但是,为着一个简单,如此辗转腾挪的同时,自己精神上却担当了一个真痛苦。刘绍棠是专挑了好东西来告诉你,与你分享;不好的,独吞消化。消化不了的就贮藏起来,形成了他沉重的心理驼峰。所以,刘绍棠,光昌流丽的一代文学大家,一生圈禁着一个巨大的隐伤。对于他二十一岁时候发生的事情,他早就什么都明白了,唯不言耳。

惯于直言又"唯不言耳",我们把"刘绍棠性格"扩容为"刘绍棠边界性格"。

刘绍棠的唯心深处

京东大运河是刘绍棠生身继又安身立命的地方。少小离家,大乱回乡,到了需要实际意义上的土里刨食的时候,锹也用不来,锄也抡不动,稍有技术含量的农活也是不得要领,体力技能全不及格。乡亲们关照,放牛拾粪赶小鸡,只拣些轻简事情给他。神童右派刘绍棠在劫难逃,但却躲过了难逃的一劫。刘绍棠知恩图报,没有别的本事,会做小说编故事,于是满怀感激与恭敬地宣誓,要一辈子就写他的家乡父老,一辈子就写他的运河滩。运河滩上的精神慰抚与生存护佑,叫刘绍棠有了至深至圣的留恋与惜爱,于是就把父老乡亲一个个地往他的文字里请,请进来,又一个个地把他们往鲜亮处摆,往光彩里说。

有生六十一年,这中间,世事从未停止过动荡,刘绍棠个人的生存环境也总是未得安宁,甚至多有险恶。一个甲子,足以尝遍人间酸甜苦辣,阅尽世上雨雪风花。我们不用再去重复从一九三六年到一九九七年刘绍棠有生这段时间里都发生过什么,或更以刘绍棠为主角地发生了什么。已经无数遍地说过了,不想去多说那些话题。我们只想说,谁也没有理由去指责许多把文字当作投枪的作家。文字本身储备着能量,对于作家,文字用作利器,用作思想的运载,天经地义,愿意喝彩就可以为之喝彩。但我们又只是想说,别人能够做的,刘绍棠也同样能做,也同样能够做到,也同样天经地义,也同样可以接受喝彩。文字是共用的东西,而按照意志把它们挑拣和组装起来,文字就成了思想的载体。作家三毛说过,我为什么要写,因为写,我就可以不用说了。刘绍棠是作家,运筹文字且轻且熟,可以随心所欲,但他没有去随心所欲。十四岁被举上了天,二十一岁被打入十八层地狱。当一切都成为过去的时候,刘绍棠图报的机缘跳到眼前。此报那报都该报,但他最终选择了报恩。

刘绍棠是文学的神童,但不是政治的天才。卷进政治漩涡,是一个童话时刻发生的意外。二十二载的尚锦光华被机械地碾碎抛光,谁是那个主角,谁能无嗔无怨。刘绍棠亦嗔亦怨。

刘绍棠亦嗔亦怨,有史为证。在政治解禁,复出文坛时刻,刘绍棠朝天泣血,喊出了"天不灭刘"。这很像口号又不是口号。我们只说,这不是一种平常心理状态下的平静语言。常态的、平等又平静的正常生活,成就不出这样的语言。这样的语言是水浸火炼的结果。"天不灭刘",是对天说话,仿佛屈原于万苦中的天问,刘绍棠有属于他自己的天问,此处却是天问后的谢天,抒发的是"终于活着熬出了头"的愤懑的感念与庆幸,是对自然造物主的由心仰望。

不要说了……台下坐着一个刘松萝,奋然起立制止了台上发言。我爸爸不是你们说的那样。

刘松萝,刘绍棠的公子,刘家香火继承人。接着,他奔上讲台。

会场当然有组织有秩序,刘松萝也当然明白,可能是忍无可忍了,才如此无视那种组织与秩序。满场都是主流媒体"头版头条"式的颂词,云山雾罩。在那个雾罩的云山中,刘绍棠成了一个头脑单纯更或愚简的文化加政治的忠勇,并不厌其烦无怨无悔地上演着只为表现那份忠勇的独家好戏。程序已经编好,而会议只是为了释放这个程序。颂歌最保险,于是就唱颂歌,于是就千部一腔,于是就更替刘绍棠忘记一切,更替刘绍棠唱别人的颂歌。纪念研讨会变成了颂歌大赛,言者鱼贯上下,热情洋溢,仿佛庆功酒会上觥筹交错。标签又脸谱,刘绍棠的真实生活和真实生活里的刘绍棠遭遇冷藏。

刘松萝曾有一篇公开的文字,其中说到父亲刘绍棠去世头一天的事情。那天晚上,家里很显宁静,大家也都在做着自己的事情。这时儿子听见父亲呼唤,就进了父亲房间。房间里,刘绍棠正在看书,一本是《千山独行》,另外一本未点书名,只说是本伟人传记。刘松萝说原以为父亲是要叫自己做什么事情,却是跟他讨论了其中的一本书。原话是"同我谈了对其中一本书的看法"。但是,其中一本书是哪本书,又谈了怎样的看法,父子俩讨论得如何,这里面的大量信息,全都潜伏在了"同我谈了对其中一本书的看法"的一句话里。负责任却又显神秘的一句话,成了刘绍棠文化的一条目录。

儿子知道父亲,家人了解刘绍棠。假的置换了真的,再无动于衷,等于容忍了一个真刘绍棠被着色被分解。所以刘松萝愤然,于是奋起。

刘绍棠不是没有怨愿,他只是把假恶丑用作了为真善美殉身的道场。实际上他是把假恶丑怨进了骨髓,恨进了骨髓。把关于刘绍棠的可得信息尽可能地综合与平衡,可以说出这样一句话,怨愿,是刘绍棠的一个秘密。

还原一个过去了的人物,应该远离情感情绪的附庸以及一些实用杂碎,那不是附庸和杂碎能做好的功课。我们可以还原得不够充分,因为,说出的东西永远有欠于真实分量。但不能想当然地还原,因为,不想当然,我们可以自控。真实没有定量标准,只在于负责任,只在于不起哄,只在于不迎合,只在于不为那口嗟来之食。

不规矩的情感和情绪常常是"不真实"的策源,是专产"不真实"的工厂。在评说过去的时候,我们应该不涂描不加减,应该抽空一切情感与情绪。一味地满怀激情,不管是反是正,都是坏事的淫种。评说过去了的人物,具有学术性,而学术不需要激情,一点都不需要。但是,古今有多少人能够这样冷静了,又冷静到怎样程度呢。横竖一看,踩进地狱照样踩进地狱,捧上天照样往天上捧。依旧依旧。

评说过去,贵在不顾现实。现实常常带动着实用,而实用俩字能把对于过去的评说引入一种游戏着江湖习气的乱道。

现实常常很显高贵,而那个高贵又常常乐意通过很贱的渴望去表现,期待一种不值钱的共鸣。而变造,就是会共鸣的奴才,同样不值钱。我们变造前人,后人变造我们,又全都用文字记录下来,一代代地掺水加料,用膨胀法去演绎,那历史还有多少可信。千年的文字会说话,千年的文字也会瞎说。世世代代颠簸着重复,追求真实本质上变成了追求谎言。

变造,我们应有自责。前人变造,前人罪莫大焉,我们变造,我们罪莫大焉。

什么力量在造就刘绍棠

中国的主流文化向来是士大夫文化,是统治者的官场文化。统治者和统治者的维护者形成一个商业托拉斯样的统治者集团,他们盘根错节又你死我活地绞绕在一起坚守他们那个集团的利益。他们占尽了社会生存先机,不惜笔墨地去表现他们那个集团的"天下大事"和为那"天下大事"所欣赏的又好吃又好看的东西。他们又理所当然地占尽各种社会资源,使他们的文字能够流传下来。天子重英豪,文章教尔曹,万般皆下品,唯有读书高。他们攀附仕途,第一步靠的是做文章。所以,翻开文化典籍,古人为官者的简介中都有著述成就的罗列。冷静地讲,这并不是坏事,因为他们真就是给后人留下了无比宏大与辉煌的精华文化。古代汉语、古典文学,那些精美的文字、精深的思想,滋润着一种修身齐家治国平天下的教养,足资我们享用和骄傲到最后。

非主流文化是一种民间文化,这种文化所涉猎的东西要比主流文化庞杂和宽泛得多。因为民间文化不受"君管",无法无天。我们爱说中国历来是文明国家,但总是忽略了中国历来是文盲国家。文盲并非在说没有文化,而是专指人的不识文字。念书识字是中国民间传统的文化渴望。中国的主流文化无一例外都是通过文字来储存和传承。而民间文化自有本身的存在方式和传播载体,在这里,方式和载体合二为一,那就是为民间喜闻乐见的戏剧和曲艺。在民间,戏剧具有广泛和顽强的生命力,很乡土。凡有人聚居的地方,小地方有小戏,大地方有大戏,没地方没有戏。曲艺在民间文化的储存与传播上可与戏剧并驾,除了戏剧,几乎所有民间文化储存和传播皆依赖于曲艺。跟戏剧一样,哪儿有人聚居,哪儿就有曲艺,曲艺的存在也是很乡土。在形式和内容上,京剧是最为恢宏的剧种,却是缘于地方戏,是若干地方剧种的提炼与综合。而曲艺单品又何止百样千种,其中又以评书占先。评书早年间叫平话,基本形态就是人众聚集,听一人说古论今。接受戏剧与曲艺,用不着文字,故文盲不拒。古来民间普遍不识字,却积淀着厚重的中国文化,戏剧与曲艺功不可没。戏剧与曲艺的传承也是不用文字,师父教弟子,只需我表演,你模仿,我口述,你学舌。

于是又有了这样一个现象,就是民间非主流文化的储存与传播,话题常常紧扣主流文化的行为者,或者与之紧密关联,甚或就是直击其行为者主体。比如,戏剧表现,多不离帝王将相的人人我我;评书演绎,总在说改朝换代的是是非非。而主流文化又是念念不忘在民间文化中寻求支持与翻新,比如《诗经》等的汇集整编,比如《三国演义》等的最终产生,等等等等。于是就形成了主流的士大夫文化与非主流的乡土文化的大尺度的融和,又于是,两者之间就你中有了我,我中有了你。

刘绍棠给自己的创作定位为乡土文学。他的作品,不见一点灯红酒绿,没有几处水泥钢筋。在刘绍棠的小说作品中,故事铺叙,语言结构,明显采用了中国传统评书的表现手法。

刘绍棠没有入学时候就听书上瘾,文化玩耍,追着说书人听书。十一岁进城上学,通州城里的茶楼酒肆和街头地摊这样的民间文化环境,成了刘绍棠文化养成的"早稻田"。要不,十几岁的时候他用什么来给小伙伴们讲故事,拿什么把小伙伴们一个个安了绰号编进他的武林传奇。

在小说之外,刘绍棠有为量不小的散文随笔,在这类文字中,又有为量不小的文字在说戏剧,说戏剧欣赏,说梨园旧事,说自己生活与戏剧的关联,说自己作品与戏剧的融通。

语言是有节奏的,上乘的文字能唤醒其中的乐感。具备深厚的古汉语功底,应该是打算把文章往好里写的中国作家们的高贵追求。在语言文字上,精准且干净,流畅又练达,是刘绍棠作品中的常在风景。这不能不让人认可他的古汉语功底,但这个功底又不能从民间文学中造就。刘绍棠在北大专攻过古汉语,但那段日子并不很长,怎样在一年多的时间里吃下了古汉语这一大口饭,这是我们面对刘绍棠作品的思索。我们暂时只能一边感叹"天分"的能量,一边感叹"名师出高徒"的社会真实。中国人用中国话写东西让中国人看,如果缺少了古汉语的支持,再好的文字顶多就是一篇作文,而作文离作品甚远,远到两者根本不是一回事。

健美不是靠衣裳帮衬,你饥饿着,就不要奢求健美,穿戴得叮当闪烁,肚子里空着,脸上透着的也是死气。语言也是同理,你缺少着那份语言养分,就不要指望靠甩词儿帮忙,帮不了。下笔露馅,开腔出丑,只能供人玩赏你假教师爷面孔。好像演员,凭着个脸蛋儿加挤眉弄眼,别人给两句不算难听的话,就以为自己真就是了好家伙。古汉语功底并不是你引述了什么名言,抄用个什么经典,又不伦不类地跩上两句,而是行文中透着的那种古汉语滋养着的文字的精凝与厚重、富有与健康。

不少作家对中国古典文学鲜有接触,却敢全面否定。对中国古汉语更是知之甚少,甚至根本不懂,还自以为荣。刘绍棠那么一个善说好话的人,这时候却十分吝啬,一丁点儿好话也不给。刘绍棠有杆不饶人的秤,一提溜,说他们是泼皮牛二,是扒祖坟的败家子。

人类生存的环境成分中包括战争、灾难与丑行。对于这些,文学后发制人,绝无宽让。有了那样的黑暗,就跟进了对准那黑暗的文学,那样的文学常常有着别样的宏伟与光灿,叫人振聋发聩。刘绍棠领教过人造的灾难与丑行,但对于那个黑暗,他没有把心用在轰动效应。十五岁始读《静静的顿河》,即拿大运河比说顿河,拿生身的儒林村比说申斯克村,把《静静的顿河》终生放在手边,至死推崇作品给出的自然与天真。就是在他那篇惹事的文字里,《静静的顿河》也未曾缺席。于是,我们发现,刘绍棠的作品有风起云涌,没有振聋发聩;只为有情有义,不问轰动效应。

走近刘绍棠的经历,发现刘绍棠本身就是一部文学作品。至于振聋发聩,至于轰动效应,我们说,读者都会在文学作品中去发现自己的生活。

心疲力衰的刘绍棠

人生七十古来稀,那是一千三百年前的话。那个话拿到今天,怕是大值商榷。不因别的,只需注意眼下七十岁人,神清气满地到处活蹦乱跳者甚众,真能叫人误以为七十才是人一生的最好时光。

但是,刘绍棠离世时候,刚刚经过六十一岁生日。就是说,刘绍棠有生,于古远未及"古来稀",于今没有熬到虚伪的最好时光。

刘绍棠十四岁被捧作神童,但这只是一种文化与文学的认识,而别人却未拿"神童"两字当回事,于是紧跟着,神童被打入十八层地狱。

被打入十八层地狱,祸来有根,"神童"是"犯忌"的帮凶。其实别人并非未拿神童俩字当回事,而是很当回事,只是,给予的是第二种关怀。瞄得准又打得中,打得中又打得狠,打的就是"神童",看你到底有多神。刘绍棠"小荷才露尖尖角",招来的不是蜻蜓,而是掐手。于是,一段新闻变旧闻,刘绍棠的快乐写作阶段结束。

刘绍棠他没有力量去改变什么。在生身地的大运河边,前景看不明,看不见。好在有乡亲们护照,帮他整顿了那个糟糕的生存环境和心理环境,于是刘绍棠进入了他的艰难写作阶段。二十二年,刘绍棠一直揣着一个无期的期待,年复一年地熬着过来。

二十二年,对人一生,不说它实在是过长了些,我们只说它太贵了些。假若是一岁到二十二岁,假若是七十岁到九十余岁,都不必特意说贵。但刘绍棠,是二十一岁到四十三岁,是人一辈子最金不换的日子。那样最金不换,但是就那样不声不响,那样最便宜地没有了。好在写作乃是大事情,二十二年,刘绍棠埋身艰难写作阶段。

让我从二十一岁开始,这是刘绍棠政治解放后的另一呼语。已经四十三岁,为什么要逼迫得我往回活,我的二十二年哪里去了。没有人回答,他给了自己一鞭,叫自己往前走得快一点,结束了艰难写作阶段。

让我从二十一岁开始,其中浸满了在准备担起日后的另种重荷时的彻骨的凄楚,但这只是一种心理的策动,表现的是一种悲壮与苍凉。这个话里虽然含有数字,但从算术上却无法做到。把失去的时间抢回来,不存在那种超能技术,失去了就是失去了。四十三岁,他很明白这个数字多么地冷酷无情,多么地不可商量。对刘绍棠,最现实的是写作,最真实的是从四十三岁开始。他需要更多的时间,但是他没有了更多的时间。于是刘绍棠进入拼命写作阶段。

记得了自己的年龄,要赶快做。这是鲁迅当年面对属于自己的越来越紧迫的时间和努力完成自己未竟事情需要更多时间支持的矛盾冲突时候的动心警醒。这个矛盾无法解决,自己能够身体力行的就是"要赶快做"。鲁迅人去精神在,刘绍棠借鞭自策。于是他舍生忘死,写作,从早到晚,又一年到头。外出开会,随行必带稿纸。病危住院,眼见死神张牙舞爪,却还是蜷卧病床,坚忍着十八斤腹水的苦痛校订文稿。好像是为冲出重围去杀开一条血路,为了求生却又不顾了生命。

这个阶段中,说快乐,比快乐写作阶段更快乐;说艰难,比艰难写作阶段更艰难。快乐着、艰难着,综合起来是拼命着,终于,十八年后他拼光了一切。

熬捻子，乡人土语，本义是说灯油用尽，已无接续供应，但灯捻中尚有些许浸留，靠这点儿油，灯捻多少还能再亮一会儿。

刘绍棠曾说他就是在"熬捻子"。这一是说自己病卧，回乡不能。乡土作家远离乡土，不接地气，老本钱囊底尽了上来，无奈只靠熬捻子，表现了对于写作如何持续的隐忧。一是说写作虽是大事情，但体能与精力上又必须招架无休止的各路应酬答对，时间空间常常不能自主，显出一种对于写作条件的渴望。曾经行走自如，为躲避干扰，安心写作，还能于住家之外寻得临时空间，如走读生样地早出晚归。病卧之后，只能伏卧在家。来访客中多有从未曾相识者，刘绍棠又不习惯于拒绝，于是，住家成了公共场所。门心上贴着对访客时间限定的私人告示，但总是不被理会。于是，写作常常错至半夜至天明。鲁迅说他自己是把别人喝咖啡的时间都拿来写作的，而刘绍棠写作，不得已总必须利用别人在睡觉的时间。

他说他在四十五岁时候就已经感觉累了。加减法一算，从拼命写作阶段一开跑，刘绍棠用的就是冲刺的气力。

刘绍棠感叹"人生多苦辛"，说吃苦受累一辈子，换来十二卷文集，换来一个研究会，换来一个别人为作的传记。一生种种，虽未遭儿女反对，但一子二女谁都不愿子承父业，感叹两代人就是两代人。孙辈崽孩已经见大起来，和孙子孙女们问说，他们不知道刘少奇林彪等等的是怎么回事。二十世纪的大人物没出二十世纪就已被人不知和忘记，于是更加感叹"活着争名夺利有何用"。

家中有只收录机，一本厚书大小，那是孙辈孩儿的用物，甚至可被叫作玩具。有回无题聊说中，他忽然一指那收录机，"赶明儿我病好了，我也弄那玩意儿"。

"赶明儿我病好了，我也弄那玩意儿"，这是原话。这个白得无法再白的大白话，相信是抽象与综合了无数的生活实际，显出的是一种叫作"本色白"的颜色。好像从一个终于揭开了的谜底,可以反溯那个结构严谨头绪多藏的谜面,足能启发人去做无穷的想象,从中读出刘绍棠很多的在他文字之外的生动。

一九九〇年十二月末,刘绍棠做完一篇文字,说"活一天赚一天,赚一天就要干一天"。听这个话,比"让我从二十一岁开始"叫人更感悲壮与苍凉。

刘绍棠出生在二月二十九日,这让他四年才有一回日历生日。那年笔者有一篇文字,叫《绍棠今年十四岁》,说的就是这个话题,同时又借题发挥说别的。见报,光题目就讨了绍棠师一个十分高兴。那年,刘绍棠五十六岁,他一定心有所住,十四岁,正是他加冕"神童"的阳光灿烂的日子。但这时候,他已经中风偏瘫,拿他的话说,叫"痛失半壁江山"。

刘绍棠"痛失半壁江山"的时候是五十二岁,因病感慨,"但愿再活几年,再做几件事"。他说的再做几件事,就是再多出些文字。这更让人想起"燕赵多慷慨悲歌之士"的话来。

刘绍棠终于写得心疲力衰了,接二连三地病倒,接二连三地上医院。

乡人自有乡人的心结,乡人自有乡人的语言。对于刘绍棠的去世,运河滩上儒林村人说,他怎么就不享点福再走呢。

刘绍棠与《北京文学》*

文坛上有新中国最早诞生的第一批文学刊物,
文坛上有新中国最早成长起来的第一批作家。
《北京文学》是新中国第一批的文学刊物,
刘绍棠属于新中国最早成长起来的那批作家。
龙盘虎踞,半个世纪又五年,《北京文学》面对内外八方,坚守北京阵地。
有生六十一载,四十八年创作生涯,刘绍棠联通《北京文学》,坚持乡土文学未漂移。
中国气派,民族风格,地方特色,乡土题材。这是刘绍棠一生倡导与实践的文学主张。这一主张于一九八一年一月通过《北京文学》在《建立北京的乡土文学》一文中形成史记。
一九八一年,是刘绍棠沉冤二十余载刚刚复出文坛后不久。
因完全颠倒了的"反对毛泽东文艺思想"的罪名,成为"共和国成立以来成长起来的青年作家的反党典型"。一九五七年,戴着沉重的右派的政治锁铐,刘绍棠回到通县,回到生身养命的那个遍地黄土的儒林村,开始了他无法预知终点——比漫长还不知要漫长多少倍——的隐身生活。
一九五六年,短篇小说《收获》发表在《北京文学》三月号。

---

* 本篇文字为《北京文学》纪念创刊五十五周年时的约稿

如作大事记,这应是刘绍棠与《北京文学》较早的文字往来。这时候,《北京文学》创刊六年,刘绍棠二十岁。

《现实主义在社会主义时代的发展》是刘绍棠早期的一篇文艺论文,文章始见于《北京文学》一九五七年四月号。这是敏感年代中的敏感文字,与这一年五月号《文艺学习》上的《我对当前文艺问题的一些浅见》并驾。但并驾未能成势,却连同这一年的其他口笔之言,衍成二十二年蒙灾受难的缘起。这篇文字也就成了刘绍棠那一年在《北京文学》的"再见文章"。

一九四九年年末始,"刘绍棠"三字频见报刊。八年闻名,一朝匿迹,大众读者关怀着二十岁就在《北京文学》发表小说作品的刘绍棠,就多有写信打探与问候。于是《北京文学》——当然,还有其他媒体——就形成了特殊时期里读者寒暄问候刘绍棠的"关怀小道"。刘绍棠一九七九年复出后著文说,"……二十多年来,北京市文联和我过去的领导单位团中央,都不知道我到哪里去了。读者同志们热情给我写信,也不知道我在什么地方。所以北京市的好多单位:文联、《北京文艺》《人民日报》《北京日报》《中国青年报》《光明日报》……都给我转过信"。文字中说到的《北京文艺》,就是《北京文学》,那是《北京文学》的曾用名。但是现在手中这篇文字,我们不妨弃繁从简,不去计较时间段落,统用现名冠之。

公元一九七八年,这一年深秋时候,《北京文学》派出一位名叫石丛的编辑到了通县北运河畔,到那个遍地黄土的儒林村寻访二十余年文坛不曾真正露面、仍然右派着的神童作家刘绍棠。

所谓"不曾真正露面",此处应赘述几句。

刘绍棠一九四九年开始发表作品,直到五十年代中后期,文章频繁见于报刊。紧接着就是在那个"埋伏着刀斧手的反石斗争"中逢灾受难,随之销声于文坛。一九七九年初绍棠复出,这一年虽是七十年代的末尾,但就是这个末尾,刘绍棠作品就又如水来天。直到八十年代九十年代,中篇短篇长篇小说以及各类散文随笔,更是以百万字为单位计。此间唯独六十年代,作品发表几成空白。短篇小说《县报记者》是刘绍棠六十年代问世的唯一作品,刊登在一九六三年《北京文学》四月号上。漏船载酒,破帽遮颜,二十二年中的文坛露面,唯此为是。

由于仍要"不忘阶级斗争",所以,作为了,遗憾未成走势;露面了,却不是正果。于是,《县报记者》成了刘绍棠二十二年隐身潜形和全部文学创作的一个要点。于是,刊出《县报记者》,也就足资《北京文学》记入它与北京作家关联往来的典籍。

人地两生,路经县城,石丛商约了通县籍作家王梓夫。吉普车停停走走,几十分钟一路打听,路经一处沙坑后,就进了儒林村。

苟全乡下,"文革"之后,绍棠就住在哥嫂家。嫂嫂说绍棠正在菜园小屋里面写东西。石丛与王梓夫就直奔菜园小屋。

菜园小屋就在此前路经的沙坑旁。"破纸迎风,坏槛当潮",菜园虽是菜园,绿意已是无多。显见小屋"碎琉璃瓦片多,烂翡翠窗棂少",叫人疑惑怎会有人在里面。

绍棠——石丛一边怀疑着这小屋里怎会有人,一边在屋前试喊了一声。

哎——屋里传出应答。石丛"又惊又喜,大惊大喜,惊大于喜",于是推门而入。

屋内昏昏暗暗,朝窗的明亮处,一人正蹲在炕沿前,这就是当年神童作家刘绍棠。这时候,距蒙灾受难的日子二十二年。当年二十一岁,最简单的加减法,此时绍棠已经四十有三。

绍棠起身,对来人表示欢迎。不速到访,石丛梓夫各作自我介绍。

刘绍棠说,自打当了右派,还没有谁来上门组稿,《北京文学》是第一家,石丛是第一人。

寻访绍棠是编辑部交代的特殊任务,石丛便成了《北京文学》的专使。见到绍棠,专程使命有望告成。

对眼前破屋,石丛与梓夫提出种种关心与疑问,绍棠说他喜欢安静,也早已习惯了冷。

被绍棠邀至哥嫂家。石丛有心,小坐后,便商梓夫与绍棠同往县城,由梓夫中介拜谒县委和县革委会。叩见当地当时父母官,为改变绍棠处境作了原始铺垫。

虽与绍棠从未谋面,但却一见如故。石丛说刘绍棠"……滔滔不绝,笑声如涛。只字不提他二十多年受的苦难",赞叹"如此豁达乐观,真让人佩服他是条好汉"。

这一年的十二月,《北京文学》召开了一个"努力反映社会主义现代化建设——小说、诗歌业余作者座谈会"。这是石丛向编辑部报告了寻访刘绍棠并约稿的情况以后,《北京文学》决心援手,为助臂绍棠而专门策划的一次文学聚会。那个时候——作者、编者和读者都会用各自的经历去感受时间这个怪物,不知"那个时候"对许多人来说是已经十分遥远还是就在昨天——业余作者比专业作家更容易受到理睬,于是座谈会标题中便强调了"业余"的分量。而这种聚会,现在已经多被称作笔会。

会期五天,来会四十余人,放在现在也不是小规模。

座谈会地点就在通县西集镇。所以选定这个地方,一是西集公社当时一位负责人与编辑部有编者作者关系,相关事情可以少费周折,再就是西集在地理上毗邻儒林村所在的郎府公社,除主角刘绍棠外,座谈会还预备邀请北京市有关部门负责人和通县政府要员以及全国知名作家。这样可以尽量有力又有效地在刘绍棠二十二年栖身之地形成影响。为倡导和谋求给绍棠布置一个新的创作环境。反话正说,《北京文学》可谓机关算尽。

《地母》是刘绍棠在右派平反摘帽那阵子发表的作品。是在石丛一九七八年深秋寻访之后专为《北京文学》约稿所作。在一九七九年二月号的《北京文学》上可以看到这个作品。

现在发表作品,在技术上应该说只是编者和作者之间的事。

可是那个时候——又是"那个时候"——行政允许是道绕不过的"天下第一关"。编辑部要填写作者情况调查表,经作者单位盖章认可,作品发表方有资格。没有那个"许可章",部门和个人怕是都要承担一种未知的结果。说未知也可知,就是绝非好结果。缘于对邮途和对邮途终点不明情况的担心,编辑部特派共产党员身份的资深编辑傅雅雯携调查表前往通县。

请求盖章更难于约稿。王梓夫二次承邀,与傅雅雯同行。

刘绍棠没有工作单位,他的行政联系就是通县、就是郎府公社、就是儒林村。于是傅雅雯王梓夫两人由高到低一层层地敲门见人、一遍遍地介绍情况、一次次地请求盖章……傅雅雯的通县"请章"之行是《北京文学》为刘绍棠事情第二回派出专使。

傅大姐不辱使命,于是《地母》一九七九年年初刊出。《北京文学》的工作档案或有关史料中应有这样一个调查表,允许刘绍棠发表作品,那上面是儒林村生产队革委会的大印。小小的一个生产队革委会担起了一个大大的责任。《北京文学》走的虽是直线,却也是高空里钢丝上的猫步。因为那个时候,刘绍棠仍旧是右派,天下仍在"不忘阶级斗争"中。

一九七九年五月,《北京文学》刊出一篇生活与创作随笔《让我从二十一岁开始》。这是右派罪名昭雪之后刘绍棠在文坛亮相的宣誓之作。于是,紧跟着,整个八十年代乃至九十年代,参与各种会议,发表不同体裁作品,被邀去讲学乃至带着乡土作家身份主持《北京文学》农村题材小说专号……新时期里,刘绍棠与《北京文学》形成了新的联络。一九八〇年一月,在北京市委宣传工作会议上,刘绍棠对当时文艺创作中已现苗头的不良倾向表述了个人意见。胡耀邦将这个意见文稿批转当时正在召开的剧本创作座谈会,请与会代表一读。《北京文学》得此文稿,题作《我认为当前文艺创作中值得注意的几点》在这年《北京文学》四月号上刊出。

《北京文学》刊出的这篇文章,恰与一九五七年《现实主义在社会主义时代的发展》一文形成呼应。前者与《我对当前文艺问题的一些浅见》一起,同是刘绍棠二十二年沉冤隐身的缘由与根据,后者是作家复出后仍在关注文坛大势初衷不改的继续表白。

刘绍棠说,"老舍是我们北京作家的一代宗师……他对中国和北京的文学事业的贡献是伟大的、不朽的……在中国文学史上,老舍先生是鲁迅先生之后造诣最高的语言艺术大师。他一辈子重视和强调文学的第一要素——语言问题。他谈创作,时时处处都讲语言。我们现在的创作,不重视语言艺术已经达到令人忍无可忍的地步……我建议有关方面将老舍先生论述语言艺术的讲话和文章编成专集,广泛发行"。于是,刘绍棠在《北京作家的一代宗师》一文中向《北京文学》建议,"我觉得应该将《北京文学》优秀作品奖升格,改为老舍文学奖。这将更大地调动北京作家的创作积极性,更快地提高北京的文学创作水平"。《北京文学》与绍棠之间在对待文学创作的艺术性问题和在北京地域特色文学观点上形成一致。采用这篇文章,是编辑部观点与主张的公示。

从黎明前两回遣使寻访,到日出后一贯援手关情,横看时,《北京文学》是一个时候为一个人做了一件事情;纵观之,却是在一个历史需要的时刻诞生的智慧与信心。《北京文学》是绍棠一生创作经历的重要联友,"刘绍棠"是《北京文学》史记中不能置换的内容。没有了《北京文学》,绍棠的创作经历中会流失半边精彩;忽略了绍棠,《北京文学》的典籍里也会多生出某种空白。

历史已经固化和冷却。无论怎样的浮躁与吵闹也改变不了那种定型。绍棠与《北京文学》,《北京文学》与绍棠,你中有我,我中有你,各自早就都染上了对方的色彩,各自早就都融合了对方的信息。

文坛上有新中国最早诞生的第一批文学刊物,
文坛上有新中国最早成长起来的第一批作家。
《北京文学》是新中国第一批的文学刊物,
刘绍棠属于新中国最早成长起来的那批作家。

说不尽的刘绍棠

出了一个小说集,抱在怀里赶紧给绍棠师送去一本。这本书开篇两页文字是他的作品,那是绍棠师应我请求作的序言。

这篇序言很重,一是重在大大的刘绍棠为了个小小的我。一是缘于错爱,绍棠师没有吝惜溢美之词。于是,序言让整个这本书成了一头沉。前面一重,后面就招招摇摇地翘了起来。好在生活中人全明白,翘起来的常常便是尾巴。

我怎么也不会想到能拜学在绍棠师门下。坐在教室里听老师讲语文课的时候就知道绍棠师。所谓知道,就是名声入耳,却不是懂。于是,绍棠师的名字定格在脑子里,一直沉淀二十多年。忽然有一天,我无路可走了,觉得只有写作,才是个不是人家说可做方得做,不让你做便不能做的事情。于是就天地人三不管地作起小说来。

回头一数,是上世纪八十年代初,一个寒冷的腊月的晚上,听了一回绍棠师的大课。到如今,讲的内容忘掉的多,记住的少。倒是有一句话怕是什么时候也忘不了,他说,文学不是争一时输赢的百米赛,而是至死方休的马拉松。

立志做文学者,排山倒海地上来,眼看着他们又排山倒海地下去。没有下去的,相对两个"排山倒海",数目都可以忽略不计。但我想,那些可以被忽略不计者,大约大多领教了绍棠师关于百米赛和马拉松的谕训。

绍棠师每有书出，又恰逢我去造访，便签赐一册。每每看他用左手艰难地辅助右手在书的白页上签赐馈语，总让受书者殊增汗颜。因为虽则是跑马拉松，但那意旨在目标长远不可懈怠，而不能容许优哉游哉甚或停顿。而停顿与优哉游哉，我全有过。

绍棠师出身在京东大运河畔儒林村。绍棠师说，他一辈子不离家乡父老，一辈子就写他的运河滩。我想，这大约就是他选定要长奔的马拉松。

绍棠师有个题曰《亮相》的短文，在那篇文字里，绍棠师拉了个"云手"，话及文学成就时候，自我定位是"文化人中的'田夫野老'……一个彻头彻尾、彻里彻外的农家子弟和文坛老农"。

这些，加上他的一辈子不离家乡父老，一辈子就写他的运河滩，构成了绍棠师独有的创作情结。语言没有编织，唯随心而声，捧在手里一看，全是土，闻闻，也全是土。绍棠师就是这样"一身土"地被接进了《世界名人录》这个聚贤堂。

围绕着"绍棠"二字到底还有多少故事，除了运河滩，除了儒林村和村中的依恋，他的夫人，他的家，他的半壁顽疾，他的从未见得匾额的蝈笼斋。真挚的文友与崇信者，企图钻营绍棠心祥面软性格空子的机会人……许多的，已经存在了，许多的，正在发生。

三月十二日

早晨，落了些雨。

忽然感到，迷信有时候竟是一个很好东西。于是，我相信，天哭了。

三月十二日是植树节。我说的不是植树节，我说的是这天是绍棠师的忌日。

我要去看望绍棠师。同行者还有当年曾采访过绍棠师的一位电视台记者。

绍棠师的墓地在通州家乡的大运河边，到了那里的时候，已近中午。水灵灵的，一篮鲜花放在供台上，一时猜不出是何人贡献，心领的是早已有人来过。

从绍棠师的生平和社会响动来说，他的墓地显得粗糙且简单。又一想，也是理应如此。所说如此，就是这个粗糙与简单；所说理应，就是绍棠师一生不入仕途，一辈子的彻头彻尾的文化人。构制奢华和气象恢宏的墓地大都不属文人。外国的事情知道得太少，反正中国是这样。古时候的事情也是知道得太少，反正现在是这样。文人们身后的地表造物，常态都是孤小与寂寞。大运河边上有块卧牛之地，应该算是有幸了，因为绍棠师拼了一生的才智，只愿难解难分地"与大运河血肉相连"。

我们带去的是简单的酒水和同样简单的小糕点。相信绍棠师会高兴，因为我们用的是心。

紧挨着那篮鲜花,我把《刘绍棠年谱》供奉在供台上。

《刘绍棠年谱》是一部书,是关于绍棠师生平的编年史的书。说是一部书但还不是书,还只是这部书的手稿。我把这部书稿收拾得干干净净,规规矩矩又整整齐齐,带来了,期望着呼唤绍棠师的生的感觉。绍棠师在的时候,许多的,我没有孝敬好,没有伺候到,每当想起,就内疚,就汗颜,就难过。

我不是绍棠师最得意的门生,甚至连得意两字都谈不上,更不用说最。但我现在应该是做了一个我自己得意,相信绍棠师也会得意的事情。《刘绍棠年谱》五十万字,前后用了两年光景,算是自赎,用来忏补我"没……好"与"没……到"之万一。

《刘绍棠年谱》脱稿已近四年,但书稿还是书稿。我向绍棠师从头至尾述说了《刘绍棠年谱》创作的经历与后来的出书的艰难。绍棠师没有嗔怨。他的书,出都难,何况我的,他明白。

绍棠师长女叫刘松萝。那天,我是说十一年前的那天,在追念和告别的那个会上,在绍棠师即将被移运别世的那一刻,刘松萝扑了上去,哭喊一声,爸爸您这是要上哪儿去呀。

这声哭喊,把一个人性与人文的价值宣扬得淋漓尽致,又把一个大痛大悲中的人性与人文的价值垒上了美像的尖峰。我永远地不忘那一刻,为了让后来者也知道人间曾有过这样一个哭喊,我把这一刻的声音和景象记进了《刘绍棠年谱》。

我都告诉了绍棠师。

在哪儿,上哪里去了,如果这是个问题,我曾奢侈地幻想着给出个回答。我一直在搜索,十一个年头过去了,答案忽然有了。绍棠师去了那里,生存在那样一个地方——就是愿意纪念他的那些人的心里。

墓地的景境与戒界是人间造物,无论多么地坚不可摧,无论怎样大费其心地保养与呵护,也总有那么一天要被自然风物饮食和消化。于是我早就不再去计较景界的粗糙与简单。纪念,是一种活在人心里的命,只要有人的一代又一代的生衍,绍棠师就有去处。那样,对于标识与物象,又何必,苦追求。

面对故人有所企愿的时候,企愿者常常会说些"如果……有灵,那就……"这样的话。

我们现在是面对绍棠师。但面对绍棠师,我们不用说"如果"。活灵活现,绍棠师就是绍棠师。他都听见了,他都看见了,他什么都知道。

三月十二日是植树节。我说的不是植树节,我说的是这天是绍棠师的忌日。

《刘绍棠年谱》前言*

中国先有了大运河,后有了刘绍棠。

后有了刘绍棠,大运河多出了一脉新鲜的文化气象。

大运河开凿于一千三百多年前。

大运河南北两千五百里,两千五百里的大运河分为六个段落。六个段落各有其名,天津到通州二百四十里,这是运河的最北段,叫作北运河。通州是大运河的起首处。

大运河又不仅仅是条河,它积淀着厚重的历史信息,已经形成多种文化存在和发展的载体。

刘绍棠是个人名儿。儒林村在北运河东岸,公元一九三六年二月二十九日,刘绍棠生于通州儒林村。

刘绍棠又不仅仅是个人名儿。这个名字是一种光荣,联系着中国文坛的一段历史,是中国文坛甚至是中国社会生活一个段落中的重要符号。同样也积淀着厚重的历史信息。

刘绍棠半个世纪致力于乡土文学的实践与宣传,一辈子把自己的创作生命锁定在了大运河。从发表第一篇生活小故事《邰宝林》到完成多卷体长篇小说的绝笔之作《村妇》第一部,有生六十一年,创作生涯四十八载,造就长篇、中篇、短篇小说和散文短论成书十卷,计六百万字。

---

* 此篇文字为本书作者所著《刘绍棠年谱》一书的前言

虽则是半个世纪的创作生涯,中间却包含了二十二年的漫长时日被剥夺了创作权力。

一九五七年,是刘绍棠文学创作的第一巅峰。这个时候,在"百家争鸣,百花齐放"文艺方针指引下,刘绍棠"把别人想说而不敢说的话说了出来",没想到被一巴掌打进了十八层地狱,遭受全国批判,莫须有莫须无的罪名骤雨来天。"猖狂阉割、篡改、反对毛泽东思想"的政治指斥压城欲摧,他成了"共和国成立以来成长起来的青年作家的反党典型",遂被打成了右派。

刘绍棠被打成右派,全因他除了会写小说还会思考。会思考,思考思考也就罢了,偏偏又胸无城府,二十一岁,开口就是心里的东西。伟大的和经典的就必须是凝固的,他不懂。所以"毛泽东文艺思想应该随着时代的发展而发展"就成了刘绍棠该当右派的理由。

那个"别人想说而不敢说的"是什么话呢,主意就是"毛泽东文艺思想应该随着时代的发展而发展"。在纪念《在延安文艺座谈会上的讲话》十五周年的那个时候,这个话又是怎样说的呢,几十年过去了,到了我们编制《刘绍棠年谱》的这个时候,当年那个《我对当前文艺问题的一些浅见》,六千言,白纸黑字地摆在眼前,倒成了真正精彩的凝固。

有西方汉学家在编著一部叫作《毛泽东集》的书时发现,一九五七年那阵子,毛泽东谈到当时只有二十一岁的刘绍棠竟有五处之多。

一九五七年的反右,严重地损害了正常的政治生活,阻碍了经济和文化的发展,也严重损害了绍棠的身心。

绍棠他写了一辈子,想了一辈子,烦恼了一辈子。为能解脱这个烦恼,他在二十世纪中期以至从那以后的漫长的日子里付出了怎样的代价,二十一世纪的后来人已经无法理解。

逢灾受难,经磨历劫。喝着大运河的水,在大运河边土里刨食。二十二年,和家乡父老兄弟姐妹们同作同息,受到家乡亲人的多方护佑与关照。二十二年的被难生存,成了绍棠一生和一生创作生活中的重点情结。一九七九年,右派事情平反改正,绍棠恢复创作权力伊始,便呼出"让我从二十一岁开始"的口号,宣誓要一辈子就写他的家乡父老,一辈子就写他的运河滩。

绍棠小说中有名有姓的人物,都有生活中的原型,而这些生活原型都是生活在他生身之地的大运河畔,都是他所熟悉的运河滩上的父老乡亲。九百六十万平方公里的国疆领域,他笔耕经营着九点六平方公里的运河滩乡土。绍棠发誓,要一辈子为家乡粗手大脚的爹娘画像。

绍棠想要做的,他已经做到了,十卷文集即为史证,绍棠没有遗憾。

但是,我们又替绍棠感到有所遗憾。如果不是历史的政治劫难,绍棠留给我们的文集,可能是十五卷,可能是二十卷。绍棠不赞成这个假设和说法,可是人的生命到底只有看得见的几十年,一切所经所历的时耗都要从这不可再来的几十个冬夏春秋里去支付,这是最简明、最真实,也是最无情的算术加减法。

中国气派、民族风格、地方特色、乡土题材,这是绍棠一生的文学主张。他反对在作品中宣传拜金主义和追求感官刺激,反对图解政策和不惜破坏作品艺术生命的政治说教。现实的生活与浪漫艺术表现的相渗相融,形成了绍棠作品的性格。

从二十一岁开始的那个本应光辉灿烂的生命段落,被非常态的生活箝索。二十二年一去无返,但绍棠不说遗憾,不停脚,不回头。来不及说遗憾,来不及停脚,来不及回头。补天,需要一种五彩石,一堆又一堆,绍棠他用拼命去炼造。

记起自己的年龄,要赶快去做,这是当年鲁迅先生对时间、生命和未竟事情的感彻心脾的警觉之嘱。在自感时不我待,又有恶病缠身的日子里,绍棠把这个谕训引为醒剂与鞭策,他拼命地写作,从早到晚,又一年到头。外出开会,绍棠是唯一一个带着稿纸的人。拽紧了纤绳,不用别人呐喊,他必须这样,他甘于这样,他一直这样。在病危住院时刻,眼见死神在面前张牙舞爪,却还是蜷卧病床,坚忍着十八斤腹水的苦痛校订书稿。好像是为冲出重围去杀开一条血路,为了求生却又不顾了生命。

笑谈与死神的对话,是绍棠人生思想的经典与光焰。《留命察看》和《改判死缓》记录了两次与死神擦肩的思想轨迹,里面庄谐兼蓄的双刃语言,让我们看到,绍棠文是真文,人是真人。

从恢复创作权力之始,就为北运河污水还清事情不停奔走,直到生命的最后时刻。市政府中都知道人大代表里有个没完没了地为运河治污工程上下呼号的作家刘绍棠。

为了大运河的后来儿女,绍棠拼的是心血,拼的是命,儒林村的父老乡亲感谢他,通州的老百姓感谢他,大运河儿女感谢他。

绍棠运作的是乡土情结,创造的是乡土文学,却是给中国文学这部大书添写了一页光彩。所以,中国文学和中国文学的历史也感谢绍棠。家乡设立了"刘绍棠文库",珍存他的文学档案,纪念他、敬重他,教育后来人。通州人民授予他"人民作家、光耀乡土"的荣誉匾,表彰他对家乡建立的功勋。文学也有专家,"为发展我国文化艺术事业做出突出贡献"的专家,这是国家授予绍棠的荣誉。

绍棠功成名就,但他不恋官、不求官。诸葛亮三顾而出,而绍棠一生谢顾,终不出庐。官运几回亨通眼前脚下,绍棠几次上表请辞。从开始发表文学作品,到加入作家协会,到蒙冤受屈,到解放复出后一十八载熬心忘命,绍棠有许许多多的在仕途上风光无限的师长和友好,但绍棠冷仕热文,死心塌地,自我打炼,一生未改,结结实实一个完整的职业文人。

越是民族的,才越是世界的,绍棠坚信鲁迅的坚信。为了坚持文学创作的民族性与中国传统,形成了与特能追风讨俏的新潮的不可调和,于是绍棠又被指斥为"左",他因此也就不得不像鲁迅一样地横过身来应对和抵抗这种新的袭击,他必须从创作计划中拨出够用的精气神。他心疼,但必须这样。右的劫难过去,左的侵伤袭来,绍棠一生,遭受左右夹攻。其实,绍棠他一不左,二不右,三也不中,只要一个正。一九八八年夏天以后,中风偏瘫,幸存大脑和右半江山不废,绍棠喜幸不禁,仰面谢上,乐而大呼"天不灭刘",一支笔仍是在百万军中杀进杀出,绍棠借题说话——坐在轮椅上也要做个有脊梁的人。

上世纪六十年代中期,又是一回骤雨来天,那些大约十年前曾经主张杀右派,曾经无端伤害过绍棠的人,此时遭受了比绍棠当年更大更惨绝的灾难。中国人崇信前怨后报,幸灾乐祸便是事理人情。但是,站在历史的珠峰上,绍棠看到了中国和外国曾不止一回地出现过权暴指向以文人为标向的文化的绞灭与杀戮。绍棠惊出一身冷汗,他说他无论如何也幸灾乐祸不起来。

君子发心,君子为人,绍棠一生,磊落坦诚。被难二十二载,绍棠熬心炼命。一九七九年,绍棠年富力强,复出后开始了人生与创作的第二巅峰。但是,五十年代中后期那个时候曾经随风助雨的政治跃进人,原来也是抵不住光阴磨隙,二十余年后,人气与命运已经无奈暮途。这个时候,一些情况出现了,一些事情发生了,文坛旧事,历历在目,人心向理,人心有数。世情中难有几人几回不念旧恶,大家都在看着绍棠,大家都会理解绍棠。但是,绍棠还是没有停脚,还是没有回头,对先辈,先辈就是先辈,绍棠做的是晚生后学的敬礼。对同龄,同龄依旧同龄,过去已经过去,一切从今天开始。于是大家重新看见了绍棠,大家又认识了一回绍棠。

对绍棠有过伤害的过来人,愚顽的,多为己辩,聪慧的,选择了真诚的沟通。世情中有一笑而泯恩仇事,二十余年大哀大怨,但有一言一笑,绍棠均也一笑一言而泯之。我负人处,永志不忘,人负我事,一笔勾销。假了,不是绍棠,韬晦了,也不是。直至病残,直至晚年时候,绍棠仍在呼吁团结,仍在呼唤善良。

我们珍重绍棠,我们敬爱绍棠,绍棠是智中大智,绍棠是人中大人。

文坛加政治,文坛加时尚,文坛加官场,文坛加功利,几十年城头旗幡摇曳,风雨如磐。绍棠始终坚持"中国气派、民族风格、地方特色、乡土题材"。绍棠说,文学创作不是争一时之胜的百米赛,而是至死方休的马拉松。

绍棠一辈子未离家乡父老,一辈子未离大运河。绍棠说:"我要以我的全部心血和笔墨,描绘京东北运河农村的二十世纪风貌,为二十一世纪的北运河儿女,留下一幅二十世纪家乡的历史、景观、民俗和社会学的多彩画卷,这便是我今生的最大心愿,我的名字能和大运河血肉相连,不可分割,便不虚此生。"

绍棠留给我们的数百万字的作品让他实现了他最大的心愿,让他虽则仅仅六十有一,却是未虚此生。

我怎能甘心消沉壮志……健康的人干多少,我这个病残之身也要干多少,甚至还要干得多一些……人要争一口气,共产党要争一口气,中华民族要争一口气。不管是一个人,一个单位,一个政党,一个国家,一个军队,一个民族,不争气就会很快完蛋——这是绍棠留给我们的悲壮的遗言。

教科书告诉我们,隋炀帝荒淫无度,这才开凿了大运河。其实,大运河是一个多缘而果的工程。对于历史,如果能更多维和尽量少带情绪地去解说,我们或许不会那样表面和简单地把隋炀帝修凿大运河的目的定案成就是为了寻芳揽胜下江南。大运河给我们带来的文化和经济的开明与沟通,早就让后来人不再去计较大运河开凿之初是多么地天怒人怨和劳民伤财。

隋炀帝和隋炀帝之后的帝王们,一个又一个地早成虚远,而运河遗存,至今流而不废。

大运河南北两千五百里,上下一千三百年,运河风物,造化绍棠。

刘绍棠的存在和存在过程以及他创造和留给我们的足资钻研学习、纪念与求证的思想与功业,已经成了中国文坛和中国文学史中可被称作刘绍棠现象的文化景观,这个现象不会再生与重复,有的只是跟进与追寻。

这个现象的代表,就是大运河之子刘绍棠。

不知大运河还能流行几个一千三百年——运河不歇,绍棠不去,运河枯绝,绍棠犹存。

做绍棠年谱,以昭史记。

《刘绍棠年谱》后记[*]

《刘绍棠年谱》里有曾老师的心血,也有我的心血,但首先是曾老师的心血。

曾老师叫曾彩美,刘绍棠夫人。在我的相关文字中,多称刘绍棠作"绍棠师",夫人曾彩美作"曾彩美老师"抑或"曾老师"。

二〇〇三年十一月十九日,忽接到曾彩美老师电话,说是要跟我说个事情。当时我正在广东揭阳一个叫象山庵的小庙里。就告说正在外面,计划月底回京。问曾老师是急事否,说不急,就是要说说关于"刘绍棠年谱"的事。叫我回北京给她电话。

二〇〇三年春天,绍棠师六周年忌日过后,跟曾老师谈过关于"刘绍棠文库"和纪念绍棠师等等事情。大约这时候就开始有了创作"刘绍棠年谱"的话题。到秋天,曾老师就更明确了要做"刘绍棠年谱"的意志。说及由谁来做,曾老师希望此事我来担当。

年谱实为编年体的人物传记。按照情理道理,年谱编修事情应由谱主学生好友或家族中最亲近人去做。这两厢人马,绍棠师全可称富。贤人七十弟子三千,可以不说。家族中也是人丁兴旺,更是人才文才两不匮乏。德薄难载物,位卑慎仰高,我有自知之明,于是谢拒。但曾老师说,想来想去,做这个事我"最合适"。

---

[*] 此篇文字为本书作者所著《刘绍棠年谱》一书的后记

我最合适,让人殊增汗颜。曾老师诚恳中带着信任,不应有负曾老师期望,于是几番谈说之后,当面受命。

通州档案局,通州档案馆,两块牌子,同班人马。"刘绍棠文库"就归在通州档案馆名下。绍棠师通州出身,这个文库应算是对绍棠师的专题纪念,其中收敛的当然也就是绍棠师的相关相息。曾老师发心做《刘绍棠年谱》,得到档案局的理解和支持,曾老师认可了我,通州方面自然惠风和畅,"刘绍棠文库"自然也就成了我《刘绍棠年谱》创作的资料供源。二〇〇三年国庆节假日期间,经曾老师联络,通州档案局一位副局长马洪利携工作人员马娜又另一姓季的同志出面接待,叫我浏览了"刘绍棠文库"。创作《刘绍棠年谱》,自我感觉是这时开始进入情况的。这一天是二〇〇三年十月五日。

"刘绍棠文库"大约四十平米一个房间,绍棠师很大一部分资料收藏在此。这些资料包括书籍报刊等出版物实物,包括文章手稿,包括社会往来积累下的书画与信件,包括记录了绍棠师社会存在的各种证书证件文件,还有绍棠师在学时的日记和后来的每天记事。

心里努力排遣着"最合适"三个字,同时用"最乐意"为自己做心理疏通。当然,说"最",并不表明是算术程序的第一。"最乐意"之最,应该是曾老师。做年谱,技术上不是急事。但当时曾老师打电话,一定是关于创作《刘绍棠年谱》的事情她有事要商量有话要说。所以,庙里的功课一结束我就径回了北京。

见了曾老师,三小时谈话,主题就是《刘绍棠年谱》。通州档案局准备坐下来商谈相关事情。但行政机关年底过关,这是常态与惯例。一定是临近岁末,忙不拨冗。深秋直至年终,通州方面先是有点音信,后又一直没有消息。

二〇〇四年春节过后,《刘绍棠年谱》创作的版权事情提到桌面,关键词是主编副主编、是编委与顾问、是执笔与参与,等等等等。

过雁尚未射落,烹制已经热说,既寓言又现实。于是和曾老师到通州几回,乐与不乐,快与不快……好在俱已模糊,好在已成过去。

二〇〇四年二月二十三日,和曾老师再度到通州。在档案局的会议室里,苏光兴、马洪利、张庆和正副三位局长又张慧颖科长同我和曾老师细说关于编修《刘绍棠年谱》的种种事情。说编修《刘绍棠年谱》没有特备费用,稿酬更无可说。说文稿修毕后,至尚至善付我劳务费几千。当时当场,我与苏局长推心置腹,苏局长,咱不谈钱,我不要钱。我说,绍棠师有生时候,我孝敬未足,今作《刘绍棠年谱》,乐在慰心。分文不索,两不相怨,终皆大欢喜。

于是,第二天,二〇〇四年二月二十四日,我正式把自己埋进档案馆的"刘绍棠文库"。从这天开始,《刘绍棠年谱》创作正式着笔。

有话则长无话则短,十四个月以后,二〇〇五年四月十八日,《刘绍棠年谱》文字创作完成。

从规范上说,年谱这种编年体形式的人物传记,是史书的一种。其中包括谱主的籍贯、家族、生平事迹、师友往来以及社会活动和著述成就等等内容。

在《刘绍棠年谱》编修过程中,新鲜材料不断地发现和汇集。经常是一边整理新文字,一边对已经编过的文字进行修订和补充。直到稿件就要做完的时候,这种情况仍在出现。因此,一定还有许多的材料未被注意和采用,所以也就不敢自信年谱中选用的每个历史时段的材料都最精彩、最必要和最得体。

绍棠师具备丰富的生存经历和深刻的人生价值取向,作者只是在所能接触到的有关材料中选出最易解、最直观的部分编入书中,许多事情一定有挂一漏万,也一定有许多事情无意中被舍重取轻。所以很感不安。

对于绍棠师著述中的文学主张和社会现象的观察视角,本书未作议论与评说,一是唯恐偏谬,一是"年谱"不偏向这种功能。写书的人,指望和相信的是读者。

年谱是一种具有学术含量的文字成品,《刘绍棠年谱》同样具有学术价值。书中选用的每条内容都有原始根据,必要的地方加了作者注释,没有用臆断和推测去代替史实。作者尽了最大努力去争取做到年谱内容的精准。对考证无果而存疑的资料,坚决地弃而未用,保证了内容的真实。绍棠师不断在强调真诚地做人和做事,所以这个年谱,尊重了读者,也尊重了绍棠师。

年谱做完了,只能解说是在自己的能为限内的"做完"。绍棠师本身已是一个无法讲完的故事,一部说不尽的书。作者未能如其他一些传记作者那样,尽力地把他笔下主人公的生活过程和行走足迹复制和身体力行地旅行一遍,没有条件,也无法做到。也许由于这个原因,绍棠师生命中一些甚至是许多的非文字记载下的精彩与神奇被淡化与忽略,甚至根本没有被发现。更甚至永远地没有了被发现的机会。我自知我所做的这个年谱存在着"缺口"。但对我的这个年谱,通州档案局以及曾老师和她的家人叫我听的却都是带着阳光的话。其实我知道,我只是辛苦了一点,只是如此,更多的是没有做到和没有做好。通州档案局以及曾老师和她的家人的赞许与肯定,如果我自感还可以勉强面对,那么对绍棠师,我真真就是诚恐诚惶了。绍棠师的真善美,我一定弄丢了不少。

书稿完成后,出书真是沉重得难以再迈的一步。成稿后若干年,书稿仍止步于书稿。顺畅的,各有个的顺畅,艰难的,各有个的艰难。如此,就不说了。

在一个和文人有关的聚集场合见到了中国作协的大官陈建功,见缝插针地凑上前去和他攀说了《刘绍棠年谱》的事情……简断捷说,书稿幸有建功鼎力玉成,继又蒙中国现代文学馆吴义勤馆长悉心筹划,《刘绍棠年谱》到底有了如今可以作个后记,筹备出版的好日子。

这许多年来,一直惦记着用年谱的成书对话曾老师,告慰绍棠师。现在可以了。

庙里有个小女孩

老谋子的外国奖 / 427

骆秉章杀了石达开 / 431

庙里有个小女孩 / 435

这才叫视死如归 / 439

有人敲门 / 443

一个关于野鸭湖的童话 / 446

长短一百年 / 451

《古井》和其他的这与那 / 454

续　貂 / 458

老谋子的外国奖

需仰视才见的钢铁的巨臂势不可当地捣向那个四合院的平房。当窗棂被强力摧裂变形和玻璃哗嚓嚓落地的破碎声溅起时,站在一旁的一个八旬老妪眼里滚出了热物,她哭了。那可能是不声不响地呵护了她几代人的老屋。她说她受不了了,那大约是她一生中最后的眼泪了。但那个高高的钢铁的巨臂仍旧决然地指向那毫无反抗能力的小屋,它顾不了老婆婆的眼泪,开发商是它的主宰。

北京城到处是工地,北京成了个大工地。高贵同时又俗不可耐地被叫作小区或什么广场之类的建筑物群,经常是四周挂带着一个瓶颈样的出入处,北京的胡同变得畸形了。

在复兴门立交桥向南即将东拐的地方,两侧的通衢大道夹存着一段城墙,在北京的行政地理上,这地方叫西便门。北京城的城根底下,早先都住定了些平常百姓,世代传承,西便门这地方也是如此。由此北上与东进,原是北京内城老城墙的走向。北京修造环城路,就要把高墙变坦途。但西便门城下的无聊百姓们抱定祖宗不放松,严防死守,寸地不离。旷日持久,这段城墙终无法拆除,路径只得绕走,便形成了如今路裹墙枣核形的交通构造。又旷日持久之后,有人忽觉城墙这东西是老祖宗留下的珍稀物件,眼瞅着愈加稀罕,于是赶紧又修补涂抹一番。再后来,又在两侧空闲处造出绿地,更搁置了城市雕塑。城上端有时候还花花绿绿地插些不知终为何种象征的狼牙三角旗,尽管不伦不类,但古今相顾,竟也成了个去处。而实在地说,西便门这段城墙并非北京老城墙中的典范,但现在却成了追抚古城实物与印象的索引。当初那几家不知好歹的钉子户不会想到无意中竟为后来挣下了段古城墙和它脚下的绿地。

当积累和储存着不知多少故事的金鱼胡同被突然打碎的时候,与它东西守望了六百年的庄重的紫禁城不知在做何种感想。金鱼胡同静谧悠长,甚至有些腼腆,像个决不惹是生非的小女孩,但如今早已不见旧像。贤良寺、那家花园、校尉营以及一处处安静了几百年的四合院全都片瓦未留。如今,大商家是大饭店,小商家是小摊商。大饭店富出贵人,吞金化银。小摊商的租赁铺面向路人叫喊着兜售他们仿名牌的饰品与衣裳。不同阶层的美容美食生意在这新出台的红灯绿酒间也挣扎出了自己的席地。正西望去五百米,紫禁城就在金鱼胡同对面。怎样来揣摩紫禁城呢,我们倒过来说一句,把那样一个有着历史的质感和文化积淀的漂亮金鱼胡同糟践成现在这个样子,就如同拆了紫禁城改作了垃圾遍地的农贸市场。现在金鱼胡同就已是垃圾遍地。

文章写到此处,有朋来访。见我在作这个题目,就提醒说,那个建筑学家叫什么来着,梁思成吧,拆北京城的时候,心疼得落泪,叫我写进去。我说,何止是梁思成,拆西直门的时候,张奚若哭得五体伏地呢。

建筑是历史的物证。消灭物证,一是有意,一是无知。我们都承受了,承受了故意,承受了无知。在传统的道德意识形态中,无知不可小视,却又可以原谅,我们就有了连锁的双重承受,承受了物证的衰损与消灭,也承受着无知的颐指气使。

一定有一天,我们会需要这个物证,但我们已无法出示原件。我们只能去翻看无奈的有心人给我们留下的画影图形,只能通过文字描述去空灵地捕捉那些越来越飘渺的存在,或者最多制作个缩尺模型。理想到极点,也不过是一些影视基地的仿真地物,而仿真的本质就是假货。而我们的物证原件,却是挖掘不尽的文化真矿。

老屋的半面墙上,大排笔画就一个大圆,里面满当当圈定了一个"拆"字,这是这些年叫人看惯了的一厢风景。那拆字写得极具震撼力量,看去颇得书法之道。而且,在拿写错别字不当回事的眼下,这个"拆"字不偷工减料,写得绝对正确,在"折"罢以后,不忘再在上面重重地斜肩摁上一笔。临街那么多看得见的中国字,工整无误者好像唯此"拆"字,早被人定格为摄影作品,应算是新一种的历史文献。

此拆无误,所以还在继续。朝阳门到东直门绵长舒缓的小街正在一去无返。这里曾是清明两朝乃至元大都时候济民养政的"天下粮仓"。那些街巷,虽然还在彼仓此仓地叫着,我们却只能从残剩的孤墙或地面偶拾去想象那种关于"仓"的形容。楼盘的地基与脚手架强占了原有的仓区与宅院。高楼大厦仍旧是不顾一切地往内城区里拥挤,后来者强行置换着先存。五十年代,彭真老市长曾有一筹划,北京周边有的是空间,一切现代的立体发展均需向城外辐射,北京城内,一砖一瓦地只能维护,寸钉寸铆不可添增。老市长要把历史交给他的北京城真皮真瓤地保存,但他手大未能捂过天来。

原先留下的东西并不全是稀贵,并不全是极品。但北京富拥三千年的立城史和八百年的建筑史,北京就是稀贵,北京就是极品。北京就是个大文物,有掘不尽的傲世深广,有俯瞰众小的意气磅礴。一种不识字的富贵和猪拱嘴底下的视觉现代,正在以加毁和入侵的方式扣上代表自己个性的印章。纪晓岚的外城故居在一番论证之后,到底还是未免劫难,广安门大街扩建,说什么也不愿在此处走个弧线,而活生生地裁杀了故居的半壁江山。新造的门前马路上,东西立着两株老树,这是故居前院里的种植。在柏油和砖石的路面上，老树根围是两坪能够吸水纳气可供老树生息的土地。这大约就是开发商向文物保护的最后妥协了。

有个叫张艺谋的影人，拍了些中国特色题材的影片，就又是银奖又是金奖，从国际影节上一个又一个地乐呵呵地往回抱。

忽然有一天，有人发言说张某人所以能在海外出尽风头，是他专拣了些我有别无的东西抖搂出来讨好了无见识的外人。我呢，总想替张某人说几句，但总难插嘴，况且也没见人家张某人自己出来解说过什么。倒是那一干人等在一顿笔墨官司之后想稍事休息的时候，却看见土憨憨的老谋子依然又是银奖又是金奖，乐呵呵一个又一个地往回抱，一个都不曾少。

《蜀道难》头句——噫吁嚱——

骆秉章杀了石达开

石达开十六岁跟定洪秀全,出生入死,建业封王。又一个十六年之后到三十二岁,在四川被困大渡河,全军走投无路,自己也落入清廷手中。说落入清廷手中,是说落入骆秉章手中。那个时候,清廷四川省总督就是骆秉章。

南京现在叫南京,古时候叫过金陵,叫过江宁。一百五十多年前,有段时间叫过天京。洪秀全他们摇着太平天国的旗号在南方紧着折腾,呼啦一下子就占了金陵,说这就是天国京畿。谁的地盘谁说了算,就管金陵叫了天京。天京坐定,洪秀全在里边当了一把手。当了一把手,不叫皇帝也不叫总统,叫天王,实际就是皇帝或者总统那种东西。天王一帮人就在里边发号施令过日子。

发号施令是跟政府再摆牌局,继续杀官夺地,于是又是呼啦一下子弄去了大清国半壁江山,前前后后弄得咸丰爷又捎进了同治爷在紫禁城里边睡不着觉。没辙了,弄了个曾国藩和左宗棠后来又有李鸿章等等的出来应付洪秀全这些人,叮叮当当十几年没消停。

过日子是天天的吃喝拉撒。这不用见外,远有唐朝的大明府不说,就说紫禁城里边,乾清门以北是内朝,就是吃喝拉撒的地方,一直到神武门。那个时候,每天清晨,粪尿车排着队地从神武门往里进,一通折箩倒腾,然后排着队地往外出。皇上皇后宫女太监也成百上千口人,一宿,你想,少不了。甭问,咕噜咕噜的,郑些车都是装完了该装的东西才往外出。

太平天国干了三件事,一是杀官夺地,上面说了,就是没想过上北京去兵临城下。二是吃喝拉撒过日子,这上面也说了,就是不知道日子还有个长远的过法。这两条一交代,剩下的第三件事就是自己跟自己过不去了。说耗子怎样怎样窝里反,千古奇冤。昼伏夜出,盗洞藏粮,耗子们心往一处想劲儿往一处使,耗子们窝里反,没那回事。耗子管人不叫人,叫裸虫。耗子说了,你们裸虫才窝里反,我们不会,种儿不一样。让耗子说中了,太平天国干的第三件事就是窝里反。

竖看史上,裸虫窝里反的事情繁繁种种五光十色,太平天国属于最经典最出彩的那一种。史家把太平天国窝里反的高潮叫天京事变。

开国之初的几个王爷中,冯云山和萧朝贵死得早,太平天国没进南京的时候就战死了,不好说。不好说就不说了。开始的加上后来的各家各路的王爷,就才干与德行说,史家首推翼王,就是石达开。天国上下,石达开口碑最好,呼声最高。好到和高到天京事变刚显平定,洪秀全就惦记把石达开弄死。要不翼王也不会率部西征,一出走,五六年。兵败大渡河,是给那场杀官夺地吃喝拉撒外加窝里反的一系列作了个总结。

石达开是个需要正颜正色正面去说的话题。石达开在大渡河那个叫紫打地的地方怎样天时地利人和均不占势,进而战亦不能退亦不能,怎样与骆秉章书信交涉,又怎样为成全三军愿一人赴死,受审时如何光昌流丽,就义时又怎样千古震撼,许多许多,我们都可以不说,我们都抛开了,只想拣拾一个微末情节。因为那些需要正颜正色正面去说的东西,早让史家说烂了嘴。不管他们烂熟的那些东西离开历史的真实有多远,或许,某一点也恰好最接近历史的真实,我们都不是对手。因为那是他们的饭碗,拴着,我们拿不过来。就是拿了,也只是把别人的文字颠三倒四地抄写一遍,甚至连感叹用语也会不由自主地去拾人牙慧。讨饭吃,受赐半盏残羹,还要谢谢大老爷,不那样,那种事有人去做。我们只说我们的话,明用故事,暗翻前局,只说石达开被押至成都。

四川总督府,骆秉章主案居上,石达开盘膝坐下。双方都很清楚,一个是合法政府,一个是造反不成的败寇阶囚。两边儿同时又很清楚,如果造反得成,眼下的一切景观,包括心理景观就要全盘地颠倒过来。那才叫天翻地覆。

然而没有天翻地覆。

骆秉章说,你今受死,我看值了,十几年来,那么多省叫你们糟践得一塌糊涂。朝廷封疆大吏就有三人丧命你手,今只一死了结,该是不应有恨了。石达开说,成王败寇只是眼前,今生你杀我,怎知来生不是我杀你。石达开还是有恨,恨自己造反不成,恨自己怎么就造反不成。

史家和闲来著书的坊主们都知道这个对话。于是就有文说石达开"此话如一声霹雳,震得骆秉章胆战心寒,无言可答……"

其实,不是无言可答。就骆秉章的学识与为官,他完全可以回说一句,今生我杀你,难道不是因为前生你曾杀了我。但他没有说,因为那样,审案便成了撕情斗嘴。四川省总督,封疆大吏,是庸蠢之才能干的吗,尤其是在清廷治下的汉人官僚。如果骆秉章有可能说那个话,那么,意念中他或许也有过那样的一闪,冤冤相报何时是了。但处决逆寇,为职所是。石达开呀,来生你再来杀我,那就来生你再杀我吧。所以,石达开那个话对骆秉章并不"霹雳",也就不用"胆战心寒"。所以"霹雳"了又"胆战心寒"了,那是著书的坊主们展开了想象的翅膀,醒目地贴上了立场的标签。不说他想象得合理不合理,光是说替别人的感情做主,就不那么值钱。

石达开也是全都明白,所以在临刑过程中就有了超人的表现。当然,有超人的表现不光是因为"全都明白",这里面有些别的要因,但那不是我们此处文字要说的东西,我们暂且只说"全都明白"。于是就高声警示不耐于刑的同僚,忍忍,就一会儿的事,如果是他们落在我们手里,我们照样也是这样地处决他们。

骆秉章与石达开,当时处境绝然对立,想的东西却是同归一源。一个杀得明白,一个死不觉冤。立场和利益势若水火,两个都是明白人。明白得像白天的太阳,晚上的月亮。

石达开十六岁受访洪秀全,答应出山。借用古典小说的说法,叫"唱了个大诺"。一诺千金,从那个时候起就已经注定了"大渡河命运"。

石达开骆秉章,我们无意去褒贬谁,也不能去褒贬,因为我们不知道的东西太多。前人文字成了我们认识历史的窗口,也就是前人说了什么,我们只能听到那些。而且,我们来不及知道的文字又是更多更多。所以,对历史,我们伸不进脚探不进头插不进嘴。我们只讲故事。

单纯讲故事,那么,古今多少事都付笑谈中,因为它跟我们眼下和将来毫无瓜葛,包括骆秉章与石达开的故事。但是,有一天忽然感觉或者渐渐发现,原来我们也一直被关联在那些"古今多少事"中的时候,大约便不会有工夫去"都付笑谈中"了。

石达开就义时候三十二岁,骆秉章年满七十。俩人各自一辈子,石达开哪一步都没有走错,或者说不能用对或错去评说。如果真正存在着对与错这回事,也难说骆秉章有什么不对。

但是,七旬老人杀了刚刚而立有二的年轻后生。骆秉章杀了石达开。

庙里有个小女孩

在庙里住了半个夏天,要走。一早,几个和尚送我,就在山门前的牌坊底下说话。说叫我明年一入伏就来。我说行,明年一入伏就上山。说了几句话,就准备往山下转。

忽然,山门里跑出个小女孩,一下子就到了跟前,又一下子抓住了我的衣裳。我不让你走,她说。一边说不让我走,一边揉着眼睛,像是睡醒刚爬起来,也有点像是哭了。要走,没打个招呼,这才感到不该忽略了这个小女孩。

小女孩叫 NAOSHOU。小 NAOSHOU 小 NAOSHOU,半个夏天,我一直这么叫她,有音无字。问过她 NAOSHOU 俩字怎么写,她摇头,不知是不会写还是也是不知道。反正一叫 NAOSHOU 她就应,就很快乐。

半个夏天,我有我的功课,而这孩子的功课就是跟我玩。净出花样,手在脸上连挤带扒地弄出个怪样儿冲着我,嘴里还出点怪调,嗷嗷嗷地吓我。我便躲闪,便扭头跑,夸张地做出害怕的样子。她就咯咯咯地笑着继续端着鬼脸追。她管我叫伯伯,常常是折腾得挺累,我就说伯伯累了,跑不动了。还不行,就鼻子顶鼻子地吓你,非要我吓得再跑一会儿才肯罢休。她总能如愿。这成了她的一个快乐平台,就常常冲我做鬼脸儿,然后就是那套程序。她一点儿也不觉疲累,一点也不嫌重复。这孩子跟我熟,是跟我"闹熟"的。

静的时候也有,比如跟我学剪纸的时候,就特乖。我教她剪纸花儿、剪双喜字儿,教她一剪子剪出个五角星,她都特有兴趣。常常这个时候我身上哪儿觉痒痒,比如肩背、比如脖子、比如头上什么地方痒痒了,就想挠。可刚一比划,刚有个要挠的意向,NAOSHOU 的小手就先到了,不论横竖地一通挠,挠完就问还痒吗。其实她毫无重点与目标,属于瞎挠。她是瞎挠,我可不是瞎说,还就是不痒了。我每回说不痒了,谢谢 NAOSHOU,她就尤其地高兴,特显有成就感。小 NAOSHOU 手到就是心到,真真地一把好"挠手"。

写国文,要用国字。两掺着用,怕人说我假装吃过见过,拿着汉语拼音当洋文去蒙人。也怕人说我想赶时髦却赶上了三十年代的"洋泾浜",不知时趣地净造些文字太监出来。所以,我还是挖空心思地要把 NAOSHOU 这个音"国字化"。上面说"闹熟",又说"挠手",都是 NAOSHOU 的读音。"闹熟""挠手"都行,那就管这个小女孩叫"挠手"吧。

姑姑是个居士,总在庙里帮着料理日常。放暑假,挠手就跟着姑姑来住庙。爸爸突遭车祸,妈妈精神失常。挠手的不幸,是她这个在这庙里做义工的居士姑姑跟我说的。挠手不到八岁,小年岁,大不幸。放假了,能去撒欢儿的地方多着呢。挠手哪儿也没去,却来住庙。来住庙,放假是时间条件,大约更是姑姑的用心。

挠手高兴跟我玩,知道了她的不幸,就更愿意让她多有些快活。

天王殿中间供着弥勒佛。挠手总叫我看弥勒佛身前的供花,问好看不好看,我当然说好看,好看,我说。问她,她说是她采来的。我就想,这孩子竟也懂得做恭敬事。

除了跟我一起"闹"一起"挠",挠手总爱在天王殿里玩儿。天王殿弥勒佛侧旁有幢转塔,不高,约有四五尺。塔身周遭一层层地嵌置着一个个的佛龛。有一天来了个香客,是个母亲领着个男孩。母亲大雄宝殿进香,小男孩却跑来天王殿。小男孩与尧手年岁相仿,俩人就一起玩。一起玩,不喧闹,就说话。转动塔身一定很好好玩儿,小男孩就左一下右一下地拨弄,一尊尊一指长的小金佛就随着塔身转动。小男孩盯着佛像,忽然说,怎么都一样啊。挠手在旁却说一句,你看脸呀,看脸就不一样了。

看脸就不一样了——这个话着实叫我吃了一惊。

挠手在说这个话的时候,没有见她有何准备或有所思索。活活就是一个小女孩和玩伴对话时的一个上下句,天然到了完美,又到了极致。说了这句话,挠手又和小男孩一起去拽弥勒佛身前的供花,又一起去仰头看四大天王,嘻笑着去摸四大天王的脚丫子。

这孩子竟也懂得做恭敬事——我的评估肤浅了。

国文中有个话,叫"人心如面"。此话不是说从人脸可审其心,而是说人心就像人的脸,一人一个样,没有重复。各具其面,就是各怀其心。双胞胎难解难分,终归也是各具其面。国文中又有"万众一心"这个话,说万众一心,是在指望万人一面,但自古天下难成此事。万众不能一心,所以"万众一心"只是号召,而"人心如面"才是真存。

挠手拽着我的衣裳。王伯伯我不让你走,她还是这样说。她揉揉眼睛,我看清了,是泪。我俯下身,抹了一下她的眼角,伯伯有事得赶紧回去,挠手听话,让伯伯走。挠手不说话了,但更紧地拽着我的衣裳。

王伯伯还来呢,我说。她看我一眼。我忽然想起"看脸就不一样了"的话。人活一百岁也不一定说过这样的话,也不一定会说这样的话。能说出这个话的,一定会有对同样事情的别样解读。我相信挠手。

于是我就问她,愿意王伯伯再来吗。她点点头,但手还没有放松。

王伯伯怎么才能再来呀,我说。她手松开了些。

王伯伯不走怎么能再来呀。我自问自解,她的手全松开了。

我颠了一下身上背的东西,手在腰间顺了一把。是紧带还是宽负,没在意,但一定是有了解痒的嫌疑,我忽然感到腰间有个亲亲的活物在动,那是挠手的小手,轻轻地,停下,又轻轻地,不像以往那样潦草。我哭了。

也许,挠手问了一句还痒吗,我没有听见。

这才叫视死如归

文学这东西挺讨厌,老在说爱情是永恒的主题。不动脑子,没有这么个界定。

爱情存在的物质条件是爱情载体的存活。而死是活的结果,瓜熟蒂落,活到一个时候,必死无疑。爱情没了,剩下真实的死,没什么比这更永恒。

于是,死就成了一个绕不开的话题。如果一定要界定出个永恒,那么永恒的主题是死。

有一种文化认为死这东西本来没有,不存在这回事。现在有了,存在了。有了,存在了,全因有了活。于是就有了活死观。

活着的,谁也没有跟死那边的人交流过。有濒死体验者现身说法,说死去又回来了,说得死灵死现,其实是骗人的买卖。濒死不是死,实质状态依旧是活。满脸无辜又无奈地说死过去又活了回来,其实并没有死,精心编辑些幻觉风景叫你听,跟死没有关系。到国边儿站会儿就回来了,之后就煞有介事地描述出国感受,不是骗人是什么。跟死没关系干嘛还要说得那么死灵死现,想干嘛他们自己心里知道。这是另种话题,不去说他。还是来说咱们的题目。

死与活分别是两厢法界,有衔接,有关联,但互不相通。说法界太远离活人情结,还是说世界,死与活是两个世界,这样说容易明白。人是从死世界那边过来的,过来了就把那边全忘了。然后在活世界这边转一遭再回去。回去了,活这边的事情又是忘得干净。忘性大,死人活人都这毛病。就这样反反复复永无了结。有了结的只是在死与活换位的时候,只是死死成什么样子,活又活成了谁。

不愿意死,因为活着的时候积累了强大的享乐的快感,也同样积累了强大的享乐的诱惑和对那种诱惑的期待。于是,期待着那种诱惑,便也成了一种享乐,所以就不愿死。而死又是个不用客气和不可推脱的事情,就是说,不愿意却又必须接受,于是死在眼前的时候就平静和快乐不起来。

其实,死那边的人死得久了也是不愿意活。那边有那边的享受和快乐,也有着对于享乐的期待。不愿意活,但死够了数就必须活过来,就像活够了数必须死过去一样,都是必须。不愿意活也得活,不知道活这边有所享乐,所以在来活之前就很难受,就不愿意来,所以一来就哭。一来就哭,是因为刚来,死那边的享乐还有记忆,就舍不得,就千丝万缕地挂碍着。等过了那阵子就忘了,觉得活着才是好事情,就不哭了。所以,我是你的来龙,你是我的去脉,死与活互为家乡。

也有刚到这边来不哭的,甚至刚来就咯咯儿地笑不停,那是在那边就死明白了,所以带着笑来活。只是,这个光景稀罕又稀罕。就像这边的带着笑去死,也是极端地稀罕又稀罕。这里说的带着笑去死是真笑,是真快乐,不是专为叫人瞧的那种挣扎笑。

不愿意上这边来,不来不行,到一个时候了必须来。用那边的立场说,就是不走不行,必须去活,不愿意活也得活。或许,他们也是把上这边来活着的事情叫作死。

有个话,叫视死如归,是说把死这回事看懂了看透了,就看得跟回家一样了。于是活着的又习惯了关于视死如归的释说。比如临刑,最零距离地面对死,也就最可以直观视死如归。脚带镣,衣衾寒,死的事情来了,但拿死没当回事,挺胸拔项,严肃着人间最严肃的脸,没有一点儿笑模样。然后长歌信仰或念诵着自己执迷入境的咒语,眼中盛着久有的憎恨,嘴里叮嘱着挂心的要紧事……种种样样,一笔难尽。这是正版大餐地拿死不当回事。另还有山寨小炒种种,典型的叫作"脑袋掉了碗大的疤",叫作"再过二十年还是一条好汉",也是没有一点儿笑模样。

有个话,叫打发他回老家。且俗且野,很江湖。打发他回老家,好听,但实意是弄死他。也是把死看作回家,但这是让别人死,弄死别人,是强制人家回家。

清初有个叫金圣叹的,参与向政府请愿让衙门给他记了笔黑账,就是康熙初年哭庙那档子事。要紧的时候又受了诬告,就进了大牢。聚众闹事,到需要有人领受罪责了,一群人面临一死。金圣叹裹在其中。

金圣叹是文化名人,建言新异,著述颇丰,影响厚重,是个社会活动家,扎扎实实的正经大文人。拿现在话说,就是文学评论家或叫文艺批评家。批过"西厢",批过"水浒",批过"三国",等等的还有。侯宝林说相声,有一回就说到金圣叹。说有几部批"三国"的书,金批毛批和御批,说还有个侯批。说侯批,那是相声噱头,但金批毛批和御批却是文史真实。毛批是毛宗岗,御批就是乾隆皇上。金批,作者就是金圣叹,算日子比御批还早一百年。可见这个金圣叹。

金圣叹是被斩首的,就是砍脑袋。要砍脑袋了,前面说的那套正版或山寨的两种菜单都没有读到,却是叫人另有见识。有一本书叫《虫鸣漫录》,记述了金圣叹领刑受戮的事情。刑前金圣叹说有封家书留下,请代转,被应诺。手起刀落,金大文豪身首异处。

家书交给了当官人。想必是无力文人最后咒骂官府的坏话。打开看时,有文一行曰,字付大儿看,盐菜与黄豆同吃,大有胡桃滋味,此法一传,我无遗憾矣。真是感叹金大文豪绝笔。忽然想起马三立的那个段子,《秘方》或是由此脱胎。

喊着怒着唱着,或平静着从容着,梳梳头、掸掸衣裳,也可以是回家的样子,这该叫大义凛然。叫视死如归,有点跑偏,跑偏不远,也是跑偏了。

金圣叹是被蒙冤判死的。自古文人不怕死,这个命题虽显粗简,但古来文人中却总能有些出了彩的不怕死的案例。领刑受死,溜溜达达打着哈哈就把这事做了,纵观古今,唯金圣叹。这才叫视死如归。

回家是高兴的事,知道自己是回家,就不该没有一点笑模样。没有一点笑模样的模样,总不能说是快乐脸谱。

一种是看明白了不怕死,一种是因信仰不怕死。因信仰不怕死,容易大义凛然。因明白了不怕死,自然视死如归。视死如归是软件的大义凛然,大义凛然是硬件的视死如归。

久卧思起。在外面待得久了,就想回家。不是就想回家,是时候到了应该回家,必须回家。

哲学、宗教、生物学、人类学、创造学、未来学等等,不少的文化工坊都在关注着死,都在努力弄明白死是怎么回事,甚至天体物理学也在试图对死做出解说。

其实,文学走到深水区,抑或走到珠峰那样冷静的地方,终亦直击死事。

检讨,开头那句话对文学有欠公道。

有人敲门

有人敲门。我一边问着是谁,同时却已经把门打开。

我的做法十分地愚。询问同时又开门,其中一项是废工,是多余。

门打开了,是个小女孩,顶多二十岁出头,文静且体面。问她找谁,说不找谁。自称是在一家中德合资的公司做事,奉了老板的指令来向用户派送公司的产品。

"派送"这个词我曾有所闻,是白给白拿让无偿领受的意思。词典里未曾找到,大约是港台舶来品。

小女孩肩上挎着个大背包,手里托着一包两双装的袜子,说是公司最新研制的高科技产品,可以除臭除汗,可以做足底理疗,消除疲劳。现在给客户试用,只为收集改进意见。

我没有猜错,果然是白给的意思。但袜子就是袜子,怎么变成了医疗器械。

治癌症吗,我问。

什么癌,她问我。

脚丫子癌呀,我说。

说了这句话我就想笑,想笑不能笑。调侃当作正经话,笑的脸就得藏起来。

小女孩倒也不算过分,没有说包治百病,没有说什么癌都治。她说治脚丫子癌目前还不行,不过公司正在研究。说一定要把我的意见和愿望带回公司去。接着又把话题转落到她手中的袜子上,说这种产品刚刚投产,市场上供不应求,而且很贵,一双就是十八块钱。说着手便往背包里一伸,熟练地摸出五包同样的袜子。

这是十双,她说,您家几口人,这种产品,男女老幼都适用。又掂着最初的两双,说这个白送,希望能替我们做个宣传,加上这个正好是一打,只收您不到一百元的成本钱。

一下子哪能用得了这么多袜子,我说。

少要也行,她说,只要您用了我们的产品,您一家人就是我们公司的荣誉用户了,我们会随时有偿地收集您的意见。

那好,我说,那我就先试用一下你们公司派送的这两双,其他我先不要了。

她一时语塞,看了我一眼说,您看您家里这么讲究这么气派,买了这些袜子,放着慢慢地用,不会吃亏的。

就像评书演员表演贯口活那样,小女孩对我的家讲了一大堆让人听了感到十分舒服的好话。

但是,她站在外面,我只为她开了半口门,而且与门相连的只是与门同宽的三米长的过道,她看见了什么呢,其实她什么也没看见。我房间的气氛,在时髦的家装百相中是极不入流的。我的家什么样子我心中有数,但在她嘴里,我的家却成了凡尔赛宫。真有点胡说八道了。

项庄舞剑。

我说我只要她手中那两双白给的,我当然不能如愿。她想把一堆不知终为何物的袜子塞给我,换去她所希望的钱,这事也不那么容易。说实话,我并不完全是看透了她有什么推销把戏,而主要是对购物行为本身从来就少有激情。

终于以不了而了之。

过了些日子,又有人敲门。是个男孩,手里托着两张花花包装的片状物,说是灶具节能罩,说是新产品,说市场上极为畅销,说现送货上门,说一套两片三十元,五十元可买两套,说多买还可以再便宜。不停地说,说了很多很多。他开始也是站在门外对我的房间没头没脑地大加赞扬,用词与程序几乎就是前次小女孩的克隆,我没有理会。他不甘心,就说这种节能罩十分科学,每年可节约灶气开支一百余元。

中学的物理课,我总是六十分以上,老及格。我弄不明白,灶具火焰先烧热一道遮障,然后再传到受热器皿,节能一说不知何来。

我愿意自己的生存结构简洁再简洁。而且,费那么大劲,一个月节省十块八块,何苦。

我住的这个地方,大院有门卫,单元有电子门。不知小女孩小男孩们是如何层层突破的。

后来,听说有人买了袜子,只是普通的袜子,而且价格高于市场。后来,又听说有人买了节能罩,却只是两片石棉瓦,不但不节能,效果甚至相反。

再后来,发现有人在家门上贴了个字条,四个字——谢绝推销。

一个关于野鸭湖的童话

现如今,有一种流行,叫 3D。开始不知那是什么东西,后来知道了,其实说的就是立体。说得学术些,就是三维。

三维是个广泛的应用概念,并不叫人陌生。在物理学几何学、天文学心理学,以至文学哲学,更及宗教和审美学等等自然科学和社会人文科学中,三维都是一个早就成熟了的标题。可现在呢,立体不说立体,三维不说三维,说 3D 了。俩字都是外国字,好像新鲜,其实就是旧人换了个新名字,更是连衣裳都未曾更换。3D 还有些别的花样,就先不去说它,因为这篇文字不是说 3D,而是要说跟 3D 相关的别的话题。开篇说 3D,是把它拿来用作开场提神的惊堂木。

很多东西,悄悄地在变,真是跟从前不一样了。

北京现在有种新去处,叫 CBD,也是外国字组成的中国话。CBD 不是地名,是个特性区域。一帮一帮的年轻人蜂拥来京,很多的一到北京,就钻进了那种叫作 CBD 的地方。

CBD 色调新靓,高楼如雨,有很强的立体视觉冲击,也就是说很 3D,他们以为就是到了北京。当然,也没有错,行政区划就是北京。但原来的北京,全球就一个,现在的北京,世界哪儿都有。北京原来什么样子,原来到底多漂亮,他们不知道。不怪他们,因为他们没有见过。这几句是题外话,题外话不可多说。

一堆一堆的小白领,干活都不含糊,就在那 3D 的钢筋水泥的

CBD里头混饭吃。混饭吃,是我这么说,他们有他们的语言,他们不管那叫混饭吃,叫打拼。

年轻人常常挺能叫人高兴,高兴得没办法了就管他们叫破丫头,叫臭小子。知道不是坏话,他们也就不挑我。我高兴,他们也随顺,相安无事。

3D的CBD那边有家文化公司,应邀在那里干点活,我并没什么事业心,只为挣点小银子。公司不小,但我在的那个部门不大,上下左右人员总有加减,却总是在十人左右,那十来个破丫头臭小子都熟。我不在编,草鞋无号,就都管我叫王老师。也不怎么着,我又老师了。

不待见那钢筋水泥的3D,公司的活就总是拿家来做。

有一天,公司有人打来电话,叫我跟着他们出去采风。电话里是个女孩,叫圆圆。

采了半辈的风,早就懒了、够了。不采风也照样出活,于是就说不去了。

我说不去,圆圆就拧着舌头说不去不行。撒娇耍赖是女孩的生化武器,制胜率接近一百。我心一松,嘴上就撤了岗,就问上哪儿。野鸭湖,圆圆说。

野鸭湖,我再三叮问,终得结果,就是"野鸭湖"这仨字儿。去吧,王老师,挺好的呢。又开始忽悠。

屋里待得久了,也是想往外跑。但一出屋,就让蜗行的车阵和钢筋水泥的森林押得透不过气来。圆圆给我说了野鸭湖,就觉得是得到了一个童话,于是就开始勾画了那个栖憩了野鸭的水的乐园。

童话曾伴行我的童年全过程,在那个年龄段里不知读过多少童话,就十分向往童话故事中给出的一种纯自然的天外天,愿意就在那个天外天里任性与生灭。那个时候,常常是读了一篇童话,就把那里面的一切视听要素都认作自己的生活,又毫无版权意识地掺进些我自己的咸盐酸醋,一并讲给小伙伴们听。他们都爱听我一个儿童给他们讲的童话故事……猛回头,那竟是很从前很从前的事情了。而今,早就过了读童话和给人讲童话的年龄,童话早就离我去远了。

我用自己有过的童话生活的经验,放映着圆圆给我的野鸭湖。向往着那个"野"字。不是荒蛮与粗简,而是率真与自然。早已去远的童话又回来了吗。

行,我去,我说。于是我应允了圆圆。

那天早上,我们到了野鸭湖。云轻气爽,一片开阔的湿地。"上下天光,一碧万顷……岸芷汀兰,郁郁青青。"钢筋和水泥在这里是第一无用的东西。

一朵红云飘落眼前,叫声王老师。一看,是给我送来童话的那个破丫头。圆圆披了一袭轻洒的云衫,红色。

圆圆他们一定也是早就厌倦了那永无休止的鸣笛,厌倦了,但来不及厌倦;一定也是不肯多望一眼那眯笑的晨光,多看一眼,就变成了一种奢侈,他们没有那份早晨的闲情。鸣笛最无道德,它搅扰了并未妨害他的所有的别人。阳光最无私念,它照耀着沉重的3D的楼林,一样也照顾在童话的野鸭湖。

野鸭湖,一切都是简洁的,简洁到警觉与戒备成了一种多余的东西。那朵红云行右趋左,飘前逸后,那就是圆圆。看得出来,她很是快乐。许多的事情,不用去说,不说,就是全部,说了,必有丢漏。圆圆有多快乐,只需用我自己的生活经验去映照,就明白,就清晰,就全有了。就像那个披着红云的女孩到底有多好看,也是恐有不足与丢漏而就不说了一样,也是只需用自己的生活经验去检阅,就明白,就清晰,就全有了。圆圆一定也是早就麻木了那种"最无道德"的噪杂,一定也是不能多瞄一眼楼林夹缝中"眯笑的晨光"而绷紧脚步去奔自己的命。

在悬水的栈桥上,圆圆在投喂野鸭,那是她新的小朋友。水面上六个小东西大嚼一顿,仿佛吃得饱了,就游转开去。离去不远,却有一个忽又返身,带着一种顽皮,径直朝着圆圆游了回来。

我们都知道中国古时候那则关于哲学思辩的公案。庄子惠子俩人岸边散步,看到鱼在水中优哉游哉,庄子就说这是鱼的快乐。惠子爱挑人,就说,你不是鱼,如何知道鱼之乐。庄子反唇,说你不是我,怎知我不知道呢。惠子又说,我不是你,当然不知你,你不是鱼,也是不应知鱼。拌嘴至此并未完结,但对眼下我们要去解说栈桥场景已经够用。许多的事情,只有提问,没有答案。若说答案,全在感觉,全在心。天人合一,万物必存同理,从这点说,痛苦和快乐完全可以判断。庄子惠子俩人都是辩才,但庄子柔和,自知此争无解,就以偷换命题的小机巧了结辩言。这个不去多说了,要说的是野鸭湖,是生活在那里的小鸭子们。我们不用像庄子惠子那样对言,小鸭子的快乐,我们可以判断,这种判断,是用心去扫描。语言是跟着心走的,但语言永远够不着心。在哲理上,小鸭子的快乐仍不可知,但在生活上,它们的快乐,我们已经读出。小鸭子没有吃饱,或吃饱了却仍在馋恋美味,就游转回来向圆圆再讨些好吃的来,这里用不着"你不是鸭子,如何知道……"之类的诘问。圆圆没有猜想或迟疑,随情顺理,一眼就看懂了那小鸭子,就把手中的剩余,全都供养了那小生灵。又见圆圆俯着身,好像还跟那小生灵说着什么。说了什么,离得远些,未能听见。但圆圆的话,那小东西一定也是听懂了,它把头扬了一下,嘎嘎两声,表示感谢,遂即将圆圆贡献的"满汉全席"扫荡得干干净净,之后就快乐地游走了。

一定是快乐地游走了。身旁没有惠子的后代,就没人问我怎么知道……,我也就省了与谁辩言,真是阿弥陀佛了。圆圆也是快乐的,这倒是可以去问圆圆,问她看着小鸭子酒足饭饱游走的时候是痛苦了还是快乐着。但我想,问与不问,结果早就摆着。我们不用惠子哲学的矫情,也无需庄子无奈的机巧。万生万物,共一时空,同声相应,同气相求,快乐的判断不会失误。我们的童话,不曾有过失误的记载,也就没有为失误去做准备。自己的童话自己快乐着,对外没有伤害,也就不用设防,就够了。

我们是在一泓池水边离开野鸭湖的。那泓池水贯连着远处的主题湖面,一簇小鸭子嬉戏玩耍,正在水中翻出翻入。翻入时候,水面并无多大动静,猛地翻出,脖颈和两翅特技表演样地高频抖动,映着湖面,周身崩散出万点银星。忽然又想起那个关于知与不知的未解公案,能说不知这簇小生灵是在快乐着吗。它们真是在快乐着。

我们的车转了个弯,那簇小东西开始渐远。忽然听见了小鸭的叫声,就转过头去,不知什么时候,一只小鸭子已经扭上岸来,呆呆地朝着我们离去的方向张望,忽然又嘎嘎了两声。这让我想起一个远去了的情结,那是一支关于小鸭子的童歌,也是在我读童话讲童话的年代里。那歌里唱到"合作社里养了一群小鸭子,我每天领它们到池塘里。小鸭子朝着我嘎嘎嘎地叫,再见吧小鸭子,我要上学了……"

野鸭湖叫我们亲近了一回生灵与生灵的昭示。野鸭湖是野鸭的世界,不是我们的故乡。和小鸭子再见,却不是去上学。圆圆们还要回到他们那个 3D 的 CBD 里去,在那如雨的高屋大厦的压迫中去打拼。打拼,其实很血赤呼啦,其中的沉重甚或残忍,破丫头臭小子们心里有数,他们要去挣他们必须去挣的命。我呢,那个 3D 的 CBD 的大厦不属于我,我有我的那个可以叫我养生赖命的小屋。就在那里一边忙我忙不完的事情,一边复习我的童话。

小鸭子就这样地再见了。

很多东西,悄悄地在变,真是跟从前不一样了,这是非常真实的现实。许多的好事,由此缘起。但也是缘于这个真实的现实,忽感恐惧来袭。好像不管什么都 3D 了。野鸭湖,当有险心把枪口对准这里的时候,那些小生灵,我们用什么去保护它们。

我的童话还没有讲完……

长短一百年

我干活拿钱吃饭的那个地方是个老单位,老掉渣了的一个老单位。老掉渣是多老,一百年。

国人崇尚一百,就说单位百年诞辰,得纪念。知我爱鼓捣文字,叫我写个纪念的东西。

写这类东西,早有程式化的条框在那儿摆着,好写极了,谁都会,根本用不着我。好容易一个百年,就先往艰苦卓绝、事运乖蹇那儿说,再说坚韧不拔……然后再说成就辉煌,再说前程远大,辉煌得扎人二目,远大到宇宙之外。不最后把一堆狗屎说成遍地黄金不算完。说好写,但我不会,我不是写那种东西的材料,特为难。

往前数一百年前是1912年(编者注:作此文当时计),那时候的人活到现在的怕是没有了。即使那一年出生的,个别能熬到如今,统叫百岁老人,原来的名姓也已经全无意义。一定要说有意义,那就只剩下新闻的噱头和算术的100以及"为什么会这样"的医学勘探。说到底还是全无意义。别矫情。

不说全世界,就说我们自己。1912年,溥仪退位,出了个中华民国。然后就是风起云涌波澜壮阔,一个接一个的大事。热热闹闹一个世纪,到如今大事全变成小事了。说小事可能让人不爱听,那就还说它是大事。那些大事都哪儿去了,翻翻书,那里面有字,有时候还有点照片有张画儿,大事们都在,一排排地揣了手,狗尿苔似的那儿蹲着呢。

说一百年前,其实,一百年前我们根本没看见,根本看不见。就像一百年以后,纵使什么精英大鳄根本也看不见我们一样。他们有他们的日子,他们可能也会纪念他们钟情乐意的什么一百年,但那和我们没有一点关系。也就像1912年时候巅峰领域里那些能呼风唤雨的高精尖的首脑头面们不会在意百年以后我们的纪念。

不管是往后数往前倒,一百年,很长。长得你看不见我、我看不见你。

一百年又很短,短得谁都看得见谁。

十颗黄豆横着码齐,顶着头再竖着码九颗,于是横竖网节码满,于是黄豆一百。看看,一百,很多很大很庞繁吗。不用放开眼界,眯着一只眼睛,这一百也能一眯打尽。一颗黄豆我们管它叫一年,再看看,一百年还会是很长吗。这低产田样的方阵,十四个就是李世民,十一个就是赵匡胤,六个就是朱元璋……所以,唐太宗、宋太祖和明太祖们离我们并不很远。他们不是很远,那么还没有来得及跨出一个黄豆方阵的那个"溥仪退位,出了个中华民国"的日子以及从彼到今种种的风起云涌和种种的波澜壮阔,能让我们享受到多少历史的质感呢。

来日方长,再辉煌也是大家各领风骚。人生苦短,再独领风骚,也常常十数为限,黄豆一排就够用。

眼前的事都是大事,过后回头,都是小事。纪念,应该是一种冷静和干净的生活。

冲着单位的百寿,却都是些不相干的话。那些能让人热血奔腾、下决心去前仆后继的花言绚语没编出来,觉得对不起指望我好好写出个百年纪念的那位管事人。

忽然想到刚才说的"单位"俩字,但不是要说你干活儿拿钱和退休吃养的那个地方。佛门中有云游僧人,到一个寺院要求住宿,被允许住下来,叫挂单。云游高僧睡觉不用倒卧,只打坐,叫不倒单。僧人不蓄财,云游僧更无辎重细软,打坐的时候,头顶上方有个垂下的钩子,简单衣物就往那钩上一挂,屁股底下有个蒲团,就叫"单位",意为一个挂单的位置。一个和尚一个单位。

很简朴的原始味道,现在演化成了"味多美",演化成了"多味斋"。

《古井》和其他的这与那

马三立是说相声的。有人说马三立的相声打内不打外,大约是说老先生的作品外行看来是不讲门道,而在行家圈里,却是个有声有色的大山头,堪为大脚腕大手腕们的对手。

相声这东西本是源自评书,是从评书那边绕过来的。中国的传统评书,成熟的和精彩的表演,少不了在人物行为和语言中插科打诨或在叙事过程中糅入智言与幽默,三步一岗五步一哨不见平静,让人出神犯傻地跟"书"往前走。评书和相声我都不太懂,对这两门文艺的最高理解是一个是表演故事,一个是逗人一乐。

相声是为逗人一乐,不是说一个段子只逗人乐一回。相声的逗人一乐,特点是包袱连连,"一乐"连连,让人乐到最后。相声是从评书那边分家分过来的,两家就有相像之处。一段相声如果只是算数意义上的让人"一乐",就乐一回,那相声就变成了笑话。

作家绍棠先生有过一篇散文,叫《京侯卫马》,写的是说相声的侯宝林和马三立。京侯卫马,是说俩人的道场一在北京城一在天津卫。文中比说两位大师的各自短长,读来叫人快乐。

绍棠先生赞叹马三立大段背诵《阿房宫赋》和《铜雀台赋》过程中,连连甩出让人一乐的幽默。文中又提及传统段子《开粥厂》,说马三立从大雅入大俗,"鼓点一般的惯口,吹嘘顺义县马坡村黄土马家的豪富,四时八节的施舍,口吐莲花,妙语连珠……笑得我前仰后合"。

这是大师在说大师。

绍棠先生没有说及马三立《秘方》这个段子。而民间百姓对这个段子却是极端地津津乐道。笑话和相声不能截然分家,但马三立的《秘方》实际却是个笑话。论功用都是逗人一乐,笑话却与相声不同。笑话不会接二连三地逗人一乐,笑话的逗人一乐是真正算术意义上的"一乐",大量的叙述铺陈过程中,并无笑料可言,抓人的地方全在最后。铺陈越大,效果越好,最后包袱一甩,听者乐暴出声的同时,段子已然结束。

马三立的一些大铺陈后一揭锅的相声,叫相声,实是讲个笑话。

马三立自己也总是说,我给大家说个笑话。

笑话没有过长的段子,听者期待的就是最后那一乐,从初一到十五,那不行,不能叫人等不及。在文字和结构上说,笑话应该是一种精致又短小的小说。

那么,反过来呢。

读过一篇叫《古井》的东西,千余字,是篇小说,短小精致,文字结构属于大铺陈后一揭锅的那种。

这篇小说纯属偶得。住在西山那段日子,寻幽探古,白天就总是往山深处逛荡。有回真是走得累了,近脚处有方石台,就过去歇坐。那石台上趴了张字纸,十六开,像是什么杂志的撕页。临近了,那纸面儿上坑坑渣渣,一付被谁铺坐过的狼狈相。有汉字的东西,垫在屁股底下不太好吧,心里一边自己跟自己说着,也坐了下来,那张纸却擒在了手里。一边歇着,就看那上面的文字,正反两面,有始有终,却是篇小说。没在意作者谁人,只记住了题目叫《古井》。小说讲了个像是爱情然非爱情的故事,说是乡间一个村姑和同乡一个后生早就拿小帖定了终身。但未及过门,那后生被抓了壮丁。之后就杳无音信,杳无音信就杳无音信,村姑就这么空候着。又之后就有了流言蜚语⋯⋯一直是流言蜚语。又过了二十年,流言蜚语更成了不卷刃的钢刀。那村姑本无文化,却在一个带文化俩字的革命中被挂牌揿头和挂鞋游街。之后就不见了那村姑。村头有口古井,据说是乾隆年间的遗留,在那里寻见了那个村姑。流言蜚语却依然未歇。尸检结果,二指宽一小纸条,六个字,失足落井,处女。

《古井》题材陈旧了些。但陈旧这个东西包含着多方面的个性,所以,陈旧有时候不一定就是不好,不一定就是属于减号的东西。一种东西总被捉在眼前,总被搬上台来,让人感到陈旧了,倒也在说明这样的陈旧原来就是一种可以长生的东西。爱情题材,大约从有文学那天起就一直在流续,但不论读者或写家,总是常赏常新,常写常新,古今中外,概莫能外,《古井》应算一例。《古井》不是爱情题材,笔端划过爱情的切线,是在爱情的周边轻轻一掠便飞了出去,奔向了与爱情相关又不相关的外围话题。

人在流言蜚语中,常会像惊涛中无助的叶舟被颠簸,被掌戏,最后被倾覆。尿憋不死活人,但人舌利于霜剑恶于虎,人会死在同类的唇舌作响和作响时崩泼的吐沫中。这是"人"这个物种在地球上一边活着又一边作死时造设的一种孽文化,《古井》所指,就是这种孽文化。一千五百字,足足一千四百字用作了情绪积累和故事张陈,最后揭锅抠底,昭然了那种杀生夺命的孽文化。

百姓间添丁进口,婚诞典庆,管那叫喜事,于是张灯结彩,于是闹天闹地吹吹打打地铺席设宴。人死了,尤其是寿终正寝,也管那叫喜事,也张灯结彩,不同的是张结白黑之彩,也闹天闹地吹吹打打地铺席设宴,不过是换过些乐人与乐章。都叫喜事,只分开了叫作红喜与白喜。

红喜白喜都是人生重点,《秘方》和《古井》都是在讲一个笑话。红喜白喜都叫喜。《秘方》《古井》都是要逗人一乐,效果上两两归一。《秘方》是一个轻松的笑话,让人笑得前仰后合。想想,《古井》也是个笑话,兜底看是天大的笑话。笑话是有性质的东西,笑极时,便朝反向。所以,《古井》让人在笑的时候感到压抑,那是另种的笑,让人做不出前仰后合,唯余孤默与太息。《古井》是一个沉重的笑话。

对于故事,我们的文化积淀让我们常常习惯于全家福和大团圆那样的结局。是否也可以借用对马三立相声的评点来对文学作品妄说一句,悲剧结局的故事打内不打外。审美不是拥抱雪月风花,不是享受赏心悦目。审美虽只是人的生存观与世界观的一个角落,却是那个生存观与世界观金字塔的塔尖和向那个塔尖的攀援。

《古井》的美在于真的东西被打碎了才知是真,在于善的存活被处死后才知是善,是另一种的赏心悦目,另一种的雪月风花。《古井》是一个美丽的悲剧。

虽说是文无定法,但短篇小说有他的惯行方式。短篇小说短小,是题材与结构的要求,不应是大小说的缩写,所以也不应是为了控制篇幅而剪词删句阉割情节。《古井》不是在横截一个事情的剖面,也不是在垂述一种情绪,而是想讲述一个多节奏多风景的故事。所以,本应就是在尽情和耐心铺陈之后,让最后瓦解的真与善,把一个美推到极致。

但《古井》让人感到这个故事好像只讲了一个开头和结尾,中间是大跨度的跳跃和无技巧剪接,几乎是从头至尾的蒙太奇。中间那样多的情节未及慢慢道来,全篇显见匆忙,本来一个《于粥厂》的题材却写成了《秘方》,生生浪费了一个中篇。中间那么多的东西完全可以像《开粥厂》那样做出成串的柳活,让最后的结局更具质感更显厚重。《古井》完全有空间让看者不是那么只乐一回,而是一连二,二而三地乐到底,在最后一乐完毕的那个时刻里,让一切的声响与色彩全都归于净化。那多好。

《古井》没有做到或是没有那样去做。

可是,话再说回来,就是好莱坞的大片,蒙太奇手段功力不够用的时候,照样也是要借助多少多少"……年之后"之类的字幕来引渡受众。这类字幕手段,明摆着比蒙太奇还蒙太奇。

你崇洋媚外——不是,我偏崇艺术与技巧。

你到底哪头的——这不明摆着,我跟作者一头。尽管不知他是谁。

续　貂

　　一百二十回的《红楼梦》,曹雪芹只做了前八十回。但曹氏并未因只给后来读者留下一个缺尾的红楼残梦而遭受贬损。《红楼梦》当然是文学巨著,曹雪芹当然也就守定了文学巨匠的坐标。致使后来人在言及明清五百年中国文学时如不称曹雪芹,那就成了一种枉谈。

　　但《红楼梦》毕竟没有写完,残梦毕竟遗憾。于是不幸却又万幸地有了续貂的高鹗。《红楼梦》不是败笔,而是笔缺,高鹗便补上了缺笔,续写了后四十回,人物命运有了了结,故事变得完整了,《红楼梦》这才成了一个无遗无憾文学构制。

　　《金融会计》的卷首语谈起了曹雪芹与高鹗,似有文字错位之嫌。但说文解字常需要比兴,用文字帮衬文字,我们也大胆地不避嫌一回。

　　作者是位行政官员。在前一期的卷首语中,作者自述已为《金融会计》做卷首语计两年零七个月。在不得不中道搁笔的时候,与读者做了难舍的道别。如果作者还继续在原来的岗位,如果他还具备某种客观条件,那么该刊卷首语作为"红楼梦"不知还会有多长。也许这也是第八十回,也许只是刚开始。预测常常空荡荡,卷首语尽管不是《红楼梦》,但言未尽,意未竭,作者同样是留下了个残梦样的遗憾。

　　有人说高鹗续写的《红楼梦》后四十回不如前八十回精彩。

又说曹雪芹如有机会把《红楼梦》作完,其中人物之后来,未必就如高鹗那样安排。但假设常常也是空荡荡。不管如何评说,高鹗终非等闲之辈。始创《红楼梦》者唯曹氏一人,这且易。补足《红楼梦》的仅高氏独有,此更难。《红楼梦》后四十回占全书容量胜出三成,人物事物从从容容,与前八十回呼应贯通,最后完善了红楼一梦。《红楼梦》也终因得惠于曹高二氏圣手而未失光彩。

《金融会计》的卷首语或许还有一百回,而我们只得以一当百。为专业刊物长久地续写文学内涵的卷首语,我们并非无欲,真真地而是不能。同是续貂,无奈我们这篇文字只好直接取向最后一回。以一当百用语其意本在积极,我们且反借用之。

本篇文字续那位官员卷首语之貂,因只为求得形式完整,于是就难免显得匆忙。仿表不通其理,试浅难得其深。勉强续作那位官员的卷首语,东施效颦,一是怕白花花浪费了一大块版面,又担心黑压压委屈了一大片读者。

曰风曰马曰牛

樱花不是林黛玉 / 463

但尤其是女孩 / 467

曰风曰马曰牛 / 470

不睁眼的关云长 / 474

从曹操的"井底之蛙"说说京剧唱词 / 478

春游和与《兰亭集序》的相关 / 482

关于闰月与生日的注解 / 486

住　友 / 489

怎样的东西叫短篇 / 492

樱花不是林黛玉

日本人爱樱花,这像是通行全世界的常识。但是开始的时候,我存疑甚大。樱花那东西怎么看怎么不觉得它有什么,甚或觉得它很没什么。所以一疑日本人是不是真就那么爱樱花,如果是,又疑他爱从何来。

其体俏小,其色妖娆,论性属阴,樱花这东西应规范为女人的花。日本人偏爱樱花,那就应把它规范为日本女人的花。

可是日本人爱樱花却是不分性别,在樱花览胜的日子里,男人毫不逊于女人。

读了一点历史,历史仿佛就是男人的历史。读了一点日本史,日本历史也仿佛就是日本男人的历史。十二世纪末以后的日本近七百年的幕府军事统治,造就了根深蒂固的日本封建武士的道德。崇尚勇武,坚忍守信,秉忠能克己,持名重死节。这种武士道的成熟与成熟过程,成了能写进历史和文学作品的日本男人尤其值得歌颂和维护并发扬至子孙万代的美德。哪怕是在这之前的奈良朝和平安朝直至武族统治终结,经明治维新又以后,日本朝野没有停止过政治集团的生死攻伐。在那血迸肉裂的刀光剑影中,杀人的仿佛不是在杀人,被杀的也仿佛死的不是自己。那个四面环海的狭长的小岛上似乎从来没有过而且也不会存在关爱与惜情。那里的人,水和火野蛮地泛滥与燃烧,攻伐变成一种长存运动,仿佛人能生死一万次,拿出一千次的死投入到水沸火炼中,也只是儿戏生命之一成。那些泼血的历史景色和由此孵化出的历史的血腥以及串联和延续了这个历史的日本人——日本男人——无论是逻辑或形象都无法同樱花的娇柔绚烂相随和。

所以,樱花是女人的花,是日本女人的花。我断定。

但日本的男人照样爱着樱花。不知缘何。

樱花真是很好吗,有一回我终于发问了。问一个日本友人,男人。

我的问话有些缺乏语言质量。什么叫真是很好吗,让人无从回答。

但那个日本友人还是回答了我。真是很好,他顺我话回说。我正琢磨着如何再问,他却向我问说,你知道樱花。

日本的国粹,全世界都知道呢。我不管这话是否准确,就这样地说给了他。他笑了,看出了他的认可与知足。

看过樱花吗,他又问。

看过,图片,我说。我希望他能讲得多些。

你们也喜欢,他又问。展示国粹时,更能从他脸上看出那种主体拥有者的自信与宽和。

我们是谁,我不知道。但我知道,我们许多人的好恶只是从众和从传媒,总之是从他,是起着哄地爱起着哄地恨,很具盲目特征。而日本人的文化积淀和倾向到底是怎样一种形色,起哄者怕是一腹懵懂。我们,能够追求新奇的视觉感的享受,就应算是很对得起那份儿日本国粹了。

形似梅花颜若桃,樱花色彩有情体态无力,有林黛玉唯我独娇之嫌。然我心有尺,"林黛玉"者生不足爱,死不足惜。

我没有说我或我们喜欢不喜欢或爱与不爱,只把这个含含糊糊的感觉含含糊糊地告诉了他。

喜欢与爱是一种准确感受的过程和结果,不能强求。当然,那位日本友人也没有强求我,听我说完,他只是紧闭着嘴地一笑。

我注意到了他的笑。

笑仿佛是今天日本人商情输出与人情引进的向导。嘴唇紧闭却是有点日本武士血统遗痕——如果那些专门描述日本封建武士的文字和影视作品没有刻意地在形象上进行千篇一律的夸张——但那笑是友善的。

忽然,他把手在半空中横扫了一下说,你知道吗,满开的时候铺天盖地。满开,日本话,是说樱花盛开的时刻。

我看着他。到处都是,他又说。

到处都是?我用问号回复着他。我知道他还是在说樱花。他说,庭院、街巷、公园、山野,到处都是。忽然,他停了一下说,然后就一下子全落了。说着,他手从空中挥了下来。好像樱花满开的过程,就在他把手横空一扫又一挥落之间。那以后,我们又往来了较长一段日子,却没有再说过樱花。

日本樱花的满开是在四月上旬,从九州四国向北推移,迭序开放,随开随谢,止于北海道。从初盛至凋败,全过程只有七天。满开的时候,铺天盖地而来,我那日本友人说得不错。

但是,许多的花,许多许多,满开的时候也都是铺天盖地。所以,无论怎样解说,樱花满开时的铺天盖地也不能是叫人偏爱与赞叹的理由。我认定日本男人在涉樱花事情上有点做作与矫情。

在日本本土之外,也有栽种樱花的地方。但那些地方,樱花只是樱花,没有日本的山水、日本的天空、日本的木屋、日本的语言,也没有日本的跂拉板儿和日本的衣裳。难道,或许,这也应是我要找到的理由。

在一个樱花满开的时候到了那个岛国。于是,想起了我那位日本友人,想起了那时他一边说着"一下子全落了"一边把手向下一挥的情态。想起来,竟忽然地感到他当时挥得那样有力,感到他在说"一下子全落了"那个话的时候对"一下子全落了"的推崇与赞叹……推崇那种不是犹犹豫豫,不是贪贪恋恋,是"一下子全落了",赞叹那样一种的女人之花在凋败时刻,谢落得义无反顾。

顿悟真是一方可以叫人心旷神怡的境界。人间风物美不胜收,而真美竟在"美不胜收"之外处。美在短暂,美在无常,美在逝去时刻的不忸怩不回首,不悲戚不贪恋。

玉碎归尘,不必收拾……樱花之美,不在它"形似梅花色若桃"的"俏小妖娆"与"娇柔绚烂",原是美在凋落时的迅捷和义无反顾。

樱花满开的时候,那是女人的花,一夜之间义无反顾而去才属于男人。

我感到好像明白了什么。

忘不了我那日本友人把手朝下挥落的情景,挥得那样有力。惜爱那个"俏小妖娆"与"娇柔绚烂"是为迎接那个凋落得迅捷和义无反顾。前者是准备,后者是继承。

我心有尺,"林黛玉"者生不足爱,死不足惜。然樱花不是林黛玉。

但尤其是女孩

　　她一会儿朝桌面看看,一会儿又低头盯一下手中的请柬,已经围着这张桌子转了两三个回合。

　　桌子当中立着个小牌,上面有个阿拉伯数字的6。桌子周边十个位子已经坐满。大家或者认识,或者头回见面,但都没关系,同都是受到邀请,被指定在同一张桌上用餐,于是便都和平友好地说话

　　她还在围着桌子犹豫,显出一种无奈与疑惑。

　　你,你是在找座位吗。她踱到我跟前的时候我这样问她。

　　她点了点头,轻轻地"嗯"了一声,然后又迟疑地看了看手中的请柬。我接过她的请柬,上面指定的是6号桌位。我想,在座的人中一定有"非法入驻"。

　　在座的有没有不是6号桌的,我问。大家都很配合,各自拿出自己的请柬重新复核地确认了一眼,有的还打开来摊在桌上。我也和大家一样,重新检查了自己的请柬。

　　结果是大家谁都没有错。6号桌十位定员签出十一份邀请,这明显是主催单位具体操作的失误。

　　别着急,我说。随即示意服务生,请他增添一把椅子和一套餐具。

　　椅子和餐具端过来了,她并不夸张地做了个手势,服务生把椅子放在了我身边。

我们大家再紧凑一点吧,我又提议道。大家仍旧很配合。她坐下来,很平静,扭项看了我一眼,轻轻地道了声谢。

之后就又一切如常。十人变成十一人,大家仍旧是十分和平和友好地说话。说关于天气关于地理,关于大家关心的和认为无所谓的天下小事和天下大事。她也和大家一样,融进与场合相宜的话题。

席散的时候,大家都在同一时刻凌乱地往外走,手眼无法相照。但在酒店门前候车的时候,她却不知从哪儿过来,出现在我的身边。

"有车吗,我捎你走。"她说。

谢谢,有,我说,这会乱,过不来,一会就行了。

她没有离开,手却伸进担在臂上的小挎包。

"这是我的名片,今天,谢谢你。"她说。

做得轻,谢得重了,倒让人慌。我说着也还了她一张名片。

"其实,很多人都看见了,但他们不懂,也不会。"她说。

在我正琢磨她这个话的时候,车子已经停了过来,我只好先于她而离开了。她的话,我也就不再琢磨。

一切又都归于平常,无聊时照样无聊,忙时节照样地忙。许多曾留下的重印都在渐渐地淡去。

但是,忽然有一天她打电话来,听上去十分快活,说是要见到我。

"我请你吃饭。"她说。

我接受了她的邀请。

我们面对面地坐着。她端起小茶碗,示意碰杯。

她舔了口茶,然后把眼睛向桌旁的空椅瞄了一下,露出了太阳出来了样的笑。我也注意到了那个并不惹人注意的空椅。那天,如果也有这样一把空椅,所有的也就不会发生了。

"那天,我很尴尬。"她说,"是你让我摆脱了。"

这又让我想起了那天分手时她说的那句话——其实,很多人都看见了,但他们不懂,也不会。但我现在不用去琢磨了,她已经说得十分明白。

身在尴尬中人,那种难为情感和不自在感会很重很重,这便有了对于解重的需要。解重自然也就很重很重。

不要让别人尴尬,不光是女孩儿,但尤其是女孩。

曰风曰马曰牛

　　有个同学,七八岁时候就在一起念书。当然,现在也是老了。有一天邀请我上他家里做客,他说新买了房子,装修已毕。说还有好几个人,都是七八岁时候的同窗。我说,你那新家宽绰不宽绰先不说,是不是进门一个厅,靠墙一排沙发,带拐角的那种,沙发拐角那地方还能把腿拿上去伸直了往后靠着,外侧呢,是个长杆的落地灯,对不对。他在听我说,电话。我说,沙发跟前是不是一个茶几,挺大的,上面有俩果盘,盛着几样水果,还有个什么带小格格东西,里面有点儿花生瓜子和糖块儿什么的,对不对。你怎么知道哇。还有知道的呐,我说,茶几对面是个电视,永远开着,个儿不小,贴墙搁着。电话那边像是有点迟愣,听他喃囔了一句,你没来过呀,声不大,但我听见了。我也不理会他,继续描述,说电视机对着的墙上,也就是沙发背靠的墙上,挺大一幅画,对不对。他忽有兴致地问了一句,画的什么。我说,给你两种选择,一是山水风景,一是大开大放的牡丹。他显得很是兴奋,高声说,是牡丹。又说,就这幅画算我替你说了一半儿,前边说的,全对,神啊你。

　　神吗,一点也不神。我没有特异,六爻和奇门遁甲什么的也没修炼过。

　　鲁迅有篇文字,忘叫什么了,里面说了关于公园的话题。在那篇文字里,鲁迅眼中的公园单调且乏味,极无个性。说进了门,一条路往前伸着,之后是岔口,左右分开两路,之后就是路边有叫人歇坐的长椅。就完了,这就是公园。于是,也是在那篇文字里,鲁迅说他不逛公园。

鲁迅说他不逛公园,大约有两类原因,不用说,鲁迅不待见那种千篇一律的东西,再就是他自己没闲工夫。公园鲁迅原来一定也进去过,要不怎么知道那样的长椅和那样的路,一定也是进去过不止一个公园,要不怎么会知道公园大都一个模样。后来没有时间,就不逛了。但在那篇文字里,鲁迅腻歪的是公园的百园无别。

千篇一律常常是一种顽强的传统与性格。就说客厅,中式的客厅早成定制,有规矩管着,千家一面,差别只在细节。就像现在,那个类似中堂的地方你是挂幅写意山水还是搁个工笔花鸟。山水呢,是山拦着水还是水绕着山。花鸟呢,是鸟陪着花还是花衬着鸟,是画家的作品还是画匠商品。类推,仅仅如此。

官宦或大家,自己一套宅子,通过身份与功勋获取,或是用心血劳作形成积累。房子不管怎么盖,不能随心所欲。更尤其是在有皇上的日子里,坏了规矩,问你的罪。多高多厚的墙,房前屋后可以有什么和不许有什么,就是砖瓦的形状与颜色都给你规定着,所以,再有个性,你得收着,你个性不起来。在有皇上的时候,关于盖房的规矩多得让人记不住,就不在这儿多说了。

找个题目,大家就往一块儿凑,吃饭喝酒,聊天说话。喝多了有时候也发发牢骚骂骂街。当然,说骂街,并不是打开窗户冲外喊。其实冲外喊也不要紧,只是唯恐有伤风化,所以就止于闭门过瘾。时有这样的小快活。

那位同学的新家,我们去了一堆六七个。当然,首先是欣赏主人客厅的装修品相。电话中我猜测描述的精准度虽然得到了他的称赞,但我还是发现了自己的漏误。

进屋一脚入厅。抬头,葡萄架为我始料不及。说葡萄架涉嫌夸张,没有架,是沿着门楣和屋顶边缘挂满了熟透的葡萄,青的青紫的紫,另有绿叶衬着。不是真实的藤果,是塑料材质的装饰。

低头,葡萄架下,方方大大一尊厚玻璃构造的金鱼缸。缸中鱼可数十头,这个不是塑料,都是活灵活现在那里"往来歙忽,似与游者相乐"。我们不是游者,那就是似与来访者相乐。但鱼宝贝们却不是"皆若空游无所依",主人得益于高科技光电手段,让缸内呈蓝呈绿呈红,水虽还是透明,但已不再无色。

丰腴的葡萄架居高临下,占尽空中优势,硕大的玻璃鱼缸在底下独当一面。本并不宽展的厅室愈嫌紧凑。一转身,挺粗两根白色柱子左右矗立,是"增其旧制"的添造。两柱间约一米的空当供人迈出迈入。柱子上面盘着耀眼的金龙,没注意什么材质,却真真地具备三维的质感。整个意思像是抄袭了天安门前边那俩华表。金龙盘玉柱,我表示赞叹。主人同学笑笑又点点头。能看出他满心的快感。

你知道你这叫什么吗,我点着"金龙盘玉柱"问他。

叫华表哇,按天安门前面那俩来的。他未解我意。我却知他果然是华表用心。

我说,你呀,胆儿够肥的。你这叫僭越你知道吗,皇上家用的东西,没有上准就敢在家里用,掉脑袋的罪。

脑袋这么容易就掉啦。他可能没听说过。

弄好了掉脑袋,弄不好抄家灭门,你以为呢。我说,也就今天,算你赶上好日子了,没人拿这跟你过不去。

言来语去,大家看着听着,一顿玩笑耳。

葡萄架,玻璃鱼缸,又加上个金龙盘玉柱,这屋里就不再有自由空间。小心地迈过华表的空当,横移半步就是预想中的那组沙发。往沙发移动时候不是迈步,而是横身蹭行。于是坐下,于是眼前是大茶几、是果盘、是花生瓜子和糖块儿。于是还有对面小银幕般的大电视,正播放着不知什么节目,扭腰涮腚,嬉嬉靡靡一堆男女。

我若干次又若干次地注意过许多家装中会客的地方,光景皆如前述。

千篇一律让鲁迅远离了公园。鲁迅是光绪年间生人,死抠一下,他是大清国人,是清朝人,后来有生临近一个甲子。如此考证,公园这东西早就有了,百八十年不算妄说。

其实,鲁迅不逛公园那时候的公园,或许正是公园本物的好时光。鲁迅不知道现在各种名目的主题公园,不知道现在被叫作公园的那些地方正在是怎样一种光景。于是,不光主题公园让公园这东西有了新特点,传统的公园也不再传统。那种一条路轻轻地朝前伸着,两边是供人歇坐的静静的长椅的公园,早被一班老撒娇们认作了可供其专撒老娇的故乡,用犯病样的视听效果来渲示自己牙眼未老更没老心。顺着题边儿说句话,其实,那样折腾就是老态,牙眼和心都老了才会如此撒娇。更说什么好好活着,甚至强调活一天开心一天。所以要说这个话,是看见了死期逼近,就作。风华正茂的孩儿们不这样撒娇,也没有这样的语言。

现如今的公园,鲁迅有生,大约也还是不会去。鲁迅不好伺候,他会说主题公园公园不像公园,博物馆也不像博物馆,不伦不类,太监二尾子那类东西,不是正经玩意儿,也会感叹传统的公园,但不会是因为公园里永远的那样的长椅和那样的路,定是要感叹传统公园不像传统公园,闹闹哄哄的,说发送场也不是发送场。还是说它不伦不类。

新屋装修,葡萄架玻璃鱼缸外加金龙盘玉柱的新三要素,颠覆了我的惯性评价。大约就像猜想中的鲁迅对如今公园的最新评说。新三要素曰风曰马曰牛,互不相济,但我这同学硬是把他们捆在了一处,这不叫个性还能叫什么,这就是个性。于是我偷偷汗颜。又于是,便明白了一个道理,特色的定义与表现其实很简单,它不必在意传承,也不用专注思考,不伦不类最省事,而省事的结果就是不伦不类。就想起了一则海外见闻,一个西洋人在当地开了家中国餐馆,为了彰显中国特色的文化要素,就在墙上挂出四幅中国的名人照片——毛泽东、周恩来、慈禧太后、雷锋。

不睁眼的关云长

里面供奉的是关羽。给关老爷磕个头吧,大家商着问着就往里走。

同行中的 W 君者停下了脚。

呼他进来。不进,他说。进来给关老爷磕个头,大家又提醒。不磕,他更显坚决。于是就是不进,于是到底没进。于是就是不磕,于是到底没磕。出来的时候,问他何以轻慢武圣,W 君一语作答,振聋发聩——关羽杀人。他说。

全国文庙不少,供着孔丘孔仲尼。全国武庙也是不少,仿佛比文庙更普遍,俗叫红庙,供着关羽关云长。孔子文圣,关公武圣。文庙中的孔子,每每微笑人间,儒教长者模样,你能明白,有文识者无需武备。关帝庙里,关公常常一手捋着颌下长髯,另手捧了《春秋》,借光案头一台红烛,告诉你,天下应重春秋大义。于是,给孔夫子磕个头,领受文治教化。给关老爷磕个头,尊崇英勇忠怀。

不说文圣,就说武圣。说武圣不说别的,就说 W 君所言杀人事情。

关羽杀人,古今中外都知道,却没谁去理会,有作理会时候也是为了说他英勇忠义。关云长在曹营待了多久,说法不一,有说十几年,这不太靠谱,暂不去管他。总之是在曹营的那些日子里,天天打听结义大哥的下落。三日五日小宴大宴，出金入银赠马封侯，曹操对他那么好，白搭。斩颜良诛文丑，关羽杀的是袁绍的人，解的是曹操的难处，杀人报恩，也算对得起曹操。忽然一天大哥有了消息，于是挂印封金，保着俩嫂子，走人。怎么走，一路上杀着人走。过五关斩七将，那是关羽最露脸的时刻。都说过五关斩六将，怎么七将。实际上最终是七将，因为都到了古城了．还"斩过老蔡阳的头"。这回关羽杀的都是曹操的人。但曹操什么都没说，就是爱惜他的英勇忠义。这个，《三国演义》里写得清楚。

有位大作家，对关羽不以为然。聊天中也曾说到关云长挂印封金千里走单骑话题，不过他说关羽弃曹寻兄不是弃曹寻兄，是跟曹操闹掰了负气而走。曹操军中有个甄氏，原来是袁绍的儿媳妇，曹操灭了袁绍，甄氏就让曹丕弄了过来。为了甄氏，曹丕剑下留情放过了袁府中的一系列女眷。那甄氏肯定玲珑剔透一个大美人儿，要不然，你想啊……人一玲珑剔透，又是财富又具能量，当然，也能揽得灾难。这是个挺有意思的话题，先说这么一句搁着，有工夫再另说。就说甄氏给弄到了曹营，应该是曹操的儿媳妇，曹操也是认了可的。怎么说呢，破了袁绍，曹操有令任何人不得擅入袁府。但曹丕不管那套，世子，有恃无恐，不但进了袁府，还把甄氏掠揽归怀。曹操责问儿子，曹丕也不躲闪，说了来龙去脉。及至见了甄氏，曹操就冒了一句"真吾儿妇也"。这个，《三国演义》里写得很清楚。

后来，儿妇就不再是儿妇，儿妇归了老公公。不知怎么个缘由，关羽跟曹操就争开了甄氏。在人家的一亩三分地里，不用说，关羽肯定劣势，争不过。争不过就不争了，走还不行，汉寿亭侯的大印拿绳儿一拴，吊房梁上，你给我的钱，封起来撂这儿，我什么都不要。挂印封金，给你个脸色。也是正赶上有了大哥下落这么个茬儿，于是就走了。这个，《三国演义》里没有。

这里有个错误的时间差，关云长挂印封金离走，是在曹操灭袁绍之前。就是说,是在关羽离开曹营之后,才有甄氏被落曹营。也就不会存在关羽跟曹操争美人的事情。这几个文字,不是学术考证,只是说《三国演义》在这事情上不可能犯傻。

但这里确实也另有个道理,什么事情不一定都在书里,真事情也不一定只在书里。把话再拧着劲儿地说一句,书里的东西就都是真的吗。

而我自己,挺拿关羽当回事,循的是传统的认知,注重忠义,没有在意过关羽杀人的事,或者说,从没有把关羽杀人当成什么大逆。话及关羽,大作家对杀人事情未置片言,想来对关羽杀人也无所指责,却全言指向他和曹操争美人儿。大作家的学识足资我辈景仰,肯定知道更多《三国演义》外面的事情。《三国演义》是小说,读过几遍。《三国志》却没有翻过,或许《三国志》里记录了这段情结,不知道。所以,不敢说前辈对关羽有什么大不敬,却也不愿意去相信关羽弃曹寻兄是跟曹操争美人失利负气而走。关羽在汉朝,大作家在眼前,对我,都是尊者,于是,我一边书也信,一边话也听,矛盾自化自解,我唯尊者讳了。

关云长面如重枣,唇若涂脂,更说关云长卧蚕眉丹凤眼。按说这不该是武士彪男,但《三国演义》就是如此描绘。评书艺人有评书艺人的说法,也说关云长"卧蚕眉丹凤眼",同时又说关羽你什么时候看他都闭着眼睛。这可能是说书人对丹凤眼的注释,于是就管关羽叫不睁眼的关云长。

关云长也睁眼,一睁眼就杀人。说书人这样说。

《三国演义》里说斩颜良诛文丑的时候,关云长"凤目圆睁,蚕眉直竖"。关羽杀人,睁眼了。华雄是怎么斩的,书里没有正面描述,只说"……外面鼓声大振,岳撼山崩……正欲探听,鸾铃响,马到军中,云长提华雄之头,掷于地上……"这段文字很粗简,华雄那么大能耐,却让关云长利利落落斩了个"短平快"。书中更有"其酒尚温"的噱头,此为无关话题,不赘述。《三国演义》里,关羽斩华雄不见现场。到说书人那里,斩华雄能看得见,说是华雄"斗大的人头"滚落马前。

"斗大的人头"滚落马前,斩华雄的时候,关云长一定何止是睁眼,更一定是瞪大了眼睛。

有话说,看了水浒学打架,看了三国学讹诈。《三国演义》里那么多角色,大大小小没几个不藏奸耍滑,就连莽人张翼德,跟着大哥去请诸葛亮,人家能人有架子,他就要一把火点了人家的草庐,那鸟孔明看他出来不出来。也曾拿树枝在地上来回乱撩,动过扬土疑兵的小心眼。而全书却找不出关云长什么时候动过心机。

说关羽杀人,是杀人,不杀人哪儿还有关羽,本来就是在家里杀了人跑出来的。《三国演义》里这么写着,说书人也是这样说。可要说赵云杀人,一听,好像没那么回事。但在长坂坡,赵子龙"杀死曹营名将五十余员……血染征袍",书里这么写着。在说书人那里,赵子龙何止是"血染征袍",更是在曹营万马军中杀了个"七进七出",从头到脚"血葫芦一般"。

走单骑是关羽的走单骑,长坂坡是赵云的长坂坡。如果有个赵云的神龛供几,我那 W 君朋友能不能也会因赵子龙杀人而拒叩。

不睁眼的关云长不是不睁眼,是懒得睁。眯缝着眼睛,不夹你这缺情寡义的混沌世界,新话叫"冷眼向洋"。到需要瞪大眼睛的时候,出手就要你那斗大的人头,也有新话,叫"热风吹雨"。

从曹操的"井底之蛙"
说说京剧唱词

读点《三国演义》,知道点儿"三国戏"的,就能说出"捉放曹"是怎么回事,没有谁能像北京人民广播电台文艺台俩主持人那样,拿起嘴来什么都敢说。要播放京戏《捉放曹》,就解说剧情,就说曹操打了败仗,被关羽堵在华容道之后又仗义放行。望字生意,胡说八道。哪个大学出来的,老师就这么教的呀,你的解说稿经审了吗。都没有,那你准是擅自成才。

对酒当歌,人生几何,譬如朝露,去日苦多……山不厌高,水不厌深,周公吐哺,天下归心。这是曹操《短歌行》的首尾两句。诗言志,可以不用多解。这是正史中的曹操。

《三国演义》是部小说,里面也有个曹操,矫旨杀疑,挟君霸业,综合一句话就说他是奸雄。写到赤壁战前曹操横槊赋诗,所赋何词,就是"对酒当歌……天下归心",想来文学的曹操大原型就是史上曹操。

行刺董卓不成,就跑。四处画影图形,结果落在陈宫手里。陈宫敬重豪杰,不但放了曹操,而且舍亲属弃乌纱地跟着他一起跑。途中发现曹操手狠心毒,就又弃曹自去。京戏《捉放曹》就说了这事。"行路"一场戏中,曹操杀了吕老汉一家,陈宫埋怨,曹操不服。陈宫无奈,唱到"……好言语劝不醒蠢牛木马,把此贼好一比井底之蛙……"。后来在"宿店"时候,陈宫一看不行,得赶紧走,于是决心弃曹。走前面对睡中的曹操却又唱出将此贼好比"蛟龙未生鳞甲……猛虎未曾长牙"。

但是,陈宫是中牟县的县太爷,汉朝人。他不会唱京戏,就是会唱,跟着曹操亡命,哪儿还有唱戏的心思,而且"皮黄"不走样,"摇板""原板"也分得清。是扮陈宫的演员会唱戏。扮戏的演员在台上充当陈宫那会儿也不是跟着感觉走哪儿唱哪儿,是有戏文在那儿管着。所以,戏里的人这样说那样想,实是受着写戏人的支配。京戏唱词,常常是在表现人物的心理活动。上面两段,就是《捉放曹》中陈宫的心里话。"井底之蛙"和"蛟龙……猛虎"不可同语,显出了陈宫的心理混杂。其实不是陈宫心理混杂,是戏文逻辑混杂。《三国演义》没拿曹操当正统,所以就不把他往好里说,说他是奸雄。其实,罗贯中还真是很拿曹操当回事,一部《三国演义》,从头至尾没有贬蔑曹操。好好想想呢,奸雄应是英雄中的一种。而"井底之蛙"是什么,就不用说了。如果在奸雄和窝囊废二者中作好恶偏爱的精神掷豆,一定是奸雄碗里的黄豆多。不用说罗贯中,相信写戏文的人手里那颗黄豆也会扔在曹操碗里。那么明白,干嘛还要说曹操是"井底之蛙",很简单,为了文字形式的齐整,为了让戏文赶上那个"啊哈"辙,反正都是把曹操往减号儿那边儿说,于是就"井底之蛙"了。但是写戏文的人没有想想,为了赶辙就说曹操"井底之蛙",这离开罗贯中的大靶子可就"孙猴儿一个跟头"那么远了。奸雄和"井蛙"乍看好像都属于减号评价,实则恰反,十万八千里,那么远,怎么往一块儿走。这段戏文前面已经把曹操评说作"蠢牛木马",与"井底之蛙"一脉,也是为了戏文的那个"啊哈"辙。杀命改献刀,刹那间,水山易位。"蠢牛木马"们往上捌八辈五,也没这号雄略人才。山围着水转起来,小机灵和大胆略让曹操运作得地方天圆。又"井底之蛙"又"蠢牛木马",曹操后人不知在哪儿,可以申索名誉赔偿。

传统京戏中为趋辙赶韵而忽略语言逻辑和语言意义的情况不时有见。我们说《锁麟囊》，"升座"一场戏中，薛湘灵回赵氏问话，说当年自己妆奁百万，但当时身在轿中，手中却是分文皆无。分文皆无不说分文皆无，说"赤手空拳"，当然，是唱出的。赤手空拳本是说在有所为时候，手中无所凭借。最用烂了的意思是说动武的时候手里没家伙。不怪薛湘灵语文不好，戏文就是那样。"赤手空拳"这个成语写戏的人也不是不会用，戏文要走"班禅"辙，"赤手空拳"能赶上韵脚。用法虽不精准，但字面寓意不远，也就"赤手空拳"了。

《锁麟囊》说不尽，就还说《锁麟囊》。那场戏叫什么来着，就是"看孩子"那场。小孩儿玩得乏累就睡着了。给赵氏看孩子，那场戏薛湘灵就这么一件事，小孩一睡，薛氏就没事干了。薛氏爱唱戏，从一开始抓空就唱，于是趁着小孩睡觉这工夫，就又赶紧唱两句。唱两句不是两句，是一大段，借着唱把心里的东西往外掏。守着人家的小孩唱，就想起了自己的孩子，于是就把人家的麟儿"误作了自己的宁馨"。这里的唱腔真是好听，好听得叫人想长生不死。但是看看唱词，"宁馨"是什么，书面用语。书面用语也不是不可用作唱词，只是太过偏涩。太过偏涩也不妨碍搁在唱词里，只是寓义欠准。"宁馨"虽说有"孩子"意义的成分，但却不是这会儿要表达的意思。薛湘灵当时也顾不了那么许多，为了赶上那个"今亲"韵口，好听，宁馨就"宁馨"吧。再说台下那么多人都等着听，抓紧时间多唱两句，待会儿孩子一醒就没法唱了。

戏迷很少说"看戏"，甚至根本就不用这个词。说"看戏"，那您大约是还没有入道，哈尔滨行政区划有个"道外"区，您还在那个区里。戏迷管看戏叫"听戏"，用耳朵。戏迷有戏迷的作派，常常是不往台上看，关云长样地丹凤着眼睛。脑袋晃悠着，手指头在桌面上，也许是凳板，也许是大腿，随哪儿，赶上哪儿是哪儿地跟着戏文的节奏亦扬亦扣。戏文里哪个词用得怎么样，他们不管不问,只关注板眼。

穷酸文人爱嚼字,碰上个假行家,我是戏迷。碰上个真戏迷,我就是不掺假的假行家。

开头那小段文字与本文没有内在关联,只是因为想说说京剧唱词,又只是因为想从曹操被陈宫唱贬作"井底之蛙"开始去说,而这个情节又在京剧《捉放曹》里边。早先军队出征时刻都讲究拿牺牲祭旗。我这也就如同拿那俩主持人祭了我这文字的纛旗。你那么解说关羽放了曹操叫"捉放曹"也就罢了,但你偏偏说的是京剧《捉放曹》,这还不是自己找死。

春游和与《兰亭集序》的相关

　　话及文史,涉晋朝者少。晋朝离我们确实也是太远了些,以至于可以疑惑一下是不是真有过那么一个晋朝。还西晋东晋的,挺热闹。

　　有个民国吧,有。现在很多很多尚活尚在的都是民国时候生人,或者你家爷娘就是生那个时候人,民国,能说没有吗。有个大清朝吧,有。那时候统治阶层中的很直接的后裔仍活跃在我们当中。你都不觉得,你自己,或是你的很熟悉的朋友,就是清室皇族主流或支脉中的什么觉罗氏什么那拉氏什么钮钴禄氏或者什么什么氏。大清朝,也不能说没有。有个大明朝吧,有,有命三百来年,要说很直接的有明有证的那时候的人,现在是一个都没了,早都死干净了。人都没了,但东西留下不少,最不容辩驳的就是紫禁城。那个什么觉罗氏们刚进北京的时候,大家族那么多人没地方呆,连办公带住宿就在那个叫紫禁城的大院里。那个大院就是人家明朝盖的,所以他们也不会说没那么一个大明朝。有个大元朝吧,有个南宋朝北宋朝吧,有个唐朝隋朝吧。以此逆推,朝朝代代都是有的,只是越往前越不会像明清那样有那么多叫我们可触可视的东西,那么多叫我们可以轻松捕捉的信息。星星点点地有些物色留下来,就成了我们探究先人生活的窗孔。

　　往回倒,倒到晋朝再往前就是汉朝,不倒了,就倒到晋朝,因为要说一点晋朝的事情。要说晋朝,就得让人认可真有过那么一个晋朝,然后你说的晋朝的事情才可信,所以就有了上面的一堆罗圈话。

我们现在的生活结构或说生活事项,与古时候人其实并无大别,或者就是那时那事的流传与接续。春和景明时候,我们总会产生一种冲动,习惯了家族连带或朋友纠集地找个山好水也好的地方去走一走,叫踏青。踏青是跩言,俗话就叫春游。

后来读到一篇叫《兰亭集序》的文章,叙事明白,文字流畅。记述的就是一次朋友纠集的春游。说那次春游发生在"永和九年"时候。文字年号是中国历史纪年,永和九年显然不是当下。于是查经问典,始知永和九年乃公元353年,是一千六百年前的东晋时候。原总以为春游这个事情始于上世纪五十年代,其实是误解了,其实是少知寡闻了。实在是因为春游这个东西在五十年代那个时候才开始与我自己的生活有了关联。

还接着说《兰亭集序》。永和九年那一年的春天,说是暮春之初,也就是农历刚进三月,说那天"天朗气清,惠风和畅"。于是有一帮文人墨客,互相勾结着到了绍兴,"会于会稽山之兰亭",那地方"有崇山峻岭茂林修竹,又有清流急湍映带左右",挺漂亮一个去处。农历三月伊始,用太阳历说,大约就是四月中旬前后,跟我们现在春游时间的选择没有不同。兰亭近旁有一曲水,转着弯儿地来回流。这一帮人就沿水席地,坐在石头上也行,盘踞平地也行,坐累了愿意站会儿就站会儿。也不用担心渴了饿了,吃的喝的都带着,摆在身边眼前。那天人挺多,据说不少于四十人,大家就在那地方玩耍。

怎么玩耍呢。文字是文人快乐的道具,就吟诗答对。纸墨未备,就拿嘴说。怎么说,就指望兰亭前边那个来回转弯流着的曲水。把酒杯搁水面上,任流漂载,"曲水流觞",酒杯到处,最近者需吟诗一首,规定必须临场原创。这四十个人到底在那儿玩耍了多长时间,每人临觞几度,总共成诗多少,《兰亭集序》都未见载。但有一事可以确定,就是春游之后或者即散时刻,他们当中有人提议把大家的临场诗作记好了,回去写下来,然后凑凑出本诗集。后来,诗作敛齐了,准备找出版社了,起个书名儿吧,简洁明了些,就叫了《兰亭集》。

《兰亭集》是个诗集,这个诗集是怎么个来龙去脉呀,写个序吧。谁写呀,推来拣去,一个叫王羲之的应承下来,于是就有了《兰亭集序》。

《兰亭集序》是篇散文,前半叙事,后半抒怀,文字可歌可赞处贯行始终。然在中国古代散文的海大库藏里,《兰亭集序》的文采与情怀表述并不出类拔萃,于前有逊《与陈伯之书》,于后望尘《岳阳楼记》。当然,如此比较有些委屈我这王姓祖先,丘迟与范仲淹行文缘起均为大要之事。而王羲之所面临只一春游事耳。

但是,世代文人和文化场,并未有谁如我辈这样地拿《兰亭集序》去跟人"前有逊后望尘"地作比。倒是干脆撇开这些,一门心思地去说那篇序言手稿书法的高妙。序言作者王羲之,笔墨即为其亲手。后来知道了,王羲之挺不得了一个人。当了多大官,那不算。算的是什么呢,字写得好。好到什么份儿上,好到头上顶着俩字曰"书圣"。"书圣"光环是当时东晋时候即得加冕,还是历代之后乃至如今后人的追冠,没有探索,总之,自有王羲之三字入耳,名前即伴"书圣"两字。

晋朝离远,"修禊事也"的兰亭春游玩耍离远,王羲之亦同步离远。朱明朝的紫禁城终年遭万人践踏,赵宋朝留下来的某一文墨,如今转移收藏场所,却能享受武装监护。道理跟道理,常常是自己跟自己拼得一塌糊涂。能讲得通的就是,尽管价值取向类同,但久远稀罕又易损易失者贵。

如今书法家众如蝗蚁,作品繁若厨余。同理,加在一起不如一个王羲之价高,加在一起不如一个《兰亭集序》值钱。唐太宗访得《兰亭集序》,偏爱那幅笔墨,临终嘱咐,埋我的时候想着把那个《兰亭集序》也一块搁棺材里。圣命不敢违,《兰亭集序》真迹手稿300年后就此不见了天日。掘开李唐皇家的坟冢,或能在李世民的棺椁看见《兰亭集序》的纸渣。

成也萧何败也萧何。《兰亭集序》手稿早已不存,于今却又常有活现,全因生也太宗灭也太宗。手稿真迹李世民自己锁在抽屉里,另又命若干人摹写若干,作为珍玩分赐亲贵。如今所见,乃流行摹本。

《兰亭集序》是行书用笔。摹写,并非照本誊抄。行书是一种最易出彩和张扬作者特色与个性的书体,一字百人作,百作各不同。唐太宗使人摹写乃是勾摹,应是一种古代手法的拷贝。产出物不叫赝品,亦非伪作,品相视同原件。

如此,《兰亭集序》手稿真迹无寻,真迹品相却未走失。

书圣的墨宝让人景仰,一千六百年赞叹不绝。文不足三百言,中有"之"字一十九处,赞言说十九个"之"字个个有变,每每不同。赞言可用,但显有勉强。《兰亭集序》通篇浏览,愈后行笔愈是流畅,写到"之"字地方,我那王姓祖先哪有空儿去看看前处之"之",哪有空还要想想此处之"之"应换个写法,一趟笔率性下来,每一笔也是写出之后方见其貌。况且,说句不为名尊者讳的话,十九个"之"字还就是有写败了的,并非"之之珠玑"。

全篇初始十几个字显然手生,指腕尚未及舒活。"永和九年,岁在癸丑",实际上作者写到"岁在……"的时候,一时竟不知"今夕是何年",为了手不歇墨,一笔流畅,作者便于"岁在……"后面预留出空间,期待全篇书罢,再做填入。可以看出作者行笔自"暮春之初"开始进入流畅。后来确定,记年是"岁在癸丑",于是新捺笔墨填入"癸丑"两字。可惜,我那王姓祖先预留空间稍显窄些,"癸丑"俩字挤在一起,看着就有点儿受委屈了。

倒是还真没听谁赞美过"癸丑"俩字多么出奇,多么风彩和非凡。千万别那么赞美,不是那么回事。

说这说那,借着说春游,把《兰亭集序》横竖乱捅了一气,净是人家没说过的。你真敢说,对了,我是敢说。为什么敢说,因为我对书法一窍不通。

关于闰月与生日的注解

创造闰月历法,是人在自然面前抖了一回机灵。

人拿月亮没辙,阴晴圆缺只随它便。宋朝时候就有人说过,月亮圆了缺缺了圆的,"此事古难全"。古难全,就是说自打古时候就这样。宋朝的人说古时候,起码应该是在说唐朝。其实宋朝和唐朝俩人挨着,实在说,唐朝对于宋朝并不古,好像今天如果我们把民国或晚清小朝廷叫作古时候,不免牵强又有点滑稽。所以,月亮的事,起码从唐朝以远又以远的时候就这样。月亮古时候就这样,难道古人都笨,今天要轮上我们给月亮改规矩不成。改不了,所以,闰月我们还在闰着。

地球这边和那边的人都会抖机灵,于是阳历和阴历里头就都有闰月。天体运行漓浪歪斜,并非总在规矩。要说规矩,漓浪歪斜就是规矩。人耍小聪明,取巧做了个加减法,让年这个人造的时间单位上一步下一步地别赶错了脚。闰月就是干这个用的。

改不了月亮,也拽不动太阳。说是抖机灵,说是取巧,却也是人在自然面前的一种无为无用和无可奈何。就是脚底下这个地球,人家也是由着自己的性子来,你竭尽阿谀奉承之能事,说地球是美丽又可爱的家园,可"家园"对你,扬手就往脸上抓,山想怎么崩就怎么崩,海想怎么啸就怎么啸,地震山火那也是人家的公事,于是,你的脸色一钱不值。

人去不了别处,人就是这个命,地球的命。人就是地球上的物件儿,踏踏实实这儿待着就行了,说什么寻找人类新的生存空间,可别听那套,瞎扯呢,他找不着,他干不成。其实他也知道他干不成,可还是拼命干,因为他只会鼓捣个什么宇宙啊,光速啊,还什么行星啊卫星等等这类玩意儿,叫他炒个土豆丝都不会,还能什么能。扯远了,还来说阳历阴历。

每一个人都占有着一个属于他自己的一天。这一天叫生日,就是开始有命的那一天。听好了,是地球命。

阳历某天是某人的生日,于是认定自己就生在这一天,又于是,为了这一天每年早早地就盘算,就准备。等到了这一天,就闹人、就撒欢。这一天真真有着、实在着。还是这个人,用腻了阳历,就改了阴历。于是生日就不再是原来阳历那天。不是阳历上没了那天,有,依然真真有着、实在着。但那人不管了,不要了。又认定自己生在阴历的这天。于是就改成盘算这天、准备这天,改在这天撒欢、这天闹人。这两个"天"不归一,不重合。人只一命,那么这人到底生在哪一天。

这人到底生在哪一天,多么精深奥妙的提问。阴历阳历,人自作茧,我们好像回答不了了。

但是,忽然间,我们又把一个机灵抖了回来。我们毫不犹豫地打开了那个过分严谨的猜想之函的覆盖。因为我们机灵了,所以我们并不期待什么。覆盖打开了,里面真也就没有什么秘籍经典或几句妙解天说,里面空空荡荡。又是由于我们机灵了,于是我们在那个空空荡荡里读出了一句话,那人到底生在哪一天。其实呢,哪一天都不哪一天。他确实有过出生的那一天,但那一天早就一去不复返了。那一天早就没有了,却还总是自我提醒它的真实和现存,原来,人这个物件认识到了包括他自己在内的万物,从有相之日就开始通过变相和寂灭这个形式打理一个过程。他无法战胜时间这个自然生命的天敌,又不甘心这种变相和寂灭,就造出一个生日替代,找辙撒娇过上一把生的瘾。

那种生的瘾,常常红火通天,叫人兴奋。但瓢子里绝不是这种东西。

我们能够感到和所能理解到的一切存在,统统地具有不复返性和唯一性。这个道理,这种时间的不逆和物相的不二,曾经惹引过那么多不知深浅的大智慧者二智慧者与之亮剑过招,终赢胜者无。

生日的文化,如果可以被称作文化的话,顶多也就是人这个物件自慈自悲的标识。此日永远非彼日,生日,就是生的那一日,没有一年一度。一年一度一生日,人这个物件自己欺骗自己永嫌不够。我们这个世上——是世,不是地球意义的世界——有了人,这是一个奇迹。而奇迹,本身更具唯一性。这个奇迹所以出现又能存续,依赖的是地球给就的条件,这就是地球上存在了适宜的阳光水分和空气。只有地球是这样,所以,只有地球上有着人。又花钱又劳神,"美帝苏修"不知疲倦地要在外星搜索同类,真真绝顶愚顽的徒劳之举。走着瞧,用光了他们的财力和智力,一对冤家老哥儿俩最终只能是"辜负了成百吨黄金,一锦囊妙计"。

地球不会永远支持生命。找外星人,潜意识是在为自己寻找新的栖息场。想在地球之外找到人,暗示了人对地球条件一旦变相为零时候的惶恐。地球给你适宜的条件,而适宜与苛刻常常就是同物。地球上水奢陆罕,水中生命熙熙攘攘,但那不是人待的地方。说人是地球的生命,其实人也只是在地球表面的大气层中才有活命,而且能让人踏踏实实喘气的,也只是贴近地面的那么薄薄一点儿,就这么薄薄一点儿。何况地球上又是水奢陆罕,陆上的戈壁沙漠外加雪域冰山那也不是人待的地方,人就是这么个娇气种。

娇气种算计着日算计着月,算计着地算计着天。

闰月是人在自然面前抖出的机灵。也就这么大机灵。

住　友

咱们还住一起。下车的时候,他说。

咱们还住一起。站在宾馆大堂等着会务组安排房间时,他又说了一遍。

还住一起！我忽然觉得这话很重要。我赶紧跑到客房部柜台,把我们的想法向会务组做了提示,之后又回到原处。

说啦？

说了。

他点点头,满脑袋黑发轻松一颤。

会议代表明天开始分别离去,从这里走着便利,所以就移住于此,只一宿。在这之前,会议期间的四个晚上,我们住同一房间。

那是个两床位的标准房间。进去后把东西一放,就开始琢磨,不知随后的住友——这是我的造词,不用解说,大约全懂,与日本的住友商事无关——是怎样人。出差,什么样的住友都能遇到,什么样的住友都遇到过。

快吃晚饭的时候我的住友才来。大大的一个壮年汉子,浓黑浓黑,一头顶好看的头发。我们各自做了自我介绍,他坐了下来。

从大东北到大江南,折腾了一天。他说。

我说你赶快去洗个澡吧,一路辛苦。

不忙呢。他往脸上抹了一把,汉子的一笑。

饭后没事,我们就闲聊。洗浴是长旅后的需要,可他却一直在跟我说话,风物人文,天上地下。属于健谈加邋遢的那一种。

很晚了,我提议休息。你先去洗一洗吧。卫生间只有一个,我让他。

你先洗,你先睡吧。他反过来让我。

你跑了一天的路……我又坚持了一下。

我……他忽然一反几个小时以来的常态,语言迟疑起来。

我一下子想起了某作家的一篇随笔,写的就是个关于住友的故事,说住友自知入睡以后鼾声让人难以忍受,便请"我"先睡下。

"我"躺下后,黑夜中屋内一个红色光点一亮一灭,轻静平和。一夜的好觉,醒来时天已初明。"我"发现那个光点仍在闪动,依稀可见的是满地的烟蒂。

我明白了。我不怕打呼噜,我说。

不,不是。我不打呼噜。他说。

那你就赶快洗了先睡下,一天没休息了。

我说得在理,他推不过了,便做洗澡的准备。他从行李中往外掏取所需用物,动作像语言一样,变得迟缓和犹豫。这时,他手里抓着一块毛巾转过身来。我感到他有话说。

我是……他还是为难。他要说的肯定是他不愿意告诉我的事情。

我是……假发。他终于说了,说出了这样一句话。他顺手摘下那蓬乌黑的头发,那个发套,露出了毛发稀散的头顶。

我习惯于开导人和解脱人。但毛发稀散不是缺点,配用发套也不是错误。我没有必要去说许多,或者说我一时不知该说什么。

这时,好像已卸下重荷,他开始讲他的头发,先讲是怎样脱的,又在怎样治疗以及假发产品的质量和用材,语言恢复了常态。

那几天中,晚上,他摘下假发,收在床头。白天把发套冠在头顶。开会发言听报告,他是假发,只我知道。他没有再向别人做出解说的机会和必要。我想,他一定不愿意有这个必要。

假发摘下和戴上是两种样子。用难看好看却不一定能说清楚什么。假发大约有两种功用,一是为做戏和骗人,一是为美化存在,他朝向的是后一种,是为通过一种借助实现一个完善。只是在实现这个完善的过程中,他还要承受别人因对美的不同感受而对假发的不同反射。

会务组女孩儿捧着一大把钥匙走过来。她每举一次钥匙,就读一个号码,念两个人名。我们会住同一房间的,他不用再挂心晚上还要再向新的住友解释他的假发。

但是,也许是会务组疏忽了,也许是人家根本就没有在意我们的要求,我们的房间不是同一号码。

我有点冲动,要挤上前向会务组提出质问,他却拉了我一把,冲我摇了摇头。

我们提起行李。去寻找自己的房间。

跟她交代得清清楚楚的,我说。

就这样,挺好。他说着,汉子的一笑,一顶好看的头发。

我们还住一起,这是他开始的话。

还住一个房间!? 我忽然想,也许,根本不是为了头发。

怎样的东西叫短篇

我们习惯了说小说就是讲故事。可是短篇小说常常不是讲故事,常常没有讲故事。短篇小说可以不去讲故事。短篇小说常常只是在表达一厢意念、一脉情绪,甚至是一种读后让人需费些琢磨的扑扑朔朔的东西。读完这样的文字,会读的,会在那个扑扑朔朔的雾里看见自己生活中的相关,然后一起打碎,打碎了再搅和……于是拍案叫好。不会读的呢,也叫好,手指尖往桌角上一扇,常常甩出一句,写了半天,什么呀这是。倒好儿。让人冲着好玩意儿叫倒好儿,这是短篇的智慧,长篇没这个。

我们习惯了说小说要刻画人物。可是短篇小说其意常常不在刻画人物,常常没有刻画人物。短篇小说不必刻意追求刻画人物,它只是用文字运载生活的一个片段,只是讲述某一个小事情,甚至只是讲述某一小事情的一个截面。那个片段,那个事情或那个事情的截面,拿到生活中来,拿到长篇里去,外延可能很宽泛很丰富,但短篇不会去管。所以短篇小说里的人物不必有一个信息完备的来龙去脉,不需要。甚至姓甚名谁都可以更具符号化。

我们习惯了说短篇小说字数少篇幅小。于是就总有"压缩一下压成短篇"这类话出来,这是误区里的误言。前面两段说的是短篇小说的立意与结构,短篇小说字数少篇幅小,实在是创作立意与文字结构形成的结果。短篇不是崇构杰制的文字造物,但好短篇却是足资赞叹的文字的工艺品。字数少篇幅小不是短篇的本质,拉开长篇的架子写短篇,笔者实也是未能转悟开迷。借用武林评话一个惯语,那叫经师不到,学艺不深。

晚上,一个老妇人,走进一条街巷,浏览着两侧的各种店铺和市政署府。儿子死了,每路经一处,借着灯亮往里看,看见什么想什么。她就想,儿子要是活着,可能在这里做着什么……可能是商人、可能是公务员、可能是厨师、可能是艺役、可能是消防员,可能是……一路走着、看着、想着,于是就到了街口。守着街口的是一座教堂,里面也有灯亮,老妇人看见了怀里抱着个婴孩的圣母玛利亚的塑像。这是日本的一个小说。看见圣母玛利亚的时候,小说就结束了。短篇。

虽是在说小说,要说的只是小说中的短篇。

美了短篇,但愿没有虐了长篇。

我书我命

(代后记)

　　有个朋友,专以写电视剧为生,也写了一些也拍了一些,钱也挣了一些。有时候聊天,话及舞文弄墨事情,我就说我的文字是文学作品,你那东西说好听了叫文化产品,打了价签摆到杂货摊上去,终堕落成商品。他也不在意,还特意地强调电视剧这类东西必须巴结消费者。

　　于是,他有他的说法,他说他那玩意值钱。于是,我有我的对白,我说我这东西无价。

　　我那说法虽显刻薄,但如今的电视剧这类东西,真就是为了卖的。

　　当然,文学作品也是可以卖。但是专为卖而做的文字,再管它叫文学作品,就有点冤人了。

　　台湾有个叫三毛的作家,这会儿早死了。活着的时候,她总在写。解释自己为什么要写,她说因为写,我就可以不用说了。我想,不用说,一是当下不用说,一是以后不用说。当下不用说是没工夫说,是不打算说。以后不用说是以后无法说。以后,以后到什么时候,以后到死,死了,还怎么说,所以是无法说。无法说又想叫别人知道曾经有想说的话,所以就写下。如此,真能称得起是文学作品的那样文字的写家,用的是心血而不是吐沫,心不苦者无。

　　语言运载思想,文字又是言语的载体,有收储和使承载再现的功能。所以,即使为文者只是自我记载思想自己受用,也是会使别人看到。从这点说,文字又是留给别人看的,包括当下的别人,包括叫作后人的别人。这里强调的是后人,近一点的后人,远一点的后人。

人这物件习惯期待一种不朽。先是期待自身不朽,一棵草总嫩着,一枝花老香着。期待来期待去,明白了,不朽,没那回事。于是就又期待另一种的不朽,叫永存。也是玄乎,和不朽一样,不是词本身玄乎,而是给出的内容叫人发晕。自己有点体面露脸的事,有点值得吹嘘的经历,总之是有点光彩得意的好事,就惦记那个好事千秋万代总有人想着纪念着。倒是不惦记自身不死了,知道没那回事,就改成妄求与己相关的永存。其实,永存和不朽一样,也是没那回事,你要的那个永存其实不存,没那回事。糊涂的人拿着糊涂以为明白,明白的人却都明白,说永存,那是人自己跟自己逗着玩。

说这些话,是为了说我的这个书,说我这个书的寿命。说寿命不是说别的,是说多久以后我的这个书会在哪儿搁着,还有谁想着要看看这个书。这就有期待永存的嫌疑。

我们现在可以看到五百年甚或千年以前的书,也可以看见那个书的编修或那个书的作者,但那只是曾经作为姓名的几个汉字,如果没有汉字,上哪儿去访问这个木乃伊。我们今天的书,往后五百年或什么时候若有幸真被那时候的什么人看到,还不是如同我们今天回望五百或千年,谁会在意和感叹作者是谁。你那名字的两三个字,风化后的渣滓,何谈灵性。我说"我们今天的书"实是在说我的这个书。想明白了,就一点儿不再有那永存的贪图。有位大作家在说及他自己的文字的时候,曾感叹过没有永存,说自己的作品二十年后还有人乐意看,就算长命了。

踏实的写家并不惦记谁来看自己的东西,用心更是不在讨好谁。真的文学作品是作者自己发心,为自心而写。而文化产品却是要完成意在赚钱的市场图谋。所以,文学作品并不一心追求发行量,而电视剧产品要最大可能地把呆傻颠痴们也摁在电视机前。这就很不一样。所以,我这书就为自己,如果还有为别人的份儿,也是只想到少数人。书出来以后,只期待同学友人家人当中的明白知者能翻两页,觉得可读就再看两篇,就行了。好比做了一桌子菜,请人来尝,来的都是熟人,夹两筷子,吧嗒吧嗒嘴,咸了淡了说两句,对我,足矣。即便熟人,你那桌菜也不能指望人家永远记着。

国家图书馆是大衙门,我这个书出来以后,可能会给他们送去两册,慷慨些吧,三册。不管人家乐意不乐意,就送。

国家图书馆藏书品种和数量想必应以千万计,其中定也不乏珍绝稀秘,我这几个破文字不敢入列。不敢入列还强制人家收藏,只为着一种眼下的文化文字生活。

最容易传承的是文字文化,最容易腐朽的也是这种东西,全在别人如何用心。不用说我这个小破书,就是那个图书馆大衙门里那些以千以万为单位计数的珍绝稀秘文字经典,到头来也是厚积薄用,也是广藏薄输。

后记不是文字卸载,也不是卸载的准备。只是说这种叫作后记的文字的地位,是写在作品后边的话。但写在后边的东西不一定就省心,所以我这后记写着也不轻松。

我这个书,后人会看到吗,他们愿意看吗,他们怎么看。现在我就说,后人看不到,被瞥一眼的机会也没有,更不能期待人家有好话说给你这早就魂化了的死鬼。于是,我这个书,结果就是成泥做土,灰飞烟灭。

后记,本应轻风快马,很具鼓舞节奏,没来由却叫我写出了这样的倒霉文字。活该我这个书就这样下场。

蔡虹与冯彤

(最后记)

两个人,一个叫蔡虹,一个叫冯彤。

知识产权出版社接纳了我的书稿,蔡虹和冯彤是我的责任编辑。

心里话,很怵头跟编辑打交道。因为,常常是我的文字见报见刊,书也出来了,却叫人情绪昏涩,用得着"一点也快乐不起来"这个话。可是你想做出书这个事,必有责任编辑。在本书的前言中,我就专门地说了些关于责任编辑的话,当然不能说是坏话,但也不是专挑了好话去说的。想想呢,当时虽还不知为我作责任编辑者人为谁,但我那些关于编辑事情的话,心深处却是对那未知责任编辑的一种期待。就好比一个患者,多次遭遇就医尴尬之后,再度面对一医生,他一定也是有种期待,期待这回有幸得遇一个好大夫,期待此番能把病看好。这时候这种期待的一个重要表现,就是向眼前这位大夫苦诉此前遭遇了怎样的庸医。而这时候,为医生者就有两厢心理动向,一是"你怎么竟跟我这样说我们做医生的,不知道我就是医生吗,你就这样请我为你医病吗,岂有此理啦";一是用心倾听苦主诉说,认可为医生者的良莠不一,同时嘱慰患者丢掉懊恼,启发配合,争取病除。

我在前言中写了那些文字以后自觉得很感欣慰。但当我这个书的责任编辑真的具体确定下来之后,我却隐生了一种不安。

蔡虹和冯彤是出版社的中层。一个地方的中层最为吃苦吃累,好比一个家中"上有老下有小"的那种角色。为我这本书,开始接触了蔡虹,按人际往来惯性,就与称蔡老师。冯彤亮相时,蔡老师与称之冯姐姐。叫我想起了护法神的哼哈二将,就说我这书全都仰仗"哼哈二姐"了。两人均属年轻,单个较量,她们年龄永不及我,但俩人加在一起,我就只得望尘。所以就与称了哼哈二姐,彼此无需多加琢磨,自然也就天平了。

文字运用的最高境界是文学的创作。我这个书,属于文学作品。这并不是在说我这个书贪了个"最"字,不是。言最,只是说文字运用时的品质归属。至于我的书,或许不值一读,更难期待有谁二读。"哼哈二姐"无可奈何地成了我这个书的第一读者。有点儿冤。

这里,挣钱吃饭这个话先搁一边儿不说,就说编辑文字,尤其是文学作品的文字,实是在编辑生活。不用说,我在序言中的文字,她们看到了。说她们编辑我的文字编辑得很谨慎负责很认真,这话也是不用说。我要说的是,在编辑我这个文字的时候,她们开动了她们自己的生活,同时跟作者交流了生活。我爱我的文字,期待"知识产权"不是判命的衙门,而是林巧稚的当家产院。

医生和母亲都珍爱着生命。这中间,我讲了一段自己身边的事情。我居住的院中有十五六岁一个男孩,大脑不很健全,上楼下楼,出行玩耍,整整齐齐挺漂亮的中年母亲就这样天天地陪着,虽让人觉着永无尽头,而那厢默言与耐心,又让人量不出为母亲者心地的高与深。孩子很不幸,因心脏上的病患忽然地就没有了。于是邻里间皆为做母亲者感到释然,就说母亲终可解脱了,我似乎也信了这话。很长时日之后,偶与为母亲者逢面,抬望眼时,竟顿感震撼,那位母亲,一副"日晚倦梳头"景象,脸色与眼神好像全没有了归属,一扫了往日精神。遂与委婉说话,已然满满默默失魂落魄样子。就开始感想,缘何旁人以为终得解脱的生活,为母亲者却是失魂落魄。其实简单又简单,只因旁人是旁人,母亲是母亲。

不幸的可以是孩子,但更一定是母亲。

孩子的不幸被置换成了母亲的不幸。我说,对于我的文字,我是母亲。

蔡老师冯老师没有叫我失魂落魄。她们本身就是柴米生活中的为母亲者,这时也承担起了我的文字中的为母亲者的当属份额。她们十分认真地尊重了作者的语言个性,十分小心地爱护了作者的细节语言和语言细节。"删繁就简三秋树,领异标新二月花",两位老师加减乘除,铁杵成针,作者的文字本真没有受到伤害,却更得了"补天填海"的受益,哼哈二姐却原也是"女娲精卫"的真实。

无理无缘的颂辞。不是。

对文字的加减乘除和对语言表意的反证提问,示出了蔡虹与冯彤二师劳作的负责与坦诚。对于这样一大堆文字,她们尊重与爱护得让作者自己都在拷问自己是不是已经太过自恃与矫情。她们没有抵抑作者序言对为编辑者的文字,更没有计较作者有时的急躁与热冲,她们乐意知道患者曾经的庸医遭遇,她们自信自己不是那庸医。甚或她们本身更是对庸医大存恶痛,而能与患者同声相应同气相求。

我们的文字与阅读的文化生活中,"虹彤"与"常央"是最为宽厚与激扬的音律驻脚。蔡虹与冯彤是踩着这个"虹彤"韵出现的。什么都没有辜负,什么都没有丢失。

作者我人,三生有幸。感谢蔡虹,感谢冯彤。

再赘一言。作者不是高产写匠,至今连译带写而成可被称作书的东西,品种勉强方及两位数,其中还包括了与人共著和文字被编辑收载的别书。不是要说这个,是要说封面,是要说所有曾与我的文字有关的出版物,其封面无一敢问眼下的《到底谁是北京人》。在书稿编辑过程中,蔡虹冯彤两位老师已完成了封面创作,是她们请出了一名曰"阿冀"的美术师编辑。"阿冀"应该是笔名。所做封面,色彩贴题且厚重,结构更是活跳有命。我自觉自己的文字得润了天地造化,但封面的份量却已超过了文字。再履俗一回,有谢阿冀老师。

在说"蔡虹与冯彤",借笔对封面与阿冀老师延扬两句,都是在说书,就应都属题内。

我这本书,此是末笔,是墨笔。浓墨。